Eva Liers
2003

Zehn Jahre sind ins Land gezogen, und alle Länder der bekannten Welt am Großen Meer sind von einer schlimmen Hungersnot bedroht. Einzig im Delta des Nils ist es noch möglich, Getreide anzubauen und damit die Menschen zu ernähren. Immer mehr verhungernde Flüchtlinge aus anderen Ländern strömen ins Delta auf der Suche nach Nahrung und enden in der Sklaverei. Schon bald breitet sich Unmut über die von Joseph verfügten Lebensmittelrationen aus. Eine Gruppe von Verschwörern versucht nicht nur den von Halluzinationen heimgesuchten Pharao Salitis zu entmachten, sondern auch Joseph, seinen Wesir, auszuschalten. Dieser versucht verzweifelt, seine Position zu verteidigen. Doch der Umsturz ist nicht zu vermeiden, und tatenlos muss Joseph mit ansehen, dass Pharao Salitis von den Verschwörern beseitigt und durch einen der ihren ersetzt wird.

Auch im Süden des Landes toben Unruhen und Krieg. Ben-Hadad, der von Bitterkeit und Verzweiflung über seine untreue Frau Tuja zerfressen wird, macht sich auf den Weg ins Nildelta, um dort ein neues Leben zu beginnen.

Währenddessen haben Teti und Ketan, Kusine und Vetter von Ben-Hadad und beide aus der Dynastie der »Kinder des Löwen« stammend, alle Hände voll zu tun, um die Waffenschmiede in Gang zu halten. Dedmose, der letzte rechtmäßige Pharao von Oberägypten, hat Kunde davon erhalten, dass der schwarze nubische König Akilleus sein Land vernichten will. Teti, die einzige Frau, die das Geburtsmal der »Kinder des Löwen« trägt, zieht mit in den Kampf und beobachtet, wie Akilleus im Zweikampf von einer besonderen Waffe getötet wird: Es ist ein Schwert aus Eisen. Und jetzt erkennt sie, wohin ihr Lebensweg sie führen wird: Sie wird das Geheimnis der Eisenschmelze ergründen, das nur ein Mann in Theben kennt, und sie wird damit den Lauf der Geschichte entscheidend beeinflussen.

Peter Danielson stammt aus dem amerikanischen Süden und ließ sich nach seinem Militärdienst mit seiner Familie in Kalifornien nieder. Erste schriftstellerische Arbeiten entstanden neben seiner Tätigkeit als Journalist. Dann wandte sich Danielson jedoch zunächst einer ganz anderen Tätigkeit zu, machte sozusagen sein Hobby als Musiker zum Beruf und arbeitete fünfzehn Jahre lang als Musikmanager. Erst nach dem Ende dieser zeitraubenden Tätigkeit wurde er vollends zum Autor und schuf die mehrbändige Chronik der ›Kinder des Löwen‹.

Bisher erschienen: ›Im Zeichen des Löwen‹ (Bd. 14348), ›Die Insel der Göttin‹ (Bd. 14349), ›Die Nomadenkönige‹ (Bd. 14672), ›Der Löwe in Ägypten‹ (Bd. 14813), ›Die Rache des Löwen‹ (Bd. 14812) und ›Der goldene Pharao‹ (Bd. 14893).

Die Saga wird fortgesetzt.

Peter Danielson
Der Herrscher vom Nil
Roman

Aus dem Amerikanischen von
Brigitte Gruss und Wolfgang Seidel

Fischer Taschenbuch Verlag

Deutsche Erstausgabe
Veröffentlicht im Fischer Taschenbuch Verlag GmbH,
Frankfurt am Main, Mai 2001

Die amerikanische Originalausgabe erschien 1986
unter dem Titel ›Lord of the Nile‹ im Verlag Bantam Books, New York
Copyright © 1986 by Book Creations Inc.
Für die deutschsprachige Ausgabe:
© Fischer Taschenbuch Verlag GmbH, Frankfurt am Main 2001
Satz: Pinkuin Satz und Datentechnik, Berlin
Druck und Bindung: Clausen & Bosse, Leck
Printed in Germany
ISBN 3-596-15023-X

Der Herrscher vom Nil

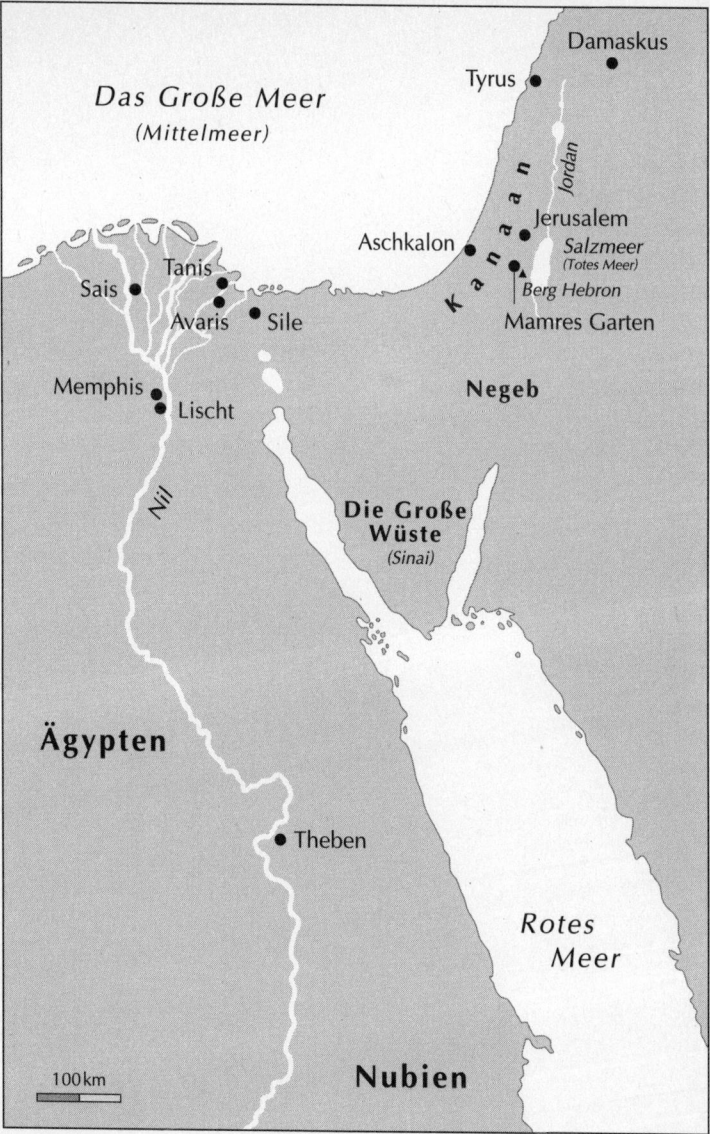

Das Große Meer
(Mittelmeer)

Damaskus

Tyrus

Kanaan

Jordan

Jerusalem

Aschkalon

Salzmeer
(Totes Meer)

Berg Hebron

Mamres Garten

Sais

Tanis

Avaris

Sile

Negeb

Memphis

Lischt

Die Große
Wüste
(Sinai)

Nil

Ägypten

Theben

Rotes
Meer

100 km

Nubien

Verzeichnis der wichtigsten Personen

Die Schwarzen Provinzen von Ägypten (Unterägypten)

Salitis	König der Schwarzen Provinzen
Joseph	Wesir von Salitis und Seher
Baliniri	Kommandant der Armee von Salitis
Aram	Nachfolger von Salitis und neuer Pharao, einer der Verschwörer
Neferhotep	Heiler und Magier, einer der Verschwörer
Petephres	Priester und Schwiegervater von Joseph, einer der Verschwörer
Hakoris	Herr über das Kinderlager, einer der Verschwörer
Riki	ägyptischer Straßenjunge
Tefnut	ehemalige Geliebte von Aram
Kamose	Sohn von Tefnut und Aram
Mara	Sklavin in Harkoris' Haus
Asenath	Josephs Frau und Tochter des Petephres
Jakob	Vater Josephs
Reuben *Judah* *Simeon* *Benjamin*	} Brüder Josephs

Die Roten Provinzen von Ägypten (Oberägypten)

Dedmose	Pharao von Oberägypten
Baka	Wesir des Pharaos
Meret	Ehefrau von Baka und Mutter der Zwillinge Ketan und Teti
Mekim *Musuri*	} Kommandanten der ägyptischen Truppen auf dem Feldzug nach Nubien

Ben-Hadad	Kind des Löwen; Waffenschmied
Teti	Kind des Löwen; Waffenschmiedin
Ketan	Tetis Zwillingsbruder
Tuja	Ben-Hadads Ehefrau
Seth	Ben-Hadads und Tujas Sohn
Netru	Soldat aus Theben und Tetis große Liebe

Nubien

Akilleus	König von Nubien; auch Akillu genannt
Ebana	Akilleus' Frau, Königin von Nubien
Der Schwarze Wind	Ebanas Truppe von Kriegerinnen
Nehsi	Sohn von Akilleus und Ebana
Obwano	Anführer der Streitmacht des Akilleus

Prolog

Ein kalter Wind pfiff über die mit Steinen übersäte Steppe und zerrte an den schäbigen Gewändern der kleinen Gruppe von Reisenden, die sich um die zuckenden Flammen des Lagerfeuers außerhalb des befestigten Dorfes drängten. Die Sonne hatte die Mauern der kleinen Ansiedlung und die dahinter liegenden schneebedeckten Berge in helles Licht getaucht. Jetzt war sie untergegangen, und es wurde allmählich Nacht. Dicke Wolken schoben sich über den Himmel und verdeckten Mond und Sterne.

Plötzlich fiel der Schein des Feuers auf eine Gestalt, die noch einen Augenblick zuvor nicht da gewesen war: der Geschichtenerzähler. Er war groß und hager und wirkte trotz seiner weißen Haare, die ihm der kalte Wind ins zerfurchte Gesicht blies, weder alt noch jung. Seine Augen funkelten, beseelt von einem inneren Feuer. Regungslos stand er da und ließ den Blick über die kleine Gruppe schweifen, die sich vor ihm drängte.

Plötzlich begann er zu sprechen, und der Wind trug seine Worte weiter. »Im Namen des gnädigen, barmherzigen Gottes ...« Der Wind legte sich, und der Mann fuhr fort: »Jetzt hört die Geschichte der Kinder des Löwen. Hört von den Männern und Frauen, die keinem Volk angehören, hört von ihren endlosen Wanderungen durch die Länder dieser Erde.«

Die Schar der Zuhörer drängte sich noch näher an das Feuer, um besser hören zu können. »Ihr habt von den Söhnen des Löwen gehört, den Nachkommen von Kain, die sich durch ihre Geschicklichkeit als Waffenschmiede auszeichneten. Sie waren nach Ägypten gekommen, um die Armee des Pharaos gegen die eindringenden Hay zu bewaffnen, die früher die Nomadenkönige genannt wurden. Ihr habt gehört, wie Joseph, der Sohn des Patriarchen Jakob, sich aus der Sklaverei hochgearbeitet hatte und die Stelle eines bewährten Wesirs von Salitis einnahm, dem wahnsinnigen König der Hay. Joseph hatte ihm sieben Jahre

Überfluss vorausgesagt, denen sieben Hungerjahre folgen sollten.«

Plötzlich änderte sich der Tonfall des Geschichtenerzählers; seine Stimme klang schroff, als er fortfuhr. »Jetzt sollt ihr hören, was geschah, als die Jahre des Überflusses vorüber waren und der Regen in den ausgedörrten Landen ausblieb. Zehn Jahre waren vergangen, und die schreckliche Dürre hatte alles zunichte gemacht, was an den Ufern des Großen Meeres wuchs. Flüsse, die früher durch die Täler rauschten, waren zu Rinnsalen verkümmert und schließlich versiegt. Auf den Bergen und in den Tälern war das Gras verdorrt. Der Wind verblies die dürren Halme, und es war nutzlos geworden, neue Saat auszubringen.

Die Dürre hielt an, und schließlich gedieh das Leben nur noch an einem einzigen Ort: Nur das Delta des Nils konnte die dort lebenden Menschen noch ernähren. Hier überfluteten die Wasser des Nils regelmäßig das Land. Hier hatte Joseph, vom Gott seiner Väter gewarnt, weise angeordnet, in den Jahren des Überflusses Getreide zu lagern.

Die Hungersnot wurde immer schlimmer. Von allen Teilen der Erde kamen die hungernden Menschen auf der Suche nach Nahrung in das ägyptische Delta. Sie kamen aus Kanaan, das jetzt Israel hieß, aus Syrien, aus den Quellgebieten des Euphrat, den Gegenden um Elam und Schinar. Sie kamen als freie Menschen auf der Suche nach Nahrung; sie blieben als Sklaven und Leibeigene, gedungen vom gestrengen König der Hay, dem Joseph diente.«

Die Flammen tanzten und zuckten im Wind, und dem alten Mann wehten Haare und Bart über die ausgemergelten Wangen. »Im Süden wuchs die neue Generation der Kinder des Löwen heran, zwischen den Grauen des Krieges und den Härten des Hungers. Zwischen den Hay-Usurpatoren und den besiegten Ägyptern herrschte ein trügerischer Waffenstillstand. Die Kinder des Löwen arbeiteten im Dienst von Dedmose, dem letzten rechtmäßigen Pharao Ägyptens, der krampfhaft versuchte, sein Königreich zusammenzuhalten. Ben-Hadad, Sohn von Hadad, dem Helden von Haran, arbeitete mit Vetter und Cousine, den Zwillingen seines toten Onkels Schobai. Gemeinsam bewaffneten sie die kläglichen Reste des ägyptischen Widerstands gegen die Hay. Zudem war den Ägyptern im Süden ein neuer Feind erwachsen: Akilleus, der schwarze König von Nubien, der trotz seines hohen Alters noch den verwegenen Plan gefasst hatte, seinen Sohn auf dem ägyptischen Thron zu sehen.«

Der Geschichtenerzähler erhob die Stimme gegen den Wind und unterstrich seine Worte mit wilden Gesten seiner ausgemergelten Hände. »Ihr sollt hören, wie der Sohn und die Tochter von Schobai heranwuchsen und Erfolg hatten, wie sie im Leben und in der Liebe Erfahrungen sammelten. Vernehmt, wie Ben-Hadad seine einsame Bestimmung in jenem Land erfüllte, in das er als Knecht gekommen war, und wie er schließlich Joseph fand, den Gefährten seiner Kindheit. Hört, wie die Söhne Israels, getrieben vom Hunger, ihre angestammten Gebiete verließen und sich einer ungewissen Zukunft auf fremdem Boden anvertrauten und wie Joseph schließlich wieder auf seine Brüder traf.

Hört auch, wie Verrat, Aufstand und Umsturzbewegungen das Land der Hay-Könige heimsuchte. Wie sich ein böser, machtbesessener Mensch den Weg zum Thron erkämpfte, stets von der Angst geplagt, dass ein rechtmäßiger Pharao unerkannt im Verborgenen im Delta lebte und wartete. Auf den Tag wartete, an dem er die Macht der Hay-Eindringlinge für immer zerschlagen, die alte Krone des Landes der Pyramiden für sich in Anspruch nehmen und bis an das Ende seiner Tage Herrscher am Nil bleiben würde.«

I ·

Wie immer begann der Traum mit harmlosen Bildern und Formen: seine uneinnehmbare Stadt Avaris mit ihren hohen, schräg abfallenden Mauern und den Verteidigungstürmen an den Ecken; die weitläufigen Tempelanlagen der Ägypter, überragt von den noch gewaltigeren Gebäuden, die er von Fronarbeitern den Göttern seines Volkes hatte errichten lassen; die breiten Straßen, die die vier Viertel der Stadt durchquerten. Dann jedoch wurden die Augen des schlafenden Königs unruhig hinter den geschlossenen Lidern; noch gefangen in der Welt der Träume, spürte er bereits unterschwellig die quälende Angst. Diese Angst erfüllte allmählich sein ganzes Denken, sie wuchs, bis sie ihn schließlich in ihren Klauen gefangen hielt und ihm keinen Frieden gönnte. Vom ersten Augenblick des Halbbewusstseins an kannte er den Verlauf seiner Träume und wusste, wie sie enden würden. Noch ehe der Hahn krähte, noch ehe der Morgen über der schlafenden Stadt dämmerte, noch ehe er schreiend und zitternd erwachte, würde er abermals den Augenblick seines bevorstehenden Todes vor Augen haben und sich dem namenlosen, gesichtslosen Unbekannten gegenüber wissen, der ihn töten würde.

Seinem Geist schien auch diesmal ein Körper zu wachsen, der sich über die schlafende Gestalt auf dem Bett in die Luft hob, wie Rauch durch die dicke Decke seines Zimmers entwich und sich in den Himmel schwang. Als er in diesem geisterhaften Bild über die ordentlich, geometrisch angelegten Straßen des Tempelbezirks und die verworrenen Schleichwege im Viertel der Diebe höher stieg, sah er nach unten und bemerkte, wie die Erde unter ihm wich und nichts ihn oben hielt. Im Geist wusste er plötzlich, was es hieß, zu fallen, auf die Erde zu stürzen und auf dem harten, trockenen Boden zu zerschellen. Die alten Ängste vor dem Fallen und vor dem Tod wuchsen und wuchsen in ihm, bis er sie nicht länger kontrollieren konnte. Schließlich wusste er ja, wohin er ging, auch wenn er für den Ort keinen Namen hatte. Er wusste, wen er dort treffen würde, auch wenn die gefürchtete Person kein erkennbares Gesicht hatte.

Er sauste durch den morgengrauen Himmel, der sich allmählich verdunkelte. Es war kein offener Himmel, durch den er sich mit rasender Geschwindigkeit bewegte, sondern ein langer, dunkler Tunnel. Die Luft, die ihn umgab, war feucht und stank fürchterlich nach Schwefel. Von den unsichtbaren Wänden des Tunnels griffen klauenartige Hände nach ihm und krallten sich an ihm fest. Sein Herz klopfte wild, und sein nackter Körper war von Schweiß bedeckt. Am fernen Tunnelende tauchte ein erster zaghafter Lichtschein auf. Zu gern hätte er die Augen geschlossen, um nichts sehen zu müssen, aber es gelang ihm nicht. Es war beschlossen, dass er sehen musste. Es war beschlossen, dass er alles wieder durchleben musste, jeden einzelnen Augenblick. Und es war auch beschlossen, dass er am Ende sterben musste.

Schließlich befand er sich in jenem Angst erregenden Raum, hilflos vor den beiden Feuern in der Luft schwebend, die keine Wärme abgaben. Zwischen den tanzenden Flammen tauchte das konturenlose Gesicht auf, das strahlende, fürchterliche, unerbittliche Wesen, das stets, wenn er das Pech hatte zu träumen, ihn in Angst und Schrecken versetzte. Die Flammen züngelten über das Gesicht, aber sie verzehrten es nicht. Dann erloschen die Flammen. Tödliche Kälte überkam ihn. Das Wesen hinter dem schrecklichen Gesicht richtete über ihn und verdammte ihn. Sein Herz setzte aus. Seine Angst war so groß, dass er glaubte, jeden Augenblick ersticken zu müssen. Dann würden in dem konturenlosen Gesicht zwei große starre Augen auftauchen. Sie würden ihm direkt in die Seele blicken, und eine unendlich sanfte und unendlich grausame Stimme würde sagen: »Du, der du dich Salitis nennst ...«

»Nein! Sprich nicht weiter!«, kreischte er. »Bitte! Ich will nicht sterben! Lass mich gehen! Sprich nicht weiter!« Aber seine Hände, mit denen er sich Augen und Ohren hätte zuhalten können, hingen wie gelähmt an ihm herab. Hilflos und widerstandslos musste er dieser eigenartig sanften Stimme seines Mörders lauschen.

Er erwachte schreiend und schlug mit den Armen und Beinen krampfhaft um sich. Mit den ungepflegten Fingernägeln kratzte er sich die Brust blutig. Die Bettlaken waren besudelt, und es stank nach Erbrochenem und Ausscheidung. Die herbeigeeilten Diener wussten sofort, was zu tun war. Sie zwangen ihn, sich auf den Bauch zu legen, damit er nicht seine Zunge schluckte, hielten seine Hände fest, damit er sich nicht weiteren Schaden zufügen konnte und riefen nach den Wächtern und Ärzten.

Auch die Diener zitterten, denn sie fürchteten die zornige Vergeltung des großen Königs, sobald dieser sich genügend beruhigt hatte, um zu begreifen, was geschehen war. Er würde an jedem seiner Untergebenen Rache üben, der sich erdreistet hatte, ihn in diesem schändlichen Zustand anzusehen, der es gewagt hatte, seine königliche Person zu berühren, selbst wenn es geschehen war, um ihn festzuhalten und ihm damit das Leben zu retten. Trotz der allgemeinen Angst und dem Schrecken erwachte der Palast nun zum Leben. Dutzende Menschen huschten durch die kühlen Hallen, hoch oben an den bemalten Wänden leuchteten Fackeln auf. Es war früh Morgen geworden, und er war mit Entsetzen über den Haushalt des goldenen Pharaos hereingebrochen, über das Haus von Salitis dem Mächtigen, dem König der Hay, Herrscher der beiden Länder, Gottkönig aller Güter und Lehen im großen ägyptischen Delta und Lehnsherr aller der unbedeutenderen Reiche am Großen Meer.

Die Diener weckten Mehu, den obersten Diener von Salitis' persönlicher Dienerschaft. Mehu kleidete sich rasch an und machte sich eilig auf den Weg zum Haus der Herrin Asenath, das beinahe ebenso luxuriös war wie das des Königs. Dort weckte er Baket-amon, Asenaths Dienerin. Baket-amon weckte ihre Herrin behutsam. Die junge Frau setzte sich auf, rieb sich die Augen und war sofort hellwach. Sie blickte auf ihren schlafenden Mann, Joseph, den Wesir des großen Königs, und bedeutete Baket-amon, ihn jetzt noch nicht zu wecken. Asenath schlüpfte mit Anmut unter dem Laken hervor, ließ sich von Baket-amon einen Umhang um den nackten Leib legen und ging hinaus in den Vorraum, um mit der Dienerin zu sprechen. »Ich werde ihn wecken«, sagte sie, sobald sie sich außer Hörweite befand. »Kümmere dich bitte um die Kinder.«

Die Dienerin nickte. Ihr Gesicht wirkte ernst und abgespannt. »Verliert keine Zeit! Weckt ihn und seht zu, dass er sich auf den

Weg macht. Mahu ließ verlauten, dass es diesmal sehr schlimm ist. Der König hatte Schaum vor dem Mund. Seine Dienerinnen glaubten schon, er würde einen Krampf bekommen und sterben. Er schlug eine von ihnen derart, dass die Arme einfach umfiel. So etwas macht er selten.«

»Dann wird es schlimmer«, sagte Asenath und Angst zeigte sich auf ihrem hübschen Gesicht. »Ganz gleich, wie schwer es für die anderen ist, für Joseph wird es am schlimmsten sein, denn Joseph verbringt am meisten Zeit mit ihm.« Wehmütig fügte sie hinzu: »Dabei habe ich so gehofft, dass es dem König besser geht. Die Träume, Wutanfälle und Krämpfe …«

»Ich weiß, Herrin«, tröstete die Dienerin. »Bis vor kurzem ging es ihm so gut wie noch nie zuvor. Allmählich glaubten wir ja alle, dass er von den Wahnvorstellungen, die ihn befallen hatten, genesen sei und er sogar ein vollkommen normales Leben würde führen können.« Sie seufzte. »Wir alle hätten dann ein normales Leben führen können.« Dann fiel ihr wieder ein, wo sie war und warum sie gekommen war. »Bitte, Herrin, weckt ihn jetzt auf. Mein Herr ist der Einzige, dem es einigermaßen gelingt, den König zu beruhigen, wenn er in einer solchen Verfassung ist.«

Als Baket-amon gegangen war, blieb Asenath in der Türe stehen und betrachtete ihren schlafenden Ehemann; es kostete sie große Überwindung, ihn zu wecken. Er sah so friedlich aus. Wie sehr hatte er sich seit ihrem ersten Beisammensein vor zehn Jahren, bevor die Jungen zur Welt gekommen waren, verändert. Er war damals hochgradig nervös gewesen, sodass ihr erstes Zusammensein als Mann und Frau um Wochen aufgeschoben werden musste. Damals war es Joseph gewesen, der mitten in der Nacht aus dem Schlaf aufschreckte. In Schweiß gebadet hatte er kerzengerade im Bett gesessen, starr vor Angst, die ihm die prophetischen Träume verursachten, in denen der eine Gott seines Volkes zu ihm sprach und ihm erschreckend genaue Prophezeiungen kund tat.

Joseph hatte wirklich eine eigenartige Geschichte. Er war der Sohn eines Stammesfürsten in Kanaan. Josephs ältere Brüder waren eifersüchtig gewesen, weil der Vater Joseph bevorzugt hatte, und sie verkauften ihn in die Sklaverei. So war er nach Ägypten gekommen. Noch als Sklave hatte er sich rasch auf den Posten eines obersten Verwalters in einem großen Haus emporgearbeitet, wurde aber aufgrund falscher Anschuldigungen ins Gefängnis geworfen und schließlich an einen heruntergekommenen Spekulanten im Delta verkauft, der sein Vermögen dadurch wieder zurückgewann, dass er den jungen Seher direkt an Salitis verkaufte.

Das war gerade zur richtigen Zeit gewesen. Salitis musste mit ansehen, wie aus den einst nomadisch lebenden Hay die Grundbesitzer im Delta wurden. Über Generationen hinweg waren die Hay Wüstenkrieger gewesen, die eine schwere Dürre aus ihrer angestammten Heimat im Norden vertrieben hatte. Auf ihrem Weg hatten sie Städte und ganze Zivilisationen dem Erdboden gleich gemacht. Schließlich ließen sie sich im reichen Ägypten nieder. Die Ägypter waren durch den Bürgerkrieg geschwächt und verteidigten sich kaum, und so ernannte Salitis sich selbst zum Goldenen Pharao von Ägypten. Zuerst hatte er durch den Bau seiner unbezwingbaren Stadt Avaris mit ihren außergewöhnlichen Gebäuden die Schätze der Hay geplündert. Dann allmählich zeigte er Anzeichen von Wahnsinn. Er zog sich von seinen klügsten Ratgebern zurück, auch von Kirakos. Immer wieder erlitt er unkontrollierbare Wutanfälle und Krämpfe und griff die Menschen, die ihm am nächsten standen, aufs wildeste an.

Dann begannen die Träume.

Zu dieser Zeit war Joseph in Salitis' Leben getreten. Er deutete die Träume des Königs und sagte sieben Jahre Überfluss, die von einer siebenjährigen Hungersnot gefolgt würden, vorher. Joseph hatte Salitis auch dabei geholfen, die Machtbefugnisse im Delta radikal zu verändern. Die Hungersnot würde die gesamte bekannte Welt heimsuchen, hatte Josephs Gott gewarnt. Ägypten war die Kornkammer dieser Welt und musste umgehend alle Möglichkeiten der Nahrungsmittelherstellung ausschöpfen, Vorräte für die Zeit der bevorstehenden Dürre anlegen und sich darauf vorbereiten, die Menschen zu regieren, die in das Delta kommen würden, wenn sie die nächsten Jahre überleben wollten. In Sack und Asche würden sie kommen, bereit, ihre Freiheit gegen Nahrungsmittel zu tauschen. Als Josephs Plan in die Tat umgesetzt wurde, hörte der Krieg zwischen den ägyptischen Freiheitskämpfern und den Hay auf, die Frontlinien beruhigten sich, und Salitis agierte wie ein normaler König und nicht wie ein Verrückter. So blieb es bis vor kurzem.

Joseph öffnete die Augen und setzte sich auf. »Ist etwas passiert?«, fragte er. »Warum bist du aufgestanden?«

»Wegen des Königs«, antwortete Asenath. »Mehu hat Baket-amon benachrichtigt, dass er wieder einen jener Träume hatte. Diesmal scheint es so schlimm wie noch nie zu sein.«

Joseph sprang aus dem Bett, schlang sich ein Lendentuch um die Hüften und zog die Sandalen an. »Ich gehe am besten gleich zu ihm«, meinte Joseph grimmig. »Bleib mit den Kindern im Haus. Der letzte Anfall war gefährlich. Er hätte beinahe einen Diener umgebracht. Ich möchte nicht, dass einer von euch ihm in die Quere kommt.« Er küsste sie kurz und war fort.

Asenath blickte ihm gedankenverloren nach. Joseph, der den König besser kannte als jeder andere, schien sehr besorgt. Warum konnte keiner der Ärzte etwas tun? Warum konnte keiner von ihnen etwas unternehmen?

Ihre Augen wurden groß. Was war mit dem Arzt geschehen, der ihr in den ersten Wochen ihrer Ehe einen Liebestrank für Joseph gebraut hatte? Wie hieß er nur gleich? Nefer … Nefer- wie noch? Er war ein eindrucksvoller Mann gewesen. Baket-amon und Mehu würden bestimmt seinen Namen wissen: Sie hatten ihn damals zu ihr gebracht. Sie musste die beiden heute Nachmittag fragen.

Sklaven rieben den schweißnassen Körper des Königs trocken, als Joseph die königlichen Räume betrat und von den Wachen an der Tür höflich gegrüßt wurde. »Joseph!«, begrüßte ihn Salitis müde. »Ich bin froh, dass du gekommen bist. Ich hatte wieder diesen Traum.«

Joseph erschrak. Er hatte sich schließlich den Ruf erworben, die Träume des Königs deuten zu können. Aber der Gott Jakobs schwieg nun schon seit mehreren Jahren. Was konnte er ohne dieses unfehlbare Omen sagen? Was konnte er tun? »War es der gleiche Traum wie früher, Herr?«, fragte Joseph vorsichtig.

»Nein.« Salitis riss die Augen ängstlich auf. »Nein! Diesmal war er anders.«

»Wie war es, Herr? Konntet Ihr diesmal endlich das Gesicht sehen?«

»Nein, nein, das war wie immer. Aber die Stimme, Joseph! Diese verflucht sanfte Stimme des Mannes, der mich ermorden wird. Diesmal habe ich sie deutlich gehört, Joseph, und diesmal habe ich mich sogar nach dem Aufwachen noch daran erinnert.«

»Und zwar, Herr?«

Der König beugte sich vor und sprach in dem verschwörerischen Flüsterton, den Joseph in den schrecklichen Zeiten, da Salitis verrückt gewesen war, so gefürchtet hatte. »Es war die Stimme eines Kindes, Joseph.«

II

Mehu, der sonst so beherrscht wirkte, stemmte die Hände in die Hüften und beobachtete mit ängstlich gerunzelter Stirn die Sklaven und Leibdiener, die durch die weite Halle eilten. Als ein Diener vorbeieilte, dessen Gewand ihn als persönlichen Diener des Königs auswies, hielt Mehu ihn an. »Sag, wie geht es der Frau, die Seine Hoheit geschlagen hat?«, fragte Mehu barsch.

Der Sklave verneigte sich und hob die gefalteten Hände vor die Brust. »Die Frauen versuchen, sie zu beruhigen, Herr«, antwortete er. »Ihr Gesicht ist ziemlich arg geschwollen. Was aber noch schlimmer ist, es war nicht das erste Mal. Sie fürchtet um ihr Leben.«

Mehu machte eine wegwerfende Handbewegung. »Wir halten sie von ihm fern. Sieh zu, dass sie in ihrer Unterkunft bleibt, bis die Schwellung vergangen ist. Ich sorge dafür, dass sie an einen sicheren Ort gebracht wird. Sag ihr, dass sie sich keine Sorgen machen muss. Sie ist ein ängstliches Geschöpf, nicht wahr?«

»Ja, Herr. Das stimmt. Sie ist die Kleine mit den großen Augen.«

»Ich verstehe. Ich werde jemanden finden, der für die Arbeit hier besser geeignet ist. Jemand, der an solche Schwierigkeiten gewöhnt ist. Es kann natürlich ziemlich gefährlich werden, wenn man zur falschen Zeit am falschen Ort ist, aber ein kluger Mensch wird überleben, wenn er nicht in Panik gerät, sobald Schwierigkeiten auftauchen.«

»Ich verstehe, Herr. Ich werde Euren Rat den anderen weitergeben. Wir haben nur alle gehofft, dass diese Anfälle der Vergangenheit angehören.«

»Das habe ich auch getan«, seufzte Mehu. »Aber jetzt lauf und kümmere dich um die Frau. Ich kümmere mich in der Zwischenzeit hier um alles.«

Der Sklave grüßte und eilte rasch in Richtung der Sklavenunterkünfte davon. Mehu runzelte wieder besorgt die Stirn. Verdammt und verflucht, dachte er. Wer hätte gedacht, dass die Anfälle von Wahnsinn wiederkommen?

Die Schwierigkeit dabei war, dass man nicht genau wusste, was dagegen zu tun sei. Für eine kurze Zeit hatte man den König beruhigt, indem ihm einer seiner persönlichen Diener auf Befehl des Arztes ab und zu heimlich ein Schlafmittel gab. Aber der Diener hatte damit aufgehört, bevor der König die List des Arztes durchschaute. Alle hatten sich auf eine neue Welle verrückter Anfälle gefasst gemacht, aber wie durch ein Wunder blieben die Krampf- und Wutanfälle des Königs plötzlich aus.

Das war vor zehn Jahren gewesen, unmittelbar nachdem Mehu jenen Diener ersetzt und seine gegenwärtige Stelle als oberster Aufseher des persönlichen Personals des Königs angetreten hatte. Diese Stelle hatte er Josephs Empfehlung zu verdanken, der dem Rat seiner Braut Asenath gefolgt war. Aber jetzt brüllte Salitis tagsüber wie ein Irrer, und die Nächte waren noch schlimmer. Die Dienerschaft war dutzende Male während der Nacht geweckt worden, wenn der König aus seinen Albträumen erwachte und sich wie ein randalierender Verrückter gebärdete, der fluchte und brüllte und auf jeden losging, der ihn zu bändigen versuchte.

Wenn nur Joseph etwas tun könnte! Wenn er nur wieder einen Traum deuten könnte, so wie damals, als ihn seine Auslegung eines Traums vom verachteten fremden Sklaven in eine Stellung brachte, die gleich nach dem Pharao kam. Mehu fragte sich, wie lange Josephs mächtiger Einfluss anhalten würde, wenn sein Gott sich weiterhin weigerte, zu ihm zu sprechen. Eine interessante Frage! Und wenn Joseph, der so schnell so weit gekommen war, zu Fall käme, wer würde seinen Platz einnehmen?

Es war kein Geheimnis, dass Joseph jede Menge Feinde hatte, in allen Positionen und allen Klassen. Die Priester hassten ihn ebenso sehr wie die wohlhabenden Landbesitzer. Sie alle hatten unter seiner Politik zu leiden gehabt, als er die gesamte landwirtschaftliche Produktion in die Hände des Staates überleitete, um auf diese Weise die ausreichende Versorgung während einer Dürreperiode zu sichern. Schließlich hatte er sich des Landes der früheren Besitzer bemächtigt. Es spielte dabei keine Rolle, dass seine Prophezeiung einer Dürre sich bis ins kleinste Detail als wahr erwiesen hatte. Auch dass Ägypten das einzige Land war, dass von der Dürreperiode vollkommen zugrunde gerichtet worden war, fiel nicht ins Gewicht. Der Erfolg kam Joseph und dem König zugute, nicht den Landbesitzern.

Nur wenige Landbesitzer fanden, dass sie ausreichend für das enteignete Land entschädigt worden waren. Alle machten Joseph für die Verschlechterung ihrer Lebensumstände verantwortlich. Auch Josephs Schwiegervater Petephres machte dabei keine Ausnahme. Er, sein Verwandter Ersu und Josephs früherer Herr, Ameni, hatten durch den Wechsel zur neuen Wirtschaftsform buchstäblich Millionen verloren, das behaupteten sie zumindest. Es gab natürlich auch Leute, die behaupteten, das Trio habe sich sein eigenes Grab geschaufelt, als sie seinerzeit versuchten, die Erbin der Güter des verstorbenen Kirakos um ihr Erbteil zu bringen. Ganz gleich, ob die Anschuldigung wahr war oder nicht, Petephres machte den Ehemann seiner Tochter verantwortlich und hatte ihm Rache geschworen, so zumindest ging das Gerücht. Stand Petephres vielleicht auch an der Spitze der Anti-Joseph-Bewegung, die sich bestimmt schon gebildet hatte? Mehu überlegte, ob es ein Gebot der Vernunft sei, sich bei Asenaths Vater einzuschmeicheln.

Aber darüber konnte er später noch nachdenken. Jetzt musste er etwas unternehmen, um der augenblicklichen gefährlichen Krisensituation Herr zu werden.

Augenblick!, dachte er. Da habe ich tatsächlich etwas vergessen! Vielleicht ist das sogar die Lösung. Wie war er selbst in seine höchst angenehme Stellung gelangt? Er hatte einer einflussreichen Person einen Gefallen erwiesen, und zwar Josephs vernachlässigter jungen Frau Asenath. Er, Mehu, hatte einen vortrefflichen Zauberer für sie ausfindig gemacht, der ihr einen Trank gebraut hatte, mit dem sie ihre Probleme hatte lösen können. Wie hieß der Mann doch gleich? Ach richtig! Neferhotep. Ein großer Mann, überschlank, aber gebieterisch. Seine tiefe, dröhnende Stimme passte zu seinem eindrucksvollen Gehabe. Der Mann war es gewohnt, Befehle zu geben. Aus unerfindlichen Gründen hatte Neferhotep nie bei Hof Fuß gefasst, was einen wirklich überraschte, wenn man sein aristokratisches Auftreten bedachte.

Mehu war sich bewusst, dass Neferhotep in gewisser Weise die Quelle für sein Glück gewesen war. Asenath war sehr zufrieden gewesen und hatte Joseph erzählt, dass er, Mehu, ein Mann sei, der es verdiene, in den königlichen Haushalt aufzusteigen. Jetzt, da Josephs Gott stumm war und Joseph die Träume des Königs nicht mehr deuten konnte, wurde Mehus Stellung unsicher. Der Zauberer konnte vielleicht die Lage entscheidend beeinflussen. Wenn es ihm, Mehu, gelang, Neferhotep zu finden und dieser den König heilen könnte, dann stünde doch wahrhaft jeder in Mehus Schuld.

Er hielt inne, der Mund blieb ihm offen, und er riss die Augen auf.

Was aber, wenn Neferhotep aus Verbitterung darüber, dass es ihm nicht gelungen war, in die höchsten Kreise bei Hof aufzusteigen, das Delta verlassen hatte? Oder wenn er zwar hier geblieben war, sich aber über Mehus Undankbarkeit erzürnt hatte? Was würde sein, wenn der Weise ihn abwies? Oder, noch schlimmer, wenn der Weise an den Hof käme, irgendeine Wunderkur verschrieb, sich beim König und bei Joseph einschmeichelte und dann seinem Zorn auf Mehu freien Lauf ließ und ihn unter irgendeinem Vorwand bei Salitis anschwärzte? Das wäre einfach fürchterlich! Das musste er verhindern, und zwar rasch.

Was war also klugerweise zu tun? Um sich Neferhoteps Gunst erneut zu sichern, könnte er ihm eine Stellung bei Hof verschaffen. Ja, das war es! Der königliche Leibarzt stand derzeit in Ungnade, da es ihm mehrmals missglückt war, die häufigen Kopfschmerzen des Königs zu lindern und seine Krampfanfälle zu verhindern. Er war reif dafür, ersetzt zu werden. Er, Mehu, könnte Neferhotep die Stelle eines königlichen Leibarztes versprechen, falls es ihm gelang, den König erfolgreich zu behandeln.

Aber damit dachte er schon zu weit voraus. Zuerst musste er den

Arzt einmal ausfindig machen. Er sah sich um, dann rief er einen stämmigen Diener mittleren Alters namens Sabni zu sich. »He, du! Komm her!«

Sabni grüßte nicht besonders unterwürfig. »Ja, Herr?«

»Kennst du dich im Viertel rund um den *Basar zum Olivenbaum* aus?«

»Sicher, Herr, sogar ziemlich gut.«

»Dort hat früher ein Weiser mit dem Namen Neferhotep gewohnt. Man sieht ihm seine Klugheit schon von weitem an. Er wirkt beinahe hochmütig.«

»Der Name sagt mir leider nichts, Herr. Aber ich weiß, wen ich fragen könnte.« Er hielt kurz inne, dann fügte er unverschämt hinzu: »Falls ich einen Grund hätte, ihn zu finden, Herr.«

Mehu sah ihn zornig an, überging dann aber die Bemerkung und sagte stattdessen gereizt: »Solltest du ihn finden, könnten wir uns vielleicht auf einen Grund einigen.« Er war nicht geneigt, sich von diesem Narren zu einer Vorauszahlung ködern zu lassen. »Ich werde mich bestimmt erkenntlich zeigen. Aber merk dir eines: Ich will keine große Aufregung um die Sache. Niemand außer Neferhotep darf davon erfahren, dass ich nach ihm gefragt habe.«

»In Ordnung, Herr«, antwortete Sabni trocken und blickte Mehu geradewegs in die Augen. »Ihr wollt, dass er zu Euch kommt.«

»Richtig. Sofort! Und sehr diskret. Niemand soll ihn dabei sehen.«

»Ich verstehe, Herr. Also keine Botschaft.«

»Nein. Sag nur, dass es dringend ist.«

»Verstanden, Herr. Dann gehe ich also.«

Frecher Kerl, dachte Mehu. »Ja, geh! Aber locke ihm kein Trinkgeld heraus! Wenn ich höre, dass du von ihm etwas angenommen hast, bekommst du nichts von mir.«

»Verstanden, Herr.«

»Außerdem kannst du dich dann darauf gefasst machen, dass deine Zehen auf den Kohlenmeilern geröstet werden. Haben wir uns verstanden?«

Der Diener stockte und wurde rot. »Ja, Herr!« Sein Gruß zum Abschied war stramm, und als er davonging, sah man ihm an, wie beflissen er war, seinen Auftrag zu erledigen.

»Was hat das zu bedeuten?«, verlangte Salitis zu wissen. Die Sklaven waren gegangen. Einer von ihnen hatte eine blutige Nase, weil der König ihn geschlagen hatte. Salitis war mit Joseph allein. Joseph war gespannt und zurückhaltend. Der Blick des Königs ging starr ins Leere, und seine Stimme klang scharf, als er sagte: »Ich muss es wissen! Ich halte das nicht mehr länger aus!«

»Ich weiß es nicht, Majestät«, wandte Joseph zaghaft ein. »Ich habe die Opfer auf meinem Altar dargebracht und fortwährend gebetet, aber der Gott hat noch nicht zu mir gesprochen.« Er schluckte krampfhaft, denn er wusste, dass Salitis nicht daran erinnert werden wollte, dass die Prophezeiungen von einem Gott kamen, der weder im ägyptischen Götterhimmel noch in dem der Hay zu finden war. »Drängen hilft leider nichts in diesen Dingen.«

Kaum hatte Joseph diese Worte ausgesprochen, wusste er auch bereits, dass er etwas Falsches gesagt hatte. Der starre Raubvogelblick des Königs schien ihn förmlich zu durchbohren. Joseph hätte die Worte gern zurückgenommen, aber es war zu spät. »Drängen?«, fragte Salitis aufgebracht. »Du willst mir vorwerfen, dass ich dich dränge? Ich, der ich schier übermenschliche Geduld bewiesen habe? Ich dränge dich?« Er presste die überschlanken Hände an die Schläfen, wodurch sich seine Augen zu schmalen Schlitzen verengten und sein Gesicht den Ausdruck eines grenzenlos bösen Dämons annahm.

Joseph hielt erschrocken den Atem an. In einer ähnlichen Situation vor zehn Jahren hatte Salitis sich auf einen Berater gestürzt und ihn getötet, weil dieser in aller Unschuld im falschen Augenblick das Falsche gesagt hatte. »Keineswegs, Majestät«, stammelte Joseph. »Es ist nur, dass ich …«

»Ausflüchte! Nichts als Ausflüchte bekomme ich zu hören!« Salitis ballte die Fäuste und schüttelte sie zornig. »Wenn ich wach bin, bringt mein Kopf mich noch um! Und nachts kann ich nicht schlafen. Nicht einmal das Essen kann ich bei mir behalten. Ich bin ein wandelndes Gerippe! Die Ärzte sagen, sie können nichts tun. Nichts! Ich sage dir, der Traum bedeutet etwas Wichtiges! Irgendjemand will mich töten! Und du stehst da und hast nichts als Ausflüchte für mich!«

Der König war immer näher gekommen, als er all das mit schriller Stimme hervorsprudelte. Er schrie Joseph ins Gesicht, dass dieser die königliche Spucke auf der Wange spürte. Joseph wagte nicht zu atmen; er rührte keinen Muskel und getraute sich nicht, etwas zu erwidern. Er schickte flehende Gebete hinauf zum Gott der Israeliten. Mit klopfendem Herzen machte er sich auf den Angriff gefasst, aber zu seiner Überraschung drehte sich der König plötzlich um und ging ohne ein weiteres Wort in das angrenzende Zimmer. Die Audienz war beendet. Es dauerte eine geraume Zeit, bis sich Joseph erschöpft auf einen Stuhl fallen ließ und wieder etwas ruhiger wurde.

Etwas muss geschehen, sagte er sich. Und zwar rasch, ehe er vollends die Kontrolle verliert.

III

Der Tempelbezirk wurde ständig von schwer bewaffneten Wachsoldaten kontrolliert, die ein besonders wachsames Auge auf Fremde und Müßiggänger hatten. Hatte man den Tempelbezirk einmal verlassen und betrat die ärmeren Regionen von Avaris, änderte sich das Stadtbild so drastisch, dass man hätte meinen können, in einer anderen Stadt zu sein. Der offensichtlichste Unterschied lag in der geometrisch regelmäßigen Anlage der wohlhabenden Stadtteile: Anstelle der in sauberen rechten Winkeln angelegten Straßenzüge wanden sich verschnörkelte Gässchen ziellos zwischen den Häusern und trafen willkürlich aufeinander. Nur selten konnte man von einem Ende einer Gasse bis ans andere Ende sehen. Vielmehr wanden sich die Straßenzüge mehrfach, bis sie schließlich irgendwo endeten. Alle Straßen und Gassen waren so schmal, daß die Frauen sich einander über die Straße hinweg Dinge zureichen konnten.

Diese Viertel sollten niedergerissen und neu aufgebaut werden. Vor zehn Jahren war die Stadt von Aufruhr erschüttert worden. Josephs Maßnahmen zur Rationierung der Nahrungsmittel, deren Verteilung und die allgemeine Nahrungsmittelknappheit führten zu einem bürokratischen Durcheinander, das die Menschen schließlich verrückt machte. Aufgebracht hatten sie sich gegen die Obrigkeit aufgelehnt, ihre Viertel abgeriegelt, Barrikaden errichtet und quer über die Straßen Stricke gespannt und so die zornigen Wachen der

Hay zurückgedrängt. Dazu bewarfen sie die Wachen und wohlhabenden Bürger mit Steinen, Schlamm und Feuerbomben. In den Stadtteilen mit breiten Straßenzügen wäre es nie möglich gewesen, die Straßen wirkungsvoll abzusperren. Joseph und seine Ratgeber hatten daraus eine Lehre gezogen. Er hatte den Befehl erlassen, ganze Viertel der armen Stadtteile niederzureißen und die gewundenen Straßen durch breit angelegte zu ersetzen, die von den Aufständischen nicht so leicht verteidigt, dafür aber von den königlichen Bogenschützen gesäumt werden konnten.

Doch einer von Salitis' törichten Einfällen hatte diese kluge Entscheidung verhindert. Salitis zog die Arbeiter ab und beauftragte sie dafür mit dem Bau von zwei weiteren protzigen Luxuspalästen, wie er sie seit Ausbruch seines Größenwahns schon mehrfach hatte errichten lassen. Das Übel in den Armenvierteln blieb daher bestehen, und nur die Teilnahmslosigkeit der Menschen verhinderte einen neuerlichen Ausbruch von Unruhen. Immer mehr unterstandslose, hungernde Flüchtlinge aus den von der Dürre verwüsteten Landstrichen strömten ins Land. Die Zahl der billigen Arbeitskräfte wuchs mit jedem Tag, und Josephs Anordnungen wurden neuerlich aktuell. In kurzer Zeit, so hieß es, würde man diesen Stadtteil nicht wieder erkennen.

Sabni bahnte sich einen Weg durch das Gedränge in den Gassen. Beim erbärmlichen Gestank nach Armut zog er die Nase kraus. Er erkannte die Klugheit hinter Josephs Entscheidung. Es gab hier ganz eindeutig zu viele Menschen, die in ihren schäbigen fremdländischen Gewändern durch die Straßen wanderten, sich in ihren barbarischen fremden Sprachen unterhielten, in der Stadt herumstreunten, auf Kosten der Regierung lebten und dabei fremdländische Krankheiten und fremdländische Sitten mitbrachten. Welches Recht hatten sie überhaupt, hierher zu kommen, den Einheimischen das Leben schwer zu machen, ihnen das Essen wegzuessen und Arbeiten zu verrichten, die den angestammten Einwohnern der Stadt zugestanden hätten?

Salitis hatte schon den richtigen Einfall gehabt. Man sollte das Pack zu Sklaven machen, sobald die Leute kein Geld mehr hatten, um für sich zu sorgen. Hatten sie die letzten aus der alten Heimat mitgebrachten Ersparnisse aufgebraucht und ihr letztes jämmerliches Habe für Nahrungsmittel und Unterkunft eingetauscht, blieb ihnen nur die Sklaverei. Sie sollten arbeiten, sollten diese gräulichen Bruchbuden niederreißen und Platz für die schönen Straßen der Zukunft machen.

Während er noch darüber nachdachte, kam er auf einen freien Platz, an dem fünf Straßen aufeinander trafen. Soldaten führten einen Trupp Fremder an, denen gerade erst der Sklavenbrand verpasst worden war. Damit waren sie für immer zu Sklaven gestempelt worden. Jetzt waren sie unterwegs zu den Sklavenmärkten oder Arbeitslagern. Frauen und Kinder, nackt und bemitleidenswert taumelten sie daher. Man hatte ihnen die Hände hinter den Rücken gebunden und ihnen Stricke um den Hals gelegt, die sie aneinander banden. Die Kinder wimmerten, die Frauen weinten; die Wachen lachten und hänselten sie. Sabni betrachtete sie mitleidlos: Hungerleider, die eindeutig aus dem Norden kamen, aus Arvad vielleicht oder von noch weiter nördlich, so viel ließ sich aus ihrer noch verbliebenen heimatlichen Haartracht schließen. Sabni rümpfte hochmütig die Nase und trat beiseite.

Plötzlich spürte er, wie jemand sich an seinem Gewand zu schaffen machte, genau dort, wo er seinen Geldbeutel trug. Sabni reagierte rasch und packte den kleinen Straßenjungen an seiner schmalen Hand. Der Junge war nackt und sein magerer Körper übersät mit Kratzern und Beulen. Seine Haare waren staubig, und er blickte Sabni mit großen dunklen Augen an. »Lass mich gehen!«, jammerte das Kind. »Ich habe nichts getan!«

»Nein, du hast nichts getan«, antwortete Sabni, »weil ich zu schnell für dich war. Du hast gedacht, du kannst meinen Geldbeutel stehlen.«

»Nein! Lass los! Du tust mir weh!«

»Ich werde dir zeigen, was wirklich wehtut, du kleiner Bastard! Der Wachposten dort wird deine schmutzige kleine Hand auf den Block legen und abhauen, damit du lernst, dass man einen Diener des königlichen Haushalts nicht bestiehlt.«

»Nein! Bitte!«

»Oder, da fällt mir eine noch schlimmere Strafe als das ein.« Ein böses Lächeln huschte über Sabnis Gesicht. »Was hältst du vom Kinderlager?«

Jetzt war der Junge erst recht entsetzt. Jeder in der Stadt wusste Bescheid über das Kinderlager. Vor zehn Jahren war es ursprünglich als Heim für obdachlose Kinder gegründet worden. Eine ehemalige Sklavin und Erbin des Kirakos von den Hay hatte großzügig Mittel dafür zur Verfügung gestellt. Die Frau – eine einfache Wohltäterin namens Meret – hatte gehofft, ein Heim für die Straßenkinder von Avaris damit zu stiften. Ein Heim für Kinder, die kein Zuhause hatten, nichts zu essen, nichts anzuziehen und niemanden, der sich um sie kümmerte. Sie hatte viel hinterlassen, um für die Unterkunft, Verpflegung und sogar Erziehung der verwahrlosten Kinder und Waisen zu sorgen, die sich massenweise in den Straßen der Armenviertel der Stadt herumtrieben. Stattdessen war das Kinderlager in die Hände eines gerissenen ausländischen Abenteurers namens Hakoris gefallen. Zuerst war er nur ein untergeordneter Verwalter im Kinderlager gewesen, hatte sich jedoch rasch hochgearbeitet und bald vollkommene Kontrolle über die Mittel des Lagers bekommen. Er hatte seine kleinen Schützlinge als Arbeitskräfte an andere vermietet und sich damit ein riesiges persönliches Vermögen erwirtschaftet. Durch zwielichtige Verbindungen und Bestechungen hatte er sich zum Alleininhaber und Verwalter des Lagers gemacht. Hakoris Ruf war mittlerweile dergestalt, dass niemand seine Kontrolle infrage zu stellen wagte. Was als Akt der Güte einer ehemaligen Sklavin begonnen hatte, die anderen ein Los wie das ihre es gewesen war, ersparen wollte, war ein trostloses Lager geworden, in dem diejenigen ausgebeutet wurden, für deren Unterstützung es ursprünglich errichtet worden war.

»Der Name sagt dir etwas, nicht wahr?«, fragte Sabni. »Wenn sich die Tore dieser Zufluchtsstätte einmal hinter dir geschlossen haben, ist es ziemlich unwahrscheinlich, dass sie sich je wieder für dich öffnen, was?«

»Tut das bitte nicht! Ich werde Euch nie mehr belästigen. Ich tue alles für Euch. Ich stehle auch für Euch. Ich kann auch Dinge für Euch auskundschaften, Euren Feinden nachspionieren und Euch dann wissen lassen, was sie machen.«

Sabni wollte zuerst das Gejammer des Kindes mit einem groben Schimpfwort abtun, doch dann ließ ihn etwas aufhorchen. »Du könntest Leute ausspionieren, sagst du«, dachte er laut. »Wenn ich mir das recht überlege, könnte ich jemanden in diesem Viertel gebrauchen. Jemanden, der für mich Leute ausfindig macht und Botengänge erledigt, von denen die Behörden besser nichts wissen.« Er betrachtete den Jungen stirnrunzelnd. »Doch nein. Für eine solche Arbeit bist du nichts. Du bist zu jung. Außerdem schaust du so zerbrechlich aus, dass du womöglich eher verhungerst, bevor du mir von Nutzen sein kannst. Könnte leicht sein, dass man dich umbringt, oder dass die Wachen dich erwischen.«

»Nein, nein! Ich bin sehr geschickt und vertrauenswürdig!« Sabni sah den Jungen genau an und versuchte, unter der dicken Schmutzschicht seinen Gesichtsausdruck zu erkennen. »Versucht es mit mir, Herr! Fragt mich etwas. Ich kenne hier jeden. Ich weiß, wo die Leute gerade sind und was sie machen. Nur schickt mich nicht zu …«

»Nein! Das bringt nichts. Ich bringe dich am besten gleich zu Hakoris in das Lager. Er wird mir nicht viel für dich bezahlen, aber er wird sich vielleicht einmal an den Gefallen erinnern, den ich ihm getan habe.«

»Fragt mich etwas! Fragt nach jemandem hier im Viertel. Wenn ich Euch nicht innerhalb von zehn Minuten hinbringen kann, dann …«

Sabni hielt den Jungen noch immer eisern am Handgelenk fest. »Also gut. Ich suche jemanden. Lass sehen, ob du ihn für mich finden kannst. Weißt du, wo sich ein weiser Mann namens Neferhotep aufhält?«

»Ist er ein großer, stocksteifer Mann mit einer tiefen Stimme? Er trägt ein Gewand ähnlich wie die Priester, habe ich Recht?«

»Das ist er. Finde ihn innerhalb von zehn Minuten und Hakoris kann sich einen anderen Straßenjungen suchen!« Ein Hoffnungsschimmer huschte über das Gesicht des Jungen. »Hast du Eltern oder Verwandte?«, fragte Sabni.

»Nein, Herr.«

»Wie heißt du denn, falls du überhaupt einen Namen hast?«

»Riki aus Theben, Herr.«

»Aus Theben? Unsinn. Du hast das Viertel hier doch noch nie verlassen.«

»Doch Herr. Ich hatte einmal eine Mutter. Sie war eine von denen, die die Dürre nach Norden getrieben hat. Sie starb, als ich acht Jahre alt war. Die Wachen wollten mich mitnehmen und an Hakoris verkaufen. Aber ich bin weggelaufen und habe mich versteckt. Hinter dem Getreidespeicher sind Ziegel lose. Ich habe ein paar davon gelöst und mich hinter der Mauer versteckt.«

Sabni grinste. Ein einfallsreicher Kerl, der Kleine. Wer weiß! Vielleicht erwies er sich doch noch als nützlich. Wenn man ihn ordentlich fütterte und kleidete, dann unterschied er sich vermutlich deutlich von den vielen gesichtslosen Niemanden in den Straßen. Aber am besten ließ man ihn so wie er war, verwahrlost und mager, halb nackt und voll von Beulen und Kratzern. So würde er niemandem auffallen. Wie alt mochte er sein? Zehn vielleicht? Er sah zwar jünger aus, aber das kam vermutlich daher, weil er unterernährt war. Er musste ungefähr zehn Jahre sein. Bisher war es ihm gelungen, Hakoris' Fängen zu entgehen. Damit standen seine diesbezüglichen Aussichten auch für die Zukunft nicht schlecht. Wenn man ihm jede Woche eine Münze zusteckte, vorausgesetzt, dass er tat, was Sabni von ihm verlangte, den einen Mann ausspionierte, den anderen verfolgte und Sabni immer auf dem Laufenden hielt, was den Straßentratsch anging.

»Finde Neferhotep und du bist frei. Findest du ihn sehr rasch, kriegst du noch eine Kupfermünze dazu. Vielleicht ergibt sich auch eine längerfristige Arbeit für dich daraus, so wie du gesagt hast. Versuchst du dich zu drücken, dann setze ich ein Preisgeld auf deinen Kopf aus. Wenn sie dich dann zu Hakoris bringen, wirst du aber nur eine Hand haben, mit der du arbeiten kannst.«

Sabni sah dem Jungen an, wie er überlegte und die Möglichkeiten gegeneinander abwog. Dann wurden seine Augen schmal, und ein schlaues Grinsen überzog sein Gesicht. »Ich finde ihn schnell, Herr!«, sagte er. Daraufhin erklärte ihm Sabni, was er zu tun hatte.

Kaum wurde er wieder freigelassen, rannte Riki wie wild davon. Er drehte sich nicht ein einziges Mal um und hielt an den Straßenecken nicht an. Geschickt bahnte er sich seinen Weg durch die Menschenmenge. Um Soldaten und Wachen auszuweichen, die ihn womöglich aufhalten könnten, tauchte er zwischen den Beinen von Schafen und Ziegen unter, die zum Markt geführt wurden. Er hatte seine Freiheit wieder, aber die Aussicht, sich für seine Arbeit eine Kupfermünze zu verdienen, war zu verlockend, als dass er sie hätte fahren lassen.

Außerdem hatte der Mann ihm das Angebot gemacht, ihn ständig mit Arbeit zu versorgen. Nicht dass Riki besonders scharf auf Arbeit war, aber es konnte nicht schaden, einen Diener des königlichen Haushalts auf seiner Seite zu haben, für den Fall, dass man einmal von den Wachen erwischt und abgeführt oder, was noch schlimmer wäre, von Hakoris' gefürchteten Handlangern entdeckt wurde, die die Elendsviertel der Stadt nach verwaisten Kindern durchkämmten.

Zweifellos gab es Schlimmeres, als von Hakoris' Männern gefangen zu werden, aber in den zehn Jahren, die er nun schon auf der Welt war, hatte er ihre Bekanntschaft noch nicht gemacht. Ab und zu gelang es einem der Kinder, aus dem Lager zu flüchten. Sie erzählten dann ihre Geschichten jedem, der sie hören wollte. Erwachsene hörten meistens gar nicht hin, es sei denn sie hatten eigene Kinder. Aber die Straßenkinder, wie Riki, hörten gut zu; und die Geschichten waren entsetzlich.

Riki kam um eine Ecke gelaufen, verlangsamte das Tempo, um einen Blinden vorbeizulassen, kroch unter einen Ochsenkarren und stürzte danach in ein kleines Nebengässchen, Neferhotep … das musste jener Gelehrte sein, der weise Semsu, der auf halbem Weg zwischen dem *Basar zum Olivenbaum* und dem Kanal lebte, in dem Haus mit den Schriftzügen an der Mauer. Es ging das Gerücht, dass der Arzt einmal einem Vagabunden beigestanden hatte, ohne von ihm Geld zu verlangen. Danach hatte der Vagabund das Zeichen für »zarte Hand« an die Wand gemalt, um andere darauf aufmerksam zu machen. Der Arzt kannte jedoch offensichtlich die Zeichensprache der vom Schicksal Benachteiligten und hatte die Inschrift durch ein paar wenige Striche so verändert, dass sie jetzt lautete: »Vorsicht vor dem bissigen Hund.«

Er war wirklich ein kluger Mann und mit allen Wassern gewaschen. Vielleicht zu klug, um ihn, Riki, dafür zu bezahlen, dass er ihm die Nachricht überbrachte. Er würde wissen, dass der Junge von der Person, die ihn beauftragt hatte, auch bezahlt würde. Das ging schon in Ordnung. Eine Kupfermünze für die Arbeit eines Tages war mehr als genug. Davon konnte er eine Woche lang leben und es blieb ihm sogar noch etwas für das Glücksspiel.

Da war er auch schon in der Straße, in der der Weise lebte. Und hier stand er vor dem Haus des Gelehrten. Die Inschrift war immer noch zu sehen. Riki blieb vor den Stufen, die zur Tür hinaufführten, stehen. Er war etwas außer Atem vom raschen Gehen. Dann nahm er all seinen Mut zusammen, bückte sich nach einem Stein und schlug damit an das Tor. Es blieb still. Nichts rührte sich. Der Junge machte einen Schritt zurück und sah nach oben. Einer plötzlichen Eingebung folgend ging er noch weiter zurück und warf einen Stein durch eine Maueröffnung im Obergeschoß. Jemand schrie auf vor Schmerz und fluchte. Das runde Gesicht eines Dieners tauchte in der Öffnung auf. Gleich darauf ließ sich der Gelehrte höchstpersönlich blicken. »Na warte, du!«, rief der Arzt. »Das wirst du mir büßen!«

»Ich bitte Euch, Herr! Man verlangt nach Euch im Palast des Goldenen Pharaos! Ihr sollt sofort kommen! Beeilt Euch!«

»Warum soll ich deinen Worten Glauben schenken, du Bengel?«

»Ihr sollt Euch bei Mehu melden. Bei Mehu, dem Ersten Diener im königlichen Haushalt.«

Neferhotep erinnerte sich sofort an den Namen; er lächelte triumphierend. Doch gleich darauf wurde sein Gesicht böse, und es bekam einen rachsüchtigen Ausdruck. Er trat vom Fenster zurück. Riki hörte, wie er sich mit jemandem im Inneren des Hauses leise unterhielt. Nur ab und zu waren ein paar Worte zu verstehen. »... schließlich doch ... habe es ja gewusst, dass sie mich früher oder später rufen werden ... ich werde es sie büßen lassen, dass ich so lange darauf warten musste ...«

Dann tauchte der Gelehrte wieder am Fenster auf. »Sag ihnen, dass ich gleich kommen werde, Junge. Hier hast du etwas für deine Mühe. Jetzt verschwinde!« Etwas Glänzendes fiel zu Boden und rollte unter die Räder eines vorüberfahrenden Ziegenkarrens. Riki wartete, bis das Gefährt vorbei war, und bückte sich dann gierig danach.

Es war eine Kupfermünze: fünf *Otnou*! Davon konnte er Essen für geraume Zeit und hin und wieder auch einen ordentlichen

Schlafplatz bezahlen. Was für ein Luxus! Er hob den Kopf zum Obergeschoss, um sich zu bedanken, aber der Weise war bereits verschwunden. Da Riki nackt war, hatte er auch keine Tasche, in die er die Münze hätte stecken können. So nahm er sie, schmutzig wie sie war, in den Mund und machte sich mit klopfendem Herzen auf den Rückweg zu Sabni. Das war heute ein Glückstag für ihn!

IV

Drinnen im Haus zupfte der weise Neferhotep sein Gewand zurecht, bis die Falten nach seinem Geschmack fielen. Hoch aufgerichtet und steif stand er da und fragte: »Wie sehe ich aus?«

Seine Gefährten betrachteten ihn eingehend. Ameni reagierte vorsichtig wie immer, wandte den Blick ab und gab keine Antwort. Der Priester Petephres runzelte finster die Stirn und knurrte. »Du schaust aus wie der überhebliche Quacksalber, der du bist«, sagte er. »Wenn du Schmeicheleien hören willst, bist du an die Falschen geraten, mein Freund.«

»Schmeicheleien?«, fragte Neferhotep. Er hatte eine tiefe, beeindruckende Stimme. »Du irrst. Ich möchte wissen, ob ich auf diese Dummköpfe im Palast den richtigen Eindruck mache. Du weißt, wie wichtig der erste Eindruck ist bei unserem Goldenen Pharao! Geistlos wie er nun einmal ist! Sehe ich aus wie ein Weiser?« Er zog theatralisch eine Augenbraue hoch. »Wie ein gelehrter Semsu?« Er machte eine Handbewegung, als wolle er einen unsichtbaren Geist aus der Luft zaubern. »Werde ich ein abergläubisches Hay-Schwein wie Salitis beeindrucken, wenn ich vor ihn trete, um ihn von seinen Hirngespinsten zu befreien?«

»Gib acht, was du sagst!«, rügte Aran ihn scharf; er war der Einzige der Anwesenden, in dessen Adern Nomadenblut floss. »Ich dulde deine Selbstgefälligkeit nicht. Salitis' Leiden hat nichts mit seiner Abstammung von den Hay zu tun.«

»Tut mir Leid«, antwortete Neferhotep. »Ich wollte dich nicht kränken.« Seine Augen blickten kühl, und er lächelte humorlos. »Vielleicht hast du Recht. Manuks verrückter Balg ist vielleicht unehelich«, fügte er sarkastisch hinzu. »Den Gerüchten zufolge, die mir hier und da zu Ohren kommen, war Manuk sehr viel unterwegs zu der Zeit, als das Kind empfangen wurde. Unter solchen Umständen sind Frauen sehr anfällig für Liebeserklärungen anderer Männer! Wer weiß, was für ein Mann sich mit der Dame vergnügt hat, während der ehrenwerte Manuk mit den Hethitern verhandelt hat? Ich würde vermuten, dass er vielleicht Schafhirte war. Ich stelle mir einen großen, ungewaschenen Tölpel vor, den die Spielereien mit seinen Schafen geil gemacht haben.«

»Das reicht!«, zischte Aram. »Wer weiß, wie weit deine Worte zu hören sind. Männer wurden schon für Geringeres gepfählt! Geh jetzt zu deiner Verabredung und tu dein Bestes. Das ist eine wunderbare Gelegenheit für unsere Gruppe. Gut möglich, dass dir eine dauerhafte Stellung im königlichen Haushalt daraus erwächst, und dann …«

Neferhotep lächelte eisig. »Wenn der königliche Hanswurst sich einmal an meine Heilmittelchen gewöhnt hat, wer weiß, welche neuen Geschmacksrichtungen wir ihm schließlich zu verkosten geben werden? Vielleicht Alraune? Oder Nachtschatten?«

»Psss!«, mahnte Aram wieder. »Geh jetzt und berichte uns so bald du kannst, ja?«

Der Gelehrte verneigte sich vor ihnen und machte dabei eine übertriebene Handbewegung; dann ging er.

Die drei sahen ihm nach. Ameni trat ans Fenster und blickte hinaus. »Er spielt seine Rolle gut! Man kann nur das Beste hoffen!«, murmelte er, während er Neferhotep mit den Blicken folgte, bis dieser um die Ecke verschwunden war. »Es ist zweifellos eine Gelegenheit«, sagte Petephres und erhob sich. »Ich muss gehen. Ich habe im Tempel Verschiedenes zu erledigen.« Er warf einen Blick auf Aram. Petephres hatte den Hay nie als gleichwertiges Mitglied ihrer Kabale akzeptiert, obwohl Aram für die Ausführung ihres Plans unerlässlich war. Wenn Salitis gestürzt wurde, musste unbedingt ein Nachfolger aus den Reihen der Hay gefunden werden. Die Krieger der Hay würden keinen Mann ägyptischer Abstammung als Nachfolger auf dem Thron anerkennen. Aber Aram hatte gute Verbindungen zum feindlichen Lager der Kabale, also zu jenen Nomadenkreisen, die Salitis trotz seiner Unfähigkeit immer noch treu ergeben waren, und diese Tatsache machte ihn zu einem äußerst zweifelhaften Freund. »Aram, du wirst dich mit dem hohen Tier im Lager der Beduinen treffen?«

Aram stand auf, streckte sich und kratzte sich den Bart. »Ja. Ich bin schon sehr gespannt auf dieses Zusammentreffen. Jemand der aus dem Nichts auftaucht und in derart kurzer Zeit zu solchem Reichtum und Einfluss aufsteigt, interessiert mich. Ich möchte mehr über ihn erfahren. Er kann sich als recht nützlich für uns erweisen. Er hat Geld, und unserer Verschwörung mangelt es gerade jetzt daran, besonders da es euch beiden nie gelungen ist, die unseligen Verluste wieder auszugleichen, die euch durch die Konfiszierung eurer Ländereien erwachsen sind.«

Petephres warf Aram einen hasserfüllten Blick zu. Der Hohe Priester war immer noch verbittert über die Verluste, die er und Ameni vor zehn Jahren erlitten hatten. Damals war ihr Plan, den Erben von Kirakos' Gütern auszutricksen, durchkreuzt worden. Obwohl er Josephs Schwiegervater war, wurden seine landwirtschaftlichen Besitzungen damals von der Regierung genauso eingezogen wie die anderer Leute, denn die Regierung brauchte die nötigen Grundlagen für die Erzeugung von Nahrungsmitteln. »Sei nur ja vorsichtig«, warnte Petephres gehässig. »Erzähl dem Beduinen nicht mehr als unbedingt notwendig. Wir wissen absolut nichts von ihm.«

»Ich werde der Inbegriff von Diskretion sein.« Aram verbeugte sich vor Ameni und Petephres. »Meine Herren!«, sagte er ironisch, und damit trat er hinaus in den hellen Sonnenschein.

Als er aus dem Haus trat, löste sich eine junge, ärmlich gekleidete Frau mit abgehärmtem Gesicht aus der Menge, die sich immer noch am Rand des *Basars zum Olivenbaum* drängte. Die Frau winkte ihn näher. Aram wollte sie ignorieren, aber sie trat ihm in den Weg. Er warf ihr einen unwilligen Blick zu und wollte sie verscheuchen. »Nein!«, flüsterte er. »Nicht hier! Wie oft muss ich dir das noch sagen!«

»Bitte Aram!«, flehte die Frau. »Ich weiß, dass ich dich nicht in aller Öffentlichkeit belästigen soll. Ich weiß, dass du mich nicht mehr liebst. Aber ich muss für unseren Sohn sorgen, und ich habe nicht genug Geld, um für sein Essen und seine Bleibe aufzukommen. Wenn wir nicht bald mit Geld aufwarten, dann setzt man uns auf die Straße.«

Aram stieß einen derben Fluch aus und drängte sie in eine enge Seitengasse. »Was bezweckst du? Willst du mich ruinieren?«

»Nein, Aram, natürlich nicht. Aber …«

»Du weißt, dass ich den Jungen nicht anerkennen kann. Du weißt, dass ich dich nicht heiraten kann. Ich habe dir das alles bereits erklärt.«

»Aber du bist sein Vater. Er möchte dich gern haben. Du kannst doch nicht einfach zusehen, wie wir in bittere Not geraten!«

Aram zitterte vor Wut und konnte sich kaum beherrschen. Dann holte er tief Luft und gab sich Mühe, ruhig und leise zu sprechen. »Hör zu, Tefnut. Ich weiß, dass du und Kamose es schwer gehabt habt. Es war mir nicht möglich, viel Zeit mit euch zu verbringen. Aber ich stehe vor großen Veränderungen in meinem Leben, die ich dir nicht erklären kann. Sobald ich alles unter Kontrolle habe, werde ich dich besuchen. Wir werden fischen gehen. Ich werde ein Boot ausborgen, wir nehmen etwas zu essen mit und verbringen einen ganzen Tag zusammen. Es wird wunderbar werden, so wie früher, als Kamose noch klein war.«

»Er ist jetzt zehn Jahre, Aram, und er kennt seinen Vater kaum.«

Aram seufzte aufgebracht. Dann griff er unter sein Gewand und zog eine Börse hervor, in der ein paar Münzen klimperten. Er drückte sie der Frau in die Hand. »Da, nimm! Es ist nicht viel, aber mehr habe ich nicht bei mir. Das sollte einmal reichen. Nimm es und …« Er schüttelte den Kopf. Er war zornig über sich, über die Frau, einfach über alles. »Bitte!«

Aram wollte sich umdrehen und gehen, aber da packte sie ihn wieder am Arm. »Aram!«, flehte sie. »Verlass uns nicht auf diese Weise!«

Aram warf ihr einen kalten Blick zu. Die einst so schöne Tefnut sah heruntergekommen aus. Sie war mager und frühzeitig gealtert. Aber Aram fühlte sich weder schuldig noch verantwortlich für sie. Er war nur zornig, weil sie sich in seinen Alltag drängte. Seine Verantwortung galt von jetzt an den Menschen im Delta, Hay und Ägypter in gleicher Weise, dem Volk, das unter Salitis' strenger und unsicherer Führung gelitten hatte. Eines Tages würde er ihr Anführer, ihr König sein. Das war alles, was zählte, und im Hinblick darauf schien alles andere unwichtig und selbstsüchtig. Es war seine Pflicht und nicht nur Eigennutz, was ihn aus ihrer Nähe vertrieben hatte, fort von ihrem Bett und ihrem Heim, wo sie ihren Sohn großzog. Begriff sie das denn nicht? Für sie und den Jungen würde in seinem zukünftigen Leben kein Platz sein.

Was brachte es, wenn er falsche Hoffnungen weckte? Im Handumdrehen würde sie ihm wieder mit Heiratsplänen in den Ohren liegen. Ihn heiraten! Ihn, der der nächste König und Beherrscher beider Reiche sein würde! Sie, die gewöhnliche Frau aus dem Volk! Ihm blieb nur eines übrig: Er musste fort von ihr, fort von ihrer rauen Stimme, fort von ihren kalten Fingern, mit denen sie seinen Arm umklammert hielt, fort von der Last, die sie ihm aufbürden wollte.

»Bitte, Tefnu! Nimm das Geld! Und grüße Kamose von mir!« Er lächelte schmeichlerisch, richtete sich hoch auf und schüttelte damit die Last von den Schultern. Er tätschelte ihr die Hand. »Leb wohl! Ich muss mich beeilen.«

Mit diesen Worten verschwand er in der Menschenmenge, die sich vor den von der Regierung betriebenen Marktständen um Obst und Käse anstellten. Als er sich mit gesenktem Kopf eilig einen Weg durch die Menge bahnte, hörte er Tefnut seinen Namen rufen.

»Auf alle Fälle macht er eine gute Figur«, sagte Sabni, als er der eindrucksvollen Gestalt des Gelehrten mit den Augen folgte, wie dieser sich mit langen Schritten den königlichen Gemächern näherte. »Ich hoffe, es gelingt ihm!«

Mehu kaute aufgeregt an einem bereits ausgefransten Fingernagel. »Du hoffst?«, sagte er. »Meine ganze Laufbahn bei Hof steht auf dem Spiel. Wenn der König ihm mit Wohlwollen begegnet, bin ich ein Held. Wenn das nicht der Fall ist …«

Der Gelehrte erschien in der Tür. »Du!«, rief er und winkte. »Seine Majestät benötigen dich.« Mehu trat erschrocken vor. Als er vor dem Arzt stand, flüsterte Neferhotep ihm leise zu: »Mach, was ich dir sage. Stelle keine Fragen, sondern antworte nur: ›Ja, Semsu.‹ Nenne mich immer ›Semsu‹.« Er blinzelte Mehu verstohlen zu, setzte aber sogleich wieder den gewohnt würdevollen Gesichtsausdruck auf. »Geh mir bitte zur Hand. Die Zaubersprüche und Heilmittel müssen mit größter Sorgfalt angewandt werden, wenn sie die entsprechende Wirkung erzielen sollen.«

Mehu folgte dem Magier in das Gemach des Königs. Salitis saß steif da, und seine ganze Haltung drückte tiefste Abscheu aus. »Nun! Fang endlich an!« Seine Stimme klang gepresst. Er warf einen Blick auf Joseph, der neben ihm stand und das Geschehen reserviert beobachtete. Dann wandte sich Salitis sogleich wieder an den Magier. »Also jetzt komm endlich!«

Neferhotep hielt inne, aber seltsamerweise nahm der König keinen Anstoß daran. Mit seiner tiefen, dröhnenden Stimme hob der Magier an: »Ich komme von On, mit den Großen des großen Hauses, den Schutzherren, den Herrschern der Ewigkeit. Ich komme von Sais, mit der Mutter der Götter. Ich stehe unter ihrem Schutz.«

Etwas in der Stimme des Mannes verlangte nach Ruhe und Achtung. Mehu und die anderen – sogar der König – gaben die entsprechenden Antworten, als Neferhotep mit der Litanei fortfuhr. Seine Augen waren geschlossen. Er hatte den Kopf zurückgeworfen, als befände er sich in Trance. Doch mit festen bestimmten Worten befahl er den Anfällen, die den Goldenen Pharao quälten, seinen Kopf und seine Gliedmaßen zu verlassen. Mehu blickte hinüber zu Salitis. Auch dieser hielt die Augen geschlossen. Sein Körper schwankte sacht im langsamen Rhythmus des Sprechgesangs. Das war ein gutes Zeichen. Es bedeutete, dass der Kranke sich dem Geist der Handlung öffnete, und das ließ auf Erfolg hoffen.

»Ich gehöre Ra«, fuhr der Seher fort. »Und so sprach Ra: ›Ich werde den kranken Mann vor seinen Feinden bewahren. Sein Führer soll Thoth sein, der Patron der Ärzte, der durch die Schrift spricht, der Bücher schafft, der nützliches Wissen an seine Jünger, die Ärzte, weitergibt, damit sie den kranken Mann von Krankheit befreien, so kann ihn der Arzt am Leben erhalten.‹«

Mehu sah Salitis an und staunte über die Veränderung. Der König ließ die Schultern hängen und sein Gesichtsausdruck war entspannt. Er schien zu schlafen, doch saß er aufrecht, aber entspannt da. Neferhotep verlangsamte nun das Tempo seiner Worte und hielt schließlich inne. So leise, dass außer Mehu ihn niemand hörte, flüsterte er: »Komm mit mir!« Er zog Mehu in eine entfernte Ecke des Raums und erklärte ihm leise: »Gibt jetzt gut Acht. Bevor ich herkam, habe ich diese Ingredienzen in Honig angesetzt. Die Mixtur wird eingenommen und wird die Schmerzen des Königs lindern. Sie besteht zum Teil aus dem Saft der Mohnkapsel, aber der wirkungsvolle Bestandteil ist eine Art Salz, das im Norden vorkommt. Dieses Salz lindert diese Art von Wahnsinn, an dem der König leidet. Ich habe die Verwendung des Salzes von den Ärzten aus Ebla gelernt, seinerzeit, noch vor dem Fall der Stadt. Der Honig kommt direkt aus der Wabe und soll nur den Geschmack übertönen. Unter keinen Umständen darf der König erfahren, woraus die Mixtur besteht.«

»Sehr wohl, Semsu.«

»Gut. Vergewissere dich nur, dass er die Medizin täglich einmal zu sich nimmt. Die Veränderung, die mit dem König vor sich gehen wird, wird dich erstaunen. Er wird sich wie ein vernünftiger Mensch betragen. Es wird keine Wutanfälle und Krämpfe mehr geben. Vielleicht wird er ein wenig gedämpft wirken und viel schlafen. Aber jetzt hör mir gut zu: Wenn er die Medizin auch nur für ein paar Tage nicht einnimmt, wird alles so sein wie früher. Nimm dich davor in Acht! Besteh darauf, dass er die Medizin regelmäßig einnimmt!«

»Aber wenn er geheilt ist, Semsu?«

»Es gibt keine Heilung«, zischelte Neferhotep mit großem Nachdruck. »Nichts heilt diese Krankheit, außer dem Tod. Aber wenn meine Medizin richtig eingenommen wird, bewirkt sie in Verbindung mit meinen Zaubersprüchen, dass die Geister unter Kontrolle gehalten werden.« Er drückte Mehu vier kleine Päckchen in die Hand. »Jeden Tag wird ein Päckchen in süßem Wein aufgelöst. Salitis muss diesen dann innerhalb einer Stunde trinken.«

»Aber wenn er jeden Tag eines einnimmt, was machen wir dann nach vier Tagen?«, fragte Mehu.

Neferhotep lächelte beruhigend. »Dann meldest du dich bei mir. Das wirst du alle vier Tage tun müssen. Nur ich kenne das Rezept.« Er blinzelte Mehu verschwörerisch zu. »Es sei denn, jemand entschließt sich, dass es günstig wäre, wenn ich immer zur Verfügung stünde, auf einer dauerhaften Basis, zu einem, nun sagen wir, vorher vereinbarten Honorar.«

Als Aram den Markt betrat und sich einen Weg durch die auf-
gebrachte Menge bahnte, dankte er im Stillen seinem glücklichen
Geschick, das ihm seine ägyptische Mutter beschert hatte. Ihr verdankte er die dunkle Gesichtsfarbe und seine ägyptischen Gesichts-
züge. Erkannte man in diesem Stadtteil einen Mann als Hay, dann
war dieser besser bewaffnet oder noch besser von einem kräftigen
Nubier als Wache begleitet. Die Stimmung gegen die Herrschaft der
Hay war bitter, und in jüngster Zeit war es schon mehrfach zu
Übergriffen auf die Zivilbevölkerung aus den Reihen der Hay ge-
kommen, besonders seit Salitis' Soldaten streng auf die Quoten für
Früchte und Getreide achteten. Die Angriffe wurden mit schweren
Strafen vergolten, aber das war nur ein geringer Trost für die Über-
fallenen.

Aram verstand den Zorn und die Verbitterung der Ägypter. Er
hatte Mitgefühl mit dem Los des Volkes seiner Mutter. Diese Menschen waren durch die Machtübernahme ins Verderbnis gestürzt
worden, und Aram verstand, dass sie die Hay hassten. Sie alle litten
unter Salitis' Herrschaft und den Maßnahmen, die Joseph, der auch
ein Fremder war, in den vergangenen zehn Jahren getroffen hatte.
Aram wusste, dass er sich die Verachtung und Abneigung, die alle
für Salitis empfanden, im Endstadium seines Vorhabens zunutze
machen konnte, wenn er den Goldenen Pharao stürzen und selbst
seine Stelle einnehmen würde. Ohne die Unwahrheit zu sagen,
konnte er sich als Feind von Salitis und seinem kanaaitischen Wesir
bezeichnen.

Aram blieb stehen und ließ einen schwer beladenen Karren vorbei, den zwei bis an die Zähne bewaffnete Wachsoldaten der Hay
begleiteten. Dabei studierte er unbekümmert die Gesichter der Umstehenden. Manchen war der unterdrückte Zorn deutlich anzumerken, andere sahen dem Wagen nur resigniert nach. Alle waren eindeutig unterernährt. Aber umso besser; schließlich konnte man ein
zufriedenes, wohlgenährtes Volk zu keinem Umsturz anstiften.

Plötzlich spürte Aram eine seltsame Erregung. Jemand in der
Menge beobachtete ihn. Er drehte sich unvermittelt um und warf
einen scharf prüfenden Blick auf die Umstehenden. Alle hatten die

Gesichter abgewandt und beschäftigten sich unschuldig mit anderen Dingen. Doch als er sich wieder der Straße zuwandte und hinter dem Karren und den Wachen verschwand, hatte er immer noch das gleiche eigenartige Gefühl. Wer beobachtete ihn? Wer war es?

Er schob den Gedanken beiseite und bog in eine Straße ein, die seinen Weg kreuzte und die weniger dicht begangen war. Er beschleunigte seine Schritte und drückte sich dabei rechts an die Mauer. Er war begierig darauf, den Beduinenprinzen zu treffen und herauszufinden, ob sich gemeinsame politische Ziele abzeichneten. Hakoris, der sich als Beduinenprinz aus Seir in der nördlichen Wüste ausgab, hatte sich seit seiner Ankunft in Avaris mit einer geheimnisvollen Aura umgeben. In erstaunlich kurzer Zeit hatte er die mit reichen Mitteln ausgestattete Einrichtung, die Kirakos' Erbin zur Obsorge für die Straßenkinder der Stadt ins Leben gerufen hatte, übernommen, ja praktisch an sich gerissen. Er trug die extravagante Kopfbedeckung der Wüstenvölker, auch wenn er sich mehr oder weniger nach ägyptischer Sitte kleidete. Mit seinem üppigen Bart und den buschigen Brauen machte er einen gefährlichen, geheimnisvollen Eindruck, als verfüge er über ungeheure Kräfte. Er hatte keine Freunde und lebte allein in einem großen, karg möblierten Haus. Nur eine einzige Sklavin lebte bei ihm, eine junge Frau, deren Vater ein Arzt gewesen war, und der wie so viele andere von Josephs Politik in den Ruin getrieben worden war. Er hatte seine Tochter als Leibeigene verkauft und war verschuldet gestorben.

Ein eisiger Schreck durchzuckte plötzlich Aram, und er verlangsamte seine Schritte: Was war, wenn Hakoris Verbindungen zum Hof unterhielt? Was war, wenn er die Verschwörer betrog, sobald sie ihn mit ihrem Unternehmen vertraut machten?

Aram blieb erschrocken stehen. Seine Besorgnis war ihm deutlich anzusehen. Er würde mit dem Fremden äußerst vorsichtig sein müssen, ihn zuerst gründlich aushorchen und das Thema erst zur Sprache bringen, nachdem er die Ansichten des Beduinen über andere, weniger verfängliche Themen erforscht hatte. Aber dafür gab es nicht ausreichend Zeit. Er musste das Risiko eingehen. Seufzend setzte er seinen Weg fort. Diesmal beachtete er das eigenartige Gefühl im Nacken nicht, das ihn bereits zuvor auf dem Marktplatz befallen hatte.

Riki stand oben auf dem Dach und ließ den dunkelhäutigen Mann nicht aus den Augen. Er folgte ihm, als dieser seinen Weg durch die enge Gasse fortsetzte. Geschickt sprang er über einen schmalen Zwischenraum zwischen zwei Gebäuden und verfolgte Aram leichtfüßig oben über die Dächer.

Riki war neugierig geworden. Er war ein aufgeweckter Straßenjunge, und der *Otnou,* den ihm der Palastdiener gegeben hatte, weil er Neferhotep für ihn ausfindig gemacht hatte, hatte ihn sehr beeindruckt. Jetzt war Riki entschlossen, sich noch mehr Kupfermünzen von Sabni zu verdienen. Für ihn gab es nur einen Ort, wo er beginnen konnte, und das war das Dach von Neferhoteps Haus. Von hier beobachtete er, wie der Besucher das Haus verließ. Riki kannte Petephres vom Hörensagen, obwohl er sich nicht vorstellen konnte, was ein Hoher Priester von On mit einem übel beleumundeten Magier zu tun haben konnte. Als der dunkelhäutige Mann, kurz nachdem Neferhotep gegangen war, das Haus verließ, beschloss Riki, ihm zu folgen, in der Hoffnung, Neuigkeiten auszukundschaften, die Sabni Geld wert waren. Bei dem Treffen war noch ein dritter Mann gewesen, aber er schien Riki nicht wichtig genug, um ihm zu folgen. Er sah aus wie ein erfolgloser Geschäftsmann. Keiner der Männer schien besonders bedeutungsvoll zu sein, einzig und allein Petephres mochte vielleicht Einfluss haben. Aber auch er zählte in Avaris weniger, als es weiter im Süden der Fall gewesen wäre, denn in Avaris standen die Götter der Hay über denen der Ägypter.

Während Riki Aram folgte und sich immer wieder bückte, wenn der Mann sich umsah, wurde ihm allmählich klar, dass der Gegenstand seiner Neugierde ausgerechnet den Weg zu Hakoris eingeschlagen hatte. Tatsächlich blieb er vor dem Haus des Beduinen-Sklavenhalters stehen und klopfte, wenn auch nur zögernd. Er wirkte unruhig. Das Tor wurde geöffnet, und Hakoris' Sklavin, ein schlankes Mädchen von etwa fünfzehn Jahren, hieß ihn unterwürfig willkommen.

Verdammt! Die Tür fiel zu! Wie schade! Wenn er nur etwas näher heran käme und ihr Gespräch mithören könnte!

Er maß den Zwischenraum zwischen dem letzten Hausdach, über das er gekommen war, bis hinüber zum Dach von Hakoris' Haus. Konnte er es mit einem Sprung schaffen? Falls nicht, würde er unten auf der Straße mit zerschmetterten Gliedern liegen bleiben. Und wenn man ihn erwischte? Ihn schauderte. Hakoris! Er misshandelte die Waisen und hielt sie als Sklaven. Unter seiner Obhut war die Hälfte der jungen Waisen bereits beim ersten Auftrag, den sie für ihn auszuführen hatten, gestorben. Hakoris hatte sie als Arbeitskräfte für den Bau einer Brücke über einen Flusslauf voll mit hungrigen Krokodilen ausgeliehen. Riki würde lieber vom Dach zu Tode stürzen, als Hakoris in die Hände zu fallen.

Doch seine Neugierde und die Hoffnung, sich etwas zu verdienen, gewannen die Oberhand. Er beugte sich vor und hörte ihre Stimmen aus dem Hof hinter dem Tor. Aber sosehr er sich auch anstrengte, er verstand nicht, was sie sagten.

Er musste den Sprung riskieren. Er trat ein paar Schritte zurück und fasste den ihm am nächsten liegenden Teil des Daches von Hakoris' Haus genau ins Auge. Es bestand aus nackter Mauer, ohne Dachziegel, nur ein paar Palmwedel lagen auf dem Dach. Sie würden seine Landung dämpfen und etwaige Geräusche unterdrücken. Von dort konnte er sich auf die Oberkante der Mauer und dann zu Boden gleiten lassen. Riki holte tief Luft und sprang.

Er wusste sofort, dass sein Sprung zu kurz geraten war. Verzweifelt strampelte er, streckte die Arme aus und fand glücklicherweise noch Halt an einem Stück Bambus aus der Dachkonstruktion. Mit letzter Kraft klammerte er sich daran fest und knallte dabei unsanft gegen die Mauer. Er baumelte vom Dach herunter und unterdrückte bei diesem unsanften Aufprall nur mit Mühe einen Schrei.

Mühsam schwang er eines seiner dünnen Beine nach oben und umschlang damit den Bambusvorsprung. Für einen Augenblick hätte er beinahe losgelassen, doch dann gelang es ihm doch, sich hochzuziehen. Er hatte es auf das Dach geschafft! Keuchend lehnte Riki sich zurück. Sein ganzer Körper war übersät mit Kratzern, die an manchen Stellen auch bluteten, und in ein paar Stunden würden sich die blauen Flecken zeigen.

Mit seiner schmutzigen Hand wischte Riki sich Schweiß und Staub von der Stirn. Hoffentlich hatte niemand gehört, wie er an die Mauer geprallt und danach auf das Dach geklettert war! Aber zum Glück plätscherte das Geräusch der Stimmen unten im Hof ohne Unterbrechung weiter. Ohne auf den Schmerz zu achten, schob Riki sich auf Händen und Knien vorsichtig vor und lugte über den Rand.

Hakoris wandte ihm den Rücken zu. Das war gut. Aram war deutlich zu sehen, und Riki verstand fast alles, was er sagte. Es ging um irgendeine Organisation, der Aram angehörte und die er Hakoris schmackhaft machen wollte. Riki lag auf den Palmwedeln auf dem Bauch und hielt den Kopf schief, um besser hören zu können.

Schon nach wenigen Minuten wurden Rikis Augen immer größer, und vor Staunen brachte er den Mund nicht mehr zu. Diese Leute waren drauf und dran, Schwierigkeiten zu machen! Große Schwierigkeiten! Das war es, worum Sabni ihn gebeten hatte! An solchen Nachrichten war er interessiert! Wenn er die Neuigkeiten an Sabni verkaufen würde, dann …

Doch warte! Nicht so schnell. Welchen Grund hatte er schließlich, Sabni zu trauen. Sicher hatte er ihn beim ersten Mal bezahlt, er war sogar sehr großzügig gewesen. Aber dieser erste Gefallen war nicht schwierig gewesen. Doch jetzt war er im Besitz von gefährlichen Neuigkeiten, und dieses Wissen konnte ihn leicht zur Zielscheibe für jemanden machen. Er wusste nur zu gut, was mit Menschen in Avaris geschah, die zu viel wussten. Hier traute keiner dem anderen.

Aber was könnte geschehen, wenn er nichts sagte? Nicht viel. Für ein Straßenkind bedeutete Wissen sehr viel. Es würde am besten sein, wenn er weiter lauschte, sich alles merkte und auch weiterhin Augen und Ohren offen hielt. Riki beschloss also, vorerst zumindest, alles für sich zu behalten. Später, wenn Sabni sich als vertrauenswürdig herausstellte und diese Menschen da unten sich zu einer wirklichen Gefahr entwickelten, dann …

Die Palmwedel, auf denen er lag, rieben schmerzhaft auf seiner wunden Haut. Vorsichtig und ohne ein Geräusch zu machen veränderte er seine Lage. Dabei drehte er zufällig den Kopf in die Richtung, wo die Treppe von unten auf dem Dach endete und blickte direkt in die Augen der Sklavin, die vorhin das Tor geöffnet hatte. Eisiger Schreck durchfuhr ihn.

Lange blickten sich die junge Frau und der Knabe unverwandt in die Augen. Die Sklavin zeigte keinerlei Regung, wirkte weder überrascht noch entsetzt, ihn hier oben dabei zu ertappen, wie er ihren

Herrn ausspionierte. Riki beschwor sie mit einer Geste und flehendem Gesichtsausdruck, still zu sein. Sie sagte noch immer nichts und nickte ihm schließlich nach kurzem Überlegen zu. Danach blickte sie hinüber zum Rand des Daches und wieder zurück zu ihm und zog fragend die Brauen hoch. Er deutete hinunter in den Hof, zuckte mit den Schultern und gab ihr zu verstehen, dass er wieder über die Mauer verschwinden wollte. Sie schüttelte den Kopf, dachte kurz nach und bedeutete ihm, ihr zu folgen.

Riki richtete sich auf die Knie auf. Sein Körper und seine Gliedmaßen schmerzten von dem verunglückten Sprung. Das Gesicht der jungen Frau blieb ernst und ausdruckslos, nur ihre dunklen Augen blickten traurig. Ihre Haltung war teilnahmslos, wie abwartend, dachte Riki, als er ihren braunen Körper betrachtete. Von ihr schien keine Bedrohung auszugehen. Sie war vielleicht vier oder fünf Jahre älter als er, und als er ihr wieder in die Augen sah, beschloss er aus einem verrückten Impuls heraus, ihr zu vertrauen. Er stand auf und ging zu ihr. Sie drehte sich um, stieg leise die kurze Treppe hinunter und wandte sich dann nach rechts in einen Korridor, der vom Innenhof fort führte. Riki folgte ihr, den Blick starr auf ihren braunen Rücken gerichtet.

Sie führte ihn in ein kleines Zimmer, an dessen anderem Ende eine Treppe nach unten führte. Sie drehte sich zu ihm um und sagte: »Ich weiß nicht, wer du bist und was du willst, aber hier befindest du dich in großer Gefahr. Weißt du, wer mein Herr ist?«

»Ja. Es war dumm von mir, herzukommen.«

»Stimmt. Geh die Treppe nach unten; sie führt auf die Straße. Geh rasch, ehe Hakoris dich entdeckt.« Sie sah ihn von oben bis unten an. »Deine Wunden sollten behandelt werden.« Sie griff nach dem Tuch neben dem Waschbecken und wollte den Krug, der daneben stand, holen.

»Nein«, sagte er. »Das ist nicht notwendig. Trotzdem vielen Dank!«

Sie zuckte die Achseln. »Wie du willst. Wie alt bist du? Bist du hier aus dem Viertel? Hast du Familie?«

»Nein. Ich bin ein Niemand. Ich war noch ein Kind, als meine Mutter starb. Ich lebe dort, wo ich gerade Unterschlupf finde. Derzeit verstecke ich mich in einem Dachboden oberhalb …« Er hielt inne. Warum sollte er es ihr verraten? »Ich bin zehn, soviel ich weiß.«

»Du bist zu alt, um auf der Straße nackt zu gehen. In deinem Alter trägt ein Junge ein Lendentuch wie die Erwachsenen.« Sie schaute ihn prüfend an.

»Solange ich als Kind gelte, behandeln sie mich nachsichtiger, wenn ich in Schwierigkeiten bin«, antwortete er. »Aber du hast Recht. Irgendwann einmal werde ich ... Was ist mit dir? Gibt dir dein Herr nichts anzuziehen?«

Einen Augenblick blitzten ihre dunklen Augen auf. Riki konnte nicht sagen, ob es Zorn oder Unwillen war, was er sah. »Ich bin Mara, die Tochter des Arztes Sesetsu«, sagte sie mit stolz erhobenem Kopf. »Ich wurde verkauft, um die Schulden meines Vaters zu tilgen, als er starb. Aber unglücklicherweise war es Hakoris, der mich kaufte. Er kannte meinen Vater und hasste ihn aus irgendeinem Grund. Weil ich die Tochter meines Vaters bin, erniedrigt mich Hakoris zur Strafe. Bei den Beduinen im Norden ist es nicht Sitte, die Sklaven menschlich und mit Würde zu behandeln. Bei ihnen sind Frauen Leibeigene, die man benutzt und misshandelt.«

Riki machte ein entsetztes Gesicht und bemerkte dabei zum ersten Mal die Schwellung unter einem ihrer Augen, die von der dunklen Schminke, mit der sie die Augen betonte, beinahe verdeckt wurde. »Du bist geschwollen. Schlägt er dich?«, fragte er.

Sie legte die schmale Hand auf die Schwellung. »Es war mein Fehler. Ich kam ihm aus Versehen zu nahe, als ich ihm das Essen servierte, und verschob ihm dabei ein wenig seine Kopfbedeckung. Er erträgt es nicht, ohne Kopfbedeckung gesehen zu werden, und schlug mich.«

»Er muss verrückt sein.«

»Verrückter als du dir vorstellen kannst. Wenn er dich hier erwischt ...« Ein Schauder des Entsetzens überlief sie. »Geh schnell, ehe er dich hier findet.« Er wollte gerade gehen, aber sie legte ihre Hand auf die seine. Die Berührung erweckte in ihm ein rätselhaftes Gefühl; er warf einen verstohlenen Blick auf ihren schlanken Leib mit den gerundeten Hüften und den zierlichen Brüsten. »Bevor du gehst, sag mir deinen Namen, kleiner Spion«, bat sie.

»Riki. Riki von Theben. Ich danke dir. Ich werde es dir nie vergessen.«

»Denk an mich«, murmelte sie und ließ ihn langsam los; in ihren Augen lag Bedauern. »Denk an mich, kleiner Riki. Ich habe keine Freunde in der Welt, in der ich lebe.«

Er biss sich auf die Lippen und flüsterte mit aufrichtiger Überzeugung: »Du hast einen! Jetzt schon.«

VI

Eine Woche verging, dann eine zweite, während der Salitis' Verhalten von allen, die mit ihm zusammentrafen, genau beobachtet wurde. Die Anfälle des Königs kehrten nicht wieder. Seine Stimmungen wurden allmählich wieder normal. Die Zeiten, in denen er wie zwanghaft ununterbrochen redete, waren vorüber, und seine schrecklichen Wutanfälle gehörten der Vergangenheit an.

Auch mit den beängstigenden Träumen schien es vorbei zu sein. Salitis konnte sich jetzt nicht mehr erinnern, was er träumte. Er erwachte ausgeruht und ruhig. Nach zehn Tagen, an denen er seine tägliche Dosis eingenommen hatte, sandte der König Sabni als Boten zum Magier, um ihm mitzuteilen, dass er ihn als persönlichen Arzt des Goldenen Pharaos in den königlichen Haushalt berief und ihm dafür ein Gehalt aussetzte, das bisher unübertroffen war. Eine luxuriöse Wohnung, die früher einmal Kirakos gehört hatte, wurde renoviert und dem weisen Semsu, wie Neferhotep sich rufen ließ, angeboten. Dazu erhielt er Sklaven, Leibdiener und Helfer. Der König versicherte ihm seine ewige Freundschaft und Dankbarkeit.

Als Sabni schließlich ging, stand Neferhotep noch lange am Fenster und sah dem Boten nach, wie er sich seinen Weg durch die Straßen der Stadt bahnte. Leise lächelnd rief er schließlich einen Straßenjungen zu sich, der im Staub der Straße spielte, und schickte ihn aus, Petephres und die anderen Verschwörer zu holen, die nicht zum Kern dieser Gruppe gehörten. Sie sollten sich alle um die Mittagsstunde im Haus des Magiers einfinden. Er warf dem Jungen eine Münze zu und versprach ihm eine weitere, sobald er seinen Auftrag ausgeführt hatte. Riki grinste, biss auf die Münze und machte sich auf den Weg. Er war begeistert. Jetzt hatte er einen guten Grund, den Mitgliedern dieser Gruppe nachzuspionieren.

Die versammelten Verschwörer lauschten aufmerksam, als Neferhotep ihnen peinlich genau die in der zeremoniellen Hofsprache abgefasste Einladung des Königs aus der Erinnerung wiedergab. Nur seine Haltung und sein Gesichtsausdruck verrieten seine Genugtuung. Sobald er geendet hatte, strahlten alle.

»Du hast gute Arbeit geleistet, das muss ich sagen. Ich gratuliere dir!«, lobte Petephres.

Gemurmelte Zustimmung wurde laut. Nur Aram stimmte nicht mit ein. »Wenn du im Palast wohnst, werden sich gewisse Verständigungsprobleme ergeben«, gab er zu bedenken. »Du kannst natürlich mit uns in Verbindung treten. Aber wie sollen wir dir Mitteilungen zukommen lassen, ohne gleichzeitig unsere Beziehung zu verraten?«

»Ich werde diese Wohnung hier behalten«, antwortete Neferhotep. »Ich sage jedem, das sei mein Laboratorium. Von mir beauftragte Wachen werden für die Sicherheit sorgen und Nachrichten in Empfang nehmen. Außerdem bin ich jede Woche einen Tag hier. Mach dir keine Sorgen. Wir bleiben in Verbindung.«

»Und dein Ziel wird in der Zwischenzeit nicht in Vergessenheit geraten?«, fragte Aram zweifelnd. »Du wirst deine Freunde nicht vergessen? Es wird nicht so weit kommen, dass sie dir in deinem neuen Leben zu gefährlich werden und du dich dieser Last entledigen willst?«

»Du vergisst, wie viel ich zu gewinnen habe, wenn wir unseren Plan durchführen, mein junger Freund. Wenn du König von Ägypten wirst, werde ich Wesir. Der Kanaaiter wird sterben, und wir zwei«, mit einer raschen Handbewegung schloss er Petephres mit ein, »und unser gemeinsamer priesterlicher Freund, werden alle Macht im Delta und in der gesamten Region auf uns vereinen. Würde ich das für die bloße Bequemlichkeit, die ich als Leibarzt dieses Hay-Bauern auf dem Thron genieße, aufgeben?«

Die abfällige Bemerkung über sein Volk erregte Arams Unwillen. »Ich hoffe nicht«, antwortete er. »Aber es ist schon vorgekommen, dass bessere Männer als du sich von der Behandlung, die dir von diesem ›Hay-Bauern‹ zuteil werden wird, den Kopf verdrehen ließen. Ich erwarte, dass du uns von Zeit zu Zeit deine Treue beweist. Und was macht dich so sicher, dass Joseph gehen muss? Neidest du ihm seine Fähigkeiten? Er war in der Vergangenheit recht nützlich. In einer nicht ganz so wichtigen Stellung bei Hof kann er vielleicht …«

»Neidisch!«, knurrte Neferhotep. »Du hast Joseph nicht beobachtet, wie ich ihn beobachtet habe. Er wirkt gedämpft und besorgt. Er sieht zwanzig Jahre älter aus. Ich habe ihn so gut wie von seinem Posten verdrängt. Er hat keine Visionen mehr, und wenn er die Träume des Königs deuten soll, kann er es nicht.« Neferhotep nahm eine triumphierende Haltung ein, als er sich an diesem Thema erwärmte. »In der derzeitigen Krise hatte ich Erfolg, und er hat versagt. Die Macht, die er gehabt haben mochte, ist verschwunden. Joseph? Du kannst ihn vergessen.« Als er fortfuhr, sah er Josephs größten Feind an, dessen Schwiegervater Petephres. »Auch wenn es noch so lange dauert, die Rache ist süß. Wenn wir an die Macht kommen, bedeutet es gleichzeitig auch Josephs Fall. Hört meine Worte. Er ist ruiniert. Es würde mich nicht überraschen, wenn Salitis einige von Josephs früheren Aufgaben wieder selbst übernimmt, so tatkräftig und rege wie er wieder ist. Joseph wird ganz allmählich von seinem Posten verdrängt werden.«

Petephres entgegnete finster: »Ich kann warten. Aber sieh zu, dass sein Abgang dann auch endgültig ist. Und wenn du es einrichten kannst, dann schone meine Tochter.«

Asenath wachte in der Morgendämmerung auf und bemerkte, dass Joseph starr neben ihr lag und mit großen Augen an die Decke starrte. Sie gähnte, drehte sich zu ihm und betrachtete seine angespannten Züge. »Joseph, was ist los?«, fragte sie, doch er gab keine Antwort. Als sie die Hand auf seinen Arm legte, stellte sie entsetzt fest, wie angespannt er war. Sie schob ihren nackten Körper näher, und erst jetzt entspannte er sich etwas. »Joseph, Liebster? Fühlst du dich nicht gut?«

Ganz allmählich löste sich die Starre seines Audrucks. »Ich kann nicht schlafen«, sagte er tonlos. »Ich war die ganze Nacht wach. Ich versuchte, zu Gott zu beten. Meine Gebete wurden aber nicht erhört. Gott hat mich verlassen. Ich weiß nicht weiter.«

»Hat es mit dem König zu tun?«

»Zum Teil«, gab Joseph unglücklich zu. Er klang müde und niedergeschlagen. »Der Magier Neferhotep hatte Erfolg, wo ich versagte. Salitis ist zur Vernunft gekommen, so sieht er es, er ist zur Vernunft gekommen. Jetzt sieht er mich an und sieht in mir nicht mehr den Retter seines Landes. Er sieht in mir jemanden, der früher zuversichtlich seinen Weg ging und jetzt unsicher dahinstolpert. Und nun wird er mich mit diesem Arzt vergleichen, der erfolgreich ist und Anordnungen trifft und in jenem beruhigenden, bestimmenden Ton mit ihm spricht, den er früher von mir gehört hat.«

»Mein armer Liebling. Wenn du dich nur entspannen könntest! Vielleicht wird dann alles wie früher.«

»Es ist nicht so, dass ich mich verändert habe«, antwortete Joseph gereizt. »Jedenfalls nicht in dieser Hinsicht. Hast du geglaubt, dass die Deutung der Träume des Königs von mir stammte? Es war der Gott meiner Väter, der durch mich sprach. Es war seine wahrhaft prophetische Stimme. Die habe ich verloren. Gott hat mich verlassen.«

»Hast du die Opfer dargebracht und die Rituale beachtet?«

»Ja, alles. Aber ich hatte dabei immer das Gefühl, dass ich nur leere Handlungen begehe, so als glaubte ich nicht mehr daran. Als fühlte ich nicht mehr Seinen Geist.« Plötzlich griff er nach ihrer Hand und drückte sie so fest, dass sie beinahe vor Schmerz geschrien hätte. »Ich wünsche mir so sehr, mein Vater wäre hier, Asenath. Er würde wissen, was zu tun ist. Er wüßte, welche Buße notwendig ist, damit mir die Gnade von El-Schaddai wieder zuteil wird.«

»Buße? Was hast du falsch gemacht? Du bist ein aufrechter, gerechter Mann. Du hast alle Befehle ausgeführt, die du erhalten hast.«

»Die Hälfte der Bewohner des Landes lebt in Sklaverei, und die böse Macht des Salitis wächst mit jedem Tag. Er wird nicht nur immer böser, sondern sein Einflussgebiet wird immer größer. Er unterjocht nun bereits die meisten Länder am Großen Meer. Kann Gott das bezweckt haben, als er mir die Anweisungen erteilte, die ich an den König weitergab? Das kann ich nicht glauben. Ich muss etwas falsch gemacht haben. Ich muss unrein vor ihm erschienen sein oder die Opfer unwürdig dargebracht haben oder ...«

»Nein, Joseph! Geh nicht so hart mit dir ins Gericht. Dein Gott kann dich nicht für alle diese Dinge verantwortlich machen. Du hast nur seine Befehle ausgeführt.«

Sie nahm seine Hand zwischen die ihren und drückte sie an ihre Brust. Sie sprach leise und sanft, aber ihre Worte kamen so bestimmt, als hätte sie sie laut geschrien. »Lass ihn holen! Lass ihn nach Ägypten bringen! Deine Gesandten haben berichtet, dass er trotz seines Alters gesund an Körper und Geist ist. Er kann reisen. Er ist vergangenes Jahr nach Damaskus gereist, um für sein Volk Nahrungsmittel einzukaufen, und das war eine Reise über Land. Er kann auf einem großen Boot nach Ägypten reisen; das wäre wesentlich bequemer für ihn.«

Joseph starrte seine Frau mit offenem Mund an. Sie fuhr fort: »Er und deine Brüder und dein Volk müssen jetzt große Schwierigkeiten haben, Nahrung aufzutreiben. Bring sie her! Hier kannst du dich um sie kümmern. Du kannst für Jakob sorgen, und er kann dir mit deinen Problemen helfen.«

Joseph konnte es nicht fassen. Es war so einfach! Aber dann fielen ihm auch die schlechten Seiten ein, und Abscheu erfüllte ihn. »Meine Brüder! Vater würde sie nicht zurücklassen.« Er schloss die Augen und sein Gesicht verkrampfte sich beim Wettstreit seiner widersprüchlichen Gefühle. »Reuben. Levi. Und all die anderen. Sie haben mich verraten, Asenath. Sie hatten Schuld, dass ich als Sklave verkauft wurde. Sie verkauften ihren eigenen Halbbruder! Sie lehnten mich und Benjamin immer ab, weil Vater unsere Mutter und die Kinder, die sie ihm geboren hatte, bevorzugte. Vermutlich haben sie den armen Benjamin all die Jahre, seit ich fort bin, schlecht behandelt.«

»Das weißt du nicht«, wandte Asenath sanft ein.

Joseph zitterte vor Zorn. »Es könnte sein«, presste er zwischen den Zähnen hervor. »Aber sie müssen mir zuerst das Gegenteil beweisen, ehe ich ihnen vergeben kann. Ich muss es von Benjamin selbst hören. Ich muss mit meinen eigenen Augen sehen, wie sie ihn behandeln. Wenn ich annehmen muss, dass sie ihn in den vergangenen Jahren so schikaniert haben wie früher mich ...«

»Aber Liebster!«, fuhr seine Frau sanft, aber beharrlich fort. »Kannst du nicht herausfinden, ob sie sich tatsächlich so verhalten haben? Die Gesandten des Königs sind überall, und sie gehorchen immer noch deinen Befehlen. Lass sie nachforschen, und in der Zwischenzeit kannst du dir überlegen, wie du Jakob herbringen kannst. Er soll seine letzten Tage hier bei dir verbringen und die Bequemlichkeit genießen, die du ihm bieten kannst. Er würde sich bestimmt sehr freuen, endlich zu hören, dass du am Leben bist und es im Leben zu Erfolg gebracht hast. Er würde sehr stolz auf dich sein!«

Joseph dachte über ihren Vorschlag nach und fühlte sich erleichtert. Aber beim Gedanken an seine Brüder empfand er sofort wieder den alten Schmerz und den gleichen Zorn wie früher. Wenn es um seine Brüder ging, waren seine Gefühle sehr zwiespältig. Asenath fragte sich, wie sie ihn dazu bringen könnte, ihnen zu verzeihen und sich mit ihnen zu versöhnen.

Das Begräbnis und die große Prozession, die den Leichnam auf dem Weg vom Haus, in dem die Frau gestorben war, begleitete, hatten ein Vermögen gekostet – mehr als Baliniri in den Jahren, die er als Soldat im Dienst von Hammurabi von Babylon verdient hatte. Er hatte so viele gewerbsmäßige Klagegäste angeworben, dass es der Bestattung eines der vornehmsten Bürger Ehre gemacht hätte. Dazu noch eine ganze Flotille von Feluccas, die die Barke mit der Mumie und dem Sarkophag über das Wasser begleiteten. Und all das für eine einfache Frau, die als Sklavin geboren war und nur durch ihre Freundschaft mit einem anderen Sklaven zu ihrem späteren Reichtum gekommen war!

Dennoch lag eine gewisse Ironie darin ... obwohl Ayla einen einfachen Geschmack gehabt hatte und einen derartig verschwenderischen Aufwand missbilligt hätte – sogar jetzt, als das Bankett nach der Bestattung zu Ende war und die geladenen und die gemieteten Gäste gegangen waren und das große Haus, in dem Baliniri zehn Jahre lang mit Ayla gelebt hatte, leer war. Baliniri war allein mit ein paar von ihren alten Dienerinnen zurückgeblieben, die jetzt eilig damit beschäftigt waren, Ordnung zu machen. Alle hatten gesungen und ihren Geist mit vielen Tränen in die andere Welt begleitet, aber Ayla war nicht mehr hier, um darüber eine Meinung zu äußern.

Baliniri saß am Rand des Teichs in einem kleinen, weiter hinten gelegenen Garten, den Ayla so sehr geliebt hatte. Er hatte die Sandalen ausgezogen und kühlte die Füße im flachen Wasser. Eine entsetzliche innere Leere erfüllte ihn. Während der Zeremonie, mit der seine Frau und das Kind, dessen Totgeburt sie das Leben gekostet hatte, bestattet wurden, hatte er nichts weiter empfunden als ein leises Bedauern. Baliniri fragte sich, ob er nicht vielleicht ausgebrannt und überhaupt unfähig war, etwas zu empfinden.

Aber hatte er überhaupt je etwas für sie empfunden? Hatte er je ein aufrechtes, tiefes Gefühl für sie gehabt? Oder war sie bloß zu einer Zeit zu ihm gekommen, als er so dringend der Liebe bedurfte und danach gegriffen hätte, wo immer er welche gefunden hätte? Er war Ayla begegnet, als er sehr unter der soeben erfolgten Trennung von Tuja litt. Tuja war die Frau des Waffenschmieds Ben-Hadad gewesen, damals in Lischt, auf der anderen Seite der Grenze zwischen dem Gebiet der Hay und dem der Ägypter. Als Tuja spürte, dass sie von ihrem Mann schwanger war, hatte sie ihre Beziehung zu Baliniri beendet und war zu Ben-Hadad zurückgekehrt. Baliniri hatte sie sehr geliebt und litt unsäglich unter der Trennung.

Dann war er Ayla begegnet. Sie war warmherzig und liebevoll. Verletzlich wie er damals war, hatte er sie ohne zu Zögern geheiratet. Es begann ein neuer Abschnitt in seiner Laufbahn und er wurde Anführer in Salitis' Streitkräften. In den zehn darauf folgenden Jahren lebte er mit ihr in einem Wohlstand, den er in all den Jahren vorher nie gekannt hatte.

Ayla hatte Kinder gewollt. Viermal war sie schwanger gewesen, und viermal erlitt sie eine Fehlgeburt, jedes Mal zu Beginn der Schwangerschaft. Das letzte Kind hatte sie ausgetragen, und es hatte sie das Leben gekostet.

Es entsetzte Baliniri, dass er so gut wie nichts dabei empfand. Was für ein Ungeheuer war er doch, dass der Tod seiner Frau ihm so wenig bedeutete. Hatten die zehn Jahre bei Hof sein Herz so hart gemacht, wie sie ihn körperlich verweichlicht hatten? Was stimmte nicht mit ihm?

Er schloss die Augen und stieß einen tiefen Seufzer aus. Seine düstere Stimmung der Selbstverachtung wurde noch durch ein Bild vertieft, das ihm unmittelbar danach vor Augen trat und sein Gefühl von Verrat vergrößerte. Es war das Bild von Tuja, so wie er sie zum letzten Mal gesehen hatte, als sie von seinem Bett aufgestanden war und im Licht des grauenden Morgens auf ihn hinuntergeblickt hatte. Hinter ihr tauchten die ersten Sonnenstrahlen ihren zierlichen Körper in ein klares Licht, während Tuja noch zögerte sich anzukleiden und für immer fortzugehen.

Tuja!

Wie konnte er sie so gehen lassen!

Abscheu vor sich selbst erfüllte ihn, und er öffnete die Augen. Er saß da in seinem Garten und tauchte die Füße in das Wasser, während er herauszufinden versuchte, warum er absolut nichts empfand, obwohl er soeben seine Frau, mit der er zehn Jahre lang gelebt hatte, bestattet hatte. Ihn schauderte und er schloss die Augen. Und wieder tauchte Tujas Bild vor seinem geistigen Auge auf.

Er ergab sich endgültig der Treulosigkeit. Tuja! Was würde er nicht dafür geben, wenn er sie jetzt sehen könnte! Sie jetzt in den Armen zu halten! Wo war sie jetzt? Würde sie sich an ihn erinnern?

Kapitel 2

I

Der Junge hieß Nehsi, der Schwarze, Sohn des Akillu, zukünftiger Erbe des Königreichs Nubien. Unter diesem Namen kannten ihn die Männer im Land oberhalb des ersten Nil-Katarakts, wo sein Vater – früher Mtebi genannt –, der Erbprinz des Reichs an den Quellen des Nils, regierte. Mtebi war viele Jahre Galeerensklave gewesen. Damals hatten ihm die Griechen den Namen Akilleus gegeben, weil er so stark war. Jetzt nannte man ihn Akillu von Nubien, und er hatte zehn Jahre lang hervorragend regiert. Als Nehsi formell die Manneswürde erreichte, begegneten ihm die Soldaten der Armee seines Vaters, sowohl die Nubier als auch die Angehörigen der Bergstämme, mit Zuneigung und Respekt. Der Zehnjährige war klug und besonnen und besaß bereits viele Freunde in allen Rängen der Armee.

Er stand auf den zerklüfteten Granitfelsen und blickte auf die sanft gewellten gelben Sanddünen am anderen Ufer und auf das Wasser unterhalb des ersten Katarakts. Dort war er noch nie gewesen, vor allem nicht an der Südspitze der lang gestreckten Insel Elephantine. Die befestigten Mauern der Insel waren schon von weitem stromabwärts sichtbar. Die Festung war so gut wie uneinnehmbar und bildete seit vielen Jahrhunderten den äußersten Punkt, bis zu dem die plündernden nubischen Truppen je in das Königreich Ägypten eingedrungen waren.

Dort also sind die Feinde!, dachte er. Die kaum sichtbaren Gestalten auf der Mauerkrone waren Ägypter! Das waren die Menschen, gegen die die Männer seines Vaters morgen kämpfen würden.

Eine ganze Weile stand er in diesen Anblick vertieft in der heißen Sonne. Er war ebenso nackt wie die Soldaten seines Vaters. Nur das Armband des Kriegers zierte seinen Oberarm. Es war sein einziger Schmuck, den ihm einst Obwano geschenkt hatte, der General seines Vaters, der dessen größtes Vertrauen besaß. Bei dem Gedanken an die bevorstehende Schlacht lief Nehsi ein kühler Schauer über den Rücken. Krieg! So nahe war er dem Kampf bisher noch nie gekommen. Schon seit Monaten war es sein größter Wunsch gewesen, dass sein Vater ihn mit den Männern kämpfen ließ. Jetzt, da er den Feind am anderen Flussufer wirklich sah, war sein Kampfgeist verschwunden. War er etwa ein Feigling? War er noch ein Kind, das noch nicht bereit war, die Pflichten und die Verantwortung eines Mannes zu übernehmen?

Aber es machte wohl kaum einen Unterschied, dachte Nehsi. Man würde ihn bestimmt lange vor Beginn der Schlacht in die hinteren Reihen abkommandieren; das war längst abgemachte Sache. Falls sein Vater in der Eile und den letzten Vorbereitungen für die Schlacht vergessen hatte, einen derartigen Befehl zu geben, so würde seine Mutter bestimmt daran denken. Sie würde dafür sorgen, dass man ihn in die hinteren Reihen stellte – zu den Frauen!

Warum musste sie überhaupt mitkommen? Warum hatte sie darauf bestanden, das Heer auf diesem Feldzug flussabwärts zu begleiten? Warum konnte sie nicht zu Hause bleiben?

Zornig stieß er einen Stein über die Klippen ins Wasser hinunter. Er wusste natürlich, warum sie gekommen war. Sein Vater war alt geworden, sehr alt. Sein einst so kraftvoller Körper war stark gealtert, die einst so mächtige Brust und die breiten Schultern waren schmal geworden. Seine schier unüberwindliche Kraft von früher war verschwunden, und seine Arme und Beine waren dünn und schlaff geworden. Akillu schämte sich vermutlich deshalb und war seit einigen Jahren dazu übergegangen, das Gewand eines nubischen Edelmanns zu tragen. Er war jetzt der einzige Mann im Lager, der nicht nackt ging. Noch schlimmer als der körperliche Verfall war die Tatsache, dass er auch in anderer Hinsicht nachließ. Das behaupteten zumindest die Soldaten. Doch sie sprachen nicht mit Verachtung darüber, sondern voller Mitleid und echter Sorge. Diese Männer hatten Akillu lange und treu gedient; sie liebten und verehrten ihn mehr als irgendjemanden sonst.

Aber sie wussten auch, dass sein Gedächtnis nicht mehr das gleiche war wie früher. Bewährte Berater mussten ihn an bereits gegebene oder widerrufene Befehle erinnern, an Einzelheiten bezüglich des Nachschubs oder an die Schlachtordnung, sowohl die der eigenen Einheiten als die des Feindes.

Das war der Grund, warum Nehsis Mutter mitgekommen war. Hätte sie es nicht getan, dann wäre es höchst unwahrscheinlich, dass er jetzt hier stand, so nahe an den feindlichen Mauern. Sie hätte es nie zugelassen, dass er die Armee auf diesem Feldzug begleitete, wenn sie nicht auch dabei war. Er hätte zu Hause im sicheren alten Kerma bleiben müssen, zusammen mit den Frauen, den alten Männern und Kindern, beschützt von den Kriegerinnen seiner Mutter Ebana. Von Frauen beschützt! Er schnaubte verächtlich bei dem Gedanken. Da war es schon besser, hier zu sein. Wäre er nicht mitgekommen, hätte er nie so gute Freundschaft mit den Soldaten geschlossen. Er hätte die großen Schlachten bei Quban und Amada versäumt; so hatte er sie zumindest hoch auf den Klippen über dem brausenden Wasser des Nils stehend beobachten können.

Plötzlich bemerkte er, dass er nicht allein war. Er drehte sich um. Hinter ihm stand ein alter Mann mit sonnengebräunter Haut und der Adlernase eines Ägypters, doch gekleidet war er in das grobe Gewand eines nubischen Arbeiters. Nehsi wollte sich zuerst zurückziehen, aber der alte Mann schien harmlos. Er lächelte gutmütig und setzte sich auf einen Felsen.

»Ich grüße dich«, begann Nehsi. »Du bist Ägypter?«

Der alte Mann machte es sich auf dem flachen Stein bequem. »Aber nein«, entgegnete er. Ein heiteres Lächeln umspielte seine Züge. »Ich bin von Sado. Dort bin ich zur Welt gekommen und aufgewachsen. Aber ich muss zugeben, ich bin weit herumgekommen. Ich heiße Karkara. Vor vielen Jahren war der Name überall bekannt, aber heute erinnert sich vermutlich kaum mehr einer daran. Du heißt Nehsi und bist der Sohn des Akillu, richtig?«

»Ja«, antwortete der Junge. »Was machst du hier?«

»Nichts Besonderes. Ich habe früher mit Mineralien gehandelt und wollte mir die Felsen hier genauer anschauen. Siehst du die schwarzen Felsblöcke unten im Wasser? Ich meine die, die wie poliert aussehen.«

»Ja, ich sehe sie. Warum? Sie sehen wirklich eigenartig aus. Ist das Ebenholz?«

»Oh nein! Sie sind nicht so wertvoll, zumindest nicht für die Menschen hier. Sie sind mit einer dünnen Schicht Erz überzogen.«

»Erz? Welches Erz?« Der Junge reckte den Hals, um besser hinunter sehen zu können.

»Eisen«, behauptete der alte Mann. »Ein wertloses schwarzes Metall. Du hast es wahrscheinlich schon hier und da gesehen. Es fällt manchmal vom Himmel. Manche Schmiede erhitzen und bearbeiten es.« Er grinste und entblößte dabei seine großen weißen Zähne. »Ein fruchtloses Beginnen. Nur Narren geben sich damit ab.«

»Eisen!«, wiederholte der Junge nachdenklich. »Mein Vater hat einmal zu mir davon gesprochen. Er besaß ein Schwert, das aus Eisen war. Ich weiß nicht, was damit geschehen ist.«

»Es ist unwichtig. Wenn du nicht welches findest, das vom Himmel gefallen ist, kannst du es nicht bearbeiten.« Seine Augen glitzerten eigenartig, als er das sagte, aber Nehsi schenkte dem keine Beachtung. »Ich muss gehen, junger Mann.« Der Alte stand auf, gerade als ein Wachposten Nehsi rief.

»Nehsi!«, rief der junge Krieger nochmals. »Dein Vater möchte dich sehen.«

»Ich komme«, anwortete der Junge. Er drehte sich um und wollte sich von dem alten Mann verabschieden, aber zu seinem Erstaunen war Karkara verschwunden. Nehsi sah sich noch zwischen den Felsblöcken um und kniete sogar nieder, um über die Klippen hinunter in die Tiefe zu schauen. Doch schließlich gab er seine Suche auf und lief zu den Wachsoldaten, die ihn erwarteten.

Akillu hatte seinen Schlachtplan sorgfältig in den Sand skizziert und ihn seinen Anführern dargelegt. Ebana hatte die Arme vor der Brust verschränkt und studierte aufgeregt die Skizze ihres Mannes.

Akillus Truppenkommandanten scharten sich um ihn und unterhielten sich leise. Nur Obwano hatte sich etwas abgesondert. Auch er betrachtete immer noch den Lageplan, den Akillu mit einem Stock in den Sand gezeichnet hatte. Unwillkürlich schüttelte er den Kopf, und als er aufsah, begegnete er Ebanas Blick.

Für einen Augenblick herrschte vollkommenes Einverständnis zwischen ihnen, als ihm klar wurde, dass sie die gleichen Überlegungen anstellte wie er. Ebana winkte ihn mit einer kaum merkbaren Kopfbewegung zur Seite. Obwana nickte und ging langsam hinüber zu einer Gruppe wild zerklüfteter Felsen am Ende des

Lagers. Ebana wartete, bis er verschwunden war, dann folgte sie ihm.

An der Stelle, an der Obwana sie erwartete, erlaubte ein Spalt zwischen den Felsen einen klaren Ausblick über den Nil und die vom Feind gehaltene Insel mitten im Fluss. Obwana machte ein ernstes Gesicht. Seine Mundwinkel waren nach unten gezogen und ließen auch seinen grauen Bart nach unten hängen. Seine dunklen Augen blickten zornig.

Er nickte Ebana grüßend zu und widmete sich dann gleich wieder dem Ausblick auf den Fluss. »Du denkst das Gleiche wie ich«, begann er. »Er ist verrückt. Wir werden mehr als die Hälfte unserer Männer verlieren, und die Schlacht verlieren wir auch. Und wofür das alles?«

»Ich weiß es nicht«, gestand Ebana. Ihre Stimme war ernst. »Du weißt genau, was ich über diesen irrsinnigen Krieg gegen die Ägypter denke. Er will seinen Sohn auf dem Thron Ägyptens sehen und ist für vernünftige Einwände nicht zugänglich.«

»Aber was können wir unternehmen?«, fragte Obwana gequält. »Ich kann doch meine Hand nicht gegen Akillu erheben. Er ist mir ein Vater, er ist mein Anführer. Ich bin von allem Anfang an bei ihm, seit unserer Expedition zu den Quellen des Nils. Nur Musuri stand noch länger in seinen Diensten.«

»Ich verstehe dich«, beruhigte ihn Ebana sanft. Dann fuhr sie entschlossen fort: »Aber wir müssen etwas unternehmen, und zwar rasch. Wenn wir seinen Befehlen folgen und die Insel morgen bei hellem Tag angreifen, wird man uns abschlachten.«

Obwana rieb sich mit den schwieligen Fingern die Stirn. »Ich bin mit meiner Weisheit am Ende«, gestand er niedergeschlagen. »Nichts hat geholfen, nicht die Vernunft und auch keine Einwände oder Gegenvorschläge. Ich bin sogar heftig geworden und habe ihn angeschrien, sodass ich schon geglaubt habe, er würde mich schlagen. Ich weiß nicht, was ich in dem Fall getan hätte. Ich bin mir nicht sicher, ob ich einfach dagestanden hätte und es mir hätte gefallen lassen. Aber ich bin mir auch nicht sicher, ob ich zurückgeschlagen hätte. Ich schätze den alten Mann außerordentlich. Aber meine Männer sind mir ebenso wichtig. Sie verlassen sich auf mein Urteilsvermögen, wenn ich sie in die Schlacht führe.

»Ich weiß«, nickte Ebana. »Erinnerst du dich an den *Schwarzen Wind*, Obwana?«

Obwana sah sie groß an und runzelte die Stirn. »Natürlich. Das war doch die Elite-Einheit deiner Kriegerinnen damals zu Beginn des Krieges, als wir für die Einheit Nubiens kämpften. Die meisten gehören heute zu der Truppe, die während unserer Abwesenheit unsere Heimstätten bewacht.«

»Erinnerst du dich an die Festung von Dorginarti am zweiten Katarakt? Weißt du noch, wie der *Schwarze Wind* sie einnahm?«

Obwana sah sie fassungslos an. »Aber die Festung war viel kleiner, Ebana!«

»Richtig.« Sie strich ihr Gewand über ihrem üppigen Busen glatt. »Aber sie wurde auch von einer entsprechend kleineren Streitmacht eingenommen.«

»Der Überfall fand heimlich bei Nacht statt«, erinnerte er sich. Nachdenklich blickte er auf Elephantine hinunter. »Die Nacht war damals stockfinster, wenn ich mich richtig erinnere.«

»Auch heute Nacht wird der Mond kaum scheinen. Außerdem sind wir alle schwarz. Wenn die Männer ihren Kriegsschmuck ablegen, sodass ein eventuell verirrter Mondstrahl sich nicht darin brechen kann, werden sie so gut wie unsichtbar sein.«

»Bis zu dem Moment, in dem sie die Mauern bestiegen haben und angreifen.« Obwana strahlte. »Es könnte gelingen! Es könnte tatsächlich gelingen!«

»In Dorginarti ist es gelungen.« Ebana legte ihre Hand auf Obwanas Arm und betrachtete das Bild, das sich unten bot. Der durch die lang gestreckte Insel in zwei Gerinne geteilte Fluss, die mächtigen Mauern der Festung, hier und da Wachsoldaten, die die Anlegeplätze patrouillierten. »Schau, die Wachen konzentrieren sich nur auf die Stellen, an denen ein Boot landen könnte. Aber dort, unterhalb der Felsen und dort drüben ebenfalls, gibt es mehrere Stellen, die nicht bewacht sind. Unsere Männer könnten den Fluss schwimmend überqueren und dort an Land gehen. Siehst du, was ich meine?«

Obwana war immer noch fassungslos. »Weißt du, was Akillu tun würde, sobald er es entdeckt? Ich meine am nächsten Morgen?«

»Er würde den Mann töten, der seinen Befehlen zuwider gehandelt hat. Aber mich würde er nicht töten. Ich werde die volle Verantwortung übernehmen. Ich werde nicht zulassen, dass mehr Männer umsonst getötet werden, nur weil Akillu den Verstand verloren hat, in seinem krankhaften Bestreben für unseren Sohn.« Sie ballte die Fäuste vor der Brust, aber ihre Stimme klang fest und kontrolliert, als sie fortfuhr: »Früher oder später werde ich sowieso ein offenes Wort mit ihm reden müssen. Ich muss versuchen, ihn endgültig davon zu überzeugen, dass er diesen Krieg beendet. Aber jetzt ist nicht der richtige Zeitpunkt dafür.« Bitterkeit und Zorn erfüllten sie, und sie seufzte. »In der Zwischenzeit müssen du und ich ihn davor bewahren, dass er seine Armee mit diesem verrückten, selbstmörderischen Plan vollkommen aufreibt. Dazu müssen wir die Schlacht auf unsere Weise gewinnen, das ist der einzige Weg. Danach werden wir ihn mit der geänderten Strategie konfrontieren, gegen die er nichts einwenden kann, weil sie sich als erfolgreich erwiesen hat.«

»Und wenn unser Plan aus irgendeinem Grund mit einer Niederlage endet?«

»Dann ist die Niederlage eben einen Tag früher gekommen. Wenn wir nicht heute Nacht handeln, werden wir mit Sicherheit morgen unterliegen, und das Wasser des Nils wird rot vom Blut unserer jungen Männer sein.«

»Ich sehe keinen anderen Weg. Aber es gibt nichts, was ich weniger gern täte, als Akillus Befehle zu missachten und durch meinen Ungehorsam Schande über ihn zu bringen.«

»Schande nur für den Augenblick. Der Ruhm des Sieges wird sie sofort auslöschen. Wer kann gegen den Sieg noch Einwände vorbringen? Früher oder später muss er lernen, seine Autorität an jüngere, tüchtigere Kommandanten abzugeben, an Männer, die nicht vom unvernünftigen, verantwortungslosen Ehrgeiz des Alters verblendet sind.«

Obwano schloss die Augen. Auf seinem Gesicht spiegelten sich die Gefühle wider, die in seinem Inneren tobten. Schließlich wurde er ruhiger. Entschlossen richtete er sich auf und öffnete die Augen, die jetzt ganz klar blickten.

»Also gut. Sag mir, was ich tun soll, und ich werde es tun. Unser Vorhaben muss vor seinen Augen vorbereitet werden. Vielleicht könnte er abgelenkt werden, während ich die Kommandanten zusammenrufe?«

»Überlass das mir«, beendete Ebana das Gespräch mit fester Stimme.

II

Bei Sonnenuntergang standen Akillu und sein Sohn oben auf dem gleichen Felsen, auf dem Nehsi am Nachmittag Karkara von Sado getroffen hatte. Nehsi sah zu seinem Vater hoch. Der Kopf des alten Mannes war alt und grau, und um seine Augen hatten sich ungezählte Falten gebildet, als er hinüber zu der befestigten Insel blickte. Die beiden schwiegen schon die längste Zeit, und als der Junge allmählich unruhig wurde, begann der alte Mann zu sprechen. Seine tiefe Stimme war gebieterisch, selbst wenn er nur flüsterte. »Das ist Ägypten, mein Junge. Von dieser Insel flussabwärts gehört das Land Dedmose.«

»Ich weiß, Herr.« Nehsi wusste nicht recht, was er sagen sollte.

»Du hast Ägypten bisher noch nie gesehen«, fuhr der alte Mann fort. »Ich habe mir große Mühe gegeben, um das zu erreichen, vor allem, dass die Ägypter dich nicht zu Gesicht bekommen.« Er legte seinem Sohn die Hand auf die schmalen Schultern; Nehsi spürte, wie schwer sie wog. »Sie sollten dich nicht eher sehen, bevor nicht ich dich im Triumph und unter schwerer Bewachung nach Ägypten geleite.«

»Ich bin bereits Ägyptern begegnet«, erzählte der Junge. »Ich kannte Musuri, als er uns früher besuchte.«

»Musuri ist Moabiter und steht im Dienst von Dedmose. Außerdem gehört er nicht zu unseren Feinden. Er würde nie gegen mich kämpfen, auch wenn er nicht bereits zu alt dazu wäre.«

Der Junge hatte den Eindruck, dass Musuri bei ihrem letzten Zusammentreffen jünger und gesünder ausgesehen hatte als Akillu, aber Nehsi war der unnachgiebige Ton seines Vaters nicht entgangen, und daher wechselte er das Thema. »Kennst du den Namen Karkara, Vater? Karkara von Sado?«

Erst jetzt sah Akillu seinen Sohn zum ersten Mal an. »Ich habe den Namen schon irgendwo gehört, und zwar in Zusammenhang mit Musuri, wenn ich mich richtig erinnere. Warum fragst du?«

»Jemand hat ihn erwähnt«, antwortete der Junge. »Angeblich ist er ein Schmied.« Kaum hatte er das gesagt, fragte er sich, warum er gelogen hatte, wusste aber keine Antwort darauf.

»Ich glaube, das stimmt annähernd. Ein Schwindler, der behauptet, er kenne die Geheimnisse der hethitischen Waffenschmiede. Es ist unwichtig. Schau einmal her, Junge«, fuhr der Alte fort und zeigte über den Fluss. »Die Sonne hat jetzt gerade die kleine Insel zwischen Elephantine und dem anderen Ufer beschienen. Die Herrscher von Elephantine erholen sich gern auf der Insel, weil sie so schön ist. Es gibt dort eine üppige Vegetation mit Palmen und blühenden Bäumen. Wenn wir Elephantine einnehmen, dann werde ich ...«

»Akillu«, erklang eine weibliche Stimme hinter ihnen. Nehsi drehte sich um; seine Mutter kam auf sie zu. Groß wie sie nun einmal war, wirkte sie in ihren prächtigen Gewändern immer imposant. »Komm, Akillu! Das Fest wird gleich beginnen.«

»Welches Fest?« Akillu sah sie verwirrt an, dann runzelte er die Stirn. »Ein Fest am Vorabend der Schlacht? Wessen Einfall ist denn das gewesen?«

Ebana war zu ihnen getreten und fasste Akillu bei der Hand. Mit beruhigender Stimme fuhr sie fort. »Erinnerst du dich nicht mehr an das große Fest der Soldaten aus dem Sudd? Sie feiern ihr fröhliches Angedenken an die in der Schlacht Gefallenen. Das hast du doch bestimmt nicht vergessen.«

Die Falten auf Akillus Stirn vertieften sich. »Man sollte meinen, dass ich mir solche Dinge merken kann«, murmelte er. »Aber ich werde alt, Ebana. Mögen die Götter mir die Kraft geben, meine Gesundheit zu erhalten. Gesundheit an Körper und Geist, zumindest so lange, bis ich mein Vorhaben zu Ende gebracht habe. Schlimm, dass ich einen so wichtigen Festtag wie diesen vergessen habe, noch dazu zu einem solchen Zeitpunkt!« Er strich sich mit der Hand über die ergrauten Augenbrauen, als wolle er damit seine Unzulänglichkeit fortwischen. Dann schüttelte er traurig den Kopf. »Früher hätte ich daran gedacht und eine so wichtige Schlacht einen Tag später angesetzt.«

»Mach dir keine Sorgen«, tröstete ihn Ebana. »Die Häuptlinge der Stämme aus dem Sudd haben mir versprochen, dass die Soldaten nicht viel trinken werden. Es gibt keine starken Getränke.«

Nehsi war verwirrt. »Mutter«, begann er, »war das Fest der Stämme aus dem Sudd nicht ...«

Während er das sagte, drehte Ebana Akillu um, sodass dieser jetzt nicht mehr in die untergehende Sonne blickte, sondern hinunter auf das Lager. Dabei legte sie aber ihre andere Hand auf Nehsis Mund und hinderte ihn am Weitersprechen. Sie schüttelte ungestüm den Kopf. Nehsi wollte protestieren, ließ es dann aber sein. Seine Mutter musste ihre Gründe haben.

Wortlos ging er hinter den Eltern her. Die kühle Abendluft fühlte sich angenehm an, aber der leise Schmerz über den Verfall seines Vaters blieb. Sowohl er als auch seine Mutter hatten blitzschnell reagiert und seinem Vater etwas vorenthalten. Verschiedene Dinge konnte sein Vater nicht mehr bewältigen, das war Nehsi klar geworden. Aus Liebe und Achtung vor ihm nahmen die Leute einiges selbst in die Hand, sodass Akillu manche Dinge erspart blieben, die in seinem hohen Alter über seine Kräfte gingen.

Es war ein Jammer. Schließlich war er Akillu, der Mächtige, gewesen, der es mit der Kraft der zwei stärksten Männer in ganz Nubien aufnehmen konnte. Seine Weisheit war der der bedeutendsten Herrscher ebenbürtig. In der gebirgigen Heimat seiner Väter hatte er sein Königreich vor zwölf Jahren im Zweikampf gegen einen Krieger gewonnen, der um vieles jünger gewesen war als er. Dennoch hatte er die Krone, die man ihm angeboten hatte, abgelehnt. Welche Ironie, dass ein solcher Mann seine Weisheit und seine Kraft verlieren sollte, während sein ehrgeizigstes Ziel noch unerreicht war.

Vermutlich empfanden die meisten von Akillus Soldaten ähnlich. Nehsi beobachtete, wie die Soldaten aus dem Sudd seinen Vater am Rand des Lagers begrüßten. Sie verneigten sich vor ihm, als wäre er ein Gott im Niedergang.

Ebana trat zu Nehsi, und er kehrte den Soldaten, die seinen Vater begrüßten, den Rücken. Ebana legte ihrem Sohn die Hand auf den Arm. »Es tut mir Leid, dass ich dich so scharf unterbrochen habe«, begann sie. »Aber du warst im Begriff, etwas zu sagen, was dein Vater nicht erfahren sollte.«

»Das habe ich begriffen«, antwortete Nehsi. »Aber warum? Das Fest, von dem du gesprochen hast, ist doch erst nächsten ...«

»Ich weiß es. Aber du musst mir glauben, dass es einen guten Grund dafür gibt, wenn wir deinen Vater heute Abend ablenken.« Sie wurde nachdenklich und sagte dann mehr zu sich selbst: »Ich muss zugeben, dass mir der Gedanke, ein Betäubungsmittel in sein Getränk zu mischen, nicht sehr gefällt.«

»Du willst ihn betäuben, Mutter?«

Mit leiser Stimme entgegnete sie: »Du bist alt genug, um zu wissen, was vorgeht. Der Angriff auf Elephantine ...«

»Ja? Was ist damit?«

Ebana zögerte, aber Nehsi erriet, was sie sagen wollte. Seine Augen wurden groß vor Staunen. »Willst du damit sagen, dass er heute Nacht stattfinden wird?« Ebana begegnete seinem Blick, ohne ihm auszuweichen. »Vater soll nichts davon erfahren, richtig? Wenn er es aber doch herausfindet?«

»Dann wird alles vorüber sein«, antwortete sie entschlossen. »Es wird ein großer Erfolg werden. Und wesentlich weniger Männer werden dabei den Tod finden, als wenn wir den von ihm vorgeschlagenen Weg gingen.«

»Kannst du ihm denn so einfach den Gehorsam verweigern? Wird das nicht Schande über ihn bringen?«

Ebana überlief ein Frösteln bei diesem Gedanken, aber sie blieb fest. »Dein Vater ist ein großer Mann, mein Sohn. In meinem ganzen Leben bin ich keinem größeren Mann begegnet. Glaubst du wirklich, dass Obwana und ich, die wir nie an seine Größe herankommen werden, über einen Mann wie ihn Schande bringen würden? Nur das Alter kann dem Ruf eines solchen Mannes schaden. Willst du, dass man sich an ihn als jenen Mann erinnert, der durch seine altersbedingte Fehleinschätzung und Unachtsamkeit sein Heer in eine schändliche Niederlage führte?«

»Nein, das nicht.«

»Vertraue mir«, mahnte sie ihn. »Vertraue mir und seinen Anführern, die ihn lieben und verehren. Wir werden für ihn einen Sieg erringen, der ihm auch in Zukunft zur Ehre gereichen wird. Morgen wird Elephantine in seiner Hand sein, und nur wenige werden um den genauen Hergang wissen. Obwanos Truppen werden die

Insel im Dunkel der Nacht einnehmen. Truppen mit weißen Männern könnten das nicht, aber unsere Männer aus Nubien und die Söldner aus Akillus Heimat, die können es.«

»Aber das sind nur so wenige!«

»Als meine Frauen und ich Dorginarti eroberten, waren wir noch weniger. Dabei waren die Mauern von Dorginarti ebenso hoch und dick wie die von Kerma. Obwanos Männer sind der Meinung, dass Akillu den Angriff angeordnet hat. Nur die Anführer wissen Bescheid. Wenn einer von ihnen später auch nur ein Wort verlauten lässt, wird er keine Stunde länger mehr zu leben haben.« Ebana legte ihrem Sohn zärtlich die Hand auf den Kopf. »Hab keine Angst. Das einzige Problem wird sein, wenn Akillu morgen aufwacht. Dann muss ich beweisen, was ich kann.«

»Was wirst du ihm erzählen?«

»Das weiß ich noch nicht«, gestand sie. »Aber bis morgen habe ich noch genügend Zeit, mir etwas auszudenken. Mach dir keine Sorgen! Ich weiß, wie man mit ihm umgehen muss. Das habe ich immer gewusst, auch als es noch schwerer war, ihn zu überzeugen, mein armer Liebling.« Zum ersten Mal klang sie traurig, aber gleich schüttelte sie die trübselige Stimmung wieder ab. »Jetzt geh zu ihm. Er ist sehr stolz auf dich und möchte dich den Kriegern aus dem Sudd vorstellen.«

Eine Stunde nach Einbruch der Dunkelheit schoben sich tief hängende Wolken vor die schmale Mondsichel im Osten. Obwano gab den lautlosen Befehl: Jeder Mann klopfte seinem Nachbar auf den Arm, und in Windeseile hatte sich das Signal unter den Männern, die unter den dunklen Klippen ausharrten, verbreitet. Lautlos glitten sie in das Wasser und schwammen mit kräftigen Stößen durch den Fluss. Am anderen Ufer kletterten sie genau in der Mitte zwischen zwei Wachposten an Land.

Es wird gelingen, jubelte Obwano innerlich. Die Idee mit dem Fest war ein blendender Einfall von Ebana gewesen! Die Verteidiger der Insel wiegten sich in Sicherheit. Denn wer würde Befehl zum Angriff geben, wenn ein Fest im Gange war und die Lagerfeuer den Himmel über den Hügelkämmen weitum erhellten? Das bestätigte nur den Eindruck, den die Ägypter von Akillu hatten, dass er nämlich ein seniler Prahlhans und Barbar war. Als sich Obwano der Küste näherte, hörte er, wie ein Wachposten sich soeben von dem Mann verabschiedete, der zu seiner Ablösung gekommen war. »... es wird vermutlich eine ruhige Nacht werden. Morgen werden sie sich dann ausschlafen. Es würde mich nicht wundern, wenn unser Kommandant in der Morgendämmerung einen überraschenden Überfall befiehlt. Dann werden sie noch zu betrunken sein, um zu kämpfen.«

Obwano lachte lautlos. Er wartete noch etwas, da der Mond gerade durch ein Wolkenloch schien. Als sich die Wolken wieder vor die Mondsichel schoben, kroch Obwano keine zehn Schritte von den Wachsoldaten entfernt an Land. Ihn fröstelte im kühlen Nachtwind, aber er schenkte dem keine Beachtung. Leise griff er nach dem kurzen Schwert, das er um die Schulter trug, und schlich sich vorsichtig näher. Näher und immer näher, ganz vorsichtig.

»Was ist denn ...«, begann der Posten. Dann durchtrennte ihm Obwano mit einem einzigen mächtigen Hieb die Kehle, und der Satz blieb unvollendet. Obwano hatte noch nicht einmal die Klinge zurückgezogen, als der andere Wachsoldat einen leisen Schrei ausstieß, der ebenso unvermittelt abbrach. Die schwarzen Krieger drangen in der Dunkelheit vor und näherten sich den schräg abfallenden Mauern der Festung. Die ersten Männer kletterten bereits die Mauer hoch und suchten mit Fingern und Zehen in den Rissen und Spalten nach Halt. All das geschah vollkommen lautlos. Nur der Fluss murmelte leise durch die Nacht, und vom anderen Ufer war der Gesang und der Lärm der Feiernden zu hören.

Akillu erwachte. Die Sonne stand hoch am Himmel. Die Dämmerung war längst vorüber. Erschrocken setzte er sich auf, ließ sich aber unter leisem Stöhnen sogleich wieder fallen, weil ihn rasende Kopfschmerzen quälten. Er presste die Hände an die Schläfen. Heller Sonnenschein fiel durch eine Öffnung ins Zelt. Die Luft war warm, denn der Tag war schon weit fortgeschritten. Er hatte den Angriff verschlafen!

Er fühlte sich elend und ihm war übel. Mühsam zwang er sich auf Hände und Knie und stand dann nach zwei unsicheren Versuchen auf. Den Göttern sei Dank, dass er allein hier war und niemand ihn in diesem Zustand sah.

Er musste hinaus in das grelle Licht, ganz gleich wie hart es ihn ankam, und die Sache erklären. Aber wie sollten die Männer ihn achten, wenn er stockbetrunken einen derart wichtigen Zeitpunkt verschlief?

Er trat durch die Zeltöffnung hinaus ins Freie und war vom hellen Sonnenschein wie geblendet. Schützend legte er die Hand über die Augen und taumelte auf die Gestalten zu, die er nur undeutlich wahrnahm. Zu seiner Überraschung begrüßte ihn ein vielstimmiges Gebrüll. Die Truppen seiner Armee hatten sich in der Senke unter dem Hügel, auf dem Akillus Zelt stand, versammelt und stießen ein begeistertes Siegesgebrüll aus. »Heil dir, Akillu! Heil dem Eroberer von Elephantine! Heil dem Vater Nubiens und dem Herrn von Ägypten!«

Akillu blieb der Mund vor Staunen und Verwunderung offen stehen. Ebana und Obwano traten auf ihn zu. Ebana nahm ihn am Arm, und in seinem augenblicklichen Zustand fand er nichts dabei, sich auf sie zu stützen. »Ebana!«, flüsterte er heiser. »Warum tun sie das? Was hat das zu bedeuten?«

»Du hörst es doch, Akillu«, erklärte Ebana stolz. »Sie preisen dich als den Sieger der Schlacht um Elephantine, als den ersten nubischen Fürsten, der seit den Tagen der Sesostrise auf ägyptisches Gebiet vorgedrungen ist.« Sie drückte seinen Arm. »Wink ihnen zu!«

»Aber ich begreife das nicht!«, stammelte er. »Ich habe verschlafen und …«

Ebana drehte ihren überraschten Mann um, sodass er die Menge auf den Hängen überblicken konnte. »Schluss damit jetzt! Ich sehe, dass sich mein vergesslicher Gebieter nicht mehr an seinen glorreichen Einfall erinnert. Hebe jetzt den Arm und grüße sie! So ist es gut, mein Lieber. Jetzt winke ihnen mit der Faust zu!« Ihre nächsten Worte gingen im Lärm der Jubelrufe unter und sie musste noch einmal von vorne beginnen. »Die List hat funktioniert, die du dir beim gestrigen Fest ausgedacht hast. Während unseres Festes schwammen zwei Einheiten unserer Männer über den Fluss und überrumpelten die Festung. Elephantine gehört uns, und du musstest nicht einen Finger dafür rühren!«

Akillu starrte sie immer noch mit offenem Mund an. Aber er

hielt den Arm hoch und winkte unaufhörlich, und die Jubelrufe erfüllten das gesamte Tal. Akillu spürte die Liebe und den Stolz seiner Männer. Die Herzen Tausender schlugen ihm entgegen. Seine List? Sein Plan? Er konnte sich an rein gar nichts erinnern. Aber offensichtlich hatte es funktioniert, was es auch gewesen sein mochte. Man musste sich die Männer nur anhören!

Kapitel 3

I

Sie hatte keinen Vater, und sie hatte tausend Väter. Sie hatte nur den einen Zwillingsbruder, und sie hatte tausend Brüder. Sie bewegte sich ohne schützende Begleitung durch die Straßen von Lischt und durch die Wüstenlager von Dedmoses Armee, und sie hatte tausend Beschützer. In einer Armee gibt es keine Kinder, aber sie war ein Kind der Armee, geliebt, geachtet, behütet und umsorgt. Jahrelang konnte sich die heruntergekommene Armee Ägyptens, die es zugelassen hatte, dass Memphis von den Hay, den siegreichen Nomaden, vor fünfzehn Jahren so schändlich überrannt und zerstört worden war, nur um ihr besudeltes Banner scharen. Jetzt hatte sie ein Maskottchen, das die Männer liebten, für das sie alles taten und für das sie durchs Feuer gingen.

Die Armee des Pharaos Dedmose war beinahe vollkommen aufgerieben worden, als die Ägypter stromaufwärts an ihre derzeitige Grenze bei Lischt gedrängt wurden. Seither war es Baka mit viel Geduld gelungen, sie wieder aufzubauen. Baka war der erste echte General Ägyptens. Er warb Söldner aus vielen Ländern an und bildete auch die ägyptischen Soldaten neu aus. Er führte wieder die altbewährten militärischen Grundregeln der Zwölften Dynastie ein und bewaffnete die Männer mit neuen, besseren Waffen. All das war wichtig gewesen. Jetzt war die Streitmacht der Ägypter bestens gerüstet, um in die Schlacht zu ziehen. Die Truppenmoral war nie zuvor besser gewesen.

Zu den neu angeworbenen Truppen gehörte zum Beispiel eine Legion feuriger Scheritaner aus Lydien. Das waren fremdartig aussehende, kriegerische Männer, die mit ihren großen doppelschneidigen Schwertern furchtlos in den Kampf zogen. Dazu kamen noch Beduinen-Stämme aus Lybien und Piraten vom Roten Meer. In einer Zeit allgemeiner Hungersnot war das Versprechen auf ausreichend Nahrung ein großes Lockmittel. Dazu kamen noch Männer aus den nubischen Grenzgebieten und aus Nubien selbst, die sich weigerten, in Akillus nutzlosen Grenzkriegen zu kämpfen. Bakas wichtigster Schachzug war die Anwerbung von Beduinen vom Stamme der Maazion aus der Wüste. Diese Männer waren zäh und unabhängig. Sie kämpften mit allen Waffen, auch mit den größten Bogen und den gebogenen Wurfstöcken.

Bakas eigene Männer waren ägyptischer Abstammung und neu organisiert worden. Er griff dabei auf die während der letzten großen Kriege früherer Könige erprobte Aufstellung von Einheiten zurück. Er teilte sein Heer in vier Kampfeinheiten auf. Zu jeder Einheit gehörte eine Fußtruppe, eine berittene Truppe und eine Nachschubeinheit. Jede trug den Namen eines großen Gottes: Amen, Ra, Ptah und Sutekh.

Nur das alte Ständesystem hatte Baka nicht übernommen; hier hatte er mit der Tradition gebrochen. Diesem System zufolge kamen für die berittenen Einheiten nur Männer aus den adeligen Familien infrage. Die Männer aus den unteren Schichten waren für die Fußtruppen bestimmt. Jetzt dienten die Männer in der Einheit, für die sie sich am besten eigneten; Fußsoldaten und Wagenlenker kämpften für das gleiche Ziel und erhielten den gleichen Lohn. Früher hatte es innerhalb der einzelnen Einheiten immer Rivalitäten gegeben; jetzt gab es diese Rivalität nur mehr zwischen den einzelnen Einheiten. Die Männer von Amen eiferten mit jenen von Sutekh, Ptah und Ra um die Wette; jede wollte Bakas Aufmerksamkeit auf sich ziehen.

Zwei Dinge vereinten alle, Ägypter und Fremde, in gleicher Weise. Das eine war ihre Liebe und treue Ergebenheit für Baka, der früher ihr General gewesen, jetzt Wesir von Ägypten und nach Dedmose zweitmächtigster Mann im Land war. Das andere war ihre Zuneigung zur fünfzehnjährigen Teti. Sie war die Tochter des großen blinden Waffenschmieds Schobai, der vor zehn Jahren gestorben war. Wie ihr Vater, so war auch Teti Waffenschmiedin.

Wie diese Zuneigung entstanden war, blieb im Grunde ungeklärt. Die älteren Soldaten kannten sie seit ihren Kindertagen. Kurz nach dem Tod ihres Vaters hatte Ben-Hadad aus Kanaan, Schobais Neffe, Teti und ihren Bruder Ketan in die Lehre genommen. Jahre zuvor hatte Ben-Hadad seine eigene Ausbildung unter der Anleitung des blinden Mannes vollendet. Ketan hatte neben seiner

Schwester gelernt und gearbeitet, aber die Herzen der Männer waren dem Mädchen zugeflogen. Sie hatte eine knabenhafte Art, immer ein Lächeln auf den Lippen und war ein fröhlicher, witziger Mensch. Ketan war ernster und ruhiger. Er war immer höflich zurückhaltend und ging wenig aus sich heraus. Aber von Anfang an waren Tetis Anliegen auch immer die Anliegen der Soldaten und umgekehrt.

Teti hatte sehr rasch gelernt, was alle sehr in Erstaunen versetzte. Wer hatte je von einer Frau als Waffenschmiedin gehört? Noch dazu verstand sie sich auf ihr Handwerk. Wer hatte je davon gehört, dass ein schmächtiges weibliches Wesen rußverschmiert auf dem Boden hockend sich über die Blasebalge beugte und dabei über das ganze Gesicht lachte, während die Funken nur so sprühten und die Bronze glühte. Später, als sie geschickter und erfahrener in der Ausübung ihres Handwerks wurde, kamen die Männer und schauten ihr gern zu, wie sie mit ihren sehnigen Armen auf das heiße Metall einhämmerte. Ihre Augen sprühten vor Freude über ihre wachsende Geschicklichkeit. Dann machten ihr die Männer Mut, und sie hatte stets einen Scherz oder eine spöttische Bemerkung parat oder begleitete die Schläge ihres Hammers mit einem derben Lied.

Jetzt war Teti fünfzehn Jahre alt. Sie hatte ein liebenswertes Gesicht, war aber nicht unbedingt hübsch im herkömmlichen Sinn. Sie war schlank und hatte schmale Hüften, ihre Stimme war klar und melodiös, ihr Wesen heiter und klar wie ein Gebirgsbach. Jeder liebte sie, und bis hinunter zum letzten Mann hätte jeder für sie getötet, genau wie für Baka. Sie kamen zu ihr, wenn Waffen oder Brustpanzer repariert werden mussten; sie kamen auch um Rat in Liebesdingen zu ihr. Obwohl sie selbst noch keine Erfahrung darin hatte, besaß sie das Einfühlungsvermögen einer Frau. Zwischen ihr und den Männern herrschte ein geschwisterliches, kameradschaftliches Verhältnis, und die Männer ließen sich gern von ihr aufheitern, wenn die Wechselfälle des harten Soldatenlebens ihnen zu schaffen machten.

Ihrem Bruder waren die Soldaten nicht so herzlich zugetan, obwohl Ketan immer freundlich war, so gut er eben konnte. Manche behaupteten, er habe etwas von einem Künstler an sich. Mit seinen geschickten Händen fertigte er Metallfiguren der vier Götter für die Standarten der vier Einheiten an. Die Entwürfe der Brustpanzer, die die Generäle und Würdenträger bei offiziellen Anlässen und bei der königlichen Parade trugen, stammten ebenfalls von ihm. Aber so sehr sich Ketan auch bemühte, der ungezwungene Umgangston mit den Soldaten, der seiner Zwillingsschwester so leicht fiel, wollte ihm nicht gelingen. Er sonderte sich ab und pflegte dafür lieber den Kontakt mit ihrem gemeinsamen Lehrer und Vetter Ben-Hadad.

Ben-Hadad ließ sich Ketans Zuneigung gefallen und teilte sein Wissen gern mit dem Jungen. Einmal hatte er ihm erzählt, dass sein eigener Vater, Hadad von Haran, ein begabter Künstler gewesen war. Ketan war geschickter, wenn es darum ging, hübsche, dekorative Dinge zu machen; die nützlichen lagen ihm weniger. In jeder anderen Familie hätte man ihn eher einem Goldschmied in die Lehre gegeben. Aber sie alle waren Kinder des Löwen, Mitglieder einer alten Kaste von Schmieden, die auf die Herstellung von Waffen spezialisiert waren. Die Tradition ging zurück auf Kain, den Sohn des Ersten Menschen. Diese Tradition besagte, dass alle, die mit dem Kainsmal gezeichnet waren, jenem weinroten Muttermal in Form einer Löwenpranke, das traditionelle Familienhandwerk erlernen mussten. Bisher trugen alle Männer der Linie dieses Mal, und Teti war die erste Frau, die damit gezeichnet geboren wurde. Daher hatte Ben-Hadad nach dem Tod seines Onkels die Ausbildung der Zwillinge übernommen.

Ketan bewies wenig Interesse für die Waffenherstellung und war daher keine Bedrohung für Ben-Hadads Stellung als erster Waffenschmied in Bakas Armee. Teti hatte jedoch vom ersten Augenblick an Gefallen an der Arbeit gefunden. Mit ihrer jugendlichen Art stellte sich bald heraus, dass sie die Vormachtstellung ihres Onkels anfechten würde. Mit ihren fünfzehn Jahren wurde sie von vielen Soldaten bereits als die bessere Waffenschmiedin angesehen. Den Schwertern und Äxten, die sie machte, sagte man nach, dass sie besser in der Hand lagen und besser ausbalanciert waren als die von Ben-Hadad. Als Ben-Hadad dieses Gerücht zu Ohren kam, regte sich in ihm ein leiser Groll, der ständig wuchs. Von da an ging er dem Mädchen aus dem Weg, wann immer er konnte. Auf diese Weise gelang es Ketan, die Zeit seines Vetters mehr und mehr für sich zu beanspruchen. Er hörte zu, wenn Ben-Hadad seine trüben Ansichten über die Zustände an Dedmoses Hof zum Besten gab, denn in jüngster Zeit fühlte er sich vom Leben am Hof ausgeschlossen.

Zum Teil hatte Ben-Hadad selbst Schuld an der Isolation vom Hof. Sein glühender Stolz und seine Verbitterung hatten ihn von der Basis seiner Macht, den Soldaten, abgeschnitten. Außerdem war Baka, der Wesir von Dedmose, Tetis Stiefvater, der in dem Ruf stand, alles zu wissen und alles zu sehen. Baka wusste genau um die Zuneigung, die die Soldaten der Tochter seiner Frau Meret entgegenbrachten, und er tat nichts, um Ben-Hadads Selbstwertgefühl zu heben oder ihm dabei zu helfen, seine Stellung in der Armee zu verbessern.

Normalerweise würde ein Mann in Ben-Hadads Lage im Schoße seiner Familie Trost von tatsächlichen und eingebildeten Kränkungen suchen. Aber um Ben-Hadads Familienleben war es in den letzten Jahren immer schlechter und schlechter bestellt, und er war viel allein. Er zog den kargen Komfort seines einsamen Zelts im Lager dem häuslichen Herd vor. Vor zehn Jahren hatte seine Frau Tuja während seiner Abwesenheit eine bittersüße Affäre mit einem schneidigen Soldaten namens Baliniri gehabt. Sie behauptete, dass sie die Beziehung beendet habe, nachdem sie von ihrem Mann geschwängert worden sei.

Wieder mit Ben-Hadad vereint, gebar sie ihren Sohn Seth. Doch Ben-Hadad konnte den Jungen nie als sein Kind akzeptieren. Der Junge wirkte von Anfang an dumm und unfähig, er hatte einen ausdruckslosen Blick und einen schlaffen Mund. Stumpfsinnig und in sich gekehrt war Seth ein Kind, auf das ein Vater einfach nicht stolz sein konnte. Tuja behauptete beharrlich, dass der Junge sich innerlich vor seiner Umwelt zurückziehe und das Opfer der schrecklichen Streitigkeiten nach seiner Geburt sei. Aber Ben-Hadad sah in ihm einen Schandfleck seiner Familie.

Zu alledem glich das weinrote Muttermal des Jungen keineswegs dem der anderen Familienmitglieder. Statt der Löwenpranke hatte er einen formlosen Fleck auf dem Rücken. Ben-Hadad sah darin den Beweis, dass Seth nicht sein Sohn sein konnte. Ein formloses Muttermal wie dieses war kein Beweis dafür, dass der Junge von ihm stammte.

Ben-Hadad nährte diesen eingebildeten Schmerz und zog sich allmählich von Tuja zurück. Seit mehr als einem Jahr hatten die beiden nicht mehr miteinander geschlafen, und Ben-Hadad war immer öfter von zu Hause fortgeblieben.

Tuja war hinaus in das Lager vor den Toren von Lischt gekommen und hatte ihren Ehemann gebeten, wieder das Bett mit ihr zu teilen, doch er hatte sie kalt zurückgewiesen. Sie fragte ihn, ob seine Zuneigung jetzt einer anderen Frau galt, aber als sie an seinem Blick erkannte, wie weit er sich innerlich schon von ihr entfernt hatte, kehrte sie allein nach Hause zurück. Es gab keine andere Frau. Er hatte sich nur einfach zurückgezogen, dahin, wo ihn die Kränkungen und Verletzungen nicht mehr treffen konnten.

Ben-Hadad machte kein Geheimnis daraus, dass er mit Freude dem Zeitpunkt entgegensah, an dem er von Lischt fortkonnte. Tief im Süden, jenseits von Theben, hatte der Krieg gegen Akillu begonnen. In der Einheit von Lischt wurden neue Truppen zur Verstärkung für den weiten Marsch flussaufwärts vorbereitet. Sie sollten Elephantine und Edfu zu Hilfe kommen. Wenn Edfu fiel, würde Theben die nächste Stadt sein, und Dedmose und Baka hatten unerbittlich zu verstehen gegeben, dass sie das nicht zulassen würden. Ein erfahrener Waffenschmied würde das nächste Kommando nach Süden begleiten, und Ben-Hadad rechnete damit, dass er das sein würde. Damit käme er fort von Frau und Kind, fort von den hässlichen Gerüchten, die sich auch zehn Jahre nach der Geburt des Jungen immer noch um seine Vaterschaft rankten. Vielleicht würde Ben-Hadad dann Frieden finden.

Häufig besuchte er die Zelte von Bakas Generälen, sodass er ihnen mitunter schon lästig wurde. Die Tage vergingen, die Vorbereitungen für das Einsatzkommando liefen, aber immer noch traf man keinen Beschluss, welcher Waffenschmied nun die Truppe begleiten sollte. Ben-Hadads Geduld wurde mit jedem Tag auf eine härtere Probe gestellt. Gehässige Worte und unkontrollierte Zornesausbrüche zeugten von der Spannung, unter der er stand. Wann würde Baka seine Entscheidung treffen? Wann würde er die Befehle erteilen?

Der Bote fand Teti in der Schmiede. Schwarz verschmiert von Rauch und Ruß plagte sie sich mit einem großen Karren ab, der voll beladen mit Erz war. Der Bote blieb lächelnd stehen. Teti stand gebückt, dann richtete sie sich auf und kippte die schwere Ladung neben die Feuerstelle. Danach bearbeitete sie erleichtert ihren schmerzenden Rücken mit den Händen und betrachtete den Berg Erz, der ihr so viel Mühe gemacht hatte. »Das wäre erst einmal das!«, stellte sie fest und wischte sich die rußigen Hände ab.

Sie hatte sich noch immer nicht umgewandt. Der Bote betrachtete mit großem Interesse die Gestalt vor ihm. Schließlich zwang er sich, den Blick abzuwenden. Die Götter mögen demjenigen Soldaten beistehen, der von seinen Kameraden bei einem lüsternen Blick auf Teti erwischt wird. Er hustete. »Entschuldige«, begann er mit witzigem Tonfall. »Ist hier irgendwo ein Schmied?«

Teti drehte sich um und grinste. »Ich weiß nicht. Ist hier irgendwo ein Soldat? Ich sehe nur einen zerlumpten Boten aus Bakas Zelt. Er trägt keine Uniform und sieht aus wie das Überbleibsel einer herzhaften Mahlzeit eines Leoparden.« Ihr Grinsen wurde breiter. »Mit deinem Schwert stimmt etwas nicht! Hoffentlich zeigst du dich so nicht vor einem Kommandanten. Er würde dich verschlingen, wieder ausspeien und den Krähen überlassen!« Sie lachte, aber es war ein gutmütiges Lachen. »Also was ist, Setna. Was kann ich für dich tun? Geld kann ich dir keines borgen, falls du das im Sinn hast. Ich arbeite an Federn für die Pfeile, und wenn mir der Zahlmeister keinen Vorschuss gibt, muss ich in den nächsten Tagen zu den Geldverleihern wandern.«

»Ich von dir Geld wollen?«, fragte der Bote ungläubig. »Wer würde zu einem gewöhnlichen Schmied um Geld kommen?« Er neckte sie, denn jeder wusste, dass Waffenschmiede gut verdienten. Aber der Zahlmeister war schon seit drei Tagen überfällig, und Teti gehörte nicht zu denen, die Geld für schlechte Zeiten zur Seite legten. »Eigentlich suche ich deinen Vetter und deinen Bruder. Die wirklichen Waffenschmiede, im Gegensatz zu einem schmächtigen Mädchen, dem es Spaß macht, mit der Arbeit herumzutändeln, um nicht baden zu müssen.« Er bückte sich schnell und wich einem

Stück Kohle aus, das sie nach seinem Kopf geworfen hatte. »Baka möchte sie morgen bei Hof sehen, fein herausgeputzt, damit sie richtig vornehm aussehen. Er hat eine wichtige Mitteilung zu machen. Wenn du sie siehst, wirst du es ihnen sagen?«

»Mein Vetter ist für den Nachmittag in die Stadt gegangen.« Teti seufzte. »Ob die arme Tuja wohl ...? Vergiss es! Er wird abends zurück sein. Ich werde es ihm sagen. Morgen? Zur üblichen Zeit von Bakas Morgenempfang?«

»Richtig. Staatsangelegenheit.«

»Ich wette, dass er endlich den Abmarsch der Expedition nach Edfu verkündet. Bestimmt! Deshalb sind General Harmachis und seine Berater heute Nachmittag in solcher Eile aufgebrochen. Ich hätte es mir denken können.« Sie rieb sich die Nase, und ein rissiger Fleck blieb zurück. »Was Ketan angeht, so weiß ich nicht, was er macht. Aber was es auch sei, er hat sich vor einer Stunde ordentlich auf das Bein geschlagen. Es tut mir immer noch wie verrückt weh.«

Setna runzelte die Stirn. Er hatte von der seltsamen Wesensverwandtschaft zwischen den Zwillingen gehört, der zufolge einer den Schmerz des anderen auch über eine gewisse Entfernung hinweg spürte, aber bislang hatte er die Sache nicht recht glauben können. Teti glaubte offensichtlich daran und Teti log nie. »Arbeitet er heute nicht?«, fragte er.

»Nein. Er ist schon früh gegangen, ohne mir zu sagen wohin. Es würde mich nicht wundern, wenn er irgendwo eine Freundin hätte.«

»Ketan? Aber der ist doch noch ein Kind!«

»Das schon. Aber die unwahrscheinlichsten Kinder lassen sich oft von ... wie hast du uns Frauen letztens genannt? Ein Kleid? Nun, wie immer, von einer Frau eben den Kopf verdrehen.« Setna zuckte bei ihrer Anspielung zusammen. Aber sie ließ es damit nicht genug sein, sonder stieß noch nach. »Wie war das denn, Setna, mit der Geschichte, die einer vom Hauptquartier kürzlich beim Essen erzählte, über einen gewissen Boten und eine gewisse füllige Wirtin im *Basar bei den ...*«

»Das war ein anderer Bote«, fiel ihr Setna ins Wort. »Wieso belauschst du überhaupt derart zotige Geschichten? Dafür bist du zu jung.«

Sie lachte; sie hatte ein helles, melodisches Lachen, das Setna richtig Freude machte, auch wenn es auf seine Kosten ging. »Wenn Ketan zurückkommt, werde ich es ihm ebenfalls sagen. Bist du sicher, dass du mir nichts auszurichten hast? Übergeht Baka die schmächtige Waffenschmiedin, die, wie wir alle wissen, in Wirklichkeit alle Arbeit für die Armee macht?«

»Schon gut, schon gut! Er will dich auch sehen«, gab Setna gespielt gekränkt zu. »Aber«, er hob väterlich warnend den Finger und fuhr gespielt feierlich fort: »Du musst diesmal wirklich baden! Wasch dein Gesicht, auch die Ohren, einfach alles. Vielleicht wagst du einen Sprung in den Nil. Nicht einfach nur bis zu den Ellbogen waschen und sonst schmutzig wie ein Schwein. Sie halten dich sonst für eine Nubierin.«

»Hör auf!« Sie lachte herzlich. »Mir tut schon alles weh vor Lachen. Ich werde da sein, gekämmt und geputzt wie eine Dame. Ich werde sogar eine Perücke tragen, auch wenn das an einem Mannweib wie mir noch so dumm aussieht.« Sie sah ihn zärtlich an. »Du alter Bär! Komm her und lass dir die Schnalle richten, ehe dich jemand deshalb rügt. Ein paar Hammerschläge, und sie ist in Ordnung. So sieht sie schrecklich aus.«

Er schüttelte den Kopf und lächelte ihr reuevoll zu. Schau sie dir nur an! Zuerst macht sie sich über mich lustig, und im Handumdrehen bietet sie mir eine Leistung umsonst an, für die ein Hilfsschmied den Lohn von drei Tagen von mir verlangen würde. Was war sie doch für ein Kind!

Ein Kind?, dachte er. Nein, sie war kein Kind mehr. Aber eine Frau war sie auch noch nicht. Es würde nicht mehr lange dauern, bis sie eine entzückende Frau würde.

Das Haus war groß, kalt und leer. Als oberster Waffenschmied der gesamten Armee verdiente Ben-Hadad sehr gut. So hatte er für seine Frau und seinen Sohn ein solide gebautes Haus in einem bevorzugten Teil des besten Wohnviertels der Stadt gesucht. Tuja standen drei Diener zur Verfügung und für Seths Erziehung kam ein Lehrer ins Haus. Zudem hatte Tuja in allen Läden und auf allen Märkten der Stadt nahezu unbeschränkten Kredit. Anfangs fühlte sich Tuja in dieser Lage nicht sehr wohl, denn schließlich war sie unter bedrückenden Umständen als Straßenkind aufgewachsen. Aber irgendwann wusste sie damit umzugehen, bewegte sich ungezwungen im Kreis der Frauen bei Hof und konnte ihren wohlhabenden Nachbarn unbekümmert begegnen, falls es sich nicht vermeiden ließ. Sie hatte sogar gelernt, sich an den bedeutungslosen, leeren Unterhaltungen der Frauen zu beteiligen und sich mit Anstand wieder zurückzuziehen, sobald sie ein Gespräch, das in ihren Augen Zeitverschwendung war, nicht mehr länger ertrug.

Aber in jüngster Zeit war die Stimmung deutlich kühler geworden. Die Frauen gaben sich nicht länger mehr Mühe, ihre Verachtung für Tuja, den Emporkömmling ohne Familie, zu verbergen. »Wo ist denn dein Mann, Tuja?«, fragten sie. »Warum lässt sich Ben-Hadad nicht mehr blicken? Besuch uns doch einmal mit ihm und deinem allerliebsten Sohn!«

Am allerwenigsten ertrug sie die Gegenwart anderer, wenn ihr Mann zu Hause war. Niemand sollte sehen, wie er sie geflissentlich übersah und mit welch grausamer Verachtung er seinen Sohn behandelte. Auch heute hatte sie ihre Besucherinnen gleich zur Tür hinauskomplimentiert, als sie erfuhr, dass Ben-Hadad vom Lager unterwegs nach Hause war. Zwei Frauen waren bereits gegangen, die dritte Besucherin, eine Frau namens Khait, führte Tuja gerade zur Tür, als diese aufgerissen wurde. Ben-Hadad trat ein und sah sich gereizt um.

»Ach, da kommt ja mein Mann«, sagte Tuja erschrocken. »Dann also auf Wiedersehen!«

»Den Stuhl!«, befahl Ben-Hadad kurz. »Den Stuhl, der immer hier neben der Tür stand! Wo ist er? Stell ihn wieder zurück, wo er immer war! Was fällt dir ein, einfach alles zu verändern!«

Ein giftiges Lächeln überzog Khaits schmales Gesicht. »Diesen Stuhl?«, fragte sie unschuldig. »War das nicht der, den du vor drei Monaten fortgebracht hast, meine Liebe? Oder ist das schon länger her?« Tuja kochte innerlich vor Wut, aber es gelang ihr, die Frau an der Tür höflich zu verabschieden. Ben-Hadad verabschiedete sie mit einem unhöflichen Kopfnicken. Er durchquerte den Raum, trat an das Fenster am anderen Ende und blickte hinaus.

»Wo ist Seth?«, verlangte er zu wissen. »Ach ja, da ist er ja! Sieh ihn dir nur an! Er spielt mit Klötzchen, wie ein Kleinkind. Nicht einmal das kann er richtig. Die Dinger fallen immer um.«

»Er weiß, dass du ihn beobachtest«, erklärte Tuja schüchtern. »Das regt ihn auf, das weißt du genau. Warum bist so streng mit ihm? Wenn du ihm ein wenig Zuneigung entgegenbringen könntest, dann ...«

»Du fängst schon wieder damit an!«, fuhr er sie zornig an. »Immer ist es mein Fehler. Wenn der Junge ein Tollpatsch ist, dann habe ich Schuld daran! Hier sieht es aus wie in einem Schweinestall! Da schau her!« Er fuhr mit einem Finger über den Tisch und hielt Tuja den staubigen Finger vor die Nase.

»Ich werde es den Dienern sagen«, entgegnete Tuja. »Ich weiß, dass du mich nicht mehr liebst, Ben-Hadad, aber könntest du deinem Sohn nicht ein wenig Zuneigung zeigen und ihm Verständnis entgegenbringen? Oder vielleicht Mitgefühl? Er liebt dich. Er möchte deine Anerkennung. Aber von dir kommt nichts. Kannst du dich nicht mehr erinnern, wie ein Kind sich dann fühlt?«

Zum ersten Mal hatte sie etwas gesagt, was ihn innehalten ließ. Stumm stand er da, und der Ausdruck auf seinem Gesicht veränderte sich. Schon regte sich in Tuja leise Hoffnung, und sie trat näher, als wollte sie ihn am Arm berühren.

Ben-Hadads Vater hatte sich aufgeopfert und war als Held eines gewaltsamen Tods gestorben. Ben-Hadads Mutter Donataja hatte danach den Abenteurer Haschum geheiratet, der selbst einen Sohn namens Schamir hatte, älter als Ben-Hadad. Haschum und Schamir hatten den jungen Ben-Hadad oft geschlagen und andauernd schikaniert. Wegen der Mißgunst seines Stiefvaters und Stiefbruders hatte Ben-Hadad eine so unglückliche Kindheit verlebt, dass ihn bei der Erinnerung daran eine tiefe Traurigkeit überkam und er manchmal sogar zu stottern begann wie zur Zeit seiner Jugend.

Aber jetzt hatte er sich in der Gewalt und er zwang sich, seine Worte langsam und sorgfältig zu artikulieren, wie er es immer tat, wenn er fürchtete, wieder in das alte Stottern zu verfallen. »Warum sollte der Junge mich lieben? Was kann meine Anerkennung ihm denn bedeuten? Wenn ich sein Vater wäre, dann wäre das vielleicht etwas anderes. Es würde ...«

»Du bist sein Vater!«, fiel Tuja ihm verärgert ins Wort. »In meiner Familie kommt das Muttermal auf dem Rücken nicht vor, Ben-Hadad!«

»Vielleicht aber in der Familie seines wirklichen Vaters.«

Tuja beherrschte sich mühsam. »Er hatte nichts mit Seth zu tun!« Beide wussten, wen sie meinte. »Und er hatte auch keine Muttermale.«

Die Bemerkung war ihr herausgerutscht. Ben-Hadad hakte sofort ein. »Erinnere mich nur wieder daran, wie gut du Baliniris nackten Körper kanntest!« Er wollte noch etwas sagen, überlegte es sich aber anders. »Aber egal. Ich bin auf dem Weg nach Hause Bakas Boten begegnet. Ich soll morgen bei Hof erscheinen. Ich brauche saubere Kleider. Könntest du auch den Barbier für mich bestellen, wenn du so freundlich wärst!« Das Wort ›freundlich‹ troff vor Zynismus. »Vermutlich geht es endlich um die Nachschubtruppen für Edfu.«

»Soll das heißen …«

»Das heißt, meine Liebe, dass ich für den Rest des Krieges gegen die Nubier deine liebreizende Gesellschaft entbehren muss. Dein Sohn muss nicht unter meinem Unverständnis und meiner mangelnden Zuneigung und meinem fehlenden Mitleid leiden. Aber ich freue mich aus mehreren Gründen darauf, nach Nubien zu ziehn.« Nachdenklich geworden fuhr er fort. »Es gibt dort große Eisenerzvorkommen. Wenn der alte Narr einmal die Prügel bekommen hat, um die er bettelt, dann kann vielleicht Musuri oder jemand anderer den Transport nach Norden wieder aufnehmen. Schobai hat sich geweigert, mir das Geheimnis der Eisenschmelze zu verraten.« Ben-Hadads Blick ging in unbestimmte Ferne. »Ich könnte Schobai dafür hassen! Er hätte es mir verraten können, aber er hat es vorgezogen, es mit in den Tod zu nehmen. Aber er war nicht der Einzige auf der Welt, der es kannte. Die Hethiter kannten es. Und Großvater und der Mann, der es ihm verraten hatte, damals auf der Insel der Göttin.«

In Gedanken versunken trat Ben-Hadad hinaus in den Garten, wo Seth spielte. Er bemerkte den Jungen nicht, der auf dem Boden saß und Bauklötze aufeinander türmte. Seth war so in sein Spiel vertieft, dass auch er den Vater nicht sah. Er errichtete mit seinen Blöcken eine ausgedehnte tempelähnliche Konstruktion, mit Terrassen und Türmen und einem hübschen Innenhof. Ein architektonisches

Kunstwerk im Kleinformat, schön und großzügig angelegt, doch Ben-Hadad nahm es nicht wahr.

Plötzlich sah der Junge den Vater, und Entsetzen machte sich auf seinem Gesicht breit. Mit einer einzigen Handbewegung zerstörte er seine Anlage; vor ihm lag ein Berg von Bausteinen, die er mit hängenden Schultern stumpf betrachtete. Das Geräusch der fallenden Steine ließ Ben-Hadad aufschauen, und er sah die Unordnung, die sein Sohn angerichtet hatte. Mit ausdruckslosem Gesicht und leerem Blick saß der Junge vor seinen Bauklötzen. Er wirkte dumm und gedankenlos, ganz anders als noch wenige Augenblicke zuvor. »Gu-ten Tag, V-vater«, stammelte er. Aus dem Blick seines Vaters sprachen Ungeduld und Verachtung.

III

Die Sonne versank jenseits der westlichen Mauern der Stadt, als Ketan eilig durch den *Markt der Vier Winde* lief. Zwei Soldaten aus der Truppe des Ptah traten aus dem Bordell. Die letzten Sonnenstrahlen fielen auf den Brustpanzer des einen Mannes und ließen die blank polierten bronzenen Gürtelschnallen aufblitzen. Der Mann winkte Ketan freundlich zu. »Hallo, Ketan!«

Ketan blickte auf und zwang sich, dem Mann freundlich zuzunicken. Er wollte gerade in eine Nebenstraße einbiegen, ohne dass jemand sah, wohin er ging, als ein Soldat ihn nochmals rief. »Ketan! Ich habe eine Nachricht für dich.« Der Soldat ließ seinen Kameraden stehen und lief die Treppe hinunter zu Ketan. »Warte!«

Ketan blieb verärgert stehen und rieb sich das Schienbein, das er sich am Vormittag angeschlagen hatte. »Du hast eine Nachricht für mich, sagst du?«, fragte er reserviert.

»Ja, eine Nachricht von Baka. Sein Bote Setna hat dich gesucht.« Er sah Ketan erwartungsvoll an. »Er bat mich, es dir zu sagen.« Der Soldat machte eine Pause.

»Ja, ja, natürlich.« Ketan griff unter sein Gewand, suchte eine Münze und gab sie dem Soldaten mit dem gleichen leicht überheblichen Gesichtsausdruck wie zuvor. »Nun, und was solltest du mir ausrichten?«

»Baka hat für morgen den Staatsrat einberufen. Im großen Rahmen. Der übliche Morgenempfang wurde aus diesem Grund abgesetzt. Alles was Rang und Namen hat wird dort sein, auch deine Schwester und dein Vetter.« Der Soldat hob die Münze auf; es war die kleinste, die es gab. Er verzog das Gesicht und wollte gehen. Dann drehte er sich doch noch einmal um. »Es wird eine offizielle Sache, also zieh dich ordentlich an.«

Ketan erstarrte vor Zorn. Wer war denn dieser ungewaschene Barbar, dass er sich so etwas herausnahm? Doch er beherrschte sich und sagte nur hochmütig: »Ich danke dir.« Damit wandte er sich zum Gehen.

Der Soldat zuckte mit den Achseln, grinste Ketan frech nach und ging weiter.

Ketan bog in eine schmale Gasse gegenüber des Brunnens ein, die weiter unten in eine breitere Durchgangsstraße mündete. Dort bog er links ab und lief weiter bis zum dritten Tor, das er öffnete.

Drinnen sah er sich um. Die Schänke war nur schwach beleuchtet. Über einer freien Fläche am anderen Ende des Raums hingen ein paar flackernde Lampen. Auf dieser freien Fläche würden bald die Tänzerinnen auftreten. Die Sitzplätze um die Tische füllten sich allmählich. Ketan sah sich um. Zu seiner großen Erleichterung gab es unter den anwesenden Männern keine Soldaten. Soldaten benahmen sich sehr schnell rüpelhaft und verdarben allen anderen das Vergnügen. Ketan hatte schon erlebt, dass Soldaten den Tänzerinnen Obszönitäten zuriefen und die Frauen während des Tanzes anfassten. Und was noch schlimmer war: Oft arteten diese Vorstellungen in pöbelhafte Schlägereien aus.

Soldaten! Ketan empfand sie als Ärgernis. Ihm reichte es, dass er seine Tage mit ihnen im Lager verbringen musste. Man sollte meinen, dass man zumindest am Ende des Tages vor ihnen Ruhe hätte. Er wollte sich den Schweiß und den Schmutz aus der Schmiede von den müden Gliedern waschen und die verbleibenden Stunden mit etwas anderem verbringen. Mit anderen Menschen.

Der Wirt der Schänke trat auf ihn zu. »Kann ich Euch etwas bringen, Herr?«, fragte er unterwürfig, denn Ketans teure Kleider hatten seine Aufmerksamkeit erregt. »Ach richtig! Ihr seid Ketan, der junge Waffenschmied! Ich habe Euch nicht gleich erkannt. Der

Tisch, an dem Ihr immer sitzt, ist frei, Herr. Oder wollt Ihr etwas näher sitzen?«

Ketan sah hinüber zu dem Tisch, den der Schankwirt ihm zeigte und der am Rand des Lichtkreises stand. Der Vorschlag war verlockend. Von dort würde er die Tänzerinnen besser sehen können. Vor allem *sie* würde er besser sehen können. Er würde ihr so nahe sein, dass sie ihn im Vorbeitanzen beinahe berühren könnte. Ihr nackter Körper und die glänzenden Brüste mit den dunklen Brustwarzen würden im sanften Licht der Lampen schimmern. Er würde ihr so nahe sein, dass seine unverwandt auf sie gerichteten Augen und sein erregter Gesichtsausdruck ihr nicht entgehen konnten. Die Stimme versagte ihm beinahe, als er antwortete: »Nein, nein. Der Tisch, an dem ich sonst immer sitze, ist mir lieber.«

»In Ordnung, Herr. Ich bringe Euch Wein. Oder wollt Ihr etwas Stärkeres?«

»Nein. Wein ist gut. Und ein paar Oliven vielleicht. Das wäre wunderbar! Wein und Oliven und etwas Brot.«

Mit einem schmierigen Lächeln machte sich der Wirt davon, und Ketan nahm an dem Tisch Platz, an dem er seit nun bald einem Monat jeden freien Abend saß. Er sah sich um und war sehr zufrieden mit dem weniger hell beleuchteten Tisch, der etwas abseits vom Tanzboden stand. Von hier konnte er gut beobachten, wie sich ihr Körper verführerisch im Licht bewegte, ohne dass sie ihn sah. Oder sah sie ihn etwa doch? Nun ja, vielleicht nahm sie ihn undeutlich wahr, jedenfalls nicht so deutlich wie die Männer ganz vorne, über die sie mit ihrem frechen Lächeln spottete.

Ketan sah sich wieder um. Im schwachen Licht waren die Gesichter der anderen Männer kaum zu erkennen. Das war gut so. So würde ihn kaum jemand erkennen und ihn später in Verlegenheit bringen können.

Normalerweise herrschte hier in dieser Schänke Ruhe. Den Gästen war es nicht gestattet, ihre Waffen sichtbar zu tragen. Nur einmal hatte einer im Zuge eines Streits ein verstecktes Messer gezogen. Die Auseinandersetzung war rasch beendet worden, als Harmhab, der riesige ehemalige Sklave, den der Wirt als Ordner und Ruhestifter angestellt hatte, den Mann entwaffnet und mit einer Leichtigkeit auf die Straße befördert hatte, als wäre er ein Kind.

Der Wirt brachte Ketan den Wein, das Brot und einen Teller mit Oliven. Ketan nahm sich langsam und nachdenklich von den Oliven, bevor er sich Wein eingoss. Seine Gefühle an diesem Tag waren ein ihm wohlvertrautes Gemisch aus fieberhafter Vorfreude, Angst und einem eigenartigen Schamgefühl. Wieso brachten einen die Körper mancher Frauen in derartige Verwirrung?

Er hatte schon früher nackte Frauen gesehen. Seine Schwester, zum Beispiel, oder die geschulten Tänzerinnen bei Hof und die Frauen, die vollkommen ungezwungen in den Bächen und Kanälen badeten. Aber das hier war etwas anderes. Die nackten Tänzerinnen in der Schänke hatten nichts Ungezwungenes an sich. Ihre Nacktheit war nicht einfach und natürlich, nein keineswegs. Wenn sie für die Männer zum Klang von Schalmei, Trommel und Kithara tanzten, war alles genau berechnet und zielte nur auf eines ab: Sie wollten in jedem einzelnen Gast die gleiche erotische Erregung erzielen. Sie wollten in allen die gleiche Erregung und das gleiche Gefühl der Scham hervorrufen.

Warum? Spielte sich die Beziehung zwischen Männern und Frauen tatsächlich so ab? Besaßen die Frauen immer diese Macht über Männer? Wenn das der Fall war, wie gelang es dann Eheleuten, je ein normales Leben zu führen. Hörte diese Verzauberung auf, sobald die Leute verheiratet waren und Kinder kamen?

Wie sollte er denn auch etwas Genaueres darüber wissen! Er und Teti waren noch sehr klein gewesen, als ihre Eltern getrennt worden waren. Seine Mutter Meret war entführt und als Sklavin in das von den Nomaden besetzte Delta gebracht worden. Sie hatte viele Jahre dort gelebt, und schließlich war es ihr gelungen, als freie, reiche und unabhängige Frau zurückzukehren. Doch zu diesem Zeitpunkt lag Schobai, der blinde Vater der Kinder, bereits im Sterben.

Danach wurde Meret von ihrem ersten Ehemann, dem mächtigen Baka, neuerlich umworben. Doch sie wehrte sich lange dagegen, die Beziehung neuerlich aufzunehmen. Sie hatte Geschmack am Leben ohne Ehemann gefunden und hielt Baka lange Zeit auf Distanz, obwohl er sich eifrig darum bemühte, sie neuerlich zu heiraten. Schließlich willigte sie ein. Zu diesem Zeitpunkt waren die Zwillinge bereits bei Ben-Hadad in der Lehre und standen im Begriff, das uralte Handwerk der Kinder des Löwen zu erlernen. Sie bekamen ihre Mutter nur selten zu sehen und wussten wenig von ihrem jetzigen Leben mit Baka.

Seit Beginn ihrer Lehrzeit lebten Ketan und Teti im Lager der Soldaten, wo zwar über die Beziehung zwischen Männern und Frauen viel gesprochen wurde, aber zu sehen bekamen sie davon nichts. Ihre Ausbildung war anstrengend und nahm sie vollkommen in Anspruch. Die losen Reden der Soldaten machten sie zwar neugierig, aber sie fanden einfach keine Zeit dazu, diese Neugierde zu befriedigen. Erst kürzlich hatte sich das geändert.

Eines Abends hatte Ketan die Schmiede früher als gewöhnlich verlassen und war durch die nächtlichen Straßen gewandert. Schließlich war er zu der Schänke gelangt, von der ein durchreisender Fremder erzählt hatte. Ketan hatte ganz hinten Platz genommen und zum ersten Mal in seinem Leben ungewässerten Wein getrunken. Zuerst hatten die Musikanten die Bühne betreten. Und dann …

Dann hatte er sie erblickt: Taruru! Taruru mit den feurig funkelnden Augen und den anmutigen Händen. Taruru mit den prächtigen Brüsten, fest und rund wie der volle Mond. Taruru mit den samtigen Schenkeln und dem wunderbar flachen Bauch, den …

Ein Schaudern überfiel Ketan, und wieder spürte er jene unbekannte Erregung, für die er keinen Namen wusste.

Vom ersten Tag an hatte es für ihn nur Taruru gegeben. Vor ihrem allabendlichen Auftritt tanzten noch zwei andere Frauen, aber nur sie erregte ihn und trieb ihn mit ihrem üppigen Körper und ihren verführerischen Bewegungen zur Raserei.

Doch er konnte es nicht ändern. Vom ersten Augenblick an hatte Taruru ihn umgarnt, genau wie die anderen Männer auch, die abends in diese Schänke ohne Namen kamen. Taruru mit ihrem vollen Körper und den mandelförmigen Augen. Mittlerweile kannte Ketan jede Kurve ihres Körpers auswendig und wusste im Voraus, wie Taruru ihre Schönheit im nächsten Augenblick präsentieren würde. Mit schmerzhafter Inbrunst wünschte sich Ketan, sie zu berühren, mit den Händen über ihre samtweiche Haut zu streichen und ihre bezaubernden Brüste mit Küssen zu bedecken.

Die Schalmai erklang, ein Musikant schlug die Saiten der Kithara, und Trommelwirbel erfüllten den Raum. Ketan wurde aus seinen Träumen gerissen. Rasch griff er nach der Weinschale und trank. Zu rasch, denn er verschüttete den Wein und beschmutzte sein Hemd. Aber seine Aufmerksamkeit richtete sich voll und ganz auf den Vorhang, in der Hoffnung, einen Blick auf sie erhaschen zu können.

Aber es war nur die kleine Nebet, die hinter dem undurchsichtigen Vorhang hervortrat und einen prüfenden Blick über die Anwesenden warf. Sie würde als Zweite auftreten, wie immer. Suchend wanderten ihre dunklen Augen über die Tische, und sie lächelte ein wenig. Plötzlich fiel ihr Blick auf Ketan. Freundlich lächelnd trat sie an seinen Tisch.

»Guten Abend!«, begrüßte sie ihn leise. »Schön dich zu sehen, Ketan. Hast du etwas gegessen?«

»Nur Oliven und Brot«, antwortete er. »Ich bin heute nicht hungrig.« Er versuchte zu lächeln. »Du siehst hübsch aus«, fügte er dann lahm hinzu.

»Ja, ja«, sagte sie resigniert. Seine Verwirrung war ihr nicht entgangen. »Ich glaube, Taruru ist noch nicht hier. In letzter Zeit kommt sie immer erst sehr spät. Ich vermute, sie hat einen reichen Verehrer.« Jetzt war es Ketan, der seine Enttäuschung nicht verbergen konnte. Nebet hatte Mitleid mit ihm, und tröstend legte sie ihm die Hand auf den Arm. »Mach dir keine Sorgen. Sie wird dich nicht im Stich lassen. In der Zwischenzeit sind ja Meritaten und ich auch noch da. So schlecht sind wir doch wirklich nicht, oder?«

»Natürlich nicht, Nebet. Es ist nur, dass ich …«

Er verstummte mitten im Satz. Hinter dem Vorhang hatte er zwei schlanke Füße mit rot bemalten Zehennägeln entdeckt, die in kostbaren Ledersandalen steckten. Sofort stand ihm Tarurus Körper vor Augen. Ketans Herz klopfte zum Zerspringen und es verschlug ihm die Rede. Er war nicht in der Lage, den Blick abzuwenden und seine Finger verkrallten sich an der Tischplatte.

Nebet folgte seinem Blick und seufzte. Resigniert sagte sie: »Ich wünsche dir einen schönen Abend, Ketan. Ich freue mich immer, wenn ich dich sehe.« Er ließ sie gehen, ohne ihr nachzusehen. Er konnte sich vom Anblick der Füße unter dem Vorhangrand nicht losreißen. Dann schloss er die Augen, um sich die Frau besser vorstellen zu können.

Trommel, Kithara und Schalmai stimmten eine Melodie an und Meritaten erschien. Taruru war nirgends mehr zu sehen.

IV

Cheta, Tujas Dienerin, trat beim ersten Geräusch, das von der Straße kam, ans Fenster, um zu sehen, wer denn um diese Stunde noch kam, denn die Zeit der Abendmahlzeit war längst vorüber. »Es ist Meret, Herrin. Meret und ihre Leibwächter.«

»Geh und lass sie herein«, befahl Tuja. »Ich werde mich noch zurecht machen.« Schon auf dem Weg in ihr Schlafzimmer drehte sie sich nochmals um. »Kümmere dich um die Wachen«, fügte sie hinzu. »Frag sie, ob sie etwas essen möchten.«

»Das werde ich, Herrin.« Cheta lief zur Treppe. Sie wunderte sich, was die hohe Herrin wohl um diese Stunde noch herführen mochte. Seth war bereits im Bett, und Ben-Hadad hatte schon vor geraumer Weile das Haus verlassen. Gut möglich, dass er unterwegs war zu einer heimlichen Liebschaft oder aber auf dem Weg in eine Taverne. Es war kein Geheimnis, dass der Ehemann ihrer Herrin Interessen verfolgte, die außerhalb seines Heimes lagen und die er seiner Familie vorzog. Doch niemand konnte genau sagen, welcher Art diese Interessen waren.

Cheta öffnete die Tür und verneigte sich. »Seid gegrüßt, Herrin! Kommt bitte herein!«

Mit anmutiger Würde stieg Meret aus der Sänfte. »Ich danke dir. Ich möchte bitte mit deiner Herrin sprechen.« Sie sah sich um. »Ich vermute, Ben-Hadad ist nicht zu Hause?«

»Nein, Herrin. Bitte kommt weiter!«

Meret trat ein. »Ich kenne den Weg. Kannst du dich um meine Männer kümmern?«

Wieder verneigte sich Cheta. »Natürlich, Herrin.« Sie wandte sich an die Wachen, die unbewegt vor dem Tor warteten. »Bitte kommt mit mir!«, forderte Cheta sie auf.

Ohne zu zögern betrat Meret den großen Raum, der der Mittelpunkt des Hauses war, mit dem Brunnen und den Ruhebetten. »Tuja!«, rief sie. Sie hörte Geräusche aus dem Schlafzimmer. »Mach dir keine Mühe! Du brauchst keine Perücke. Wir zwei sind allein.«

Zögernd, fast verschreckt kam Tuja aus dem Schlafzimmer. In einer Hand hielt sie ein kleines vergoldetes Gefäß aus Obsidian, das schwarzen Puder enthielt, in der anderen Hand hatte sie noch eine Bürste, mit der sie zuvor den Rand ihres linken Auges nachgezogen hatte. Das rechte Auge war ungeschminkt. »Ich habe dich nicht erwartet«, begann sie zögernd. »Ich muss schrecklich aussehen.«

»Komm, setz dich!« Meret lächelte zärtlich. Traurig dachte sie bei sich, wie sehr Tuja gealtert war. »Ich wollte sehen, wie es dir geht. Ich habe das Gefühl, dass etwas nicht stimmt.«

Tuja saß in einiger Entfernung auf demselben Ruhebett wie Meret und vermied es, ihren Gast anzusehen. »Ich möchte lieber nicht darüber sprechen«, sagte sie. Einen Augenblick herrschte peinliches Schweigen; Meret wartete geduldig. Endlich hob Tuja den Kopf. Ihre Augen waren rot und zeigten schwarze Ränder – die Augen einer Frau, die seit Tagen, vielleicht seit Wochen nicht gut geschlafen hatte.

»Ach, Meret«, begann sie schließlich unglücklich. »Wer hätte gedacht, dass es so enden würde? Ben-Hadad hasst mich. Er hasst seinen Sohn. Er glaubt, Seth sei nicht sein Sohn. Seth spürt das. Mir ist es gleich, was die Leute sagen. Seth ist nicht dumm, ihm entgeht nichts. Manchmal habe ich den Eindruck, dass er klüger ist als die anderen Kinder, auch wenn ich ihn nicht in der Schule unterbringen kann. Er spürt es. Er weiß, was sein Vater von ihm denkt.«

Meret griff nach Tujas schmaler Hand. »Du Arme! Ich wollte, ich könnte etwas tun. Aber ich bin eine Außenstehende, und auch Baka kann nicht wirklich etwas tun. Vor einiger Zeit versuchte er mit Ben-Hadad zu reden, aber vergeblich, er ließ es nicht zu.«

»Mit mir macht er es genauso und mit dem Jungen auch. Ich glaube, er lässt überhaupt niemanden an sich heran. Zumindest erzählt er mir nichts davon. Vielleicht hat er irgendwo eine Geliebte. Vielleicht ist er jetzt bei ihr, aber ich glaube es eigentlich nicht.« Sie ließ die schmalen Schultern hängen. »In letzter Zeit hat er zu trinken angefangen, und zwar viel. Vor drei Tagen kam er nachts so betrunken nach Hause, dass er hier auf dem Boden zusammenbrach und die ganze Nacht in seinem Erbrochenen schlief.«

Meret zuckte zusammen. »Ich hatte keine Ahnung, dass es so schlimm ist. Redet ihr nie miteinander? Gibt es keine Möglichkeit, euch auszusprechen?«

»Nein, keine«, gestand Tuja. Sie weinte; ihre Tränen verschmierten die schwarze Augenschminke und hinterließen dunkle Spuren auf ihren Wangen. Tuja rieb sich ein Auge, was die Sache noch verschlimmerte. »Ich bin so unglücklich, Meret! Wenn Seth mich nicht brauchte, ich glaube, ich könnte es nicht länger ertragen.«

»Das darfst du nicht sagen, Tuja!«

»Wir haben uns einst so geliebt. Und dann musste ich diese dumme Beziehung mit Baliniri anfangen! Sie hat nur ein paar Tage gedauert, Meret. Ich war bereits schwanger, als ich ihm begegnete, das schwöre ich. Ich musste alles zerstören! Ich habe mein ganzes Leben zerstört. Meines, seines und Seths.«

»Du darfst die Hoffnung nicht aufgeben, Tuja. Wenn ich die Hoffnung aufgegeben hätte, als ich eine Sklavin war, dann …«

»Ich will nicht behaupten, dass dein Schicksal leicht war, Meret, das weißt du. Aber ich weiß nicht, was schlimmer ist: So zu leben wie du, mit der Ungewissheit, ob du deine Lieben je wieder sehen wirst, oder so wie ich …«

»Quäl dich nicht, meine Liebe!«

»Meine einzige Hoffnung ist, dass er fortgeht. Wenn er uns für eine Weile verlässt, dann sieht er die Dinge vielleicht aus einem anderen Blickwinkel. Vielleicht fehlen wir ihm am Ende sogar. Ich weiß, es klingt schrecklich, aber ich freue mich darauf, wenn Baka ihn für eine Zeit lang in den nubischen Krieg schickt.«

Meret warf ihr einen raschen Blick zu und hoffte, dass Tuja ihre Reaktion entgangen war. »Ich glaube nicht Tuja, dass …«

»Ich würde das nicht sagen, wenn er ein Soldat und großer Gefahr ausgesetzt wäre. Aber du weißt, wie es für Waffenschmiede läuft. Er wird hinter den Kampflinien arbeiten und genügend Zeit haben, über alles nachzudenken. Vielleicht kommt er zur Vernunft.«

»Was ist, Tuja, wenn …«

Tuja hatte ihren Blick in die Ferne gerichtet, ohne etwas wahrzunehmen; ihre Gedanken waren nach innen gekehrt. Meret seufzte. Tuja würde bald genug herausfinden, dass Ben-Hadad nicht ausgewählt worden war, die Expedition nach Nubien zu begleiten. Meret wechselte das Thema. »Ich wollte dich noch um etwas bitten, wenn du so nett wärst.« Tuja hob den Kopf. Die schwarze Schminke war so arg über ihr Gesicht verschmiert, dass Meret sich unterbrach und aufstand. »Lass mich dein Gesicht abwischen, ja? Nein, du bleibst sitzen! Ich hole Creme und mache dein Gesicht sauber. Ich weiß, wo ich welche finde.« Sie ging in das Schlafzimmer und kam mit einem Gefäß in der Hand zurück. Während sie Tujas Gesicht säuberte, sprach sie weiter.

»Ich wollte dich etwas über meine Kinder fragen, Tuja. Ich habe gehofft, dass du etwas über Ketan und Teti weißt.«

»Siehst du sie denn nicht?«, fragte Tuja, die keine Creme in den Mund bekommen wollte.

»Nicht so häufig, wie ich es gerne hätte. Über Teti mache ich mir keine Sorgen. Sie ist robust und kommt allein zurecht. Außerdem geben die Soldaten auf sie Acht. Aber um Ketan mache ich mir Sorgen. Er ist so jung! Jünger als es seinen Jahren entspricht.« Sie seufzte nachdenklich. »Du hast vom Unrecht gesprochen, das wir anderen antun. Ich habe sie auch vernachlässigt. Ich war so lange von ihnen getrennt, als ich als Sklavin im Delta lebte.«

»Das war nicht zu ändern.«

»Das mag stimmen, aber der Schaden ist geblieben. Sie lieben mich vermutlich, aber sie lieben mich wie eine Tante oder eine Großmutter. Sie lieben mich wie irgendjemanden, aber nicht wie eine Mutter. Ich sehe sie so selten.«

»Sie wohnen in der Nähe des Lagers, soviel ich weiß.«

»Teti schon. Sie lebt außerhalb der Mauern.«

»Und Ketan?«

Meret war froh, dass Tuja ihre eigenen Probleme über denen von Meret vergaß. »Er wohnt jetzt in der Stadt. Anscheinend weiß niemand, wohin er abends geht. Ich wollte dich fragen, ob du etwas weißt.«

»Ich habe nichts gehört, Meret.«

»Könntest du dich ein wenig umhören?«

»Ich weiß nicht, wen ich fragen soll. Ich lebe ziemlich zurückgezogen. Es ist mir sehr unangenehm, jemandem in unser Familienleben Einblick zu gewähren. Ich gehe den Menschen eher aus dem Weg.«

Meret tätschelte ihr die Hand und stand auf. »Ich kann dich verstehen. Aber falls du etwas hörst, lass es mich wissen.«

»Selbstverständlich, Meret!« Tuja stand auf und umarmte sie. »Es tut mir Leid, dass ich dich enttäuscht habe. Ich glaube, ich enttäusche jeden in letzter Zeit. Ich werde mich erkundigen. Kann nicht Baka jemanden beauftragen, Ketan zu folgen?«

»Das habe ich bisher vermieden«, gestand Meret. »Die Zwillinge sind Schobais Kinder, auch wenn Baka sie gern hat. Er versteht, dass ich ihn tot wähnte, als ich Schobai geheiratet habe. Aber ich erinnere ihn nicht gern daran.«

»Ich verstehe.«

Meret trat zurück und hielt Tuja an den Händen.

Tuja versuchte zu lächeln. »Ich bringe dich zur Tür. Cheta! Cheta! Wo ist sie denn nur?«

Nachdem Meret gegangen war, entließ Tuja die Dienerin Cheta für die Nacht und zog sich in ihr Schlafzimmer zurück. Niedergeschlagen setzte sie sich auf ihr Lager. Zumindest zwei Männer hatten sie einst geliebt, wenn das auch schon eine ganze Weile her war. Ben-Hadad und dann Baliniri.

Sie schloss die Augen und versuchte sich an Baliniris Gesicht zu erinnern, aber es wollte ihr nicht gelingen. Nur seine Augen und der Klang seiner Stimme waren ihr im Gedächtnis geblieben und sein kräftiger nackter Körper, wie sie ihn damals an jenem letzten Abend, den sie miteinander verbracht hatten, gesehen hatte, bevor sie ihn verlassen hatte und zu ihrem Mann zurückkehrt war. Daran erinnerte sie sich ebenso gut wie an das Gefühl, das er in ihr hervorgerufen hatte.

Er hatte sie angebetet. Bei ihm hatte sie sich wie eine Königin gefühlt, wie eine von ihren Untertanen verehrte Göttin. Und sie hatte ihn verstoßen und war zu einem Ehemann zurückgekehrt, der sie am Ende nur hasste, sie schlecht behandelte und ihren Sohn zurückwies.

Sie hatte ihr Leben wahrlich verpfuscht! Ihr Leben und das vieler anderer auch. Wie konnte sie das wieder gutmachen? Bestimmt war es aussichtslos, je wieder Ben-Hadads Liebe zu gewinnen oder ihn wieder zu dem liebenswerten, einfühlsamen Mann zu machen, der er einst gewesen war.

Eingehend betrachtete sie ihr Spiegelbild. Alles wird in Ordnung kommen, wenn er nur einmal fort ist und über die Dinge nachdenken kann!

Morgen! Morgen würde Baka den Nachschub für den nubischen Feldzug zusammenstellen und einen Waffenschmied zur Begleitung der Truppen bestimmen. Seine Wahl würde auf den besten und erfahrensten Waffenschmied fallen, den er hatte, auf einen, von dem er wusste, dass er auch unter schwierigen Kampfbedingungen arbeiten konnte.

Eine Zeit lang würde Ben-Hadad zu beschäftigt sein, um nachzudenken, aber sobald er die Männer einmal mit Waffen versorgt hatte, würde es ruhiger werden. Er würde nichts weiter zu tun haben, als zerbrochene oder beschädigte Waffen zu reparieren und nachzudenken. Die Nächte im Lager waren lang und einsam.

Leise Hoffnung kam in Tuja auf und erstarb dann wieder. Sie schlug die Hände vor das Gesicht und weinte.

Als Ketan aufstand, war es schon ziemlich spät. Kaum eine Hand voll Männer saß noch an den Tischen. Sein Blick war trüb, und er fand es schwierig, das Gleichgewicht zu halten. Er gab sich Mühe, scharf zu sehen. Plötzlich wurde ihm bewusst, dass die kleine Nebet neben ihm stand. Sie hatte ihn am Arm gefasst und stützte ihn. »So! Jetzt bleib einen Augenblick stehen und warte, bis dein Kopf sich wieder klärt. Geht es jetzt wieder ein wenig besser?«

»Ich glaube, ich habe zu viel getrunken«, stammelte er. »Ist es schon sehr spät?«

»Der Nachtwächter hat schon längst Mitternacht gerufen«, antwortete sie ihm. »Wirst du allein nach Hause finden?«

»Nach Hause? Aber ja! Aber du und die anderen Frauen, was ist mit euch? Könnt ihr allein durch die dunklen Straßen gehen?«

»Meritaten ist vor einer Weile gegangen. Taruru ging schon früher. Ich wohne hier im Haus im Obergeschoss. Aber ich mache mir Sorgen um dich. Hast du das erste Mal zu viel getrunken?«

Ketan blickte auf sie hinunter und gab sich Mühe, ihr Gesicht klar zu sehen. »Ich glaube schon«, stammelte er trunken. »Stell dir vor, Nebet, sie hat mich heute angesehen! Mich! Sie hat nur für mich getanzt.«

»Ja, ja. Das ist ein alter Trick. Wir machen das alle. Wir geben uns große Mühe, dass es jeden Abend ein anderer Mann ist, den wir uns aussuchen. Sodass keiner auf falsche Gedanken kommt. Lass dir gesagt sein, Ketan: Sie hat keine Ahnung, dass es dich gibt.«

»Es ist grausam von dir, so etwas zu sagen.«

»Grausam! Was glaubst denn du! Du bist noch ein Junge! Weißt du, wie alt sie ist? Wie viele Männer sie allein im letzten Jahr umschwärmt haben?«

»Du kannst sie wohl nicht leiden, was? Du willst sie heruntermachen!«

Nebet hatte die Hände auf die Hüften gestemmt und sah zornig zu ihm auf. Ihre Augen funkelten, als sie sagte: »Also gut! Ich wollte dir nur helfen. Geh zu! Mach dich zum Narren und lass dir das Herz brechen. Wenn du glaubst, dass mir das etwas ausmacht!« Damit drehte sie sich um und stapfte entschlossen auf ihren kurzen Beinen davon. Nur das Klimpern ihrer Ohrgehänge war zu hören. Das leise Klirren klang Ketan noch immer seltsam in den Ohren, als er bezahlt hatte und auf unsicheren Beinen hinaus auf die Straße wankte.

V

Die Sonne stand schon hoch am Himmel, als Ketan am nächsten Morgen sein Zimmer verließ und unsicher die Außentreppe nach unten stieg. Im hellen Licht musste er blinzeln und stolperte prompt in einen Passanten, als er sich mühsam durch die morgendliche Menge kämpfte. Er hatte das Gefühl, uralt und sehr krank zu sein. Sein Kopf schmerzte, und nichts konnte den widerlichen Geschmack in seinem Mund übertönen. Er hatte sich schon mehrmals übergeben und das bestimmte Gefühl, dass er es gleich wieder tun musste.

Zu allem Überfluss war die erste Stimme, die ihm zu Ohren kam, die, die er am wenigsten hören wollte, nämlich die fröhliche Stimme seiner Schwester. »Ketan! Warte auf mich!«

Er drehte sich finster um und legte schützend die Hand über die Augen.

Teti bahnte sich einen Weg durch die Menge der Hausfrauen, die ihr auf ihrem Weg zum Markt entgegenkamen. »Warte!« Trotz der weißen Robe und der Perücke auf dem Kopf sah sie jungenhafter aus denn je. Sie schüttelte ungläubig den Kopf und sah ihren Bruder von oben bis unten an, als sie ihn schließlich eingeholt hatte.

»Du liebe Zeit, wie siehst du denn aus!«

»Bitte! Hör auf damit!«

Ohne auf seinen Einwand zu achten, fuhr sie fort: »Was hast du angestellt, Ketan? Um alles in der Welt! Du musst etwas mit deinen Haaren tun!«

Ketan versuchte sie abzuschütteln. Aber Teti war kräftiger als er. Sie packte ihn am Ellbogen und zwang ihn, ihr ins Gesicht zu sehen. Dann schob sie ihm die widerspenstigen Haare zurecht. »Du warst in der Stadt, habe ich Recht? Was hast du angestellt?« Sie lachte. »Nun ja, vielleicht tut es dir gut, wenn du ab und zu über die Stränge schlägst. Aber du hättest einen besseren Zeitpunkt wählen können als den Abend vor Bakas Staatsrat.«

Ketan blickte immer noch finster vor sich hin und schwankte, während Teti ihm das Gewand richtete, damit es in ordentliche Falten fiel. »Was ist so Besonderes am heutigen Tag?«

»Weißt du es denn nicht? Heute wird Ben-Hadad vermutlich erwählt, den Nachschubtrupp nach Nubien zu begleiten. Seit Monaten freut er sich darauf.« Sie schüttelte den Kopf. »Du musst mit deinen Gedanken woanders sein. Seit vielen Wochen redet er von nichts anderem.«

»Mit mir redet er überhaupt nicht. Er kommandiert mich nur herum. ›Gib mir den Hammer, Ketan!‹ oder, ›Beeil dich Ketan, der General wartet!‹«

»Es ist an der Zeit, dass du dich mehr um die Dinge kümmerst, die um dich herum vorgehen, denn wenn Ben-Hadad nach Nubien entsandt wird, was glaubst du, wer die Verantwortung für die Nachrüstung der Einheiten hier in Lischt übernimmt? Denk einmal nach!«

»Du liebe Zeit! Wenn ich mir vorstelle, dass ich mit so einem scharfen Hund, wie General Harmachis es ist, direkt verhandeln muss! Es ist schon schlimm genug, mit seinen Untergebenen zu reden.«

»Ach komm, Ketan! Es ist eine einmalige Gelegenheit!« Sie strich ihm über die Wangen.

»In letzter Zeit bekomme ich dich so selten zu Gesicht, Ketan. Ich habe keine Ahnung, wie du derzeit lebst. Wir sollten einander öfter sehen.« Sie fasste ihn mit beiden Händen am Oberarm, zog ihn zu sich herunter und drückte ihm einen schnellen schwesterlichen Kuss auf die Wange. Dann zog sie ihn mit sich durch die Menschenmenge.

Ben-Hadad war ebenfalls spät dran, aber sein Haus lag näher zum Palast als Tetis Wohnung, die außerhalb der Stadtmauer war, oder auch Ketans Zimmer. Er verrichtete seine Morgentoilette allein und wies seine Frau grob zurück, als sie ihm helfen wollte. Finster betrachtete er sein Spiegelbild. »Ich sehe aus wie fünfzig«, knurrte er. »Ich bin zu nichts mehr gut. Dabei scheint es erst gestern gewesen zu sein, dass ich jung und voller Begeisterung und Hoffnung war. Die Welt stand mir offen und war voller Möglichkeiten. Es gab so vieles, das mir damals wichtig war.« Er seufzte, und es war der Seufzer eines alten Mannes. »Die vielen schönen Versprechungen des Lebens! Ich habe in den Menschen nur Gutes und Edles gesehen!«

Und in dir auch, sagte ihm eine innere Stimme. Wo ist die Liebe zu deinen Mitmenschen hingekommen? Diese Dinge geschehen nicht ganz von selbst. Du hast sie fortgeworfen. Du warst es, Ben-Hadad!

In einer Ecke des Zimmers beobachtete er seinen Sohn – falls es wirklich sein Sohn war –, wie er ungeschickt versuchte, einen tönernen Kreisel in Gang zu setzen. Die unbeholfenen Bewegungen des Jungen waren erbarmungswürdig, und plötzlich tat das Kind Ben-Hadad Leid. Der Junge konnte nichts dafür. Es war nicht seine Schuld, wenn er ungeschickt war. Vielleicht sollte er, Ben-Hadad, ihm mit mehr Liebe begegnen, mehr Zeit mit ihm verbringen, so wie Tuja es ihm immer zu erklären versuchte.

Seth hob den Kopf und sah seinen Vater an. Für einen Augenblick kreuzten sich die Blicke der beiden, und aus irgendeinem Grund hätte Ben-Hadad am liebsten geweint. Im Blick des Jungen lag etwas Flehendes und gleichzeitig die Bereitschaft, bei der geringsten Zurückweisung sofort zu flüchten, wie ein kleines Tier.

Es dauerte nur einen kurzen Augenblick. Eine kaum merkbare Veränderung in Ben-Hadads Blick erschreckte den Jungen, und er wandte sich ab. Das winzige Lächeln, das sich auf sein Gesicht gestohlen hatte, verschwand. Der Schmerz und die verwirrende Sehnsucht in Ben-Hadad blieb. Er wehrte sich dagegen, verletzlich zu werden, und zwang sich dazu, mit entschlossenen Schritten zur Tür zu gehen und auf die Straße zu treten. Er war schon eine Weile gegangen, als er seine Frau rufen hörte: »Leb wohl, Ben-Hadad! Viel Glück!« Aber Ben-Hadad hatte sich bereits wieder in der Gewalt, hatte sich gewappnet gegen Seth, gegen die ganze Welt und gegen seine eigenen rebellierenden Gefühle, die ihn drängten, nachzugeben und zu verzeihen. Er drehte sich nicht um, blieb nicht stehen und gab vor, ihren Ruf nicht zu hören. Stattdessen setzte er seinen Weg durch die Menge fort und strebte mit noch größerer Eile dem Palast von Dedmose zu, wo Baka den schicksalhaften Staatsrat einberufen hatte.

Es war Zahltag in der Schänke. Amoni, der Schankwirt, saß hinter dem Tisch und zählte aus dem Beutel an seiner Seite Kupfermünzen auf den Tisch. Neben ihm stand der starke Harmhab. Sem, der Koch, war wegen seines Lohnes gekommen. Hinter ihm warteten ungeduldig schwatzend die Musikanten, und am Ende der Wartenden standen die drei Tänzerinnen: Meritaten, Taruru und Nebet.

Die Frauen waren einfach gekleidet, wie für einen Spaziergang auf den Markt. Taruru war als Einzige geschminkt und wie zu einem gesellschaftlichen Anlass hergerichtet. An Hand- und Fußgelenken klimperten Kupferspangen, und an Fingern und Zehen trug sie glitzernde Ringe. Sie stand etwas abseits von den anderen und war tief in Gedanken versunken.

Nebet stand hinter ihr und spielte unruhig mit den Händen. Seit Amoni mit dem Geldbeutel aufgetaucht war, versuchte sie, ihren ganzen Mut aufzubringen, um Taruru anzusprechen. Tatsächlich hatte sie schon die ganze Nacht der Gedanke an eine Aussprache mit Taruru gequält, und sie hatte deshalb auch schlecht geschlafen.

Jetzt, da Taruru neben ihr stand, fand Nebet es doppelt schwer, das Wort an sie zu richten. Es war wohl ihre eigene körperliche Unzulänglichkeit, dass sie sich angesichts Tarurus wohl gerundeter Formen und ihres eindeutig begehrenswerteren Körpers wie ein Kind vorkam. Taruru hatte ein selbstsicheres Gebaren; sie war sich ihrer Anziehungskraft durchaus bewusst, und das machte es Nebet so schwer, mit ihr zu sprechen. Sie kam sich wie eine kleine unbedeutende Schwester vor.

Schluss damit, sagte sie sich. Hör auf, dich minderwertig zu fühlen, nur weil sie einen schöneren Körper hat! Rede mit ihr! Sage ihr, was du von ihrem verwerflichen, liederlichen Gehabe hältst!

Nebet ballte die Hände zu Fäusten, sodass sich die Fingernägel tief in die Handflächen gruben. Zuerst versagte ihr die Stimme, doch schließlich brachte sie die Worte heraus. »Taruru«, begann sie. Ihre Stimme klang unnatürlich hoch und sehr schüchtern. Warum kann ich nicht wie eine erwachsene Frau reden?, dachte sie zornig und fing noch einmal an. »Taruru!«

Die Tänzerin drehte sich langsam um. »Hast du etwas zu mir gesagt, Nebet?«, fragte sie. Sie hatte eine tiefe, erotische Stimme.

Nebet kam sich vor wie ein kleines Kind, das seiner Mutter widerspricht. Sie nahm sich zusammen und fuhr fort. »Der junge Mann, der jeden Abend hier ist, Taruru, du weißt schon, der ganz junge ...«

Taruru setzte ein katzenhaftes Lächeln auf. »Ja, ja, ich weiß, wen du meinst. Er belustigt mich.«

Nebet biss sich auf die Lippen und räusperte sich. »Er ist viel zu jung für dich!«, platzte sie schließlich heraus.

Taruru lächelte immer noch, aber ihre Augen wurden schmal. »Ich mag die Jungen«, kam es gedehnt. »Jung und kräftig. Er hat vielleicht noch ein Kindergesicht, meine Liebe, aber hast du seine Arme gesehen? Er ist stark, sehr stark!«

»Er ist wirklich noch ein Kind. Du solltest ihn nicht ...«

»Er gefällt mir«, fuhr Taruru fort. Nebet entging der drohende Unterton in der Stimme der älteren Frau nicht. »Ich denke, ich werde mich mit ihm anfreunden.«

»Tu das nicht! Bitte! Ich glaube, er war noch nie mit einer Frau zusammen, Taruru. Ich weiß, was du mit den Männern anstellst. Wenn dieser Junge das erste Mal mit einer Frau zusammen ist, dann soll es nicht mit einer Frau wie dir sein.«

Tarurus Raubtieraugen wurden zu schmalen Schlitzen, und ihr Lächeln wirkte tödlich. »So, meinst du? Mit wem soll er denn sein erstes Mal verbringen? Mit einem piepsenden Hühnchen, wie du es bist, das nicht viel größere Brüste und Hüften hat als ein Junge? Es langweilt die Männer, wenn sie dir beim Tanzen zuschauen. Du kannst kaum ihren Appetit auf eine Frau wie mich wecken. Weder im Bett noch sonstwo, meine Liebe.«

Nebets Augen funkelten zornig. »Lass Ketan in Frieden! Ich warne dich! Wenn nicht, dann ...«

»Was willst du tun, wenn ich ihn nicht in Frieden lasse? Die Luft anhalten? Deine Zunge herausstrecken? Fratzen schneiden?« Sie lachte leise und bösartig. »Mach deiner Empörung anderswo Luft, Nebet! Oder noch besser: Such dir einen Mann!« Ihr Lächeln wurde wieder grausam. »Ich verstehe! Du willst das Bürschchen für dich. Du weißt doch gar nichts über ihn.«

»Ich weiß mehr von ihm als du!«

»Anscheinend nicht. Ich habe mich umgehört. Er verdient sehr gut und hat eine Menge Geld. Mit seinen starken Armen und Beinen macht er Waffen für Bakas Armee.«

Nebet starrte Taruru böse an. Die Hexe hatte Recht. Das hatte sie nicht gewusst.

»Was seine mangelnde Erfahrung angeht, hast du Recht«, fuhr Taruru fort. »Ich werde großen Spaß mit ihm haben.« Sie richtete sich auf und schob ihre vollen Brüste herausfordernd vor, sodass der Unterschied zwischen ihrem und Nebets Körper noch deutlicher wurde. »Die Leute sagen, er würde viel lieber Schmuck herstellen. Ich werde ihm reichlich Gelegenheit dazu geben, diesem Handwerk nachzugehen. Kupferspangen sind nicht schlecht, finde ich, bis man einem Mann begegnet, der sich Gold leisten kann.«

»Taruru!«

Aber Taruru hatte sich wieder Amonis Tisch zugewandt und nahm ihren Lohn in Empfang. Nebet war tief betrübt. Armer Ketan! Der arme, unschuldige liebe Junge!

Die letzten Teile der Zeremonie bekam Ben-Hadad nur noch wie aus weiter Ferne mit, so als wäre er plötzlich taub. Wie vom Blitz getroffen starrte er vor sich hin; sein ganzer Körper war in Schweiß gebadet. Ihm war übel, und er hatte das Gefühl, als würden seine Beine versagen und er müßte ohnmächtig zu Boden stürzen.

Das kann nicht wahr sein!, dachte er. Das darf es nicht geben! Es muss ein schlimmer Traum sein.

Aber es war wahr, und es geschah tatsächlich.

Er ließ seinen Blick über die umstehenden Zuhörer wandern. Ketan blickte geradeaus, aber seine Gedanken bewegten sich in seiner eigenen Welt. War ihm nicht klar, was geschehen war? War er nicht eifersüchtig? Nicht verärgert?

Was ihn, Ben-Hadad, anging, so war er vernichtet. Es gab kein anderes Wort dafür. Was für eine Beleidigung! Man hatte ihn übergangen! Öffentlich gedemütigt! Und das von einem Mann, der ihm wie ein zweiter Vater gewesen war.

Baka! Wie konntest du das nur tun, haderte Ben-Hadad im Stillen. Ich habe dir schon gedient, als ich noch ein Junge war. Wie konntest du mir das antun?

Er schloss die Augen. Er fühlte sich elend, beschämt und allein gelassen. Nie würde er darüber hinwegkommen, nie. Auch wenn er wieder in der Schmiede arbeitete, würde er die Verachtung in den Augen der Soldaten vor sich sehen. Sie würden es alle erfahren. Denn wem würde denn die Nachricht verborgen bleiben, dass Bakas oberster Waffenschmied bei der Ernennung für den Feldzug nach Nubien übergangen worden war? Die Männer, die Baka nach Nubien schickte, um die nach Norden vorstoßenden Invasoren zurückzuschlagen, mussten nun einmal bewaffnet werden. Und Ben-Hadad war bei dieser Ernennung übergangen worden!

Zugunsten von Teti. Zugunsten einer Frau!

VI

Nach der offiziellen Beendigung des Staatsrates verschwand Baka, begleitet von seinen Beratern, durch das große Tor. Strahlend hüpfte Teti Ketan entgegen. »Ich kann es nicht fassen, Ketan! Ich soll nach Nubien ziehen! Kneif mich, Ketan, sonst glaube ich, dass ich träume.«

Ketans Gesichtsausdruck war bedrückt und verschlossen, und Teti zog natürlich falsche Schlüsse daraus. Ihre Freude verschwand, und sie fiel dem Bruder um den Hals. Der versuchte, sich ihrer Umarmung zu entziehen. »Es tut mir Leid, Ketan. Du musst fürchterlich enttäuscht sein.«

Zu ihrer Überraschung schüttelte er den Kopf. »Nein, keineswegs. Ich wollte gar nicht nach Nubien. Ich freue mich für dich. Es ist nur … Ich glaube, mir wird übel.«

»Ach du liebe Zeit! Komm, ich helfe dir.«

»Nein, lass nur. Es geht schon.«

Zögernd ließ sie ihn gehen und schüttelte den Kopf. Aber selbst Ketans seltsames Betragen konnte ihr den Augenblick des Triumphs nicht verderben. Das war der glücklichste Tag ihn ihrem jungen Leben. Das musste man sich einfach vorstellen: Sie sollte als erste Waffenschmiedin mit dem Heer nach Nubien ziehen, weit, weit stromaufwärts. Erste Waffenschmiedin!

Plötzlich bemerkte sie den Boten neben ihr.

»Entschuldige, Setna«, sagte sie. »Bist du schon lange hier? Ich habe dich nicht bemerkt. Ich bin ganz außer mir.«

»Das macht nichts«, grinste der Bote. »Es tut mir Leid, wenn ich dich aus den Wolken wieder auf den Boden holen muss, aber Baka möchte mit dir sprechen.«

Sie folgte Setna durch die Tür und durch den langen Flur, der zu Bakas privatem Ratszimmer führte. Am anderen Ende des großen Zimmers stand Baka hinter einem Tisch und blickte auf ein Sandrelief, das man dort für ihn aufgebaut hatte. Teti trat näher und betrachtete den Plan. Ein sandfreier Streifen wand sich in weiten Kurven durch die Mitte des Reliefs; das musste der Nil sein.

»Ah! Teti!«, begrüßte sie Baka und sah auf. »Schön, dass du da bist. Ich brauche dich nicht mehr, Setna. Schließ bitte die Tür.«

Setna grüßte und ging. Baka besah sich noch eine Weile den Lageplan vor ihm auf dem Tisch, und Teti nützte die Gelegenheit, ihn genauer zu studieren.

Baka hatte nichts mehr von dem sanftmütigen Gelehrten an sich, der er einst in seiner Jugend gewesen war, damals, als er Meret zum ersten Mal geheiratet hatte. Während des allgemeinen Zusammenbruchs der Verteidigungslinien im Delta nach dem Einmarsch der Hay vor vielen Jahren hatte Baka sich gezwungen gesehen, die Verteidigung des westlichen Deltas zu übernehmen.

Zu seiner eigenen Überraschung besaß er eine natürliche Gabe zur taktischen und strategischen Kriegführung. Beinahe ohne Unterstützung war es ihm gelungen, den bunt zusammengewürfelten Haufen der Ägypter um sein Banner zu versammeln, trotz der Unfähigkeit und Einmischung seiner Vorgesetzten.

Teti sah ihn sich genau an, wie er jetzt vor ihr stand: muskulös und stramm, das Gesicht von Falten durchzogen, aber immer noch jung. Wo ist der junge Gelehrte, der Dichter?, fragte sie sich. Falls die Wesenszüge von damals noch vorhanden waren, dann zeigte der Wesir sie einzig und allein einem einzigen Menschen, nämlich seiner Frau Meret.

Baka unterbrach Tetis Gedankengänge und sagte mit einem warmen, väterlichen Lächeln: »Glücklich? Schwillt dir schon der Kamm?«

»Das nicht, aber mein Herz ist übervoll. Ich danke dir, Baka. Ich weiß gar nicht, was ich sagen soll.«

Er gebot ihrem Dank mit erhobenen Händen Einhalt. »Da gibt es nichts zu sagen. Ich habe für diese Aufgabe nur den Besten gewählt, Teti; das darfst du nicht vergessen.« Baka wurde ernst. Kopfschüttelnd fuhr er fort: »Vermutlich wirst du mit Ben-Hadad Probleme bekommen. Halt die Augen offen. Meret hat mir erzählt, dass er absolut mit seiner heutigen Ernennung gerechnet hatte. Er wird verbittert und zornig sein. Aber du und ich, wir können das nicht ändern. Lass dir nichts von ihm gefallen.«

»Nun, ich habe auch erwartet, dass er gehen wird.«

»Das habe ich nie in Betracht gezogen. Ich rede ganz offen mit dir, Teti. Seit Schobais Tod beobachte ich ihn genau. Du weißt, dass sich dein Vater geweigert hat, das Geheimnis über die Verarbeitung von Eisen an ihn weiterzugeben. Er hat behauptet, man könne es Ben-Hadad einfach nicht anvertrauen. In den Jahren, die seit dem Tod deines Vaters vergangen sind, habe ich allmählich begriffen, warum. Ben-Hadad hat etwas Kleinliches, Kindisches an sich, was sich auf alle mögliche Weisen zeigt. Schobai hat ihm nicht vertraut, und ich traue ihm auch nicht. Es könnte sein, dass er nach der heutigen Enttäuschung etwas Unbedachtes tut.«

»Was meinst du mit ›etwas Unbedachtes‹?«

»Ich weiß es nicht.« Der Wesir machte eine Pause, dann wurde er wieder heiter. »Jetzt wollen wir uns über ihn aber keine Sorgen mehr machen. Schau her!« Er deutete auf das Relief auf dem Tisch.

»Diese Linie hier, Baka. Was ist das?«

»Das ist die Grenze zwischen dem Gebiet der Nubier und unserem Reich. Das hier ist Elephantine, die Insel, die bereits Akilleus' Heer in die Hände gefallen ist. Südlich von Elephantine gehört ihm alles Land. Hier, nach der Flussbiegung, das ist Theben. In der Mitte liegt Edfu. Hier werden die Nubier als Nächstes zuschlagen. Unsere Späher berichten, dass Akilleus sich für eine Weile zurückgezogen hat, um neue Truppen auszubilden. Er hat aus dem Sudd, das ist weit im Süden, Söldner angeworben. Daher soll es unserem Heer jetzt möglich sein, rechtzeitig nach Edfu zu gelangen, um die Stadt zu verteidigen.«

»Das ist vermutlich sehr wichtig, nicht wahr?«

»Es ist unumgänglich. Wenn Edfu fällt, wird auch Theben fallen. Das ist auch der Grund, warum ich einige ungewöhnliche Maßnahmen treffe.« Er lächelte. »Ich habe den alten Musuri gebeten, seinen Ruhestand zu beenden und die Truppen nach Edfu anzuführen. Mekim wird sein stellvertretender Kommandant werden.«

»Musuri! Ist er denn körperlich dazu in der Lage?«

»Er braucht nicht zu kämpfen, aber er wird die Dinge leiten. Er und Mekim sind gute alte Freunde. Mekim fragt ihn andauernd um seinen Rat. Ich mache es damit nur offiziell. Aber stell dir nur die Vorteile vor, die sich daraus ergeben. Musuri kennt das Gebiet ebenso gut wie Akilleus; außerdem kennt er die Denkweise des alten Mannes ganz genau. Und was noch besser ist: Er kennt auch Ebana. Soviel ich weiß, spielt sie in letzter Zeit eine wesentlich stärkere Rolle in diesem Feldzug. Und Ebana will den Frieden. Musuri kann mit ihr reden, falls Akilleus etwas zustößt.«

»Das klingt gut.«

»Finde ich auch.« Baka seufzte. »Wenn es mir nur gelänge, Mekims alten Freund Baliniri von den Hay fortzulocken. Mekim hält Baliniri für den besten Strategen, den es gibt, wenn es zu einem

Kampf auf dem Fluss und am Fluss kommt. Baliniri ist es seinerzeit auch geglückt, Hammurabis erfolgreichen Feldzug den Euphrat hinauf bis Mari zurückzudrängen. Das war eine gewaltige Leistung. Nun ja, zumindest haben wir Mekim, der sich daran erinnert, was Baliniri damals getan hat. Er kann uns in dieser Hinsicht gut beraten. Aber es ist einfach nicht das Gleiche, wie einen solchen Denker an seiner Seite als Mitstreiter zu haben.«

»Baka …«

»Ja?«

»Ben-Hadad hat mir einmal erzählt, es gäbe jemanden in Nubien, der über das Eisen Bescheid weiß. Ich meine, die Kunst es zu schmelzen und zu formen. Glaubst du, dass er immer noch dort ist? Oder dass er jemanden angelernt hat?«

»Du hast dich von der Eisen-Geschichte anstecken lassen, was?« Baka sah sie fragend an.

Teti war verunsichert und wurde verlegen, aber sie ließ es sich nicht anmerken. »Das liegt mir wohl im Blut, Baka. Das habe ich von Schobai und von meinem Großvater Kirta, der das Geheimnis von der Insel der Göttin mitgebracht hatte. Ich kann nichts dafür, es interessiert mich einfach. Für die Kinder des Löwen ist die Kunst des Waffenschmiedens einfach das Wichtigste. Wie es aussieht, bin ich in gewisser Weise die Letzte in der Familie.«

»Ich weiß, was du meinst. Es ist kein Geheimnis, dass aus Ben-Hadad nie ein erstklassiger Waffenschmied geworden ist. Wie es aussieht, wird auch sein Sohn keiner werden. Dein Bruder gerät Hadad, dem Goldschmied, nach, dem Bruder deines Vaters. Ketan ist mehr Künstler als Waffenschmied. Er macht daraus auch kein Geheimnis. Du bist diejenige, die die Berufung dazu hat, so sehe ich es.«

»Ja.« Es war eine große Verantwortung für eine noch so junge Frau, die Last einer alten Familientradition auf ihren Schultern zu wissen, und die Letzte zu sein, die mit dem Talent ausgestattet war und dieses zur Vollendung entwickeln sollte.

»Ich werde dir etwas sagen: Wenn du alle anfallenden Pflichten zu Musuris und Mekims Zufriedenheit erfüllst und die Dinge so laufen, wie ich es mir erhoffe, dann kannst du allen Hinweisen folgen, die du finden kannst. Denn es steht außer Frage, dass alles, was du wegen des Eisens und des Schmelzvorgangs lernst, für uns einen ungemein großen Vorteil bringen wird. Wenn es zu lernen ist, dann müssen wir es lernen, ehe die Hay es tun.« Er lächelte. »Unter diesen Bedingungen also …«

»Verstanden, Baka! Vielen Dank!«

Ben-Hadad torkelte betrunken durch das Haus und stieß dabei mit Cheta zusammen, die in der hereinbrechenden Abenddämmerung gerade die Lampen in den Zimmern entzündete. Er stieß sie zu Boden. »Verdammtes Ding!«, knirschte er zwischen den Zähnen. »Kannst du nicht Acht geben, wohin du gehst?«

Tuja kam gelaufen und half der Dienerin wieder auf die Füße. Zuerst musste sie noch das kleine Feuer löschen, das die umgestürzte Lampe verursacht hatte. »Sei bitte nicht so unhöflich, Ben-Hadad! Sie macht nur ihre Arbeit. Du musst sie nicht umrennen.«

»Du hast schon Recht! Ergreif nur für eine Sklavin Partei. Ergreif nur mit anderen gegen mich Partei.« Er hatte auf dem Weg nach Hause getrunken. Soweit Tuja es beurteilen konnte, war er im Begriff, wieder fortzugehen, um noch mehr zu trinken. »Ich gehe! Ich werde schon einen Platz finden, wo man mich mehr schätzt und nicht für die Ungeschicktheit einer Sklavin verantwortlich macht.«

»Bitte, geh nicht wieder fort!«, bat Tuja. »Ich mache dir etwas zu essen. Wenn du in deinem Zustand fortgehst, so …«

»Aus dem Weg!«, brüllte er und schob sie beiseite. »Verdammt! Lass mich gehen!« Er stieß gegen einen Tisch, sodass eine teure Vase auf den Boden fiel und in Scherben zerbrach. »Da schau her! Deine Schuld, dass mir das jetzt passiert ist!«

»Bitte, Ben-Hadad! Wenn du unbedingt gehen musst, bleib wenigstens nicht so lange fort. Ich warte auf dich und mache mir Sorgen.«

»Du wartest? Du willst dir Sorgen machen? Wer hat dich darum gebeten. Geh schlafen! Ich werde im Gästezimmer schlafen, falls ich überhaupt nach Hause komme.« Er sah sie zornig an. »Manchmal frage ich mich, warum ich das überhaupt tue. Vielleicht komme ich das nächste Mal gar nicht mehr nach Hause. Was hält mich hier? Warum soll ich bleiben? Es gibt nichts, das mich hier bindet, rein gar nichts.«

Ketan wollte den Blick abwenden, aber es half nichts. Aus den Augenwinkeln heraus bemerkte er, wie sie ihn mit ihren dunklen Augen ansah, während sie auf ihn zukam. Kam sie wirklich an seinen Tisch? Was sollte er tun? Was sollte er zu ihr sagen? Falls sie ihn ansprach!

»Guten Abend, Ketan«, begrüßte sie ihn. Sie hatte eine tiefe, aufregende Stimme. Ketan sah sie mit großen Augen an. Es fiel ihm nichts ein, das er sagen konnte. »Du heißt doch so, habe ich Recht?«, fragte sie mit viel sagendem Lächeln. »Ich habe mich erkundigt. Ich habe gefragt: ›Wie heißt denn der gut aussehende Mann, der dort an der Wand sitzt und mich beim Tanzen beobachtet?‹«

Ketan konnte nicht länger an ihr vorbeisehen. Sie hatte sich nach dem Tanzen nur äußerst spärlich angezogen. Ihr dünnes Kleid war beinahe durchsichtig; die üppigen Konturen ihres wunderbaren Körpers zeichneten sich deutlich darunter ab.

»Guten Abend«, murmelte Ketan. »Willst du dich nicht setzen?« Das wäre besser, als herumzustehen, während seine Knie so zitterten, dass sie klapperten.

Sie setzte sich neben ihn auf die Bank. Ihre warmen Schenkel berührten die seinen. Ketan wurde richtig schwindlig dabei.

»Du hast mir zugesehen«, flüsterte sie. »Du hast kein Auge von mir gelassen. Sogar als ich dir den Rücken zukehrte, spürte ich deine Blicke. Ich bekam vor Aufregung eine Gänsehaut. Eine Frau merkt so etwas, Ketan. Eine Frau weiß Bescheid.« Sie legte ihm ihre weiche Hand auf den Schenkel, und Ketan schlug das Herz bis zum Hals.

»Ich spürte deinen Blick«, fuhr sie fort. »Ich spürte ihn auf meinen Armen, auf meinen Schultern, noch ehe ich den ersten Schleier ablegte. Ich spürte die Gänsehaut auf meinen Armen.« Sie erschauerte. »Als ich dann einen Schleier nach dem anderen ablegte, bemerkte ich genau, dass du mich nicht aus den Augen ließest. Meine Brüste brannten unter deinen Blicken. Ich war auf der Stelle zu dir entbrannt, Ketan. Und während ich tanzte, hatte ich keinen Sinn mehr für die anderen Männer. Ich tanzte nur für dich, Ketan. Hast du das gewusst? Ich habe deine starken Arme gesehen und mir das Gefühl vorgestellt, dass diese Arme mich umschlingen, mich festhalten und dass ich in diesen Armen liegen werde!« Sie ergriff seine Hand und legte sie auf ihre Brust. »Spür nur, wie mein Herz schlägt, Ketan! Spür wie heiß mein Körper ist!«

Taruru hielt seine zitternde Hand fest. Ketans Herz schlug zum Zerspringen. Ein unglaublicher Traum schien wahr zu werden.

Kapitel 4

I

Vom Marktplatz kommend watschelte eine dicke Frau in bunt ge-
färbtem Gewand durch die enge Gasse. Hinter ihr zogen ihre zwei
Diener einen kleinen Einkaufswagen, von dem ein geflochtener
Sack mit köstlichen Oliven hing. Der kleine Riki trat aus einer Seitengasse und sah der Gruppe nach. Nachdenklich kratzte er sein
nacktes Hinterteil. Dann zuckte er mit den Achseln und folgte einer
Eingebung. Auf leisen Sohlen lief er den dreien rasch nach, griff sich
den Sack und riß ihn mit einem Ruck los. Just in diesem Augenblick bemerkte ihn einer der Diener.

»Komm zurück, du kleiner Gauner!«, schrie der Diener und
stürzte sich auf den Jungen. Aber da Riki nackt war, hatte der Diener Schwierigkeiten, den Jungen festzuhalten. Riki konnte sich befreien und sprang rasch zurück in die Gasse, die er soeben verlassen
hatte. Riki nahm den Sack zwischen seine kräftigen Zähne und
kletterte behände auf das zweite Haus. Von dort blickte er grinsend
nach unten.

Der Diener war Riki in die Seitengasse gefolgt und sah nach
oben. »Gib das zurück, du kleiner Dieb!«

Riki kaute kichernd eine Olive. »Das kannst du haben«, rief er
und spuckte den Kern punktgenau auf den Kopf des Dieners. Danach stand er auf und winkte ihm zum Abschied. »Tut mir Leid,
aber jetzt muss ich gehen. Ich habe eine Verabredung zum Mittag-
essen.« Dann machte er sich über die unebenen Dächer davon. Die
Dachziegel waren bereits von der Sonne so heiß geworden, dass
man unmöglich länger auf einem stehen bleiben konnte. Die Gassen wurden immer enger, und Riki sprang leichtfüßig von Dach zu
Dach. Durch diese beachtliche Abkürzung gelangte er zu Hakoris
großem Haus.

Die letzte Strecke sprang er wieder auf den Boden; er wollte nicht
noch einmal einen so gefährlichen Sprung wie beim ersten Mal wagen. Wenn er nur daran dachte, taten ihm die Schienbeine immer

noch weh. Als er hinter dem großen Haus um die Ecke bog, pfiff er so wie damals den Ruf der Möwen: zuerst einmal, dann ein zweites Mal, danach machte er eine Pause und pfiff noch einmal.

Vom Inneren des Hauses antwortete jemand mit genau der gleichen Tonfolge. Gut. Das bedeutete, dass Hakoris nicht zu Hause und die Luft rein war. Er ging zum Eingang für die Diener und wartete. Es dauerte nur einen Augenblick, bis Mara in der Tür erschien. Vorsichtig schaute sie die Gasse hinauf und hinunter und bat ihn schließlich lächelnd einzutreten.

Riki sah sie liebevoll an. Sie war wie immer unbekleidet, genau wie er auch, aber heute hatte sie an einem Arm einen mit Blut verkrusteten Verband. »Du hast dir wehgetan!«, rief Riki. »Was ist geschehen?«

»Er hat mir etwas nachgeworfen«, antwortete Mara leise. »Normalerweise tut er mir nichts an, das Spuren hinterlässt. Aber diesmal ist die Vase an der Wand zerschmettert und ein Bruchstück hat mich getroffen.«

»Arme Mara!« Dann lächelte er und reichte ihr den Sack mit den Oliven. »Vielleicht fühlst du dich damit besser.«

»Das gibt einen Festschmaus! Ich habe frische Ziegenmilch. Wir machen ein kleines Fest.« Besorgt betrachtete sie ihn. »Du solltest mehr essen. Man kann jede Rippe sehen.«

»Willst du mir meine besten Waffen nehmen?« Riki zwinkerte ihr zu. »Auf diese Weise bin ich nicht nur sehr flink, sondern errege auch noch Mitleid bei den Menschen. Die Leute sagen dann: Lass den kleinen Gauner laufen! Er sieht aus, als wäre er am Verhungern.«

»Du lässt dir von niemandem etwas sagen.« Mara holte aus der kühlen, dunklen Vorratskammer einen hohen Krug mit Milch. »Sie ist ganz frisch. Setz dich, damit wir essen können.« Aus einem Schrank brachte sie zwei Becher und goss die Milch ein. »Hakoris wird für einen Gutteil des Nachmittags fort sein«, erzählte sie.

»Ich weiß. Er trifft sich mit Verschwörern.« Mit einer Handbewegung verbat er sich ihre Frage, noch ehe sie sie aussprechen konnte. »Ich weiß schon, worüber sie sprechen werden: Der Weise ist der Ansicht, dass er Joseph aus seiner Stellung verdrängen kann, noch ehe die Woche um ist. ›Ich habe ihn genau dort, wo ich ihn haben will‹, wird er behaupten.« Riki nahm eine Olive und rollte sie auf seiner Handfläche hin und her, ehe er sie aß. »Aber er hat nicht wirklich Recht. Petephres weiß besser Bescheid; er weiß, dass Joseph ein äußerst gutes Verhältnis zum König hat.«

»Und die anderen?«

»Die äußern sich nicht. Zumindest nicht in Anwesenheit des Weisen. Ich glaube nicht, dass Hakoris etwas Neues hinzuzufügen hat. Bis jetzt ist er nur Zuhörer.« Riki aß noch eine Olive und spuckte den Kern auf die Hand, ehe er nach der Milch griff. »Nimmt er denn diesen Hut nie ab?«

»Einmal habe ich ihn unabsichtlich verschoben. Daraufhin ist er über mich hergefallen, als hätte ich ihm einen schmerzhaften Stoß versetzt.«

»Ich weiß, du hast es mir einmal erzählt. Was ist unter dem Hut?«

»Vielleicht eine Art Narbe. Ich habe es nicht genau gesehen.« Sie sah Riki neugierig an. »Warum?«

»Er kommt mir allmählich eigenartig vor. Niemand weiß viel über ihn. Nur dass er … Vielleicht sollte ich es dir noch gar nicht erzählen.«

Mara packte ihn an der Hand. »Erzähl es mir! Erzähl mir alles, was du weißt.«

Riki machte sich los und rieb sich die Hand, weil sie so fest zuge-packt hatte. »Du hast mir doch erzählt, dass er deinen Vater kann-te. Was ich dabei nicht verstehe, ist, dass du behauptet hast, er habe deinen Vater gehasst. Aber ich habe gehört, dass Hakoris immer zu deinem Vater ging.«

»Könnte sein. Mein Vater hat nicht zu Hause gearbeitet. Er hat-te über dem Markt ein paar Räume. Mutter und ich kannten seine Kunden nicht. Erzähl weiter.«

»Das ist auch schon alles. Aber der, der mir das erzählt hat, glaubt, dass Hakaris ein Patient deines Vaters war.«

Sie dachte nach. »Könnte sein. Kannst du dich weiter über ihn erkundigen, Riki? Ich muss Bescheid wissen.« Seufzend lehnte sie sich gegen die Wand.

Mara schloss gedankenverloren die Augen; als sie sie wieder öff-nete, lag ein nachdenklicher Ausdruck auf ihrem Gesicht.

»Wir sind doch ein Paar, Riki. Wenn es in Avaris zwei ärmere Menschen als uns geben sollte, dann kann ich mir nicht vorstellen, wer die sein könnten. Keiner von uns besitzt auch nur irgendetwas! Nicht einmal ein Stück Stoff haben wir, in den wir uns hüllen könnten. Ich bin die Sklavin des bösesten Mannes in Avaris, und du bist ein Junge, der nie zweimal am gleichen Ort schläft. Trotzdem glaube ich, dass wir beide eine Zukunft haben, denn wir haben Ziele. Zuerst muß ich mich an Hakoris rächen. Ich muss herausfinden, warum er mir das antut. Es muss etwas mit meinem Vater zu tun haben. Wenn ich das herausfinden …«

»Überstürze nichts!«

»Überstürzen?« Sie lachte. Sie hatte ein hübsches, melodisches Lachen. »Was habe ich zu verlieren? Dieses elende Leben, das ich hier führe?«

Riki beugte sich ungestüm vor. »Könntest du nicht fliehen? Ich könnte dir dabei behilflich sein.«

»Nein. Wenn ich fliehe, würde er mich nur wieder einfangen. Was das dann bedeutet, weiß ich!« Sie zitterte bei dem Gedanken. »Oder ich würde die Gelegenheit verpassen, es ihm heimzuzahlen.« Sie tätschelte Rikis Hand. »Nein, vielen Dank, das tue ich nicht. Aber was ist mit dir, Riki? Ich habe das Gefühl, dass dir ein anderes Leben bestimmt ist als das auf der Straße.«

»Mutter hat immer behauptet, dass sie die Geliebte einer sehr hoch gestellten Persönlichkeit gewesen ist. Sie hat aber nie gesagt, wer es war. Ich sei angeblich sein Sohn. Aber nach seinem Tod hat seine Familie meine Mutter und mich ohne eine einzige Kupfermünze auf die Straße gesetzt. Meine Mutter wurde krank; es ging ihr immer schlechter und schlechter, bis sie schließlich starb. Vielleicht fließt in meinen Adern edles Blut. Aber wie es auch sein mag, eines Tages werde ich berühmt sein. Wenn die Zeit gekommen ist, das weiß ich. Auf dem Markt war einmal eine Wahrsagerin. Ich habe ihr einen Gefallen erwiesen, und danach hat sie mir die Zukunft vorausgesagt. Sie hat behauptet, ich würde ein großer Mann werden, reich und mächtig.«

»Sei vorsichtig!«, warnte Mara. »Wahrsagerinnen sagen oft Dinge, die sie nicht meinen.«

»Warum sollte sie einem Niemand schmeicheln. Sie hatte dabei nichts zu gewinnen.« Seine Stimme klang sehr entschlossen, als er fortfuhr. »Ich weiß, ich werde es zu etwas bringen. Ich weiß noch nicht wie. Aber schau mich doch an!« Er grinste. »Ich habe bis jetzt überlebt. Kannst du dir vorstellen, was das für eine Leistung ist? Ich bin sicher, du kannst es nicht. Du kennst die Welt nicht, in der ich lebe. Aber du hast mein Wort: In mir steckt mehr, als man mit bloßem Auge sieht!«

Mara lächelte matt. »Ich glaube dir«, sagte sie sanft. »Nur manchmal …« Sie sprach nicht weiter und lehnte sich zurück. Warmer Sonnenschein fiel durch das Fenster über ihnen und tauchte ihre Schultern in helles Licht. Riki stand auf, drehte sich um und blickte durch das vergitterte Fenster hinaus.

»Ich gehe jetzt besser«, sagte er. »Ich soll für Nakht noch ein oder zwei Nachrichten überbringen.«

»Dann geh.« Mara kannte Nakht. Er war einer der Verschwörer, spielte aber eine eher unbedeutende Rolle. Sie ging mit ihm zum Tor. »Vielen Dank für die Oliven und die Neuigkeiten. Wenn du mehr erfährst, ganz gleich worüber, ob über die Verschwörung oder über Hakoris und meinen Vater, bitte erzähl es mir!«

»Das mache ich.« Er wollte schon auf die Straße treten, als sie ihn zurückhielt, die Arme um ihn schlang und ihn kurz an sich drückte, ehe sie ihn gehen ließ. Draußen auf der Straße starrte Riki auf das Tor, das sie hastig wieder geschlossen hatte. Es war kühl im Schatten, aber seine Haut brannte. Sein Kopf schwirrte und die seltsamen Gefühle, die ihn bewegten, sagten ihm, dass er im Begriff stand, ein Mann zu werden. Er war sich aber keineswegs darüber im Klaren, was er davon zu halten hatte.

»Das ist interessant!«, stellte Hakoris fest und zog seine Kopfbedeckung tiefer in die Stirn, so wie er es immer tat, wenn er nervös war. »Du glaubst wirklich, dass man Joseph vergessen kann?«

Neferhotep richtete sich auf und blickte auf die anderen Verschwörer hinunter. Schon vor langer Zeit hatte er gelernt, seine Körpergröße auszunützen, um andere einzuschüchtern und sie seinem Willen zu beugen. Aus irgendeinem Grund ließ sich der Fremde mit der eigentümlichen Kopfbedeckung, Hakoris mit Namen, nicht so leicht überzeugen; er blieb skeptisch. »Ihr stellt meine Weisheit infrage, Herr?«, fragte Neferhotep mit seiner dröhnenden Stimme, die für gewöhnlich die Menschen in Aufregung versetzte.

»Ich frage mich nur, ob Ihr Josephs Findigkeit auch wirklich zur Genüge berücksichtigt habt«, gab der Fremde zurück. Seine Stimme war wie immer ausdruckslos. Jetzt wirkte sie auf erstaunliche Weise Neferhoteps Bemühungen entgegen, das Gespräch zu dominieren. »Ich weiß Verschiedenes aus seiner Vergangenheit«, fuhr Hakoris fort. »Ich beobachte seinen Aufstieg schon seit einigen Jahren und habe über die Zeit vor meiner Ankunft hier Erkundigungen eingezogen. Ich halte es für gefährlich, den Mann zu unterschätzen.«

»Hakoris hat nicht Unrecht«, stimmte Nakht dem Fremden zu. »Gerade jetzt würde ich sehr vorsichtig vorgehen, Neferhotep. Wir wollen doch nichts unternehmen, ehe die Zeit dafür nicht gekommen ist.«

Neferhotep wandte sich aufgebracht an den Gastgeber. »Ich möchte doch sehr bitten! Ich bin derjenige von uns, der tagtäglich am Hof von Salitis arbeitet. Ich bin der Einzige, der beurteilen kann, wann die Zeit reif ist. Und ich sage euch, euch allen, dass Salitis jeden Tag mehr Vertrauen zu mir fass, während Josephs Glaubwürdigkeit immer mehr schwindet. Salitis spricht mit unverhüllter Verachtung über ihn, auch vor Fremden. Im Gegensatz dazu stellt er mich Fremden als einen weisen, geschätzten Berater vor.«

»Interessant«, nickte Hakoris. »War Joseph als Wesir nicht bei dem Treffen anwesend?«

»Er war krank. Er sagte etwas von schlechten Träumen, bösen Vorzeichen und Prophezeiungen. Er hat einen Boten geschickt, der ihn entschuldigte.«

»Träume!«, rief Hakoris mit plötzlich lauter, hoher Stimme aus. Er hatte sich aber gleich wieder in der Gewalt, doch seine Worte waren messerscharf. Alle Anwesenden blickten ihn erstaunt an, denn der bedrohliche Ton hatte sie aufgeschreckt. »Schlechte Träume? Nehmt euch in Acht, meine Freunde. Nehmt euch in Acht, wenn sein barbarischer Gott wieder zu ihm spricht. Denn so hat der Umsturz seinerzeit begonnen, der alle Macht in die Hände von Salitis spülte. Ich meine den Umsturz, der sich auf euer

Vermögen, meine Freunde«, dabei sah er Petephres, Ameni und Ersu scharf an, die nebeneinander an der Wand saßen, »so verheerend ausgewirkt hat. Ich habe mich umgehört. Die Sache läuft immer ähnlich ab: Joseph ist eine Zeit bedrückt und niedergeschlagen; während dieser Zeit tut er überhaupt nichts. Dann beginnen die beunruhigenden Träume. Sie sind wie leise Erschütterungen vor einem großen Erdbeben. Schließlich ergreift sein Gott auf beängstigende Weise Besitz von ihm und lässt ihn Dinge mit so gewaltiger Überzeugungskraft vorhersagen, dass niemand sich widersetzen kann. Ihr, Magus«, Neferhotep zuckte zusammen. Hakoris war der Einzige, der sich weigerte, ihn mit dem ehrenden Titel Semsu anzusprechen. »Ihr würdet gut daran tun, Euch den Kanaaniter nicht zum Feind zu machen. Er besitzt eine Kraft, die Eure Kniffe und Euer Getue weit in den Schatten stellt. Nehmt Euch in Acht!«

Nach der Versammlung machte Neferhotep sich auf den Weg in den Palast und bahnte sich seinen Weg durch die überfüllten Straßen. Er war wütend und äußerst ungehalten über die Unverschämtheit des Fremden. Das musste man sich vorstellen: Der ausländische Barbar hatte die Stirn, in seiner einfältigen Redeweise derart mit ihm, dem Leibarzt des Salitis, zu sprechen!

Die Wachen bei Hof grüßten, als er durch das Tor schritt und entschlossen die lange Halle mit den hohen Säulen und Statuen von Speerträgern durchquerte. Eine bekannte Gestalt stellte sich ihm in den Weg. »Ich muss den König so schnell wie möglich sehen, Mehu«, rief Neferhotep.

Mehu sah beklommen zu ihm auf. »Es gibt etwas, das ihr wissen solltet, Semsu«, stammelte er.

Neferhotep blieb stehen und blickte Mehu von oben herab an. »Was gibt es?«, fragte er ungeduldig.

»Es geht um Joseph«, antwortete Mehu ehrfürchtig. »Er ist vor einer Stunde gekommen und hat sich sofort mit dem König eingeschlossen. Seither reden sie ununterbrochen miteinander.«

»Ich bezahle dich«, flüsterte Neferhotep. Verstohlen sah er sich um, ehe er weitersprach: »Ich bezahle dich reichlich dafür, dass du sie für mich belauschst. Was hast du erfahren?«

Mehu holte tief Luft, ehe er fortfuhr: »Joseph ist wieder der Alte. Er deutet den Traum des Königs, und mein Herr hört auf seine Deutungen.«

II

Für Förmlichkeiten war keine Zeit. Ohne auf Mehus Proteste zu achten, riss Neferhotep die Türen weit auf und stürmte in die königlichen Gemächer. Er warf einen zornigen Blick auf Joseph. Unter anderen Umständen hätte er vielleicht etwas gesagt, aber er erinnerte sich gerade noch rechtzeitig und verbeugte sich tief vor Salitis.

»Majestät«, begann er. »Ich habe eine Vorahnung gehabt: Ihr werdet in Kürze einen neuen Anfall haben. Ich bin so schnell gekommen wie ich konnte.«

»Einen Anfall?«, fragte Salitis mit seiner dünnen Stimme. »Sei nicht albern. Nein, nein. Setz dich, Semsu, bitte! Mein geehrter Berater Joseph hat mir gerade meine Träume ausgelegt. Wirklich erstaunliche Prophezeiungen!«

»Aber Majestät ...«

»Unsinn. Setz dich und höre zu. Ich werde dir seine Weissagungen gleich selbst erzählen. Der arme Joseph hat Schreckliches mitgemacht. Ich hatte die Träume in der vergangenen Nacht, und meine Wachen haben ihn eiligst geholt.«

Neferhotep erschrak. Er warf Joseph einen zornigen Blick zu. Die verhängnisvollen Vorzeichen, vor denen Hakoris gewarnt hatte, waren bereits eingetreten. Joseph, der Seher, war blass. Er wirkte abgespannt und krank, als leide er an einer verheerenden Krankheit! Ich Narr!, schalt er sich. Wie konnte ich nur die Anzeichen übersehen? Hakoris' Ängste waren wahr geworden: Joseph war eindeutig der Herr der Lage. Wieso hatte Hakoris das gewusst? Dabei war er noch nie am Hof gewesen.

»Joseph sagt«, fuhr Salitis fort, »mein Traum bedeutet, dass es ein Kind gibt, dass sich eines Tages gegen mich erheben und mich töten wird. Es wird die Krone an sich reißen und die Hay aus Ägypten vertreiben.«

»Aber Majestät …«, begann Neferhotep.

»Hör mich zu Ende an. Das Kind, es ist ein Junge, lebt hier im Delta. Er wurde vor zehn Jahren geboren. Joseph!« Salitis wandte sich an seinen Wesir. »Die Prophezeiung ist unumstößlich, habe ich Recht? Könnte ich etwas unternehmen, um sie zu umgehen?«

Joseph hatte bisher gestanden und schwankte leicht. Jetzt ließ er sich auf einen Stuhl fallen. »Wenn Ihr nicht König seid, wenn der Junge das Mannesalter erreicht und sein Aufstieg beginnt, Majestät, dann werdet Ihr nicht sterben. Der Junge wird den König töten, aber die Prophezeiung hat nicht gelautet, dass Ihr zu dieser Zeit König sein werdet. Es könnte sein, Herr, dass Ihr schon lange vorher in Frieden zu Euren Vorfahren heimgegangen seid. Ihr könntet auch abdanken.«

Aber Salitis' Gedanken jagten unaufhörlich weiter: Er hörte gar nicht zu. »Du willst mir nur ersparen, dass ich mir Sorgen mache.« Er sprach so schnell, dass Neferhotep ihn besorgt ansah. Auf dem Gesicht des Königs lag wieder jener irre Ausdruck wie dann, wenn der König seine Medizin nicht genommen hatte!

»Majestät, ich hätte gern ein Wort mit Euch allein gesprochen«, schlug Neferhotep vor.

Salitis beachtete ihn nicht. Er erhob sich und begann wieder auf und ab zu gehen, wie Joseph und Neferhotep es bereits gut kannten und als deutliches Symptom der Krankheit des Königs fürchteten. »Da hilft nur eines!«, rief er. Er griff nach einem Hammer und schlug damit ungestüm auf den Gong neben der Tür. »Mehu!«, brüllte er. »Mehu! Komm augenblicklich her!«

Die Tür ging auf, der Diener trat ein und verbeugte sich. »Herr?«

Der König wandte sich ihm zu. »Berufe eine Versammlung aller Männer ein, die die Geburten, Todesfälle und Verehelichungen aufzeichnen. Ich möchte alle Aufzeichnungen aus den letzten zehn Jahren. Nein, sagen wir ein wenig länger, zur Sicherheit!«

»Sehr wohl, Großer Pharao.«

»Und hole Baliniri! So schnell du kannst. Er soll alles stehen und liegen lassen, und auf der Stelle im Laufschritt erscheinen! Verstanden? Ich wünsche keine Verzögerung, von niemandem. Jeder, der zu spät kommt, wird es teuer bezahlen!«

Neferhotep warf Joseph einen hilflosen Blick zu. Zu seiner Überraschung war Joseph ebenso erschrocken. Auf seinem Gesicht war das gleiche Entsetzen zu sehen, das auch Neferhotep spürte. Salitis stand nicht mehr unter dem heilsamen Einfluss des Extraktes aus dem Norden. Seine Verrücktheit und seine launischen Eskapaden waren wieder da. Salitis war außer Kontrolle.

Einige Zeit später rief Joseph nach Mehu, der sich ihm vorsichtig näherte. »Würdest du mir eine Sänfte rufen? Ich bin vollkommen erschöpft. Ich möchte nach Hause; dort kann sich meine Frau um mich kümmern.«

»Ja, Herr«, stimmte Mehu zu. »In der Zwischenzeit könnt Ihr Euch im Nebenzimmer hinlegen. Ich werde dafür sorgen, dass Euch niemand stört.«

»Ich danke dir. Das ist sehr freundlich von dir.«

Mehu blieb noch einen Augenblick stehen. »Was glaubt Ihr, Herr, dass er tun wird?«

»Ich weiß, was er tun wird«, antwortete Joseph müde. »Wenn du an der Tür lauschst, wofür dein Herr dich bezahlt, dann weißt du es vermutlich auch.«

»Wofür mein Herr mich bezahlt? Ich verstehe nicht.«

»Bitte! Ich bin zu müde für diese Spielchen. Ich meine deinen Herrn, den weisen Magus. Glaubst du vielleicht, ich weiß das nicht? Ich werde dich nicht verraten; deshalb brauchst du dir keine Sorgen zu machen. Aber ich bitte dich um eines: Wir beide wollen uns nichts vormachen, sondern offen miteinander reden.« Josephs Worte kamen erschöpft und ohne Bitterkeit. »Was deine Frage anbelangt: Ich habe in meinem Traum gesehen, was er tun wird. Er wird das Kind suchen, das den König ermorden wird. Wenn er den Jungen findet, wird er ihn töten. Gott möge den Müttern dieses Landes beistehen, wenn er den, den er sucht, nicht bald findet.«

»Das verstehe ich nicht.«

»Wenn er das Kind nicht rasch findet, lässt er sie alle töten, jeden Knaben, der vor zehn Jahren hier im Delta zur Welt gekommen ist. Jeden!«

Als die Sklaven mit der Sänfte kamen, weckte Mehu Joseph auf, begleitete ihn zum Tor und half ihm beim Einsteigen. Gerade als Joseph darin Platz genommen hatte, begleiteten Diener Asenath die breite Treppe hinauf, die zum Palast führte. »Joseph!«, rief sie. »Ich bin gekommen, um dich abzuholen. Du bist nicht gesund und gehörst ins Bett.«

»Komm, setz dich zu mir in die Sänfte«, antwortete Joseph. Er warf einen Blick auf die großen, kräftigen Sklaven, die mit der Sänfte gekommen waren. »Diese kräftigen Kerle können bestimmt auch uns beide tragen. Ich bin froh, dass du gekommen bist.« Er lehnte sich in die Kissen zurück, und sie setzte sich neben ihn. Dann gab er das Zeichen zum Gehen.

Joseph schwieg, bis sie die unmittelbare Umgebung des Palastes hinter sich gelassen hatten. Dann begann er müde: »Er hat anscheinend aufgehört, die Medizin zu nehmen, die der Magus ihm gegeben hat. Neferhotep konnte ihn genauso wenig kontrollieren wie ich. Der König wird alles genauso tun, wie ich es befürchtet habe, so wie ich es dir erzählt habe, Asenath.«

»Aber Joseph! Kannst du denn nichts unternehmen? Ein unschuldiges Kind einfach so zu töten!«

»Ein Kind? Ich fürchte, es wird ein Blutbad geben. Er hat die Schreiber rufen lassen, die die Geburten aufzeichnen, und er hat nach Baliniri geschickt. Armer Baliniri! Was für ein fürchterlicher Auftrag für einen gefühlvollen Mann oder für jeden, der damit betraut wird.«

Asenath drehte sich so, dass sie Joseph ansehen konnte. »Kannst du nichts tun?«, fragte sie.

Joseph schloss die Augen. »Ich bin dem nicht gewachsen«, sagte er. »Ich wünschte, Vater wäre hier!« Er saß einen Augenblick mit geschlossenen Augen ganz starr da. Plötzlich öffnete er die Augen. In seinem Gesicht spiegelte sich eine wunderbare Verwandlung wider. Asenath blieb vor Staunen der Mund offen. »Asenath! Die Boten sind aus Kanaan zurück. Sie berichten, dass es meinem Vater gut geht und er bei Kräften ist. Er stützt sich auf einen Stock, oder einer meiner Brüder hilft ihm. Sonst ist er gesund und bei klarem Verstand.«

»Weiß er, dass die Boten von dir gekommen sind? Kennt dein Vater deine Stellung hier?«

»Nein. Dazu war ich noch nicht bereit.« Er richtete sich auf, da die Sänftenträger das Tempo beschleunigten. »Ich werde die Gesandten beauftragen, sie mögen meinem Vater und meinen Brüdern vorschlagen, herzukommen, um Getreide zu kaufen. Sie leiden Not in Kanaan. Dort herrscht eine fürchterliche Dürre. Wenn sie herkommen ...«

Plötzlich wirkte er zornig.

»Was ist los?«, fragte Asenath und ergriff seine Hand. »Du hegst immer noch den alten Groll gegen deine Brüder, nicht wahr?«

»In gewisser Weise, ja«, gestand er. »Ich kann nichts dafür. Ich habe ihnen vergeben, was sie getan haben, aber ich mache mir Sorgen um Benjamin.«

»Man sollte meinen, sie haben nach dem, was sie dir angetan haben, dazugelernt«, beruhigte sie ihn. »Du brauchst Jakob und seine Weisheit, mit der er die augenblickliche Lage beeinflussen kann. Auch wenn das bedeutet, dass du deine Brüder wieder sehen und erfahren wirst, wie sie Benjamin behandeln. Vielleicht wirst du angenehm überrascht sein.«

Joseph blickte starr vor sich hin und fand darauf keine Antwort. Sie hatte Recht. Er wusste es. »Sobald wir zu Hause sind, werde ich die Boten rufen«, sagte er entschlossen. Der Ausdruck von Ohnmacht und Schwäche war aus seinem Gesicht gewichen.

Es gab ein zweites Zusammentreffen der Verschwörer in Nakhts Haus, an dem nur der Kern der Gruppe teilnahm, nämlich Petephres, Neferhotep und Aram. Diese drei Männer waren von Anfang an die Drahtzieher der Verschwörung gewesen.

Aram sah Neferhotep wütend an, während dieser das Geschehene erzählte. »Dann steht der König also nicht länger unter deinem Einfluss?«

»Tu nicht so, als hätte ich versagt«, fuhr Neferhotep ihn zornig und ganz ohne seine für gewöhnlich zur Schau gestellte Würde an. »Ich kann wirklich nichts tun, wenn er die Medizin nicht nimmt. Wenn er irgendein gewöhnlicher Kaufmann wäre, dann könnte ich ihn wahrscheinlich mit Gewalt dazu bringen, das Pulver zu nehmen, ob er will oder nicht. Aber er ist nun einmal Salitis, der mächtigste Mann der Welt.« Er seufzte. »Wenn ihr nur seinen irren Blick gesehen hättet!«

»Hakoris glaubt anscheinend an die Macht von Joseph und an seine Prophezeiungen«, gab Aram zu bedenken.

»Vielleicht mit Recht. Aber was zählt ist, dass der König an sie glaubt.«

»Was hat Joseph denn eigentlich prophezeit?«, fragte Nakht, der etwas ungeduldig geworden war.

Neferhotep wechselte einen wütenden Blick mit Aram. Er hatte ihnen bereits von den Vorkommnissen bei Hof erzählt. Was brachte es, wenn er es noch einmal tat? Seiner Meinung nach war Nakht sowieso unnütz.

»Irgendwo im Delta lebt ein Kind von zehn Jahren, das eines Tages den König ermorden wird. Joseph hat nicht Salitis persönlich genannt, im Gegenteil. Er sagte ganz klar, dass es vielleicht nicht Salitis sein wird. Auf alle Fälle wird der Junge den König töten und die Hay ein für alle Mal aus Ägypten vertreiben.«

»Zudem wird der Junge den Thron des Königs besteigen«, ergänzte Aram nachdenklich. »Das heißt, dass der Junge von hoher Geburt sein muss. Sonst würden die Priester des Amon seine Herrschaft nicht anerkennen, auch wenn er noch so viele andere Vorzüge mitbringt. Salitis akzeptierten sie nur, weil er Manuks Sohn war. Außerdem war seine Mutter eine Prinzessin und stammte aus den Stämmen in den Bergen ab. Ihre Abstammung war besser als die von Manuk.« Arams Augen glänzten unnatürlich, als er das sagte.

»Das stimmt alles«, meldete sich Nakht wieder zu Wort und blickte spöttisch in die Runde. »Aber was hat das mit der jetzigen Situation zu tun?«

Aram besann sich. Seine Vermutungen waren kein Thema für die hier versammelte Gesellschaft. Er musste allein über die Sache nachdenken. »Du hast Recht. Vergiss es«, sagte er mit einer wegwerfenden Handbewegung. »Ihr müsst mich jetzt entschuldigen. Ich habe noch ein Geschäft zu erledigen.«

»Ich würde es sehr begrüßen, wenn du nicht so tun würdest, als hätte ich etwas falsch gemacht«, beklagte sich der Magus, weil er Arams unvermittelten Aufbruch falsch deutete. »Wenn du ihn heute gesehen hättest, dann …«

»Es ist schon gut!« Aram zwang sich zu einem Lächeln. »Du hast recht daran getan, uns so rasch zu informieren. Mach nur mit deiner Arbeit so weiter.« Damit entschuldigte er sich und eilte hinaus auf die Straße. Sogleich schlug er den Weg in ein abgelegenes, armes Viertel ein. Er ging so schnell, dass er beinahe einen Straßenjungen niedergestoßen hätte, der aus der Gasse neben Nakhts Haus gekommen war. Aram blieb nicht einmal stehen, um sich zu vergewissern, ob der Junge verletzt war. Der arme Kerl, dachte er nur. Er musste ungefähr zehn Jahre alt gewesen sein. Er hatte vielleicht noch eine Woche, bis die Soldaten damit begannen, sie in großem Stil einzufangen.

Dieser Gedanke war es auch, der ihn hinaus auf die Straße getrieben hatte. Sein und Tefnuts unehelicher Sohn Kamose war gerade zehn Jahre alt. Wer würde nach dem von den Verschwörern geplanten Umsturz König werden? Er, Aram! Die dunkle Prophezeiung aber lautete, dass ein Kind von hohem Geblüt – womöglich sein eigener Sohn, denn in Kamoses Adern floss sein, Arams, edles Blut – einen König töten und die Hay für immer aus Ägypten vertreiben würde!

Vor kaum zwei Wochen erst hatte er Tefnut auf die Straße gesetzt. Sie hatte kein Heim und kein Geld gehabt, nur die wenigen Münzen, die er damals bei sich gehabt hatte. Er hatte sie behandelt, als wäre sie eine billige Schlampe und Kamose der Bastard eines anderen Mannes und nicht sein eigener Sohn.

Er musste sie finden. Wenn Tefnut erst einmal abgelenkt war, dann könnte er bezüglich Kamose etwas unternehmen. Vielleicht einen Unfall vortäuschen oder den Jungen einfach verschwinden lassen.

Auf dem Marktplatz, in dessen Nähe Tefnut gelebt und wo sie eingekauft hatte, erkundigte er sich nach ihr. Doch überall bekam er die gleiche Antwort. »Ich habe sie seit beinahe zwei Wochen nicht mehr gesehen. Ihr sagt, dass in ihrer früheren Wohnung niemand ist? Hat sie keine Verwandten, die sie vielleicht besucht? Nein? Dann habe ich keine Ahnung, wen Ihr noch fragen könntet, Herr.«

Sie war fort. Wie vom Erdboden verschluckt!

Riki saß auf der Stadtmauer und ließ die Beine baumeln. Zufrieden kaute er an ein paar frischen Datteln, die er vor einer halben Stunde auf dem Markt gestohlen hatte, und blickte hinunter auf die überfüllten Straßen von Avaris. Die Sonne schien warm auf seinen Rücken, und der dünne Schweißfilm auf seiner Haut nach der Kletterei auf die Mauer wirkte angenehm kühlend.

Schade, dass ich nicht mehr nackt gehen kann, dachte er.

Das Leben wurde wieder kompliziert. Vor einem Jahr hatte ein Hay-Soldat seinen kleinen Hund getötet (der Mann war in der übernächsten Nacht plötzlich aufgewacht und hatte drei Furcht einflößende tödliche Skorpione in seinem Bett gefunden), seither besaß Riki nichts. Es gab nichts, das er verstecken, waschen oder in Schuss hätte bringen müssen. Mit einem Wort nichts, worüber er sich hätte Sorgen machen müssen.

Wenn es nur so bleiben könnte!

Aber er wurde erwachsen, wurde ein Mann, ob er es wollte oder nicht. Wie die Dinge lagen, würde er sich sehr rasch von einem Jungen, der vorgab jünger zu sein, als er tatsächlich war, in einen jungen Mann verwandeln, der vorgab älter zu sein.

Zumindest um ein Jahr älter. Das hatte offensichtlich Neferhoteps Mitteilung zu bedeuten. Riki war ein Jahr, nachdem Baka Wesir von Oberägypten geworden war, zur Welt gekommen, in dem Jahr, da Baliniri das Kommando von Salitis' Armee übernommen hatte und die frühere Sklavin Meret das Asyl für obdachlose Kinder ins Leben gerufen hatte, das später unter Hakoris zu einem grausamen Lager geworden war. Das war vor zehn Jahren gewesen; darüber gab es keinen Zweifel.

Wollte man Neferhotep glauben, so waren alle zehnjährigen Jungen in Avaris – ja sogar in ganz Unterägypten – in schrecklicher Gefahr. Innerhalb weniger Tage würde man sie zusammentreiben und töten.

Die Ironie dabei war, dass sich die Prophezeiung nur auf die Jungen bezogen hatte, die auf eine vornehme Abstammung verweisen konnten. Aber wer würde darunter zu leiden haben? Jene Jungen, die keine reichen Väter hatten, die sie beschützen konnten, die für sie lügen und die Schreiber bestechen würden, die Geburtsdaten ihrer Söhne zu ändern. Die Götter kümmerten sich immer um die Menschen mit Geld.

Wer also blieb übrig? Die Söhne der Armen, die nichts besaßen. Ihr Blut würde fließen.

Plötzlich fiel Riki etwas ein. Der Gedanke war derart absurd, dass er ihn sofort wieder verwerfen wollte. Aber es gelang ihm nicht. Ihm war die Geschichte eingefallen, die seine Mutter über die hohe Herkunft seines Vaters erzählt hatte.

Könnte es sein, dass er, Riki von Theben, derjenige sein sollte, den sie noch heute vor Einbruch der Nacht suchen würden? Könnte das sein Schicksal sein, von dem er immer erwartet hatte, dass es sich ihm eines Tages offenbaren würde?

Er saß oben auf der Mauer und dachte nach. Sein Schatten und der der Mauer wanderten langsam über die darunter liegende Straße. Schließlich schüttelte Riki unwillig den Kopf und ließ den Blick über die niedrigen Dächer wandern. Heute war Waschtag und die Frauen waren zum Kanal gegangen, um die Wäsche ihrer Familien zu waschen; danach breiteten sie die weißen Tücher zum Trocknen auf den Dächern aus.

Das ist die richtige Zeit, um mir meine neuen Kleider auszusuchen, dachte er. Er musste wie ein Elfjähriger aussehen, wenn er sein Leben retten wollte. Elfjährige Jungen trugen immer Lendentücher, genau wie die Männer; oft trugen sie auch noch andere Kleidungsstücke. Vielleicht würde es besser sein, wenn er mehr trug. Er könnte mit einem gewöhnlichen weißen Obergewand beginnen, wie sie ein Junge trug, der nicht im Dienst eines bestimmten Herrn war. Falls ihm die Behörden Schwierigkeiten machen sollten, würde er vermutlich gut daran tun, ein Abzeichen zu tragen, wie etwa die Farben einer Familie. Damit wüssten die Wachen, dass er ein Junge mit einem Schirmherrn war, den die Wachen nicht ungestraft misshandeln konnten.

Auf einem Dach entdeckte Riki ein Gewand, das gerade die richtige Größe hatte und nicht von besonderem Wohlstand zeugte. Der Junge, dem er es stehlen wollte, schien nicht sehr wohlhabend zu sein.

Riki hatte ein schlechtes Gewissen bei dem Gedanken, dass er jemanden bestahl, der ebenso arm war wie er, aber er schob diesen Gedanken von sich und sprang hinunter auf das Dach.

Er wischte sich den Staub vom Leib, sah sich kurz um, hob schließlich ein Lendentuch auf und legte es versuchsweise an.

»Nein, bitte nicht«, hörte er eine leise Stimme. »Wir sind so arm. Bestiehl uns nicht.«

Er drehte sich um und entdeckte eine junge Frau. Nun, vielleicht war sie nicht gerade jung. Sie hatte ein freundliches Gesicht, aber Armut und Sorge hatten ihre Spuren darauf hinterlassen.

»Ich tue das nicht gern, Herrin, aber ...«

Sie lächelte. »Ich bin eine allein stehende Frau und habe selbst einen Jungen in deinem Alter großzuziehen. Wie alt bist du? Zehn? Mein kleiner Kamose ist auch zehn. Wir kommen gerade so durch. Aber wenn du mich bestiehlst, dann sind wir verloren.«

»Ich würde lieber von jemandem etwas nehmen, den es nicht so hart ankommt«, gab Riki zu.

Die Frau deutete auf das Dach daneben. »Versuch es dort«, schlug sie vor. »Die Frau dort drüben ist grausam. Wenn du sie bestiehlst, ist es ein Dienst an der Menschheit.« Bei diesen Worten konnte sie kaum ihre Gefühle unterdrücken.

Riki grinste. »Ich verstehe.« Er legte das Lendentuch wieder hin und fügte nach einigem Zögern hinzu: »Du hast mir einen guten Rat gegeben, Herrin, und ich möchte mich ebenfalls mit einem Ratschlag erkenntlich zeigen. Wie heißt du?«

»Tefnut.«

Riki gab sich ungerührt, aber innerlich erschrak er. Tefnut! Kamose! Das war doch der Name von Arams Geliebter und der Junge musste Arams unehelicher Sohn sein! Dieser jämmerliche Geizkragen! »Ich komme viel herum, Herrin, und höre hier und dort Verschiedenes. Zum Beispiel weiß ich, dass Avaris morgen um diese Zeit kein sicherer Ort mehr für zehnjährige Jungen sein wird. Die Soldaten werden sie mitnehmen. Ich tauche in den Geburtsbüchern der Stadt nicht auf. Wenn ich behaupte, elf zu sein und mich entsprechend kleide, wer will dann etwas anderes behaupten. Aber du, du bist doch bestimmt hier eingetragen, habe ich Recht? Es gibt Leute, die wissen, wie alt dein Sohn ist, nicht wahr?«

»Das schon, aber begreifst du nicht, dass ...«

»Hör mich zu Ende an. Dein Sohn hat nur eine Möglichkeit: Er muss die Stadt verlassen. Geht sofort. Wenn ihr noch vor Einbruch der Nacht die Stadt verlassen habt, bevor die Stadttore schließen, dann schafft ihr es gerade noch rechtzeitig. Wenn du bis morgen wartest, hast du damit vielleicht das Todesurteil deines Sohnes besiegelt.«

»Warum? Was soll denn geschehen?«

Riki seufzte. Er musste ihr wohl oder übel die ganze Geschichte erzählen und vielleicht auch, dass Aram an der Sache beteiligt war. Dann würde sie ihm vermutlich glauben. Sie wusste ja mittlerweile, dass sie sich auf Aram nicht verlassen konnte, nicht einmal dann, wenn es darum ging, das Leben seines eigenen Kindes zu retten. »Hör mir jetzt gut zu, Herrin. Es geht um etwas sehr Wichtiges.«

Sem, der Anführer der Wachen, stand stramm. »Ihr sagt, Herr, das ist ein direkter Befehl?«, fragte er.

Baliniri sah ihn zornig an. »Ja! Du hast mich doch gehört!«, antwortete er gepresst.

»Zu Befehl, Herr. Das Stadttor, das heute offen war, wird heute Abend eine halbe Stunde früher geschlossen. Morgen darf dann niemand ohne genaue Überprüfung die Stadt verlassen. Jungen im Alter von etwa zehn Jahren dürfen die Stadt nicht verlassen. Ihre Namen müssen mit den Eintragungen in den Büchern verglichen werden.«

»So ist es. Und keine Ausnahmen, nicht einmal für hoch gestellte Personen«, ergänzte Baliniri mit rauer Stimme. »Nicht einmal für die Vornehmen der Hays, merk dir das!« Er klang ironisch, als er das sagte. »Ich habe dem König diese Bedingung mitgeteilt, andernfalls hätte er sich einen anderen suchen müssen, der seinen Plan ausführt. Ich lasse mir nicht nachsagen, dass ich derart unmenschliche ...« Er verbesserte sich rasch: »... solche Maßnahmen bei den Armen ergreife, und die Söhne der Reichen kommen davon.«

»Zu Befehl, Herr!«

»Glaub nur ja nicht, dass mir die Sache gefällt. Sie gefällt mir keineswegs. Ich frage mich, warum ich den Auftrag übernommen habe. Aber das habe ich nun einmal getan, und daher muss ich auch gehorchen.«

»Zu Befehl, Herr!« Sem stand immer noch stramm.

»Behalte diesen Befehl für dich. Wir wollen keine Panik in der Stadt.« Er hielt inne. Wen meinte er mit »wir«? Ihm war es doch vollkommen gleichgültig, wenn sich das Volk plötzlich erhob und Avaris niederbrannte und den verrückten Salitis gleich dazu, der einen derart mörderischen Befehl erteilte. Wenn sich das Volk erhob, dann würde er am liebsten fragen, ob nicht ein guter Soldat gebraucht würde, der beim Brennen und Rauben das Kommando übernahm.

Aber innerlich wusste er, dass es keinen Aufstand geben würde. Man hatte der Bevölkerung die Kraft dazu hinausgeprügelt. Salitis' Untertanen hatten unter dem Vorwand, gegen die von Joseph vorhergesagte Hungersnot Vorsorge zu treffen, das Land bestohlen. Jetzt war die Hungersnot da. Die Vorratskammern Ägyptens waren voll, aber sie dienten dem ganzen Gebiet weit im Umkreis als Nahrungsgrundlage, genau wie Joseph es vorhergesagt hatte. Nahrungsmittel waren streng rationiert, und der Anbau in der Landwirtschaft lag seit zehn Jahren beinahe zur Gänze in Händen der Regierung. Waren da die Bürger von Avaris jetzt vielleicht besser dran?

Nein, ganz im Gegenteil. Trotz der elenden Zustände, die in Avaris herrschten, gab es Tausende Flüchtlinge, die tagtäglich nach Ägypten strömten, und bereit waren, die Ersparnisse eines ganzen Lebens für Nahrungsmittel auszugeben. Waren ihre Ersparnisse erst einmal aufgebraucht, so endeten sie spätestens nach sechs Monaten samt ihren Familien als Sklaven, um für die aufgelaufenen Schulden aufzukommen.

Vor den Stadttoren lagerte bereits eine neue Karawane aus dem Norden. Aus Kanaan, Moab, Edom, aus den Ländern im Libanon, sogar aus Damaskus waren Menschen gekommen. Baliniri hatte sie am Morgen inspiziert. Manche der Leute schienen wohlhabend zu sein. Aber in sechs Monaten würden sie als Sklaven auf den Feldern und in den Papyrussümpfen arbeiten oder auf einer der Baustellen, wo diese verrückten öffentlichen Gebäude errichtet wurden, für die man billige Wohnhäuser niederriss und damit den Armen noch das letzte Eigentum wegnahm.

Bitterkeit erfüllte Baliniri. Welchen Unterschied würde es machen, wenn Tausende Jungen starben, bevor sie ein Jahr älter wurden? Vielleicht blieb ihnen das schreckliche Los erspart, in einer solchen Stadt groß zu werden? Die Zeiten würden noch schlimmer werden, wenn der verrückte Salitis seinen mörderischen Weg fortsetzte.

»Ist das alles, Herr?«, fragte Sem. »Es wird allmählich spät, wenn ich das Tor früher schließen soll.«

»Ach, lass das bleiben«, sagte Baliniri jetzt angewidert. »Gib den armen Kerlen eine größere Chance. Schließ das Stadttor zur gewöhnlichen Zeit. Aber sieh zu, dass es morgen für all jene geschlossen bleibt, auf die die Beschreibung passt. Bevor die Leute, die mit der Karawane gekommen sind, in die Stadt dürfen, müssen sie alle Papiere haben, damit wir sie regelmäßig kontrollieren können.«

»Ist das alles, Herr?«

»Wenn jemand aus der Karawane mit einem Jungen um die zehn Jahre in die Stadt will ...« Er schloss die Augen und seufzte. »Vergiss es. Behandle sie wie alle anderen auch.«

»Zu Befehl Herr. Aber ...«

»Das ist ein Befehl! Hast du mich nicht verstanden?«

IV

Es war nicht schwer, Tefnuts wenige Besitztümer zu packen. Alles passte in einen Sack, den sie ohne große Mühe auf dem Rücken tragen konnte. Auch für Kamoses Kleider war noch Platz in dem Sack. Aram hatte sich ihnen gegenüber in den vergangenen elf Jahren, in denen sie seine Geliebte gewesen war, keinesfalls großzügig erwiesen. Als sie schließlich ihre jämmerliche Habe gepackt hatte, schaute Riki sich noch einmal um. »Gut gemacht«, lobte er. »Wo ist dein Sohn?«

»Er arbeitet für unseren Nachbarn, der Töpfer auf dem *Markt zur Dattelpalme* ist. Ich wollte zuerst alles packen und ihn dann holen. Auf diese Weise schuldet ihm der Töpfer noch den Lohn für den heutigen Tag.«

Riki kletterte über die Mauer. Er fühlte sich in den ungewohnten Gewändern gar nicht wohl: das ehemals weiße Obergewand reichte ihm bis zu den Knien und war ausgefranst. Außerdem war es beim Waschen keineswegs sauber geworden. »Wir wollen ihn jetzt sofort holen.«

»Aber wir brauchen so viel Geld wie möglich.«

»Vergiss das Geld, bitte! Du machst dir keinen Begriff von der Gefahr, in der er schwebt. Und komm ja nicht auf den Gedanken, Aram um Hilfe zu bitten.«

»Aber es ist doch sein Sohn!«

»Vergiss es. Kamose steht Aram im Weg. Wenn Aram dann erst an der Macht ist, wird er ihm noch mehr im Weg sein. Du aber wirst ihm dann peinlich sein.«

»Glaubst du denn, dass er mit seinen Plänen durchkommen wird?«

»Er hegt diese Absicht und wird vor nichts zurückschrecken. Deshalb muss er alle Peinlichkeiten aus dem Weg räumen.«

»Wieso weißt du das alles?«

Riki seufzte. »Das ist eine lange Geschichte. Ein Mann hat mich dafür bezahlt, einen anderen zu bespitzeln. Ich traue keinem. Ich habe nur deshalb bisher überlebt, weil ich über alles und jedes Erkundigungen eingeholt habe. Während ich also den einen bespitzle, beobachte ich genauso den anderen, der einer von Arams Freunden ist. Lass dir sagen, dass sie nichts Gutes im Sinn haben.«

»Ich verstehe. Aber warum schenkst du mir dein Vertrauen?«

Sie sahen einander an und Riki antwortete traurig. »Du erinnerst mich an jemanden von früher. Aber genug davon. Wir wollen Kamose holen und die Stadt verlassen.«

Sie nickte und nahm ihr Bündel hoch. Als sie über die Treppe eilten, marschierten Soldaten der königlichen Leibwache vorüber. Die Männer mit den harten Gesichtern waren alle schwer bewaffnet. Etwas weiter unten kreuzte wieder ein Trupp Soldaten ihren Weg. Seit Monaten hatten weder Tefnut noch Riki so viele Soldaten auf einmal gesehen. Etwas Ungewöhnliches ging vor, und Riki war sehr beunruhigt. »Beeil dich!«, mahnte er Tefnut und zog sie am Arm weiter. »Wir haben keinen Augenblick zu verlieren.«

»Ich wollte euch fragen, ob eine von euch vielleicht Tefnut gesehen hat?«, fragte Aram die Frauen schmeichlerisch. Dabei lächelte er so offen und unbeschwert, wie es einem Hay nur möglich war.

»Tefnut?«, wiederholte eine der Frauen. »Der Name sagt mir nichts.«

»Aber du kennst sie doch!«, meldete sich die andere Frau zu Wort. »Das ist die mit dem Jungen. Sie ist doch immer kurz vor der Verriegelung gekommen und hat für das Abendessen eingekauft.« Zu Aram gewandt fuhr sie fort: »Ich habe Euch doch mit ihr gesehen. Das ist aber schon einige Zeit her, glaube ich.«

»Ja, ja, das stimmt«, antwortete Aram leutselig. »Sie und ich, wir waren ziemlich lang gut befreundet. Dann gab es ein Missverständnis und sie zog fort, ohne mir zu sagen, wohin.« Er täuschte überzeugend echtes Bedauern vor. »Sie fehlt mir jeden Tag mehr. Auch der Junge fehlt mir. Er ist mir beinahe wie ein Sohn geworden.« Er übersah mit Absicht den scharfen Blick, den die beiden Frauen bei seinen letzten Worten wechselten.

»Nun, sie hat mir aufgetragen, niemandem zu sagen, wohin sie gegangen ist. Ich habe vermutet, dass sie ein paar Gläubigern entkommen wollte. Aber sie hätte sicher nichts dagegen, wenn ich es Euch sage. So wie Ihr für sie empfindet!« Sie lächelte. »Die Arme. Ich glaube, sie hat nicht viel Geld gehabt. Vielleicht blieb sie sogar noch etwas von der Miete schuldig.«

»Sie ist stolz.« Aram schüttelte reuig den Kopf. »Sie wollte sich nicht von mir helfen lassen. Wie ich sehe, hätte ich darauf bestehen müssen. Ich hätte ihr Geld aufzwingen sollen. Wenn ich das nur gewusst hätte! Aber vielleicht ist es nicht zu spät. Wenn ich sie nur finden könnte!«

»Wie gut seid ihr denn mit dem Viertel im Osten der Stadt vertraut?«, fragte jetzt die andere Frau.

»Ich finde mich schon zurecht dort.«

»Kennt Ihr den kleinen Basar hinter dem Kinderlager? Ich meine den Basar mit dem trockenen Brunnen.«

»Ja, den kenne ich.«

»Nehmt die Straße, die direkt auf den Marktplatz führt, vorbei am Getreidespeicher der Regierung. Dann folgt Ihr dieser Straße bis zur Stadtmauer.«

Aram nickte erwartungsvoll. »Ja, ja, und wie weiter?«

»Hier ist er! Kamose! Komm, Liebling!«

Rikis Blick folgte ihrer ausgestreckten Hand. Ihr Sohn war etwas größer als er und trug nur das schmale Lendentuch, wie es die

Jungen auf dem Markt trugen. Sein Haupthaar war bis auf eine seitliche Locke geschoren. Er war mager, aber nicht unterernährt. Jetzt drehte er sich nach den beiden Ankömmlingen um. »Mutter! Was machst du hier?«

»Komm her, Liebling!« Tefnut winkte ihn zu sich.

»Aber mein Herr …«

»Komm sofort!«, bestand Tefnut. Kamose stellte einen Topf auf einen Tisch, sah sich um und wischte sich die Hände ab, ehe er der Aufforderung nachkam.

Neugierig sah Kamose Riki an. »Was willst du, Mutter? Ich muss sofort wieder zurück. Mein Herr wird gleich herauskommen.«

»Jetzt ist keine Zeit für lange Erklärungen. Komm mit mir!«

Jetzt erst bemerkte Kamose das Bündel, das sie abgestellt hatte. »Was ist los, Mutter? Wer ist er?«

»Er heißt Riki. Er ist ein Freund. Ich werde dir alles unterwegs erklären. Wir sind in schrecklicher Gefahr.«

»Aber wenn ich so fortgehe, dann …«

»Vergiss es!«, mischte Riki sich ein. »In längstens einer halben Stunde musst du beim Stadttor sein.«

Kamose sah ihn unwillig an. »Ich begreife überhaupt nichts.«

»Du wirst es schon noch begreifen. Jetzt nimm deiner Mutter das Bündel ab.«

Kamose zögerte, entschloss sich aber schließlich, Riki zu vertrauen. »Also gut.« Er machte kehrt und wollte zum nächstgelegenen Stadttor gehen.

»Nein!« Riki packte Kamose am Ellbogen. »Dort sind jede Menge Soldaten. Es gibt eine Abkürzung zum anderen Stadttor. So wirst du kostbare Zeit gewinnen.« Kamose und Tefnut starrten ihn an. »Vertraut mir. Niemand kennt die Stadt so gut wie ich. Ich habe mein ganzes Leben hier gelebt. Kommt jetzt!«

»Ich habe den Jungen bei ihr gelassen, und sie hat ihn praktisch gestohlen«, erklärte Aram. »Sie ist eine ganz Schlaue, Hauptmann!«

»Ich bin kein Hauptmann«, unterbrach ihn der Wachsoldat. »Es nützt Euch wenig, wenn Ihr mir schmeichelt. Erzählt weiter!«

»Entschuldige. Ich habe den Jungen hier bei ihr gelassen. In der Stadt hat mir dann jemand, der die Frau kannte, gesagt, dass sie verrückt ist. Sie kann keine Kinder bekommen, und das hat ihr den Verstand geraubt. Sie redet sich ein, dass der Junge ihr gehört, dabei ist sie nur eine Dienerin, die auf ihn Acht geben soll. Der Junge hat sie gern. Er kann aber sehr widerspenstig sein. Dann ist es leicht möglich, dass er mir widerspricht und ihre Lügengeschichte bestätigt. Ich glaube mit gutem Grund, dass sie versuchen wird, ihn aus der Stadt zu schmuggeln.«

»Ich weiß nicht recht«, meinte der Soldat zweifelnd. »Was meinst du?«, wandte er sich an den Kommandanten der anderen Einheit. »In solche Sachen mischen wir uns doch nicht ein.«

»Der Junge ist zehn Jahre alt«, ergänzte Aram seine Geschichte und machte eine Pause, um die Worte wirken zu lassen. »Er ist die einzige Erinnerung, die ich an meine geliebte Schwester habe. Sie starb vor zehn Jahren bei seiner Geburt. Ich hatte große Schwierigkeiten mit ihm. Er will mir nicht gehorchen. Er bildet sich ein, der Sohn eines reichen, vornehmen Herrn zu sein, ein Junge von königlichem Geblüt.«

Jetzt endlich hatte er ihre Aufmerksamkeit. Die beiden Soldaten wechselten einen Blick. Eine beachtliche Belohnung war demjenigen in Aussicht gestellt, der einen zehnjährigen Jungen fände, der einer bestimmten Beschreibung entsprach. »Ihr sagt, dass er wahrscheinlich die Stadt verlassen will?«, fragte der eine.

»So ist es. Vielleicht sind sie auch schon fort.«

»Heute ist nur ein Tor offen. Das engt ihre Möglichkeiten ein, falls sie noch nicht fort sind.« Er sah seinen Kameraden an. »Ich werde in Kürze das Tor schließen. Geh du hinaus vor die Mauer und sieh dich draußen um. Draußen lagert eine Karawane, die gerade erst aus dem Norden gekommen ist. Die Beamten überprüfen noch die einzelnen Leute. Nur die reichsten der Neuankömmlinge dürfen noch vor Einbruch der Dunkelheit in die Stadt. Ich könnte das Stadttor früher schließen.«

»So machen wir es!«, stimmte der zweite Anführer zu, drehte sich um und gab seinen Männern den Befehl.

Als Riki bemerkte, dass das Tor geschlossen war, erschrak er zutiefst. Entsetzt rief er dem Soldaten, der oben auf der Mauer stand, zu: »He! Du! Warum ist das Tor geschlossen?«

»Aus Sicherheitsgründen«, antwortete der Wachsoldat. »Heute ist nur das Tor an der Westmauer offen. Wenn du dich beeilst, kannst du es gerade noch schaffen.«

»Danke!« Riki wandte sich zu seinen Begleitern um. »Los! Beeilt euch. Nein, nicht durch diese Straße! Wir nehmen diese Seitengasse. Ihr wollt doch nicht wieder auf eine Patrouille treffen. Die letzte hätte uns beinahe erwischt. Also jetzt kommt! Wir haben keine Zeit zu verlieren.«

Die Gegend unterhalb der Westmauer lag bereits im Schatten, denn es war kurz vor Sonnenuntergang. Dadurch dass die anderen Tore geschlossen waren, herrschte hier reger Andrang. Viele Leute warteten noch darauf, die Stadt verlassen zu können. »Wir müssen diese Warteschlange irgendwie umgehen«, überlegte Riki und dachte angestrengt nach. Am Tor stand nur ein Soldat und überprüfte jeden Einzelnen, der hinauswollte. »Kannst du dich verrückt gebärden, Kamose?«, fragte Riki.

»Was meinst du damit?«

»Kannst du dich wie ein Verrückter benehmen? Gesichter schneiden, auf und ab springen, dein Gesicht mit Erde beschmieren?«

»Ich denke schon.«

»Dann lege dein Lendentuch ab und knie dich nieder auf alle viere. Dann heule wie ein Hund und schneide Gesichter.« Kamose sah Riki wütend an, tat aber wie dieser ihn geheißen hatte. Riki hob zwei Hand voll Erde auf, beschmierte Kamose damit und verrieb den Schmutz. »So, fertig. Ich wette, sie suchen nicht nach einem Idioten. Kommt beide mit!«

Mit Tefnut und dem verwandelten Kamose im Schlepptau ging Riki an den Wartenden vorbei bis zum Wachposten am Tor. »Ich bitte Euch, Herr!«, wandte er sich an den Diensthabenden. »Meine Verwandte und ihr Sohn wollen unbedingt aus der Stadt. Mit der neuen Karawane ist ein Heiler gekommen, der behauptet, er könne böse Geister austreiben.« Der Soldat blickte finster auf Tefnut und das schmutzige Geschöpf neben ihr. »Bitte, Herr! Er kann jeden Augenblick wieder einen Anfall bekommen. Dann führt er sich schrecklich auf, oder er beschmutzt sich und verletzt womöglich jemanden.« Als der Soldat kurz wegsah, gab Riki Kamose einen Stoß. Der stieß sofort ein albernes Geheul an. Der Wachposten erschrak, worauf das Heulen noch lauter und höher wurde.

»Also gut! Verschwinde mit ihm, bevor er noch etwas anstellt!«

»He! Du dort vorne!«, schrie plötzlich jemand hinter ihnen auf der Straße. »Soldat! Halte die Frau auf!«

Riki erkannte Arams Stimme und suchte sofort Deckung in der Menge am Tor. Er zog den Kopf ein und drängte sich zwischen die Menschen, in der Hoffnung, dass Aram ihn nicht erblickt hatte. Aus dem Augenwinkel heraus sah er gerade noch, wie Tefnut die Stadt eilig verließ. Kamose lief neben ihr, zwar immer noch nackt und schmutzig, aber jetzt nicht mehr auf allen vieren.

»Lauft!«, schrie Riki. Er selbst aber ließ sich jetzt auf die Knie fallen, kroch unter einen Karren und auf der anderen Seite wieder hervor. Dort richtete er sich auf und lief, so schnell ihn seine Beine trugen, die Straße weiter, die an der Innenseite der Stadtmauer entlangführte. Plötzlich hörte er, dass er verfolgt wurde. In panischem Schrecken bog er links in eine kleine Seitengasse. Die endete jedoch an einer Hausmauer. Jetzt war es zu spät, und er konnte sich nicht mehr umdrehen. Er rannte, so schnell er konnte, und sprang an der Mauer hoch. Mit Mühe gelang es ihm, mit den Fingerspitzen einen Halt zu finden. Unter Aufbietung aller Kräfte schwang er ein Bein auf die Mauer, zog sich hoch und verschwand auf der anderen Seite, gerade als Aram und seine Begleiter in die Sackgasse einbogen.

Als Riki sich auf der anderen Seite fallen ließ, blieb sein neues Gewand an einem vorstehenden Stein hängen und riss. »Verdammt!«, murmelte er, ohne stehen zu bleiben. Das Gewand ließ er einfach hängen. So schnell er konnte lief er durch die schmale Gasse, bog zuerst links, dann rechts ab und lief im Zickzack weiter, sodass ihm keine Wache folgen konnte. Erst als er in einem anderen Stadtviertel angekommen war, blieb er stehen und rang nach Luft.

Er hatte ein Kind und seine Mutter gerettet. Damit hatte er seine gute Tat für den heutigen Tag begangen. Aber er selbst war genau wieder dort, wo er angefangen hatte: Er brauchte etwas zum Anziehen. Er lachte, zuerst nur leise, dann schließlich brach er in schallendes Gelächter aus, bis ihm alles wehtat. Das Leben war ein Spiel. Bis jetzt hatte er dieses Spiel noch immer gewonnen.

V

Die große Karawane, die an diesem Tag vom Norden kommend eingetroffen war, hatte sich an der nordwestlichen Stadtmauer niedergelassen. Die vielen unterschiedlichen Zelte standen ordentlich in Reih und Glied und bildeten eine Stadt für sich. Es gab Gassen und Straßen und sogar voneinander abgegrenzte Bereiche. Die Tiere waren angebunden und die Handelswaren verstaut.

Die Reisenden in der Karawane gehörten verschiedenen Schichten an, die innerhalb der Karawane unter sich blieben. Zur Oberschicht gehörten die reichen Händler wie Imlah von Succoth und die große Gruppe, die mit ihm von Kanaan gekommen war. Zur Mittelschicht zählten diejenigen, die Geld hatten, und die Unterschicht bildeten diejenigen, die sich die Reise nach Ägypten erbettelt hatten. Im Großen und Ganzen kannten sich die Menschen untereinander nicht und hatten kaum etwas miteinander zu tun. Imlah war bereits über sechzig Jahre alt. Er war ein weiser, allseits geachteter Anführer und hatte sich die Sicherheit aller Reisenden auf dieser gefährlichen Reise zur Aufgabe gemacht. Daher kannte er auch die meisten Reisenden.

Imlah hatte seine Position als allseits geachtete Persönlichkeit nicht auf die herkömmliche Weise erworben. Er war der vierte Sohn eines Mannes, der in seiner Schmiede hochwertige Metallgegenstände erzeugte. Imlah war der klügste und tüchtigste der Söhne seines Vaters und hatte sich allmählich zum Anführer der Familie hinaufgearbeitet. Seine älteren Brüder merkten bald, dass ihr Unternehmen florierte, wenn Imlah die Entscheidungen traf. Die Geschwister überließen ihm die Kontrolle über das Familienvermögen und wurden reich dabei.

Imlah erfreute sich in der gesamten Region zwischen Damaskus und Arabah größter Hochachtung und hatte nirgendwo Feinde. Er war mit den Königen im Norden ebenso befreundet wie mit den von den Hay ernannten Regenten. Jakob aus Kanaan war sein engster Freund unter all seinen hoch stehenden Freunden. Jakob war Josephs Vater und ungekrönter König der reichen Landstriche zwischen dem Jordan und dem Meer. Als die Karawane zum Aufbruch rüstete, um in Ägypten Hilfe gegen die große Hungersnot zu suchen, übergab Jakob das Kommando lieber Imlah als einem seiner eigenen Söhne.

Imlahs zweite Frau Danataja war ihm bei seinen Verhandlungen mit ihren angenehmen Umgangsformen eine unentbehrliche Hilfe. Daher hatte Imlah sie mitgenommen, damit sie ihm bei den umfangreichen Verhandlungen behilflich sein konnte, die notwendig sein würden, um Kupfer und Bronze aus Kanaan gegen Getreide aus Ägypten einzutauschen. In Kanaan wusste man wenig über den Hof im Delta. Es war nur bekannt, dass Manuks unausgeglichener Sohn mit harter Hand regierte und sein geheimnisvoller junger Wesir im Grunde das Sagen hatte. Der aber stammte nicht von den Hay ab.

Über diesen jungen Wesir wusste man im Norden nur wenig. Der ehemalige Sklave war erst wenig älter als zwanzig Jahre gewesen, als er an die Macht kam. Seinen Aufstieg verdankte er einzig und allein seiner Weisheit und seinen prophetischen Gaben. Unter dem Vorwand, die schwarzen Provinzen vor der großen Dürre zu retten, die er vorhergesagt hatte, gestaltete er die Wirtschaft im Delta mit Erfolg vollkommen um. Das Delta überstand die Dürre tatsächlich gut, aber das ging auf Kosten der Freiheit jedes Einzelnen sowohl in der ägyptischen Bevölkerung im Delta als auch in der Bevölkerung der Nachbarländer. Der ägyptische Pharao Dedmose hatte sich der Herrschaft der Hay widersetzt und sich mit den gegen die Fremdherrschaft rebellierenden Ägyptern nach Süden zurückgezogen.

Als die Länder im Norden beschlossen, eine gemeinsame Karawane nach Ägypten zu senden, um Getreide zu kaufen, war es nicht verwunderlich, dass man einen geborenen Anführer wie Imlah es war, mit der Leitung beauftragte. Er handelte überlegt, ruhig und klug. Wenn es jemandem gelingen sollte, in Ägypten Getreide zu erwerben, ohne sich in eine Abhängigkeit zwingen zu lassen, dann war es Imlah.

Imlah hatte den Aufbau der Zeltstadt für die Nacht überwacht und sich um die Sicherheit der einzelnen Gruppen gekümmert, die darauf warteten, am nächsten Morgen in die Stadt eingelassen zu werden. Danach kehrte er müde, aber zufrieden, zu seinem Zelt zurück. Schon von weitem sah er, wie seine Frau Danataja sich mit einer ärmlich gekleideten Ägypterin und ihrem schmutzigen Jungen unterhielt.

Als er zu ihnen trat, lächelte Danataja ihm zu und erklärte dann der Frau: »Das ist mein Mann. Ich bin sicher, er weiß, was zu tun ist, meine Gute. Imlah, diese Frau hat ein Problem.«

Imlah sah sich die Neuankömmlinge an. Die fremde Frau war zwar noch jung, aber sie sah abgehärmt und früh gealtert aus. Sie erinnerte ihn an jemanden. »Worum geht es, Danataja?«, fragte er ruhig.

»Das ist Tefnut, Imlah. Und das ist Tefnuts Sohn Kamose, Liebster. Sie müssen sich vor den Soldaten verstecken und brauchen jemanden, der ihnen hilft.«

»Richtig, ich habe in den ärmeren Vierteln unseres Lagers Soldaten gesehen. Sie gingen von einem Zelt zum anderen und suchten nach einer Frau mit einem Kind. Aber wir können uns nicht einmischen, Danataja. Wir sind hier nur geduldete Gäste aus einem fremden Land und müssen uns den Gesetzen dieses Landes hier unterordnen. Wenn wir Verbrecher verstecken, dann ...«

»Vergiss die rechtlichen Folgen, Imlah«, fiel Danataja ihm ins Wort. »Tefnut und der Junge haben niemanden. Ich erinnere mich noch gut an die Zeit, da auch ich auf der Flucht war und niemanden hatte, der mir half. Sie behauptet, jemand wolle ihren Sohn töten. Das ist ungerecht. Ich kann sie nicht fortschicken, denn ich weiß, was das für sie bedeutet. Bitte, Imlah!«

Jetzt wusste Imlah plötzlich, an wen ihn die Frau erinnerte: Tefnut glich Danataja, so wie Imlah sie vor Jahren in Kanaan zum ersten Mal gesehen hatte. Er war in Jakobs Land gekommen, um sich eine Frau zu suchen, und hatte sie gefunden: Danataja war damals nach einer qualvollen Ehe mit einem Tunichtgut namens Haschum soeben wieder frei geworden. Sie wirkte nachdenklich und verletzlich und hatte Angst, ihm zu vertrauen. Diese arme Frau hier war wahrscheinlich ebenso misshandelt worden wie damals Danataja.

Vielleicht wäre es richtig, ihr jetzt zu Hilfe zu kommen, auch wenn es eine unwillkommene Gefahr für ihn bedeuten mochte. »Für wie lange braucht sie eine Zufluchtstätte?«

Als Vorbereitung für die Reise hatte Danataja sich Grundkenntnisse in der Sprache der Ägypter angeeignet. Sie stellte der Frau eilig diese Frage und wandte sich mit der Antwort gleich wieder an ihren Mann. »Bis die Soldaten die Suche abgebrochen haben. Sobald es dunkel ist, kann sie hinaus auf das Land entkommen. Bitte, Imlah!«

»Also gut«, stimmte Imlah zu. Aus dem Ton seiner Stimme schloss Tefnut, dass er einverstanden war, auch wenn sie seine Worte nicht verstand. »Wir haben hier die Sonderstellung von Abgesandten. Unsere Zelte werden die Soldaten nicht durchsuchen. Wenn du willst, kannst du sie dort verstecken. Aber beeil dich, bevor sie jemand sieht. Sie sollen unter die Kissen kriechen und sich nicht blicken lassen, nur für den Fall, dass jemand unsere Immunität verletzt. Du bleibst besser bei ihnen. Vielleicht ziehst du dich um und gehst zu Bett. Es wäre ein schlimmes Vergehen, wenn ein Soldat in mein Zelt eindringen würde, in dem sich meine Frau aufhält. Sollte jemand hineinschauen, regst du dich fürchterlich auf und wirfst ihn hinaus.« Er lächelte nachsichtig. »Du kannst mich immer noch zu allem überreden, meine Liebe.«

Danataja umarmte ihren Mann. »Du bist so lieb, Imlah! Komm jetzt, Tefnut, und du auch, Junge!«

Imlah sah ihnen nach, als sie in seinem großen Zelt verschwanden, und zupfte dabei nachdenklich an seinem Bart. Was tue ich da?, fragte er sich. Er hatte hier den vielleicht wichtigsten Auftrag in seinem Leben zu erfüllen und gefährdete ihn durch eine gesetzwidrige Handlung.

Aber Danataja konnte von ihm wirklich alles haben; zum Glück nützte sie aber seine Gutmütigkeit und Ergebenheit nur selten aus.

Was für eine Frau sie doch war. Selbst jetzt, nach so vielen Jahren, war es für ihn immer noch unglaublich, dass ihr vorheriger grausamer Mann sie misshandelt hatte. Haschum und sein Sohn Schamir. Das war vielleicht ein Paar! Sie hatten das beträchtliche

Vermögen, das ihr erster Mann ihr hinterlassen hatte, durchgebracht und danach sie und ihren Sohn Ben-Hadad tyrannisiert, bis sie schließlich in diesem jämmerlichen Zustand war, in dem er sie gefunden hatte.

Armer Ben-Hadad! Seine Lehrzeit im traditionellen Gewerbe der Kinder des Löwen war so lange hinausgeschoben worden, bis der Junge erwachsen war. Dann wurde Jakobs Sohn Joseph, der Ben-Hadads einziger Freund aus der Kindheit war, an Sklavenhändler verkauft, die unterwegs zum Roten Meer waren. Ben-Hadad folgte Joseph und war wie dieser seither verschwunden.

Daran musste Imlah jetzt denken. Wie traurig musste Danataja gewesen sein. Ihre erste Liebe und ihr Sohn waren für immer fort. Zu dieser Zeit war Imlah in ihr Leben getreten. Auch er bedurfte damals des Trostes, hatte es sich aber zur Aufgabe gemacht, sie zu trösten. Er wollte in den kommenden Jahren so etwas wie Glück in ihr tragisch verlaufenes Leben bringen.

Doch jetzt hatte er noch Arbeit zu erledigen. Er musste um die Erlaubnis nachsuchen, am nächsten Morgen die Stadt betreten zu dürfen und die umfangreichen Verhandlungen einzuleiten. Wenn er erfolgreich war, dann würde er eine Audienz – wenn möglich allein – beim jungen Wesir von Salitis erhalten.

»Es tut mir Leid, Herr, aber wir haben überall gesucht und nirgends eine Spur von ihnen entdeckt. Sie sind uns entkommen«, berichtete der Soldat.

Aram hatte Mühe, seinen Zorn zu unterdrücken. »Nun gut. Ich danke euch für eure Bemühungen. Ihr habt sicher getan, was ihr konntet.« Damit ging er davon. In seinem Inneren tobten Zorn, Enttäuschung und nicht zuletzt eine beträchtliche Angst.

Was würde geschehen, falls die Prophezeiung tatsächlich richtig war? Wenn der Plan gelang und er König werden würde? Wenn Tefnuts Bengel, in dessen Adern ja tatsächlich sein adeliges Blut floss, jener zehnjährige Junge war, der eines Tages aufsteigen und ihn entmachten würde?

Er war doch wirklich ein Narr! Er hatte Tefnut und den Jungen verstoßen, hatte sie aus der Stadt getrieben, hinaus in die raue Welt. Der Junge würde jeden Grund dazu haben, ihn zu hassen. Tefnut würde schon dafür sorgen. Kamose würde seine Hay-Abstammung mit gutem Grund ablehnen und die Landsleute seines Vaters hassen. Wenn es ihm in zehn Jahren gelang, genügend Unterstützung um sich zu versammeln, dann könnte der Junge womöglich tatsächlich der Anführer einer Bewegung werden, die die Hay für immer aus der Delta-Region vertreiben würde, wie es die Prophezeiung besagte.

Eines wußte Aram aber sicher: Solange der Junge nicht tot war, würde er nicht ruhig schlafen können.

VI

Imlah aß mit den Häuptlingen der verschiedenen Stämme zu Abend, die ihn auf der Reise begleiteten. Als er danach allen seinen Pflichten nachgekommen war, kehrte er in sein Zelt zurück. Danataja trug ihr Nachtgewand und darüber einen Umhang. Sie war eben dabei, Tefnut ein dunkles Gewand über die Schultern zu legen. Der Junge stand daneben und trug ein Gewand, das Imlah als eines seiner eigenen Gewänder erkannte. Die Frau hatte den Saum hinaufgesteckt, damit es nicht auf dem Boden schleifte, aber das Gewand war immer noch viel zu groß und hing dem Jungen weit über die Schultern.

»Ich war bei den Stadtwachen«, erzählte Imlah. »Sie sitzen mit unseren Leuten beim Essen, auf meine Kosten. Wenn deine Freunde sich unbehelligt davonstehlen wollen, dann sollten sie es besser gleich machen.«

»Ich danke dir«, murmelte Danataja. Sie zog Tefnut die Kapuze tief ins Gesicht und umarmte sie impulsiv. Dann wandte sie sich wieder an ihren Ehemann: »Ich habe dem Jungen Essen für zwei, drei Tage eingepackt, Imlah. Glaubst du, du hättest …«

»Ja«, unterbrach er sie. Er zog einen kleinen Geldbeutel unter seinem Oberkleid hervor. »Das ist alles Geld, das ich auf Umwegen wechseln konnte. Ich wollte keine Aufmerksamkeit erregen.«

Danataja reichte Tefnut den Beutel. »Das sollte euch fürs Erste einmal in Sicherheit bringen. Ihr geht jetzt besser. Der Mond steht am Himmel, und die Soldaten sitzen beim Essen.«

Tefnut hatte Tränen in den Augen. »Ich weiß nicht, wie ich Euch danken soll. Wenn ich Euch nicht getroffen hätte …«

»Jetzt ist keine Zeit dafür«, antwortete Danataja. »Gib auf deinen Sohn Acht. Möge euch alles Glück der Welt begleiten!« Sie lächelte den beiden trübe nach, als sie in der Nacht verschwanden. Als sie sich zu Imlah umdrehte, standen in ihren Augen Tränen. »Halt mich fest, Imlah! Bitte halt mich fest.«

Er umarmte sie. Sie schluchzte und zitterte am ganzen Körper. Imlah strich ihr beruhigend über den Rücken. »Du musst an deinen eigenen Jungen denken, nicht wahr? Du hast heute ein gutes Werk getan, und ich bin froh, dass du mich überredet hast.«

»Wenn ich nur wüsste, wo Ben-Hadad ist«, schluchzte sie. »So viele Jahre sind seither vergangen. Hoffentlich ist er noch am Leben.«

Sie konnte nicht weitersprechen. Imlah hielt sie fest, während sie weinte.

Als Asenath das Schlafzimmer betrat, saß Joseph aufrecht im Bett und hatte die Decke halb abgestreift. Er wirkte hellwach, sah aber blass und erschreckend dünn aus. »Entschuldige, Liebster«, bat Asenath. »Sabni ist gekommen und bringt ein Paket von Mehu.«

»Das ist gut. Bringst du es mir bitte?«, bat Joseph schwach. »Schick Sabni bitte in die Küche, damit er etwas isst und trinkt, bevor er wieder geht. Ich habe keine Nachricht für ihn.«

Asenath ging und kam mit einem Sack voller Papyrusrollen zurück. Jede Rolle trug das königliche Siegel. »Bist du sicher, dass du sie alle anschauen willst? Das könnte doch bestimmt bis morgen warten.«

»Nein«, entgegnete er, nahm ihr den Sack aus der Hand und griff hinein. »Ich habe zugelassen, dass Neferhotep und diese Gruppe die Oberhand gewannen. Wenn ich die Staatsgeschäfte nicht rasch in die Hand bekomme, verliere ich noch mehr Boden unter den Füßen. Jetzt ist der Zeitpunkt, Salitis' gute Stimmung auszunützen, und das bedeutet, dass viel Arbeit erledigt werden muss. Leider kann ich nur sehr wenig davon abgeben, da ungezählte niedere Beamte im Palast vom Magus bezahlt werden.« Joseph seufzte.

Er entrollte einen Papyrus, las ihn jedoch noch nicht gleich. »Das hier sollte eine Liste der Besucher sein, die heute mit der Karawane aus dem Norden in die Stadt gekommen sind. Es sollten wichtige Gesandte unter ihnen sein, die viel Einfluss besitzen. Wenn ich jetzt richtig handle …«

Überraschung machte sich auf seinem Gesicht breit, während er las. »Schau dir das an, Asenath: Hier steht ein bekannter Name. Ich kannte den Mann, als ich noch ein Kind war.«

Sie setzte sich neben ihn auf das Bett. »Wer ist es?«

»Imlah von Succoth. Er ist der Sohn einer der ältesten Freunde meines Vaters in Kanaan. Sein Vater hieß Machir und handelte mit Waren aus Metall. Imlah wird von seiner Frau Danataja begleitet, und sie war die Mutter meines Jugendfreundes Ben-Hadad.«

»Interessant! Steht sein Name auch auf der Liste?«

Joseph studierte den Papyrus. »Ich finde ihn nicht. Ich habe seit Jahren nichts von ihm gehört. Nicht seit ich aufgehört habe, die Geheimberichte von Baliniri zu lesen.« Jetzt riss Joseph die Augen auf, und die Rolle wäre ihm beinahe aus der Hand gefallen.

»Was ist los, Joseph?«

Joseph konnte nicht sofort sprechen. »Asenath!«, begann er schließlich. »Ich habe gewusst, dass dieser Tag kommen würde. Ich habe immer geglaubt, dass ich dann wissen würde, was zu tun sei.«

»Willst du damit sagen …«

»Ja. Auf der Liste steht …«

»Doch nicht dein Vater!«

»Nein, nein. Er nicht. Aber schau: Reuben, Levi, Juda, Gad, Issachar.«

Er hielt wieder inne. »Das ist interessant. Alle meine Brüder, außer Benjamin. Sie haben Benjamin nicht mitgebracht.« Seine Augen blitzten zornig. »Vater ist vielleicht zu alt und schwach, um von Kanaan hierher zu reiten. Aber Benjamin hätte kommen können!«

»Glaubst du, dass mit ihm etwas nicht stimmt?«

»Ich weiß es nicht. Sie haben Benjamin immer genauso gehasst und abgelehnt wie mich. Wir waren die einzigen Söhne von Rahel. Rahel war die einzige von Vaters Frauen und Konkubinen, die er wirklich liebte.«

»Ich weiß. Du hast mir bereits erklärt, wie dein Vater dich und Benjamin bevorzugt hat, obwohl ihr jünger gewesen seid als eure Brüder.«

»Vater liebte Benjamin ganz besonders«, presste Joseph zwischen den Zähnen hervor. »Ich habe das verstanden und mich Vaters Vorliebe gebeugt. Mutter war bei seiner Geburt gestorben. Ich bin überzeugt, er hat den Jungen auch weiterhin bevorzugt, auch nachdem ich von zu Hause fort war. Ich kann mir gut vorstellen, wie Reuben darauf reagiert hat. Du weißt ja, was er mir angetan hat.«

»Du darfst nicht verbittern, Joseph!«, beruhigte ihn Asenath. »Denn wenn all das nicht geschehen wäre, wärst du nie nach Ägypten gekommen. Ich wäre dir nie begegnet und wir hätten niemals unsere zwei wunderbaren Söhne bekommen. Du weißt, dass es der Wunsch des Gottes deiner Väter war, dass du nach Ägypten kommst, damit nicht nur Ägypten, sondern auch dein Volk vor der großen Dürre gerettet werden kann.«

»Ich weiß, ich weiß. Aber das übersteigt mein Begriffsvermögen. Ich kann zwar den Sinn sehen, der dahinter liegt, und meine Brüder so annehmen, wie sie sind. Aber wenn sie Benjamin etwas angetan haben! Wenn das der Grund ist, warum Benjamin nicht mitgekommen ist!«

Sie tätschelte sein Knie, immer noch darum bemüht, ihn zu beruhigen. »Du wirst es bald genug wissen. Wie überrascht werden sie sein, wenn sie dich sehen!«

Josephs Stimme war leise und beherrscht, als er weitersprach, und sie gefiel Asenath überhaupt nicht. »Ich werde es ihnen nicht sagen. Sie werden mich nicht erkennen. Mein Name klingt in den beiden Sprachen unterschiedlich.«

»Du wirst es ihnen nicht sagen?«

»Zuerst möchte ich über Benjamin Bescheid wissen. Wenn sie ihm etwas angetan haben, dann …«

»Bitte Joseph! Sei nicht rachsüchtig!«

»Das werde ich auch nicht sein, solange sie Benjamin nichts getan haben. Aber wenn er durch sie zu Schaden gekommen ist, Asenath, dann werden sie wünschen, nie geboren worden zu sein. Gott hat sie mir ausgeliefert, damit ich über sie ein Urteil fälle. Wenn sie unschuldig sind, wenn ich sie verkannt habe, dann werden sie eine gerechte, menschliche Behandlung erfahren. Ich verspreche dir und dem Gott meiner Väter, dass ich nichts ohne Beweise unternehmen werde.« Er hob die Hand zum Schwur. »Aber wenn meinem Bruder etwas zugestoßen ist ...«

Asenath wusste nicht, ob sie dem nächsten Tag mit Vorfreude oder mit Sorge begegnen sollte. Vergib ihnen, Joseph, vergib ihnen, flehte sie innerlich.

Kurz bevor der Ausrufer die Sperrstunde verkündete, warf der volle Mond sein helles Licht auf den tief unten fließenden Kanal. Baliniri stand auf der Brücke, die Hände auf das Geländer gestützt, und blickte niedergeschlagen auf das Wasser. Baliniri spürte an seiner eigenen inneren Anspannung und Unruhe den unheilvollen Einfluss des Himmelskörpers. Angewidert spuckte er in den Kanal.

Was tue ich hier?, fragte er sich. Wenn ich den Mut dazu hätte, würde ich mich aufraffen und davongehen und diese schändliche Arbeit einem anderen überlassen. Jeder seiner Untergebenen würde sich mit Begeisterung auf die Gelegenheit stürzen, seine Nachfolge anzutreten, ganz gleich, wie unangenehm die Arbeit auch sein mochte. Warum zögerte er dann noch, obwohl er wusste, dass er sich noch viel schlechter fühlen würde, sobald er einmal damit begonnen hatte, Salitis' kranken, mörderischen Befehl in die Tat umzusetzen?

Sie sollten Kinder töten! Unschuldige, hilflose Kinder! Dass man das von ihm erwartete! Er war ein tüchtiger, tapferer Soldat, der noch nie die Hand gegen einen unbewaffneten Gegner erhoben hatte. Er war – zumindest bis jetzt – der Inbegriff militärischer Ehrenhaftigkeit gewesen. Wenn aber Salitis seine Meinung nicht überraschend noch änderte, so würde Baliniri am nächsten Morgen den unehrenhaftesten Befehl in seiner ganzen Laufbahn erteilen und für dessen Durchführung sorgen müssen.

Zu Beginn seiner Laufbahn hatte Baliniri unter Hammurabi schon für Barbaren gearbeitet. Damals, als dieser mesopotamische König sein großes Reich im Zwischenstromland gründete. Baliniri hatte gesehen, was geschah, wenn Hammurabis Leute eine Stadt einnahmen: Sie töteten unschuldige Menschen aus Spaß, vergewaltigten Frauen und Mädchen, erlaubten sich grausame Späße mit den Sklaven. Das war schon immer unter seiner Würde gewesen.

Aber was war aus ihm geworden? Er war ein Mann geworden, der solche Befehle ausführte und, was noch schlimmer war, achselzuckend darüber hinwegging. »Ich bin nicht dafür verantwortlich«, sagte er sich und gab den grausamen Befehl an seinen Untergebenen weiter.

Noch einmal ging ihm kurz der Gedanke durch den Kopf: Was ist, wenn ich mich weigere, den Befehl auszuführen?

Er wusste, was geschehen würde. Niemand, absolut niemand verweigerte einen direkten Befehl von Salitis. Wer das tat, stünde augenblicklich unter Arrest, würde gegeißelt und geschlagen und wäre innerhalb weniger Stunden gepfählt und tot, noch ehe die Sonne das nächste Mal aufging.

Früher hätte er keinen unsinnigen Befehl ausgeführt und auch keine Rücksicht darauf genommen, was mit ihm danach geschehen würde.

Ich bin ein jämmerlicher Feigling geworden!, schalt er sich. Prinzipien und Ehre sind mir fremde Begriffe.

Er spuckte noch einmal in den Kanal und zielte dabei genau auf sein Spiegelbild. Das Wasser kräuselte sich, und als es sich wieder glättete, entdeckte Baliniri zu seiner Überraschung das Spiegelbild einer dunklen Gestalt nur wenige Schritte neben seinem eigenen im Wasser. Rasch hob er den Kopf. »Wer ist da?«

Es war nur ein Junge, der ihm bis zur Mitte reichte. Er war barfuß und in schäbige Lumpen gehüllt. »He, du!«, rief Baliniri. »Schau, dass du nach Hause kommst! Es ist beinahe Sperrstunde!«

»Ich wohne nur ein paar Schritte entfernt«, antwortete der Junge. »Ich bin gleich zu Hause. Es ist nur … Ich habe geglaubt, Ihr wolltet ins Wasser springen.«

Baliniri richtete sich auf. »Nein«, antwortete er steif. »Ich bin zwar in keiner guten Stimmung und habe ein wenig getrunken, aber ins Wasser … nein. Aber vielen Dank, dass du dir Gedanken gemacht hast.« Er sah den Jungen scharf an. »Habe ich dich nicht schon einmal gesehen? Du kommst mir bekannt vor.«

»Ich bin oft in den Basaren und verrichte alle möglichen Arbeiten.«

»Wie alt bist du?«

Baliniri spürte, wie der Junge erschrak. »Elf, beinah zwölf.«

»Unsinn. Du bist zehn. Dafür habe ich einen Blick. Weißt du, wer ich bin, Junge? Ich bin Baliniri, Kommandant der …«

»Ich weiß«, entgegnete der Junge, bereit zur Flucht. »Ich weiß auch, warum Ihr Euch Sorgen macht. Ich habe mit angehört, wie Ihr einen Soldaten den Befehl für morgen weitergabt.«

Baliniri sah den Jungen entsetzt an. »Hast du das. Erzähl weiter.«

»Tut es nicht, Hauptmann! Lasst nicht zu, dass er es tut. Der König, meine ich.«

»Was weißt du noch?«, fragte Baliniri, der neugierig geworden war.

Der Junge zögerte. »Ich weiß, dass eine Verschwörung geplant ist. Der König soll getötet werden, und Ihr sollt auch getötet werden. Ein anderer Mann soll den Thron besteigen.«

Baliniri dachte kurz daran, den Jungen zu packen, aber er ließ es sein. »Ich verstehe«, sagte er ruhig. »Und wer soll das sein?«

»Das kann ich nicht sagen. Sie könnten erfahren, von wem Ihr es gehört habt. Dann würden unschuldige Leute darunter zu leiden haben. Aber nehmt Euch in Acht, Hauptmann!«

»Weißt du noch etwas?«

»Wenn dieser Befehl des Königs ausgeführt wird, dann könnte das das Volk für die Verschwörer einnehmen. Außerdem …«

Langsam zog sich der Junge zurück. Baliniri überlegte, ob er ihn festhalten sollte. Stattdessen fragte er, ohne sich zu bewegen: »Was wolltest du noch sagen?«

»Außerdem ist der Knabe, den Ihr sucht …« Die Stimme des Kindes war kaum mehr zu hören.

»Was ist mit ihm? Sag es mir!«

»Er ist fort. Er ist entwischt.« Der Junge verschwand im Schatten der Tempel am Ufer des Kanals. »Es ist zu spät«, kam die Stimme von ferne. »Er ist entkommen. Lasst die anderen leben, Hauptmann! Ihr seid zu spät gekommen.«

Baliniri beherrschte sich und lief dem Jungen nach. Aber der war in der Dunkelheit verschwunden, und er konnte nirgends mehr eine Spur von ihm entdecken. Es schien, als hätte es ihn nie gegeben. Baliniri blinzelte in die Finsternis und schwankte unsicher. War das wirklich geschehen? Oder war es bloß ein Traum gewesen?

Kapitel 5

I

An den Ufern des großen Stroms wurden die Vorbereitungen für den Feldzug nach Nubien getroffen. Die Schiffe der Ägypter lagen an den Molen vertäut, Kriegsgeräte und Vorräte lagen hoch aufgetürmt auf den Uferanlagen, und Abordnungen von Sklaven aus dem Norden – braun gebrannt von der heißen ägyptischen Sonne – beluden die großen Schiffe. Etwas weiter stromaufwärts, oberhalb der Stadt, beobachtete Teti die Inspektion der Einheit des Ptah durch die Offiziere unter dem strengen Kommando des General Harmachis. Lächelnd setzte Teti ihren Weg zu Bakas Zelt fort.

Der Abschied von Ketan hatte sie beunruhigt und beschäftigte sie immer noch. Was war mit Ketan in letzter Zeit nur los? Seine Augen waren rot und blutunterlaufen gewesen und er war stark abgemagert. Es hatte beinahe den Anschein, als litte er unter Auszehrung.

Über sein persönliches Leben wollte er nicht sprechen. Das war ungewöhnlich für Ketan und widersprach der bisher so engen Beziehung zwischen den Zwillingen. Teti machte sich Sorgen, was wohl in ihm vorging.

Der Schrei einer Möwe erregte Tetis Aufmerksamkeit. Sie hob den Kopf und beobachtete den Vogel, wie er über den vertäuten Schiffen weite, elegante Kurven zog. Sie kam an Bakas Flaggschiff vorbei, das jetzt aber nicht mehr unter Bakas Kommando stand, sondern von ihrem Freund Mekim kommandiert wurde. Den Oberbefehl über Mekim hatte Musuri, der alte Freund ihres Vaters und der Ziehvater der Zwillinge. Musuri war schon ziemlich alt und befand sich bereits im Ruhestand. Aber als der Mann, der viele Jahre lang eng mit Akilleus befreundet war und den alten Krieger am besten kannte, hatte er sich trotzdem bereit erklärt, die Leitung des Feldzugs zu übernehmen.

Teti freute sich am Anblick des eleganten Schiffes, das gemächlich im Wasser auf und ab tanzte. Es war kaum zu glauben, dass sie in den frühen Morgenstunden an Bord eines ähnlichen Schiffes zum aufregendsten Abenteuer in ihrem jungen Leben aufbrechen würde. Teti sollte eine wichtige militärische Expedition, von der die Zukunft von Oberägypten abhing, als verantwortliche Waffenschmiedin begleiten.

Ihre Gedanken wanderten zurück zu Ben-Hadad. Wohin mochte er gegangen sein? An dem Tag, an dem sie für den Feldzug ausgewählt worden war, war er verschwunden. Baka ließ seine Wachen und Boten im ganzen Reich des Pharaos Dedmose nach ihm suchen, doch sie fanden nicht die geringste Spur von ihm.

Teti hoffte, dass er nichts Unüberlegtes getan hatte. Sie nahm nicht an, dass Ben-Hadad Selbstmord begangen hatte, auch wenn er in seinem Stolz schwer getroffen war. Er hatte verschiedenen Leuten schon seit Wochen erzählt, dass er einen geheimnisvollen nubischen Waffenschmied aufsuchen wolle, der den Prozess der Eisenschmelze kannte, also das Geheimnis, das Schobai Ben-Hadad nicht enthüllt hatte.

Männer! Teti würde sie nie verstehen. Sie neigten immer dazu, sich zurückzuziehen und zu trotzen. In gewisser Weise war sie froh, dass Ben-Hadad fort war, wenn ihm nur nichts Ernsthaftes zugestoßen war. Zumindest musste sie sich nicht über sein ungehobeltes Benehmen ärgern. Er würde schon wieder auftauchen und beschämt und verkatert an seine Arbeit zurückkehren, als wäre nichts gewesen.

Jetzt hatte sie beinahe einen Fremden eingeholt, der vor ihr über den Kai ging. Er war ausgesprochen spärlich bekleidet und kam, wenn sie sich nicht irrte, von einer der Truppen vom Oberen Nil, einem Kommando von Theben. Schräg über seine linke Schulter trug er quer über den Oberkörper ein weißes Tuch, das auf eine Handbreit gefaltet und rechts an einem schmalen Gürtel an der Taille befestigt war. Auf diesem weißen Tuch würde er nachts schlafen. Am Gürtel trug er die Scheide für sein Schwert. Sein gut gebauter Körper entging Tetis Aufmerksamkeit nicht. Er hatte kräftige, schlanke und muskulöse Beine, breite Schultern und kräftige Arme. Sein Gang war rasch und beschwingt, und unter dem leichten Helm schauten dunkle Locken heraus.

Es wäre unhöflich, ja beleidigend gewesen, wenn zwei Mitglieder der Armee so nahe aneinander vorbeigingen, ohne voneinander Notiz zunehmen.

»Guten Tag!«, grüßte Teti. »Bist du unterwegs zu Bakas Lager?«

»Ja.« Der junge Soldat grinste. »Du musst Teti, die Waffenschmiedin, sein. Ich bin Netru von Theben. Ich bin auf der Suche nach dir gewesen.«

»Nach mir?«, fragte sie, als sie neben ihm herging. »Warum?«

»Ich bin dir zugeteilt. Ich soll dich stromaufwärts begleiten.«

»Als mein Leibwächter?«, fragte sie ungläubig. »Hör zu! Ich bin groß genug und kann auf mich selbst Acht geben. Ich brauche keinen Aufpasser.« Das klang ziemlich überheblich. »Entschuldige, ich wollte nicht unhöflich sein, aber …«

»Ein Befehl von Baka«, unterbrach er sie und lachte. »Er braucht einen Verbindungsoffizier zwischen deiner Schmiede und dem Armeekommando. Ich bin hier vorerst überflüssig, zumindest bis wir Edfu erreichen. Sie haben mich bereits nach allen Regeln der Kunst ausgehorcht.«

»Du bist erst kürzlich von der Front gekommen? Wie ist es dort?«

»Ein Durcheinander. Diese Verstärkung wird dringend benötigt. Auch die Tatsache, das Musuri Akilleus so gut kennt, ist von größter Wichtigkeit. Wir haben nicht die geringste Ahnung, worauf er hinauswill. Aber Musuri hat ihn ja zwanzig Jahre oder sogar noch länger begleitet.«

»Soviel ich weiß, noch viel länger.«

»Natürlich! Ich habe vergessen, dass dein Vater zu seinen ältesten Freunden zählte.«

»Richtig. Vater und Musuri waren Freunde.«

»Niemand wird aus Akilleus klug. Manchmal fragen wir uns, ob er wirklich noch das Kommando über sein Heer besitzt oder überhaupt noch ganz bei Trost ist. Denn manchmal sind seine Manöver einfach brillant, manchmal hingegen äußerst ungeschickt.«

Netru gefiel Teti. Sein junges, noch bartloses Gesicht war offen und liebenswert. »Vielleicht spielt Ebana jetzt eine aktivere Rolle. Natürlich ist es schwer zu sagen, ob sie für die brillanten oder die ungeschickten Entscheidungen verantwortlich ist.«

»Vielleicht kann Musuri uns dabei helfen, das zu entscheiden«, meinte Netru. Dann wechselte er das Thema. Er lächelte sie schmeichlerisch an. »Ich weiß, Teti, dass du nicht begeistert bist, dass ich dir zugeteilt wurde. Du darfst aber nicht glauben, dass ich dir auf Schritt und Tritt folgen und dir im Weg stehen werde. Um ehrlich zu sein, mir wäre es lieber gewesen, Mekim hätte mir das Kommando über eine Einheit gegeben, selbst wenn es nur eine kleine gewesen wäre. Aber ich bin Unteroffizier aus einer abgelegenen Einheit und passe wahrscheinlich nicht in seine Kommandopläne. Nimm es also nicht persönlich, aber wir sind vorerst aufeinander angewiesen, und es wird gut sein, wenn wir das Beste daraus machen.«

Sie zuckte mit den Schultern. »Vermutlich hast du Recht. Aber wundere dich nicht, wenn ich dir einen Blasebalg in die Hand drücke, sofern niemand da ist, der ihn treten kann. Das heißt, sofern du es nicht unter deiner Würde findest.« Lachend maß sie ihn von oben bis unten. »Deine Uniform unterscheidet sich ohnehin nicht sehr von der eines Waffenschmieds.«

»Ich vergesse immer, dass ihr hier unten nicht daran gewöhnt seid.« Netru errötete. »Aber früher oder später werdet ihr euch daran gewöhnen. Du hast keine Vorstellung davon, wie heiß es in Nubien ist. Und du bist in Leder gekleidet! Das wird im Lauf der Zeit recht unangenehm werden, vor allem bei deiner Arbeit an der heißen Esse.«

»Vielleicht hast du Recht. Aber ich trage das nur, weil …«

Sie hielt inne, weil etwas im Gras unterhalb des Hügelkamms ihre Aufmerksamkeit erregt hatte. »Was ist denn das?«, wollte sie wissen und legte die Hand über die Augen.

»Wo?«

»Dort drüben, siehst du nichts? Etwas hat sich bewegt.«

»Schauen wir einmal nach.« Ohne sich zu vergewissern, ob sie ihm folgte, ging er den Hang hinunter. Er war barfuß und verfiel bald in den Laufschritt, für den die Armee so bekannt war. Ein guter Soldat aus dem Gebiet am oberen Nil konnte dieses Tempo über lange Strecken halten.

Er blieb stehen, drehte sich um und winkte ihr nachzukommen. »Komm! Schau, was ich gefunden habe!«

Er beugte sich über etwas, zog aber seine Hand rasch wieder zurück und steckte sie in den Mund.

Teti zögerte, lief ihm dann aber doch nach. Vor einem niederen Dickicht blieb sie stehen und blickte auf das Etwas, das vor Netrus Füßen lag. Teti hielt staunend den Atem an.

Eine kleine Raubkatze stand mit gekrümmten Rücken vor ihnen und sah sie drohend an. Das Raubtier war noch pummelig und noch lange nicht ausgewachsen. Fauchend und spuckend wollte es verhindern, dass die beiden Menschen näher kamen, und schlug mit der Pfote nach den Beinen der Eindringlinge. Seine Krallen waren zwar winzig, aber ziemlich scharf.

»Ein Leopard! Ein junger Leopard!«

»Ihr Stadtleute!«, rief Netru ungeduldig dazwischen. »Es ist ein Gepard. Siehst du? Dort drüben liegt die Mutter. Sie ist tot, von einem Pfeil durchbohrt. Vielleicht hat ein Soldat sie dabei erwischt, wie sie aus dem Lager etwas gestohlen hat. Dann hat er auf sie geschossen. Aber er wusste wahrscheinlich nicht, dass sie ein Junges hat.«

»Vielleicht sind noch welche da?«

»Ich sehe nichts. Falls sie mehr als eines hatte, sind die anderen schon fort und werden vermutlich sterben. Dieses hier war klüger. Es bewacht seine Mutter.«

»Ja. Was für ein tapferer kleiner Kerl!«, sagte Teti traurig. »Er ist entzückend, Netru! Wir können ihn nicht hier lassen, er würde sterben.«

Netru sah sie erstaunt an. »Was hast du vor? Morgen brechen wir auf. Das kann doch nicht dein Ernst sein.«

»Ich habe mein ganzes Leben noch nie etwas ernster gemeint. Schau ihn dir nur an. Der lässt sich nicht kleinkriegen!« Sie bückte sich und wollte den kleinen Geparden streicheln. Er fauchte und spuckte, aber Teti berührte seinen Kopf und streichelte sein Fell von vorne nach hinten. Das gefiel dem Kleinen, und er drückte den Kopf gegen ihre Hand. »Schau nur, Netru! Ich muss ihn mitnehmen. Ich kann ihn bei meinen Werkzeugen verstecken.«

»Wie willst du ihn an den Wachen vorbeischmuggeln?«, fragte er.

»Ich verstecke ihn unter meiner Tunika. Lederbekleidung ist manchmal doch für etwas gut.«

»Er wird dich kratzen, dass dir die Haut in Streifen herunter-
hängt.«

»Nicht wenn ich dafür sorge, dass er diese kleinen Krallen nicht
einsetzen kann. Gib mir deine Decke, bitte!«

Ihre Beherztheit erstaunte ihn dermaßen, dass er ihr ohne nachzudenken die Decke gab. »Aber jetzt habe ich keine Uniform
mehr«, beklagte er sich.

Teti warf lachend den Kopf zurück. »Da hast du Recht! Zumindest kenne ich keine Uniform wie deine jetzige.« Sie faltete die
Decke auf und näherte sich vorsichtig der jungen Raubkatze.
»Komm und hilf mir, ihn auf die Decke zu setzen. Im Lager werden sie dann zwar glauben, dass ich schwanger bin, aber ich bringe diesen Kleinen hier in Sicherheit, du wirst schon sehen! Du wirst
auch deine Decke ohne allzu viele Löcher wieder zurückbekommen. Mach dir nur keine Sorgen!« Sie lächelte ihn an, sodass seine
Klagen verstummten. Er stützte die Hände auf die Hüften und sah
ihr zu. Dabei fragte er sich, worauf er sich da eingelassen hatte. Er
kannte sie erst seit ein paar Minuten, und schon hatte sie ihn dazu
gebracht, mit den Vorschriften zu brechen. Aber noch schlimmer
war, dass es ihn nicht im Geringsten störte. Was geschah nur mit
ihm?

II

Baka stand vom Arbeitstisch im großen Zelt auf und steckte den
Kopf zum Zelteingang hinaus. »Wo ist Teti?«, fragte er die Wache.
Doch dann winkte er ungeduldig die Antwort ab, da er Tuja entdeckt hatte, die müde und besorgt neben dem Zelt seines Adjutan-
ten stand. »Tuja, meine Liebe!«, begrüßte er sie, ging auf sie zu und
umarmte sie.

»Hast du etwas gehört?«

»Nichts. Eines könnte vielleicht interessant sein. Ein Grenzpos-
ten wird soeben befragt. Anscheinend ließ er sich bestechen und hat
jemanden von unserer Seite zu den Hay durchgelassen.«

Tuja entzog sich seiner Umarmung und sah ihn an.

»Normalerweise lassen doch die Hay niemanden durch«, fuhr

Baka fort. »Es gab Zeiten, da haben sie einen solchen unbefugten Eindringling als Übungszielscheibe benutzt und uns das, was von ihm übrig geblieben war, geschickt.«

»Er ist tot! Ich habe es gewusst!«, klagte Tuja.

»Nein, nein.« Baka legte ihr beruhigend den Arm um die Schultern und führte sie in den Schatten. »Sie haben uns keinen Leichnam geschickt, und das gibt uns zu denken.«

»Warum sollte er zu ihnen überwechseln? Auf ihn ist ein Kopfgeld ausgesetzt. Genauso wie auf dich und mich.«

»Das stimmt. Andererseits hatte er bei seinem Verschwinden viel Geld bei sich. Vielleicht glaubt er, dass ihm das weiterhilft.«

Tujas Gesicht wurde vollkommen ausdruckslos; auch die Anspannung war gewichen. »Das bedeutet, dass wir ihn nie mehr wieder sehen werden. Dorthin können wir ihm nicht folgen.«

»Komm, beruhige dich. Vielleicht hätte ich es dir nicht erzählen sollen. Es gibt keinen Beweis dafür, dass es Ben-Hadad war, der über die Grenze entkommen ist.«

»Warum ist das alles so gekommen, Baka? Anfangs ging alles so gut mit uns. Er war so freundlich, so gut! Hab ich für meinen Fehler nicht genug bezahlt?« Verzweifelt sah sie ihn an. »Seth ist sein Sohn, das schwöre ich!«

»Ich weiß es. Mekim hat es mir erzählt. Baliniri hat mit seinem alten Freund offen gesprochen und beteuert, dass du dich sehr ehrenhaft verhalten hast.«

Sie seufzte tief und ließ die Schultern hängen. Noch nie war sie Baka so klein und verloren erschienen und so allein. »Ich lass dich gehen«, sagte sie leise. »Du hast sicher viel zu tun.«

»Das stimmt«, bekannte er und drückte ihr fest beide Hände. »Aber ich versichere dir, dass ich es dich wissen lasse, sobald ich Gewissheit habe. Du wirst es als Erste erfahren.« Er gab dem am nächsten stehenden Soldaten einen Wink. »Sieh bitte zu, dass die Frau nach Hause gebracht wird. Zwei Männer sollen sie begleiten.«

Als er in sein Zelt zurückkam, standen ein junger Soldat in der Uniform der nubischen Grenzeinheiten und Teti vor seinem Tisch. Baka sah sich die beiden genau an. Der junge Mann, Netru, sah gut aus, nur seine Decke war etwas mitgenommen. Tetis Unterarme waren zerkratzt; ein Kratzer blutete noch.

»Ihr kommt zu spät«, stellte Baka fest.

»Das ist mein Fehler, Herr«, bekannte Netru. »Ich fiel über eine Befestigungsanlage. Teti hat mir geholfen.«

»Ich kenne die Herkunft eurer Kratzer nicht«, stellte Baka fest und versuchte ein Lächeln zu verbergen, »aber ich nehme die Entschuldigung an.« Damit wandte er sich an Mekim und Musuri und überging die Verwirrung der beiden jungen Leute. Auch Mekim verbarg ein Lächeln, nur Musuris Züge blieben unbewegt wie immer. »Also setzt euch«, fuhr Baka fort. »Du hast dir im Süden einen guten Namen gemacht, Netru.«

»Ich habe gehofft, ein Kommando zu erhalten, Herr.«

»Unter zwei Soldaten wie diesen beiden hier bekommt jeder ein Kommando, mein junger Freund.« Er winkte den Protest des jungen Mannes ab. »Schon gut. Ich habe von den Spähtrupps gehört, die du oben bei den Katarakten angeführt hast. Du hast dich sehr gut geschlagen. Ich will nicht wiederholen, was dein Anführer darüber geschrieben hat, sonst steigt es dir womöglich noch zu Kopf.« Netru sah ihn überrascht an, aber Baka fuhr fort: »Ich habe dich deshalb für deine augenblickliche Aufgabe ausgesucht, weil du damit direkt Mekim und Musuri unterstellt bist. Halte Augen und Ohren offen. Du kannst von beiden lernen.«

»Sehr wohl, Herr!«

»Teti hat eine Aufgabe, bei der sie allein und auf sich gestellt ist. Sie muss wissen, was vorgeht, und wenn sie niemanden hat, der ihr über die jüngste Entwicklung der Dinge berichtet, leidet ihre Arbeit darunter. Ich nehme an, dass ihr beide euch bereits angefreundet habt.«

»Das haben wir, Herr«, antwortete Teti.

»Gut. Du bist für diese Aufgabe bestens geeignet, Netru. Ich beobachte dich schon eine ganze Weile. Halte dich auch an Mekim, aber verschwende seine Zeit nicht mit dummen Fragen.«

»Das werde ich nicht tun, Herr.«

»Ein guter Adjutant, der ständig aufmerksam beobachtet und zuhört, kann sich von seinem Vorgesetzten mehr Fachwissen aneignen, als man ihm andernfalls beibringen könnte. Ich zähle darauf, dass du das tust. Wenn du dich gut entwickelst, ist es gut möglich, dass man dir ein Kommando überträgt, sobald wir Theben erreichen. Es kommt darauf an, was uns dort erwartet.«

»Zu Befehl, Herr.«

»Ich verlasse mich darauf, Mekim, dass du die Truppen sicher flussaufwärts bringst. Wenn du es geschafft hast, eine Armee in sechs Wochen den Euphrat hinaufzubefördern, dann wird auch der Nil für dich kein Hindernis sein. Unterhalb der Katarakte gibt es keine größeren Schwierigkeiten, so sagt man.«

»Das hat Baliniri gesagt, Herr, aber es geht in Ordnung.«

»Du warst seine rechte Hand. Du bist sehr umsichtig. Du hast von ihm gelernt, genauso wie Netru von dir lernen wird.« Er wechselte das Thema. »Oberhalb von Theben wird Musuri das Kommando übernehmen. Ich überlasse es euch beiden, die Einzelheiten auszuarbeiten.«

»Das ist kein Problem, Herr«, bestätigte Mekim. »Ich berate mich mit Musuri, seit ich in Eure Armee eingetreten bin. Selbst wenn Ihr das Kommando hier mir übertragen hättet, wäre ich nicht aufgebrochen, ohne seinen Rat einzuholen.« Aus dem Lächeln, das er dem alten Soldaten schenkte, sprach seine ganze Zuneigung zu ihm.

»Nun gut. Wir haben alles besprochen. Nun ist es an euch, das Gesagte auch in die Tat umzusetzen.« Baka stand auf und rollte die auf Papyrus gezeichnete Landkarte zusammen. »Ich wünsche euch allen Glück. Bringt mir einen Sieg nach Hause! Und bringt mir meine Truppen wieder heil zurück!« Er erwiderte ihren Gruß und verließ mit raschen Schritten das Zelt, ohne sich noch einmal umzusehen.

Mekim ging als Nächster. Danach erhob sich Musuri langsam und lächelte den beiden jungen Leute zu. »Nun gut, ihr zwei! Ich muss meinen Nachmittagsschlaf halten. Danach muss ich die Truppen inspizieren. Dazu möchte ich wach und ausgeruht sein. In meinem Alter lernt man, mit seinen Kräften hauszuhalten.«

Teti und Netru standen stramm, als der alte Mann zum Ausgang ging. Bevor er das Zelt verließ, drehte er sich noch einmal um. »Was ist das denn für ein Maskottchen, das ihr euch mitgenommen habt?«, fragte er mit einem Augenzwinkern.

Teti wechselte einen raschen Blick mit Netru, dann antwortete sie: »Ein … ein junger Gepard. Woher wisst Ihr das?«

Musuri streckte ihnen seinen Unterarm hin, über den eine lange Narbe vom Handgelenk bis zum Ellbogen lief. »Ich erzähle den Leuten immer, die Narbe stamme von einem Schwert aus der Schlacht um Ebla.« Er lachte. »Eine fürchterliche Lüge. Ich weiß nicht, warum man mir glaubt. In Wirklichkeit stammt sie von einem kleinen Leoparden. Mein Zeltgefährte und ich haben ihn in den Bergen von Moab gezähmt. Damals war ich nicht viel älter, als ihr heute seid. Wie habe ich den Kleinen geliebt! Wir sind sogar gemeinsam auf die Jagd gegangen. Er hat mir Glück gebracht.« Wieder lachte er. »Haltet den Kleinen nur gut versteckt. Es ist gegen die Vorschriften. Aber eure gemeinsame Zuneigung zu der kleinen Raubkatze wird helfen, euch nicht gegenseitig in die Haare zu geraten. So etwas werdet ihr brauchen, denn ihr werdet sehr viel Zeit miteinander verbringen. Jetzt geht! Von mir wird niemand etwas erfahren.«

»Vielen Dank, Herr!«

Damit drehte sich Musuri um und ging. Im Gehen dachte er noch einmal darüber nach, was er gesagt hatte – und was er nicht gesagt hatte. Ihm hatte der Leopard Glück gebracht, seinem Zeltgefährten nicht. Noch vor Ablauf eines Jahres war er getötet worden. Mögen die Götter diesen jungen Leuten dieses Schicksal ersparen, dachte Musuri traurig. Wenn sich aber die Regel, Glück für den einen, Pech für den anderen, auch hier bewahrheiten sollte, wer von den beiden würde überleben? Er schüttelte den Gedanken ab und trat hinaus in den warmen Sonnenschein. Welch melancholischer Gedanke an einem herrlichen Tag wie diesem!

Die beiden jungen Leute waren alleine zurückgeblieben. »Also wenn ich du wäre«, begann Teti, »ich würde auf Wolken gehen, wenn man so nette Dinge über mich sagt. Herzlichen Glückwunsch, Netru!«

»Ich kann das alles immer noch nicht glauben. Baka hat etwas über mich gehört! Er hat Pläne mit mir!«

»Bilde dir nur nichts ein!« Teti lächelte. »Baka ist ein guter Anführer. Er versteht es, Soldaten anzuspornen. Sogar so junge, wie du einer bist.«

Netru schnitt eine Grimasse. »Wenn mir je etwas zu Kopf steigen sollte, dann kann ich mich ganz darauf verlassen, dass du mich wieder auf den Boden zurückbringst.« Er betrachtete die zusammengerollte Decke, die er um die Brust geschlungen hatte. »Wie konnte ich nur in diesem Aufzug vor Baka und den anderen erscheinen! Er hätte mich zur Meldung schicken sollen!«

»Mach dir keine Gedanken über Dinge, die nicht geschehen sind«, neckte sie ihn. »Komm her, ich falte sie so, dass man die kleinen Risse nicht sieht.« Ohne auf seine Zustimmung zu warten, zog sie ihm die Decke aus dem Gürtel. »Wenn du sie so faltest ...«

»Dafür gibt es genaue Vorschriften. Wenn ich mich nicht danach richte, falle ich beim Apell durch.«

»Überlass das mir«, widersprach sie und faltete mit flinken Handgriffen die Decke. »Ich weiß, was ich tue. Ich kenne die Vorschriften aller vier Einheiten der Armee. Ich habe das Schwert eines Unteroffiziers repariert und dabei hat er mir alle möglichen Kniffe gezeigt. Du wirst sehen, wenn ich fertig mit dir bin, dann kannst du sogar vor dem Herrscher beider Reiche zum Appell antreten.«

Sie hielt ihm die miteinander verbundenen Enden entgegen. »Jetzt hilf mir beim Falten! Halte die Decke straff gespannt!« Netru nahm die Enden und sah sie dabei fassungslos an. »Schau mich doch nicht so an! Ich weiß vermutlich mehr über die Armee als du. Du kannst es mir ruhig glauben. Oder denkst du, ich war über deine Aufmachung entsetzt? Du liebe Zeit, Netru! Ich habe einmal für libysche Stammesmitglieder Schwerter gemacht; die tragen nicht einmal Helme, wenn sie in den Krieg ziehen!« Sie lachte und maß Netru aufmerksam von oben bis unten, was ihn verlegen machte. »Ich muss sagen, Netru, dir steht es besser. Die Beine der Libyer waren zu dünn. Im Grunde genommen siehst du recht gut aus, Netru, auch wenn dein Schwert nicht gerade hängt.«

Netru blickte prüfend nach unten. Sie hatte Recht, zu dumm! Rasch schob er die Schwertscheide zurecht. »Warum hast du es mir nicht früher gesagt?«, fragte er zornig. »Du hast es die ganze

Zeit über gewusst und hast mich nicht darauf aufmerksam gemacht!«

Tetri ließ die gefaltete Decke über seine Schulter gleiten und steckte sie geschickt in seinen Gürtel. Dann machte sie einen Schritt zurück und kommentierte ihr Werk: »So, das ist jetzt besser. Nicht einmal Harmachis hätte daran etwas zu bemängeln.« Sie musste wieder lachen. »Er könnte höchstens einen Fehler finden, für den die Natur verantwortlich ist«, fügte sie neckend hinzu. »Du hast X-Beine, Netru. Sonst ist alles in Ordnung.«

Seine Augen funkelten zornig. »Du bist unmöglich!«, beklagte er sich. »Wenn ich mir vorstelle, dass ich das zweifelhafte Vergnügen habe, Monate in deiner Gesellschaft zu verbringen!«

»Das ist gar nicht so schlimm. Du musst dich nur daran gewöhnen, dass ich alle auf den Arm nehme. Du darfst nicht alles so ernst nehmen, Netru. Das ist eben meine Art zu reden. Es hat nichts zu bedeuten. Ich würde dich nicht necken, wenn ich dich nicht leiden könnte. Du darfst nicht vergessen, dass ich immer mit Soldaten zu tun gehabt habe. Wenn ich keinen Humor hätte, würde die Stimmung ziemlich trübselig werden. Die meisten haben kein leichtes Leben. Da muss ich nicht auch noch ein trauriges Gesicht machen und sie grob anreden, wenn sie mit einem gebrochenen Speerkopf oder einer verbogenen Schnalle zu mir kommen. Ich reagiere darauf mit einem Scherz, und wenn sie von mir fortgehen, sind sie in besserer Stimmung, als sie gekommen sind.«

»Ich weiß, nur bin ich nicht daran gewöhnt.«

»Du meinst, an jemanden wie mich bist du nicht gewöhnt? Nun, wer ist das schon. Ich bin ja wirklich ein wenig verrückt und passe in diese Welt nicht richtig hinein. Eine Frau, die die Arbeit eines Mannes macht. Die meisten Soldaten würden es ablehnen, mit mir überhaupt etwas zu tun zu haben. Frauen sollen klein und sanft sein. Sie sollen zu Hause bleiben und Kinder bekommen. Ich aber bin groß und mache eine Arbeit, die noch nie zuvor eine Frau getan hat. Ich trage das Muttermal der Kinder des Löwen auf meinem Rücken. Willst du es sehen?«

Sie hätte für ihn in aller Unschuld ihr Hinterteil entblößt, aber er winkte errötend ab. »Nein! Das ist nicht notwendig.«

»Wie du willst.« Sie bemerkte gar nicht, was für eine Wirkung sie auf ihn hatte.

Netru verdrehte die Augen. Sie wollte ihm beruhigend die Hand auf den Arm legen, aber er schüttelte sie ab. »Komm!«, lenkte er ein. »Wir müssen den kleinen Geparden heute Nacht auf das Boot bringen. Ich weiß noch nicht genau, wie.«

Ein warmes, offenes Lächeln lag auf Tetis Gesicht, als sie ihm immer noch voller Unschuld zustimmte. »Dir wird bestimmt etwas einfallen, so klug wie du bist.« Netrus Herz setzte einen Augenblick aus, als er sie dabei ansah.

III

Tuja begegnete Ketan auf der Straße. Der junge Mann ließ die Schultern hängen und machte ein trübsinniges Gesicht; stumpf blickte er zu Boden. Tuja versuchte, seine Aufmerksamkeit zu erregen, aber er nahm sie nicht wahr. »Ketan!«, rief sie, hielt es dann aber für besser, ihn nicht weiter zu belästigen.

Der Junge hatte sich sehr verändert. Er machte den Eindruck eines alten, besiegten Mannes. Tuja fragte sich, ob er vielleicht krank war.

Sie musste versuchen, ihm zu helfen, und das sehr rasch. Sie würde mit Baka reden, besser noch mit Meret. Schließlich war Meret seine Mutter und hatte als Frau des Wesirs von Oberägypten die besten Möglichkeiten, dem jungen Mann zu helfen.

An der Ecke bog Tuja nach Westen ab. Warum kümmerte sich Meret nicht mehr um ihre Kinder? Vielleicht deshalb, weil sie nicht Bakas Kinder waren? War Baka noch immer eifersüchtig auf ihre Jahre mit Schobai, obwohl er das immer abstritt? Aber das konnte es nicht sein. Baka hatte Teti Ben-Hadad vorgezogen, und auch sie war Schobais Kind.

Plötzlich kam ihr ein Gedanke, der sie so erschreckte, dass sie unvermittelt stehen blieb, sodass sie beinahe von hinten umgerannt worden wäre. Tuja entschuldigte sich, trat zur Seite und dachte angestrengt nach. Könnte es sein, dass Baka Teti als Waffenschmiedin abkommandiert hatte, um sie aus dem Weg zu schaffen?

Nein! Das war Unsinn. Dann hätte er auch Ketan fortgeschickt. Aber warum hatte Meret ihre Kinder derart vernachlässigt? Tuja konnte sich nicht vorstellen, dass sie sich so gänzlich von ihrem Kind löste.

Sie dachte an ihren armen Seth. Schon als er noch ein ganz kleines Kind gewesen war, tat es ihr weh, wenn sie sah, dass die Liebe zu seinem Vater unerwidert blieb. Jetzt hatte Ben-Hadad sie beide verlassen. Wie sollte sie das ihrem Sohn erklären?

Sie unterdrückte die Tränen und machte sich auf den Heimweg. Ich werde es wettmachen, Seth, schwor sie sich im Geist. Wenn sie die Augen schloss, dann sah sie das vertrauensselige Gesicht des Jungen vor sich. Er war so lieb, so verletzlich.

Endlich bog sie in ihre Straße ein und stand vor ihrem Haus. Seth!, dachte sie und wurde von einer unerklärlichen Angst erfasst. Jetzt war er alles, was ihr noch geblieben war, und sie verspürte das übermächtige Verlangen, ihn fest an sich zu drücken.

Tuja konnte an nichts anderes mehr denken, als sie den Klopfer betätigte und gebieterisch an das Tor schlug. Cheta öffnete und schloss das Tor sogleich wieder hinter Tuja. »Der neue Lehrer ist bei Seth, Herrin«, erzählte Cheta. »Der Fremde«, fügte sie hinzu, als sie Tujas verständnislosen Blick sah. »Er wurde Euch bei Hof empfohlen. Er war der Lehrer von …«

»Ja, ja, ich weiß.« Die Dienerin nahm Tuja den Mantel ab und blickte verwundert auf die staubigen Füße ihrer Herrin. »Ich erinnere mich. Wie war doch gleich sein Name?«, fragte Tuja.

»Kedar, Herrin. Er hat einen eigenartigen Akzent, wie ihn eben die Leute aus dem Norden haben. Aber es hat den Anschein, dass er mit dem Jungen gut zurechtkommt, Herrin.«

Tuja ging zur Treppe voran. Durch das Holzgitter am Treppenabsatz sah man hinunter in den Innenhof. Von hier konnte Tuja ihren Sohn mit seinem Lehrer beobachten, ohne selbst gesehen zu werden.

Die Kleider des Fremden waren äußerst ungewöhnlich; auch seine Barttracht war in Ägypten nicht alltäglich. Aber er hatte ein argloses Gesicht. Seth schien seine Zurückhaltung und sein Misstrauen, wie er es gewöhnlich Erwachsenen gegenüber zur Schau trug, abgelegt zu haben. Er war mit seinen Bausteinen beschäftigt und baute unbekümmert an einem hohen Turm mit schräg abfallenden Mauern. Tuja liefen die Tränen über die Wangen. Seth vertraute seinem Lehrer! Mit klopfendem Herzen lief sie – immer noch barfuß – die Treppe hinunter und hinaus in den Hof. Der Lehrer saß ebenfalls auf dem Boden und sah dem Jungen zu. »Ich bin zu Hause, Liebling!«, rief Tuja.

Der Junge sah erschrocken auf und hielt einen Augenblick inne. Offensichtlich überlegte er, ob er sein Werk, an dem er baute, zerstören solle. Sein Blick wanderte von einem zum anderen, dann lächelte er.

Der Lehrer tätschelte dem Jungen den Kopf, stand auf und zog seine Sandalen an. »Herrin! Erlaubt, dass ich mich vorstelle: Ich bin Kedar von …«

»Ich weiß«, unterbrach ihn Tuja mit leiser Stimme. »Ich bin Tuja, die Mutter des Jungen. Wie ich sehe, habt ihr euch bereits angefreundet. Darf ich dir etwas zu essen oder zu trinken anbieten?«

»Nein, danke. Das ist sehr freundlich von Euch. Ich würde mich jedoch gern mit Euch unterhalten.« Tuja nickte, und der Lehrer sagte zu dem Jungen gewandt: »Mach nur so weiter, Junge, bitte! Du machst das ganz wunderbar. Zeig mir, was du mit all den Steinen machen kannst. Ich freue mich schon darauf. Ich gehe kurz nach nebenan, damit du ungestört bauen kannst, ohne dass jemand zusieht.« Der Junge lächelte den Lehrer an. Tuja konnte es kaum fassen. Wann hatte er das letzte Mal jemanden anderen außer ihr angelächelt. Verblüfft führte sie Kedar in den großen, zentralen Raum des Hauses.

An der Tür blieb Kedar noch einmal stehen, drehte sich um und vergewisserte sich, dass der Junge sie nicht hören konnte. Tuja wurde gewahr, dass der Bart des Lehrer bereits mit vielen grauen Haaren durchzogen war. Er stand leicht gebückt, und sein Gesicht war von ungezählten Falten durchfurcht; aber seine Augen blickten sanft. Als er jetzt das Gespräch mit Tuja begann, war seine Stimme ebenso zuversichtlich und beruhigend wie vorhin, als er mit dem Jungen gesprochen hatte. »Ich will meinen Beobachtungen noch nicht volles Gewicht verleihen, Herrin, denn ich habe erst einen Vormittag mit Eurem Sohn verbracht.«

»Wie geht es ihm?«, fragte Tuja ängstlich. »Mir scheint, dass Ihr gut mit ihm vorankommt. Das ist bisher noch niemandem geglückt.«

Kedar hob abwehrend die Hände. Aber er hatte eine Art, die sehr beruhigend wirkte und die einen die Sorgen vergessen ließ. »Stimmt. Der Junge und ich, wir scheinen uns gut zu verstehen. Das ist ein gutes Zeichen. Soviel ich gehört habe, vertraut er niemandem. Sein Vater …« Kedar zuckte die Achseln. »Was soll ich sagen?«

»Erzählt mir über Seth«, bat Tuja und ließ sich auf einen Stuhl fallen. »Was kann man für ihn tun?«

Der Lehrer hatte die Hände auf dem Rücken verschränkt und ging auf und ab. Dann blieb er stehen und sah Tuja an. »Für ihn tun?«, wiederholte er. »In welcher Hinsicht? Wie meint Ihr das? Ihr ließt mich rufen. Damit habt Ihr sehr viel für ihn getan.«

»Aber die Probleme, die er hat! Er kann nicht mit Jungen seines Alters zur Schule gehen. Er findet keine Freunde.« Es schmerzte sie weiterzusprechen. Sein Vater, wollte sie fortfahren, fing aber stattdessen zu schluchzen an.

»Es würde ihm wenig bringen, wenn er mit Jungen seines Alters zur Schule ginge«, erklärte der Lehrer ruhig.

»Ich weiß. Er ist langsam. Er erfasst die Dinge nicht so rasch.«

»Er wüsste mit Jungen seines Alters wenig anzufangen. Es wäre beinahe Zeitverschwendung.«

»Ich weiß.« Tuja nickte bitter. »Wir haben es bereits versucht. Die anderen haben sich über ihn lustig gemacht.«

»Das ist zu erwarten. Sie fürchten ihn und reagieren auf ihre Angst mit Grausamkeit. Das sind ganz normale Kinder. Euer Seth hingegen ist …«

»Bitte sagt nicht, dass er nicht normal ist. Ich weiß, dass es stimmt, aber ich kann es nicht hören. Ihr wisst, wie sein Vater ihn und mich wegen seiner geistigen Unzulänglichkeiten gequält hat.«

Der Lehrer hob wieder abwehrend die Hand, doch er sagte nichts und lächelte nur. Etwas in seinem Verhalten ließ Tuja schweigen. »Ist es möglich, dass Ihr es nicht wisst?«, fragte er. »Der Junge ist so alt geworden, und Ihr habt keine Ahnung?«

»Was meint Ihr? Ist er krank? Viele Ärzte haben ihn untersucht, keiner konnte etwas feststellen.«

»Er ist nicht krank«, fuhr Kedar entschieden fort. Tuja saß wie erstarrt da und versuchte seinen aufschlussreichen Ausführungen zu folgen. »Euer Sohn ist nicht geistig minderbemittelt. Die anderen Jungen hassen und fürchten ihn, weil sie ihn nicht verstehen.« Kedars tiefe Stimme klang sanft und beruhigend, und sie vermittelte Kraft und Zuversicht. »Er lebt in seiner eigenen Welt.«

»Ich weiß. Er zieht sich zurück.«

»Er zieht sich mit seinen Gedanken in das Land zurück, in dem er sich zu Hause fühlt. Euer Sohn, Herrin, lebt in der Welt seiner Phantasien. Diese Welt ist so strahlend hell, dass wir erblinden würden, müssten wir nur einen Augenblick mit ihm darin verweilen.«

»Ich verstehe Euch nicht.«

»Das ist gut möglich. Nicht nur Ihr versteht Euren Sohn nicht. Er findet sich in einer geistigen Welt zurecht, die uns und vermutlich alle, denen er je begegnet ist, zutiefst verunsichern würde. Euer Sohn, Herrin, ist ein Genie, es ist gut möglich, dass er das größte Genie ist, dem ich in all den Jahren als Lehrer je begegnet bin.«

Tuja starrte ihn mit offenem Mund an.

Er fuhr mit seiner ruhigen Stimme fort. »Es ist ein großes Glück, dass Ihr die richtigen Lehrer für seine Ausbildung einstellen könnt.«

»Was werde ich Euch bezahlen müssen?«, fragte Tuja.

»Ihr werdet nicht nur meine bescheidenen Fähigkeiten als Lehrer benötigen. Sie genügen einem Geist wie dem seinen nicht. So etwas kommt nur einmal in einer Generation vor. Ihr werdet Lehrer in allen Fachgebieten benötigen, auch für jene Richtungen, die ich in meiner bescheidenen Unwissenheit nicht begutachten kann.«

»Ihr meint also …«

»Ich meine, dass er in einer Welt lebt, in der nur er allein sich zurechtfindet. Es ist, als könnte der Junge sich mit den Göttern unterhalten, als könnte er in einem Augenblick erfassen, wozu andere ein Leben lang brauchen. Noch ehe er das Mannesalter erreicht haben wird, wird er den Geist aller Gelehrten, aller Wissenschaftler und Denker Ägyptens erschöpft haben.« Kedar wurde nachdenklich. »Eines ist sehr, sehr seltsam. Nur selten findet sich gleichzeitig eine Begabung für abstraktes Denken einerseits und für die Kunst andererseits.«

»Sein Großvater war ein großer Künstler. Er war Goldschmied. Er kommt aus einer Familie, die viele große Künstler hervorgebracht hat.«

»Ich verstehe. Ich kann mir keinen Beruf vorstellen, zu dem er nicht mit Erfolg ausgebildet werden kann. Aber nur wenige vereinen auch nur einen Bruchteil der Anforderungen, die dieser Junge nahezu ohne Anstrengung hervorragend meistern kann. Die einzige Richtung, die mir dabei sofort einfällt, ist die Baukunst.« Sein Lächeln drückte ehrliches Staunen aus. »Ich versichere Euch, Herrin, dass er mit seinen zehn Jahren, was allein die Schönheit der Gestaltung anlangt, ohne dabei die technischen Problemstellungen zu berücksichtigen, dem großen Imhotep beinahe ebenbürtig ist. Wenn er jetzt schon so gut ist, was wird er dann erst in späteren Jahren zustande bringen!«

Tuja war sprachlos. Imhotep war ein großer Name. Er war der erste Baumeister Ägyptens, der in Stein und nicht in Holz arbeitete. Zudem war er ein anerkannter Gelehrter und Arzt, der in Ägypten als der Vater der Medizin galt. Mittlerweile wurde er in Ägypten beinahe wie ein Gott verehrt.

Und hier sprach dieser Mann von ihrem Sohn, ihrem armen, vernachlässigten Sohn Seth, als sei er einem Halbgott ebenbürtig. Sie traute ihren Ohren nicht. Sie wollte etwas sagen, aber ein Schluchzen erstickte ihre Worte. Fassungslos brach sie zusammen, vergrub ihr Gesicht in den Händen und weinte wie ein Kind.

»Ich habe gewartet und gewartet, aber du warst nicht da«, sagte Ketan. »Wo bist du gewesen?«

Tarurus Augen funkelten wie Pyrit im Wasser. »Ich lebe mein eigenes Leben«, erklärte sie ihm kühl. »Ich geh wohin ich will. Was geht es dich an, wohin ich gehe? Ich habe mich nicht mit dir verabredet.«

»Aber ich habe angenommen …«

»Du nimmst an. Du vermutest. Du bist anmaßend.«

»Gestern Abend war so schön. Ich habe gedacht …«

»Es war sehr nett, aber ich habe auch andere Verehrer. Was werden sie sagen, wenn ich sie vernachlässige? Schau, was mir der alte Mann gegeben hat, mit dem ich heute aus war.« Sie streckte ihm ihren Fuß hin: Sie trug nicht nur elegante Sandalen, sondern um ihr Fußgelenk hatte sie auch einen goldenen Reif, der mit Rubinen besetzt war. »Könnte ich einen solchen Mann vor den Kopf stoßen? Was tausche ich dagegen ein? Einen jungen Mann, der mir nichts schenkt. Der glaubt, dass seine Küsse ein ausreichender Dank für meine Umarmungen sind.«

»Ich gebe dir mehr! Ich gebe dir alles, was du willst!«

»Du? Du bist doch beinahe noch ein Kind. Du verdienst doch nicht genug, um dich mit einem solchen Geschenk messen zu können!«

»Ich verdiene gut! Ich bin ein Künstler. Ich kann dir bessere Klunker machen als das da! Ich brauche nur das Gold zu kaufen, dann könnte ich dir eine Fassung für solche Steine machen, neben der dieser Reif wie wertloser Tand aussieht.«

»Das kannst du ohne Zweifel. Aber hast du solche Steine? Das würde Arbeit von sechs Monaten für einen Jungen wie dich heißen.«

»Ich bin kein Junge. Ich bin ein Mann!«

»Ein Mann redet nicht. Ein Junge redet. Ein Mann handelt.«

Mit hilflosem Verlangen sah er sie an, während er sich bemühte, seine Enttäuschung zu überwinden. »Ich werde dir beweisen, wozu ich fähig bin«, brachte er tonlos hervor. »Du wirst schon sehen, warte nur. Aber heute Abend, Taruru …«

»Heute Abend! Heute besucht mich mein reicher Kaufmann aus Punt. Er bringt mir immer wunderbare Dinge. Armreifen aus Ebenholz! Wenn er kommt, dann muss ich mit ihm gehen. Vielleicht aber auch nicht.«

»Geh nicht mit ihm. Bleib heute Abend bei mir!«

»Wenn du besonders lieb bist, dann werden wir sehen«, lockte sie verführerisch. »Der Basar ist noch nicht geschlossen. Ich habe dort einen Ballen Stoff gesehen, der mir gefällt.«

»Aber ich habe kein Geld bei mir.«

»Du hast doch sicher einen Namen auf dem Basar und hast Kredit. Ich müsste mich schämen, wenn ich mit einem jungen Mann gesehen werde, der keinen Kredit hat.«

Ketan wurde rot und seine Hände zitterten. Er war in ihren Netzen gefangen. Schüchtern stolperte er neben ihr her, als sie die

Richtung zum Basar einschlug. Er hasste sich selbst, denn ihm war schmerzlich bewusst, welcher Abgrund sich vor ihm auftat. Liebe? War das Liebe? Liebe sollte wohl tun. Aber das? In seinem ganzen Leben hatte ihm noch nie etwas derartige Schmerzen verursacht.

Kapitel 6

I

Baliniri hatte sich vierundzwanzig Stunden lang auf den Empfang bei Salitis vorbereitet. Er hatte sich genau überlegt, was er sagen wollte, und sich auf den erwarteten Ausbruch gefasst gemacht. Aber bei seinen Vorbereitungen hatte er jenen Salitis vor Augen, der in den letzten Monaten durch die Salze aus dem Norden, die der Magier Neferhotep ihm verordnet hatte, ein gewisses Maß an Ausgeglichenheit an den Tag gelegt hatte.

Jetzt stand ein anderer Salitis vor ihm. In seinen Augen lag das irre Glitzern von früher, und seine Stimme klang gereizt. »Ja? Gibt es noch etwas?«, wollte er knapp wissen. »Heraus damit! Los!«

Steif erwiderte Baliniri: »Das ist im Grunde alles, Majestät! Ich fühle mich verpflichtet, Euch zu sagen, was vorgeht.«

»Du fühlst dich verpflichtet, mir zu sagen, wie ich mein Reich regieren soll, willst du das damit sagen? Antworte! Willst du mir das sagen? Fühlst du dich verpflichtet, dich einzumischen?«

»Majestät, wenn mir Neuigkeiten über die Stimmung in der Öffentlichkeit zu Ohren kommen und ich sie Euch bewusst vorenthalte ...«

»So! Du weißt also mehr als ich? Du hast dein eigenes Netz von Spionen, die vielleicht nur dir berichten? Vielleicht solltest du König von Unterägypten werden? Antworte! Los, antworte!«

Baliniri stand stramm und blickte starr geradeaus. Sein Gesicht war wie aus Granit gemeißelt. »Ich bin der treue, ergebene Diener Eurer Majestät«, presste er hervor. »So wie der Nachrichtendienst aufgebaut ist, liegt es in der Natur der Sache, dass Neuigkeiten mich oft zuerst erreichen, bevor Ihr sie erfahrt. Ihr selbst habt die Regierung so strukturiert.«

»Es ist also mein Fehler, wenn dir Geheimnisse zu Ohren kommen, von denen ich nichts weiß? Meinst du das?«

»Ich teile Euch hiermit alles mit, was ich weiß. Wenn Ihr die Güte hättet, mich anzuhören.«

»Gut! Rede! Rede!« Salitis begann auf und ab zu gehen und wirkte dabei so mit sich beschäftigt, dass Baliniri nicht sagen konnte, ob er ihm überhaupt zuhörte.

Baliniri holte tief Luft. »Die Schreiber sind dabei, alle Namen der zehnjährigen Jungen festzustellen. Aber das Gerücht ist durchgesickert, dass wir beabsichtigen, alle zu töten, nicht nur den, auf den die Prophezeiung zutrifft.«

»Was wir auch tun werden. Wir gehen kein Risiko ein. Keines!«

»Darin liegt eben das Problem, Majestät. Wenn Ihr diesen Befehl gebt, dann gibt es einen Aufstand.«

»Aufstand?« Die Verachtung in seinem Ton war erschreckend. »Dieses Vieh, das zulässt, das wir sein Land nehmen und seine Ernten beschlagnahmen!«

»Majestät!«, fuhr Baliniri geduldig fort. »Wir erhielten einen anonymen Hinweis, dass es eine Verschwörung gegen den König gibt. Die Bewegung erfreut sich anscheinend eines starken Rückhalts, besonders hier in der Stadt. Wenn wir Kinder töten, bekommen die Verschwörer so viel Unterstützung aus dem Volk, wie sie mit einer ganzen Schiffsladung Gold sich nicht erkaufen könnten.«

»Willst du damit sagen, dass es zu einem allgemeinen Aufstand gegen den König kommen könnte? Warum hat man die Gruppe der Verschwörer nicht zerschlagen?«

»Wir haben soeben erst von der Verschwörung erfahren. Der Mann, der uns davon berichtet hat, hat seinen Namen nicht genannt, aber ihm ist es zu danken, dass wir davon frühzeitig in Kenntnis gesetzt wurden.«

»Wie viele wissen davon? Nur du und ich?«

»Einige eng vertraute Mitglieder meiner Sicherheitseinheiten, mein König. Ich habe die Absicht, es allen anderen gegenüber geheim zu halten. Wir können nicht wissen, ob auch der Hof von der Bewegung bereits erfasst wurde. Es könnten auch hier Spione am Werk sein.«

Damit hatte Baliniri Salitis an einer wunden Stelle getroffen. Sein krankhafter Verfolgungswahn machte ihn hellhörig. »Spione in meiner Umgebung? Wer ist es?«

»Es ist noch zu früh, um das zu sagen. Aber vielleicht würden

Majestät die Güte haben, leiser zu sprechen, dann könnten wir das Geheimnis zwischen uns behalten.«

»Ja!« Der König flüsterte, aber sein Flüstern war beinahe so laut wie seine normale Stimme. »Wer ist es? Was glaubst du? Es ist doch nicht mein Joseph?« Salitis hielt inne; er wollte es selbst nicht glauben. »Joseph hat diese Woche Fremde empfangen und befragt. Es waren ziemlich viele.«

»Nein, Majestät. Die Verschwörung ist eine ausnahmslos innere Angelegenheit. Soweit wir bisher feststellen konnten, sind keine Fremden darin verwickelt.«

»Nun gut. Ich überlasse die Angelegenheit dir. Jetzt zu den Kindern. Für den Augenblick können wir die Liste auf ein paar verdächtige Namen einengen, glaube ich. Aber für später will ich mich noch nicht festlegen.«

Baliniri seufzte. »Vielleicht wird es sich nicht als notwendig erweisen. Wenn wir den Richtigen finden.«

Salitis blieb abrupt stehen. »Also gut«, sagte er. »Für jetzt. Aber Häuser wie das Kinderlager sind voll mit Zehnjährigen, über deren Geburt so gut wie nichts bekannt ist. Es gibt keine Ausnahmen. Ich möchte, dass auch dort alle erfasst werden, bis auf das letzte Kind.«

Mehu erhob sich hinter der Tür. Der Hof hatte die Neuigkeit von der Verschwörung erfahren. Neferhotep würde bestimmt gut dafür bezahlen, wenn er erfuhr, was soeben zwischen Salitis und Baliniri besprochen worden war. Es war keine Zeit zu verlieren.

Vielleicht würde er auch mit Hakoris reden. Nicht über Neferhotep und auch nicht über Nakht. Er musste zusehen, dass er Hakoris persönlich sprechen und ihm die vom Hof angeordneten bevorstehenden Erhebungen selbst zu Gehör bringen konnte.

Der Gedanke bereitete Mehu Unbehagen. Etwas an Hakoris machte ihm Angst. Hakoris erzeugte bei ihm nicht nur Unbehagen, sondern eine tödliche Angst. Mit dem Mann mit der seltsamen Kopfbedeckung zu verhandeln würde nicht ganz einfach sein, könnte sich aber als Gewinn bringend erweisen. Wenn der Fremde im Vorhinein von den Erkundigungen wusste, dann konnte er sich darauf vorbereiten.

Mehu konnte ihm zum Beispiel anbieten, den Namen des Beamten ausfindig zu machen, der die Erhebung im Kinderlager durchführen sollte. Dann könnte Hakoris den Kerl bestechen, damit er die erstellten Listen nicht zu genau prüfte.

Das könnte sich als sehr nützlich erweisen. Hakoris würde für dieses Wissen gut bezahlen, besonders wenn er ausreichend Zeit dafür bekam, die Listen zu ändern. Jeder Zehnjährige brachte Hakoris mit seiner Arbeit Geld. Mehu beschloss, sich sofort an die Arbeit zu machen.

Aber zuerst musste er zu Neferhotep gehen.

Joseph hatte die Namen der Besucher erfahren und seinen Tag danach genau geplant. Nur Imlah und Danataja wurden an diesem Tag empfangen. Seine Brüder und ihre Begleiter mussten unter schwerer Bewachung von den anderen abgesondert warten.

Imlah und Danataja wurden ihm feierlich vorgeführt. Joseph saß auf einem reich verzierten Sessel mit hoher Rückenlehne, der einst Sesostris III. gehört hatte, dem letzten Kriegskönig der Zwölften Dynastie. Der Thronsessel stand auf einem hohen Podest, von dem Joseph nun mit unergründlichem Gesicht auf sie hinunterblickte. Sein Auftreten hätte jedem Pharao Ehre gemacht; nur der falsche Bart fehlte, den ein Pharao bei einem solchen Anlass getragen hätte.

Joseph wartete, bis ihm das Paar formell angekündigt worden war, dann entließ er die Wachen und Diener. Sobald der Letzte gegangen war, sah Joseph sich noch einmal um, dann lächelte er Danataja offen an. Sie schien ihn nicht zu erkennen. Jetzt stand Joseph auf. Sein Lächeln war verschwunden, und er kreuzte die Arme vor der Brust.

Danataja war verwirrt. »Herr«, begann sie in holprigem Ägyptisch. »Es wäre vielleicht besser, die Übersetzer wieder hereinzuholen. Ich beherrsche Eure Sprache nur sehr schlecht.«

Joseph sprang behend von seinem Podest und stellte sich vor sie. Sowohl Danataja als auch Imlah zogen sich instinktiv zurück, aber Joseph breitete die Arme aus. »Wozu brauchen wir Übersetzer«, fragte er in der Sprache der Kanaaniter, die er seit mehr als zehn Jahren nicht mehr gesprochen hatte. »Wenn alte Freunde einander nach Jahren der Trennung wieder sehen? Erkennst du mich denn nicht, Danataja?« In seinen Augen standen Tränen, und auf seinem

Gesicht lag ein warmes, herzliches Lächeln. »Danataja, du warst wie eine zweite Mutter zu mir.«

Danatajas Augen wurden immer größer, und Joseph glaubte schon, sie würde ohnmächtig werden. Doch sie fing sich und flüsterte tonlos: »Joseph!« Damit sank sie in seine Arme. Imlah kam aus dem Staunen nicht heraus.

Einige Zeit später verließen die beiden den Empfangssaal und begaben sich in einen kleineren Raum, wo ihnen ein Diener Erfrischungen brachte. Imlah saß gegenüber von Joseph und Danataja auf einer bequemen Bank. Joseph ließ die Hand seiner »zweiten Mutter« nicht los, die er nach so vielen Jahren wieder gefunden hatte. Er erzählte ihr von seinen unglaublichen Abenteuern und unterbrach sich nur, um Imlahs Fragen zu beantworten. Er bat die beiden, seine Identität vor seinen Brüdern geheim zu halten. Joseph sprach nicht von seiner Abhängigkeit von Salitis und von dessen Wahnsinn und Labilität. Denn Joseph wusste, dass die Wände Ohren hatten.

»Muss ich nicht beim König vorstellig werden, Joseph?«, fragte Imlah schließlich.

»Ich weiß, das schreibt das Protokoll der meisten Höfe vor«, antwortete Joseph. »Aber hier bin ich derjenige, der diese Angelegenheiten entscheidet. Ich nehme an, dass du gekommen bist, um Getreide zu kaufen.«

»So ist es.«

»Ich werde dafür sorgen, dass du kaufen kannst, was du brauchst, und das zu wesentlich günstigeren Bedingungen als die anderen. Die erschwerenden Umstände, mit denen ich hier fertig werden muss, erlauben es mir aber dennoch, mich um meine Freunde besonders zu kümmern.« Joseph lachte und drückte zärtlich Danatajas Hand. »Besonders wenn mir die Freunde so teuer sind wie Danataja. Danataja ist seit der Stunde meiner Empfängnis eng mit meinem Leben verbunden.«

Imlah räusperte sich. »Wir werden selbstverständlich deine Bitte erfüllen, Joseph, und deinen Brüdern nichts sagen. Aber wir haben Angst um sie. Man hat sie von uns getrennt und irgendwohin gebracht. Keiner von ihnen spricht die Sprache dieses Landes. Ich glaube, dass man sie verhaftet hat.«

Joseph wurde ernst und ließ Danatajas Hand los. Er wandte sich um, sodass er den beiden den Rücken zukehrte, und blickte abwesend aus dem Fenster. »Ich weiß. Ich habe angeordnet, dass man sie fortbringt.«

»Hast du ihnen auch nach so vielen Jahren noch nicht vergeben, Joseph?«, fragte Danataja sanft. »Sie haben sehr darunter gelitten. Dein Vater war so abweisend zu ihnen, und seine Kälte hat jeden Einzelnen von ihnen schmerzlich getroffen. Sie haben für ihre Fehler mittlerweile gebüßt.«

»Wo ist Benjamin?«, fragte Joseph und drehte sich rasch zu ihnen um. Seine Augen funkelten zornig. »Warum haben sie ihn nicht mitgebracht? Stimmt etwas nicht mit ihm? Denn wenn sie ihm während meiner Abwesenheit etwas zu Leide getan haben …!«

»Nein, nein! Das ist bestimmt nicht der Fall gewesen.«

Joseph schloss die Augen und fuhr gespannt fort: »Es war ihre Schuld, dass ich in die Sklaverei verkauft wurde. Ich schmachtete mit gemeinen Dieben und Mördern im Verlies.«

Danataja trat zu ihm und nahm seinen Arm. »Bestrafe sie nicht. Es muss der Wille des Gottes deines Volkes sein, dass du hier bist, damit dein Volk und die Ägypter vor der Hungersnot gerettet werden. Du hast das Leben von ungezählten Menschen gerettet. Wenn du dich jetzt rachsüchtig und voller Hass gegen deine Brüder wendest …«

Joseph sah sie an. Allmählich wurde er ruhiger, dennoch zögerte er. Er wollte etwas sagen, aber die Stimme versagte ihm. Er räusperte sich und sagte heiser: »Ich muss Gewissheit haben. Ich muss wissen, was sie für Benjamin empfinden und wie sie über das denken, was sie mir angetan haben. Das muss ich herausfinden, bevor ich etwas unternehme, Danataja.«

II

»Ich bedaure«, sagte der Beamte kühl. »Der Wesir hat alle Verabredungen abgesagt.« Er maß Ben-Hadad abschätzend von oben bis unten und registrierte seine abgetragenen Kleider und staubigen Sandalen. Sein Blick streifte Ben-Hadads zerzauste Haare und seine trüben Augen. Wäre Ben-Hadad etwas scharfsichtiger gewesen, dann hätte er die leise Verachtung des anderen bemerkt. »Es wird ausnahmslos niemand vorgelassen.«

»Wie sieht es morgen aus?«, fragte Ben-Hadad. Seine Stimme klang heiser und auch ein wenig verzweifelt. »Ich bin ein alter Freund des Wesirs.«

»Ihr könnt es versuchen, aber ich kann nichts versprechen. Ich bin sicher, Ihr versteht das. Der Wesir ist ein viel beschäftigter Mann.«

Ben-Hadad unterdrückte einen Fluch. »Was ist, wenn ich ihm schreibe? Würde ihn meine Nachricht erreichen? Ich weiß, er wäre froh, nach so langer Zeit von mir zu hören.«

»Das wäre vielleicht das Beste. Um ihm eine persönliche Nachricht zukommen zu lassen, müsstet Ihr beim persönlichen Sekretär des Wesirs vorsprechen. Dieser wird den Brief beurteilen und Euch befragen.«

»Gut.« Ben-Hadad war sehr enttäuscht. »Wann kann ich bei Mehu vorsprechen?«

»Mehu sitzt in einem anderen Teil des Palastes. Ihr geht zu dieser Tür hinaus, dann nach links, durch den langen Korridor bis Ihr zu einer großen Säulenhalle kommt. Dort ...«

Ben-Hadad wurde immer ungeduldiger. Wie hoch wird die Bestechungssumme sein?, dachte er. Wie viel wird Mehu verlangen? Wie viel dessen Sekretär? Wie viel dieser Beamte hier? Ben-Hadad rechnete sich im Stillen aus, wie viel Geld er noch übrig hatte. Es war nicht viel. Die Wucherer beim Geldwechsel hatten ihn ordentlich betrogen.

Wenn es ihm aber gelang, bis zu Joseph vorzudringen, dann würde es ein Leichtes sein, seine Verluste wieder wettzumachen. Was für ein Glück, dass sich die Gerüchte über die Identität des jungen Wesirs zu bestätigen schienen. Er war der Freund aus seinen Kindertagen, um dessentwillen er vor vielen Jahren nach Ägypten gekommen war, um ihn zu suchen. Doch der Hof hier war so korrupt, und es stellten sich ihm so viele Hindernisse in den Weg, ehe er aus diesem Vorteil Gewinn ziehen konnte.

Gestern hatte er sich den ganzen Tag angestellt. Als er dann endlich der Dritte in der Reihe war, sagte man ihm, dass die Audienzen zu Ende seien und er am nächsten Tag wiederkommen sollte. Müde und enttäuscht war Ben-Hadad gegangen. Er zog von einer Taverne zur anderen, in der Hoffnung so betrunken zu werden, dass er schlafen konnte. Aber statt bis zum Morgen zu schlafen, erwachte er bereits kurz nach Mitternacht wieder, starrte bis zur Morgendämmerung unglücklich an die Decke und bemitleidete sich selbst.

Der Beamte hielt in seinen Erklärungen inne. »Entschuldigt, Herr. Hört Ihr mir zu? Ich habe Euch den Weg zu Mehus Räumen erklärt.«

»Es tut mir Leid!«, antwortete Ben-Hadad. »Wenn Ihr so freundlich wärt …«

Er ging hinaus, wandte sich nach links und ging schwankend durch den langen Korridor, wo er beinahe mit zwei vornehm gekleideten Bürgern zusammengestoßen wäre. Er murmelte eine Entschuldigung und warf den beiden nur einen kurzen Blick zu. Der eine war groß und hatte ein herrisches Gehabe. Sein Gewand zeichnete ihn als hohen Hofbeamten aus. Er antwortete auf Ben-Hadads Entschuldigung mit einer tiefen, dröhnenden Stimme.

Der andere Mann hatte etwas Fremdländisches an sich, wirkte aber auch wieder irgendwie bekannt. Er war wie ein Prinz von Seir gekleidet und trug die typische Kopfbedeckung der Stämme aus den Hügeln von Moabit. Aber sein Gesicht war nicht das eines Moabiters; er hatte ein scharf geschnittenes Gesicht wie die meisten Menschen in der Stadt hier. Etwas an seiner scharfen Nase und seinen Augen kam Ben-Hadad bekannt vor.

Alle drei Männer setzten ihren Weg fort, doch dann blieb der Moabiter noch einmal stehen und sah Ben-Hadad scharf an. Ben-Hadad musste sich Mühe geben, das Unbehagen, das er dabei empfand, zu unterdrücken.

»Du hörst mir nicht zu«, rügte Neferhotep und sah sich dabei ständig nach allen Seiten hin um. Er sprach leise und nahe an Hakoris' Ohr. »Ich weiß nicht, wie sie uns auf die Schliche gekommen sind, aber es muss offensichtlich eine undichte Stelle geben. Baliniri weiß Bescheid. Aber ich kann nicht sagen, wie viel er weiß.«

Doch Hakoris war mit seinen eigenen Gedanken beschäftigt und murmelte leise vor sich hin. »Dieses Gesicht! Ich weiß nicht, könnte es sein … Aber nein! Er ist bestimmt tot. Er ist schon lange tot. Wenn er hier wäre, hätte er bestimmt mit Joseph Kontakt aufgenommen. Der hätte ihm dann sicher eine Stellung bei Hof besorgt. Dieser Mann hingegen hat ziemlich verkommen ausgesehen, staubig und ungepflegt.«

»Was redest du denn da?«, fragte Neferhotep gereizt, verstummte aber sofort, als er Hakoris' Gesichtsausdruck sah. Denn der gab ihm zu verstehen, dass er sich mit seiner Frage auf gefährliches Gebiet vorgewagt hatte. »Wir müssen uns unbedingt unterhalten. Kannst du mich in einer Stunde bei Nakht treffen? Lass doch bitte auch Aram wissen, dass wir uns dort treffen werden!«

»In Ordnung. Ich glaube, ich habe draußen vor dem Palast den Jungen gesehen, der für Nakht Botengänge erledigt. Willst du, dass die anderen auch kommen?«

Neferhotep sah ihn angewidert an. »Wo denkst du hin! Ich will nur das Geld von diesen Dummköpfen, sonst nichts. Petephres hat unter der Priesterschaft des Amon einigen Einfluss, den wir gut gebrauchen können, wenn wir erst einmal zugeschlagen haben. Wenn die Zeit dann gekommen ist, werden wir ihnen schon sagen, was sie zu denken haben.«

»Zumindest in dieser Hinsicht sind wir einer Meinung. Wir sehen uns also in einer Stunde bei Nakht.«

Man hatte Josephs Brüder abgesondert und in einem Haus untergebracht, in dem normalerweise Staatsoberhäupter während eines Besuchs wohnten. Es war ein großes, reich eingerichtetes Haus mit Sklaven, die dazu angehalten waren, alle Bedürfnisse zu erfüllen. Aber die Fenster und Türen waren alle von außen verbarrikadiert; es gab keine Möglichkeit, mit der Außenwelt Verbindung aufzunehmen.

»Das gefällt mir nicht!« Reuben war rastlos. »Werden hier Fremde so behandelt, die gekommen sind, um Geschäfte abzuschließen? So etwas ist mir noch nie untergekommen, noch nie! Ihr König ist der Sohn von Vaters altem Freund Manuk. Wenn wir ihn wissen lassen könnten, wer wir sind, würde man uns sicher freilassen. Ich weiß, er ist angeblich verrückt, aber …«

»Still!«, schalt Simeon. »Wir haben keine Ahnung, wer uns belauscht.«

»Sie verstehen unsere Sprache bestimmt nicht«, beruhigte ihn Judah.

»Das kannst du nicht wissen«, entgegnete Simeon. »Ich bin dafür, dass wir kein Risiko eingehen. Wenn wir schlecht vom König reden, wer weiß, was das für Folgen haben kann.«

»Er hat Recht«, nickte Levi. »Man hat uns bis jetzt nicht schlecht behandelt, nur abgesondert. Ich würde sagen, dass wir vorerst einmal abwarten. Sie werden schon bald kommen und mit uns reden.« Er betrachtete die kostbaren Wandteppiche und die prächtigen Gemälde an der Decke. Dann widmete er sich banaleren Dingen und betrachtete die hübsche junge libysche Sklavin, die eine Schale mit Obst gebracht hatte. »Genießt den Augenblick. Wir werden genügend Zeit haben, uns Sorgen zu machen, falls es dazu einen Anlass gibt.«

»Vielleicht hast du Recht«, pflichtete Reuben ihm bei. »Aber es gefällt mir trotzdem nicht.«

»Nur Geduld!«, beruhigte sie Levi, stand auf und schlug Reuben auf die Schulter. »Wenn dir heiß ist und du dich nicht wohl fühlst, ruf die Sklavinnen. Sie sollen dir ein Bad bereiten, wie sie es für mich vor einer Stunde getan haben. Diese Ägypter verstehen es zu leben. Entspann dich, Reuben. Es wird alles gut werden.«

»Bist du sicher?«, fragte Reuben hoffnungsvoll.

Levi wurde ernst. Er dachte eine Weile nach, dann sagte er düster: »Nein, bin ich nicht. Ich bin mir darüber ganz und gar nicht sicher.«

Der Lärm von der Straße übertönte die Geräusche im Inneren des Hauses. Verärgert drückte sich Riki an die Mauer und schob sich näher an das Fenster, um besser hören zu können, was drinnen gesprochen wurde.

»… jemand uns nachspioniert hat. Das ist die einzige Möglichkeit. Es sei denn …« Nakht brach ab.

»Es sei denn, einer von den anderen hat seinen großen Mund nicht halten können. Ich habe es euch schon früher gesagt, dass man einem Narren wie Ameni nicht trauen soll«, setzte Neferhotep das Gespräch fort. »Wir hätten ihn gar nicht an der Verschwörung teilhaben lassen sollen. Ihn nicht und Ersu auch nicht.«

Jetzt meldete sich Hakoris zu Wort; seine grobe Stimme mit dem schweren Akzent unterschied sich deutlich von den anderen. »Es gibt noch eine weitere Möglichkeit, die mir noch viel bedrohlicher erscheint. Es könnte sein, dass einer von uns mit Absicht Einzelheiten weitererzählt hat.«

Riki erschrak. Jetzt wurde die Sache heikel. Was würde sein, wenn der Fremde ihn verdächtigte? Er beschloss, sich rasch zurückzuziehen. Er wollte gehen und stolperte dabei über einen Karren, der neben ihm stand. Die Räder des Karrens quietschten, aber Riki lief so rasch er konnte um die nächste Ecke. Er war gerade um die Ecke verschwunden, als Nakht den Kopf zum Fenster hinaussteckte und rief: »Wer ist da? Los, rede!«

»Hast du etwas entdeckt?«, fragte Aram beunruhigt.

»In der Gasse steht ein umgestürzter Wagen mit einem verbogenen Rad. Von jetzt an müssen wir uns an einem sichereren Ort treffen, nicht mehr hier. Wir dürfen uns nur noch in einem Innenraum unterhalten, der keine Fenster hat und nicht an die Straße grenzt.«

»Wenn jemand von uns Einzelheiten unserer Pläne an andere weitergibt, wären deine Vorsichtsmaßnahmen nutzlos«, warf Hakoris dazwischen. »Aber ich gebe dir Recht, dass wir uns mehr vorsehen müssen. Ich mache euch einen Vorschlag: Mein Haus liegt zentral und nahe am Palast. Wir wollen uns in Zukunft dort treffen.« Er sah sie fragend an. »Hat jemand Einwände dagegen?«

»Ja!«, meldete sich Aram. »Dein Haus ist zu gut bekannt. Die Wachposten gehen dort jeden Tag vorbei. Man könnte beobachten, dass wir alle uns dort regelmäßig treffen …«

Hakoris nickte. »Ich sehe, was du meinst. Aber das Kinderlager ist ganz in der Nähe meines Hauses, und dort kommen die Wachen nicht regelmäßig vorbei. Ich habe meine eigenen Wachen. Warum treffen wir uns nicht dort? Es gibt einen geheimen Eingang an der Rückseite. Ein paar von uns können den Vordereingang benutzen und ein paar den Hintereingang.«

»Gut«, stimmte Neferhotep zu und rieb sich die Hände. »Einverstanden. Das nächste Mal treffen wir uns dort, und unsere nächsten Zusammentreffen werden auch dort stattfinden.«

Hakoris lächelte listig. »Von diesem Ort wird nichts nach draußen dringen, es sei denn, dass ich es wünsche«, sagte er mit seidenweicher Stimme.

Aram war bereits auf dem Heimweg, aber noch immer quälten ihn die Sorgen. Er lief über den nur noch schwach bevölkerten Marktplatz. Am Brunnen blieb er plötzlich stehen. »Nein!«, sagte er laut und beschloss, nicht nach Hause zu gehen, sondern zum Palast.

Er dachte kurz nach. Wichtige Dinge sollte man zuerst erledigen. Die Sache mit Kamose ließ ihm keine Ruhe. Irgendwo draußen vor den Stadtmauern befanden sich seine frühere Geliebte Tefnut und ihr Sohn. Die beiden waren vermutlich am Leben und in Sicherheit. Doch solange die beiden lebten, gab es für Aram keine Sicherheit.

In den letzten Tagen hatte sich sein Glaube an Josephs Prophezeiungen und deren Auswirkungen auf Salitis und auch auf ihn verstärkt. Der Gedanke daran raubte ihm nachts den Schlaf. Wie war es Tefnut gelungen, die Stadt zu verlassen, ohne geschnappt zu werden? Wer war der unbekannte Junge gewesen, der ihnen bei der Flucht behilflich gewesen war?

Zu dumm! Wenn er nur das Gesicht des Jungen gesehen hätte! Aber er hatte ihn nur von hinten gesehen und einen kurzen Blick auf seine bloßen Fußsohlen werfen können. Der Junge hatte auf der Ferse seines linken Fußes eine gut sichtbare Narbe, die quer von links nach rechts verlief. Daran konnte er den Jungen natürlich leicht erkennen, falls man ihn je schnappte. Aber er konnte ja nicht verlangen, dass die Wachen jeden Jungen in einem bestimmten Alter aufgriffen und seine Fußsohlen untersuchten.

Doch das hatte Zeit. Vorerst musste er das Problem mit Tefnut lösen. Neferhotep hatte gesagt, dass Baliniri vor der grausamen Hinrichtung der Zehnjährigen zurückscheute und sich an Salitis gewandt hatte. Der König war in überraschend guter Stimmung gewesen und hatte sich dazu bewegen lassen, die Sache so weit aufzuschieben, bis alle in diesem Jahr Geborenen genau erfasst waren. Das würde zu lange dauern. Er musste etwas gegen seinen Sohn Kamose unternehmen.

Aram ballte die Faust. »Ja!«, murmelte er. Der Magier musste mit Salitis sprechen und sich dabei dessen Wahnsinn und Angst zunutze machen. Er musste die augenblickliche Gefahr übertreiben und den König so sehr in Angst und Schrecken versetzen, dass dieser das Vorgehen gegen alle Zehnjährigen beschleunigte.

Gleichzeitig könnten dann die Soldaten auch die Fersen der Jungen nach einer bestimmten Narbe untersuchen. Dieser Junge sollte dann Aram übergeben werden, damit er ihn – nun ja, befragen konnte.

III

Ben-Hadad saß an die Wand gelehnt, in der einen Hand hielt er einen Becher mit Wein und mit der anderen klopfte er unruhig auf den Tisch. Der Wirt beobachtete ihn und trat zu ihm. »Ja, Herr?«

»Mehr!«, murmelte Ben-Hadad. »Mehr W-wein.« Seine Zunge ließ ihn wieder einmal im Stich, und er fluchte. In den letzten Tagen war sein alter Sprachfehler wiedergekehrt. Seit er vergeblich versuchte, zu Joseph vorzudringen, stotterte er wieder.

Der Wirt überhörte den Fluch. »Nun, deshalb braucht Ihr nicht unhöflich zu werden. Ich muss Euch nicht bedienen, das wisst Ihr.«

»B-bring mir noch W-wein, b-b-bi…« Er wollte »bitte« sagen, brachte aber das Wort aus irgendeinem Grund nicht heraus.

»Ich möchte zuerst dein Geld sehen«, entgegnete der Wirt leicht gereizt.

»Ihr Ä-ägypter seid doch verda-dammte Bauern!« Damit schob Ben-Hadad eine Münze über den Tisch.

Der Wirt sah ihn mit tiefster Verachtung an, drehte sich aber um und ging. Ben-Hadad sah sich unter den wenigen Gästen in der Schänke um. Zwei jüngere Prostituierte unterhielten sich in einer Ecke, von denen keine viel älter als er war. Die sechs oder sieben Männer, die an den anderen Tischen saßen, schienen sich nicht für die beiden Frauen zu interessieren.

Ben-Hadad betrachtete die Frauen kritisch. Frauen!, dachte er. Jahrelang hatte er keine andere Frau angesehen. Er war Tuja die ganze Zeit über treu gewesen. In dieser Hinsicht konnte sie ihm nichts vorwerfen. Er hatte für ihren Unterhalt gesorgt, war aufmerksam und großzügig gewesen, wie man es von einem Mann in seiner Stellung erwarten konnte.

Hatte sie sich je dankbar dafür erwiesen? Nicht dass er sich daran erinnern konnte. Seine Vorzüge hatte sie stets übersehen und sich stattdessen darüber beklagt, dass er sie vernachlässige. Aus diesem fadenscheinigen Grund hatte sie es vorgezogen, sein Bett zu verlassen und sich für einen Fremden entschieden, einen Söldner. Sie hatte ihm Hörner aufgesetzt, ihm, Ben-Hadad. Sie hatte sich gar kein Gewissen daraus gemacht, so als wäre er ein Frauenheld gewesen oder hätte sie geschlagen. Ja, es kam noch schlimmer: Dann bürdete sie ihm auch noch das Kind eines anderen Mannes auf.

Aber die Götter hatten das Kind für ihr Vergehen gestraft. Ihr Sohn war schwer behindert zur Welt gekommen und konnte nicht für sich selbst sorgen. Der Junge konnte einem beinahe Leid tun, denn er musste mit einem Fluch beladen durch das Leben gehen und für die Vergehen seiner Mutter büßen.

Ben-Hadad seufzte. Vielleicht war er zu streng mit Seth gewesen. Es war nicht die Schuld des Kindes, sondern die der Mutter. Er musste netter zu dem Jungen sein!

Aber wozu waren diese Überlegungen noch gut? Er hatte Oberägypten für immer verlassen. Er konnte die Verachtung und das Mitleid nicht ertragen, das ihm alle, die ihn kannten, entgegenbrachten. Mittlerweile wusste bestimmt jeder in der Stadt, dass man ihn, den obersten Waffenschmied am Hof von Dedmose und in Bakas Armee, öffentlich blamiert hatte, dass man ihn übergangen und ihm eine Frau vorgezogen hatte, die er ausgebildet hatte.

Nein! Er konnte keinem von ihnen je wieder unter die Augen treten. Er konnte nie mehr zu Tuja nach Hause zurückkehren. Daher hatte er einige Wertsachen zu Geld gemacht und einen Schiffer bestochen, damit er ihn an die Grenze am Nil brachte, von wo er einfacher in das Land im Delta gelangen konnte, das jetzt von den Nomaden regiert wurde.

Hatte er damit sein Leben oder seine Meinung über sich verbessert? Er war sich da nicht so sicher. Man hatte ihm nicht gestattet, Joseph zu sehen, und Avaris erinnerte ihn mehr denn je an ein Rattenloch. Es gab hier so viele hoffnungslos arme Menschen, die nach

Ägypten gekommen waren, um Nahrung zu finden und jetzt in größter Armut lebten.

Er selbst war in Lischt recht wohlhabend gewesen. Seine Frau und seinen Sohn hatte er zwar gut versorgt, bevor er sie verlassen hatte, aber hier lebte er kaum über der Armutsgrenze. Es war ihm nicht möglich, einen Platz zu finden, wo er hingehörte, und sein Geld wurde mit jedem Tag weniger. Wenn er nur Joseph treffen und mit ihm reden könnte! Sein alter Freund würde ihm doch bestimmt helfen.

Wieder blickte er zu den beiden Frauen in der Ecke. Die eine sah ihn an, schien aber nicht beeindruckt. Trotzdem schaute sie ihn an, als ob sie ihn kenne.

Etwas in ihrem Gesicht erinnerte ihn an jemanden, aber an wen? Er konnte es nicht sagen und schob den Gedanken beiseite.

Frauen! Es gab bestimmt Besseres, an das man denken konnte. Zum Beispiel an das neue Leben, das er hier führen würde, sobald er einmal Fuß gefasst hätte.

Seltsam, wie er in seinem Leben von einer Zwangslage in die nächste geriet. Als er geboren wurde, war seine Mutter auf der Flucht vor der anscheinend unausweichlichen Zerstörung von Haran gewesen. Zur gleichen Zeit war sein Vater gestorben. Seine Mutter hatte Haschum geheiratet, der das Vermögen, das sein Vater hinterlassen hatte, durchbrachte. Sie waren nie sesshaft geworden und ständig auf der Flucht vor den Gläubigern. Dann war Ben-Hadad aufgebrochen, um Joseph zu suchen, und landete in Ägypten, wo er die Sprache nicht kannte und beinahe verhungert wäre, bis er schließlich durch seine hervorragende Begabung im Senet, dem Lieblingsspiel der Ägypter, Geld verdiente.

Schließlich hatte er Tuja getroffen. Sie hatte sich schrecklich in ihn verliebt. Wie zärtlich sie gewesen war! Und tapfer war sie auch. In der Nacht, als Bakas Männer das Landhaus von Wenis überfallen hatten, hatte sie ihm das Leben gerettet. Wenis war damals Ben-Hadads Gönner gewesen, der ihn mit seiner schönen Tochter Tamschas verheiraten wollte. Auf der Flucht wurde Ben-Hadad verwundet, und Tuja pflegte ihn, bis er wieder gesund war. In dieser Zeit wurde ihm klar, dass sie ihn liebte, und auch ihm war sie in der Zwischenzeit lieb und teuer geworden.

Ben-Hadad hob den Kopf. Voll Unbehagen bemerkte er, dass die Prostituierte ihn immer noch beobachtete. Warum schaut sie mich so an?, wunderte er sich. Was hatte ihre Aufmerksamkeit erregt? Seine Stimmung besserte sich ein wenig. Die Frau rückte sich zurecht, damit ihr schlanker Körper besser zur Geltung kam. Das tut sie für mich, kein Zweifel, überlegte Ben-Hadad. Also sehe ich doch einigermaßen passabel aus. Auf keinen Fall sehe ich wohlhabend aus, und sie kann für ihre Gunst von mir nicht viel Geld erwarten.

Aber es gab keinen Zweifel, sie biederte sich ihm schamlos an. Deutlicher hätte sie ihre Absichten kaum zum Ausdruck bringen können. Ein derart einladendes Lächeln war ihm noch kaum je untergekommen. Jetzt rieb sie noch dazu ihre eigene Brust unter dem dünnen Stoff ihres halb durchsichtigen Kleides, und unterstrich ihre Vorzüge.

Schau weg, sagte sich Ben-Hadad. Du machst dich zum Narren! Aber er konnte den Blick nicht abwenden. Er ließ sie nicht aus den Augen, als sie mit den Händen über ihren Körper strich. Ben-Hadad zitterte und versuchte abermals wegzuschauen, aber vergeblich. Es war als ob sie einen unwiderstehlichen Zauber über ihn geworfen hätte.

»Pss!«, zischelte Riki. Zuerst war Mara so mit ihrer Arbeit beschäftigt, dass sie ihn nicht gleich hörte. Als er sich noch einmal rührte, sah sie auf. Durch das vergitterte Fenster war sein braunes Gesicht im nachmittäglichen Schatten beinahe nicht zu erkennen. Rasch lief sie zur Hintertür und ließ ihn herein.

Zu ihrer Überraschung trug er das weiße Lendentuch der Jungen aus der Mittelschicht. »Du bist bekleidet!« Sie lächelte belustigt.

»Das ist notwendig geworden«, erklärte er ihr. »Die meiste Zeit zumindest. Du hast vermutlich davon gehört, dass die zehnjährigen Jungen zusammengetrommelt werden. Ich habe beschlossen, elf zu sein. Da muss mir erst jemand das Gegenteil beweisen. Die Kleider habe ich gestohlen und verstecke sie in dem Lagerhaus, in dem ich die vergangene Woche geschlafen habe. Ein Oberkleid, Sandalen und alles, was dazugehört.«

»Wir haben nicht viel Zeit«, sagte Mara. »Ich habe ein Kind gebeten, dich zu benachrichtigen. Es war doch nicht gefährlich für dich?«

»Mit Enni? Nein, der ist in Ordnung. Aber sag ihm nur, dass du mit mir reden willst, sonst nichts. Er ist nicht ganz richtig im Kopf. Was willst du?«

»Es ist gefährlich für dich herzukommen«, begann Mara. »Jemand hat Hakoris erzählt, dass er einen Jungen gesehen hat, der hier hereingekommen sei. Hakoris hat mir aufgetragen nachzuschauen, ob ich Spuren von Einbrechern finde. Du darfst nicht mehr herkommen, nur wenn ich dich rufen lasse.«

»In Ordnung.« Riki versuchte, sich nicht anmerken zu lassen, wie sehr ihn das traf, dabei blieb ihm vor Schreck beinahe das Herz stehen. »Danke. Wolltest du sonst noch etwas?«

»Ja.« Sie sah ihm fest in die Augen. »Ich wünsche niemandem ein Leben wie das meine. Die meiste Zeit wäre ich lieber tot. Ich lebe nur, um mich an diesem Ungeheuer, dessen Sklavin ich bin, zu rächen.«

»Wenn ich dich nur dazu bringen könnte fortzulaufen.«

»Das kannst du für den Augenblick vergessen. Zuerst muss ich eines wissen: Welche Verbindung hatte er zu meinem Vater.«

»Warum?«

Sie stand auf und streckte sich. Die späte Nachmittagssonne fiel durch das Fenstergitter und warf ein unregelmäßiges Muster auf ihren Körper. Ihr Anblick verwirrte Riki sehr. Er konnte nicht anders, er starrte sie hilflos an. Mara holte von einem Wandfach eine Papyrusrolle und breitete sie auf der Bank vor ihm aus. Sie beugte sich über das Dokument und betrachtete es.

»Schau her«, sagte sie. »Ich kann nicht lesen. Vielleicht kannst du es auch nicht. Aber ich kann jemanden ausfindig machen, der es kann, einen Schreiber. Er wird es für mich lesen. Ich habe zwar kein Geld, aber ich kann ihm etwas anderes für seine Dienste anbieten.« Ihre letzten Worte klangen so bitter, dass Riki aus seiner Verlegenheit aufschreckte.

»Was willst du also?«

»Ich möchte, dass du in Hakoris' Räume im Kinderlager einbrichst und dort seine Unterlagen durchstöberst. Er bewahrt alles dort auf, nicht hier. Siehst du diese Bilder? Das ist der Name meines Vaters. Sieh ihn dir gut an und merke ihn dir.«

»Du willst, dass ich nach Dokumenten suche, die seinen Namen tragen?«

»Ja. Alles, was du finden kannst. Ich weiß, Riki, ich sollte das nicht tun. Ich setze dich damit schrecklicher Gefahr aus. Wenn man dich dabei ertappt ...« Sie griff nach seiner Hand und drückte sie fest. Riki spürte ihre Wärme an seinem Handrücken. »Aber ich muß endlich Bescheid wissen. Ich habe alles andere versucht, konnte aber nichts finden. Doch ich muss klar sehen, bevor ich sterbe.«

Riki hatte ein flaues Gefühl im Magen. »Ich werde es versuchen«, flüsterte er mit seltsam fremder Stimme.

»Ich danke dir. Du bist sehr lieb. Jetzt geh, bitte. Er wird jeden Augenblick wieder hier sein.« Riki spürte deutlich die Wärme, die ihr Körper ausstrahlte. Er strich sich über die Hand, die sie gerade erst losgelassen hatte. Eigentlich hätte er jetzt Angst haben sollen, denn um diese Zeit kam Hakoris von der Arbeit nach Hause. Aber heute war er weit davon entfernt, sich zu fürchten. Andere Gefühle hatten sich seiner bemächtigt, für die er keine Erklärung hatte und die er nicht im Stande war, zu kontrollieren.

IV

Es war Nacht. Ein zunehmender Mond leuchtete hell vom wolkenlosen Himmel. Die dunklen Straßen von Avaris waren immer noch belebt. Oben auf den Mauerkronen riefen die Nachtwächter die Stunden aus, aber nur selten blickten sie dabei nach unten. Durch die Straßen der besseren Viertel gingen paarweise Wachsoldaten, die mit Schwertern und Speeren bewaffnet waren. Aber auch sie schenkten Vorübergehenden kaum Beachtung. Hoch oben auf dem Dach eines Hauses sang jemand mit hoher, klarer Stimme ein Lied in die kühle Nacht hinaus.

> Mit ihren Händen hat sie den Maulbeerbaum gepflanzt,
> Der mir heute von ihrer Liebe erzählt.
> Seine Blätter flüstern so süß wie Honig,
> Seine hübschen Zweige winken verführerisch
> Beladen mit Früchten, röter als Jaspis ...

Beschwingt und siegesgewiss machte sich Aram vom Schauplatz seines großen Triumphs auf den Heimweg. Sein Herz jubelte und seine Augen leuchteten vor Freude. Er summte das Lied mit, das von den Dächern klang, ohne auf den Wortlaut der Strophe zu achten. Sein Gesumme passte sich dem flotten Takt seiner Schritte an und klang bald wie eine Marschmelodie, die mit dem Lied des Sängers kaum mehr etwas gemein hatte. Aber das spielte keine Rolle. Aram frohlockte. Er hatte gewonnen.

Der gute alte Neferhotep! Was für ein Segen, den Magier in ihre Verschwörung einzubeziehen. Mit seiner machtvollen Persönlichkeit konnte er gegen Joseph ausgespielt werden, und erst jetzt wieder hatte er seinen Einfluss auf den labilen Salitis geltend gemacht. Während Joseph heute Abend in seinem Palast unwichtigen Dingen nachgegangen war, hatte Neferhotep, angestachelt durch Aram, die Aufmerksamkeit des Königs neuerlich auf die Notwendigkeit gelenkt, die Suche nach dem in der Prophezeiung erwähnten Kind voranzutreiben. Kaum hatte Neferhotep den König verlassen, hatte Salitis nach Mehu gebrüllt und ihm befohlen, einen Boten zu Baliniri zu schicken. Der General sollte sofort mit der Suche jenseits der Stadtmauern beginnen.

Es kam noch besser: Er hatte die Ermordung aller zehnjährigen Jungen innerhalb der Stadt angeordnet. Das konnte Aram wahrhaftig einen Sieg nennen. Bisher hatte Baliniri die Ermordung der Kinder immer wieder durch eine neue List hinausgeschoben, aber jetzt konnte er die notwendigen Schritte nicht mehr länger aufschieben.

Das war ein noch viel größerer Vorteil als es den Anschein hatte. Die Volksmeinung würde sich gegen Salitis erheben und die Lage für die Verschwörer vereinfachen, sobald sie den Aufstand in die Tat umsetzten. Aram wusste, dass der Gleichmut des Volkes gegen die Verschwörer arbeiten würde, solange Salitis keine offensichtlich tyrannische Aktion beschloss. Das Volk hatte schließlich auch Josephs Anordnungen, die für alle schreckliche Folgen hatten, ohne Widerspruch hingenommen. Das Volk war eben eine Schar von Eseln.

Aber jetzt? Es spielte keine Rolle, wie wenig die Leute über die Verschwörer wussten und wie schwach Arams Anspruch auf den Thron für jene erscheinen mochte, die mit der traditionellen Thronfolge der Hay nicht vertraut waren. Salitis' Entscheidung, unschuldige Kinder zu töten, würde auf alle Fälle Grund genug zu ernsthafter Opposition sein. Die Gruppe um Aram aber war die Einzige, die die bereits ausgearbeiteten Pläne für den Ersatz des Königs durch einen besser geeigneten Anführer hatte und würde daher aus der veränderten Lage als Einzige Gewinn ziehen.

Anlässlich ihres Treffens an diesem Abend hatten Aram und Neferhotep eingehend besprochen, wie sie die breite Masse beeinflussen wollten. Er, Aram, würde einige Männer dafür bezahlen, dass sie in den nächsten Tagen auf den Plätzen der Stadt flammende Reden hielten. Diese Reden würden sehr kurz gehalten sein. Der Redner stachelte den Zorn der Menge an und tauchte danach blitzschnell unter, noch ehe die Wachen ihn abführen konnten.

Parallel dazu hatten die Verschwörer unter Baliniris Anführern Kontakte geknüpft, die jetzt unter ihren Leuten für Aufruhrstimmung sorgen und die Armee gegen den König aufbringen würden. Unter den Offizieren war die schlimme Nachricht seit Tagen bekannt. Sie hatten sich zwar gemeinsam bemüht, vor den gemeinen Soldaten den grauenhaften Befehl noch geheim zu halten, aber sie sahen der Aussicht mit Schrecken entgegen, dass ihr nächster Auftrag sein würde, das Abschlachten unschuldiger Kinder zu beaufsichtigen. Das hatte sich Aram zunutze gemacht. Er war an Angehörige der Offiziere herangetreten und hatte den Gedanken an Rebellion unter ihnen geschürt. Sobald dann tatsächlich der Befehl zum Morden kam, würde es ihnen ein Leichtes sein, ihre jüngeren Kollegen auf ihre Seite zu bringen.

Sehr schade, dass sie Baliniri nicht für sich hatten gewinnen können. Es ging das Gerücht um, dass der General von Salitis' Idee angewidert war und ernsthaft in Erwägung gezogen hatte, den direkten Befehl abzulehnen, obwohl er die Folgen im Voraus kannte. Vielleicht konnten sie ihn noch überzeugen, sobald das Morden begonnen hatte. Mittlerweile hieß es, dass Baliniri die unvermeidliche Auseinandersetzung hinauszögern wollte und auf seinem Gut auf einer Insel im Delta Erholung suchte.

Es galt abzuwarten. Bei Baliniri wusste man nie, woran man war. Es war möglich, dass er sich im geeigneten Augenblick mit den Verschwörern verbündete, aber es war ebenso gut möglich, dass er sich gegen sie wandte und sie an den König verriet. Solcherart waren Arams Überlegungen. Es war bekannt, dass Baliniri sein Personal und sogar seine bewaffneten Wachen auf ein Minimum reduzierte, wenn er auf seine Insel reiste; er mochte niemanden um sich haben. Im Grunde könnte man sich seiner doch gleich ganz entledigen? Er, Aram, könnte doch den Auftrag geben, oder noch besser, den Auftrag gleich selbst in die Tat umsetzen, Baliniri auf seiner Insel zu ermorden.

Der Gedanke hatte etwas für sich. Baliniri würde nichts Derartiges vermuten. Er würde sich in Sicherheit wiegen.

Aram lächelte. Er stand an einer vom Mond hell beschienenen Straßenecke und hing diesem verführerischen Gedanken nach. Ein Schatten fiel auf die Straße. Für einen kurzen Augenblick war ein Junge zu sehen. Er trug das kurze Gewand eines Kindes, das nach ägyptischem Brauchtum ab dem Alter vorgeschrieben war, in dem die Kindheit allmählich zu Ende ging. Der Junge war gleich wieder in der Dunkelheit verschwunden. Aram hatte ihn nur ganz kurz gesehen, aber etwas hatte seine Aufmerksamkeit erregt, und er kramte in seiner Erinnerung.

Dann fiel es ihm ein. Er lief in die Richtung, in die der Junge verschwunden war. An einer Stelle fiel das Mondlicht hell auf die staubige Straße. Ein einzelner Fußabdruck war deutlich zu erkennen.

Es war der Abdruck eines bloßen linken Fußes.

Eine deutliche Narbe war zu sehen, die quer über die Sohle von links nach rechts verlief. Es war der Fußabdruck des Jungen, der Tefnut und Kamose zur Flucht verholfen hatte.

Riki hätte sich ohrfeigen können. Das war Aram gewesen! Jetzt hatte er ihn gesehen, beinahe genauso angezogen wie an jenem Tag, als er der Frau und ihrem Sohn geholfen hatte, Aram und den Soldaten zu entkommen. Das Schicksal war grausam, ihn so nahe an den obersten Häuptling der Hay zu führen. Riki zitterte jetzt noch und lief so schnell er konnte davon, ohne eine bestimmte Richtung einzuschlagen. Er wollte nur so weit wie möglich fort von Aram.

Riki lief, bis er außer Atem war. Er nahm stets die Hauptstraßen und verlangsamte sein Tempo nur, wenn sich ihm zwei Wachsoldaten näherten. Einer blieb stehen und wollte Riki mit dem Speer den Weg versperren. »He, du! Wohin willst du?« Aber Riki war schon um die Ecke gebogen, lief noch ein wenig schneller als bisher und verschwand in einer dunklen Seitengasse. Wie durch ein Wunder lag ihm nichts im Weg, über das er hätte stolpern können, und schon nach kurzer Zeit gelangte er wieder in eine vom Mond beschienene Hauptstraße.

Endlich blieb er stehen, sah sich um und fragte sich, in welchem Stadtteil er sich eigentlich befand. Zu seiner Überraschung stand er direkt vor dem Kinderlager. Was für ein seltsamer Zufall!

Er stand im Schatten eines Hauses und betrachtete das große Gebäude mit seinen hohen Mauern auf der anderen Straßenseite. Plötzlich war der herzzerreißend schmerzvolle Schrei eines Kindes zu hören; er schien von weit her zu kommen und dann auch wieder ganz nah zu sein.

Riki erschrak und starrte die hohen Mauern hoch. Seltsam, dachte er, es ist ein recht schönes Haus. Doch der Zweck, zu dem es ursprünglich gebaut worden war, nämlich als Kinderheim, klang heute wie bitterer Hohn. Ein selbstloser Gedanke hatte für das Haus Pate gestanden. Das Haus sollte den verlassenen, unterstandslosen Kindern ein Zuhause bieten, wo sie Hunger und Not vergessen konnten. Erst als es in den Besitz von Hakoris kam, trat an die Stelle der Menschlichkeit abgrundtiefer Schrecken.

Als Riki an Hakoris dachte, fiel ihm gleichzeitig sein Gespräch mit Mara vom Nachmittag ein, und er erinnerte sich an ihre Bitte. Er könnte doch gleich heute den Versuch unternehmen?

Aber besser nicht. Es wäre verrückt. Jeder wusste, dass nur wenige Kinder das Lager wieder lebend verließen. War Riki einmal drinnen, würde er Tag und Nacht schwere Sklavenarbeit auf den verschiedenen Baustellen verrichten müssen, für die Hakoris – dank seiner Verbindungen zu Neferhotep – Staatsaufträge erhalten hatte. Nein, das Dümmste, was er tun könnte, wäre ein Einbruch gewesen.

Er wollte gerade gehen, als eine Tür aufging und einer von Hakoris' Dienern – ein fünfzehnjähriger Junge – auf die Straße trat. Er trug einen Korb, der hoch mit zusammengerollten Papyri beladen war. Der Mond beleuchtete die Szene ganz genau. Der Junge ging zu einer Grube, in der Abfälle verbrannt wurden, und leerte den

Inhalt seines Korbs hinein. Dann kehrte er mit leerem Korb in das Haus zurück.

Er ließ das Tor offen stehen. Riki schloss daraus, dass der Junge gleich wieder mit der nächsten Ladung zurückkehren würde. Ohne lang nachzudenken, rannte Riki auf das Haus zu, sprang über den Rand der Grube und holte einen Arm voll Papyrusrollen heraus. Daraufhin zog er sich sogleich wieder in den Schatten zurück. Es war auch höchste Zeit, denn der Junge trat soeben wieder aus dem Haus und ging zur Feuergrube.

So schnell er konnte, lief Riki durch eine schmale Gasse davon, stets bemüht, nichts fallen zu lassen. Sobald er sich in einem anderen Stadtteil befand, blieb er stehen. Das Herz schlug ihm bis zum Hals, und sein Atem ging schwer.

Ich muss von hier verschwinden, dachte Riki. Wenn eine Wache mich hier findet, sieht es so aus, als hätte ich die Dokumente gestohlen. Er sah sich um und entdeckte das Lagerhaus eines Müllers, in dem er im Vorjahr drei Monate vergleichsweise sicher übernachtet hatte. Niemand interessierte sich für das Obergeschoss, da die Regierung das gesamte Getreide beschlagnahmt hatte. Gleich unter dem Dach gab es ein kleines Kämmerchen, in dem er Oliven und ein paar Melonen versteckt hatte.

Ohne weiter nachzudenken, streifte er sein Obergewand ab und wickelte die Dokumente darin ein. Dann kletterte er mit dem Bündel in der Hand die Mauer des Speichers hoch. Er legte ein Bein über den Fenstersims eines offenen Fensters und zog sich in den dahinter liegenden Raum. Er dachte scharf nach, wo die Leiter sein könnte; früher hatte sie direkt neben dem Fenster gelehnt.

Er tastete im Dunkeln um sich, als ihn plötzlich jemand am Knöchel packte. Jemand flüsterte heiser: »Keinen Schritt weiter! Wen haben wir denn da?«

V

»Lass mich los«, schrie Riki, trat mit den Beinen und versuchte sich zu befreien. Aber jetzt wurde er auch noch am Nacken festgehalten und zu Boden gezogen.

Riki versuchte verzweifelt, sich zu befreien, aber vergeblich. Jemand hielt ihn unerbittlich fest. Schon die geringste Bewegung verursachte Riki solche Schmerzen, wie er sie noch nie erlebt hatte.

Schließlich blieb Riki still liegen, und der Griff an seinem Nacken lockerte sich ein wenig.

»Bitte!«, wimmerte Riki flehentlich. »Du tust mir weh!«

Als Antwort schleppte der Angreifer Riki zum Fenster und hielt ihn hinaus in die helle Mondnacht. Riki hing zur Hälfte draußen, drei Stockwerke hoch über dem Erdboden. Aus dem Augenwinkel sah Riki tief unter ihm die Straße. Das Herz klopfte ihm bis zum Hals. »Lass mich nicht fallen!«

Einen Augenblick lang glaubte er, dass der Mann gerade das tun würde, doch zu seiner Überraschung zog der Angreifer den Arm hinein, holte Riki wieder zurück in den dunklen Raum und lockerte den Griff an seinem Nacken. »Schau einer an! Das ist doch der kleine Dieb!« Die Stimme klang jetzt ganz anders. »Riki heißt du, nicht wahr? Du hast doch vergangene Woche den dicken Kaufmann Sidon bestohlen und wurdest dabei beinahe erwischt!«

»Bek!«, rief Riki erleichtert.

Der Mann lachte und ließ Riki endlich los. Riki rieb sich den schmerzenden Nacken. »Tut mir Leid, Bursche«, sagte Bek und setzte sich wieder, mit dem Rücken gegen die Wand gelehnt. »Ich wollte dir nicht wehtun. Ich habe geglaubt, es sei jemand, der mir übel gesinnt ist.«

Riki schwieg eine Weile. Bek und er waren nie besonders gute Freunde gewesen, aber seit ungefähr einem Jahr verkehrten sie miteinander in gutmütig spöttischem Ton. Bek war einst ein vermögender Mann gewesen, ein Priester in Petephres' Tempel in On. Aber eines Tages hatte ihn ein Betrunkener mit seinem Ochsenkarren angefahren und an die Wand gedrückt. Dabei hatte Bek ein Bein verloren und damit auch seine frühere Stellung und alle seine Privilegien. Petephres wollte keine verstümmelten Priester in seiner Nähe haben. Allmählich sank Bek immer tiefer, bis er schließlich sein Leben als Schreiber für Analphabeten fristen musste. Er saß immer an einem bestimmten Platz in der Sonne im Basar. Bis jetzt hatte Riki nicht gewusst, wo der ehemalige Priester nachts schlief.

»Ich habe dein Versteck zufällig entdeckt. Es tut mir Leid, ich hatte keine bösen Absichten«, entschuldigte sich Riki.

»Schon gut«, entgegnete Bek. »Ich nehme deine Entschuldigung an, wenn du auch meine akzeptierst. Suchst du einen Platz zum Schlafen?« Aber er wartete die Antwort nicht ab. »Was hast du fallen gelassen? Waren das Schriftrollen? Was machst du mit den vielen Schriftrollen?«

Riki bückte sich und wollte sie aufheben, aber Bek hatte sie bereits in der Hand, und Riki zog sich zurück. Er zögerte, dann zuckte er die Achseln. Wenn Bek ihm übel gesinnt wäre, dann hätte er es schon längst zu spüren bekommen. »So nahe am Fenster möchte ich nicht darüber sprechen, nicht einmal so hoch über dem Boden. Können wir uns nicht irgendwo anders unterhalten, wo uns niemand hören kann?«

»Aber klar. Du musst mir die Hand geben. Im Nebenraum ist ein gemauerter Herd. Die Glut müsste noch warm sein. Ich habe abends ein Feuer gemacht; vielleicht können wir es noch einmal anfachen.«

Riki half dem verkrüppelten Mann in den angrenzenden Raum. Unter Beks Anweisung legte Riki Zweige auf die immer noch warme Glut und entfachte das Feuer. Schon bald züngelten die ersten Flammen hoch. Bek setzte sich, lehnte sich an die Wand und wärmte sich am Feuer.

»Das ist schon besser«, sagte er schließlich und griff nach einer Papyrusrolle. »Jetzt wollen wir einmal sehen, was du hier hast.«

»Das ist ja eine wahre Glückssträhne heute«, gestand Riki und entrollte ebenfalls einen Papyrus. »Gerade wenn ich jemanden brauche, der mir beim Lesen hilft, treffe ich auf dich.« Er hielt inne. »Sie hat mir gesagt, ich soll nach diesem Namen suchen. Hier steht er mehrmals!« Er zeigte auf eine Hieroglyphe. »Was das wohl ist, was ich hier habe?«

»Gib her, und ich sage es dir«, schlug der ehemalige Priester vor. »Was ich hier habe sind hauptsächlich bezahlte, quittierte Rechnungen. Rechnungen, die Hakoris bezahlt hat, du lieber Himmel!« Er starrte Riki ungläubig an. »Hast du sie von ihm gestohlen? Du traust dich mehr, als ich gedacht habe. Vielleicht bist du auch nicht so dumm, wie ich gedacht habe.«

»Er hat sie fortgeworfen. Ich habe seinen Abfall durchstöbert.«
Er reichte Bek den Papyrus. »Hier! Schau dir diesen bitte an. Ich
habe das Gefühl, dass er wichtig ist.«

Bek entrollte das Dokument und las im Licht des jetzt hell lo-
dernden Feuers. »Das ist aber interessant! Äußerst interessant!«

»Ich bin froh, dass ich Euch gefunden habe, Herr«, bekannte Sabni. »Mehu wollte euch unbedingt noch erreichen, bevor ihr die
Stadt verlasst.«

Baliniri sah den Boten aus dem Palast ungehalten an. »Warum
bist du froh?« Baliniris Stimme klang heiser, denn er trank jetzt
schon seit Stunden.

»Ich bin froh, dass ich Euch gefunden habe, Herr«, wiederholte
Sabni. »So kann ich Euch die Nachricht des Beherrschers beider
Lande überbringen.«

»Du hast mich aber nicht gefunden«, entgegnete Baliniri missmutig. »Du hast mich nicht gefunden und hast keine Ahnung, wo
ich sein könnte und konntest daher auch die verdammte Nachricht
nicht überbringen. Die Ereignisse der vergangenen Stunden sind
nichts als Illusion. Du musst sie vergessen, alles vergessen!« Dem
Boten blieb vor Überraschung der Mund offen stehen. Baliniri sah
ihn scharf an. »Haben wir einander verstanden?«

»Aber Herr …«

Baliniri setzte sich wieder in die hinterste Ecke der Schänke, wo
es ziemlich dunkel war. Sabni konnte kaum seine Augen erkennen.
»Wiederhole, was ich dir sage: Es tut mir Leid, Herr, aber ich konnte ihn nicht finden. Er hat die Stadt offenbar schon verlassen, noch
ehe ich ihn finden konnte.«

Sabni ließ sich in den Stuhl gegenüber von Baliniri fallen und sah
sein Gegenüber fassungslos an.

»Los! Übe es!«, forderte Baliniri ihn auf. »Es gibt auch eine Belohnung.« Er zog einen Geldbeutel hervor, der dick mit Kupfermünzen gefüllt war, und ließ ihn klirrend auf den Tisch fallen. »Hier
hast du eine Anzahlung.«

»Aber was soll ich tun?«

»Dein Neffe«, fuhr Baliniri fort und schüttelte traurig den Kopf.
»Das Kind des Bruders deiner Frau. Er möchte eine Stelle als Offi-

zier in einem guten Regiment. Aber er ist zu dumm dafür. Er weiß
nicht einmal, mit welchem Ende des Speers man auf den Feind zielt.
Ich weiß, dass dich deine Frau ständig deshalb quält.« Jetzt begriff
Sabni allmählich. »Ich werde ihm kein gutes Regiment geben, aber
es gibt eine offene Stelle bei der königlichen Wache.«

»Zu Befehl, Herr. Ich habe Euch nicht gesehen.«

»Wenn ich je herausfinde, dass du mich betrogen hast…«

»Das werde ich nie tun, Herr! Niemals!«

»Gut. Ich werde eine Woche die Stadt verlassen. Meine Unterge-
benen sollen allein mit diesem widerlichen Befehl von Salitis zu
Rande kommen. Ich werde die ganze Sache vergessen. Ich gehe auf
Entenjagd in den Sümpfen.«

»Zu Befehl, Herr!« Sabni erhob sich. Der Geldbeutel war verschwunden, doch als Sabni aufgestanden war, klimperte es leise.
Der Soldat grüßte und verschwand.

Baliniri sah ihm nach. Das war knapp. Ich tauche besser unter
bis morgen früh, dachte er. Wenn ich die Stadt verlasse, kann ich
am Tor jemanden bestechen, damit er nicht bemerkt, wer ich bin.

Was werde ich danach machen?, fragte sich Baliniri weiter. Ich
kann diese schreckliche Sache vielleicht eine Woche aufschieben.
Aber was wird geschehen, wenn ich wieder an den Hof zurückkom-
me?

Er hob die Weinschale hoch, nahm einen langen Zug und be-
schimpfte sich selbst, weil er keine Antwort auf diese Frage wusste.

Der frühere Priester schlief in der Ecke: Die züngelnden Flammen
warfen ein warmes Licht auf sein schmales Gesicht. Riki umschlang
die Knie mit den Armen und streckte seine nackten Zehen zum Feuer. Er fühlte sich elend bei dem Gedanken an die bevorstehende Entscheidung. Sollte er Mara alles erzählen, selbst wenn er wusste,
dass es ihren Tod zur Folge haben würde, wenn er ihr alles verriet?
Denn wenn er ihr erzählte, dass Hakoris der Mörder ihres Vaters
war, würde sie versuchen, Hakoris zu töten. Hatte aber Hakoris
einmal herausgefunden, worauf Mara hinauswollte, würde er sie
nicht länger am Leben lassen.

Doch wie konnte Riki sein neues Wissen vor Mara geheim halten?

Die Wahl fiel ihm schwer. Nachdenklich kratzte er seine linke Ferse und fuhr versonnen über die alte Narbe. Als kleines Kind war er auf eine scharfe Sichel gestiegen und hatte sich die Ferse aufgeschnitten.

Was konnte er tun? Bek hatte ihm alles genau erläutert und jede Hieroglyphe einzeln erklärt. Sie setzten drei Schriftrollen zusammen und stießen schließlich auf die Geschichte, die Mara so verzweifelt hören wollte, die ihr Riki jedoch nicht zu erzählen gedachte.

Es war eine abscheuliche Geschichte. Hakoris war anscheinend ein gebrandmarkter Verbrecher, ein ehemaliger Sklave, der in den entsetzlichen Minen von Arabah am anderen Ufer des Roten Meers als Sklave gearbeitet hatte. Er war zu Maras Vater gekommen, dem Arzt Sesetsu, und hatte ihn unter der Auflage strengsten Stillschweigens gefragt, ob er ihm die Narbe auf der Stirn entfernen könnte. Sesetsu hatte die Arbeit verpatzt, und Hakoris hatte sich gegen ihn gestellt. Die Schriftrollen und Briefe, die Hakoris an Sesetsu geschrieben hatte, waren voll von seinen schrecklichen Drohungen. Nur wenige Tage nachdem das letzte Dokument ausgestellt worden war, wurde die Versteigerung von Sesetsus Besitz zur Tilgung seiner Schulden öffentlich bekannt gegeben. Zu diesem Besitz gehörte auch Mara, seine Tochter und einzige Hinterbliebene. Hatte Hakoris Sesetsu ermordet, weil es diesem nicht gelungen war, seine Narbe zu beseitigen? Noch viel wahrscheinlicher war es, dass Hakoris den Arzt getötet hatte, weil er Hakoris' Narbe gesehen hatte. Hakoris' Zorn war damit aber nicht verraucht. Er machte Sesetsus Tochter zu seiner Sklavin und ließ sie den Fehler ihres Vaters durch tägliche Erniedrigungen büßen.

Riki war verzweifelt? Wie sollte er ihr das sagen?

»Du widerlicher Eunuch«, schimpfte die Frau. Der Klang ihrer Stimme hätte sogar Milch sauer werden lassen. »Du willst dich einen Mann nennen?«

Sie setzte sich im Bett auf und beobachtete Ben-Hadad, der sich zum Fenster hinausbeugte und das schwere nubische Bier erbrach, das er am Vorabend getrunken hatte. Es war noch sehr früh am Morgen. Der Himmel im Osten zeigte den ersten zartrosa Schimmer. Gegen die morgendliche Kühle hatte Ben-Hadad sich in eine Decke gehüllt, und wie er schwankend am Fenster stand, sah er aus wie ein alter Mann. Sein Gesicht war fahl, und er sagte gequält: »Fang jetzt nicht wieder damit an.«

»Du kannst dich nicht einmal wie ein Mann benehmen«, verhöhnte sie ihn unbarmherzig weiter. »Weder im Bett noch bei Tisch in der Schänke. Du kannst nicht einmal dein Bier bei dir behalten!« Sie verdrehte die Augen zum Himmel. »Ich, die ich als Tochter eines reichen Mannes aufgewachsen bin, bin so tief gesunken! Ich gebe mich einem mittellosen Fremden hin!«

»Das reicht jetzt aber!«, wehrte sich Ben-Hadad. »Ich habe dich gut bezahlt!«

»Wenn du ein Mann wärst, müsstest du nicht dafür bezahlen!«

Er überging ihre Worte. Zorn und Hass spielten dem Gesicht einer Frau übel mit. Am Vorabend in der Schänke hatte sie ziemlich hübsch ausgesehen, als sie ihn eifrig umworben hatte. Aber jetzt sah sie aus wie ein kanaanitischer Dämon. Doch in entspanntem Zustand hatte ihr Gesicht ihn an etwas Vertrautes erinnert.

Die Sonne ging bereits auf und ließ ihn die Züge der Frau deutlicher sehen. »Es tut mir Leid«, sagte Ben-Hadad und allmählich beruhigte sie sich. Der Hass wich aus ihrem Gesicht, und die frühere Anmut spiegelte sich wieder auf ihren Zügen. »Ich habe gestern Abend zu viel getrunken. Es hat nichts mit dir zu tun. Du bist wirklich sehr anziehend. Vielleicht sollten wir es noch einmal versuchen.«

»Kommt nicht infrage!« Sie stand auf und stellte sich trotzig vor ihn. Er betrachtete sie. Ihre Brüste waren noch stramm und die Hüften sanft gerundet. Und in ihrem Gesicht lag etwas, das er noch nicht in Worte fassen konnte. »Ich habe genug von dir. Du machst dich an eine Frau ran und gaukelst ihr etwas vor, und dann drückst du dich!«

»Das kommt bei jedem Mann einmal vor.«

»Verschwinde, sonst rufe ich die Wachen und sage, dass du mich vergewaltigt hast!«

Ben-Hadad wurde wieder übel. »Ich gehe ja gleich. Warte nur einen Augenblick.« Er ließ die Decke fallen und stand einen Augenblick schwankend vor ihr. Die Morgensonne schien zum Fenster herein und tauchte seinen Körper in grelles Licht, als er sich bückte und nach seinem Lendentuch griff.

»Du!«, kreischte die Frau. »Du bist es!«

»Was willst du damit sagen?«

»Du bist Ben-Hadad!« Ihre Augen funkelten. Sie zeigte auf sein Hinterteil. »Du hast das Muttermal auf deinem Gesäß!«

»Du kennst mich?«, fragte er. »Du bist mir gleich irgendwie bekannt vorgekommen.«

»Bekannt?« Ihre Stimme war scharf und steigerte sich zu einem Kreischen, als sie fortfuhr: »Verdammter Kerl! Ich bin Tamschas! Erinnerst du dich noch? Du warst mit mir verlobt. Ich bin die Tochter von Wenis dem Kaufmann, der dich in Avaris aus der Gosse geholt hat, als du auf der Straße Senet gespielt hast.«

»Tamschas! Du bist nicht umgekommen?«

»Glaubst du, ich erinnere mich nicht? Benus Bande hat mein Haus überfallen und meinen Vater getötet. Du bist zu ihnen übergelaufen, du gemeiner Kerl! Du hast dich ihnen angeschlossen. Sie haben mein Leben zerstört, und du bist mit schuld daran.« Für einen Augenblick fehlten ihr die Worte. Sie hob den Wasserkrug hoch, der neben ihr stand, und zielte damit auf seinen Kopf. Ben-Hadad bückte sich, und der Krug zerbarst an der Wand in tausend Stücke.

»Tamschas!«

»Verschwinde von hier! Du hast alles verdorben! Du feiger, impotenter, verräterischer Bastard!«

Ben-Hadad bückte sich nach seinem Gewand zu seinen Füßen. Er fand sein Oberkleid und seine Sandalen. Als er sich wieder aufrichtete, entging er um Haaresbreite einem Bronzespiegel. »Lass mich mich doch wenigstens ankleiden!«

»Hinaus! Hinaus!«, kreischte sie. »Wache! Zu Hilfe! Zu Hilfe! Ich werde vergewaltigt!«

Ben-Hadad stolperte rückwärts zur Tür. Plötzlich ging sie nach außen auf, er stolperte, blieb mit einem Fuß an der Türschwelle hängen und fiel, nackt wie er war, die Treppe hinunter. Seine Kleider fielen ihm aus der Hand, und er landete auf der Straße. Ihm wurde wieder übel. Mit Mühe gelang es ihm, sich auf Händen und Knien aufzurichten, dann musste er sich mitten auf der Straße, zwi-

schen Karren und Passanten, übergeben. Von überall waren abfällige Bemerkungen zu hören: »... widerlicher Anblick ... unappetit-
lich und betrunken ... tiefer kann man gar nicht mehr fallen,
was ...«

Ben-Hadad richtete sich auf und versuchte sich zu orientieren.
Er war nackt und schmutzig. Die Menschen auf der Straße machten einen großen Bogen um ihn und warfen ihm verächtliche Blicke
zu. Ihm war immer noch speiübel und er musste sich sehr zusam-
mennehmen, um sich nicht wieder zu übergeben. Mit schwacher
Stimme krächzte er: »Bitte, meine Kleider, könnte mir jemand ...«

»Da sind sie!«, tönte es schrill vom oberen Treppenabsatz.
Tamschas stand schamlos nackt oben und hielt seine zusammenge-
knüllten Kleider in der Hand. »Zeig dich nie wieder hier!« Sie warf
ihm seine Kleider zu, und sie landeten in einer Pfütze aus Schmutz-
wasser, das jemand aus dem Fenster gegossen hatte. Ben-Hadad
bückte sich. »Du impotenter Schwindler! Du Knaben-Lüstling!«
Unter den Augen der Vorübergehenden versuchte Ben-Hadad, sich
sein schmutziges Oberkleid anzuziehen. Sein ganzes Leben lang
würde er ihre Augen nicht vergessen.

Danataja hielt sich an Imlahs Arm fest. »Wie widerlich!«, sagte sie
betroffen.

Imlah führte sie fürsorglich um die nächste Straßenecke. »Versuche es zu vergessen. Solche Sachen sind keine Seltenheit hier in der
Stadt. Ich wollte, ich könnte dir einen solchen Anblick ersparen.«

VI

Joseph und Mehu blickten von dem Balkon hoch oben durch einen
schmalen Spalt zwischen den Wandteppichen hinunter. Joseph beobachtete seine Brüder, die unten unruhig hin und her gingen. Sie
unterhielten sich leise, und er konnte nicht verstehen, was sie sagten. »Ich hätte gern einen Spion unter ihnen, der Kanaanitisch
spricht«, sagte er. »Ich würde viel darum geben, wenn ich wüsste,
was sie sagen.«

»Seltsam, dass Ihr das sagt, Herr«, antwortete Mehu. »Gestern war ein Mann aus Kanaan hier, der zu Euch wollte. Er sollte heute zu mir kommen, um sich nach einer Audienz bei Euch zu erkundigen. Ich lasse alle Fremden überprüfen, die Euch sehen wollen.«

»Ist er wieder hier gewesen?«

»Nein, Herr. Er ließ sich nicht blicken.«

»Schade.« Joseph sah noch einmal zu seinen Brüdern hinunter.

»Soll ich sie vorlassen, Herr?«

»Nein, lass sie noch ein wenig länger warten. Wenn sie dann bei mir vorsprechen, lass ich sie noch eine Weile warten, ehe ich mich zeige. Ich möchte überall bewaffnete Wachen haben, auch wenn sie zu mir kommen.«

»In Ordnung, Herr. Aber warum diese Vorsichtsmaßnahmen wegen ein paar Stammesgenossen?«

»Urteile nicht nach dem Äußeren. Du darfst nicht vergessen, dass auch ich aus dem Norden komme. Ich kenne ihren Stamm. Ihre Bräuche sind nicht unsere Bräuche, aber in mancher Hinsicht sind sie feinsinniger als wir es sind. Behandle sie mit Respekt, auch wenn ich dir sage, dass du einen von ihnen schärfer anpacken sollst. Dann behandelst du ihn wie einen wichtigen Mann, der in Missgunst gefallen ist.«

»In Ordnung, Herr. Ich werde genau tun, wie Ihr sagt. Ich habe schon bemerkt, dass die Sache kompliziert wird.«

Ernst und entschieden befahl Baliniri dem Wachposten am Tor: »Du trägst mich als Balami von Mari in die Liste der Leute ein, die die Stadt verlassen haben.«

Der Soldat zögerte. Wollte der General ihn prüfen?

»Wenn du es richtig machst, kannst du mit einer zusätzlichen Vergütung rechnen, wenn nicht, mit einer Tracht Prügel.« Baliniri klimperte mit einem kleinen Beutel, prall gefüllt mit Münzen. »Wofür entscheidest du dich.«

»Balami von Mari, Herr. Aber verlasst die Stadt, ehe Euch noch jemand sieht.«

In diesem Augenblick streckte der Soldat den Arm aus und packte einen Jungen am Ellbogen, der versucht hatte, durch das Tor zu entkommen, während die beiden Männer sich unterhielten. Der Soldat hatte so fest zugepackt, dass das Kind das Gleichgewicht verlor und unsanft auf seinem Hinterteil landete. »He! Du! Wo willst du denn hin?«

Der Junge sah ängstlich zu ihnen hoch. »Bitte, lasst mich gehen, Herr! Ich muss meinen kranken Vater besuchen.«

»Vermutlich hast du nicht einmal einen Vater, weder einen kranken noch einen gesunden, du kleine Kröte. Du bist genau im richtigen Alter!«

Der Klang der Stimme des Jungen weckte eine Erinnerung in Baliniri. »Warte!«, sagte er und reichte dem Jungen die Hand, um ihm auf die Füße zu helfen. »Ich glaube, den kenne ich. He, Junge! Sind wir uns nicht unlängst am Abend auf der Brücke begegnet?«

Der Junge wand sich, um dem Griff des Soldaten zu entkommen. »So ist es, Herr«, sagte er. »Ich habe geglaubt, dass Ihr Euch ...«

Baliniri ließ ihn nicht zu Ende reden. »Lass ihn gehen«, befahl er. »Der Junge kommt mit mir. Er sagt die Wahrheit. Er hat einen kranken Vater.«

»Aber der Befehl von gestern Abend hat gelautet, dass ...«

»Zulage oder Prügel?«

Der Wachposten ließ den Jungen los. Dann bürstete er den Staub von seiner Uniform und sagte leicht verhalten: »Ihr geht jetzt besser, Herr, solange noch Zeit ist.«

»Du hast Recht.« Baliniri lächelte, legte dem Jungen die Hand auf die Schulter und schob ihn durch das Stadttor. Im Vorübergehen ließ er den Beutel mit den Münzen in die Hand des Soldaten fallen.

Der Junge wartete, bis sie in sicherer Entfernung vom Tor waren, bevor er sprach: »Sie wollten mich zusammen mit den anderen in ein Gefängnis stecken. Sie wollten mir nicht glauben, dass ich elf Jahre alt bin.«

»Das glaube ich auch nicht«, lachte Baliniri. »Aber den Hinweis, den du mir vor einigen Tagen abends auf der Brücke gegeben hast, den glaube ich. Alles, was du gesagt hast, hat gestimmt. Ich will mehr darüber erfahren. Ich werde mich eine Woche lang in mein Landhaus auf der Insel zurückziehen, vielleicht auch länger als eine Woche. Vielleicht komme ich überhaupt nicht mehr zurück. Ich werde die Durchführung von Salitis' gestrigem Befehl so lange wie möglich hinauszögern. Ich habe viele freie Tage vor mir und will sie ausnützen.«

»Aber was ist mit mir, Herr?«

»Du wirst in Sicherheit sein. In den nächsten Wochen kann ich mir im Delta keinen anderen Ort vorstellen, an dem du nichts zu befürchten hättest. Du sagst, du seist elf Jahre alt. Kannst du es beweisen?«

»Nein.«

»Dann bist du ein toter Junge. Oder man steckt dich ins Kinderlager.«

Der Junge seufzte. »Also gut.«

»Gut. Wenn du in Avaris bleibst, bist du auf alle Fälle verloren, selbst wenn du dein Alter beweisen kannst. Ich habe die Narbe auf deiner Ferse gesehen. Weißt du, dass es einen Bürger in dieser Stadt gibt, der eine Belohnung ausgesetzt hat, wenn ihm jemand Nachricht von einem Jungen mit genau einer solchen Narbe bringt?«

»Nein, das habe ich nicht gewusst.«

»So ist es aber. Ich glaube jedoch nicht, dass er nach seinem verlorenen Sohn sucht. Er schneidet dir die Kehle durch, junger Freund. Der Mann heißt Aram.«

Bis jetzt hatte sich der Junge keinerlei Gefühlsregung anmerken lassen; er gab sich vorsichtig und leicht verärgert. Jetzt wurde sein braunes Gesicht aschfahl vor Schreck. »Aram! Dann ist er also hinter mir her! Wenn ich denke, wie knapp ich ihm entkommen bin!«

»Wir verstehen einander also«, stellte Baliniri fest und lächelte grimmig. »Meine Pferde warten dort drüben. Hast du je einen Wagen gelenkt?«

»Noch nie, Herr.«

»Dann wird es Zeit, dass du es lernst. Wer weiß? Vielleicht hast du das Zeug zu einem Soldaten in dir. Wenn ja, dann bin ich der beste Lehrherr, den sich ein Junge für dieses Handwerk wünschen kann. Ich bringe dir ein paar Grundbegriffe bei, dafür erzählst du mir den Rest der Geschichte, für den damals auf der Brücke keine Zeit mehr war. Ich habe das Gefühl, dass du eine Menge mehr weißt, als du sagst.«

»So ist es, Herr.«

»Du kannst es mir unterwegs erzählen. Wir sind also Freunde, abgemacht? Ich bin Baliniri, der Kommandant der Garnison.«

»Ich weiß, Herr. Ich stehe Euch zu Diensten. Ich bin Riki von Theben.« Er nannte seinen Namen voller Stolz, als wäre es der Name eines Königs. Er stand dabei stramm, den Rücken gerade, den Kopf hoch erhoben. Baliniri grinste und hob die Hand mit leichtem Spott zum Gruß.

Der Junge hatte Verstand! Er gefiel Baliniri.

Josephs Thronsessel stand auf einem erhöhten Podium. Für gewöhnlich zog er es vor, die Besucher auf gleicher Höhe zu begrüßen, nicht vom Podium herunter. Doch für diese Gelegenheit hatte er sich entschlossen, nicht auf die Demonstration von Prunk und Macht zu verzichten, die sein hohes Amt mit sich brachte. Seine Brüder erwarteten ihn also, flankiert von bewaffneten Wachen, etwas tiefer stehend in dem großen Empfangssaal, als Joseph in seinen beeindruckenden Prunkkleidern und mit Perücke in Erscheinung trat. Finster blickte er von seiner Plattform hinunter. Reuben wirkte beunruhigt und schob den Übersetzer, den sie hinzugezogen hatten, nach vorn.

Er wollte gerade etwas sagen, als Joseph das Wort ergriff. »Wer sind die Leute, die hier stehen?«, fragte er in offiziellem Hochägyptisch, das stets bei Hof verwendet wurde. »Man sagt, es seien Spione aus Kanaan unter uns, die unsere Verteidigungsstrategien auskundschaften und verraten wollen.«

Der Übersetzer gab Josephs Worte an Reuben wider. Dieser erbleichte. Die Brüder berieten sich hastig. »Nein, Herr«, lautete schließlich die Antwort. »Wir sind gekommen, um Getreide zu kaufen.«

Joseph unterbrach den Übersetzer. »In der Bittschrift heißt es, dass diese Männer alle zu ein und derselben Familie gehören. Was für ein Vater sendet so viele Söhne, um ein Geschäft zwischen zwei Reichen abzuwickeln? Wie wollt ihr beweisen, dass ihr keine Spione seid?«

Wieder berieten sich die Brüder eilig. Dann antwortete der Übersetzer: »Sie behaupten, Herr, sie seien nur gekommen, um für ihr Volk Getreide zu kaufen. Sie alle sind Söhne desselben Stammesoberhaupts, der aber schon sehr alt ist. Daher ist ihr Vater nicht mitgekommen. Ihr jüngster Bruder ist mit dem alten Mann zu Hause geblieben, um sich während ihrer Abwesenheit um ihn zu kümmern. Die Hungersnot macht ihnen sehr zu schaffen.«

»Mehu! Warum verschwendest du meine Zeit mit so fragwürdigen Bittstellern?«, verlangte Joseph in scharfem Ton zu wissen.

Mehu trat vor. »Es kam mir wie eine durchaus gewöhnliche Anfrage vor, Herr.«

»Du musst diese Gesuche besser überprüfen!«, befahl Joseph, erhob sich und wollte wieder gehen. »Wäre ihre Geschichte wahr, dann würde ihr Vater bestimmt selbst für sein Volk eintreten. Lasse sie als Spione abführen und stelle genaue Untersuchungen an.«

»Ich bitte Euch, Herr«, gab Mehu nun zu bedenken, indem er mit der Geschicklichkeit des geübten Höflings die ihm zugeteilte Rolle spielte. »Diese Leute sind zu einem Zeitpunkt zu uns gekommen, da der Brauch der Hay empfiehlt, Nachsicht walten zu lassen. Vielleicht gelingt es, einen Kompromiss zu schließen. Wenn wir sie hier behalten, sie aber die Wahrheit sprechen, dann gerät ihr Volk in der Zwischenzeit in große Not.«

Joseph ließ ihn ausreden, gab sich den Anschein, angestrengt nachzudenken, ehe er sich umwandte und zum Übersetzer sagte: »Lass sie wissen, dass ich mich den Wünschen des Beherrschers beider Reiche beuge und mich ihrer erbarme. Sie sollen das Getreide bekommen, das sie kaufen wollten. Aber sie müssen mir auch beweisen, dass sie tatsächlich Brüder sind und einen jüngeren Bruder haben.«

Der Übersetzer war erleichtert. »Das werden sie bestimmt gern tun, Herr.«

»Einer von ihnen wird hier bei uns bleiben«, fuhr Joseph unbeirrt fort. Er schien willkürlich auf den Erstbesten zu zeigen, aber er deutete bewusst auf Simeon. »Er wird hier im Gefängnis bleiben, bis sie zurückkommen und den Bruder mitbringen, von dem sie behaupten, ihn zu Hause gelassen zu haben. Wenn er ihre Geschichte bestätigt, dann ist derjenige, den wir hier behalten haben, wieder frei. Andernfalls …« Joseph machte eine eindeutige Handbewegung, sodass es keinen Zweifel über Simeons Schicksal gab. Noch ehe der Übersetzer den Brüdern Josephs Beschluss mitgeteilt hatte, sahen alle Joseph voll Entsetzen an.

»Herr, wenn Ihr nur so freundlich wäret«, begann der Übersetzer.

Doch Joseph kehrte ihnen bereits den Rücken zu und schritt zur Tür, durch die er den Saal betreten hatte. Zwei stämmige Soldaten traten vor und packten Simeon an den Armen, während die anderen Soldaten die neun Brüder mit erhobenen Speeren umstellten. Die Audienz war beendet.

Mehu begleitete Joseph und war ihm dabei behilflich, die schweren höfischen Roben abzulegen und ein weniger förmliches Gewand anzuziehen. »Alles läuft wie geplant, Herr«, berichtete er dabei. »Jeder kennt die Rolle, die er zu spielen hat. Ihre Packtiere sind bereits mit dem Getreide beladen, das sie zu kaufen beabsichtigten.«

»Wurden die Säcke gemäß meinen Vorschlägen gefüllt?«

»Ja, Herr. Im jeweils innersten Sack jeder Ladung befindet sich das Geld, das sie für den Kauf des Getreides mitgebracht hatten und das wir beschlagnahmt haben, als wir sie zur Befragung herbrachten. Sie werden sehr überrascht sein, wenn sie es finden!« Mehu lachte spitzbübisch, als er es sich vorstellte.

»Gut. Sie sollen sich ihren eigenen Reim darauf machen.« Joseph blickte Mehu nachdenklich an. »Du musst wissen, ich habe meine Gründe, warum ich sie so behandle.«

»Ich muss zugeben, Herr, dass für jemanden wie mich, der ich den Hintergrund nicht kenne, Euer Verhalten etwas rätselhaft scheint.«

»Vertrau mir«, beruhigte ihn Joseph und nahm seine Perücke ab. »Ich habe meine Gründe. Jetzt vergewissere dich bitte, dass Sime–, ich meine der Mann, den wir zurückgehalten haben, gut versorgt und höflich behandelt wird. Er soll bevorzugt behandelt werden, darf es aber nicht wissen. Lass ihn in Einzelhaft bringen.« Für einen kurzen Augenblick huschte der Ausdruck heftiger Erregung über Josephs Gesicht, war aber sogleich wieder verschwunden. »Er soll sich ruhig eine Weile gedulden. Er verdient es nicht besser, nach allem …« Er schloss die Augen und verscheuchte den Gedanken. Sein Mund war ein schmaler Strich. »Also gut. Die anderen sollten ihn vor ihrer Abreise nicht mehr sehen. Sie sollen noch heute aus Avaris gebracht werden. Ich will, dass sie das Land so bald wie möglich verlassen. Kümmere dich darum!«

»Das ist seltsam«, wunderte sich Hakoris in seiner unverkennbar fremdländischen Sprechweise. Er griff in das oberste Fach des Schranks und tastete mit den Fingern darin herum, in der Erwartung, eine Papyrusrolle darin zu finden. »Das Fach dürfte doch nicht leer sein!« Er trat ein Paar Schritte zurück und überzeugte sich, dass sich darin wirklich keine Papyrusrolle befand. »Enti! Wo um alles in der Welt bist du hin?«

Es blieb still. Hakoris sah sich finster um. Zu dieser frühen Stunde führte sein Gehilfe normalerweise die Kinder aus dem Heim zu ihren Arbeitsstätten, wo sie ihre tägliche Arbeit verrichteten. Aber heute war kein gewöhnlicher Tag. Ehe der Wachposten seine Suche nicht abgeschlossen hatte, durften die Kinder nicht zur Arbeit. Sie gingen bereits von Haus zu Haus und holten die zehnjährigen Jungen.

Hakoris lächelte zynisch; die Kinder der Reichen würden jetzt alle plötzlich ein Jahr älter werden. Dank seiner eigenen Verbindungen mit Neferhotep würde man von seinen Kindern nur die schwächsten und damit wertlosesten Kinder mitnehmen und in den sicheren Tod führen. Trotzdem war es besser, seine kleinen Schutzbefohlenen im Haus zu behalten, um zu verhindern, dass man sie fälschlicherweise für solche Kinder hielt, für die keine Bestechungssumme hinterlegt worden war.

»Enti!«, brüllte Hakoris abermals. »Jetzt komm endlich gefälligst her!«

Der Diener trat ein und blieb einigermaßen stramm in der Tür stehen. »Aram ist hier und möchte Euch sprechen, Herr.«

»Er kann einen Augenblick warten. Wo hast du die Dokumente hingegeben, die hier in diesem Fach sein sollen?«

»Ihr habt angeordnet, dass sie vernichtet werden sollen, Herr. Ich habe sie gestern Abend auf den Aschenberg geworfen.«

»Vernichtet?« Alle Farbe wich aus Hakoris' Gesicht. »Ich soll einen solchen Befehl gegeben haben?« Ihm blieb der Mund offen stehen. »Du Narr! Ich habe die Dokumente im anderen Archiv gemeint!« Er packte den Diener vorne am Gewand und schüttelte ihn heftig. »Du kannst nur hoffen, dass sie immer noch dort sind.«

»Vor einer Stunde wurde das Feuer entfacht, so wie jeden Tag.«
Hakoris ließ ihn los und stieß ihn unsanft gegen die Wand. »Das
wirst du mir büßen! Jetzt kannst du nur hoffen, dass sie mit allem
anderen in Rauch aufgegangen sind.«

»Ich war heute früh dort und habe das Feuer beobachtet, bis es
erlosch. Ich wollte zur Stelle sein, falls Wind aufkommt, Herr. Ich
kann Euch daher versichern, dass alles zu Asche geworden ist.«

Hakoris sagte nichts, er knurrte nur leise und versetzte dem Diener plötzlich eine schallende Ohrfeige, dass diesem der Kopf wa-
ckelte. »Du Narr!«, presste Hakoris zwischen zusammengebissenen
Zähnen hervor. »Ich sollte dich umbringen! Verschwinde und
komm mir nicht mehr unter die Augen.«

Enti rieb sich die Backe und ging rückwärts zur Tür. »Aram,
Herr? Wollt Ihr ihn sehen?«

»Lass ihn eintreten!« Doch Aram wartete bereits hinter der Tür
und trat ein, noch bevor Hakoris den Satz beendet hatte. Enti
huschte zur Tür hinaus und verschwand. »Ich grüße dich. Ich habe
nur eben etwas gesucht, das aus Versehen fortgeworfen wurde.«
Es kostete Hakoris Mühe, sich zu beruhigen. »Was führt dich
her?«

»Baliniri ist in sein Landhaus auf der Insel gereist. Er lehnt sich
gegen den heute früh erteilten Befehl auf.«

»Gut. Dann sind wir ihn los. Gleichzeitig zieht er sich damit Salitis' Unwillen zu. Wenn er wieder zurückkommt, wirft ihn entweder der König ins Gefängnis, oder er ist so weit, dass er sich uns
anschließt.«

»Ich bin immer noch der Meinung, dass du ihm Leute hättest
nachschicken sollen, die ihn still und leise erledigen. Tote reden
nicht.«

»Vergiss es. Es ist besser so. Du musst dir über andere Dinge den
Kopf zerbrechen. Du musst deinen Sohn finden und den Jungen mit
der Narbe auf der Ferse, wer er auch sein mag. Außerdem musst du
Unterstützung für unsere Sache auf die Beine stellen.«

»Ich weiß. Es ist nur so, dass…«

»Vergiss es. Anscheinend muss ich alles selbst machen.« Er drehte sich um und betrachtete zornig den leeren Schrank. Als er sich
wieder Aram zuwandte, wich dieser entsetzt zurück, da er im ers-

ten Augenblick glaubte, Hakoris würde ihn schlagen. Hakoris' Augen erinnerten Aram an die eines Wahnsinnigen; noch nie hatte ihm jemand solche Angst eingeflößt wie Hakoris jetzt. Ihm lief es eiskalt über den Rücken. Wer war dieser Fremde, dieses Ungeheuer, mit dem er sich eingelassen hatte?

Ben-Hadad beugte sich über den Brunnen und schöpfte Wasser, um sich zu waschen, und warf dabei einen Blick auf sein Spiegelbild: die Haare ungekämmt, die Augen eingesunken und mit dunklen Ringen untermalt. Für einen kurzen Augenblick sah Ben-Hadad sich so, wie andere ihn sahen. Er war so entsetzt, dass er den Eimer fallen ließ und auf die Stufe vor dem Brunnen niedersank.

Das bin ich! Ein geschlagenes Wrack!, dachte er. Er kniff sich die schlaffen Wangen, betrachtete seine besudelten Kleider und schüttelte sich.

Er besaß kein Geld mehr, und seine einzigen Kleider waren nicht mehr zu gebrauchen. Nicht einmal für eine weitere Nacht in einer Schänke hatte er Geld. Da saß er also in einem fremden Land, das von einem Irren regiert wurde. Menschen, die gekommen waren, um in Ägypten Getreide zu kaufen und deren Geld aufgebraucht war, landeten hier entweder im Gefängnis oder in der Sklaverei. Ihn konnte nur noch Joseph retten. Doch in seinem augenblicklichen Zustand würde man ihn niemals zu Joseph vorlassen. Selbst mit neuen Kleidern würde er es nicht wagen, sich seinem alten Freund zu zeigen, nicht mit dem Gesicht, wie er es soeben im Brunnen gesehen hatte. Er hatte viele zerstörte Existenzen überall in Ägypten gesehen, die um kleine Münzen und Tischabfälle bettelten. Nein, das war keine Lösung.

Aber was blieb ihm übrig? Wenn er bei der Armee Arbeit als Waffenschmied fände, würde er für Baliniri arbeiten. Allein der Gedanke raubte ihm seine letzte Kraft. Was dann? Als Kesselflicker von Haus zu Haus gehen und alten Hausrat flicken? Doch er besaß kein Werkzeug und keinen Amboss.

Es musste einen Weg geben.

Abwesend starrte er in den Staub zu seinen Füßen. Von einem alten Baum über seinem Kopf war ein Zweig gefallen. Er hob ihn auf und begann, damit im Staub zu zeichnen, ohne darauf zu achten, was er tat. Ein Gedanke quälte ihn unaufhörlich: Warum habe ich Lischt verlassen? Ich war reich, angesehen und ein geschätztes Mitglied der Gesellschaft.

Er war ein Narr gewesen! Sein Blick fiel auf die Zeichnung, die er in den Staub zu seinen Füßen gekritzelt hatte. Interessiert betrachtete er sein Werk. Es war ein länglicher, schmaler Kasten, der Länge und der Breite nach unterteilt: der Breite nach gedrittelt, der Länge nach in zehn Kästchen unterteilt. Er hatte ein Senet-Brett in den Staub gezeichnet.

Senet war ein in ganz Ägypten seit ungezählten Jahrhunderten, ja vielleicht Jahrtausenden beliebtes Spiel. Die Quadrate auf dem Brett standen für die Stationen, die die Seele vom Augenblick des Todes durchwandern musste, bis sie ihr endgültiges Ziel erreichte. Der Beginn des Spiels wurde mit dem Zeitpunkt des Todes gleichgesetzt, und vierzehn Spielsteine waren im Spiel. Jeder in Ägypten spielte Senet. Ben-Hadad schöpfte wieder Hoffnung.

Zum Senet-Spiel brauchte man kein Geld. Man konnte ein Senet-Brett in den Sand zeichnen, wenn man kein teures mit Perlmutt eingelegtes Brett aus Elfenbein oder Sandelholz besaß. Die Spielfiguren, die Kegel und Rollen der zwei gegeneinander spielenden Parteien konnte man aus Ton formen. Die Wurfstäbchen konnte man aus Zweigen basteln.

Alles, was man brauchte, war Talent und ein Gegner.

Alles, was man in Ägypten brauchte, um zu Geld zu kommen, waren Geschick im Senet-Spiel und die passenden Gegner.

So hatte sich Ben-Hadad schließlich auch damals durchgeschlagen, als er aus Kanaan nach Ägypten gekommen war. Er hatte nicht eine einzige Kupfermünze besessen und keine zehn Worte der Sprache gesprochen. Dann hatte er zwei Männern zugesehen, die in den Basaren um ein paar Kupfermünzen Senet spielten. Der Aufbau des Spiels war ihm sofort klar gewesen, und allmählich gelang es ihm, Gegner zu finden. Er gewann Geld und konnte die Miete bezahlen. Er könnte es wieder tun. Er hatte mit nichts begonnen und sich hochgearbeitet. Er könnte es wieder tun. Bestimmt besaß er noch das Geschick wie damals, auch wenn er seit Jahren nicht Senet gespielt hatte. Er müsste nur ein wenig üben.

Ben-Hadad zog nochmals den Eimer hoch. Diesmal zitterte seine Hand nicht so wie beim ersten Mal, als er das lange Seil aus der Tiefe holte.

Riki saß neben Baliniri im Wagen und klammerte sich verzweifelt fest. Sie fuhren auf einer mit Palmen gesäumten Straße oben auf einem Damm, die noch aus den glorreichen Tagen der Zwölften Dynastie stammte und lange vor der Ankunft der Hay gebaut worden war.

Baliniri hielt den Kopf lachend der Sonne und dem Wind entgegen. Zum ersten Mal seit Tagen fühlte er sich prächtig, und es gefiel ihm, zusammen mit dem Jungen unterwegs zu sein. Es würde ihm Spaß machen, Riki alles Mögliche beizubringen. Noch dazu würde er keine Zeit zum Grübeln haben.

»Baliniri! Schau, dort drüben!« Der Junge deutete auf die Straße vor ihnen, wo eine Frau und ein Junge etwa in Rikis Alter Hand in Hand gingen. »Weiß sie denn nicht, was für ein Befehl heute früh erlassen wurde?«

»Vielleicht nicht«, antwortete Baliniri. »Hier auf dem Land wissen die armen Kerle noch nicht, was ihnen bevorsteht. Wir warnen sie besser, dass sie den Jungen verschwinden lässt, bis die blutrünstige Angelegenheit vorüber ist.«

Die Pferde näherten sich den beiden Wanderern. Die Frau ließ die Schultern niedergeschlagen hängen; sie tat Baliniri Leid. Ihre Kleider waren schäbig, aber nicht zerrissen und einigermaßen sauber. Sie war offensichtlich bemüht, trotz ihrer Armut den Schein zu wahren. Der Junge sah sehr nett aus; er hatte einen geraden Rücken und eine gute Haltung. Es gab so viele ehrliche, hart arbeitende Menschen im Land, aber Salitis und seine Machenschaften raubten ihnen den Lebensgeist. Das Volk verdiente etwas Besseres.

Wenn jemand im Delta das Volk verraten hatte, dann war er es gewesen. Von Salitis konnte man zumindest sagen, dass er verrückt sei. Aber er, Baliniri, hatte sich Salitis' Befehlen gefügt, bis hin zu dessen letztem mörderischen Ansinnen, die Kinder zu entführen und zu töten.

Jetzt gab es aber die Verschwörung, von der Riki anscheinend eine Menge wusste. Vielleicht waren ihre Ziele besser als jene des Königs, auch wenn sie nicht fehlerfrei waren. Vielleicht sollte er sich ihnen anschließen und den König stürzen. Würde er auf die Machenschaften dieser neuen Herren mehr Einfluss haben als auf die von Salitis?

»Warte, Baliniri!«, rief Riki plötzlich. »Ich kenne diese beiden!« Er sprang vom Wagen und lief auf die Frau und den Jungen zu. Baliniri sah sich die beiden an. Die Frau hatte ein verhärmtes Gesicht und wirkte verletzt und empfindsam. Sie verkörperte für Baliniri die vielen ehrlichen Ägypter, die er verraten hatte; er fühlte sich ihr sofort zutiefst verpflichtet. Als sie den Soldaten, den Wagen und die Pferde sah, wollte sie schon fortlaufen, doch als sie Riki erkannte, lächelte sie.

»Tefnut!«, rief Riki. »Du musst dich in Sicherheit bringen. Sie sind hinter dir her!«

Tefnut sah Baliniri ängstlich an.

»Nein, nein!«, beruhigte sie Riki. »Er ist auf unserer Seite. Er kann dir helfen.« Und zu Baliniri gewandt: »Du hilfst ihr doch, General? Können wir sie nicht mitnehmen?«

Baliniri sah die Frau und ihren Sohn an, dann sagte er entschlossen: »Setze sie auf eines der Pferde. Aber rasch! Wir müssen zum Hafen, ehe wir einer Straßenpatrouille begegnen.« Er nickte der Frau zu. »Vertrau uns! Er hat Recht, du bist in großer Gefahr. Wir dürfen keine Zeit verlieren.«

Kapitel 7

I

An manchen Tagen kam Mekims Flotte südlich von Lischt, von günstigem Wind getrieben, gegen die mächtige Strömung des Nils gut voran. Zuerst waren die Ufer auf beiden Seiten flach und fruchtbar und von einzelnen Palmen bestanden gewesen. Jetzt hingegen hoben sich an beiden Flussufern hohe Felsklippen. Die zerklüfteten sattbraunen Felsen wiesen noch hoch über dem Wasserspiegel deutliche Spuren von Erosion auf; das Wasser des Nils musste also vor undenklichen Zeiten wesentlich höher gewesen sein – kaum vorstellbar.

Im weiteren Verlauf des Tages wurden die felsigen Ufer von Tälern oder tief eingeschnittenen Buchten unterbrochen. Hier drängten sich oft winzige Hütten zusammen, und die Lupinen wuchsen manchmal bis an den Rand des Wassers.

Teti stand an der Reling und beobachtete begeistert die vorbeiziehende Landschaft. In der rasch tiefer sinkenden Sonne zogen lange Schatten über den Fluss. Die Felsen am Westufer leuchteten in kräftigen, dunklen Farben. Die Schatten ließen die Felsspalten violett schimmern, und die Palmen hoben sich bronzefarben gegen den leuchtend roten Horizont ab. Dann versank die Sonne hinter dem Horizont. Der Himmel war in rosarotes Licht getaucht, während die Felsen plötzlich nur noch grau waren.

Teti konnte sich nicht satt sehen an all der Schönheit, die sie umgab. Sie war wie in Trance und wünschte sich sehnlichst, jemanden zu haben, mit dem sie dieses Erlebnis teilen konnte. Sie hatte nie Freundinnen gehabt. Ihr ganzes Leben war bisher der Verfolgung eines Ziels gewidmet gewesen, das eher eine männliche Domäne war. Nur sehr selten war sie mit Mädchen zusammen gewesen und hatte sie dann stets dumm, oberflächlich und eitel gefunden. Tetis Sorgen hatten mit denen der anderen Mädchen nichts gemein.

Die Gespräche mit den Soldaten im Lager gaben ihr mehr. Sie

hatte sich deren derben Ton und gutmütige Neckereien ebenfalls angewöhnt und im Umgang mit ihnen ihren eigenen witzigen, herzlichen Spott entwickelt, mit jedem Einzelnen ebenso wie mit allen gemeinsam.

Aber in dieser kameradschaftlichen Beziehung fehlte etwas. Sie hatte keinen wirklichen Freund. Keiner der Männer bedeutete ihr mehr als ein anderer. Es gab keinen Freund, mit dem sie ein besonderes Erlebnis, wie zum Beispiel diesen wunderbaren Sonnenuntergang und das zauberhafte Farbenspiel danach, hätte teilen können. Sie seufzte.

Netru!

Wie sie ihn gerade jetzt vermisste.

Sie fühlte sich einsam und verstand nicht, warum. Ihre gesamte Zeit ging mit den Vorbereitungen für die Arbeit in der Schmiede auf. Was noch an freier Zeit blieb, ging dafür drauf, jungen Soldaten Ratschläge zu erteilen, wie man durch die Inspektion kam, oder sie schlüpfte unter Deck und fütterte Crickte, ihren Geparden, den sie als ihr Haustier mitgenommen hatte. Außerdem musste sie an den von Mekim einberufenen Treffen der Anführer teilnehmen. Wo blieb da noch Zeit, sich einsam zu fühlen?

Dabei war die Zeit, die sie mit Netru verbrachte, nicht immer angenehm gewesen. Sie verspürte stets den unüberwindlichen Drang, ihn zu reizen; er hingegen wurde sehr leicht wütend auf sie. Die halbe Zeit stritten sie miteinander. Warum fühlte sie sich dann vernachlässigt?

Dennoch hatte ihre Freundschaft mit dem jungen Soldaten etwas Besonderes an sich. Ihre Beziehung war anders als alle anderen. Wenn sie etwas hörte oder sah, dann wollte sie immer wissen, was er darüber dachte und ihre Ansichten vergleichen.

Mit geschlossenen Augen versuchte sie sich das Bild seiner breiten Schultern und kräftigen Arme zu vergegenwärtigen. Als sie die Augen öffnete, sah sie für einen kurzen Augenblick seine braunen Augen vor sich, in denen ein kleines Lächeln lag.

Sie konnte es sich ruhig eingestehen: Er fehlte ihr.

Warum behandelst du ihn dann nicht netter, wenn er da ist?, fragte sie sich. Versetz dich einmal in seine Lage. Wenn du Netru wärst, wolltest du deine Zeit mit einem schlaksigen, uneleganten

Mädchen verbringen, das sich wie ein Mann kleidete und dich gnadenlos hänselte?

Natürlich nicht. Sie wollte jemanden, der ihr Aussehen bewunderte und alles, was sie tat, lobte. Sie wollte jemanden, der ab und zu auf ihre Meinung hörte und sich so verhielt, als wäre sie jemand Besonderer.

Wie gingen wohl andere Frauen mit ihm um? Ob sie ihn verführerisch anlächelten, mit den Wimpern klimperten, mit dem Hinterteil wackelten und ihre Brüste stolz zur Schau trugen?

Sie blickte an sich hinunter und seufzte. Ihre Brüste waren nicht groß, besonders wenn sie sie mit jenen der Frauen in den Schänken verglich. Ihre Hüften waren kaum breiter als die eines Mannes. Sie würde sich wie eine Närrin vorkommen, wenn sie sich einem Mann gegenüber wie ein Weibchen benähme. Diese Affektiertheiten waren für königliche Schönheiten wie ihre Mutter zum Beispiel oder süße kleine Weibchen wie Tuja, obwohl keine von diesen beiden sich so benahm. Aber sie könnten es, falls sie es wollten.

Aber sie? Sie, die burschikose Teti? In ihren Adern floss Schobais Blut. Schobai aber hatte den größten Mann in der ganzen Armee noch um Haupteslänge überragt. Für eine Frau war Teti groß und kräftig, ja sogar für einen Mann wäre sie noch groß und kräftig gewesen. Sie übertraf auch Ketan an Kraft. Vielleicht war sie sogar so stark wie Netru, vielleicht sogar stärker als er, ging es ihr erstmals durch den Sinn.

Jetzt reicht es aber!, schalt sie sich. Mit solchen Sachen schaffst du dir nur Probleme. Ein Mann war wohl am allerwenigsten daran interessiert, dass ihm eine Frau an Kraft ebenbürtig oder sogar überlegen war.

Rastlos ging sie hinüber zum Ruderhaus und stieg nach unten, an den Mannschaftsräumen vorbei in den Laderaum. Der kleine Gepard hörte ihre Schritte und quiekte leise. Teti musste lachen, als sie vor die Kiste trat, in der sie den kleinen Kerl gelassen hatte. Zuerst war es aber notwendig gewesen, dass sie den Hilfsmaat, der für den Laderaum verantwortlich war, bestach, damit er sich um den jungen Geparden kümmerte.

Teti holte den Kleinen heraus, hielt ihn hoch und rieb ihre Nase an der seinen. Sie lachte, weil er sich gegen sie wehrte. Er war schon ziemlich kräftig; sein kleiner Körper war fest und mit Muskeln bepackt. Teti setzte sich, legte sich die kleine Raubkatze in den Schoß und streichelte ihr raues Fell auf dem Rücken. Man konnte das Fell nur in eine Richtung streicheln; gegen den Strich war das Fell unglaublich rau.

Vielleicht verhielt es sich mit Männern ähnlich. Vielleicht würde sie lernen müssen, Netrus Standpunkt zu akzeptieren und so mit ihm auszukommen, statt auf ihrem Standpunkt zu beharren.

Eines wusste sie aber mit Sicherheit: Kokettes Verhalten und mit dem Hinterteil wackeln, wie es andere Frauen Männern gegenüber machten, war nicht ihre Art. Sie würde sich wie eine Närrin vorkommen. Wenn Netru eine Freundin wollte, die ihm schöne Augen machte und unterwürfig war, dann musste er sich anderswo umsehen. Sie war eben anders, stark und sehr lebhaft, wie die kleine Raubkatze hier. Netru musste sie ebenso nehmen, wie sie war, mehr gab es da nicht zu sagen.

Es war ihr aber gar nicht recht, dass er ihr so fehlte, sobald er abwesend war.

II

Das Treffen der Anführer an Bord von Mekims Flaggschiff, der *Ibis*, war schon längst zu Ende. Die Männer waren die Schlachtpläne durchgegangen und hatten sie ausführlich besprochen. Die ranghöchsten Anführer der Einheiten, die sich an diesem Feldzug beteiligten, hatten sich bei den beiden Heerführern mit einem Gruß verabschiedet und waren mit kleineren Booten zu ihren Schiffen zurückgekehrt.

Mekim und der alte Musuri blieben noch bei ein paar jüngeren Anführern sitzen, die sie noch nicht entlassen hatten. Auch Netru war unter ihnen. Während er unruhig wartete, fragte er sich, ob er etwas falsch gemacht hatte. Würde man ihn wegen eines Vergehens degradieren?

Endlich wandte sich Musuri an ihn und die anderen. Seine Sprechweise war wie immer langsam und entspannt. »Macht es euch gemütlich und setzt euch. Wir werden hier ein leichtes Abendessen einnehmen und laden euch dazu ein.«

Die fünf jungen Männer sahen einander erstaunt an: Netru und Nesumun, der tüchtige junge Sabu, der Bote Chetasar und Henu, der Kommandant der Schairetana Bogenschützen. Netru fasste sich als erster. »Wie Ihr wünscht, Herr«, sagte er, machte eine kleine ungeschickte Verbeugung und nahm am Tisch Platz.

»Ihr habt euch vermutlich gewundert, warum wir euch zurückbehalten haben, nachdem die anderen bereits gegangen sind. Ihr seid jung und besitzt alle hervorragende Eigenschaften. Eines Tages werdet ihr von uns Alten das Kommando übernehmen.« Als sie protestierten, bat Musuru mit erhobener Hand um Ruhe. »Wir befinden uns hier auf einem ziemlich verzweifelten Feldzug. Es ist auch der wichtigste Feldzug, den Baka seit der Verteidigung von Lischt und der Festigung der Linien gegen die Hay nach dem Fall von Memphis organisiert hat. Gut möglich, dass wir Alten im Kampf fallen werden. Wenn das eintritt, dann müsst ihr Jungen das Kommando übernehmen. Dazu müsst ihr Verschiedenes wissen.«

Sabu ergriff das Wort: »Ich bin überzeugt, Ihr werdet siegreich aus dem Kampf hervorgehen, Herr.«

Musuri bat ihn mit einer geduldigen Handbewegung zu schweigen. Er lehnte sich zurück und lächelte Mekim zu, der bisher geschwiegen hatte. »Mekim und ich wissen, wer ihr seid. Ihr müsst lernen, wer wir sind und wer der Feind ist.«

Ein Diener steckte den Kopf zur Tür herein. Musuri beantwortete seine stillschweigende Frage mit einer bejahenden Handbewegung, und der Diener zog sich wieder zurück. »Er bringt uns Wein«, erklärte Musuri. »Sicher habt ihr alle den gleichen Durst wie ich. Aber zurück zum Thema. Wir alle kennen Mekim als einen der Helden bei der Belagerung von Mari. Damit beendete Hammurabi seine Eroberung des oberen Euphrats und vereinte damit das größte Königreich im Zwischenstromland unter seine Herrschaft. Danach wurde Mekim von der Belagerungsarmee abgezogen und an die Grenze des Hethiter-Reiches geschickt, in eine Stadt nördlich von Haran. Diese Stadt lag an einer bedeutenden Handelsroute. Es war äußerst wichtig, dass sie nicht in die Hände der Hethiter fiel.«

»Du lässt es wichtiger erscheinen, als es tatsächlich war«, unterbrach ihn Mekim.

»Nein, das tue ich nicht. Strategisch gesehen war es unerlässlich.« Damit wandte er sich wieder an die jungen Männer. »Mekim wurde mit der Verteidigung der Stadt betraut. Er schlug die Eisenschmiede nicht nur zurück, wobei das allein schon eine beachtliche Leistung war, sondern zwang sie in einen Engpass, wo er dann ihre gesamte Streitmacht vernichtete.«

»Das war Glück«, schwächte Mekim das Lob ab. »Sie tappten in die Falle.«

»Lass mich die Geschichte erzählen, ja! Du bist zu bescheiden. Wenn ein paar Anführer zusammensitzen und sich über berühmte Schlachten unterhalten, dann kommt dieses Gefecht in der Einöde immer zur Sprache. Schließlich hat damals eine kleine mit Bronzewaffen ausgerüstete Truppe den Invasionstrupp einer der meistgefürchteten Armeen vernichtet. Obwohl niemand je ein Ruhmeslied verfasst hat, mit dem der Name der Stadt in die Geschichte eingegangen wäre ...«

»Malataja«, warf Henu dazwischen. »Es war Malataja, Herr. Die Schairetaner erinnern sich nur zu gut daran.«

»Ein Pluspunkt für dich«, lobte Musuri. »Ich wollte damit nur erklären, warum Mekim für die Führung des Feldzugs ausgewählt wurde. Niemand versteht sich so sehr wie er auf die vornehme Kunst, den Angreifer für jeden Schritt, den er vorwärts tut, teuer bezahlen zu lassen.«

»Sie müssen bei Edfu aufgehalten werden«, stellte Mekim fest. Bis jetzt hatte er entspannt zurückgelehnt gesessen, die Hände im Schoß. Jetzt lag energische Dringlichkeit in seiner Stimme. »Wir dürfen nicht zulassen, dass sie Theben einnehmen, darin sind wir uns alle einig, Baka, Musuri, ich und alle anderen. Noch nie in der Geschichte Ägyptens sind die Schwarzen so weit auf unser Gebiet vorgedrungen. Wir müssen ihnen Einhalt gebieten.«

»Akilleus aufzuhalten wird kein Spaziergang werden. Der alte Mann besitzt einen hervorragenden Verstand. Ihr habt keine Ahnung, welchen Einfluss er auf diese prächtigen schwarzen Kerle unter seinem Kommando hat. Das sind Soldaten! Ich kenne diese Männer. Viele von ihnen sind wie Söhne zu mir. Es begeistert mich gar nicht, gegen sie zu kämpfen, besonders nicht gegen Obwano. Er ist der Einzige von Akilleus' Männern, die Akilleus bis an die Quellen des Nils begleitet haben, außer Ebana und mir.«

»Obwana ist ein guter Soldat«, gab Mekim ihm Recht. »So manche der erfolgreichen Aktionen der jüngsten Zeit tragen seine Handschrift. Seine und die von Ebana.«

»Ich hielt sie schon immer für klüger als den alten Mann. Aber du darfst mich nicht falsch verstehen«, erklärte Musuri dem Jüngeren. »Akilleus ist ein großartiger Mann, in so mancher Hinsicht übertrifft er alle, denen ich in meinem Leben begegnet bin. Soll ich euch von ihm erzählen?«

Zustimmendes Gemurmel war zu hören, während der Diener jedem der Anwesenden Wein einschenkte. Die jungen Männer beugten sich vor, und Musuri begann mit der Lebensgeschichte seines ehemaligen Freundes und jetzigen Feindes. »Akilleus wurde südlich von hier in den Bergen als Prinz geboren. Er hieß damals Mtebi. Als sein Vater starb, ließ sein Onkel ihn entführen und in die Sklaverei verkaufen. Danach verbrachte er viele Jahre als Rudersklave auf einer Galeere. Er war stark und konnte ein Zweimann-Ruder allein betätigen. Das Schiff wurde von Piraten überfallen, und Akilleus wurde in der Folge einer von ihnen. Für eine kurze Zeit kommandierte er sein eigenes Schiff, dann wurde er Handelsherr. Schließlich wurde er Kommandant einer Handelsflotte und entwickelte sich zum vielleicht reichsten Mann auf dem Großen Meer. Er besaß eine riesige Flotte. Die Griechen gaben ihm den Namen Akilleus nach einem der unsterblichen Helden ihrer Sagenwelt.«

»Ihr seid ihm in Arvad begegnet, nicht wahr, Herr?«, fragte Henu.

»Ja. Nach dem Fall von Ebla flohen Schobai, sein Vater und ich vor den Hay. Nach dem Tod von Schobais Vater wussten Schobai und ich nicht, wohin, und wir schlossen uns Akilleus auf seinem Schiff an. Jahre vergingen. Die Hay eroberten Ägypten. Akilleus landete in Sais, um hier Geschäfte abzuschließen, und wir alle schlossen uns eine Zeit lang dem Widerstand gegen den Feind an.«

»Erzähl ihnen von der Fahrt zum Nil«, gab Mekim den abschweifenden Gedanken des alten Mannes eine neue Richtung.

»Richtig! Dedmose bat um Hilfe. Er brauchte neue Truppen, Erz und andere Nachschubgüter aus dem Süden, um besser gegen die Eindringlinge gerüstet zu sein. Akilleus nahm den Auftrag an, und wir brachen in seine alte Heimat auf.«

Musuri machte in Gedanken verloren eine Pause. Netru betrachtete ihn zum ersten Mal unvoreingenommen und stellte fest, wie alt Musuri seit damals geworden war, als er sich vor einigen Jahren von der Armee zurückgezogen hatte. Musuri trug ein weit geschnittenes Gewand, das jetzt verrutscht war und seinen kraftlosen Oberarm entblößte. Zum ersten Mal wirkte der alte Mann zerbrechlich. Dazu kam sein nachlassendes Erinnerungsvermögen. Mit einem Mal stellte sich Netru die zwingende Frage: Was macht dieser alte Mann hier auf einem solchen Feldzug?

Plötzlich spürte er Musuris Blick auf sich gerichtet. Er blickte auf und sah sich verlegen Musuris leicht belustigten Blicken ausgesetzt. »Entschuldigt, Herr«, stammelte er.

Musuri lachte gutmütig. »Ich muss dir wie ein alter Trottel vorkommen.«

»Nein, keineswegs, Herr!«

»Das macht nichts. Aber es gibt einen Grund dafür, warum ich hier bin. Oberhalb des großen Wasserfalls liegt Akilleus' Heimat. Es war sein Land, und er wurde ein großer Mann. In dem Land, in dem er geboren wurde, gewann er ein Königreich und wies es zurück. Er überließ es einem hervorragend begabten jungen Soldaten namens Kimala. Ihm schwebte seine eigene Bestimmung vor, und die lag in der Herrschaft über Nubien. Und zu verhindern, dass er diese Bestimmung erreicht, sind wir hier.« Musuri klang ein wenig traurig. »Denn Akilleus glaubt, dass sein Sohn dazu bestimmt ist, über Ägypten zu regieren. Mit der Größe, zu der er es im Land in den Bergen gebracht hatte, verlor er auch das Maß. Eine Art Wahnsinn mischte sich in sein Denken, und dieser Wahnsinn hat jetzt die Oberhand gewonnen.«

Leise seufzend schloss Musuri für einen Augenblick die Augen. Eine grenzenlose Traurigkeit hatte sich seiner bemächtigt.

»Akilleus muss sterben«, sagte er leise. »Das ist der Grund dafür, warum ich mitgekommen bin. Er ist mir ein Vater und Freund. Ich muss ihn töten.«

Der Mond stand hoch, als die fünf jungen Männer die Kabine des Kommandanten verließen und auf Deck auf die Boote warteten, die sie zu ihren eigenen Schiffen bringen sollten. Nesumun winkte sie an die Reling im Windschatten; eng beieinander stehend sahen sie einander an.

»Was haltet ihr davon?«, fragte Nesumun.

»Er hat uns eine große Ehre erwiesen«, antwortete Netru.

»Ich meine, was haltet ihr davon, dass der alte Mann Akilleus töten soll?«

»Er ist schwach wie ein Kätzchen«, brummte Sabu abfällig. »Er will gegen Akilleus kämpfen? Dass ich nicht lache!«

»Ich weiß nicht recht«, überlegte Henu. »Im Kampf kommt es nicht allein auf die Kraft an. Bei den Schairetanern …«

»Es geht schon wieder los!«, unterbrach Nesumun ihn spöttisch. »Jetzt werden wir wieder darüber belehrt, wie viel mehr die Schairetaner über die Kriegführung wissen als alle anderen.«

»Es weiß natürlich ein jeder, wer wirklich die Elite-Einheiten der Armee bildet.«

»Die Frage ist, ob Musuri übergeschnappt ist oder nicht«, meldete sich Chetasar zu Wort. »Ich persönlich bin nicht der Meinung. Ich habe unter vielen verrückten Militärs als Bote gedient.« Die anderen wollten ihn durch ihre spöttischen Bemerkungen dazu bringen, Namen zu nennen, aber er weigerte sich standhaft. »Ich versichere euch aber, der alte Mann redet ganz anders als sie. Meiner Meinung nach wird er es versuchen. Ob er Erfolg haben wird, ist eine andere Sache.«

Sabu schüttelte den Kopf. »Er muss von Glück reden, wenn er es vom Schiff bis zum Lager schafft. Er wird die Schlacht von einer Anhöhe aus beobachten, falls er überhaupt noch so weit sieht.«

»Es hat den Anschein, dass Baka ihn aus rührseligen Gründen mitgeschickt hat«, stellte Nesumun fest. »Aber vielleicht weiß er mehr über Akilleus als andere. Er könnte Mekim dabei nützlich sein, wenn es darum geht, den alten Mann zu überlisten. Ich habe jedoch keine Zweifel darüber, dass die Hauptverantwortung der strategischen Entscheidungen von Mekim getragen wird.«

Jetzt war es Netru, der das Wort ergriff. »Ich will nicht behaupten, ein großer Fachmann zu sein, aber ich weiß doch einiges über die menschliche Natur. Es gibt mehrere Möglichkeiten, einen Menschen zu töten, und auch mehrere Gründe dafür, das Töten eines Menschen für sich zu beanspruchen.«

»Was willst du damit sagen?«, fragte Sabu.

»Die Kraft in Musuris alten Muskeln reicht zum Beispiel bestimmt noch zum Spannen eines Bogens. Ein Mann stirbt genauso schnell von einem gezielt abgeschossenen Pfeil; man muss ihm nicht unbedingt den Kopf abschlagen.« Netru wartete die Wirkung seiner Worte ab. »So gesehen kann jeder zum Todesschützen werden. Es könnte Mekim sein, geführt von Musuris Hand. Es könnte jeder von uns sein.«

»So habe ich es noch nicht betrachtet«, gestand Sabu.

»Jeder tüchtige Mann in der Armee ist in den Händen eines guten Kommandanten eine Waffe. Ich glaube, dass Musuri Akilleus wirklich liebt, vielleicht mehr liebt, als er je einen anderen Menschen geliebt hat. Es schmerzt ihn zu sehen, wie der alte Mann zum Gespött seiner selbst wird und dabei Schaden anrichtet. Ich würde sagen, dass Musuri die Verantwortung übernehmen will. Wenn dein Pferd krank ist, würdest du es einem anderen überlassen, es zu töten? Nein? Um wie viel eher würdest du dich dann so entscheiden, wenn es um einen Freund geht, der sich zu seinem und deinem Schaden entwickelt hat?«

Die jungen Männer sahen einander an und richteten danach ihre Blicke wieder auf Netru. Der Ausdruck jedes Einzelnen hatte sich verändert, zeugte von Nachdenklichkeit, vielleicht auch von einer neuen Hochachtung.

III

Musuri trank noch einen Wein aus, den der Diener gebracht hatte. Nachdenklich starrte er in seine Weinschale. Mekim war im Begriff zu gehen und blieb noch einmal an der Tür stehen. »Du bist ungewöhnlich nachdenklich«, stellte er fest. »Was ist der Grund dafür, alter Freund?«

»Komm und hilf mir, diesen Krug hier zu leeren«, bat Musuri. »Es reicht für einen halben Becher für jeden von uns. Und hör endlich damit auf, mich so anzusehen, als würde ich mich dem Suff ergeben. Ich erinnere mich an eine Zeit, da wurde ein gewisser Hauptmann der Fußtruppen von einer Siegesfeier mit den Füßen voran hinausgetragen. Es ist noch gar nicht so lange her.«

Mekim grinste, dann gähnte er. Achselzuckend nahm er Musuri gegenüber Platz und goss sich einen halben Becher Wein aus der Amphore ein. »Ich komme deiner Bitte nach. Siehst du, wie gefügig ich bin? Jetzt sage mir, was dir am Herzen liegt.«

Musuri nahm einen Schluck. »Ich wollte wissen, was du von ihnen hältst«, fragte er dann.

»Von diesen Jungen? Ich halte sie für mächtig gut. Der große von den Schairetanern gefällt mir am besten.«

»Henu. Er ist gut für den Stab.« Musuri nickte. »Er kennt sich aus. Aber ich glaube, es gibt einen Grund, warum die Schairetaner ihn zu uns geschickt haben, anstatt ihn bei ihrer Einheit zu behalten und ihm ein Kommando zu übertragen. Nein, nein!« Er winkte mit einer für ihn typischen Handbewegung den Gedanken beiseite. »Ich will seinen Wert nicht schmälern. Er ist bestimmt sehr tapfer. Aber er ist ein bisschen sehr gelehrt. Er ist ein Theoretiker.«

Mekim schwenkte nachdenklich den Wein im Becher hin und her. »Vielleicht hast du Recht. Dann ist da noch Sabu. Er wird vielleicht ein Kommando bekommen und sich auch auszeichnen. Er mag ein wenig unüberlegt sein.«

»Richtig. Was ist mit Chetasar?«

»Er denkt nach und redet nicht viel. Er hält die Augen offen. Ich bin mir noch nicht im Klaren über ihn. Was steht über sein Kampfverhalten in seiner Beurteilung?«

»Er war noch nie im Kampf.«

»Dann wird er schon sehr bald seine ersten Erfahrungen sammeln.«

»Chetasar macht einen guten Eindruck, aber bis zur ersten Schlacht bleibt er ein unbeschriebenes Blatt. Was ist mit Nesumun?«

Mekim trank; sein Becher war jetzt beinahe leer. »Noch sehr jung. Aber er ist bedachter als die meisten. Wir dürfen nicht vergessen, mein Guter, dass wir über die Besten der jungen Leute sprechen. Diese fünf jungen Männer wurden von Baka selbst aus der ganzen Armee ausgesucht. Keiner von ihnen unterschreitet ein gewisses Niveau.«

»Stimmt. Nesumun ist reifer, als es seine Jahre erwarten lassen. Aber er ist um zwei Jahre jünger als die anderen. Das könnte nachteilig für ihn werden, aber ich glaube, er wird sich gut machen.« Musuri trank wieder einen Schluck und wischte sich über den Mund. »Wein ist ein Trost in meinem Alter. Ich schlafe immer nur wenige Stunden, dann wache ich auf und starre bis zur Morgendämmerung an die Decke.«

»Dagegen hilft nur ein Feldzug, alter Freund.« Mekim grinste. »Du schläfst auf hartem Boden, und es ist besser in die Sterne zu schauen als an die Decke. Keine Decke kann mit den Sternen mithalten, nicht einmal die in Ägypten, die mit den übertriebenen Berichten der eigenen Heldentaten aus den verschiedenen Schlachten bemalt sind.«

»Du hast Recht«, pflichtete Musuri ihm bei. »Der Gedanke, im Bett zu sterben, jagt mir Entsetzen ein. Ich habe die Gelegenheit, mit dir zu kommen, ohne lange nachzudenken, ergriffen, auch wenn das bedeutete, dass ich meine liebe Heket verlassen musste. Wenn ich sterben muss, dann unter freiem Himmel.« Musuri stieß einen tiefen Seufzer aus, aber seine Augen funkelten schalkhaft. »Zieh dich nie in den Ruhestand zurück, Mekim. Ich habe den Ruhestand gehasst, das kann ich dir sagen. Eines Tages saß ich doch tatsächlich auf einer Bank auf dem Stadtplatz und erzählte jungen Bürschchen alte Kriegsgeschichten, wie ein alter Narr. Noch vor ein oder zwei Monaten hätte ich darüber nur gelacht.«

»Dir ist klar, dass ich dich nicht kämpfen lassen kann.«

»Wie willst du mich daran hindern? Ich habe den höheren Rang, zumindest sobald wir an Ort und Stelle sind.«

»Das ist ein Problem.« Mekim starrte in seinen leeren Weinbecher. »Trotzdem, wenn ich herausfinde, dass du dich mit dem verrückten Gedanken trägst, dass der Sache am besten gedient ist, wenn du mit dem Schwert in der Hand dich in das Gefecht stürzt und dich lächerlich machst, dann …«

»Wenn du versuchen solltest, mich aufzuhalten, dann befehle ich dir, weit hinter den vordersten Linien Gänseblümchen für das Siegesmahl zu pflücken.«

Mekim sah ihn finster an. »Ich glaube, du wärst tatsächlich dazu imstande.«

»Ich würde dir den Befehl persönlich und vor Zeugen erteilen. Wenn du dich ihm widersetzt, dann kehrst du in Fesseln nach Hause zurück. Du kannst dir überlegen, ob dir das gefällt. Schade, dass nicht mehr Wein da ist. Aber ich will nicht noch einmal welchen bestellen.«

»Vermutlich willst du, dass ich welchen bestelle, damit du dein Gesicht wahren kannst.«

»Das könntest du tun. Aber es ist nicht so wichtig. Ich habe genug gehabt. Kommen wir auf unser Gespräch zurück. Keiner der jungen Kerle hat etwas Lausbübisches an sich. Als ich jung war, hatte ich es faustdick hinter den Ohren. Du übrigens auch.«

»Würdest du einem von ihnen empfehlen, er solle versuchen, eher so zu werden, wie du und ich in ihrem Alter waren?«

Musuri schien davon nicht begeistert zu sein. »Nur wenn ich ihnen die dummen Fehler ersparen könnte, die ich gemacht habe, die Fehler und den Kummer. Einmal kannte ich eine Frau in Damaskus. Ein vernünftiger Mann hätte keinen zweiten Blick auf sie verschwendet. Er hätte sie sofort durchschaut.«

Das brachte Mekim auf einen anderen Gedanken. »Ich habe gehört, dass Ketan, Tetis Bruder, im Begriff stand, sich mit einer solchen Frau einzulassen. Es war unmittelbar bevor wir abfuhren. Ich stelle mir vor, dass Baka die Sache im Keim erstickt, bevor Ketan in Schwierigkeiten gerät.«

»Das hoffe ich sehr. Ketan ist immer sehr empfindsam gewesen.«

»In Liebesdingen ist jeder verwundbar. Denk nur einmal daran, was Baliniri wegen Ben-Hadads Frau aufgeführt hat. Das ist Jahre her. Ich habe immer geglaubt, er wird es überwinden, aber nein! Diese Frauen! Wie ist es möglich, dass so kleine, sanfte Geschöpfe einem solchen Schmerz zufügen können, schlimmer noch als eine Speerspitze.«

»Weil wir gerade dabei sind. Wir haben den fünften der jungen Männer vergessen, den jungen Kerl aus Theben, der für Teti abkommandiert ist.«

»Netru? Der hat mir von allen am besten gefallen. Wenn ihn

nichts aus der Bahn wirft, könnte er Befehlshaber der Armee werden oder Wesir.«

»Warum nicht mehr?«, fragte Musuri. »Dedmose hat keinen lebensfähigen Erben. Der eine Sohn, den er hat, ist kränklich, und es ist gut möglich, dass er seinen Brüdern bald nachfolgt und früh stirbt.«

»Wie ist Netrus Abstammung?«

»Er kommt aus einer höheren Beamtenfamilie. Das ist nicht so wichtig. Seit dem Ende der Zwölften Dynastie sind die Ägypter davon abgegangen, auf ihre reinblütige Abstammung stolz zu sein.«

»So mancher stellt die Abstammung unseres, äh, hochberühmten Herrschers ebenfalls infrage«, erzählte Musuri. »Demnach hat sich Dedmose ziemlich gut gehalten, würde ich sagen. Aber um auf Netru zurückzukommen: Der junge Mann gefällt mir, und Baka denkt genauso. Ich habe noch nie erlebt, dass er jemanden so offensichtlich wie den Jungen und Teti zusammengebracht hat.«

»Das ist es also!«

»Ich hege nicht den geringsten Zweifel darüber. Ich hoffe nur, dass Teti dabei keinen Kummer bekommt.«

»Du meinst, dass Netru ihr Kummer macht? Ich bringe ihn eigenhändig um, wenn er das tut.«

»Nein, nein, das meine ich nicht. Er hat etwas an sich, ich spüre es.« Der alte Mann wirkte unglücklich. »Ihm ist ein Schicksal vorbestimmt. Ich habe nur keine Ahnung, welches. Aber ich habe das Gefühl, dass ihm nicht dieses glückliche Los beschieden ist, wie man es aufgrund seiner Begabungen erwarten würde.« Mekim sah Musuri scharf an. Der alte Mann wirkte zutiefst verstört. »Wenn ich nur wüsste, was es ist. Wenn ich es nur verhindern könnte!«

Netru griff sich die Strickleiter, die seitlich vom Schiff herunterhing, und zog sich hinauf an Deck. Er winkte dem Bootsmann noch einmal dankend zu, der ihn von der *Ibis* hergebracht hatte.

Er streckte sich wohlig. Nach dem vielen Sitzen freute er sich auf sein Bett. Außerdem hatte er einen Becher Wein mehr als gewöhnlich getrunken. Der Mond schien hell, und Netru genoss noch eine

Weile die angenehme Nachtluft, während seine vom Sprühwasser feuchten Beine trockneten.

Er empfand es als große Ehre, dass ihn die Kommandanten zusammen mit den anderen ihrer besonderen Aufmerksamkeit für würdig gehalten hatten. Die beiden waren sehr entspannt gewesen und hatten sich ganz natürlich benommen und wie zwei gewöhnliche Soldaten geplaudert. Das hatte bestimmt hinsichtlich ihrer Zukunft etwas zu bedeuten, sowohl ihrer gemeinsamen Zukunft als der jedes Einzelnen. Darüber gab es keinen Zweifel: Er war ein Mann mit Zukunft, genau wie die anderen auch. Sie befanden sich auf dem Weg nach oben.

Da kam ihm ein neuer Gedanke, der ihn etwas überraschte, weil er ihm ungewöhnlich dringlich erschien: Er sah sich im Geist, wie er sich Teti gegenüber brüstete und ihr von seinen Erlebnissen im Kreis der Großen vorschwärmte.

Das würde vielleicht dumm klingen! Wie kam er überhaupt auf den Gedanken, vor ihr groß zu tun? Er würde sich richtig zum Narren vor ihr machen! Innerlich verhöhnte er sich selbst, weil er so gefallsüchtig war, aber der Gedanke ging ihm trotzdem nicht aus dem Kopf. Er wollte Namen fallen lassen und angeben.

Netru ging nach unten und erwiderte den Gruß des wachhabenden Soldaten vor den Unterkünften der Offiziere. Leise ging er an den langen Reihen von Schlafkojen vorüber zu den zwei winzigen Räumen, in denen er und Teti schliefen, nur durch eine dünne Wand voneinander getrennt.

Er stand noch immer im Korridor vor seiner Kajüte und blickte rein zufällig in Tetis winzige Kammer. Der Mond schien durch das offene Fenster herein und tauchte den Raum in ein freundliches Licht. Teti hatte die Decken fortgeschoben und lag auf der Seite. Die gefalteten Hände lagen zwischen ihren langen Beinen, so als wollte sie ihre Scham vor seinen Blicken verbergen. Netru fand sie sehr anziehend. Ihre runden Brüste waren in das sanfte Licht des Mondes getaucht. Die kurzen Haare fielen ihr über die Wange, und ihr liebliches Gesicht wirkte so verletzlich, wie Netru es noch nie gesehen hatte. Sie hatte den Mund leicht geöffnet und sah wie ein schlafendes Kind aus. Ihr Gesicht wirkte so makellos, dass Netru das Herz schwer wurde. Er konnte sich von dem Anblick nicht trennen, ihre bloßen Arme, die kräftigen, eleganten Beine, die schmalen Hüften und breiten Schultern.

Nichts an Teti wirkte weich und nachgiebig. Sie war stark, aber durchaus elegant. Sie sah genauso aus, wie es ihrer Art entsprach: stolz und unabhängig.

Dann wieder fiel sein Blick auf ihre weichen Lippen und die langen Wimpern, die einen Schatten auf ihre Wangen warfen, und er änderte seine Meinung. Im Schlaf kam ihre Sanftheit zum Ausdruck. So würde sie sein, falls sie je ihre Abwehrhaltung ablegen würde. Falls sie je einem Mann genügend Vertrauen entgegenbringen würde, um sich ihm schutzlos zu zeigen.

Und dann? Was kam dann? Die Frau eines Mannes? Eine starke, gleichberechtigte Gefährtin, die mit dem Schwert den Rücken des Mannes verteidigte?

Sie würde zauberhaft sein. Einfach entzückend! Eine Frau, die ein Mann bis an sein Lebensende lieben könnte.

Teti wachte auf, bewegte sich und öffnete die Augen. Sie schüttelte den Kopf und gähnte; zu seiner Überraschung sah sie immer noch entzückend aus. Sie setzte sich auf und sah ihn verschlafen und abermals gähnend an.

»Du liebe Zeit, Netru«, sagte sie. Langsam und ohne Eile tastete sie nach ihrer Decke und zog sie über die Beine bis zum Bauch hoch. »Es muss schon spät sein. Bist du eben erst gekommen? Du stinkst nach Wein. Hast du mit den Soldaten gezecht? Du kriechst besser rasch in dein Bett, bevor einer der Vorgesetzten bemerkt, dass du noch wach bist.«

IV

Die Sonne schien hell durch die Luke in der Wand neben Tetis Bett, als Teti aufwachte. Sofort hatte sie das Gefühl, dass etwas anders war; etwas fehlte. Es dauerte eine Weile, bis sie wusste, was anders war. Sie setzte sich auf und rieb sich die Augen. Das Schiff hatte keine Segel gesetzt, sondern den Anker ausgeworfen und schaukelte sanft im Wasser.

Besorgt stieß sie die Decke auf den Boden, sprang auf, schlüpfte in Tunika und Sandalen und fuhr sich mit den Fingern kurz durch die Haare. »Netru!«, rief sie. »Was ist los? Warum liegen wir vor Anker?«

Es kam keine Antwort. Teti schaute in Netrus Kajüte nach, aber Netru war schon aufgestanden und fort; die Kajüte sah aus, als wäre sie nie benutzt worden. Das war seine Ordnungsliebe, die ihm als Feldsoldat in Fleisch und Blut übergegangen war.

Teti durchquerte den langen Korridor und kletterte an Deck. Schützend legte sie die Hand über die Augen, so hell schien die Morgensonne. Die Segel waren eingerollt, obwohl ein frischer Nordwind Tetis Haare zauste. Sie hielt einen braun gebrannten Matrosen an und fragte höflich: »Entschuldige. Wir sollten doch segeln. Was ist los?«

»Befehl des Kapitäns, Herrin«, antwortete der Matrose. »Ich habe gehört, dass man in der Morgendämmerung ein kleines Boot aufgegriffen hat, das im Wasser getrieben ist. Im Boot lag ein schwer verletzter Mann. Er war beinahe tot, und alles war voller Blut.«

»Aber ist das ein Grund, unsere Fahrt nicht fortzusetzen?«

»Ich weiß es nicht, Herrin. Aber es muss eine hoch stehende Persönlichkeit sein. Der Kapitän ließ den Mann auf die *Ibis* bringen, so wie er war, verletzt und blutverschmiert. Sie beraten jetzt schon seit geraumer Zeit. Euer Begleiter aus Theben ist auch auf der *Ibis*. Der Kapitän wartet auf den Befehl, damit er den Anker lichten kann, aber bis jetzt ist er noch nicht gekommen.«

»Kannst du mir ein Boot besorgen? Ich möchte auch auf die *Ibis*.«

Der Matrose lächelte. »Die Mannschaft hat jetzt frei, nachdem wir nichts zu tun haben. Ich gehe jetzt schwimmen. Ihr müsst also den Maat fragen.« Er grüßte, lief hinüber zur Reling auf der anderen Seite und sprang ins Wasser.

Teti gelang es, ein kleines Boot und einen Ruderer aufzutreiben, und sie setzten über zum Flaggschiff. Ein Mann von der Mannschaft half ihr an Bord und grüßte. Solange sie das Kriegsgebiet noch nicht erreicht hatten, war ihre Stellung innerhalb der Armee noch unbedeutend, aber sie besaß trotzdem einen hohen Rang. »Sie sind drüben im Ruderhaus, Herrin.«

»Vielen Dank.«

Soeben trat Netru aus dem Ruderhaus, und Teti lief ihm entgegen. »Was ist geschehen, Netru?«, fragte sie.

Er bedeutete ihr mit einer Handbewegung, still zu sein, nahm sie beim Arm und führte sie zum Geländer an der Steuerbordseite, wo sie etwas weiter vom Ruderhaus entfernt waren, aus dem erregte Stimmen zu hören waren. »Psss. Ich sage es dir gleich. Du hättest auf unserem Schiff bleiben sollen.«

»Ich werde verrückt, wenn ich nur warten soll. Jemand hat erzählt, dass man ein Boot mit einem Verwundeten aufgegriffen hat, das flussabwärts trieb.«

»Das stimmt.« Netru war sehr ernst. »Man hat den armen Kerl praktisch in Stücke gehackt. Es ist unbegreiflich, wie er so lange überlebt hat. Ebenso rätselhaft ist uns, wie er an den Wachen in Theben vorbeigekommen ist.«

»Du meinst, er ist von weiter flussaufwärts gekommen?«

Netru sah sie ernst an und schüttelte bedenklich den Kopf. »Die Lage ist schlimmer, als wir gedacht haben, Teti. Er hat gesagt, dass meine alte Einheit beinahe bis auf den letzten Mann niedergemetzelt wurde. Wenn ich nur dort gewesen wäre!«

»Dann wärst du jetzt tot, wie die anderen auch. Wirklich, Netru!«

Er überhörte ihre Bemerkung und murmelte vor sich hin: »Wenn die Stadt gefallen ist, wie viele Tagesmärsche sind sie dann noch entfernt? Du liebe Zeit! Können wir noch rechtzeitig dort sein?«

»Rechtzeitig wofür? Du bist wirklich zum Verzweifeln! Von welcher Stadt sprichst du? Von Elephantine? Wir wissen doch bereits, dass Elephantine gefallen ist. Das war ungefähr zur gleichen Zeit, als wir Lischt verlassen haben.«

»Ach Teti!«, rügte sie Netru verärgert. »Ich spreche natürlich nicht von Elephantine. Ich rede über Edfu! Sie haben Edfu eingenommen. Akilleus hat einen hervorragend geplanten, überraschenden Überfall unternommen. Sie kamen von der Wüstenseite her und überrumpelten so meine Einheit. Die Nubier landeten an der dem Fluss zugewandten Seite. Das war aber nur ein Ablenkungsmanöver. Damit zogen sie die Aufmerksamkeit auf sich. Währenddessen kamen die Schwarzen aus dem Süden aus der Wüste auf der entgegengesetzten Seite und erklommen die Stadtmauern. Es muss vor ungefähr drei Tagen stattgefunden haben. Bis dorthin kontrollieren sie jetzt bereits den Nil.«

»Wie nahe sind sie damit an Theben herangekommen?«

Netru machte seinem Ärger mit einer unwilligen Gebärde Luft. »Zu nahe! Wir beide begeben uns besser wieder auf unser Schiff.«

»Mein Ruderer wartet auf mich. Komm mit uns zurück.«

»Gut.« Netru ballte die Hände zu Fäusten. »Verdammt, verdammt! Du kannst dir gar nicht vorstellen, wie sehr es mich schmerzt, dass meine alte Einheit aufgerieben wurde.«

Teti fasste ihn am Arm. »Quäl dich nicht, Netru. Baka selbst hat dich nach Norden befohlen.«

»Aber alle meine alten Freunde sind tot. Die Leute, mit denen ich zur Armee gekommen bin, die Leute, die mich ausgebildet haben, mit denen ich gekämpft habe.«

Teti legte ihm den Arm um die Schultern und zog ihn fest an sich. Er wollte ihre Umarmung erwidern, aber sie ließ ihn rechtzeitig los. »Im Krieg geschehen solche Dinge eben, das weißt du doch. Es war bestimmt nicht das erste Mal, dass du einen Freund verloren hast.«

»Nein, das nicht.«

»Du hättest nichts dagegen unternehmen können. Glaubst du, dass du Akilleus allein hättest aufhalten können? Es war unausweichlich, dass er Edfu nahm. So ist es eben.«

Er tat ihren Einwand unwillig ab. »Das ist Unsinn. Sobald ein Soldat einmal so denkt, ist er verloren.«

Sie nahm seine Hände in die ihren und drückte sie fest. »Ein Soldat unterscheidet sich nicht von anderen Menschen. Er sieht sich einer Situation gegenüber, aber das Ergebnis ist Schicksal, ganz gleich was er tut. Der Mensch hat die Dinge nicht wirklich unter Kontrolle. Er kann seine Taten kontrollieren, die Art, wie er unter gegebenen Umständen reagiert.«

»Aber das kann den Ausgang der Schlacht beeinflussen!«

»So kannst du nicht denken.« Die Berührung ihrer warmen Hände wirkte ungemein beruhigend auf Netru und war ihm unendlich angenehm.

Plötzlich schoss ihm ein Gedanke durch den Kopf: Wenn das die echte Teti wäre? Wenn sie nur immer so sein könnte!

Teti unterbrach seine Gedanken. »Du weißt genau, Netru, wenn du dort gewesen wärst, hättest du tapfer gekämpft und wärst gestorben, genau wie die anderen auch. Das Schicksal wollte es, dass du flussabwärts kommandiert wurdest. Du wirst hier gebraucht. Was deine Bestimmung hier ist, wissen wir noch nicht.«

»Vielleicht.« Er zögerte, ihre Hände loszulassen.

»Jeder weiß, dass du ein tapferer Soldat bist. Aber du bist zu empfindsam. Du nimmst dir diese Dinge zu sehr zu Herzen. Du zerbrichst dir den Kopf darüber, was andere empfinden könnten. Du bist keiner von diesen dickhäutigen Ehrgeizlingen, die überall in der Armee sind.«

»Du zeichnest ja ein ziemlich schlimmes Bild von mir.«

»Keineswegs. Ich wollte dich nicht anders.« Sie ließ seine Hände los, packte ihn dafür am Arm und drückte ihn. Für eine Frau war sie ungemein stark und konnte fest zupacken. »Setz dich nicht selbst herab, Netru. Du bist ein guter, warmherziger Mensch. Das ist nicht alltäglich beim durchschnittlichen Soldaten. Das ist auch der Grund, warum der durchschnittliche Soldat sich nicht für eine Frau interessiert. Ihm fehlen die Vorzüge, die du besitzt, nämlich Mitgefühl und Fürsorge. Du kannst dir gar nicht vorstellen, Netru, was für einen Unterschied du bereits in mein Leben gebracht hast.«

Netrus Herz klopfte zum Zerspringen. Er blieb stockteif stehen und verzog keine Miene, sonst hätte er strahlend lächeln und sie in die Arme schließen müssen. »Unterschied?«, wiederholte er.

»Ja. Ich habe dich so vermisst gestern, als du fort warst!«

»Wirklich?« Netru konnte es nicht fassen. Wenn sie in diesem Ton fortfuhr, wer weiß?

Aber das Schicksal schien gegen sie zu sein. Prompt sagte sie genau das, was sie nicht hätte sagen sollen. »Du bringst mich zum Lachen, Netru. In meinem ganzen Leben habe ich nicht so viel Spaß gehabt. Erst unlängst, als du über das Tau gestolpert und hingefallen bist! Ich habe geglaubt, ich muss vor Lachen platzen, Netru. Ich brauche das. Mein Leben ist jetzt sehr einsam, und daran wird sich auch erst etwas ändern, sobald wir die vordersten Linien erreichen und ich Arbeit bekomme. Lachen tut jedem gut, und es macht einen großen Unterschied, wenn man jemanden hat ...«

Netru hatte keine Gelegenheit mehr herauszufinden, ob sie mit jemandem lachen wollte oder über jemanden, was einen großen

Unterschied für ihn gemacht hätte. In diesem Augenblick trat nämlich der Herold aus dem Ruderhaus und blies in sein Widderhorn. Im selben Augenblick wurden lauthals Befehle gebrüllt und die Matrosen machten sich eiligst daran, alles zum Lichten der Anker und zum Setzen der Segel vorzubereiten.

Netru löste sich von ihr, und Teti ließ die Arme sinken. »Komm«, sagte er schroff. »Wir müssen auf unser Schiff zurück.«

Der Ruderer brachte sie auf ihr Schiff, während sich die gesamte Flotte zum Aufbruch fertig machte. Stämmige Matrosen kletterten in der Takelage der *Ibis* herum, saßen auf den Rahen und lösten die aufgerollten Segel. Die Matrosen an Deck ließen die Taue nach, und die Matrosen, die auf den Rahen saßen, hielten sich an den Geitauen fest und ließen sich zusammen mit den Segeln hinunter auf das Deck gleiten. Dazu sangen sie Seemannslieder, die schon alt waren, als Khufu noch regiert hatte und die Pyramiden von Memphis noch jung gewesen waren.

Der Ruderer von Tetis Boot musste kräftig rudern, um gegen die starke Strömung anzukommen. Netru jammerte aufgebracht: »Wenn es nur ein zweites Paar Ruder gäbe!«

»Es gibt aber keine!«, beruhigte ihn Teti. »Du liebe Zeit, Netru! Sie werden ohne uns aufbrechen und uns zurücklassen. Ich glaube, ich kann schneller schwimmen, als dieses Boot gegen die Strömung vorankommt.« Sie stand auf und begann den Gürtel ihrer Tunika zu lösen, um danach nackt ins Wasser zu springen. »Komm, Netru! Wer zuerst unser Schiff erreicht!«

Aus irgendeinem Grund erregte das Netrus Widerspruch. »Setz dich!«, rief er ihr ungehalten zu. »Oder willst du, das wir umkippen?« Was dachte sie sich dabei, sich vor all den Männern nackt zu zeigen! Die kleine Närrin war wirklich unvernünftig.

Teti ließ sich enttäuscht wieder in das Boot fallen. Das Boot schaukelte hin und her. Plötzlich standen Tränen in ihren Augen. Sie bemerkte nur, dass Netru zornig und ungehalten über sie war. So hatte er noch nie mit ihr gesprochen, und es verletzte sie zutiefst. »Es tut mir Leid, Netru«, stammelte sie schüchtern. »Ich werde es nicht mehr tun.«

Kapitel 8

I

Etwas stimmte mit Baka nicht. Tuja konnte nicht sagen, was es war, aber er war nicht der alte Baka, wie sie ihn kannte: stark, tüchtig, und zurückhaltend. Er saß nicht wie sonst hinter dem langen Tisch, von wo er stets seine Besucher begrüßte, sondern ging auf und ab, unfähig still zu sitzen. Beunruhigt beobachtete sie ihn, wie er in dem großen Raum hin und her ging und ihren Blicken auswich. »Mehr kann ich dir nicht sagen«, erklärte er ihr. »Ich weiß, es ist nicht viel. Es ist gut möglich, dass Ben-Hadad noch am Leben ist, dann aber ist er bei den Hay. Wo genau, konnten meine Spione nicht herausbekommen.«

»Aber haben die Hay nicht immer noch ein Kopfgeld auf ihn ausgesetzt, Baka?«

»Das schon, aber die Anschuldigungen liegen schon so lange zurück, dass es gut möglich ist, dass man sie vergessen hat. Das ist aber im Augenblick nicht meine größte Sorge. Er wird es dort sehr schwer haben, es sei denn, es gelingt ihm, bei Joseph vorzusprechen.«

»Er weiß von Joseph. Meret hat ihm von Joseph erzählt, und Ben-Hadad ist sich ziemlich sicher, dass es sich um dieselbe Person handelt.« Das brachte Tuja auf einen anderen Gedanken. »Übrigens, richte bitte Meret liebe Grüße von mir aus, wenn du nach Hause gehst.«

Als Tuja Bakas Frau erwähnte, verfinsterte sich dessen Gesichtsausdruck, und er wechselte das Thema. »Ja, ja. Aber ich weiß, dass dort ständig Leute aus anderen Ländern eintreffen. Sie geben ihre gesamten Ersparnisse für Nahrungsmittel aus, und sobald sie nichts mehr haben, enden sie als Sklaven.«

Tuja wurde niedergeschlagen. »Armer Ben-Hadad. Ich hoffe, es gelingt ihm, Joseph zu treffen. Sie waren so gute Freunde.«

»Die Betonung liegt auf ›waren‹«, entgegnete Baka entschieden. »Es ist viel Zeit vergangen, seit die beiden Kinder waren.

Wir wissen nicht, was für ein Mensch Joseph heute ist. Du weißt, dass er die Kontrolle über den Getreideanbau im Delta an sich gerissen hat. Man könnte das als einen Akt der Grausamkeit werten, der die Macht von Salitis ungemein gesteigert hat, aber für das Volk schreckliche Auswirkungen hatte. Du hast von Salitis' Befehl gehört, alle zehnjährigen Jungen zu erfassen, nur weil er geträumt hat, dass einer von ihnen ihn töten würde. Primitiv! Er wird sie töten lassen. Ohne die gewaltige Vergrößerung seiner Macht, zu der Joseph ihm verholfen hat, hätte er das nicht tun können.«

»Aber Meret sagte, dass Joseph damals, als sie ihn kannte ...«

Tuja unterbrach sich selbst. Tiefe Sorgenfalten standen auf Bakas Stirn, kaum dass sie den Namen seiner Frau erwähnte. »Baka, ist etwas nicht in Ordnung?«, fragte Tuja mit veränderter Stimme. »Ich brauche nur ihren Namen zu sagen, und du machst ein finsteres Gesicht.«

Baka schloss die Augen, und sein Gesichtsausdruck wurde noch gespannter als zuvor. »Ich wollte nichts davon verlauten lassen. Ich musste es ihr versprechen.« Er stieß einen tiefen Seufzer aus und fuhr schließlich mit müder Stimme fort: »Meret ist sehr krank, schon seit einiger Zeit. Sie wollte nicht, dass jemand davon erfährt.«

»Was ist los mit ihr, Baka?«

»Ich habe schon viele Ärzte hinzugezogen, auch den von Mari, den Mekim mitgebracht hat, und einen jungen Arzt, den noch Tros von Ilios vor seinem Tod in der griechischen Medizin ausgebildet hatte.« Bakas Gesicht war von tiefem Schmerz gezeichnet. »Sie sind sich alle einig, dass es eine Krankheit der Lungen ist.«

»Nicht doch!«

»Anscheinend hat sie der Mann, in dessen Dienst sie damals im Delta stand, angesteckt.« Baka vermied stets das Wort Sklave; er hatte sich nie damit abfinden können. »Kirakos hieß er. Er ist an der Krankheit gestorben. Meret hat sich bei ihm angesteckt, aber erst jetzt kam die Krankheit zum Ausbruch.«

»Ich muss sie sehen, Baka!«

»Ich weiß nicht, ob sie das möchte. Du weißt, wie stolz sie ist, und sie sieht ziemlich schlecht aus. Sie hat abgenommen, und ihre

Haut ist erschreckend grau. Unter den Augen hat sie tiefe Schatten, weil sie zu wenig schläft. Außerdem hustet sie fürchterlich und spuckt dabei Blut. Ich weiß nicht, was ich tun soll, Tuja.« Er wollte noch etwas sagen, brachte aber kein Wort mehr heraus.

Tuja umarmte ihn. »Ich habe das alles nicht gewusst, Baka. Du musst Schreckliches mitgemacht haben. Und ich belästige dich zu allem noch mit meinen Sorgen!«

Baka befreite sich sanft aus ihrer Umarmung. »Das ist schon in Ordnung so. Es gehört schließlich zu meiner Arbeit, über alles Bescheid zu wissen. Soll ich jetzt plötzlich nicht mehr für dich da sein, wenn du gerade ein Problem hast? Das wäre nicht richtig, Tuja. Du hast recht daran getan, dass du zu mir gekommen bist. Zögere auch in Zukunft nicht, das zu tun. Ich werde dafür sorgen, dass du immer zu mir kommen kannst. Bezüglich Ben-Hadad werden wir weiterhin alles tun, was in unserer Macht steht.«

»Lass mich zu ihr gehen, Baka. Ich kann ihr helfen. In so schweren Zeiten soll ein Mensch auf die Unterstützung der Familie nicht verzichten müssen.«

»Also gut. Aber ich werde sie zuerst fragen.« Bakas Gesicht sah jetzt genauso aus, wie er vorhin Merets Aussehen beschrieben hatte.

Tuja verließ den Palast durch einem Nebeneingang und machte sich gedankenverloren auf den Heimweg. Ursprünglich hatte sie Baka noch wegen Ketan fragen wollen. Es war ihr zu Ohren gekommen, dass er wegen einer nichtswürdigen Schlampe aus einem anderen Viertel in Schwierigkeiten geraten war. Die Frau war nur auf sein Geld aus. Plötzlich löste sich aus der Menge am Palasttor eine junge Frau und trat auf Tuja zu. Sie war klein und zierlich und hatte ein hübsches Gesicht, war aber nicht wirklich schön. Aus irgendeinem Grund musste Tuja an ihre eigene Jugend denken; damals hatte sie vermutlich ähnlich gewirkt: klein und schüchtern, ohne Selbstwertgefühl.

»Entschuldigt, aber Ihr seid doch Tuja, die Frau von Ben-Hadad, dem Waffenschmied?«

Tuja blieb stehen. »Wieso kennst du mich?«

Die junge Frau wurde rot. »Ich kenne Euch nicht. Jemand hat

mir gesagt, wer Ihr seid. Ich heiße Nebet. Ich wollte zu Baka. Der Sohn seiner Frau ist in Schwierigkeiten; vielleicht weiß er es nicht. Ich wollte ihm darüber berichten.«

»Weißt du etwas von Ketan? Wie das?«, wollte Tuja wissen. »Auch ich wollte darüber mit Baka sprechen, aber es ist nicht mehr dazu gekommen. Ich habe gehört, dass Ketan Schwierigkeiten mit einer Frau hat.« Tuja warf Nebet einen scharfen Blick zu. »Ich nehme nicht an, dass es sich dabei um dich handelt.«

»Nein, gewiss nicht, Herrin!«, rief Nebet verärgert. »Aber ich weiß, um wen es sich handelt. Mit ihr hat er wirklich Probleme. Es wird mit jedem Tag schlimmer. Sie nehmen ihm alles ab, was er besitzt. Jemand muss ihnen Einhalt gebieten.«

Tuja blickte der Frau geradewegs in die Augen. »Sie?«, fragte Tuja erstaunt. »Wer sind sie?« Sie nahm Nebet am Arm und steuerte mit ihr auf den Weg zum Kanal zu, wo sie sich ungestört unterhalten konnten. »Erzähl mir bitte alles!«, bat Tuja.

Schemti hielt den letzten kleinen Krug hoch. »Er ist leer«, stellte er verärgert fest. »Wohin ist alles verschwunden? Ich habe mich auf ein echt aufregendes Erlebnis gefreut!«

»Wenn ich das nächste Mal komme, bringe ich mehr davon«, versprach Taruru. »Du kannst bestimmt so lange warten, um einmal wirklich berauscht zu werden.« Sie war nackt und saß an einem Tisch vor ihrem Spiegel. Sie verströmte noch den unverkennbaren Geruch des Liebesspiels, an dem sie und Schemti sich noch vor zehn Minuten ergötzt hatten. Schemti schob ihr den Krug zu, und Taruru sah ihn sich noch einmal an. Die Droge, die er enthalten hatte, war aus Zypern gekommen. Es war ein Extrakt aus Schensu-Mohn, gemischt mit Wasser und Mitteln, um es haltbar zu machen. Der Krug hatte die Form einer Mohnkapsel und war außen mit parallelen Linien verziert, die die Einschnitte nachahmten, durch die das Rohopium aus den Kapseln fließen kann. »Bis zum Abend habe ich wieder Geld. Der kleine Waffenschmied wird bald kommen; von ihm ist immer einiges zu erwarten.«

»Aha!« Schemti setzte sich im Bett auf. »Ich ziehe mich besser an und verschwinde. Unlängst habe ich ihn gesehen. Er sieht so aus, als könnte er sich gut verteidigen.«

Taruru lachte abfällig. »Ich muss ihm nur befehlen, sich auf den Boden zu werfen, und du kannst über ihn hinwegsteigen.«

»Bist du sicher?«, fragte ihr Liebhaber. »Jemand der für seinen Lebensunterhalt Metall bearbeitet, ist gewöhnlich sehr stark.«

»Aber er ist mein Sklave«, erklärte sie ihm und lachte böse. »Das letzte Mal ließ ich ihn meine Füße lecken. Danach durfte er mich nicht mehr berühren. Ich habe behauptet, ich hätte Kopfschmerzen. Du hättest sehen sollen, wie er sich gewunden hat. Er war ganz außer sich vor Verzweiflung.«

»Übertreibst du es nicht ein wenig? So etwas kann sich leicht nachteilig auswirken. Soviel ich weiß, ist er mit Baka verwandt.«

»Mit Bakas Frau«, verbesserte ihn Taruru. Dabei hielt sie ihre Brüste hoch und betrachtete sie in ihrem Bronzespiegel. »Er ist der Sohn von Bakas Rivalen, einem Mann namens Schobai. Der hat Baka die Frau weggenommen. Baka schätzt es nicht, wenn man ihn daran erinnert, dass seine Frau einem anderen Mann Zwillinge geboren hat, während ihn alle für tot hielten.«

»Hör auf mit deinen Brustwarzen zu spielen«, warnte Schemti. »Das regt mich auf, aber ich muss von hier verschwinden, bevor er kommt.«

»Nein, musst du nicht«, sagte sie und drehte sich zu ihm um. Dabei spreizte sie die Beine und sah ihn lüstern an. »Offen gestanden hätte ich nichts dagegen, dich noch einmal zu lieben. Wenn er kommt, kann er ruhig warten. Noch besser, er kann zuschauen. Vielleicht lernt er etwas dabei.« Sie kicherte. »Nicht dass er es heute gleich ausprobieren darf!«

»Für so etwas werden Frauen jeden Tag verprügelt!«, warnte Schemti.

»Nicht von unerfahrenen Jungen wie diesem hier. Je weniger ich ihn tun lasse, desto ergebener wird er. Ich lasse ihn ständig unbefriedigt und genieße es, solange du da bist und mich in der Zwischenzeit glücklich machst.«

»Ich muss aber wirklich gehen!«

»Du bleibst. Ich zeige dir ein kleines Kunststück, das ich von einer Frau gelernt habe, die bei Hof die Schalmei spielt. Es wird dir ganz bestimmt gefallen.« Sie fuhr sich verführerisch mit der Zunge über die Lippen und sah prüfend zu ihm hoch, um sich von der Wirkung ihrer Worte zu überzeugen. »Komm her, Schemti! Komm zu mir!«

»Als du mir das letzte Mal ein Kunststück zeigen wolltest, hast du mir beinahe die Haare ausgerissen. Glaubst du, ich lasse dich das wieder tun?«

»Ich werde es ganz sanft machen. Ich habe es selbst so gut gefunden, dass ich mich vergessen habe.« Sie streichelte einladend ihren Körper. »Komm, Schemti! Lass mich doch nicht so darum betteln!«

»Aber der Junge wird gleich hier sein.«

»Ich werde es bei ihm gutmachen. Er darf mich baden und abwaschen, was von dir zurückgeblieben ist. Ja, das klingt gut. Nur das darf er heute machen: Er darf mich baden und abtrocknen. Dann darf er noch zusehen, wie ich mich für einen anderen Mann schön mache. Heute Abend kommt noch mein reicher Kaufmann. Du weißt schon, der mir das hier geschenkt hat.« Sie stand auf und legte einen wunderschönen goldenen Gürtel um ihre Taille. Dann stellte sie sich herausfordernd vor ihn hin, nackt bis auf die goldenen Ketten an Fuß- und Handgelenken und um den Bauch und die goldenen Ringe an Fingern und Zehen. »Ich liebe Gold, Schemti! Und ich liebe es, mich damit zu zeigen. Einmal werde ich zu einem Fest gehen mit nichts an, außer meinen Goldketten. Ich werde mir dazu einen großen nubischen Eunuchen als Leibwächter mitnehmen, aber es wird ein großer Spaß werden.« Sie ließ sich auf die Knie fallen, setzte sich auf die Fersen zurück und lächelte ihn verführerisch an. »Du bist böse, Schemti, wenn du mich betteln lässt.«

Er trat zu ihr und begann schon im nächsten Augenblick lustvoll zu stöhnen.

Es klopfte an der Tür. »Taruru? Ich bin es, Ketan. Bist du da, Taruru?«

Taruru hielt einen Augenblick inne und rief gereizt: »Kannst du nicht einen Augenblick warten? Ich habe einen Freund hier.« Zu Schemti gewandt sagte sie, ohne sich dabei die Mühe zu machen, leise zu sprechen: »Er hat Nerven! Also, wo war ich stehen geblieben? Ach ja, jetzt weiß ich es wieder!« Sie lächelte schelmisch.

»Ich danke dir, dass du mir alles erzählt hast«, sagte Tuja. Sie hatten sich vor unerwünschten Lauschern und Zuschauern an diesen Ort am Kanal zurückgezogen und blickten jetzt über das Wasser, das so manches Wort übertönte. »Was ich aber noch nicht verstehe, ist die Rolle, die du in der Geschichte spielst. Bist du eine Freundin von Ketan?«

Nebet senkte den Blick. »So etwas Ähnliches. Ich arbeite in der gleichen Schänke, in der sie tanzt. Ich bin auch Tänzerin. Aber so wie die Dinge liegen, bemerken die Männer nur sie und nicht mich.«

»Ketan vermutlich auch, nicht wahr?«, fragte Tuja vertraulich.

»So ist es. Du hast keine Vorstellung, Tuja, wie anziehend sie auf Männer wirkt.«

»Du brauchst dich wirklich nicht zu schämen. Ich bin in einer Gesellschaftsschicht groß geworden, über die du die Nase rümpfen würdest. Es gab eine Zeit, da kannte ich mich in der Welt der Schänken sehr gut aus, vielleicht zu gut. Wir können ganz offen miteinander reden.«

Nebet nickte und setzte ihre Erzählung fort. »Ich werde von diesen Männern fast übersehen. Für gewöhnlich ist mir das nur recht. Ich kann es nicht leiden, wenn mich die Betrunkenen anfassen.«

»Doch manchmal hättest du es auch gern, dass man dich beachtet, aber man tut es einfach nicht.« Tuja seufzte. »Ich kenne das, Nebet. Ich weiß, was es heißt, wenn man sich nach jemandem sehnt, der nicht einmal weiß, dass es dich gibt.« Tuja stieß einen abgrundtiefen Seufzer aus. »Aber ich muss dir sagen, dass ich manchmal sogar an diese Zeiten mit Wehmut zurückdenke. Damals war alles einfacher.«

Nebet blickte hinunter auf das Wasser des Kanals. »Wenn ich größer wäre …«, sagte sie sehnsüchtig.

Tuja sah sie scharf an. »Wir sind ungefähr gleich groß. Es liegt nicht an deiner Größe, wenn dich die Männer nicht anziehend finden. Du musst dich selbst höher einschätzen, dann werden es auch andere tun.«

»Aber ich bin so klein und plump.«

»Unsinn. Schau nur, wie viele Frauen, ganz gewöhnliche, wirklich unattraktive Frauen, wunderbare Gefährten finden, die ihnen treu ergeben sind. Du findest überall solche Frauen. Ihre Ehemänner sehen sie so, wie sie sich selbst sehen.«

Als sie das sagte, erschrak sie innerlich. Was veranlasste dann Ben-Hadad, sich sein Glück anderswo zu suchen?

Ich sollte der Frau keine Märchen erzählen!

»Meine Probleme sind jetzt wirklich nicht wichtig«, meinte Nebet. »Wichtig ist, dass etwas wegen Ketan geschieht. Das muss aufhören!«

Tuja schwieg eine Weile. Nebet tat ihr Leid. Sie würde darunter zu leiden haben, denn wenn sie sich einmischte, würde Ketan sie dafür hassen. Er würde ihr die Schuld daran geben, dass es zwischen ihm und der Frau schief gelaufen war. Bestenfalls würde er in größte Verlegenheit darüber geraten, dass sie, Nebet, wusste, was für ein Narr er gewesen war. Nebet war wirklich zu bedauern, denn es war nicht zu übersehen, dass sie Ketan liebte. »Was sollten wir deiner Meinung nach tun?«, fragte Tuja. »Ist dieser Schemti gefährlich?«

»Meiner Meinung nach ist er ein Feigling, der sich vor einem offenen Kampf drücken würde. Aber er trägt ein Messer bei sich. Soviel ich gehört habe, wartet er so lange, bis sein Gegner nicht hinschaut und am wenigsten darauf gefasst ist, dann sticht Schemti zu.«

Tuja dachte nach. »Ich muss sie einmal beobachten, wie sie Ketan behandelt. Wo, hast du gesagt, ist die Schänke, in der du arbeitest?«

»Du kannst nicht dorthin gehen, Tuja!«

»Sei nicht dumm! Ich verkleide mich natürlich als Mann. Wenn ich mich schäbig genug anziehe und mich von den Betrunkenen fern halte, wird mich niemand belästigen.«

»Ich weiß wirklich nicht, Tuja. Da ist zum Beispiel Harmhab. Er arbeitet in der Schänke. Seine Aufgabe ist es, die Leute loszuwerden, die sich nicht richtig benehmen. Er wird dich gleich entdecken.«

»Nicht, wenn ich es nicht will. Bei meiner Größe kann man mich leicht für einen Zwerg halten. Wie ist es heute Abend? Werden diese Frau und Ketan dort sein?«

»Ziemlich wahrscheinlich. Obwohl sie heute einen reichen Bewunderer erwartet, der ihr meist teure Geschenke bringt. Schmuck, kostbare Düfte und dergleichen.«

»Was geschieht mit Ketan, wenn dieser Mann kommt? Aber du musst es mir nicht sagen, ich kann es mir schon denken. Sie sitzt bei Ketan bis zu dem Augenblick, da der Reiche auftaucht. Dann stößt sie Ketan in aller Öffentlichkeit vor den Kopf.«

»Es kann auch noch schlimmer kommen. Gut möglich, dass Ketan bei den beiden am Tisch sitzt. Sie übersieht ihn dann geflissentlich und biedert sich dem reichen Mann an, ohne Rücksicht darauf, wie elend Ketan dabei zumute ist. Ketan hält das alles nur für ein kleines Zwischenspiel und glaubt bis zum Aufbruch, dass sie schließlich doch mit ihm nach Hause gehen werde. In letzter Minute wird sie sich dann von Ketan verabschieden und mit dem reichen Mann nach Hause gehen. Den armen Ketan macht sie damit zum Narren.«

Nebets Stimme zitterte, als sie das erzählte, und Tuja drückte ihr beruhigend die Hand. »Arme Nebet. Es muss schrecklich sein, das mit anzusehen.«

»Dabei ist er ein so netter Junge!« Nebet war den Tränen nahe. »Ich glaube, es ist seine erste Erfahrung mit Frauen. Das macht es doppelt schlimm.«

»Wir werden etwas unternehmen. Du musst mir nur sagen, wo die Schänke ist. Ich werde heute Abend dort sein.«

»Sei vorsichtig. Für Ketan ist Schemti kein Gegner, aber für jemanden in deiner Größe kann er gefährlich werden.«

Tuja lächelte vollkommen entspannt. »Mach dir um mich keine Sorgen«, beruhigte sie die junge Frau zuversichtlich. »Ich kann selbst blitzschnell sein mit einem Messer. Ich wurde vor ihm gewarnt, er aber nicht vor mir.«

Nebet war gegangen, aber Tuja blieb noch eine Weile sitzen und dachte nach. Würde sie sich zum Narren machen, wenn sie sich in diese Sache einmischte? Sie war an das raue Leben auf der Straße nicht mehr gewöhnt. Aber etwas musste geschehen. Der arme Ketan! Wie schwer das Leben doch sein konnte. Die zwischenmenschlichen Beziehungen waren nur zu oft eine Reihe von grausamen Missverständnissen. Nebets Kummer hatte Tuja traurig gestimmt, aber gleich darauf dachte sie zynisch: Wer weiß, wozu es gut war? Vielleicht wäre Nebet besser dran, Ketan gleich zu verlieren? Vielleicht wäre auch sie selbst besser dran gewesen, wenn sie Ben-Hadad verloren hätte, hatte er sie doch schon lange nichts als unglücklich gemacht.

Doch nein! Da war ja noch Seth. Ohne Ben-Hadad hätte sie auch nicht Seth. Seth aber war ihr jetzt ein wunderbarer Trost. Unter der liebevollen Hand von Kedar als Lehrer bescherte er ihr jeden Tag etwas Neues. Er ging mehr und mehr aus sich heraus. Seine ruhige, unterdrückte Persönlichkeit entwickelte sich ebenso rasch wie sein Verstand. Seth war in jeder Hinsicht ein Geschenk. Dem Himmel sei Dank für Kedar, der für das Kind zur Vaterfigur geworden war.

Andererseits waren Ketans Probleme zum Teil sicher auf die Tatsache zurückzuführen, dass er niemals wirklich einen Vater gehabt hatte. Schobai war alt und blind gewesen. Er hatte in seiner eigenen Welt gelebt, eingehüllt in seine Erinnerungen, als der Junge zur Welt kam. Meret aber wurde entführt und lebte als Sklavin im Delta, sodass die Kinder auch ohne Mutter auskommen mussten. Nur für sehr kurze Zeit hatten sie wirklich erfahren, was es heißt, Eltern zu haben.

Aber warum hatte es Teti nicht geschadet? Vielleicht war sie weniger empfindsam und stärker als ihr Bruder. Vielleicht aber hatte sie darunter genauso gelitten, nur zeigte es sich bei ihr nicht so offenkundig. Sie hatte nie in einer Umgebung gelebt, wo Mann und Frau sich wirklich liebten und einander ihre Zuneigung offen zeigten. Vielleicht war sie deshalb so lange ein Wildfang geblieben und hatte sich die gutmütig-derbe, jungenhafte Art bis über die Kindheit hinaus bewahrt. Wer konnte sagen, dass sich das nicht auch einmal schädlich auf ihr Liebesleben auswirken würde, wenn die Zeit dafür reif wäre? Sie war immer unabhängig gewesen und kannte nichts anderes; sie würde keine Lust haben, diese Unabhängigkeit aufzugeben. Sie würde einem Mann gegenüber immer Zurückhaltung wahren und ihn mit ihrer respektlosen Zunge stets auf Distanz halten.

Hatte sie sich dann aber einmal doch dieser neuen Erfahrung

überlassen, dann würde sie ebenso verwundbar sein wie Ketan und vielleicht genauso leiden wie er.

Aber über Teti wollte sie jetzt nicht nachdenken. Sollte sie Probleme haben, so war sie damit weit, weit fort. Ketan hingegen war hier, und für ihn musste man etwas tun. Diese Taruru schien etwas Dämonisches an sich zu haben und wirklich böse zu sein. Etwas musste geschehen, damit sie ihre wohlverdiente Strafe erhielt. Man konnte damit gleich heute anfangen; warum lange warten?

Der Diener Marsu erwartete Baka an der Tür. »Kommt herein, Herr!«, bat er. »Der Arzt ist gerade bei der Herrin.«

Baka hatte seine luxuriöse Wohnung von Madir übernommen, als er Wesir des Beherrschers beider Reiche geworden war. Noch vor wenigen Monaten hatte er die Räumlichkeiten als angenehmen Ort der Ruhe genossen, wohin er sich zurückziehen und von den Mühen und Sorgen erholen konnte, die das Regieren eines Reiches mit sich brachte, das von den Nubiern und einer ständigen Hungersnot bedroht wurde. Jetzt kamen ihm die Räume wie ein Grab vor. »Ich warte«, sagte er zu Marsu.

»Wie Ihr wünscht, Herr. Soll ich Euch zu essen und zu trinken bringen?«

»Nein, danke. Ich werden draußen auf der Terrasse warten.«

»Heute werden wir einen schönen Sonnenuntergang erleben. Ich werde dem Arzt sagen, er möge zu Euch hinauskommen, ehe er geht.«

»Ja, bitte.« Baka streifte die Sandalen von den Füßen und trat hinaus auf die große Terrasse mit den Pflanzen, von der man einen wunderschönen Ausblick auf die Stadt hatte. Die Sonne stand schon tief im Westen; es war nur noch eine Stunde bis zum Sonnenuntergang. Die Terrasse war einer seiner Lieblingsplätze im ersten Jahr nach Schobais Tod gewesen, als Meret zurückgekehrt war und er damit begonnen hatte, sie aufs Neue zu umwerben. Aber die Terrasse hatte ihren Reiz für ihn verloren.

Meret bedeutete so viel für Baka. Er liebte sie unendlich.

»Herr, der Arzt!«, meldete Marsu.

Baka drehte sich um. Nemi, der Arzt, machte eine tiefe Verbeugung.

»Nemi! Kommt und setzt Euch kurz zu mir, bevor Ihr geht!«, bat Baka. »Bring uns Wein, Marsu.« Die Dienerin verschwand. Der Arzt blickte Baka eine Weile schweigend an. »Wie geht es ihr?«, fragte Baka schließlich.

»Was soll ich sagen?«, antwortete der Arzt ernst. »Ich fürchte, Ihr müsst Euch bald auf sehr Unerfreuliches vorbereiten.«

»Wie bald?«, fragte Baka mit erstickter Stimme.

»Das kann ich nicht genau sagen. Sie hält länger durch als andere, die an der gleichen Krankheit leiden. Meret ist eine höchst bemerkenswerte Frau.«

»Das ist sie. Bitte, sagt mir alles! Ich muss es wissen.«

»Ihre Tage sind gezählt. Sie hat mir erzählt, dass das Blut, das sie hustet, neuerdings einen gewissen Nachgeschmack hat. Das deutet darauf hin, dass der Tod naht. Dazu kommen noch andere Anzeichen: die graue Haut, der Schüttelfrost und die nächtlichen Schweißausbrüche. Das alles deutet darauf hin, dass ihr Zustand sehr bedenklich ist. Außerdem ist sie sehr mager. Sie hat keine Kraft mehr, sich gegen die Krankheit zu wehren.«

»Aber alles ist so rasch gekommen.«

Nemi zuckte mit den Achseln. »Solche Dinge gibt es. Sie treffen die Gerechten ebenso wie die Bösen.«

»Ja, ja, ich weiß. Aber gibt es nichts, was ihr helfen könnte?«

»In diesem Stadium gibt es keine Arznei und keine Behandlung. Die Wahrscheinlichkeit, dass die Krankheit plötzlich zum Stillstand kommt, ist äußerst gering. Um das zu erreichen, braucht es einen erfahrenen Priester und keinen Arzt. Ich kann nur versuchen, ihr die letzten Tage so erträglich wie möglich zu machen. Erzählt ihr keine schlechten Neuigkeiten und nichts von etwaigen Schwierigkeiten. Macht es ihr so angenehm wie möglich.« Er sah Baka mitleidig an. »Sie weiß, dass sie sterben wird. Darüber könnt Ihr offen mit ihr sprechen. Aber jetzt, Herr, gestattet, dass ich gehe. Ich habe einen langen, schweren Tag hinter mir. Ich musste heute schon mehreren Menschen die gleiche Nachricht überbringen.«

Sprachlos vor Trauer entließ Baka den Arzt.

Seth saß mit gekreuzten Beinen vor Kedar auf der Matte und hatte eine Papyrusrolle auf den Knien liegen. Den Pinsel aus Schilfgras hielt er erwartungsvoll in der Hand, und neben seinem linken Knie stand die Palette aus Alabaster mit den zum Schreiben erforderlichen Pigmenten. Kedar saß normalerweise ihm gegenüber auf einem niedrigen Hocker, denn mit seinen alten Knien konnte er nicht mehr mit gekreuzten Beinen sitzen, wie es die Schreiber und Gelehrten taten. Jetzt stand er neben Seth und blickte auf ihn hinunter.

»Ich gebe dir bis morgen eine kleine Aufgabe auf.«

»Nicht die Tabelle mit den zwei Dritteln, Kedar«, bat der Junge. »Ich habe sie bereits auswendig gelernt. Gib mir etwas Schwierigeres auf, damit ich heute Abend etwas zu tun habe, das mir Spaß macht, während du fort bist.«

»Du hast die Tabelle schon gelernt?«, fragte der Lehrer und gab sich Mühe, ein Lächeln zu unterdrücken. »Nun gut, ich werde dich morgen prüfen. In der Zwischenzeit …«

»Gibt es dafür nicht einen einfacheren Weg, Kedar? Ist es nicht beschwerlich, ein Drittel einer Zahl so zu berechnen, dass man zuerst zwei Drittel errechnet und diese dann halbiert?«

»Vielleicht gibt es einen einfacheren Weg. Ich kann dir nur erklären, wie es die Gelehrten seit Jahrhunderten getan haben. Wenn du dich sehr bemühst, findest du vielleicht einen einfacheren Weg. In der Zwischenzeit …«

»Außerdem verstehe ich das mathematische Rätsel nicht, das du mir zum Addieren von Brüchen aufgegeben hast. ›Wenn man Brüche addiert, bei denen ein Nenner das Doppelte des anderen und teilbar durch drei ist, dann teile ihn durch drei, um den Nenner für die Summe zu erhalten.‹ Kannst du mir das anders erklären?«

»Hmmm.« Der Lehrer rieb sich das Kinn. »Du machst es mir nicht leicht, Seth. Du lässt mich wirklich für meinen Lohn arbeiten. Aber einem Lehrer gefällt es, wenn ihm kluge Fragen gestellt werden. Dann wollen wir es einmal anders betrachten: Wenn ein Stammbruch das Doppelte eines anderen ist, dann ist die Summe der beiden ein anderer Stammbruch, wenn, merk dir aber, nur wenn der größere Nenner durch drei teilbar ist. Der Quotient der Division ist der Stammbruch der Summe.«

Der Junge dachte kurz darüber nach. »Also gut, das verstehe ich. Vielen Dank, Kedar.« Aus seinen Worten klangen Liebe und Hochachtung. »Und was ist mit der Aufgabe für morgen? Du wolltest mir noch etwas sagen.«

»Richtig.« Der Lehrer ging auf und ab, während er sprach. »Ich möchte, dass du für morgen das *Seked* einer Pyramide berechnest, von der du die Höhe und die Grundlinie kennst.«

»*Seked?*«

»Du erinnerst dich doch noch an den Ausdruck für die Seitenlänge?«

»Ja, richtig. Und die bekannten Zahlen lauten wie?« Seth hatte den dünnen Pinsel bereits in das Pigmenttöpfchen getaucht und hielt ihn schreibbereit über dem Papyrus.

»Ich werde dir mehrere Zahlen nennen, die sich alle auf die großen Pyramiden von Memphis beziehen. Aber für heute versuchst du es einmal mit angenommenen Werten. Die Höhe unserer Pyramide beträgt genau einhundertundfünfzig Ellen, die Grundlinie dreihundertundsechzig Ellen. Die Antwort möchte ich in Handbreit haben. Eine Elle misst sieben Handbreit.«

»Gut, Kedar. Und den Rauminhalt? Willst du auch, dass ich den Rauminhalt berechne?« Seth schrieb bereits wie wild drauflos.

»Wir wollen nichts übertreiben, mein Junge. Um den Rauminhalt zu berechnen, habe ich dir noch keine Gleichungen angegeben. Das kommt erst in ein paar Tagen.«

»Ich glaube, ich kann ihn berechnen. Lass es mich auf alle Fälle versuchen.«

»Gut, Seth. Mach die Berechnungen, die ich dir aufgegeben habe. Was du sonst noch tun willst, bleibt dir überlassen. Wenn du Schwierigkeiten hast, schreib deine Fragen auf, damit wir sie am nächsten Tag besprechen können. Außerdem übe dich im Schreiben. Ich möchte, dass du die Berechnungen sowohl in Hieroglyphen als auch in der Priesterschrift aufschreibst.«

»Ich verstehe, Kedar.« Der Junge legte seine Schreibutensilien beiseite, stand auf und verbeugte sich vor seinem Lehrer. »Ich danke dir, dass du mich unterrichtest.« Bis zu diesem Zeitpunkt hatte sich Seth ganz korrekt verhalten, aber jetzt grinste er über das ganze Gesicht. Auch Kedar lächelte gutmütig und machte keinen Hehl aus seiner Zuneigung. Daraufhin stürzte der Junge auf seinen Lehrer zu, umarmte ihn und trat gleich wieder zurück. Doch Kedar streckte schnell die Hand aus und zauste dem Jungen mit einer rauen Geste der Freundschaft die Haare.

»Nun, dann sehen wir uns also morgen wieder, Seth. Schlafe gut und gehorche deiner Mutter. Du weißt, dass du jetzt sehr brav sein und auf deine Mutter hören musst.«

»Ich weiß, Kedar. Ich tue mein Bestes. Wenn du nur bei uns wohnen könntest!«

»Ich bin ein alter Mann, Seth, und habe meine Eigenheiten. Aber ich sage dir eines: Deine Mutter bezahlt mich sehr großzügig, und daher kann ich mich ausschließlich dir widmen. Aus diesem Grund habe ich mich auch entschlossen, mir eine andere Wohnung zu suchen. Ich wohne jetzt nur fünf Minuten von hier und kann daher mehr Zeit mit dir verbringen.«

»Da bin ich aber froh, Kedar!« Der Junge betete seinen Lehrer förmlich an. Als Kedar Seths Gesichtsausdruck sah, musste er sich umdrehen und sich die Tränen aus den Augen wischen. Er hatte auch einen Sohn gehabt. Der war gestorben, als er nur wenig älter gewesen war als Seth jetzt. Er war Kedars einziger Sohn geblieben. Doch diesem Kind war es in kurzer Zeit gelungen, sich einen Platz in Kedars Herz zu erobern, wie ihn Kedar bisher noch keinem Schüler eingeräumt hatte. Kedar sprach ein stilles Dankgebet zu den Göttern, weil sie ihm dieses Glück beschert hatten.

Als Kedar die große Halle des Hauses durchquerte, bemerkte er Tuja. Er wandte sich rasch um. Tuja hatte vor dem großen Bronzespiegel gestanden und sich sehr kritisch darin betrachtet. Sie war barfuß und in Lumpen gekleidet. Außerdem trug sie eine Männerperücke. Was sie wohl vorhaben mochte?

Das geht mich nichts an, dachte Kedar. Sie bezahlt mich gut und der Junge liebt mich wie einen zweiten Vater. Vielleicht sogar mehr als diesen, wenn die Gerüchte stimmten, die ihm über den Vater zu Ohren gekommen waren. Kedar beschloss also, sich um seine eigenen Angelegenheiten zu kümmern und Tujas ausgefallene Eigenheiten zu übersehen. Er lächelte Cheta zu und der Diener geleitete ihn hinaus auf die nächtlichen Straßen.

Als der letzte Schleier gefallen war, tanzte Nebet nicht weiter. Die Schänke war jetzt etwas mehr als halb voll. Auch nachdem sie zu tanzen begonnen hatte, trafen immer noch Gäste ein, die offensichtlich rechtzeitig für Tarurus Auftritt da sein wollten. Nebet war jetzt nackt, und sie fror in der abendlichen Kühle. Wie so oft, wenn sie versuchte, Männer zu betören, die mit den Gedanken woanders waren, kam sie sich ein wenig lächerlich vor. Sie zog sich hinter den Perlenvorhang zurück und streifte sich hinter den Sitzen der Musiker ihre Sandalen über. Harmhab stand hinter ihr und reichte ihr ihr Gewand, ohne ihrem zierlich gebauten Körper besondere Beachtung zu schenken.

»Vielen Dank«, sagte Nebet. »Ist irgendjemand Besonderer heute hier?«

Harmhab zuckte die Achseln. »Ein paar Soldaten, aber nicht in Uniform und keine höheren Ränge. Ein Kaufmann aus Punt, aber der kommt wegen Taruru.«

»Sie kommen alle ihretwegen«, wandte Nebet matt ein. »Einmal wird sich ein Mann nur für mich begeistern, wenn ich tanze. Dann falle ich bestimmt in Ohnmacht vor Aufregung.«

»Warte zumindest, bis der Tanz zu Ende ist«, meinte Harmhab gelangweilt. »Dann kannst du in Ohnmacht fallen so viel du willst.«

»Vielen Dank«, entgegnete Nebet gekränkt. Sie warf einen kurzen Blick durch einen Spalt im Vorhang. »Wie sieht es denn da draußen aus? Der große Kerl dort drüben in der Ecke ...«

»Den lässt du gefälligst in Ruhe. Der gehört mir.«

Nebet drehte sich um und starrte ihn an. »Da machst du einen guten Fang, Harmhab. Er sieht nach viel Geld aus.«

»Das hat er auch. Er lässt sich gern fesseln und auspeitschen. Er zahlt für dieses Privileg auch eine stattliche Summe. Aber mach dir keine Hoffnungen. Er lässt es sich nur von Männern besorgen, von großen Männern, die stärker sind als er.«

Nebet rümpfte die Nase. »Du kannst ihn ruhig behalten, und die, die so sind wie er, ebenfalls. Ich komme dir da nicht in die Quere. Dort drüben sitzt der Kaufmann, von dem du gesprochen hast. Ketan ist auch soeben gekommen und setzt sich wie immer auf seinen Platz. Jetzt schau dir einmal sie an! Das böse, miese Stück!«

»Was macht sie denn?«, fragte Harmhab plötzlich neugierig. Er fand Ketans hoffnungslose Verliebtheit unwiderstehlich lustig. »Macht sie ihn wieder lächerlich?«

»Ja. Sie geht an ihm vorbei und nickt ihm nur zu, kaum dass man es merkt. Dann setzt sie sich zu dem Kaufmann. Sie ist wirklich eine widerwärtige Schlampe. Da gehe ich eher mit einem Pavian ins Bett!«

»Er vermutlich auch.«

»Gib Acht, was du sagst. Taruru tritt jetzt gleich auf. Sie hätte sich nicht einmal setzen müssen. Ich bin sicher, sie hat es einzig und allein deshalb getan, um Ketan bloßzustellen.«

»Vielleicht wollte der Kaufmann, dass sie sich zu ihm setzt, um offen klarzumachen, dass er derjenige ist, mit dem sie nach Hause geht. Manche Männer kommen sich besonders großartig vor, wenn eine Frau das tut.«

»Sie sollte sich jetzt endlich anziehen, diese Dämonin. Sie ist so böse, sie verdient es nicht zu leben!«

»Du bist zu weich für das Leben«, entgegnete Harmhab. »Warum verschwendest du deine mütterliche Sorge für den Jungen? Du machst dich zum Narren damit. Er kann dich nicht von einer Gipsstatue unterscheiden.«

»Doch, das tut er sehr wohl.«

»Er schaut dir kaum zu, wenn du tanzt.«

»Schluss jetzt!« Nebet war verletzt und zornig. Sie sprang auf, stemmte die Hände in die Hüften und sah Harmhab wütend an. »Es ist wirklich grausam, so etwas zu sagen!«

»Aber es ist wahr. Nimm nur heute: Er ist erst nach deinem Auftritt hier aufgetaucht.«

»Er ist außer sich vor Kummer und schaut so aus, als hätte er seit Tagen nicht geschlafen. Er kann sich von ihrem Anblick einfach nicht losreißen. Es müsste irgendetwas geschehen, dass ihn kuriert.«

»Du langweilst mich allmählich mit deinem Gejammer, als wäre er der einzige Mann auf der Welt. Die Welt ist voll von Männern.

Sieh dich nur um!« Er dachte kurz nach und machte dann eine Einschränkung: »Nur von dem in der Ecke halte dich fern! Er gehört mir. Er wäre ohnehin nicht besonders neugierig auf ein halbwüchsiges Ding wie dich, selbst wenn er auf Frauen stünde.«

»Du bist heute wirklich grausam. Du bereitest dich anscheinend auf Riemen und Peitschen vor. Aber bei mir brauchst du nicht zu üben!«

Der Ton der Unterhaltung war bissig geworden, und Harmhab konnte es nicht lassen, eine letzte Spitze anzubringen. »Du hast zumindest einen sicheren Anwärter heute. Dort drüben sitzt einer, der ist beinahe so ein Zwerg wie du, und er hat dich nicht aus den Augen gelassen. Obwohl ich sagen muss, dass er nicht gerade wie ein Lüstling ausgesehen hat, als er dir zusah, wie du dich vor seinen Augen deiner Kleider entledigt hast. Er hat eher den Eindruck gemacht, als tätest du ihm Leid.«

Nebet wollte ihm zuerst Paroli bieten, aber dann überlegte sie es sich anders. Sie warf einen Blick durch den Perlenvorhang. Richtig! Dort saß Tuja. Sie trug abgetragene Männerkleider und eine Männerperücke. Wenn man nicht wusste, dass sie eine Frau in Männerkleidern war, dann sah sie tatsächlich aus wie ein kleiner, verbauter Mann. Es war gut, dass sie Tuja nicht erkannt hatte, denn wenn sie gewusst hätte, dass Tuja ihr zusah, wäre sie unsicherer gewesen als sonst.

Jetzt war ihr Auftritt für diesen Abend vorüber, und sie konnte Tuja ruhig beobachten, wie sie ihre Rolle spielte. Gerade winkte sie den Schankwirt zu sich und bestellte noch eine Schale von dem starken nubischen Bier. Dabei ließ sie die beiden Tische nicht aus den Augen, die am Rande des Lichtkreises standen. Dort saß Ketan und beobachtete unglücklich, wie Taruru ihn mit ihrem reichen Kaufmann bloßstellte.

Schließlich ertrug Ketan es nicht länger. Er stand auf, stelzte steifbeinig zum Tisch des Kaufmanns und berührte Taruru an der Schulter. Sie blickte verärgert hoch. »Siehst du nicht, dass ich beschäftigt bin, Ketan?«

»Warum tust du mir das an?«, fragte er leise. »Siehst du nicht, wie du mich verletzt?«

Taruru antwortete abweisend mit lauter Stimme: »Jetzt reicht es, Ketan! Hast du mich heute nicht bereits genug geärgert? Zuerst hast du mich überfallen, als ich mit meinem Freund zusammen war. Du hast uns wirklich in Verlegenheit gebracht. Ich hatte doch nichts an!«

»Taruru, bitte! Sprich ein wenig leiser. Die Leute hören alles.«

»Sie sollen es ruhig hören. Dann lockst du mich endlich doch ins Bett und bringst nichts zusammen. Was für ein Mann bist du?«

»Bitte! Sag das nicht!«

»Dann ging ich in den Goldschmiedeladen und suchte mir ein Armband aus, wie du es gesagt hast. Aber was sagt der Goldschmied? Er sagt, dass du keinen Kredit bei ihm hast! Es war demütigend für mich!«

»Das ist nur vorübergehend, bestimmt! Für morgen Mittag erwarte ich einen großen Betrag von der Armee. Normalerweise habe ich bei dem Goldschmied in einer solchen Lage immer ein bis zwei Tage Kredit. Aber du hast auf meinen Namen in diesem Monat schon für sehr viel Geld eingekauft.«

Der Kaufmann beugte sich vor. »Gibt es ein Problem, Taruru? Was will dieser junge Mann?«

Ketan wurde knallrot. »Kümmert Euch um Eure eigenen Angelegenheiten«, sagte er.

»Ketan! Du bist sehr unhöflich zu meinem Freund. Das dulde ich nicht. Ursprünglich wollte ich heute mit dir nach Hause gehen. Aber jetzt? Niemals!«

»Aber Taruru!«

»Du hast kein Anrecht auf mich!«

»Es tut mir Leid«, stammelte Ketan unglücklich. »Ich wollte dich nicht kränken.«

»Geh an deinen Tisch!«, befahl sie. »Oder noch besser, geh nach Hause. Ich will nicht, dass du mich anstarrst. Es macht mich verlegen und verdirbt allen anderen den Abend.« Plötzlich strahlte sie, als hätte sie einen besonders guten Einfall gehabt. »Ich sage dir etwas: Wenn du jetzt gehst und vor meiner Wohnung wartest, verzeih ich dir vielleicht und lasse dich hinein, sobald ich nach Hause komme. Sei ein guter Junge und tu, wie ich gesagt habe. Wenn du dableibst, machst du mich zornig!«

»Aber …«

»Lauf, habe ich gesagt. Wir sehen uns vor meiner Wohnung. Gegen Mitternacht!«

Sie drehte sich um und widmete sich wieder ihrem reichen Kaufmann. Ketan taumelte zurück und stieß gegen den Tisch eines anderen Mannes, der daraufhin laute Verwünschungen ausstieß. Ketan zitterte vor Erregung und ging zur Tür. Er wusste genau, dass sie ihr Versprechen nicht halten und diese Nacht nicht nach Hause kommen würde. Aber es war ihm nicht möglich, es darauf ankommen zu lassen. Er stolperte hinaus in die Nacht, und sein Herz war so schwer wie noch nie. Er sah sich in Gedanken schon, wie er bis zur Morgendämmerung vor ihrem Haus wartete, und kam sich dabei wie der Narr vor, der er tatsächlich war. Aber trotz dieser erniedrigenden Vorstellung konnte er der Versuchung nicht widerstehen hinzugehen. Wie tief konnte er noch sinken? Wo würde das für ihn enden?

IV

Als die Musikanten die Musik für Tarurus Tanz anstimmten, bahnte sich Nebet rasch einen Weg durch die Menge und setzte sich zu Tuja an den Tisch. Sie saßen ziemlich weit hinten, wo es dunkel war. Da sie beide klein waren, mussten sie die Hälse recken, um zu sehen.

»Sie hat ihn fortgeschickt und gesagt, er solle vor ihrer Wohnung auf sie warten«, berichtete Nebet. »Ich weiß nicht, ob du hier alles mitgehört hast.«

»Sie ist wirklich ein Luder«, sagte Tuja. »Ich habe einen Teil des Gesprächs gehört und traute meinen Ohren nicht. Wir Frauen machen eine Menge mit, wie uns die Männer oft behandeln, aber wir können auch noch viel böser sein als die Männer.«

»Zumindest einige Frauen. Ich kann mir nicht vorstellen, dass ich mich je so benehmen würde! Zu niemandem! Nicht einmal wenn ich jemanden wirklich hasse. Dann würde ich es offen sagen. Diese kalten, herzlosen Machenschaften!«

»Ich weiß, meine Liebe. Schau, jetzt fängt sie an! Sie ist aber wirklich gut gebaut! Wenn ich es nicht besser wüsste, würde ich sagen, dass jemand hier und da ein Pölsterchen hinzugefügt hat.«

»Du wirst gleich sehen, dass das nicht der Fall ist. Wenn ich nur so aussehen könnte, Tuja!«

»Wer weiß, vielleicht hätten uns die Götter auch einen bösen Zug gegeben, wenn wir so gut aussähen, so wie sie es bei ihr getan haben!«

Nebet seufzte. »Könnte sein. Aber das ist mir gleichgültig, ich würde es gern einmal ausprobieren und herausfinden. Jetzt schau hin! Nichts ist ausgepolstert!«

Tuja zog die Brauen hoch, gab sich aber Mühe, die Dinge im richtigen Licht zu sehen. »Ich versuche, sie mit den Augen eines Mannes zu sehen. Es stimmt, ich würde sie sehr anziehend finden. Ob ich mich in ihren Bann ziehen ließe oder nicht, ist eine andere Sache.«

Nebet konnte ihre Wut und ihren Schmerz nicht verbergen. »Du darfst nicht vergessen, Tuja, er ist ja noch ein halbes Kind. Er hat keine Ahnung, wie es üblicherweise zwischen Mann und Frau läuft.«

»Normalerweise? Sogar ich frage mich, was das sein mag.« Dann sprach sie etwas sanfter weiter. »Aber vergiss das jetzt! Eines musst du dir merken: Ein anziehendes Äußeres ist dir nur für eine sehr kurze Zeit geschenkt.« Dabei deutete sie mit dem Kopf auf die Tänzerin im Lichtkreis der Bühne. »Ihre oberflächliche Schönheit wird vergehen, und zwar sehr bald, wenn ich mich nicht sehr täusche. Sie täte gut daran, all ihre Möglichkeiten jetzt wahrzunehmen.«

»Wenn ihre Schönheit vergehen wird, was habe ich dann erst für Möglichkeiten, wo meine Ausgangslage doch umso viel schlechter ist?«

Tuja legte der jüngeren Frau beruhigend die Hand auf den Arm. »Du brauchst dir keine Sorgen zu machen, meine Liebe, denn die Vorzüge, auf die es wirklich ankommt, vergehen nicht mit dem Alter.« Dann änderte sie das Thema. »Ich möchte nachher mit unserer Freundin Taruru sprechen. Sie soll endlich wissen, dass Ketan Freunde hat, die es nicht zulassen, dass er schlecht behandelt wird.«

»Aber nimm dich in Acht! Auch sie hat Freunde, die nicht zimperlich sind. Der Ausrufer eines Teppichhändlers hat sie eines Abends angeredet und wollte ihr auf dem Weg nach Hause folgen. Schemti hat draußen mit dem Messer auf ihn gewartet. Du solltest die Narbe in seinem Gesicht sehen.«

»Ich werde mich in Acht nehmen«, versprach Tuja. »Schau sie dir einmal an! Meiner Meinung nach ist ihr Hinterteil zu groß, was meinst du?«

»Den Männern gefällt das.«

»Du bleibst, wie du bist. Ich habe auch dir beim Tanzen zugesehen und versucht, dich mit den Augen eines Mannes zu beurteilen. Ich kann mir gut vorstellen, dass eines Tages ein Mann zu deiner Tür hereinkommt und feststellt, dass du genau das bist, was er sucht.«

Nebet stieß einen langen Seufzer aus. »Wahrscheinlich wird er sechzig Jahre alt sein, nur ein Auge haben, groß und fett und tief verschuldet sein. Schau dir nur das Flittchen an, und dann schau dir die Gesichter der Männer an.«

»Sie kürzt den Tanz ab. Das heißt vermutlich, dass sie sich mit ihrem reichen Kaufmann bald davonstehlen wird.« Tuja hob den Kopf. »Sieh mal, da kommt dein Freund Harmhab. Er hat mich doch hoffentlich nicht erkannt?«

»Ich weiß es nicht. Guten Abend, Harmhab!«

Dieser sah die beiden feindselig an.

»Du kennst die Vorschriften, Nebet«, begann er. Dabei schaute er Tuja kurz an, ließ sie aber in Gedanken als unwichtig sofort wieder fallen. »Du bleibst nur länger an einem Tisch sitzen, wenn du auch zusätzlichen Wein bestellst.« Diese Bemerkung richtete sich eher an Tuja, doch Harmhabs Blick ruhte auf Nebet.

»Wir sind dabei aufzubrechen.« Nebet sah Tuja an, und diese nickte. Aber Harmhab ging nicht davon, wie sie es erwartet hatten. »Wie geht es dir und deinem Freund?«, fragte Nebet bissig. »Ich habe erwartet, dass du mittlerweile schon auf seinem Schoß sitzt.«

»Er lässt sich doch nicht in der Öffentlichkeit mit mir blicken!« In seinen Augen lag ein lüsternes Funkeln. »Umso besser. Das macht es für mich leichter, ihm seine Hiebe zu verpassen, für die er mich bezahlt.« Er sah Tuja verächtlich an. »Du brauchst mich gar nicht so missbilligend anschauen, Kleiner. Ich kann mir nicht vorstellen, dass jemand dich für deine Dienste gut bezahlt, ganz gleich welcher Natur sie sind.«

»Das geht mich alles nichts an«, sagte Tuja mit möglichst tiefer Stimme. »Komm, Nebet! Wir wollen bezahlen.«

Sie bahnten sich einen Weg durch die Menge und beglichen ihre Zeche. Als Nebet sich dann nach dem Tisch umsah, an dem Taruru zuvor gesessen hatte, wischte ihn bereits einer der Bediensteten sauber. »Sie sind nicht hier, Tuja. Gibt es einen Nebenausgang?«

Sie eilten ins Freie. Der Mond schien, doch von der Tänzerin und ihrem angejahrten Verehrer war nichts zu sehen.

»Wo mögen sie wohl hingegangen sein?«, jammerte Nebet.

»Hast du nicht gesagt, dass du weißt, wo sie wohnt?«

»Doch. Aber heute Abend wollte sie zu ihm gehen.«

Enttäuscht ballte Tuja die Hand zur Faust. »Was sollen wir jetzt machen?«

Ketan war so eifersüchtig, dass er Tarurus Befehl nicht gehorchen konnte. Stattdessen hatte er im Dunkeln vor der Schänke gewartet und den Nebeneingang im Auge behalten, bis sie schließlich am Arm ihres Kaufmanns die Schänke verließ. Ketan folgte ihnen in sicherer Entfernung durch die dunklen Straßen. An einer Straßenecke hatte er sie verloren. Doch mittlerweile befanden sie sich in unmittelbarer Nähe seiner eigenen Wohnung, und er wusste eine Abkürzung durch einen Hinterhof. Bald war er ihnen wieder auf der Spur.

Der Kaufmann geleitete Taruru zu einem aufwendig gebauten Haus, das von einer hohen Mauer umgeben war. Die Tür ging auf, der Kaufmann trat ein und hielt das Tor auf für Taruru. Ketan trat aus dem Schatten hinaus in die mondhelle Gasse und rief: »Taruru! Ich bin es, Ketan!«

Ihr Ärger stand ihr deutlich ins Gesicht geschrieben, als sie sich jetzt umdrehte. »Ketan! Ich habe dir doch gesagt …« Sie drehte sich zur Tür um und sagte zum Kaufmann, der ihr die Tür aufhielt: »Geh kurz voraus, mein Lieber. Ich komme sofort nach.« Die Tür fiel halb zu. »Was machst du hier, Ketan?«

»Du kannst nicht mit ihm nach Hause gehen, Taruru! Er ist alt genug, um dein Großvater zu sein!«

»Sei kein Narr. Er ist ein Mann von Rang und Namen. Außerdem gehe ich mit wem ich will und wohin ich will. Für wen hältst du dich, dass du mir sagen willst, was ich tun kann und was nicht?«

»Ich liebe dich, Taruru!«

»Du liebst mich! Was weiß denn ein Kind wie du von der Liebe? Dass ich nicht lache! Verschwinde, Ketan, oder ich lasse dich nicht rein, wenn ich heute Nacht nach Hause komme.«

»Ich kenne dich. Du wirst nicht nach Hause kommen. Du lässt mich nur in der Kälte warten, so wie damals, als ...«

»Du hast doch Einfälle! Wieso glaubst du denn überhaupt, dass du einen Anspruch auf mich hast? Es wäre etwas anderes, wenn du mir hübsche Geschenke machtest, so wie ...«

»Das habe ich doch gemacht. Nur augenblicklich ...«

»Es wäre auch etwas anderes, wenn du wüsstest, wie man eine Frau befriedigt. Aber das letzte Mal, als du es versucht hast, konntest du nicht einmal ...«

»Taruru! Musst du es mitten auf der Straße so laut hinausschreien?«

»Du hast mitten drin aufgehört! Ein richtiger Mann tut so etwas nicht.«

»Bitte Taruru! Können wir nicht in Ruhe irgendwo anders darüber reden?« Gereizt drehte sie sich um zum Gehen. Ketan packte sie bei der Hand. »Bitte!«

»Du tust mir weh, Ketan! Ich bekomme blaue Flecken davon.« Ihr schönes Gesicht verzerrte sich hasserfüllt. »Schemti! Schemti! Hilf mir!«

Ketan erstarrte, als er den Namen jenes Mannes hörte, mit dem sie ihn vor wenigen Stunden derart gedemütigt hatte. Er ließ ihre Hand los und wollte gehen. »Schemti? Was macht denn der hier?«

Er drehte sich um, und das Messer, mit dem Schemti ursprünglich Ketans Rücken treffen wollte, traf Ketan mit voller Wucht in die Brust. Er taumelte zurück; das Messer ragte aus seiner Brust. »Warum hast du das ...« Das letzte Wort brachte Ketan nicht mehr heraus; nur seine Lippen bewegten sich noch lautlos. Mit weit aufgerissenen Augen blickte er von der Frau auf seinen Angreifer. Seine Knie gaben nach, und er brach zu ihren Füßen zusammen.

»Jetzt schau, was du angerichtet hast, Schemti!« Voller Entsetzen drückte Taruru die Tür auf, um sich zu vergewissern, ob jemand zugesehen hatte. »Du bist ein Narr! Gleich wird ein Wachposten vorbeikommen.« Sie starrte auf den reglosen Körper zu ihren Füßen. »Ist er tot?«

Schemti zog das blutige Messer heraus, ohne auf den Blutschwall zu achten, der aus der Wunde quoll. Er wischte die Klinge an Ketans Kleidern ab. »Wenn er jetzt noch nicht tot ist, dann wird er es in Kürze sein. Ich werfe ihn in den Kanal. Es ist nicht weit bis dorthin. Schau mich nicht so an. Er hat mein Gesicht gesehen. Er weiß, dass ich bei dir war. Jetzt geh hinein und mach den alten Geldsack glücklich, ehe er seine Nase zum Fenster heraussteckt und sieht, was hier los ist.« Er war wütend. »Worauf wartest du noch! Geh endlich!« Er packte Ketan an den Füßen und schleifte ihn davon. »Verdammt, ist der schwer!«

Taruru war unfähig, sich zu rühren. Allmählich begriff sie, was er – und sie mit ihm – geplant hatte und was tatsächlich geschehen war. »Wenn er stirbt, Schemti ...«

»Wenn er stirbt, müssen wir rasch unsere Spuren beseitigen«, unterbrach er sie. »Wenn er nicht stirbt, sind wir zwei Todeskandidaten. So oder so ist es am besten, wenn du sofort hineingehst und tust, als wäre nichts geschehen. Ich beseitige alle Spuren. Jetzt geh endlich!«

Das Entsetzen stand Taruru immer noch ins Gesicht geschrieben, als sie die Tür hinter sich zuzog. Schemti besah sich Ketan, dessen Fußgelenke er immer noch festhielt. Jetzt ließ er die Beine fallen. Ketan reagierte nicht, obwohl seine Beine mit Wucht auf den Boden aufgetroffen waren und er es hätte spüren müssen. »Du musst wohl tot sein«, sagte Schemti laut. »Komisch, ich habe nicht geglaubt, dass ich dich so gut getroffen habe.« Er runzelte die Stirn. »Hast du Geld bei dir? Wie ist es mit deinem Ring?«

Er bückte sich und sah daher die kleine, geschmeidige Gestalt nicht, die sich aus dem Schatten kommend auf ihn stürzte. Er spürte nur einen stechenden Schmerz im Kopf, dann umfing ihn Bewusstlosigkeit wie die Fluten des Flusses.

Tuja blickte auf den Stein in ihrer Hand und warf ihn fort. Nebet beugte sich über Ketan. »Ist er tot, Nebet?«

Nebet blickte hoch. Ihre Augen schimmerten feucht im Licht des Mondes. »Er atmet, aber er ist schwer verletzt. Schau nur das viele Blut!«

Tuja beugte sich über Schemti. »Ich bin mir nicht sicher, ob dieser hier sich erholen wird. Ich habe so fest ich konnte zugeschlagen. Wir hätten einiges zu erklären; die Wachen kommen hier regelmäßig vorbei.« Sie richtete sich auf und sah sich um. »Ketan wohnt hier ganz in der Nähe.«

»Auf der anderen Seite des Blocks«, fügte Nebet errötend hinzu, denn es war ihr peinlich, vor Tuja zuzugeben, dass sie es wusste.

»Bringen wir ihn nach Hause«, schlug Tuja vor. »Dann können wir einen Arzt rufen. Ich kenne einen, der ist gut, und wir können ihm vertrauen, dass er den Mund hält und nicht zu viele Fragen stellt.«

»Aber er lebt allein, Tuja. Wer wird sich um ihn kümmern? Der Arzt kann das nicht.«

»Du wirst dich um ihn kümmern, meine Liebe. Wenn er das überlebt, dann wird er sich daran erinnern, wer ihn gesund gepflegt hat. Darauf kannst du wetten. Du wirst dich wundern, wie nahe sich ein Mann und eine Frau kommen, wenn einer krank ist und der andere ihn gesund pflegt. Ich habe das selbst auch einmal gemacht, Nebet, und damit meinen Mann gewonnen.«

Bei diesen Worten wurde Tuja ihr schmerzlicher Verlust wieder bewusst; traurig ließ sie die Schultern hängen. Als sie auf die junge Frau zu ihren Füßen sah, fragte sie sich: Was lasse ich sie hier tun? Lasse ich zu, dass das Spiel von Liebe, Enttäuschung und Ernüchterung jetzt für sie beginnt?

Sie sah Ketan an und vergaß sofort ihre Zweifel. Die harte Wirklichkeit forderte ihr Recht. »Zuerst müssen wir ihn nach Hause schaffen. Dort ist er in Sicherheit, und wir können in untersuchen. Nimm du seine Füße, Nebet!«

Kapitel 9

I

Der Bote hatte mit der Barke über den Fluss gesetzt und stieg – am anderen Ufer angekommen – vorsichtig aus. Er kletterte an Land und kehrte zu seinem Pferd zurück, das er angebunden hatte. Er führte es auf die Hauptstraße Richtung Avaris, hob noch einmal die Hand zum Gruß und winkte Baliniri am anderen Ufer des Flussarms zum Abschied zu. Dann ritt er auf der von Palmen gesäumten Straße los, quer über die Halbinsel.

Erst als der Bote nicht mehr zu sehen war, begann Baliniri mit dem Seil seine Barke einzuholen. Langsam zog er sie über den Kanal zurück in das ruhige Kehrwasser am Inselufer. Dort band er sie fest und ging zum Tor in der hohen Mauer. Er wollte kein Risiko eingehen, schloss das Tor und verriegelte es. Dann rief er den anderen zu: »Es ist alles in Ordnung. Ihr könnt jetzt kommen.«

Tefnut und die zwei Jungen verließen vorsichtig das kleine Haus am anderen Ende des Teichs. Bevor Baliniri das kleine Anwesen gekauft hatte, war es die Behausung eines Sklavenaufsehers gewesen. Baliniri hatte es mit einem Teil von Aylas Vermächtnis erstanden.

Tefnut kam zögernd näher. Sie trug ein durchscheinendes weißes Gewand, das einmal Ayla gehört hatte. Seit sie auf der Insel waren, verzichteten die Jungen gänzlich darauf, sich anzuziehen, und Kamoses einst weiße Haut war mittlerweile beinahe ebenso braun wie die von Riki. Sie alle hatten zugenommen, was bitter notwendig gewesen war, und Tefnut sah lang nicht mehr so abgehärmt aus wie früher.

Doch als sie jetzt zu Baliniri trat, wirkte sie immer noch besorgt. »Ist er fort?«, fragte sie.

»Ja. Komm und setz dich neben mich unter die Bäume.« Er wählte einen schattigen Platz am Teich, streifte die Sandalen ab und tauchte die heißen Füße in das kühle Wasser. »Gut, dass ihr euch versteckt habt. Ich glaube nicht, dass es gut gewesen wäre, diesen Mann wissen zu lassen, dass ihr hier seid.«

»Ich glaube, es ist besser, wenn niemand es weiß«, meinte Tefnut.

»Nicht nach all dem, was Riki uns erzählt hat. Stell dir nur einmal vor: Nicht nur das ganze Land ist gegen uns, sondern auch Kamoses eigener Vater!«

»Ich habe den Kurier nach der Stimmung auf der Straße gefragt. Die Menschen sind nicht gerade begeistert über die Morde. Sogar Leute, die kein Kind zu verlieren haben, sind erbost. Aber es hat sich offenbar noch kein organisierter Widerstand gebildet. In der Armee gibt es hier und dort Widerstand, wenn jemand einen Befehl verweigert, aber nichts von Bedeutung.«

»Ihr habt Euch ja auch gegen den Befehl gestellt.«

Baliniri nickte. »Ich bin ein alter Kämpfer und weiß, wie man es macht, damit es nicht wie eine Befehlsverweigerung aussieht. Einem jungen Offizier kann es leicht geschehen, dass er vor einer Situation steht, wo er schlicht nein sagen muss. Es wurden bereits ein paar Todesurteile vollstreckt. Doch es gab noch keinen Aufstand von Bedeutung, einmal rebelliert die eine Einheit, dann wieder eine andere. Aber die Unzufriedenheit sei sehr groß, hat zumindest dieser Mann behauptet.«

Tefnut setzte sich neben Baliniri und tauchte ebenfalls die Füße ins Wasser. »Ich verstehe nicht, warum Aram keine Reden hält und damit die Unzufriedenheit schürt.«

»Richtig. Man sollte meinen, dass die Verschwörer mittlerweile sehr aktiv geworden sind.« Er dachte kurz nach. »Vielleicht sind sie es auch. Wieso sollte denn dieser Mann vom Hof über geheim abgehaltene Treffen Bescheid wissen?«

»Aram ist nicht dumm.« Tefnut ließ die Beine hin und her baumeln. »Wenn die Zeit nicht reif für öffentliche Auftritte ist, dann zieht er sich zurück und arbeitet im Untergrund weiter.« Sie schüttelte den Kopf. »Trotzdem kann ich mir nicht vorstellen, dass er wirklich glaubt, dass er König werden und sein Sohn ihn töten wird.«

»Salitis ist der Meinung, dass die Prophezeiung sich auf ihn bezieht.« Baliniri beobachtete die beiden Jungen, die fröhlich im seichten Wasser am anderen Ende des Teichs tobten. »Wenn ich Kamose wäre und wüsste, dass mein eigener Vater versucht hat, mich zu töten, was würde ich von ihm halten, sobald ich erwachsen wäre? Was würde ich ihm antun?«

»Ich versuche, die Dinge in gedämpfteren Farben darzustellen, wenn ich mit ihm rede. Aber er weiß Bescheid. Was ich nicht für richtig hielt, ihm zu erzählen, weiß er von Riki. Sie sind dicke Freunde.«

Baliniri ließ den Blick über das Wasser gleiten und dachte nach. »Aram gehört nicht wirklich zu den Leuten, die ich bei dieser Sache tatsächlich fürchte. Wäre er der Mann, um den sich alles dreht, wüsste ich, wie ich mit ihm fertig werde. Aber mit Neferhotep ist es anders. Der Kurier hat berichtet, dass Neferhotep jetzt das Vertrauen von Salitis genießt. Er ist sehr geschickt im Intrigieren und sehr gefährlich.«

»Was ist mit Hakoris? Ich habe das Gefühl, dass er letztendlich eine viel gewichtigere Rollen spielen wird, als es derzeit den Anschein hat. Als ich erfuhr, dass Aram sich mit ihm eingelassen hat, lief es mir kalt über den Rücken.«

»Stimmt. Wir wissen nicht viel über ihn. Er arbeitete viele Jahre als Sklave in den Minen von Timna. Nur Schwerverbrecher hat man dorthin geschickt. Die meisten sterben nach ein oder zwei Jahren, so schlecht werden sie dort behandelt. Wer immer Hakoris sein mag, er hat sieben oder acht Jahre durchgehalten, soviel ich weiß. Er ist zäh.«

»Und er ist ein Mörder.«

»Vermutlich, aber wir können es noch nicht beweisen.« Baliniri schüttelte langsam den Kopf. »Das ist das Problem. Wir haben nur Gerüchte und Rikis Aussage. Offizielle Stellen werden ihm aber nicht glauben, selbst wenn wir es tun. Wir brauchen die Aussage eines Erwachsenen, um die Ermächtigung zu bekommen, sie zur Befragung vorzuladen. Bis wir das aber durchgesetzt haben, werden sie bereits Wind davon bekommen und sich in Sicherheit gebracht haben. Sie werden ausreichend entlastende Beweise vorbringen, mit denen sie alles widerlegen können, was wir ihnen vorwerfen. Du darfst nicht vergessen, dass dank Petephres auch die Priester hinter ihnen stehen.«

Tefnut lächelte Baliniri schüchtern an. »Kamose behauptet, Riki habe einen sicheren Plan, um Hakoris auszuschalten. Er möchte in die Stadt und behauptet, dass er sich innerhalb von zwei Stunden mit dieser Mara, der Sklavin in Hakoris' Haus, in Verbindung setzen kann. Sobald er sie wissen lässt, dass Hakoris ihren Vater getötet hat, wird sie ihn vergiften oder ihm im Schlaf die Kehle durchtrennen.«

»Das arme Mädchen. Ich wollte, wir könnten etwas für sie tun.«

»Das würde ich auch gern.« Tefnut schüttelte den Kopf. »Gibt es nicht doch etwas, das wir tun können, Baliniri?«

Baliniri ließ den Blick über die blühenden Feigenbäume und die hohen Dattelpalmen am anderen Ufer des Teichs wandern. »Du kannst gar nichts tun, Tefnut«, sagte er schließlich. »Ich möchte nicht, dass einer von euch auch nur daran denkt, Avaris zu betreten, bevor das alles nicht vorüber ist. Es ist zu gefährlich. Ich glaube, Riki macht sich keine Vorstellung davon, wie gefährlich es für ihn ist. Sie kennen die Narbe auf seiner Ferse. Mittlerweile wissen sie auch, dass der Junge mit der Narbe zur selben Zeit verschwunden ist wie der Junge, der für sie Botengänge gemacht hat. Sie sind ja nicht dumm und können zwei und zwei zusammenzählen. Sobald er Avaris betritt, ist er so gut wie tot.«

»Es ist eine schreckliche Zeit für Kinder.« Sie sah den Jungen zu, die im Teich spielten. »So sollte es für sie sein. Es ist nicht richtig, dass sie vor Verrückten und Verbrechern um ihr Leben laufen müssen.«

Auch Baliniri beobachtete Kamose und Riki eine Weile, dann sagte er: »Ich halte es hier nicht mehr aus, Tefnut. Ich male mir aus, wie es wäre, wenn ich von hier aufbrechen und fortgehen würde. Ich könnte mich auf die andere Seite schlagen. Gute Soldaten können sie immer gebrauchen. Unsere Spione behaupten, dass erst kürzlich eine Armee nach Nubien aufgebrochen ist, um gegen Akilleus zu kämpfen. Mein alter Freund Mekim führt den Feldzug an. Einmal haben sie mir sogar angeboten, für sie zu kämpfen, aber ich habe das Angebot abgelehnt.« Baliniri verlor sich in Träumereien und schwieg eine Weile.

»Verzeiht«, unterbrach Tefnut seine Erinnerungen. »Hatte das etwas mit der Frau zu tun, von der Ihr einmal gesprochen habt?«

Für gewöhnlich hätte er sie vielleicht grob darauf hingewiesen, dass sie das nichts anginge. Aber aus irgendeinem Grund fand er es jetzt leichter, darüber zu sprechen. »Ja«, gestand er. »Ich habe sie nie vergessen. Ich habe Ayla daraufhin geheiratet, weil ich sie verloren habe. Wenn ich Ayla umarmte, schloss ich die Augen und redete mir ein, es sei Tuja, die ich in den Armen hielt.«

»Armer Baliniri.«

»Arme Ayla«, entgegnete er rasch.

»Erzählt mir über Tuja, wenn Ihr wollt«, bat Tefnut sanft, und in ihrer Stimme schwang mehr mit als nur Zuneigung.

»Ich weiß, das sie mich geliebt hat. Es muss sie sehr geschmerzt haben, mich zu verlassen, genauso wie es mich geschmerzt hat. Aber sie fand heraus, dass sie schwanger war.«

»Von Euch?«

»Nein. Es war das Kind ihres Mannes, obwohl sie schon eine Zeit lang nicht gut miteinander standen. Sobald sie wusste, dass sie ein Kind erwartete, ließ es ihr Ehrgefühl nicht zu, dass sie bei mir blieb. So ein Mensch war sie.«

»Vielleicht denkt sie auch noch an Euch, trotz der Jahre, die inzwischen vergangen sind.«

»Könnte sein. Der Himmel weiß, dass es nicht einen Tag gegeben hat, an dem ich nicht an sie dachte. Nach Aylas Tod versuchte ich es mit anderen Frauen, aber es hat nicht funktioniert. Ich hatte die eine oder andere Beziehung, aber mein Herz war nie dabei. Jeden Morgen, wenn ich aufwachte, lag eine andere Frau neben mir. Ich habe mich dann immer minutenlang gefragt, wer sie wohl sei und wo ich sie getroffen hatte. Manchmal konnte ich mich einfach nicht erinnern, wie sehr ich mir auch den Kopf zerbrechen mochte. Manchmal fand ich es nicht einmal der Mühe wert, darüber nachzudenken. Das kam gar nicht so selten vor.«

»Es gibt verschiedene Arten, einsam zu sein«, meinte Tefnut nachdenklich. »Oft weiß ich nicht, welches die schlimmste ist. Sogar als Aram noch bei mir war, fühlte ich mich lange Zeit einsam. Wenn ich nicht den Jungen gehabt hätte …«

Plötzlich hatte sie das Gefühl, dass sie nicht über sich sprechen sollte. Sie schwieg und sah ihn mit ihren großen, mitfühlenden Augen an. »Wie war sie?«, fragte sie.

»Sie war sehr zierlich. Eine Spanne kleiner, als du bist. Ich glaube nicht, dass sie landläufig als hübsch galt. Aber sie hatte eine ganz besondere Art. Sie war so klein, aber sie war sehr tapfer.« Die Stimme versagte ihm; erst nach einer Weile fuhr er fort. »Sie schien unter meinen Händen aufzublühen, so als hätte sie darauf gewartet, dass ich ihr begegnete und sie liebte.«

Tefnut wartete ein Weilchen, und als sie wieder sprach, war ihre Stimme nicht viel mehr als ein Flüstern. »Ich verstehe Euch. Es gibt solche Frauen. Sie sind wie Musikinstrumente, die auf ihren Meister warten.« Ihre Worte klangen so lieb, dass Baliniri den Kopf nach ihr drehte. Ihre Blicke begegneten sich und sie sahen einander unverwandt an. Schließlich war es Baliniri, der wegsah.

Riki kam aus dem Wasser und tollte übermütig und voller Lebensfreude herum, während die warme Sonne und der sanfte Wind, der immer im Delta blies, ihn trocknete. Er schlug Räder bis zu den Stufen von Baliniris Haus. Dort setzte er sich endlich hin und blickte über die Reihen von Bäumen und hohen Datteln, die sich im Teich spiegelten, hinüber zu den Erwachsenen, die am anderen Teichufer die Beine im Wasser baumeln ließen.

Kamose setzte sich neben ihn und schüttelte das Wasser aus den Haaren. »Du bist heute gut aufgelegt«, sagte er. »Du tollst herum wie verrückt.«

»Ich habe soeben etwas entdeckt: Ich bin glücklich. Das müssen die Menschen meinen, wenn sie behaupten, glücklich zu sein. Es ist sehr ungewöhnlich für mich, aber es ist herrlich!«

»Ich weiß, was du meinst.« Kamose lehnte sich zurück, stützte sich auf der nächsten Stufe auf den Ellbogen auf und streckte der Sonne das Gesicht entgegen. »Man muss sich keine Sorgen machen, ob man genügend zu essen hat und ob man auf die Straße gesetzt wird, weil man die Miete nicht bezahlen kann.«

»Es ist wunderbar, keine Angst zu haben«, nickte Riki. »Mir war gar nicht bewusst, wie oft ich sonst Angst hatte. Ich war so daran gewöhnt, an dieses Leben. Aber jetzt muss ich mich nicht ständig umsehen. Allmählich fürchte ich den Augenblick, da ich wieder in mein altes Leben zurückkehren muss. Ich wünsche mir, das es immer so bleibt.«

Kamose sah zu den beiden Erwachsenen hinüber. »Vielleicht bleibt es noch eine Weile so. Mutter und Baliniri scheinen sich gut zu verstehen.«

»Ist es dir auch aufgefallen?«

»Hat er oft Frauen bei sich?«, wollte Kamose wissen.

»Ich weiß es nicht. Ich kenne ihn noch nicht lange. Aber ich glaube nicht. Sonst hätte er eine hier auf der Insel, die ihn erwartet.«

»Vermutlich. Mutter behauptet, dass Männer ab einem gewissen Alter nichts anderes im Kopf haben als Frauen.«

»Vielleicht.« Riki zog die Beine an und umschlang seine Knie mit den Armen. »Vor sechs Monaten hätte ich das nicht verstanden. Aber jetzt ...«

»Hast du eine Liebste?«

»Nein, nein. Aber ich kenne ein Mädchen. Wir sind so etwas wie Freunde. Sie ist eine Sklavin, musst du wissen.«

»Wie bist du ihr begegnet?«

»Sie hat mich einmal gerettet. Sie hätte mich verraten können, aber sie hat es nicht getan. Sie hat mir Leid getan, denn sie hat ein hartes Leben. Ich habe sie manchmal besucht, wenn Hako-, wenn ihre Mutter nicht da war.«

»Ist sie es, die Hakoris hasst? Die ihn töten würde, wenn du ihr erzähltest, was du über ihn weißt? Du hast nicht gesagt, dass sie deine Liebste ist.«

»Ist sie nicht. Sie ist nur ... nun, ich mag sie eben. Ich bin gern zu ihr gegangen, und das fehlt mir jetzt. Aber wage nicht, es ihr zu erzählen!«

»Du meinst über Hakoris? Aber wäre es nicht gut, wenn ihn jemand umbrächte?«

»Irgendjemand, aber nicht sie. Denn sie würde dafür sterben. Aber ich will nicht, dass sie stirbt. Ich will, dass sie freikommt. Ich will, dass sie frei ist und die Stadt verlassen kann und mit mir an einem Ort wie diesem leben kann, wo ich sie öfter sehen kann. Ich unterhalte mich gern mit ihr.«

Kamose wartete, dass er noch mehr erzählte, aber sein Freund schwieg.

Da war noch mehr, dachte Riki. Aber wie sollte er das erklären. Er konnte es sich selbst nicht erklären.

Ach, liebe Mara, dachte er. Wenn die Dinge nur anders gekommen wären!

Die drei Männer beobachteten vom Dach oberhalb der Schänken-terrasse das Spiel. In den letzten Minuten hatte sich die Menge mehr als verdoppelt, denn es hatte sich herumgesprochen, dass der große Petra endlich einen ebenbürtigen Widerpart gefunden habe. Die beiden Spieler saßen mit gekreuzten Beinen einander gegenüber, jeder an einer Seite des Spielbretts. Die Sonne schien warm, und die beiden Männer trugen nur ihre Lendentücher. Von oben sah man deutlich, wie den beiden der Schweiß über den Rücken lief.

»Was ist das für ein Mal am Rücken des Fremden?«, fragte Aram. »Stammt es von einer Verbrennung?«

Hakoris hatte während des ganzen Spiels kein Wort gesagt. Jetzt ergriff er das Wort. »Es ist ein Muttermal. Ich habe mich erkundigt. Es ist erblich, so etwas wie ein Kastenmal, das in der Familie des Mannes verbreitet ist.«

Neferhotep meinte abfällig: »Es wird sich nicht mehr viel länger in der Familie verbreiten, wenn der Mann jeden Tag so viel trinkt. Ich weiß nicht, wie es ihm glückt, seine Züge zu setzen.«

Hakoris tat die Bemerkung mit einer Handbewegung ab. »Das spielt keine Rolle. Vor ein paar Jahren hat der Mann hier gelebt. Er war in den Basaren für sein Spiel bekannt. Er hat Kensu in einem höchst bemerkenswerten Spiel besiegt. Noch heute spricht man in den Armenvierteln davon.« Er ließ sich nichts von dem Schauspiel unten auf der Terrasse entgehen, fuhr aber langsam fort: »Danach war er ungefähr für zehn Jahre verschwunden. Jetzt ist er also wieder da.«

»Warum hast du uns hergebracht?«, wollte Neferhotep wissen.

Hakoris sah ihn mit seinen stechenden Augen an. Sein Blick drang Neferhotep bis in die Seele. Der Magier zuckte zusammen und zog sich innerlich zurück. »Habe Geduld«, riet Hakoris mit samtweicher Stimme. »Zur rechten Zeit wird sich alles klären. Ich bin nicht dafür bekannt, dass ich Zeit verschwende, weder deine noch meine.« Wieder wandte er sich den Spielern zu. »Dieser Frem-de«, er sprach das Wort nicht ohne Ironie aus, »ist dumm und be-einflussbar. Glaub mir, ich weiß es. Beim Senet hat er nur deshalb Erfolg, weil er ungewöhnlich viel Glück hat. Senet ist nicht unbedingt ein Spiel, das man durch Geschicklichkeit lernen kann. Es gibt ein ähnliches Spiel, ich meine natürlich das Spiel der Zwanzig Felder.«

»Das Spiel der Hay, ich weiß.«

»Bitte! Wie gesagt, ich habe mich über den Mann erkundigt. Der verstorbene Wenis hat ihn für kurze Zeit protegiert. Ihr erinnert euch vielleicht noch an Wenis. Wenis hatte beabsichtigt, diesen Mann im Spiel der Zwanzig Felder auszubilden, um dadurch seine Verbindung zum Hof von Salitis zu erleichtern.«

Neferhotep zog die Augenbrauen hoch. »Salitis hält sich für einen Meister im Spiel der Hay. Erzähl bitte weiter!« Neferhotep hatte allmählich begriffen.

»Ganz genau.«

Aram lächelte. »Ich beginne zu verstehen. Wir können den Mann bei Hof einführen und ihn bei Salitis anpreisen. Wie geht es dann aber weiter?«

Neferhotep sah sich um und senkte die Stimme. »Wir haben davon gesprochen, dass wir versuchen wollen, den König zu vergiften. Ich kann es nicht tun. Man würde mich sofort verdächtigen. Es gibt aber niemanden, dem ich genügend Vertrauen schenke, dass er es für mich tut.«

Hakoris unterbrach ihn. »Wenn wir aber einen dummen, gefügigen Ochsen wie ihn bei Hof eingeführt haben, der Salitis sehr nahe steht, könnte er vielleicht dazu gebracht werden, etwas in den Trunk des Königs zu geben. Er würde glauben, dass er ihm eine nützliche Medizin verabreicht, gegen die sich der König wehren würde, so etwas wie die Droge, die unser Freund, der Magier, ihm zum Beispiel verschrieben hat.«

»Ich verstehe!« Aram lächelte.

»Das ist noch nicht alles«, fuhr Hakoris fort. »Auf den Kopf des Senet-Spielers ist ein Kopfgeld ausgesetzt. Er gehörte zu Benu.«

»Zu Bakas Truppe?«

Hakoris grinste böse. »Jeder nimmt an, dass die Anschuldigungen fallen gelassen wurden. Das stimmt nicht. Man verzichtete auf die Verfolgung, als bekannt wurde, dass Baka und seine wichtigsten Vertrauten, dazu gehörte auch der Kerl da unten, über die Grenze entkommen waren.«

Neferhotep verzog sein Habichtsgesicht zu einem schlauen Lächeln. »Man könnte uns keinen Vorwurf machen, dass wir nichts wussten. Aber wenn dem König etwas zustieße und wir plötzlich davon erfahren und den Burschen wegen der Ermordung des Königs gefangen nehmen ...«

»Wir nehmen ihn nicht gefangen«, verbesserte ihn Hakoris. »Wir töten ihn still und leise und liefern ihn dann den Behörden aus. Das gibt mir gleichzeitig die Gelegenheit, meine eigenen Ziele zu verfolgen. Ich habe ein persönliches Interesse an der Angelegenheit. Damit bin ich auch derjenige, der sich seiner entledigen wird, sobald die Zeit dafür gekommen ist.«

»Du kennst ihn demnach?«, fragte Neferhotep.

»Sagen wir es so: Unsere Wege haben sich gekreuzt. Aus diesem Grund werde ich auch im Hintergrund bleiben, während du Kontakt mit ihm aufnimmst und ihn für unsere Sache gewinnst. Aber wenn die Zeit gekommen ist, dass wir ihn ausschalten, werde ich ... eine aktivere Rolle übernehmen, sagen wir es so.«

Plötzlich war das laute Murmeln der Zuschauer unten zu hören. Die drei Verschwörer beugten sich vor, um zu sehen, was los war. Ben-Hadads Gegner hatte sich nach hartem Kampf geschlagen gegeben. Er stand auf und streckte die Beine, die ganz verkrampft waren, nachdem er eine Stunde mit gekreuzten Beinen auf den Steinplatten des kleinen Innenhofs gesessen hatte. Ein paar Männer gingen durch die Menge und nahmen im Namen des Schänkeninhabers Wetten an.

»Wir warten ein paar Minuten, bis die Gratulanten mit ihm fertig sind«, schlug Hakoris vor. »Dann macht ihr euch an ihn heran und schmeichelt ihm schamlos. Natürlich kauft ihr ihm auch Wein. Wein ist für ihn anscheinend unwiderstehlich.«

Aram und Neferhotep sahen Hakoris an und tauschten erstaunte Blicke. Gewöhnlich trug Hakoris eine vollkommen ausdruckslose Miene zur Schau; jetzt aber wirkte er unverblümt siegessicher, grausam und unversöhnlich.

Schon bald nachdem Ben-Hadad das Senet-Spiel in den Basaren wieder aufgenommen hatte, um sich damit seinen Lebensunterhalt zu verdienen, hatte er sich einen Partner genommen. Der Mann hatte die Aufgabe, während des Spiels von den Zuschauern Wetten anzunehmen und danach den Gewinn einzusammeln. Dieser Partner hieß Zoser. Ben-Hadad hatte ihn aus mehreren Bewerbern hauptsächlich deshalb ausgesucht, weil er seinem früheren Partner, Anab, am wenigsten ähnelte.

Ben-Hadad wusste selbst keinen wirklichen Grund dafür zu nennen. Er wusste nur, das die meisten seiner Erinnerungen an Anab eher schmerzlich waren. Wie Tuja so war auch Anab ein Straßenkind gewesen. In den ersten Wochen ihrer Partnerschaft hatte sich Anab, der selbst niemandem traute, als wenig vertrauenswürdig erwiesen; er hatte sein Interesse an Ben-Hadad an einen anderen verkauft. Ben-Hadad hatte Anab zwar verziehen, aber Anab konnte einfach nicht glauben, dass Ben-Hadad ihm je wieder sein Vertrauen schenken würde. Ben-Hadad wurde immer traurig, wenn er an Anab dachte.

Als er sich also jetzt einen Partner für sein kleines Unternehmen suchte, hatte er Zoser ausgesucht, einen ruhigen, geschäftstüchtigen Mann, der auf den ersten Blick ziemlich unauffällig war. Zoser hatte eine Frau und ein Kind zu Hause. Er ging bei seiner Arbeit methodisch vor, machte sich keine Feinde und keine Freunde und scheute jeden Aufruhr.

Zosers einziger Einwand gegen seinen Partner war dessen ständiges Trinken. Jetzt bahnte er sich seinen Weg durch die Menge und teilte die Gewinne aus. Dabei entgingen ihm Ben-Hadads trübe, blutunterlaufene Augen nicht. Zoser stieß einen tiefen Seufzer aus und schüttelte traurig den Kopf. Er ging auf Ben-Hadad zu und schüttelte immer noch den Kopf, ohne jedoch Ben-Hadad anzusehen.

»Fang nicht wi-wieder damit an«, sagte Ben-Hadad. »Wa-was spielt es für eine Rolle, so lange wir gewi-winnen?« Seit er in Avaris war und er oft in peinliche, erniedrigende Situationen geriet, hatte er wieder zu stottern begonnen, wie seinerzeit als Kind. Der Sprachfehler war nicht zu überhören, und die Tatsache, dass Ben-Hadad gern dem Wein zusprach, machte die Sache nicht besser.

»Wie du willst«, meinte Zoser zynisch. »Es ist deine Gesundheit, nicht meine. So lange du dein Urteilsvermögen damit nicht beeinträchtigst, geht es mich nichts an.« Er breitete die Münzen auf einem Ende des Tisches aus und begann sie zu zählen.

»Was hat mein Ur-urteilsvermögen damit zu tun?«, fragte Ben-Hadad und betrachtete den Stoß mit Geld. »Ich habe das Spiel seinerzeit vor zehn Jahren aus Verzweiflung gelernt und habe mich nie verbessert.« Er griff nach dem Weinkrug, machte einen tiefen Zug und wischte sich danach mit dem Handrücken über den Mund. »Es ist pures Glück. Man hat es oder hat es nicht. Ich habe es.«

»Bis jetzt«, antwortete Zoser kühl. »Deine Gesundheit geht mich nichts an. Wenn du dich umbringst, weil du zu viel trinkst, dann werde ich mir eben einen anderen Partner suchen.« Das klang so grob, dass Zoser Ben-Hadad großzügig anlächelte, als er das sagte.

Danach änderte Zoser das Thema. »Die drei Männer, die vom Dach aus dein Spiel beobachten, sind dir nicht vielleicht aufgefallen?«

Ben-Hadad blickte auf. »N-nein. Wa-warum. Haben sie Wetten ab-abge-schlossen?«

»Nein. Das ist eben das Komische dabei. Sie haben sich sehr für den Fortgang des Spiels interessiert. Auch für das Ergebnis, aber sie zeigten sich nicht im Geringsten am Geldverdienen interessiert. Einmal habe ich sogar die Schale mit den Wetten zu ihnen hochgehoben, aber der eine schüttelte nur den Kopf.«

»Das ist eigenartig«, gab Ben-Hadad ihm Recht. Er neigte den Krug, aber es waren nur noch ein paar Tropfen drinnen. »Ver-ver-dammt! Gib mir noch etwas Geld, damit ich me-mehr bestellen ka-kann.«

»Ich gebe dir Geld«, erklärte Zoser sich einverstanden. »Aber versuche bitte, ohne auszukommen. Erinnere dich, was unlängst geschehen ist, als du betrunken warst. Sie haben dir alles gestohlen, was du bei dir hattest.«

»Das werde ich nie mehr zulassen.« Ben-Hadad sprach schon sehr undeutlich. »Ich werde es sicher aufbewahren.«

»Ich würde dein Geld gern für dich anlegen. Ich kenne mich ein wenig aus. Ich habe auch etwas gespart. Zum Jahresende hoffe ich ein hübsches Sümmchen gespart zu haben. Ich habe Angst, dass ich mich und meine Familie in eine solche Abhängigkeit bringe, wie es der Fall war, als der König die Getreideabgaben angeordnet hat.«

»Ich kann deine Sorge gut verstehen«, sagte Ben-Hadad. »Auch ich hatte einmal eine Frau und ein Kind. Da wird man vo-vorsichtig und feige. Das fällt für mich jetzt weg.«

»Wie du meinst, mein Freund«, sagte Zoser. Er blickte auf, über Ben-Hadads Schulter hinweg, und berührte seinen Partner danach am Arm. »Schau nicht hin«, sagte er leise. »Aber sie stehen jetzt hinter dir. Zumindest zwei von ihnen. Ich weiß nicht, was mit dem Dritten geschehen ist. Ich glaube, sie kommen her.«

»Aha! Enthusi…« Ben-Hadad bekam Schluckauf und hielt sich die Hand vor den Mund. »Enthusiasten! Sie bege-geistern sich für einen schönen Sport. Jetzt werden sie mich gleich wieder da-damit langweilen, dass sie meine Technik bis in die kleinste Einzelheit zerlegen.« Er übersah geflissentlich, wie Zoser ihn mit wilden Gesten zum Schweigen bringen wollte. »Vie-vielleicht machen sie mir auch ein An-angebot. Ich wette, dass sie mir ein Angebot machen, so wie damals We-wenis. Das ist schon lange her.«

Er drehte sich um. Die beiden Männer standen hinter ihm und sahen ihn an. Der eine war ein vornehmer Hay und neben ihm stand der hoch gewachsene *Semsu* in seinem höfischen Gewand. Ben-Hadad blinzelte sie an. Dann kicherte er, stand schwankend auf und versuchte, sie klar zu sehen. »Nun, meine Herren, wa-was kann ich für Euch tun?«, fragte Ben-Hadad.

Zwei Stunden später saßen Ben-Hadad und seine neuen Bekannten an einem Ecktisch in der Schänke und unterhielten sich. Aram und Neferhotep hatten darauf bestanden, dass Speisen aufgetragen wurden. Während sie sich unterhielten, hatten sie genau darüber gewacht, dass Ben-Hadad nicht zu viel trank. Sie saßen ihm gegenüber und beobachteten den Ausdruck auf seinem aufgedunsenen Gesicht, während er versuchte, zusammenhängend zu erzählen. »Das ist also meine Geschichte«, stammelte er schließlich. »Ich bin si-sicher, Ihr findet sie ziemlich außergewöhnlich. In unserer Ju-jugend war ich Josephs bester Freund. Aber jetzt besitze ich nicht den Mut, zu ihm zu gehen und ihn um Hilfe zu bi-bitten. Daher bin ich hier.« Er grinste dämlich.

»Und wir sind hier und bieten dir vielleicht eine Lösung an, die dir das Betteln erspart. Was würdest du dazu sagen?«, fragte der Magier bedeutungsvoll.

»Ihr werdet es nicht glau-glauben.« Ben-Hadad lachte schon wieder. »Aber die Ge-geschichte kenne ich schon. Aber es ma-macht nichts. Eines ist gewiss: Es gibt nichts Neues unter der Sonne. Wirklich nichts Neues. Aber sagt ruhig, wa-was ihr sagen wollt. Tut Euch nur keinen Zwang an!«

III

Am nächsten Morgen stand Baliniri früh auf und ging hinunter an den Fluss. Müßig ließ er den Blick über das träg fließende Wasser und das andere Ufer gleiten. Die Last seiner Verantwortung hatte ihn die ganze Nacht lang gequält, und er hatte schlecht geschlafen. Unruhig hatte er sich hin und her gewälzt und versucht, sich über vielerlei klar zu werden.

Als er jetzt in der Kühle des Morgens am Ufer entlangging, nur mit Sandalen und der derben Tunika der Soldaten bekleidet, wurde ihm bewusst, dass er eine Entscheidung treffen musste, und das bald. Salitis erließ kranke, mörderische Befehle. Wenn Baliniri seine Selbstachtung nicht verlieren wollte, musste er Schritte unternehmen. Salitis würde ihm nur für kurze Zeit gestatten, die Erfüllung seiner Pflichten aufzuschieben; danach musste er darauf gefasst sein, sich den königlichen Zorn zuzuziehen.

Was konnte Baliniri aber dann vorbringen? Würde es ihm möglich sein, mit dem König vernünftig zu reden? Höchst unwahrscheinlich. Wahrscheinlich würde er auf sein Amt verzichten, und Salitis würde den Befehl erteilen, ihn ins Gefängnis zu werfen.

Baliniri blieb stehen, stemmte die Hände in die Hüften und blickte finster hinüber ans andere Ufer. Links, nahe der Flussbiegung, marschierte ein Trupp Zwangsarbeiter zu den Gerstenfeldern. Schwer bewaffnete Soldaten seiner eigenen Einheit begleiteten die Sklaven. Auf den Schultern trugen sie die kurzgriffigen Pflüge, die später von den Kühen gezogen werden sollten. Hinter den Sklaven kamen lang gehörnte ägyptische Kühe mit ihren Hirten und schließlich wieder Vieh, diesmal waren es Ziegen.

Allein der Gedanke war schon befremdlich. Noch vor wenigen Jahren war die Landwirtschaft Familiensache gewesen. Die unzähligen Kleinbauern hatten durch viele Jahrhunderte hindurch einen beträchtlichen Anteil an der ägyptischen Wirtschaft gehabt und ohne allzu große Mühe genügend Erträge erzielt, um damit das ganze große Land zu versorgen, dank der ständigen großzügigen Gaben des Nils. Alles war so gut gelaufen. Die Ernte war stets eine frohe Zeit gewesen. Die Güte der Götter und das fruchtbare Land wurden mit Festen gefeiert.

Nur ein Menschenalter später wurde die Arbeit in der Landwirtschaft unwillig, lieblos und ohne Opferbereitschaft von Sklaven verrichtet, die von Soldaten mit Peitschen zur Arbeit angetrieben wurden. Der Boden wurde nicht länger von Männern gepflügt, um einen Ertrag zu erzielen, sondern von Männern, die dazu gezwungen wurden, ohne Hoffnung auf Lohn. Und das Ergebnis? Die erzielte Ernte hatte gelitten. Von Sklaven gepflanztes Getreide und Gemüse gedieh nicht. Die Ernten waren armselig und die so gewonnenen Nahrungsmittel schmeckten nicht. Joseph hatte mit seinen neuen Maßnahmen zwar große Vorräte zur Bekämpfung der Hungersnot angelegt, aber es hatte sich ein giftiger Pesthauch über diese Reichtümer gelegt.

Baliniri wurde in seinen Überlegungen durch eine unbewusste Wahrnehmung aus den Augenwinkeln unterbrochen. Langsam drehte er den Kopf und ließ seinen Blick prüfend über das andere Ufer gleiten. Im nächsten Augenblick wusste er, was seine Aufmerksamkeit erregt hatte: Eine bronzene Spange an einem weißen Gewand reflektierte einen Sonnenstrahl. Baliniri konzentrierte sich auf die halb hinter einem Gebüsch verborgene Gestalt, ehe sich der Mann, der nun vorsichtig geworden war, wieder in das Uferdickicht zurückzog. Doch der kurze Augenblick hatte Baliniri genügt.

Man beobachtete ihn. Wer steckte dahinter?

Er dachte nach. Es war nicht die Armee. Der Mann hatte eine weiße Tunika getragen. Wer trug hier auf dem Land ein weißes Gewand? Noch dazu mit einer kostbaren bronzenen Spange zusammengehalten? Baliniri schüttelte den Kopf. Das traf nur auf eine einzige Gesellschaftsschicht zu. Aber warum sollte ihn ein Mitglied der Priesterschaft beobachten?

Die Verschwörer trafen sich am Nachmittag im Kinderlager. Diesmal hatte Hakoris nicht nur die engsten Vertrauten zu dem Treffen geladen, sondern den Kreis der Geladenen etwas weiter gezogen. Sogar Ersu und Ameni waren hinzugezogen worden. Petephres hatte sich nach dem letzten großen Treffen in seinem eigenen Kreis umgesehen und brachte zwei Mitglieder der Priesterschaft, Mesti und Asri, die sich in der Zwischenzeit der Sache verschrieben hatten. Die Ankunft der einzelnen Gäste war so geplant, dass sie einzeln in Abständen von jeweils fünf Minuten an verschiedenen Eingängen eintrafen.

Petephres erwartete seine Priesterkollegen in einer Vorhalle im Inneren des Hauses. Sie kamen an einem langen Fenster vorbei, von dem aus man die im Haus gefangen gehaltenen Kinder sehen konnte. Sie mussten an diesem Tag statt auf der Straße in einem tiefer gelegenen Geschoss des Hauses unter der Aufsicht eines Peitschen schwingenden Aufsehers ihre Arbeiten verrichten. Petephres' Freunde holten ihn endlich ein. »Gut, dass ihr gekommen seid«, begrüßte sie Petephres.

»Bei allen Göttern!«, entsetzte sich Mesti. »So etwas habe ich noch nie gesehen. Das ist die Vorstufe zur Unterwelt! Ich habe nichts dagegen, wenn das Gesindel von der Straße für seinen Unterhalt arbeiten muss, aber hier läuft es mir kalt über den Rücken.«

Bevor sie ihren Weg zum verabredeten Treffpunkt fortsetzten, winkte Petephres Mesti und Asri näher. »Seid vorsichtig!«, flüsterte er. »Dieser fremde Kerl hat überall Ohren. Ihr habt Recht, die Zustände hier sind wirklich grausam. Aber was kann man von Abschaum, wie er es ist, erwarten? Die Wüstenvölker von jenseits des Roten Meers haben keine Seelen.«

»Ich gebe dir Recht!«, stimmte Asri ihm zu. »Sobald wir an der Macht sind, können wir uns gewisser zeitweiliger Verbündeter entledigen. Bis dahin werden Mesti und ich uns ruhig verhalten.«

»Gut.« Petephres nickte. »Es ist nicht zu übersehen, dass die Götter dem Land erst wieder ihre Gunst schenken werden, wenn alle fremden Einflüsse entfernt sind, auch Joseph, Aram, Hakoris und auch jene Hay, die wir im Hinblick auf den Aufstand fürs Erste in unser Vertrauen gezogen haben. Aber für jetzt muss es so bleiben, wir sind uns einig. Asri, du wirst den Bericht unserer Spione vortragen. Mesti, du wirst über unsere Kampagne in den weiter entfernten Bezirken berichten. Ich weiß übrigens, was du im dritten, fünften und siebenten Bezirk unternommen hast, vor allem aber in Sais. Das war ein wirklich gelungenes Unternehmen. Meinen Glückwunsch!«

»Was hat unser geschätzter Freund denn gemacht?«, fragte Asri.

»Der Aufstand hat sich vom Tempel zu den Soldatenunterkünften ausgebreitet«, erzählte Petephres bewundernd. »Die Garnison von Sais ist jetzt auf unserer Seite. Damit kontrollieren wir den gesamten Bereich des Nilarms bis Rosette und westlich davon bis an die Grenzen zu Libyen.«

»Erstaunlich!« Asri war beeindruckt.

»Jetzt kann nur noch eines die Lage verändern«, gab Mesti zu bedenken. »Wenn der König das gesamte Kommando durch ihm treu ergebene Truppen aus einer anderen Garnison ersetzen würde. Wenn der verantwortliche Anführer durch einen anderen ersetzt wird, nicht aber seine Untergebenen, so gäbe er ein prächtiges Ziel für einen Mordanschlag ab. Es würde danach Wochen dauern, bis die Sache in der Hauptstadt bekannt würde.«

»Hervorragend!«, lobte Petephres. »Wenn die Versammlung gleich beginnt, wirst du sehen, wie das unsere Position verstärkt. Das kommt aber auch nicht einen Augenblick zu früh, das sage ich euch. Sie halten nämlich geheime Treffen ab, zu denen ich nicht geladen war, so als wäre die Priesterschaft ein unwichtiger Faktor. Dank deiner guten Arbeiten werden sie so etwas nicht mehr versuchen. Jetzt kommt aber, sonst versäumen wir noch etwas.«

Mestis Bericht erntete allgemeine Zustimmung. Als es wieder ruhig geworden war, ergriff Petephres das Wort. »Meine Herren, ich möchte euch Asri vorstellen, dem ich die Aufgabe übertragen habe, jene Offiziere zu überwachen, die noch nicht auf unserer Seite sind, die jedoch Anzeichen zur Rebellion zeigen, was den Befehl des Königs bezüglich der Kinder angeht.«

»Meinst du damit auch Baliniri?«, fragte Neferhotep.

»Ja«, bestätigte Asri. »Wenn er sich nicht freiwillig auf unsere Seite schlägt, gibt er einen guten Kandidaten für eine Erpressung ab.« Er wartete die Wirkung seiner Worte ab. Mehrere Anwesende zogen angenehm überrascht die Brauen hoch. Danach fuhr Asri fort. »Er beherbergt bei sich mehrere Flüchtlinge.« Er hatte von seinen Priester-Spionen eine genaue Beschreibung der Personen und gab diese jetzt wieder.

»Warte!«, rief Aram. »An welchem Abend war das?«

Asri beantwortete die Frage mit höchster Genauigkeit.

»Zwei Jungen, sagtest du?«

»So ist es. Ich glaube, es war noch eine dritte Person dabei. Unser Spion hat die Fußabdrücke genau untersucht, dort wo die drei bei der Fähre den Wagen verlassen haben.«

»Hervorragend!«, rief Neferhotep.

Aber Aram gab sich nicht zufrieden. »Noch einmal zu den Fußabdrücken: War an ihnen irgendetwas Besonderes zu sehen?«

»Nur an einem«, antwortete Asri. »Ein Junge hatte eine Narbe, die quer über eine Ferse lief.«

Erstaunt starrte Asri Aram an, der seinen Triumph nicht verbergen konnte.

Nachdem die anderen gegangen waren, blieben Neferhotep und Aram noch eine Weile länger bei Hakoris. Sobald das große Tor geschlossen und verriegelt war, wechselten sie bedeutungsvolle Blicke. »Heute gab es gute und schlechte Neuigkeiten«, begann der Magier. »Ich hatte keine Ahnung, dass sich die Dinge in den Provinzen so gut entwickeln. Petephres behauptet, dass er innerhalb eines Monats die Grenzkommandos für sich entschieden hat.«

Aram blickte finster vor sich hin. »Auf der anderen Seite weiß Baliniri mittlerweile alles. Es besteht kaum ein Zweifel darüber, dass ihm der Junge mit der Narbe alles erzählt hat. Das gefällt mir überhaupt nicht.«

»Warum hat er dann noch nichts unternommen?«, fragte Hakoris mit seiner samtweichen Stimme. »Ich finde das sehr verwirrend. Wird er vielleicht der Nächste sein, der Salitis über kurz oder lang seine Ergebenheit aufsagt, ähnlich wie der Kommandant von Sais?«

»Könnte sein. Aber es gefällt mir nicht, dass er etwas über uns weiß, ohne dass wir seinen Standpunkt kennen. Am liebsten würde ich einen Trupp Männer auf seine Insel schicken und ihn und die anderen beseitigen lassen.«

»Das wäre die eine Möglichkeit«, meinte Hakoris. »Aber Geduld, mein Freund. Es hat etwas zu bedeuten, dass er noch nichts unternommen hat. Ich ziehe es vor, abzuwarten und wachsam zu bleiben. Vielleicht ist er bereit, sich uns anzuschließen. Er mit seinem Wissen! Er besitzt umfassende Kenntnis der gesamten militärischen und politischen Struktur der Regierung und verfügt außerdem über großen Einfluss unter den Offizieren. Jemanden wie ihn dürfen wir nicht überstürzt töten.«

Aram fügte sich stillschweigend, zumindest äußerlich. Dann wechselte er das Thema. »Ich habe gehört, Semsu, dass du das Können des Fremden beim Spiel auf den Zwanzig Feldern überprüft hast?«

»Das habe ich«, antwortete Neferhotep. »Er ist ganz eindeutig begabt. Wirklich ein guter Fang, Freunde. Ihr kennt Salitis' Einstellung zu diesem Spiel, dem die Barbaren förmlich verfallen sind. Du musst verzeihen, Aram, ich wollte dich nicht kränken. Ich lasse den Kanaaniter morgen Nachmittag versuchsweise gegen Salitis spielen.«

»Gib nur Acht, dass er nüchtern ist«, warnte ihn Aram. »Er darf keinen Wein trinken. Rede mit Mehu. Wenn der König Wein verlangt, soll Mehu ihn kräftig wässern. Außerdem soll er das Zeug nehmen, das noch nicht ganz vergoren ist.«

»Guter Vorschlag«, stimmte der Magier ihm zu. Dann wandte er sich an Hakoris. Als er weitersprach, waren seine Augen schmale Schlitze geworden. »Du hast uns noch nicht erzählt, wieso du den Burschen so gut kennst. Ich nehme an, wir werden alles zu gegebener Zeit erfahren.«

»Alles, was ihr wissen müsst, mein Freund«, antwortete Hakoris. »Lass Mehu lauschen, wenn dieser Ben-Hadad seinen alten Freund Joseph trifft.« Mit seiner fremden nordischen Art zu sprechen klang der Name Joseph beinahe wie ein ganz anderer Name. »Ich möchte jedes Wort ihres Gesprächs erfahren. Jedes einzelne Wort!«

»Wird gemacht«, versprach Neferhotep. »Ich werde außerdem Ben-Hadad auf jedem seiner Schritte im Palast begleiten. Anfangs wird er in seiner Bewegungsfreiheit eingeschränkt sein und nicht überall hingehen können.«

Hakoris nickte zustimmend. »Von jetzt an müsst ihr wirklich Acht geben! Dieser Tölpel ist wichtiger, als ihr glaubt.«

Er blickte auf seine Hände, die in seinem Schoß lagen. Aram und Neferhotep folgten seinem Blick. Hakoris hielt einen Krug in den Händen, aus dem er als Gastgeber seinen Gästen Wein eingegossen hatte. Plötzlich verkrampfte sich der Griff seiner Hände am Hals des Kruges und das Gefäß zerbarst unter seinen Händen wie von einem schweren Gewicht zerdrückt.

IV

Sauber gewaschen, rasiert und ordentlich, wenn auch nicht wirklich kostbar gekleidet, sprach Ben-Hadad am Vormittag bei Mehu vor und bat um eine Audienz beim Herrscher beider Reiche. Er hatte noch keine zehn Minuten gewartet, als seitlich eine Tür geöffnet wurde und der Magier Neferhotep eintrat. Er trug die bei Hof üblichen aufwendigen Kleider und stellte eindrucksvolle Würde zur Schau, als er neben Ben-Hadad trat. »Willkommen, mein Freund«, begrüßte er diesen. »Du brauchst dich nicht anzustellen. Mehu, dieser Herr gehört zu mir. Der Herr beider Reiche hat mich persönlich gebeten, ihn mitzubringen.«

Mehu wandte sich an die Wachen. »Dieser Herr hat unsere Erlaubnis, in Begleitung des weisen *Semsu* weiterzugehen.«

»Ich danke dir«, erwiderte Neferhotep mit seiner tiefen Stimme. Er nahm Ben-Hadad beiseite und flüsterte leise: »Das wäre der erste Schritt. Du benimmst dich so, wie wir es besprochen haben. Sprich nur, wenn man dich anspricht und …«

Er machte unvermittelt eine Pause, sodass Ben-Hadad ihn erstaunt ansah. Neferhotep heftete seinen Blick auf einen etwas weiter entfernten Punkt oben an der Wand hinter seinem Gesprächspartner. »Was ist los?«, fragte Ben-Hadad. Er wollte sich umdrehen, aber der Magier packte ihn an den Schultern und verhinderte es.

Neferhoteps Augen waren schmale Schlitze geworden und ein falsches Lächeln überzog sein Gesicht. »Sprich ganz unbekümmert weiter«, presste er zwischen den Zähnen hervor. »So als wäre nichts geschehen. Aber wenn wir uns dann umdrehen und zur Tür gehen, wirf einen kurzen Blick auf den Balkon oben. Zeig dich aber nicht überrascht von dem, was du siehst.«

Der Magier ließ ihn los, und Ben-Hadad drehte sich um. Auf dem Balkon stand ein Mann, schlank und gebieterisch in seiner Haltung, in gut geschnittenen, aber höchst einfachen Kleidern, wie sie nur großer Reichtum ermöglicht. Der Mann blickte hinunter auf die Wartenden, die sich für den Morgenempfang des Königs angemeldet hatten.

»Joseph!«, flüsterte Ben-Hadad erschrocken.

Neferhotep schob ihn entschlossen zur Tür. »Das reicht! Schau jetzt weg und mach keinen Wirbel. Ich glaube nicht, dass er dich erkannt hat. Dann wird er angenehm überrascht sein, wenn er dir später begegnet. Er erwartet dich ja nicht. Er erwartet einen Boten aus dem Norden. Jetzt folge mir!«

Joseph und Mehu hatten jeder von seinem Standort aus den Boten gleichzeitig erblickt. Mehu drehte sich um und warf einen Blick auf den Balkon. Joseph bedeutete Mehu mit einer unmerklichen Geste, ihm den Mann zu schicken. Danach zog Joseph sich in seine Gemächer zurück.

Es war ihm nicht entgangen, dass Neferhotep gekommen und die Wartenden mit einem Gast verlassen hatte. Auch war ihm etwas an diesem Besucher bekannt vorgekommen, doch er wusste es nicht zu deuten. Der Besucher war mittelgroß, hatte breite, kräftige Schultern, die auf schwere körperliche Arbeit hindeuteten. Seine Haltung hingegen ließ einigen Wohlstand vermuten. Die gelockten Haare weckten in Joseph undeutliche ferne Erinnerungen. Doch das aufgedunsene Gesicht, die Tränensäcke unter den Augen und die Gesichtszüge, die auf ein ausschweifendes Leben schließen ließen, ließen kein wirklich klares Bild zu. Joseph grübelte kurz darüber nach, dann schob er den Gedanken beiseite, nahm an seinem Schreibtisch Platz und erwartete den Boten.

Schon klopfte es an der Tür. »Tritt ein!«, bat Joseph. Der Kurier trat ein und verbeugte sich. »Ich freue mich, dich zu sehen, Athor«, begann Joseph. »Ich hoffe, du hattest eine angenehme Reise?«

»So angenehm, wie eine Seereise für einen Mann mit einem

schwachen Magen sein kann, Herr«, antwortete der Kurier. Ich bringe Euch Grüße von unseren Gesandten in ...«

»Später«, unterbrach ihn Joseph. »Diese Formalitäten können wir später erledigen, mein Freund. Komm, setz dich zu mir und sprich leise. Bringst du Neuigkeiten von meinem Vater?«

»Ja, Herr. Eure Brüder reisten unverzüglich nach Hause, wie Ihr es erwartet habt. Man hat mir berichtet, dass sie es höchst rätselhaft fanden, als sie das Geld in den Säcken entdeckten.«

Joseph lächelte. »Aber was geschah, als sie meinem Vater die Geschichte berichteten?«

»Er war sehr bewegt, Herr.«

»Wir im Norden neigen dazu. Ich bin keine Ausnahme. Nur dass ich im Laufe der Jahre gelernt habe, mich zu beherrschen. Erzähle weiter!«

»Euer Vater sagte: ›Was habt ihr mit mir vor? Zuerst war Joseph verschwunden. Nun wird Simeon in Ägypten festgehalten und ich weiß nicht, wann ich ihn wieder sehen werde. Und jetzt wollt ihr noch meinen Jüngsten mitnehmen!‹ In diesem Ton fuhr er noch eine ganze Weile fort. Doch Reuben und Judah ließen nicht locker und überzeugten ihn schließlich. Er schickte Benjamin mit den Brüdern nach Ägypten. Sie werden wieder mit dem Schiff reisen, um Zeit zu sparen.«

»Gut. Sehr gut.«

»Euer Vater hat die Angelegenheit sehr diplomatisch geregelt, Herr, wenn Ihr mir diese Bemerkung gestattet. Er bewies Format.«

»Das hat er. Erzähle weiter.«

»Er schickt das Geld, das Ihr in den Säcken verstecken ließet, zurück und hat den Betrag, den er das letzte Mal geschickt hat, verdoppelt. Damit sind Eure Brüder als einfache Handelsreisende getarnt, die gekommen sind, mehr Getreide für sein Volk zu kaufen.«

»Dadurch verliert er sein Gesicht nicht. Fahre fort!«

»Er schickt kostbare Geschenke aus seinem Land. Wahre Köstlichkeiten aus Friedenszeiten: Balsam, Honig, Gummiharze, Tragant, Pistazien, Harz, Mandeln ...«

Er hielt inne und sah Joseph überrascht an. »Stimmt etwas nicht, Herr?«

»Nein, nein, alles in Ordnung! Aber du weißt ja nicht, wie sehr ich mich nach kanaanitischen Speisen gesehnt habe! Mandeln! Pistazien! Und echter Wüstenhonig! Hast du jemals echten kanaanitischen Honig gekostet, Athor? Seit Jahren träume ich davon. Ich spüre ihn schon förmlich auf der Zunge. So etwas bekommt man hier nicht. Die Pollen sind einfach anders, und das ergibt einen anderen Geschmack. Ich lebe schon so lange im Exil, Athor, und entbehre so viele Dinge.« Jetzt winkte Joseph ab. »Aber reden wir von etwas anderem. Du hast gute Arbeit geleistet und sollst entsprechend belohnt werden. Aber lass kein Wort darüber verlauten, auch nicht gegenüber deiner Frau.«

»Mein Mund bleibt versiegelt, Herr. Jetzt würde ich Euch noch gerne die üblichen diplomatischen Neuigkeiten berichten.«

Auf halbem Weg durch den langen Korridor blieb Neferhotep stehen und zog Ben-Hadad zur Seite. »Wenn du vor Schreck nicht weiterweißt, komme ich dir zu Hilfe«, machte er Ben-Hadad aufmerksam. »Aber im Großen und Ganzen bist du auf dich gestellt.«

»Ich weiß. Ich habe Angst.«

»Rede nicht viel, selbst wenn man dich anspricht. Kann sein, dass dein Stottern ihn verärgert. Ich habe ihm wieder die Salze verordnet, die seine Stimmungen kontrollieren, aber ich kann nie wirklich sicher sein, wann er aufhört, sie zu nehmen. Dann tritt eine Veränderung mit ihm ein, eine eher unvorteilhafte. Sei auf der Hut. Achte dich selbst nicht zu gering, denn er nimmt das leicht als falsche Bescheidenheit. Gib dich ganz natürlich, aber zurückhaltend. Wenn er dich bittet, gegen ihn zu spielen ...«

»Ich habe schon da-daran geda-dacht. Soll ich ihn gewinnen lassen?«

»Wie weit kannst du das steuern? Am besten wäre es, wenn das erste Spiel in einer Patt-Situation endete, falls du das ermöglichen könntest.«

»Ich glaube schon, dass sich da-das bewerkstelligen lässt, vorausge-setzt, dass er einigermaßen gut spielt.«

»Falls das nicht möglich ist, dann besiege ihn, aber nur knapp. Das wäre die zweitbeste Möglichkeit. Schlage ihn so knapp, dass er es als Zufall oder Glück betrachten kann. So solltest du es steuern.

Einerseits soll sein Stolz gewahrt bleiben, andererseits soll er das Gefühl haben, dass er, der er sich als einen großen Meister des Spiels sieht, ganz gleich was wirklich dahintersteckt, sich einem großartigen Spieler gegenübersieht. Im zweiten Spiel lass ihn knapp gewinnen; das wird ihm viel bedeuten. Das zweite Spiel ist von allergrößter Bedeutung; das kann ich gar nicht genug betonen. Er muss gewinnen, aber nur knapp und das nach langen, mühevollen Anstrengungen.«

»Ich werde es so machen, wie du-du es sagst.«

»Gut.« Der Magier tätschelte ermutigend den Arm. »Jetzt komm! Wir gehen hinein und bringen es hinter uns.«

Der Diener Sabni kam aus Salitis' Gemächern, nickte dem Fremden höflich zu und verneigte sich vor dem großen Magier, wie es das Zeremoniell verlangte. Dann eilte er die Treppe hinunter zu Mehu. »Verzeiht, Herr«, begann er. »Habt die Güte und schenkt mir einen Augenblick!« Mehu nickte und zog sich mit Sabni in eine ruhige Ecke zurück.

»Er verlangt, dass Baliniri an den Hof zurückkehrt«, erzählte Sabni. »Und zwar sofort! Er war sehr bestimmt diesbezüglich.«

»Ich verstehe. Baliniri hat wirklich seine Geduld auf eine harte Probe gestellt. Ich habe mich schon gefragt, wie lange der König dieses Spiel mitmachen wird. Ich werde Soldaten zu Baliniri schicken, die ihm den Befehl des Königs überbringen.«

»Das ist gut. Noch ist der König nicht zornig auf ihn.«

Mehu lächelte. »Das ist sehr vorsichtig ausgedrückt. Sehr gut! Du lernst. Ich mache noch einen Höfling aus dir.«

»Mir ist vollkommen bewusst, in wessen Schatten ich mich bewege, Herr. Ich bin Euch zu Dank verpflichtet für Eure Unterweisung.«

Mehu strahlte. »Schon gut. Ich werde sofort Befehl geben. Jetzt gehe, aber entferne dich nicht zu weit. Gut möglich, dass ich dich brauche.«

Sabni verbeugte sich und ging zur Tür. Mehu kehrte an seine Arbeit zurück, dachte kurz nach und sagte zu dem Gehilfen, der neben dem Tisch stand, an dem er gearbeitet hatte: »Das wäre alles für heute.« Ohne auf das laute Murren der wartenden Menschen zu achten, fuhr er fort. »Sag den anderen, sie mögen morgen wieder kommen. Ich habe oben noch eine Verabredung.«

Zwei Stufen auf einmal nehmend lief Mehu die Treppe nach oben. Dabei entging ihm nicht, wie die Sonnenstrahlen schräg durch das offene Fenster hoch oben einfielen. Der König befand sich jetzt in Gesellschaft, und er, Mehu, war heute von der Pflicht zu lauschen befreit. Schließlich hatte Neferhotep den Fremden in die Gemächer des Königs begleitet. Trotzdem wollte Mehu sichergehen, dass nichts seiner Aufmerksamkeit entging, vor allem dann nicht, wenn es um Leute wie diesen Ben-Hadad ging.

Im Korridor begegnete er dem Magier. »Ich grüße Euch, Semsu. Ich wollte Euch soeben ablösen und den Fremden belauschen.«

»Nicht notwendig«, entgegnete der Magier. »Der Kontakt ist hergestellt. Der Fremde ist derart verwirrt, dass er kein einziges Wort herausbringt, ohne zu stottern. Aber das Spiel läuft gut. Wenn er das Spiel der Zwanzig Felder spielt, braucht er nicht zu reden.«

»Gut. Ich habe soeben mit Sabni gesprochen. Der König hat ihn zu mir geschickt mit dem Auftrag, Baliniri sofort zum Hof zurückzubeordern.«

Der Magier triumphierte. »Ich danke dir, dass du es mich so rasch wissen ließest. Ich werde mich dafür in den nächsten Tagen auf sehr greifbare Weise erkenntlich zeigen, keine Sorge.« Er lächelte ungewöhnlich gutmütig, wie es schien, und ging.

Neferhotep berief unverzüglich ein Treffen mit Aram ein. Er berichtete diesem, was er gehört hatte. Der Hay hörte sehr aufmerksam zu. »Das ist eine großartige Gelegenheit für uns«, führte der Magier aus. »Vielleicht sollte es einen Unfall auf der Straße geben?«

Arams Augen wurden schmal. »Nein. Vielleicht werde ich ihn zuerst treffen. Hakoris hat Recht. Baliniri kann uns von großem Nutzen sein.«

Neferhotep blieb ausdruckslos. »Natürlich. Zu gegebener Zeit wird Baliniri vielleicht in unser Lager wechseln. Aber in der Zwischenzeit befinden sich die einzigen Menschen, die, abgesehen von unsrer Gruppe, zu viel wissen, auf der Insel.«

»So ist es. Die Sache ist aber zu wichtig, als dass wir sie einigen Untergebenen überlassen könnten. Ich werde mich selbst darum kümmern. Stell dir vor, alle drei unter einem Dach: der Junge mit der Narbe, Kamose und Baliniri. Noch dazu unbewaffnet. Petephres' Freund hat behauptet, der Schiffer sei einer von uns. Er bewacht im Augenblick als Einziger die Insel.«

»Abgesehen von unseren Spionen.«

»Kümmere dich darum, dass eine Abordnung von Wachen Baliniri zum Palast begleitet. Wenn sie zu uns gehören, ist es nur noch besser. Vergewissere dich, dass auf der Insel keine Wachen zurückbleiben, die sich um Baliniris Angelegenheiten kümmern, es sei denn, sie haben sich unserer Denkweise angeschlossen.«

»Hervorragend!« Neferhotep ergriff die Hand des Mitverschwörers. »Geh kein Risiko ein. Sie müssen alle ausgeschaltet werden.« Er lächelte. »Der Sieg scheint zum Greifen nahe. Gibst du mir Recht, mein Freund?«

»So ist es«, stimmte Aram zu. »Aber wir müssen vorsichtig vorgehen. Schon der kleinste Fehler, der kleinste Irrtum, und wir sind alle so gut wie tot.«

V

Als der König zum ersten Mal die Stimme erhob, schickte Sabni einen Boten zu Mehu. Als er Beleidigungen brüllte, verzichtete Sabni auf das Protokoll und ging selbst, um Mehu zu holen. Schließlich war der König so wütend, dass man sein Gebrüll von einem Ende des großen Gebäudes bis ans andere Ende hören konnte. Im Laufschritt holten Mehu und Sabni Neferhotep aus seinen Gemächern. Keuchend vor Anstrengung traf der Magier ein und begab sich sofort zum König. Mehu geleitete den benommenen, zitternden Ben-Hadad hinaus in das Vorzimmer, gebot ihm, sich zu setzen und befahl, einen starken Trunk zu bringen.

Als der Diener mit dem Wein kam, winkte Ben-Hadad ab, als man ihm wie gewöhnlich die Schale reichte; er trank gleich aus dem Krug. Seine Hände zitterten so sehr, dass er Wein auf den Fußboden verschüttete. Während er gierig trank, schauderte er immer wieder unter dem Eindruck des Erlebten. Schließlich wischte er sich den Mund ab und sah Mehu entsetzt an. »Ist er immer so?«, wollte er wissen.

Immer noch voller Würde antwortete Mehu: »Der Beherrscher beider Reiche wird von bösen Geistern heimgesucht, die ihn von Zeit zu Zeit aus der Bahn werfen. Für gewöhnlich kann der weise Semsu beruhigend auf ihn einwirken.«

Die Tür ging auf und Neferhotep trat ein. Er wirkte ein wenig aufgebracht, aber dennoch entschlossen. »Er soll es dir erklären«, schlug Mehu vor.

»Ich habe ihm Schepenn-Extrakt verabreicht«, berichtete der Arzt. »Jetzt wird er eine Weile schlafen. Doch ich muss mir etwas einfallen lassen, damit er die Salze aus dem Norden einnimmt. Sie sind das einzige Mittel, das solche Anfälle verhindert.« Zu Ben-Hadad gewandt fügte er noch hinzu: »Es tut mir Leid, dass du das mit ansehen musstest, mein Freund.«

»Ich habe mi-mich genauso verhalten, wie Ihr es gesagt habt«, antwortete Ben-Hadad und griff abermals nach dem Krug. Sanft, aber bestimmt nahm Neferhotep ihm das Gefäß aus der Hand. Ben-Hadad zögerte kurz, dann ließ er die Hand in den Schoß sinken.

»Ich bin sicher, du hast dein Bestes getan«, beruhigte ihn Neferhotep. »Komm mit mir in meine Gemächer, dort setzen wir unser Gespräch fort. Du willst doch dieses Zeug hier nicht trinken. Ich habe etwas, das dem Geschmack eines gepflegten Mannes besser entspricht. Und mach dir ja keine Vorwürfe! Dieser Anfall hatte nichts mit dir zu tun.«

Er redete erst wieder, als sie sich von Mehu verabschiedet hatten und sich in den Gemächern des Arztes befanden. Dort schenkte Neferhotep Ben-Hadad aus Zypern eingeführten Wein ein und nahm ihm gegenüber am Tisch Platz. »Unter den augenblicklichen Umständen wird es dir unglaublich erscheinen, aber der König mag dich.« Er winkte ab, als Ben-Hadad protestierte. »Nein, nein. Du kannst einem alten Vertrauten glauben, der die Stimmungen des Königs kennt. Bevor der Wahnsinn von ihm Besitz ergriffen hatte, genoss er es, mit dir zu spielen. Es ist lange her, seit er mit jemandem spielen konnte, den er als ebenbürtig empfand.«

»Aber er spielt überhaupt ni-nicht gut. Ich musste mir alle Mü-mühe geben, damit er ...«

»Ich weiß. Wir reden hier über den Eindruck, den er hatte. Ganz offensichtlich müssen wir diese Spiele fortsetzen.«

»Aber ...«

»Bitte! Wir müssen damit fortfahren, aber die Anfälle verhindern. Du kannst mir glauben, ich mag sie ebenso wenig wie du. Daher möchte ich dich um deine Hilfe bitten. Wenn wir zusammenarbeiten, können wir ihn ruhig halten.« Er griff in sein Gewand und zog eine kleine Phiole hervor. »Ich gab ihm eine Droge, die ihn beruhigte. Sie wird ihm helfen einzuschlafen. Diese Lösung ist zeitlich begrenzt. Ich aber möchte ihm die Arznei verabreichen, die er früher genommen hat. Wenn er diese Arznei regelmäßig zu sich nimmt, werden die Anfälle überhaupt ausbleiben.«

»Aber was kann ich dabei tun?«

Neferhotep hieß Ben-Hadad mit einer Bewegung seiner Hand schweigen. »Das Problem ist, dass er vergisst, die Arznei zu nehmen. Er ist sehr empfindlich, was sein Gedächtnis angeht. Man kann ihm nicht einfach sagen: ›Majestät, Ihr habt etwas vergessen.‹ Damit erreicht man nur, dass er einen Tobsuchtsanfall bekommt. Nein. Wir müssen ihn mit anderen Mitteln dazu bringen, dass er die Salze zu sich nimmt.«

Neferhotep sah zu, wie Ben-Hadad sich mit zitternden Händen noch einmal Wein eingoss. »Ich werde das Verbot aufheben, dass während eures Spiels kein Wein kredenzt werden darf. Wenn im Laufe des Spiels eine kleine Menge des Salzes aus dem Norden irgendwie in seine Schale gelangt ...«

»Könnte man das nicht tun, bevor das Spiel beginnt?«, fragte Ben-Hadad. »Könnte es nicht ein Diener tun?«

»Je weniger Leute von unserer kleinen List wissen, desto besser«, erklärte Neferhotep. »Dir kann ich vertrauen, aber ich weiß nicht, wie weit ich seinen Dienern trauen kann.«

»Wa-was soll ich also tun?«

Neferhotep stand auf, trat ans Fenster und blickte hinaus. Er triumphierte, aber sein Gesicht war abgewandt, sodass Ben-Hadad es nicht sehen konnte. Jetzt treten wir in die letzte Phase!, dachte Neferhotep. Jetzt wird es ernst!

»Das ist alles, was ich herausbekommen habe, Herr«, berichtete Sem und stand stramm. »Ich hielt es für das Beste, Euch die Neuigkeiten zu überbringen, da Baliniri nicht anwesend ist.«

Joseph blickte den Gesandten finster an. Baliniri hielt sich nun schon eine geraume Weile vom Hof fern, und seine Abwesenheit belastete die Beziehung zwischen der zivilen und der militärischen Amtsgewalt schwer. Joseph zwang sich, entspannt zu wirken. »Steh bequem«, bat er schließlich. »Es war richtig, dass du damit zu mir gekommen bist. Behalte die Lage auch weiterhin im Auge und berichte mir immer sofort, wenn sich nur die geringste Veränderung ergibt.«

»Sehr wohl, Herr!« Sem grüßte stramm. »Gibt es noch etwas, Herr?«

»Nein. Aber warte ein wenig. Ich werde mit dir kommen. Bist du sicher, dass wir unserem Kommando hier vertrauen können? Wenn die Verschwörung das westliche Kommando so leicht für sich gewinnen konnte, dann …«

»Die Einheit hier ist bis jetzt zumindest dem König treu ergeben.«

»Es wird am besten sein, wenn ich selbst hingehe. Ich kann es immer noch nicht glauben. Die Garnison in Sais soll zu den Verschwörern übergelaufen sein!« Joseph schlug sich mit der Faust auf die offene Handfläche der anderen Hand. »Verdammt! Das ist wahrlich nicht der richtige Zeitpunkt für Baliniri, eine persönliche Fehde auszutragen. Es sei denn … Glaubst du etwa, Sem, dass er …«

Sem schüttelte heftig den Kopf. »Nein, bestimmt nicht, Herr! Dass er sich zurückgezogen hat, hat seinen Grund eher in einer einfachen Gehorsamsverweigerung.«

»Ich hoffe, dass du Recht behältst.« Joseph erhob sich und zog am Seil, mit dem er die Wache im Korridor zu sich rief. »Jetzt werden wir beide ins Lager gehen.« Der Anführer der Wache trat ein. »Hauptmann! Schicke uns eine Eskorte, die uns in das Hauptquartier der Armee begleitet.«

Der Soldat grüßte und machte auf der Stelle kehrt. Joseph und Sem traten hinaus in den Korridor, wo Joseph beinahe mit einem Mann zusammenstieß, der gerade vorbeikam. Er stolperte und fing sich wieder, wobei er den Fremden am Arm packte, um das Gleichgewicht wiederzuerlangen.

Dabei blickte er in ein Gesicht, dass ihm seltsam vertraut vorkam und das er in seiner jetzigen Umgebung nie zu sehen erwartet hätte. »Bist du es denn wirklich?«, fragte er. Der Fremde erschrak und Joseph wiederholte seine Frage in der Sprache der Kanaaniter und fügte noch hinzu: »Ben-Hadad?«

»Jo-Joseph!«, stammelte sein alter Freund.

Die beiden umarmten einander auf die eigenartig formelle Art, wie es bei Josephs Volk üblich war. Sem beobachtete den Vorfall voller Staunen; er verstand kein Wort. »Jo-Joseph!«, begann Ben-Hadad abermals. »Ich wollte zu dir, Joseph, aber dann hat mich der Mut verlassen.«

»Aber jetzt bist du da! Was machst du hier?«, fragte Joseph glücklich.

»Ich stehe im Dienst des Be-beherrschers beider Rei-reiche. N-n-n-nefer- hat mich eingeführt.« Er konnte den Namen des Arztes nicht richtig aussprechen. »Ich soll da-das Spiel auf den zwanzig Feldern mit dem Kö-könig spielen.«

Joseph verzog missbilligend das Gesicht, als Ben-Hadad den Namen des Arztes erwähnte. Aber er lächelte gleich wieder, wenn auch ein wenig steif. »Wir haben uns viel zu erzählen. Hast du gewusst, dass meine Brüder hier waren? Deine Mutter war ebenfalls hier. Ich bin so froh, dich zu sehen. Ich bin jetzt gerade unterwegs zu einer wichtigen Verabredung. Sonst würde ich alles andere vergessen, und wir könnten uns gleich unterhalten. Weiß Mehu, wie er dich erreichen kann?«

»Ja.«

Joseph schlug ihm auf den Arm. »Ich werde ihm sagen, er möge für morgen oder übermorgen ein langes Gespräch für uns beide vormerken. Wir werden bei mir zu Hause essen. Du musst meine Frau und meine Söhne kennen lernen. Wir haben einander eine Menge zu erzählen. Aber jetzt musst du mich entschuldigen. Ich muss gehen.«

»Das ist schon in Ordnung.« Ben-Hadad versuchte, seine Enttäuschung zu verbergen. Ihm war nicht entgangen, wie sich Josephs Gesichtsausdruck verändert hatte, nachdem er ihn kurz gemessen und die Spuren festgestellt hatte, die die Jahre an ihm hinterlassen hatten. »Ich stehe zu deiner Verfügung.«

»Dann überlasse ich es Mehu.« Joseph gab sich ganz geschäftsmäßig. »Es ist so schön, dich wieder zu sehen. Ich freue mich schon, wenn wir uns unterhalten können.«

Damit ging er davon. Im Weitergehen wunderte er sich über die seltsamen Launen des Schicksals, das ihm seinen alten Freund über den Weg laufen ließ. Er war also Neferhoteps neuer Günstling! Was für eine bizarre und unerfreulich günstige Verknüpfung von Umständen! Für wen war die Lage nun günstig?

Zoser ging über den überfüllten Marktplatz, als plötzlich jemand seinen Namen rief. Die Stimme übertönte das allgemeine Stimmengewirr. »Zoser! Zoser aus Bast!« Er blieb stehen. Wer kannte ihn hier? Gewöhnlich kam er nicht auf diesen Basar.

»Zoser! Hier bin ich!«

Die Stimme schien seltsamerweise von unten zu kommen, ungefähr aus Kniehöhe. Zoser versuchte den Rufer ausfindig zu machen, aber es drängten sich so viele Leute auf dem Markt, dass er niemanden entdecken konnte. Er kämpfte sich durch bis zum alten trockenen Brunnen. Dort hatte sich die Menge ein wenig gelichtet. Hier am Brunnen war eine Plattform, auf der früher die Frauen kniend Wasser geschöpft hatten. Auf der Plattform saß ein mit Lumpen bekleideter Mann und blickte zu Zoser hoch. Der Mann hatte die Beine ausgestreckt, und Zoser sah zu seinem Entsetzen, dass das eine Bein des Mannes oberhalb des Knies abgetrennt war.

»Zoser! Du erkennst mich doch?«

Zoser runzelte die Stirn.

»Ich bin Bek, der Priester«, half der Einbeinige ihm weiter. »Ich meine natürlich Bek, der ehemalige Priester«, fügte er mit veränderter Stimme hinzu. Der bittere Unterton war kaum zu verkennen. »Wir besuchten gemeinsam die Schule der Schreiber.«

»Bek!«, rief Zoser. »Ich habe das letzte Lehrjahr nicht mitgemacht. Und wie ist es dir ergangen?«

»Wie du siehst«, antwortete der ehemalige Beamte traurig. »Ich habe ein Bein verloren. Ich habe meine Stellung verloren. Jetzt schreibe ich Briefe für die Leute auf der Straße, die nicht schreiben können. Ich schreibe Bittgesuche an den Hof, und ich schreibe Liebesbriefe. Alles Mögliche.« Er zuckte die Achseln. Er klang ein wenig resigniert und ziemlich zornig.

Zoser setzte sich neben ihn. »Nun, mein Freund, auch ich habe es nicht besonders weit gebracht. Ich habe es nie zu einer Lizenz als Schreiber gebracht. Ich hangele mich mit verschiedenen Gelegenheitsarbeiten durch. Erst vor ein paar Tagen habe ich geglaubt, dass ich endlich einen Glückstreffer gezogen habe, aber offensichtlich habe ich meine Melkkuh an den Hof verloren.« Er schüttelte den Kopf. »Ein Kerl, der in den Basaren Senet spielte, war mein Partner.«

»Der stotternde Kanaaniter? Ich habe von ihm gehört.«

»Wir sind zwar immer noch Freunde, und ich werde vielleicht auch in Zukunft hier und da ein Spiel für ihn auf die Beine stellen. Damit verdiene ich ein paar *Otnou*. Aber das ist ein Hungerlohn. Ich kann über meinen Partner erst verfügen, wenn der König mit ihm fertig ist. Dabei habe ich schon geglaubt, dass ich endlich drauf und dran bin, reich zu werden.«

»Du hast einen Freund am Hof, der Zugang zum König hat! Erzähle mir mehr davon!« Bek dachte nach und winkte schließlich ab. »Besser nicht hier. Hast du eine Stunde Zeit? Dann können wir in Ruhe darüber sprechen. Man hat mir Sachen zugetragen, die sich als nützlich erweisen könnten, wenn wir sie an die richtigen Leute weitergeben. Nützlich und vermutlich auch ziemlich einträglich.«

»Ich weiß nicht recht.« Zoser zögerte.

»Schenk mir eine Stunde. Wenn ich dich dann nicht überzeugt habe, kannst du es ja lassen.«

Zwei Stunden später saßen die zwei immer noch in der hintersten Ecke der beinahe leeren Schänke. Zoser leerte seinen dritten Becher Wein. »Das ist ja ein starkes Ding, was du mir da erzählst. Jetzt verstehe ich, warum du ungestört darüber sprechen wolltest.«

»Jetzt komm aber! Wir lassen uns doch jetzt nicht abschrecken. Natürlich ist es nicht ungefährlich, aber solche Einzelheiten fallen einem nicht jeden Tag in den Schoß. Für einen der engsten Berater bei Hof wird die Geschichte eine Menge wert sein. Nur der Junge und ich wissen davon, und natürlich Hakoris. Dabei habe ich keine Ahnung, wo der Junge jetzt ist. Er kann nicht lesen und weiß nur das, was ich ihm gesagt habe. Ich habe ihm aber bei weitem nicht alles gesagt. Er weiß zum Beispiel nicht, wer Hakoris wirklich ist; ich aber weiß es.«

»Wirklich erstaunlich, dass ein verurteilter Verbrecher, der entflohen ist, es so weit gebracht hat. Wir können ihn überführen, sogar für Mord.«

»Wir könnten, mein guter Freund. Aber ich kenne keine einflussreichen Leute bei Hof, du aber schon.«

»Ich bin mir da nicht so sicher. Ben-Hadad ist ein einfacher Mann, auch wenn er im Spiel sehr geschickt ist. Aber ob ihm das höfische Intrigenspiel liegt, kann ich wirklich nicht sagen.«

»Er braucht nur eines zu tun: Er muss alles, was wir wissen, den richtigen Leuten zu Gehör bringen. Sie werden ihn dafür bestimmt reichlich belohnen. Besonders nachdem sich die Geschichte als wahr herausgestellt hat. Denk einmal nach, was du mit dem vielen Geld tun könntest!« Dann kam ihm noch ein Gedanke. »Es sei denn ... nun, ich habe auch schon an Erpressung gedacht.«

Zoser starrte ihn nur an. Er brachte nicht ein Wort heraus, obwohl er noch einen Augenblick zuvor voller Einfälle gewesen war.

VI

Baliniri ging langsam zurück zum Tor in der Mauer, die um sein Haus lief. Er wusste genau, dass er von allen möglichen Menschen dabei beobachtet wurde: dem Bootsführer, den Soldaten am anderen Ufer, dem Priester, der ihm nachspionierte. Aber er war fest entschlossen, sich nicht umzudrehen, ehe er hinter den Mauern in Sicherheit war.

Drinnen im Hof erwarteten ihn Tefnut und die beiden Jungen. Baliniri ging auf sie zu, sprach aber erst, als er unmittelbar vor ihnen stand.

»Ihr müsst mir jetzt sehr gut zuhören!« Er sprach schnell und leise. »Diese Männer werden mich nach Avaris mitnehmen. Man kann auch sagen, dass sie mich verhaften. Ich habe keine Wahl.«

Tefnut war entsetzt. Sie zog ihren Sohn an sich und hielt ihn fest. »Was wird aus uns werden?«

»Das möchte ich eben mit euch besprechen. Mir bleiben nur ein paar Minuten. Wenn ich mich nicht bald wieder draußen zeige, dann werden mich die Wachen holen kommen. Dann aber werden sie auch euch finden. Kamose, gib mir bitte meinen Schwertgürtel und meinen Helm! Den Brustpanzer auch, bitte. Ich zieh mich lieber wie ein Soldat an. – Vielen Dank!« Er sah dem Jungen nach, wie er davoneilte. Dann wandte er sich an Riki und Tefnut.

»Wir werden schon seit einiger Zeit beobachtet. Ich hatte gehofft, dass ich es euch nicht sagen müsste, aber jetzt ist es besser, wenn ihr es wisst. Vielleicht wissen sie, dass ihr hier seid, was ich aber nicht glaube. Doch das spielt keine Rolle. Sobald ich nicht mehr hier bin, seid ihr hier nicht mehr sicher. Ihr bereitet euch besser darauf vor, noch heute Abend zu fliehen.«

Tefnut unterdrückte ihre Angst und sagte tapfer: »Ich weiß, wohin wir gehen können. Meine verwitwete Schwester wohnt nur einen Tagesmarsch von hier entfernt.«

»Gut. Geht bei Nacht und versteckt euch tagsüber. Ich zähle auf dich, Riki. Du musst sie beschützen. Du nimmst mein zweitbestes Schwert, das an der Wand in meinem Zimmer hängt. Suche auch Waffen für Tefnut und die Jungen. Du weißt ja, wo meine Waffen sind. Erinnere dich daran, was ich dir gesagt habe: Schlage zu, bevor die anderen Zeit finden zu reagieren.«

»Werden sie dich …« Sie zögerte und formulierte ihre Frage anders: »Befindest du dich in großer Gefahr?«

»Ich glaube nicht, noch nicht. Vermutlich habe ich die Wahl. Wenn ich ewige Treue schwöre, bin ich fürs Erste ziemlich sicher. Um euch drei mach ich mir Sorgen. Ihr wisst zu viel, als dass man euch am Leben lassen kann.« Dabei verschwieg er, was ihm dabei durch den Kopf ging: Ich weiß auch zu viel.

»Lass mich mit dir gehen, Baliniri!«, bat Riki.

Der Gedanke schien Baliniri so verrückt, dass er zornig wurde. »Sei nicht lächerlich! Sobald du den Fuß in die Stadt setzt, ist dein Leben nicht mehr wert als zwei Sandkörner. Bilde dir nur nicht ein, dass du mir helfen kannst. Du wärst mir nur im Weg und würdest für mich alles nur noch gefährlicher machen.«

Der Junge sah so betroffen drein, dass Baliniri seine groben Worte gern zurückgenommen hätte. »Schau, Riki«, fügte er sanfter hinzu, »die Lage ist ziemlich schlimm. Du machst es für mich leichter, wenn ich die Gewissheit habe, dass die anderen bei dir in Sicherheit sind. Du kennst dich gut aus, wenn es darum geht zu überleben; sie brauchen dich!« Er legte dem Jungen eine Hand auf die schmale Schulter. »Geh jetzt bitte und hilf Kamose, meine Sachen zu holen!«

Riki verschwand zögernd. Als Baliniri jetzt mit Tefnut allein war, bemerkte er in ihren Augen nicht nur Angst, sondern auch noch etwas anderes. Vor zwei Nächten hatten sie miteinander geschlafen. Verzweiflung und Einsamkeit hatten sie zueinander geführt. Baliniri liebte Tefnut nicht, das war beiden klar. Aber sie bedeuteten einander jetzt mehr als früher, als sie nur Freunde gewesen waren. »Ich wollte, ich könnte dich beschützen«, sagte er.

»Es ist schon gut«, antwortete sie leise. »Ich möchte … nun, du weißt schon, was ich möchte. Aber nachdem das nicht möglich ist, wünsche ich dir, dass du den Weg zurück in die Roten Lande findest, zu der Frau, die du immer noch liebst. Weder ich noch eine andere Frau wird dich je glücklich machen können, bevor du sie nicht gesehen und einen Entschluss getroffen hast.«

»Du bist sehr klug.« Er nahm ihre Hände zwischen die seinen, beugte sich über sie und küsste sie. »Unter anderen Umständen könnte ich …«

»Die Dinge liegen nun aber so und nicht anders«, unterbrach sie ihn. Sie unterdrückte ihre Tränen und lächelte tapfer. »Wir haben einander für kurze Zeit Trost gespendet. Ich werde dich nie vergessen.«

»Ich dich auch nicht.« Er wollte noch etwas sagen, aber die Jungen waren zurückgekommen, und er ließ sich von ihnen in die Rüstung helfen. »Ich danke euch.« Er schnallte seinen Schwertgurt um. »Merkt euch: Lasst euch durch nichts aufhalten. Ich wünsche euch alles Gute. Ihr werdet mir sehr fehlen. Vielleicht sehen wir einander wieder.«

Die Jungen zögerten, dann stürzten sie ihm in die Arme und versuchten tapfer, nicht zu weinen.

Als das Fährboot sich dem anderen Ufer näherte, erkannte Baliniri den Offizier, der die Truppe befehligte. Er hieß Benen. Baliniri hatte ihn vor ein paar Jahren selbst ausgebildet. Baliniri stieg ans Ufer, und Benen befahl seinen Männern stramm zu stehen. Es war eine kameradschaftliche Geste, die Baliniri erwiderte, indem er militärisch grüßte: »Hauptmann! Ich bin so weit!«

Kurz darauf war die Einheit wieder auf der auf einem Damm verlaufenden Straße auf dem Rückweg. Im Gehen wandte sich Baliniri an Benen: »Ich will dich nicht in Verlegenheit bringen, aber kannst du mir verraten, wie tief ich in Schwierigkeiten stecke?«

»Ich weiß es nicht«, antwortete Benen. »Ich sollte nicht ohne Euch zurückkommen, wenn Euch das etwas sagt.«

»Das tut es. Gab es irgendwelche Veränderungen in der Hauptstadt, seit ich fort war?«

»Nicht in der Hauptstadt«, entgegnete Benen. Er sah sich um, ehe er weitersprach. »Die Probleme liegen nicht in Avaris, Herr. Aber in den weiter entfernten Bezirken gibt es einen Aufstand. Ein oder zwei Garnisonen sind jetzt in den Händen von Männern, deren Ergebenheit gegenüber Salitis ...« Er zuckte mit den Achseln. »Habe ich mich klar genug ausgedrückt?«

Baliniri runzelte die Stirn. »Ich fürchte, ja.« Sein Herz klopfte heftig. Die Revolte hatte begonnen. Die Verschwörer, von denen Riki ihm erzählt hatte, hatten zugeschlagen. »Wo?«, fragte er.

»Überall westlich von Sais sowie in einer Garnison nahe der Grenze. Ich weiß nicht in welcher. Im Hauptquartier werdet ihr mehr darüber erfahren.«

»Weiß jemand, wer dahinter steckt?«

»Bisher nicht, Herr. Es ist eine Verschwörung, die sich die Unzufriedenheit im Volk zunutze macht. Ihr wisst schon, was ich meine, Herr.«

»Ja. Aus dem gleichen Grund hatte ich die Hauptstadt verlassen.«

»Das gab anscheinend den Ausschlag. Niemand weiß wirklich, wer verantwortlich dafür ist.«

Baliniri schwieg. Ich weiß, wer dahinter steckt, dachte er. Aber was soll ich mit meinem Wissen jetzt anfangen? So sehr er auch darüber nachdachte, er fand keine Antwort auf seine Frage.

Der Mond ging auf, voll und strahlend. Als Tefnut die Jungen für den Aufbruch fertig machte, durfte niemand eine Lampe anzünden. Im Schatten eines großen Feigenbaums am Ufer beluden sie das kleine Boot. Sie huschten von einem Gebüsch zum nächsten und vermieden die vom Mond hell beschienenen Flecken.

»Haben wir alles?«, flüsterte Tefnut.

»Ich glaube ja«, antwortete Kamose. »Riki ist noch einmal zurückgegangen, um sich zu vergewissern.«

»Wenn er nur schon wieder hier wäre! Wir müssen beisammenbleiben.« Tefnut dachte über ihren Fluchtweg nach. Die Straßen auf den Dämmen oberhalb des Flusses mussten sie vermeiden; vielmehr mussten sie nahe am Ufer bleiben. Bei Anbruch der Morgendämmerung würden sie vermutlich die Flussbiegung erreicht haben, wo sich der Fluss teilte. Dort stand das Schilf sehr dicht, und sie konnten sich bis zum Einbruch der Nacht im Schilf verstecken.

Sie hatte kurz in Erwägung gezogen, die ganze Reise auf dem Fluss zurückzulegen, aber sie war mit den vielen Kanälen nicht besonders gut vertraut. Außerdem waren in der mondhellen Nacht alle Bewegungen auf dem Fluss deutlich zu sehen. Es war schon gefährlich genug, in Baliniris Schilfboot den Fluss zu überqueren.

Wo blieb denn der Junge! Sie wollte nachschauen. »Du bleibst hier beim Boot!«, sagte sie zu Kamose. »Ich hole Riki.« Sie trat hinaus ins Mondlicht, als ihr eine mächtige Gestalt den Weg versperrte. Sein scharfes Schwert funkelte gefährlich im Licht des Mondes. Der Mann drehte den Kopf, sodass ihm der Mond voll ins Gesicht schien. »Aram!«, rief Tefnut entsetzt.

»Richtig. Ist Kamose im Boot? Komm her, Junge! Komm her, Sohn!«

»Nein!«, schrie sie. »Steig ins Boot, Kamose! Fahr hinaus auf den Fluss! Rasch!« Sie breitete die Arme aus, als könnte sie dadurch verhindern, dass Aram etwas dagegen unternahm.

»Geh mir aus dem Weg, Tefnut!«, brummte Aram böse. »Ich weiß über den Jungen Bescheid. Ich weiß, wer er ist und wer er sein wird, wenn ich ihn nicht aus dem Weg schaffe.« Er schwang das Messer in der Hand und fuhr mit lauter Stimme fort: »Versuch nicht, mir zu entkommen, Junge! Ich habe deine Mutter hier. Wenn du versuchst zu fliehen, töte ich sie.«

»Ich kann dich nicht im Stich lassen, Mutter!«

»Lauf!«, kreischte Tefnut verzweifelt. »Ich kann ihn nicht länger aufhalten! Fliehe! Lauf um dein Leben!«

»Ich komme, Mutter!«

Sie hörte seine Schritte hinter sich und ihr Herz klopfte zum Zerspringen. Aram stürzte an ihr vorbei. Sie streckte den Arm aus und bekam die Hand mit dem Messer zu fassen.

Sie hatte vergessen, wie stark Aram war. Mit einer einzigen Armbewegung schlug er sie zu Boden, als wäre sie nur eine Stoffpuppe. Sie kam mit Mühe wieder auf die Füße, während Kamose vor Aram hin und her tanzte. Das Messer in Arams Hand blitzte auf. Tefnut stürzte sich von hinten auf Aram, schlang einen Arm um seinen Hals und ihre Beine um seinen Bauch. Mit der freien Hand kratzte sie ihn am Arm, mit dem er das Messer hielt.

Mit großer Kraftanstrengung schleuderte Aram sie von sich, und Tefnut landete abermals auf dem Boden. Kamose beugte sich über sie, während sie versuchte, zu Atem zu kommen und ihn fortzustoßen. »Nicht!«, rief sie heiser. »Lauf! Lauf zum Boot!« Sie stieß ihn von sich und wandte sich zu Aram um. »Aram!«, rief sie. »Er ist dein Sohn! Du kannst ihn doch nicht töten!«

In diesem Augenblick bot sich ihr ein seltsamer Anblick: Aram mit seinem Messer umkreiste langsam einen höchst grotesken Gegner. Ein schmächtiger, nackter zehnjähriger Junge, bewaffnet mit dem mächtigen Schwert eines Erwachsenen, das so schwer war, dass er beide Hände brauchte, um es hochzuhalten. Als Aram auf den Jungen losstürzte, gelang es diesem, den Schlag plump, aber dennoch so zielgerichtet zu parieren, dass Aram beinahe das Messer aus der Hand fiel. Der Junge fing sich rasch wieder und tänzelte behend rückwärts, als Aram abermals angriff. »Lauf, Tefnut!«, rief er mit seiner schrillen Stimme. »Spring ins Boot und fahrt hinaus auf den Fluss! Dort erwischt er euch nicht. Ich komme gleich nach.«

»Du wirst nirgendwohin nachkommen, du kleiner Bengel!«, zischte Aram. »Ich kenne dich! Ich weiß, was du uns angetan hast. Du wirst doch nicht glauben, dass ich dich lebend von dieser Insel entkommen lasse!«

»Nicht wenn du mich fangen kannst!«, erwiderte der Junge.

Plötzlich stach er mit dem Schwert zu und traf Aram in den Arm. Es war eine ungefährliche, aber schmerzhafte Wunde und sein Gegner stieß einen unterdrückten Fluch aus. »Bitte, Tefnut! Lauf zum Boot! Ich kann ihn nicht mehr viel länger aufhalten!«

Tefnut zögerte nicht mehr länger. Sie trieb ihren Sohn zu dem kleinen Schilfboot, und drückte ihm die kürzere der beiden Ruderstangen in die Hand, die im Boot lagen. »Los! Ablegen!«, rief sie.

Aber etwas ließ sie innehalten. Sie blickte zurück. Im hellen Licht des Mondes war deutlich zu sehen, wie Arams mächtige Gestalt wild auf den Jungen losging, der den Angreifer ablenkte und dann wieder zustach, sich aber ständig zurückzog.

»Ich kann ihn nicht hier lassen!«, rief Tefnut verzweifelt. »Los, Kamose!« Sie bückte sich und schob das Boot kraftvoll hinaus in die Strömung. »Schau dich nicht um! Ich hole dich ein! Steuere nur weg vom Ufer!«

Erst als sie sah, wie das Schilfboot sich in die Strömung drehte und langsam stromabwärts trieb, während der Junge im Bug es zögernd vom Ufer fortsteuerte und versuchte, es umzudrehen, wandte sie sich wieder der Kampfszene am Ufer zu. Jetzt waren auch die zornigen Stimmen anderer Männer zu hören: Die Soldaten am anderen Flussufer hatten den Tumult gehört und zogen wie wild am Seil des Fährbootes. Sie wollten sehen, was auf der Insel geschah. »Riki!«, rief Tefnut. »Halt aus! Ich komme!«

Als Aram ihre Stimme hörte, drehte er sich auf der Stelle nach ihr um. »Du Schlampe!«, fauchte er. »Halt dich da raus!« Doch in dem Augenblick, da er den Jungen aus den Augen ließ, stach dieser wieder zu. Diesmal hatte er ihn in den Oberschenkel getroffen; Aram verspürte einen glühenden Schmerz, und er hätte beinahe das Messer fallen gelassen. »Du kleines Biest!«

Riki griff erneut an. Diesmal war Aram vorbereitet. Er parierte mit dem Messer und entwaffnete den Jungen. Dieser ließ das Schwert fallen. Aram stellte rasch einen Fuß auf das Schwert, sodass Riki es nicht aufheben konnte. Dann bückte er sich selbst danach.

Tefnut nützte diesen Augenblick und stürzte sich auf ihn. Sie bearbeitete ihn mit den Fäusten, trat nach ihm mit den Füßen und kratzte ihn mit ihren scharfen Fingernägeln. Aram schlug mit der freien Hand um sich, um ihren Angriff abzuwehren. Schließlich richtete er sich auf; mit der Faust umklammerte er immer noch das Messer.

Die Waffe bohrte sich tief in den Leib der jungen Frau. Für einen kurzen schrecklichen Augenblick sah Aram das Entsetzen in ihren weit aufgerissenen Augen, bevor das Leben aus ihr wich. Langsam gaben ihre Knie nach, und als sie fiel, entglitt das Messer seiner Hand. Leblos zusammengekrümmt lag sie zu seinen Füßen.

»Tefnut!«, flüsterte er. Seine eigene Stimme klang ihm fremd in den Ohren, als er auf die tote Frau blickte. Er vergaß den Jungen, der vor ihm stand, und die Soldaten, deren Stimmen von dem sich nähernden Fährboot zu hören waren.

Riki war so entsetzt, dass er einen Augenblick lang unfähig war, sich zu bewegen. Tote waren ihm nichts Neues; er wusste, wenn er es mit dem Tod zu tun hatte. Schon im nächsten Moment schoss es ihm blitzartig durch den Kopf: Er würde als Nächster sterben, schon in wenigen Augenblicken!

Leb wohl, Tefnut!, dachte er, packte sein Schwert und rannte davon, so schnell ihn seine Beine trugen. Aram raffte sich auf und lief hinter Riki her. Riki spürte förmlich, wie seine schweren Schritte den Boden erzittern ließen. Er strebte dem Landvorsprung zu, dessen Spitze in das Wasser hinausragte und den Kanal in zwei Arme teilte. Er hielt immer noch das Schwert verzweifelt umklammert, als er in das Wasser sprang, so weit wie möglich fort vom Land. Er tauchte auf, schnappte nach Luft und schwamm verzweifelt dem anderen Ufer zu. Er hatte nicht die geringste Ahnung, wo er war, noch wohin er schwamm.

Er war wieder allein. Allein, und die ganze Welt stellte sich bewaffnet gegen ihn.

VII

Aram versuchte, zu Atem zu kommen. Er humpelte deutlich, um sein verwundetes Bein zu entlasten, und blieb in der Nähe der Inselspitze schließlich stehen, um Riki nachzuschauen. Der Junge schwamm ziemlich unbeholfen. Er schlug recht wild um sich, doch allmählich ergriff ihn die Strömung und trug ihn mit sich fort.

Aram stieß einen leisen Fluch aus. Er hatte die Sache ordentlich verpfuscht. Die Frau war tot, aber beide Jungen waren entkommen, noch dazu in entgegengesetzten Richtungen. Er hatte die Gelegenheit verspielt, sie beide endgültig zum Schweigen zu bringen.

Die Wirklichkeit holte ihn wieder ein, als er die Stimmen der Soldaten vernahm, die mittlerweile auf der Insel gelandet waren. Er presste die Hand auf sein blutendes Bein und warf sich gerade noch rechtzeitig in das dichte Gebüsch neben ihm, ehe vier Soldaten hinter den Bäumen auftauchten und auf die freie Fläche hinaustraten, wo Aram die Frau ermordet hatte. Aram zitterte, sein Arm schmerzte, und er presste ihn fest an die Brust; er hoffte inständig, dass ihn die Männer nicht entdeckten.

»Was ist das dort drüben?«, fragte einer von ihnen.

»Ich weiß es nicht. Es schaut aus wie eine Frau. Es stimmt, eine Frau!« Der zweite Soldat bückte sich über Tefnuts Leiche. »Sie ist tot. Hier liegt auch das Schwert, mit dem sie getötet wurde, darauf wette ich. Doch nein! Auf dem Schwert klebt kein Blut.« Er hob das Schwert hoch, um es im Licht des Mondes besser zu sehen. »Es ist keines unserer Schwerter. Ein Schwert aus Mesopotamien. Von dort ist doch Baliniri gekommen.« Er sah sich das Schwert genauer an. »Glaubst du, er hat es getan?«

»Baliniri?«, fragte der zweite Soldat und trat neben ihn. »Nicht sehr wahrscheinlich. Außerdem ist auf dem Schwert kein Blut. Schau doch nur, das Blut auf der Leiche ist noch nicht einmal getrocknet. Der Körper ist noch warm. Sie ist erst vor wenigen Augenblicken gestorben. Die Kameraden haben aber Baliniri schon vor Stunden mitgenommen.«

»Vielleicht ist der Mörder immer noch auf der Insel. Bringt Licht! Jemand soll eine Fackel bringen!«

Das war zu viel für Aram. Wenn er länger wartete, würden sie ihn erwischen. Verzweifelt blickte er um sich. Der Landvorsprung, von dem der Junge ins Wasser gesprungen war, lag genau vor ihm. Aber er war verwundet. Ob er so schwimmen konnte? Sein Arm und sein Bein schmerzten, und das Bein wurde bereits steif.

Er musste es einfach versuchen, und zwar rasch. Er überlegte, wie er die Soldaten ablenken könnte, während er floh. Unter Schmerzen tastete er den Boden ab, bis er einen trockenen Erdklumpen fand. Jetzt richtete er sich auf und spähte durch das dichte Blätterwerk. Vor ihm ragte die Mauer auf, und die Tür in der Mauer stand offen. Er holte aus und schleuderte den Erdklumpen so gegen die Tür, dass sie laut zufiel.

»Was war das?«, rief einer der Soldaten. »Jemand hat die Tür zugeworfen. He, du da unten! Bring endlich das verdammte Licht! Er befindet sich hinter der Mauer!«

Das reichte Aram. Er stolperte durch das Buschwerk hinunter zum Wasser und watete hinaus in den Fluss. Das Wasser war erschreckend kalt. Trotzdem gelang es ihm, so tief hineinzuwaten, bis ihm das Wasser bis zur Taille reichte. Dann ließ er sich einfach nach vorn fallen und schlug mit dem Gesicht auf der Wasseroberfläche auf. Er drehte den Kopf, atmete und zog mit Mühe den Arm vor, um in die Strömung zu gelangen. Anfangs kam er kaum vorwärts, doch endlich erfasste ihn eine schwache Strömung und trug ihn allmählich vom Ufer fort, um die Landspitze herum, flussabwärts.

»Ich ka-kann das kaum glauben«, wunderte sich Ben-Hadad. »Wawas für eine schreckliche Geschichte!«

Bek hatte seine Krücke gegen den Tisch gelehnt. Jetzt nahm er sie und lehnte sie gegen die Wand, um mehr Platz für die Schriftrollen zu haben. »Willst du sie noch einmal lesen?«, fragte er.

»Nein«, antwortete Ben-Hadad und ließ seinen Blick rasch zwischen Bek und Zoser hin und her wandern. »Ich glau-glaube dir. Es ist nur kaum zu fa-fassen, dass Menschen so grausam sein kö-können!« Er verzog angewidert das Gesicht und griff nach dem Weinbecher. »De-der Becher ist leer. Kö-könnt ihr noch Wein bestellen?«

Zoser gab dem Schankwirt ein Zeichen und sagte dann zu Ben-Hadad: »Soweit ich es beurteilen kann, steht dieser Hakoris in enger Verbindung zu diesem Neferhotep, der dein Kontaktmann bei Hof ist.«

Ben-Hadad nickte. Das hatte er auch bereits durchschaut. »Da be-besteht kein Zweifel. Ich weiß jetzt wirklich nicht, was ich tun soll.«

»Wenn du gestattest, dass ich das jetzt sage«, gab Bek zu bedenken, »aber du steckst anscheinend bis zum Hals selbst mit drinnen. Niemand wird dir glauben, dass sie dich nur unschuldig vorgeschoben haben. Jeder, der sich mit diesen Leuten einlässt, wird sich letztendlich sehr verdächtig machen.«

»So ist es«, stimmte Zoser ihm zu. »Vergiss nicht, was der Junge Bek erzählt hat: Sie sind alle an einer Verschwörung gegen den König beteiligt. Jammerschade, dass er nichts Genaueres erzählt hat. Aber eines ist klar: Gegen Hakoris haben wir mehr als genug in der Hand.«

Zoser schwieg. Keiner von den Dreien rührte sich. Sie tauschten nur Blicke, und auf ihren Gesichtern spiegelten sich die gleichen erschrockenen Gedanken.

Ben-Hadad fand als Erster die Sprache wieder. »Wir be-bewegen uns hier auf sehr gefährlichem Boden.« Er machte eine unbewusste Handbewegung und griff sich an die Brust. Dabei spürte er die kleine Phiole, die ihm Neferhotep am Morgen gegeben hatte und die angeblich die Salze aus dem Norden enthielt, die er auf die Bitte des Magiers hin dem König während des nächsten Spiels in den Becher schütten sollte.

»Ohh!«, sagte er plötzlich erstaunt, und noch einmal: »Ohh!«

»Was ist los?«, fragte Zoser. »Ist dir noch etwas anderes eingefallen?«

Ben-Hadad spürte, wie alle Farbe aus seinem Gesicht wich. Es war ihm tatsächlich noch etwas eingefallen, aber der Gedanke war so fürchterlich, dass er sich nicht einmal sicher war, ob er ihn laut aussprechen sollte. »We-wenn du eine medizinische Fra-frage hättest und je-jemanden bräuchtest, der den Mu-mund halten kann, an wen würdest du dich wenden?«

Die beiden anderen wechselten einen Blick. »Ich kenne jemanden in unserem Viertel«, antwortete Bek. »Er ist ziemlich gut und auch nicht teuer.«

»Sag mir seinen Namen, und zwar rasch«, bat Ben-Hadad. »Erklär mi-mir, wo ich ihn finde! Bi-bitte!«

»Das ist die derzeitige Lage, Eure Majestät.« Joseph stand hoch aufgerichtet vor dem König, als er seine Ausführungen jetzt beendete. »Ich nahm mir die Freiheit, die Legion in Alarmbereitschaft zu versetzen. Wenn wir eine Einheit nach Sais beordern, um den Kommandanten und seine Männer abzuberufen, wäre es angebracht, eine Einheit mitzuschicken, die für die Einhaltung des Befehls sorgt. Ich erwarte Widerstand. Wenn dieser Widerstand außer Kontrolle gerät, könnte es zu einem Bürgerkrieg kommen.«

Joseph erwartete, dass der König daraufhin einen seiner wütenden Zornesausbrüche bekam, doch Salitis reagierte ganz ruhig auf die Nachricht. Er blieb sitzen, was ein gutes Zeichen war. Für gewöhnlich lief er rasend auf und ab, wenn er einen seiner königlichen Wutausbrüche bekam. »Ich verstehe«, sagte Salitis überraschend ruhig. »Ist das alles?«

»Leider nein, Majestät. Es sind Berichte eingetroffen, dass es auch in einzelnen anderen Garnisonen Überläufer gibt, auch im Norden. Ich warte noch auf die Bestätigung dieser Berichte. Aber in den westlichen Bezirken ist die Lage zwischenzeitlich so kritisch, dass sofort etwas unternommen werden muss, wenn wir verhindern wollen, dass sich die Rebellion ausbreitet.«

Salitis blickte auf und machte Josephs Hoffnungen zunichte, dass der Irrsinn des Königs diesmal unter Kontrolle blieb. In den Augen des Königs lag das unnatürliche Glitzern, und die Haut im Gesicht war straff gespannt. Seine Anspannung war so deutlich, dass sie förmlich wie eine unsichtbare, aber nicht zu ignorierende Wolke zwischen den beiden Männern hing. »Ist Baliniri wieder in der Hauptstadt?«

»Ja, Pharao. Soll ich ihn holen lassen? Wenn ja, soll er unter Bewachung vor Euch erscheinen?«

Salitis' Augen blitzten. »Nein. Behandle ihn höflich. Wenn jemand mit einer Rebellion ruhig fertig werden kann, ohne dass man im ganzen Delta davon erfährt, so ist es Baliniri. Ganz gleich was ich von seiner Gehorsamsverweigerung halte, jetzt brauchen wir ihn.«

»Gut. Dann genügt es Euch also, dass er Euch treu ergeben und an der Sache nicht beteiligt ist?«

Salitis sah Joseph an; auf seinem Gesicht lag ein schmales, tödliches Lächeln. »Treu ergeben?«, wiederholte er. »Er hat nicht viele andere Möglichkeiten. Von diesem Augenblick an wird er nicht essen und nicht schlafen und sich mit keiner Frau einlassen, ohne dass man ihn beobachtet. Für seine Überwachung habe ich Männer ausgesucht, deren treue Ergebenheit ich eingehendst überprüft habe. Alle diese Männer haben Familie. Und diesen Familien könnten höchst unangenehme Dinge zustoßen, wenn nur der geringste Verdacht aufkommt, dass ihre Ergebenheit ins Wanken gerät.«

Joseph musste sich zwingen, ein unbeteiligtes Gesicht zu machen. Aber seine Hände zitterten, und kalter Schweiß trat ihm auf die Stirn. In den Worten des Königs lag eine leise Warnung. Von jetzt an wusste Joseph, dass er auf die gleiche Weise überwacht wurde. Er war sich dessen so gewiss, wie er sich seines Namens und seiner Herkunft gewiss war. Auch er hatte eine Familie, der ebenfalls höchst unangenehme Dinge zustoßen konnten.

Beks befreundeter Arzt war ein kleiner, sachlicher Mann, der von einer großen, unansehnlichen Geschwulst am Haaransatz entstellt war. Diese hatte er, so berichtete er, einer Vorladung bei Gericht zu verdanken. Er hatte sich über Ungerechtigkeiten beklagt, und diese Klage hatte ihm Feinde eingebracht, die es verstanden hatten, ihn aus den Reihen der zugelassenen Ärzte zu verdrängen. Er behauptete, darüber nicht verbittert zu sein, aber Ben-Hadad spürte den unterschwelligen Zorn des Arztes, auch wenn sich dieser noch so viel Mühe gab, ihn zu verbergen.

»Du bist zum richtigen Mann gekommen, das kann ich dir sagen«, verkündete der Arzt stolz. »Gifte waren meine Spezialität.«

»Gi-gift?«, fragte Ben-Hadad. »Seid Ihr sicher?«

»Vollkommen sicher. Die Grundsubstanz ist das Salz aus dem Norden, von dem du mir erzählt hast. Aber alles andere ist Gift. Es ist zwar nur eine kleine Menge, das ist richtig, aber sie sammeln sich im Körper. Wenn man sie in diesen kleinen Mengen nach und nach verabreicht, haben sie am Ende eine tödliche Wirkung. Der Betroffene hat keine Ahnung, was mit ihm geschieht, vor allem nicht, wenn man das Gift zusammen mit dem Salz aus dem Norden verabreicht, die bei bestimmten Verhaltensweisen eine beruhigende Wirkung haben. Das Opfer würde demnach nicht bemerken, wie seine Lebensgeister allmählich schwinden, wie es allmählich geistig immer mehr und mehr abbaut, bis der Zustand am Ende ziemlich schlecht ist. Das Interessante dabei ist, dass das Gift so gut wie nicht nachzuweisen ist, außer von einem Fachmann wie mir natürlich. In diesem Königreich aber gibt es niemanden sonst.« Er dachte kurz nach, bevor er hinzufügte: »Außer Neferhotep vielleicht, aber er würde so etwas nicht tun.«

Ben-Hadad wechselte rasch das Thema. »Ich danke Euch, Herr. Hier ist der vereinbarte Be-betrag und noch etwas mehr, als ein Beweis mei-meiner Dankbarkeit.«

Der Arzt ließ sich zu einem Lächeln und einer Verbeugung herab.

Während eines langen, ziellosen Spaziergangs durch die Straßen der Stadt hing Ben-Hadad in Gedanken dem schrecklichen Geheimnis nach. Er nahm seine Umgebung nur in soweit wahr, als er es vermied, mit anderen Menschen oder mit Gegenständen zusammenzustoßen. Er wagte es nicht, sich bei Hof blicken zu lassen, wo er den Verschwörern begegnet wäre und den Unwissenden hätte spielen müssen. Er kannte sich selbst gut genug, um zu wissen, dass er wenig oder überhaupt keine Begabung zur Verstellung besaß.

Gleichzeitig brachte er es nicht über sich, in die leere Wohnung zu gehen, die er mit dem Vorschuss gemietet hatte, den ihm Neferhotep nach dem ersten Spiel gegen Salitis gegeben hatte. Es war nicht leicht für ihn, sich allein dieser Entscheidung zu stellen, die er treffen musste und die ihn mit Angst erfüllte.

Wenn nur Tuja hier wäre!

Wenn Tuja ihn nur nicht hintergangen hätte!

Wenn, wenn …

Plötzlich überkam ihn ein großes Selbstmitleid. Die ganze Welt hatte ihn verlassen! Er war immer ein aufrechter, anständiger Mensch gewesen, allen Menschen gegenüber gerecht – vor allem Tuja gegenüber. Und wie hatte man es ihm gedankt? Mit Verrat. Mit Undankbarkeit. Mit wiederholten Kränkungen. Mit einer Ungerechtigkeit nach der anderen.

Niemand würde sich bei ihm entschuldigen, am allerwenigsten Tuja, die ihm solches Unrecht zugefügt hatte, die ihre Ehe wegen eines windigen Soldaten aufs Spiel gesetzt hatte, der ihr den Laufpass gab, sobald er hörte, dass sie von ihm schwanger war. Aber zu wissen, dass eben diesem Soldaten, mit dem sie ihn betrogen hatte, in Kürze schwere Zeiten bevorstanden, verlieh Ben-Hadad eine gewisse Zufriedenheit.

Er musste nur untätig warten und den Dingen ihren Lauf lassen. Baliniri würde unter allen Umständen verlieren. Entweder würde er sich erpressen lassen und sich der Rebellion anschließen, oder die Verschwörer würden für seine Ermordung sorgen. Nach seinem Tod würde man ihn vermutlich fälschlicherweise des Verrats beschuldigen.

Ben-Hadad würde es große Befriedigung bereiten, das zu beobachten. Aber wie sollte er sich über Baliniris Sturz freuen, ohne selbst in das vielschichtige Gespinst der Verschwörer verstrickt zu werden, ohne selbst hineingezogen zu werden?

Ben-Hadad betrachtete seine Hände: sie zitterten. Er brauchte etwas zu trinken, und zwar sofort.

VIII

»Ihr habt vollkommen Recht, Majestät«, sagte Baliniri formell. »So wie Sem mir die Lage erklärt hat, ist sie ziemlich ernst. Es war pflichtvergessen von mir, so lange Urlaub zu nehmen.«

Salitis lächelte. »Ich bin froh, dass du wieder Vernunft angenommen hast. Denn hättest du das nicht, nun, wir brauchen das nicht weiter zu erörtern. Jetzt ist nur eines wichtig: Wir müssen die Lage so gut wir können wieder in Ordnung bringen.«

»So ist es«, pflichtete Baliniri ihm bei. Er stand immer noch stramm. »Seit meiner Unterhaltung mit Sem denke ich ständig darüber nach. Wir müssen Prioritäten setzen, Majestät. Ihr gestattet, dass ich bequem stehe?«

»Was? Ach ja! Du kannst dich natürlich setzen! Wir haben Arbeit zu erledigen und müssen uns nicht nach dem Zeremoniell richten. Was empfiehlst du?«

Baliniri nahm dem König gegenüber Platz und breitete auf dem Tisch, der zwischen ihnen stand, die Landkarte vom Delta aus. »Die Lage in Sais und in den westlichen Provinzen muss gründlich durchleuchtet werden, ehe wir etwas unternehmen. Wir müssen alle Einzelheiten kennen, müssen wissen, wer für uns und wer gegen uns ist. Wenn wir eine Einheit nach Sais schicken, müssen wir uns vergewissern, ob sie feindliche Landstriche durchqueren muss. Es geht nicht an, dass unser Nachschub durch Überfälle von Aufständischen bedroht wird, vor allem dann nicht, wenn wir die Rebellion zur Gänze niederschlagen wollen.«

»Ich verstehe. In der Zwischenzeit bleiben wir hier sitzen und schneiden ihnen Gesichter? Strecken ihnen die Zungen raus?« Das war das erste Mal, dass Salitis' sarkastische Stimmung zum Durchbruch kam.

Baliniri reagierte rasch, um ihn wieder zu besänftigen. »Keineswegs, Majestät. Wir reagieren sofort, indem wir die Grenzgebiete sichern. Wir ziehen gegen die südlichen Garnisonen los, und zwar rasch.«

»Warum gegen die südlichen Garnisonen?«

»Großer Pharao, bedenkt doch, was für Unannehmlichkeiten sich mit unseren Feinden in den Roten Provinzen ergeben könnten, wenn direkt an der Grenze rebellische Einheiten liegen. Womöglich unterstützt Dedmose diesen Abschnitt der aufständischen Truppen direkt und sendet womöglich sogar Truppen, die sie im Kampf unterstützen.«

Das hatte die gewünschte Wirkung. Salitis' Augen blitzten auf. »Ja, ja, natürlich!« Er stand auf. »Warum habe ich nicht selbst daran gedacht? In Ordnung, General! Das machen wir!« Er schlug sich mit der Faust gegen die Handfläche. »Mach dich sofort an die Arbeit! Verliere keine Zeit!« In seinen Augen funkelte wieder der Wahnsinn, als er Baliniri jetzt ansah. »Worauf wartest du noch? Du kannst gehen! Hast du gehört? An die Arbeit! Zerschlage den Aufstand!«

Salitis' Gespräch mit Baliniri war der Anfang einer Reihe von Vorfällen, die in steigendem Maß vom vernunftwidrigen Verhalten des Königs geprägt waren und die darauf schließen ließen, dass der Wahnsinn des Königs wieder mit aller Heftigkeit ausgebrochen war. Eine Stunde später geriet er über eine Kleinigkeit in rasende Wut und versetzte einer Dienerin einen Schlag mit dem Handrücken, dass sie ohnmächtig wurde.

Nach einem weiteren Ausbruch dieser Art sandte Mehu einen Boten zu Neferhotep. Der Magier verabreichte dem König eine starke Dosis von *Shepenn* und verordnete ihm für den Nachmittag Bettruhe. Als Neferhotep das Gemach des Königs verließ, wurde er bereits von Hakoris im Vorraum erwartet. »Komm, wir können uns in meinem Zimmer unterhalten«, forderte Neferhotep ihn auf.

Kaum war die Tür hinter ihnen geschlossen, verlor Neferhoteps Gesicht den Ausdruck gelehrten Gleichmuts. »Mein Plan mit Ben-Hadad läuft nicht so, wie ich gehofft habe«, begann er. »Gestern hätte er das Gift in Salitis' Becher gießen sollen. Er tat es nicht. Er ließ mich benachrichtigen, dass er mich heute Abend treffen wolle. Ich ließ antworten, dass ich ihn auf der kleinen Brücke über dem Kanal erwarte, sobald der Mond am Himmel steht.«

»Glaubst du, dass er weiß, dass das Mittel nicht zur Beruhigung des Königs ist, wie du es ihm gesagt hast?« Hakoris' Gesichtsausdruck blieb vollkommen undurchschaubar; nur seine Augen blickten kalt wie immer.

»Ich weiß es nicht. Aber er ist eine Gefahr für uns.«

»Am besten wir werden ihn los, und zwar sofort.«

»Ja. Zuerst müssen wir herausfinden, ob er jemandem etwas erzählt hat, was unserer Sache schaden könnte.«

»Ich schlage vor, du überlässt ihn mir.« Hakoris' Stimme klang samtweich. »Vergiss ihn. Du hast Wichtigeres zu tun, als dich mit solchen Kerlen zu beschäftigen. Ich werde für einen bedauerlichen Unfall sorgen. Es wird keine Zeugen geben.«

»In Ordnung. Ich weiß deine Hilfe zu schätzen.«

»Nicht der Rede wert.« Als Neferhotep dem fremdländischen Verbündeten jetzt in die Augen schaute, erschrak er über dessen wild triumphierenden Gesichtsausdruck. Hakoris aber verbeugte sich tief, ohne ein weiteres Wort zu verlieren, wie es in den Ländern im Norden Sitte ist.

Ben-Hadad hatte seit den Mittagsstunden getrunken, langsam und stetig. Die Nacht zuvor hatte er schlecht geschlafen, weil er versucht hatte, die ihm verbleibenden Möglichkeiten gegeneinander abzuwägen und über eine Antwort für Neferhotep nachzudenken, wenn er ihn am folgenden Abend traf. Als er dann am Morgen erwachte, war er zornig. Er fühlte sich ausgenützt und einsam, und nur viel Alkohol konnte ihm helfen, seine Verzweiflung zu lindern.

Jetzt saß er in der hintersten Ecke der Schänke. Hier sah ihn niemand, und er versuchte verzweifelt, seine Gedanken zu ordnen. Er hätte guten Grund gehabt, sich zu freuen. Schließlich war er in den Besitz gewisser Fakten gekommen, die einem Menschen Macht verliehen, falls er sie zu nützen wusste. Aber statt sich zu freuen, fühlte er sich niedergeschlagen. Es sollte ihm zum Beispiel möglich sein, die richtigen Leute bei Hof zu treffen, ihnen zu sagen, was er wusste, und ihnen den verdammten Beweis auszuhändigen, den er besaß. Er sollte dafür sorgen, dass die Verschwörung vereitelt wurde und die Verschwörer ihre gerechte Strafe erhielten. Dann würde man ihn für seine Dienste fürstlich belohnen. Es sollte die einfachste Sache der Welt sein. Warum nur schien es ihm unmöglich? Jedes Mal wenn er Joseph treffen wollte, konnte er sich nicht dazu überwinden. Warum hatte er sich stattdessen mit Neferhotep verabredet? Warum hatte er es auf eine Gegenüberstellung abgesehen, die Neferhotep warnen und ihn und die Gruppe der Verschwörer zu gefährlichen Feinden machen würde?

Seit er es verabsäumt hatte, das Gift in den Becher des Königs zu schütten, musste er auf einen Zusammenstoß mit Neferhotep gefasst sein. Er konnte unmöglich vortäuschen, den Auftrag ausgeführt zu haben. Das Verhalten des Königs und sein Gesundheitszustand würden dem Magier sofort alles verraten.

Plötzlich kam ihm ein erschreckender Gedanke: Er würde sterben. Sie würden ihn töten. Angst erfasste ihn, aber gleich darauf überkam ihn das Gefühl vollkommener Wertlosigkeit und eine grenzenlose Gleichgültigkeit. Was für eine Rolle spielte es, wenn man ihn tötete? Wer würde es bedauern? Hier im Delta hatte er keinen einzigen Freund. Nicht einmal Joseph konnte er als Freund betrachten, hatte er doch ihr Zusammentreffen um Tage hinausgeschoben. Und Zoser? Nein, auch er war kein Freund. Wer sonst?

Er war sich sicher, dass ihn in den Roten Provinzen praktisch alle vergessen hatten. Oder – was noch schlimmer wäre – sie erinnerten sich an ihn als einen armen Narren, den man bei der Vergabe eines wichtigen Postens übergangen hatte. Stattdessen hatte man sich für seinen früheren Lehrling entschieden, eine Frau, die nur einen Bruchteil seiner Erfahrung hatte. Und Tuja und ihr Sohn, den sie ihm untergeschoben hatte? Sie waren bestimmt froh, ihn los zu sein. Wahrscheinlich hatte sie sich mit einem anderen eingelassen, sobald klar war, dass er nicht zurückkommen würde.

Ben-Hadad saß in einer dunklen Ecke nahe der Treppe, die zu den Räumen der Huren hinaufführte, und wälzte seine trüben Gedanken. Da trat eine der Frauen, die in der Schänke arbeiteten, zu ihm und lächelte ihn an. »Kann ich Euch vielleicht ein wenig verwöhnen, Herr?«, fragte sie anzüglich und ließ ihre Hände über ihre wohlgerundeten Hüften gleiten.

Ben-Hadad blinzelte sie an und krächzte schlecht gelaunt: »Schick mir den Wirt! Er soll mir noch Wein bringen.«

»Wie Ihr wollt«, sagte sie und zuckte mit den Achseln. Sie ging davon, aber jetzt schwang sie nicht mehr verführerisch die Hüften.

Hinter der Treppe hatten zwei neue Gäste Platz genommen. Sie schoben die Stühle vom Tisch zurück, nahmen die Schwertgurte ab und legten sie auf den Tisch. Für Ben-Hadad als Waffenschmied war das klirrende Geräusch, das dabei entstand, ein untrügliches Zeichen, dass es Soldaten waren. Er war entschlossen, sie nicht zu beachten, aber im nächsten Moment wurden seine Gedanken von ihren Stimmen unterbrochen.

»... ich habe es dann einfach nicht fertig gebracht, es ihm zu erzählen. Ich wollte, ich hätte es getan, aber ich habe keinen Beweis, das ist eben das Problem. Es steht meine Aussage gegen ihre. Und ich habe meiner Glaubwürdigkeit derzeit schon mehr als genug geschadet, weil ich zu einer Zeit Urlaub genommen habe, da so viel los war. Ich weiß schon, was du denkst: ›Du bist ein riesiger Narr, Baliniri!‹ Und vielleicht hast du sogar Recht.«

Baliniri!

Ben-Hadad richtete sich mit einem Ruck auf und versuchte seine vom Wein umnebelten Gedanken zu sammeln. Er drehte sich um und legte den Kopf schief, um besser zu hören.

Das war nicht die raue, gefühllose Stimme eines soldatischen Draufgängers gewesen, wie Ben-Hadad sich Baliniri so oft vorgestellt hatte. Es war die Stimme eines gefühlvollen, nachdenklichen Mannes; sie klang sehr menschlich und verletzbar.

»Ich halte dich keineswegs für einen Narren«, entgegnete jetzt der andere Mann. »Es ist wirklich ein Problem. Der Magier hat beim König sehr großen Einfluss. Uns sind Gerüchte zu Ohren gekommen, dass er in die Verschwörung verwickelt ist, aber der König will ihnen keinen Glauben schenken. Ich glaube nicht, dass er seine Meinung sehr leicht ändern wird, es sei denn, du kannst Beweise vorbringen.«

»Das ist das Problem. Können wir uns ganz offen unterhalten, mein Freund?« Er musste die erwartete Antwort bekommen haben. Er sprach mit dem Akzent der Menschen aus dem Zwischenstromland und betonte die Worte weich und sorgfältig: »Ich bin von Anfang an nicht begeistert von der Sache gewesen. Ich weiß nicht, wie oft ich mir gewünscht habe, ich hätte die Grenze nie überschritten, wäre nie hierher gekommen, hätte nie geheiratet und nie diese Aufgabe übernommen.«

»Ich habe gehört, dass du … nun, ziemlich eilig geheiratet hast.«

»Ziemlich eilig? Ich habe die erstbeste Frau geheiratet, die mich genommen hat. Ich war enttäuscht, und es ging mir sehr schlecht.«

Ben-Hadads Hände waren schweißnass. Atemlos saß er da und wagte sich kaum zu rühren, aus Angst, ein Geräusch zu machen und etwas zu versäumen.

»Damals in Lischt bin ich einer Frau begegnet«, fuhr Baliniri fort. »Betrunkene Wachen hatten sie in einen Hinterhof gedrängt und wollten sie vergewaltigen. Ich kam dazwischen und verjagte sie. Sie wollten ein wenig ›Spaß mit ihr haben‹, du weißt schon.«

Die Antwort war nicht zu hören. Vermutlich nickte der andere nur. Baliniri fuhr fort: »Sie hatte etwas Besonderes an sich. Sie war klein und zerbrechlich, aber so tapfer und anständig und vertrauensselig. Ihre Ehrenhaftigkeit fiel einem sofort auf, genauso wie ihre aufrechte Gesinnung.«

Ben-Hadad standen plötzlich die Tränen in den Augen, und sein Herz raste.

»Ich habe sie gefragt, ob ich sie wieder sehen kann. Sie hat abgelehnt. Sie sei verheiratet, sagte sie, obwohl ihr Ehemann sie sehr vernachlässigte. Es war nicht zu übersehen, dass sie ihn immer noch sehr liebte, obwohl er sie schlecht behandelte. Er kam spät nach Hause oder oft die ganze Nacht nicht. Sie war einsam, das spürte ich, und sie war mir für meine Hilfe dankbar.« Ein lauter Seufzer folgte.

»Hast du dann noch mit deinen Bemühungen Erfolg gehabt?«

»Ja. Aber es war schwer. Sie war mir zugetan, aber sie hat sich gewehrt. Schließlich habe ich aus ihr herausgelockt, dass sie jeden Tag auf einem bestimmten Markt einkauft. Ich hatte keine Ahnung, dass sie ziemlich wohlhabend war. Sie kam aus armen Verhältnissen und das Leben einer reichen Dame war ihr allmählich schal und langweilig geworden, zumal sie so einsam war. Einfach zum Spaß zog sie sich schäbig an und ging in den Lumpen eines Straßenkindes, das sie damals gewesen war, als sie ihrem Ehemann begegnet war. Sie hoffte, dass sie so vielleicht zu dem Leben zurückfinden könnte, das sie verloren hatte.«

»Sie muss eine ungewöhnliche Frau gewesen sein.«

»Was weiß man! Ich habe alles versucht, was ich je bei einer Frau versucht habe, aber alles vergeblich. Aber schließlich ...« Wieder stieß er einen tiefen Seufzer aus. »Ich habe geahnt, dass ich nie Erfolg haben werde. Sie war ihrem Ehemann mehr zugetan und hätte mir nie die gleichen Gefühle entgegenbringen können. Als sie schließlich merkte, dass sie ein Kind von ihm erwartete ...«

»Verabschiedete sie dich und ging zu ihm zurück.«

»Ja. Es war eine Ehrensache. Ich ließ sie gehen, Sem. Was sonst hätte ich tun können. Ich konnte ihr doch meine Gefühle nicht aufzwingen. Aber ich konnte auch nicht dort bleiben. Ich konnte nicht in ihrer Nähe bleiben.« Er schwieg eine ganze Weile. »Ich kann nur hoffen«, fuhr er schließlich tonlos fort, »dass das Kind sie wieder zusammengebracht hat. Ich hoffe, dass ihrem Mann durch das Kind bewusst wurde, was für einen Schatz er besaß.« Die Stimme versagte ihm, als er schloss: »Was für eine Vergeudung!«

»Du bist doch noch jung. Du findest wieder jemanden.«

»Das habe ich auch geglaubt, als ich Ayla begegnete. Aber Tu- ...«

Er brach ab und begann noch einmal: »Diese Frau wird mich für den Rest meines Lebens verfolgen. Überall sehe ich ihr Gesicht. Ich habe Ayla unter anderem auch deshalb geheiratet, weil sie mich an diese Frau erinnerte. Das war Ayla gegenüber sehr ungerecht. Sie hat einen Mann verdient, der sie liebt, nur sie.«

»He! Junge!«, flüsterte der Lenker des Ochsenkarrens. »Bist du noch da? Wir sind jetzt in der Stadt. Ich glaube, du kannst herauskommen.«

Zuerst blieb es still. Dann tauchte hinter den sorgfältig aufgetürmten Reissäcken Rikis Kopf auf. »Gut!«, sagte er. »Vielen Dank. Ich weiß es zu schätzen, dass du für mich die Gefahr in Kauf genommen hast.« Er stand auf, streckte sich und sah sich um. Sie waren in eine Sackgasse eingebogen. Keiner der Umstehenden schien von Bedeutung zu sein; auf alle Fälle beachtete sie niemand.

»Warte einen Augenblick«, mahnte der Mann. »Ich habe einen mehr als handfesten Beweis deiner Dankbarkeit erwartet. Oder erinnerst du dich nicht mehr an unser Abkommen?«

Riki sprang vom Wagen. Er trug ein schmutziges, verstaubtes Gewand. Jetzt zog er einen länglichen in einen leeren Reissack gewickelten Packen darunter hervor. »In kürzester Zeit könnte ich für dich einen Geldbeutel stehlen. Aber das hier ist eine arme Gegend. Ich mache dir einen anderen Vorschlag. Ein Freund hat mir das hier gegeben. Ich glaube, es ist ziemlich wertvoll.« Er reichte dem Wagenlenker den Packen.

Der Mann wickelte ihn aus. »Bei allen Göttern! Wo hast du das gestohlen?« Er hielt Baliniris zweitbestes Zeremonienschwert hoch und ließ die blanke Klinge in der Sonne blitzen.

»Jemand hat es mir gegeben«, antwortete Riki. »Sind wir jetzt quitt?« Er deutete das Lächeln des Wagenlenkers als Zustimmung. »Gut. Ich wünsche dir Glück.« Damit machte er sich davon, wie immer durch die Hinterhöfe. Es war schon gefährlich genug, überhaupt wieder in Avaris zu sein; noch gefährlicher wäre es aber, unterwegs einem der Verschwörer zu begegnen. Aber Riki wollte auf die Gefahr keine Rücksicht nehmen. Er wollte unbedingt das Versprechen einlösen und Mara erzählen, was er erfahren hatte. Gleichzeitig musste er sie von ihrem angekündigten Vorhaben abbringen und sie von der Notwendigkeit überzeugen die Stadt zu verlassen, denn Avaris war zu einem Nest giftiger Nattern geworden.

»Ist das alles, Herr?«, fragte der Schankwirt anmaßend, und blickte dabei auf den Geldbeutel, der auf dem Tisch lag. Dann sah er abwechselnd auf die zwei Becher Wein, die er auf den Tisch gestellt hatte und auf Ben-Hadad, wobei er seine Verachtung kaum verbarg.

Ben-Hadad schob eine Münze über den Tisch und knurrte: »Verschwinde! Finde mir einen Straßenjungen, der weiß, wie man Botschaften übermittelt. Komm wieder, wenn ich dich rufe! Der Geldbeutel ist voll. Wenn du tust, was ich von dir verlange, bekommst du eine zusätzliche Belohnung.« Er breitete den Papyrus vor sich aus und griff nach Farbtopf und Pinsel. »Geh!«, wiederholte er mit Nachdruck.

Sobald der Wirt gegangen war, stellte er den Farbtopf ab und griff nach der Wasserschale. Er tauchte eine Hand ein und bespritzte sein Gesicht. Danach stellte er die Schale mit zitternder Hand ab.

Hoffentlich erinnere ich mich, wie man das schreibt, dachte er bei sich. Wie alle Mitglieder seiner Familie, so war auch er von seiner Mutter in die Kunst des Schreibens eingeweiht worden. Aber sie hatte ihn die Keilschriftzeichen der Sprachen des Nordens gelehrt. Erst in den letzten Jahren hatte er die Hieroglyphenschrift der Ägypter gelernt, beherrschte sie aber nur unvollkommen. Jetzt kamen ihm die Zeichen im Geist vollkommen durcheinander. Bitte, betete er, ohne sein Gebet an einen bestimmten Gott zu richten, bitte, gib, dass ich mich erinnere!

Doch er konnte nicht warten, er musste beginnen: »An den ehrenwerten General Baliniri, von Ben-Hadad aus Kanaan. Seid gegrüßt! Ich habe ...«

Er stockte. Wie sollte er es ausdrücken. »Ich habe der Frau, die wir beide lieben, nämlich meiner Ehefrau Tuja, Unrecht getan. Ich habe dem Kind, das sie mir geschenkt hat, Unrecht getan. Dem Kind, von dem ich geglaubt habe, es sei das Eure. In meinem Unverstand ließ ich sie jahrelang darunter leiden; das kann ich nie wieder gutmachen. Jetzt sehe ich nur einen Ausweg. Da ich auch Euch Unrecht getan habe, möchte ich Euch vor einer Verschwörung warnen, die Euer Leben und das des Königs bedroht. Ich gedenke, meine Verfehlungen dadurch zu büßen, dass ich den Anführer der Verschwörer, den Magier Neferhotep, zur Rede stelle. In seinen

Händen liegt das Leben des Königs. Ich treffe ihn noch heute Abend am Kanal, und ich habe die Absicht, ihn dort zu töten. Davor möchte ich aufdecken, was er und sein Schlangennest geplant haben.«

Seine Wortwahl gefiel Ben-Hadad, wenn er sich nur an die Zeichen erinnerte! Aber wie sollte er dem General zu verstehen geben, dass das gleichzeitig auch sein, Ben-Hadads, eigenes Todesurteil sein würde? Sein sehnlichster Wunsch war es, dass der General sich um Tuja kümmerte und sie beschützte. Nur so konnte er, Tujas Ehemann, das Leid wieder gutmachen, das er ihr angetan hatte.

Er wusste genau, dass sein Leben keine zwei Sandkörner mehr wert war. Sobald die Verschwörer wussten, dass er ihren Plan durchschaut hatte, hatte er verspielt. Darin lag eine Art von Gerechtigkeit. Es half nichts, dass er sich in Selbstmitleid erging. Das hatte er in den vergangenen zehn Jahren zur Genüge getan. Jetzt war es an der Zeit, Verantwortung für seine Taten zu übernehmen und für seine Verfehlungen gegenüber unschuldigen Menschen, die ihn trotzdem geliebt hatten. Es war an der Zeit, dass er ein Mann wurde. Das bedeutete auch, dass er für Tuja und den Jungen Vorsorge treffen musste. Welche bessere Vorsorge aber gab es, als sie dem Mann, der sie tief und innig liebte, ans Herz zu legen?

Wieder erfrischte er sein Gesicht mit Wasser. Er musste klar denken können! Das war jetzt ungemein wichtig. Der Tag ging allmählich in den Abend über, und es blieb nicht mehr viel Zeit.

Er tauchte den Pinsel wieder ein und schrieb zögernd. »Ich weiß Einzelheiten über eine Verschwörung gegen das Leben des Königs und gegen das Eure sowie gegen die Regierung von Avaris.« Ja, das war gut so, dachte er; allmählich kam er in Schwung. Er musste sich an das Wichtigste halten. Und wenn er Frau und Kind einem besseren Mann, als er selbst es war, ans Herz legen wollte, dann musste er das Leben dieses Mannes retten, falls das möglich war.

Riki klopfte noch einmal, diesmal ein wenig lauter. Erst beim dritten Klopfen tauchten hinter dem hölzernen Gitter die großen braunen Augen auf, die ihn traurig ansahen. Gleich darauf wurde die Tür geöffnet. Riki schlüpfte hinein, und Mara schloss das Tor hastig hinter ihm.

»Riki!«, rief sie erfreut. »Ich habe geglaubt, ich werde dich nie wieder sehen.«

Riki betrachtete sie eingehend von oben bis unten. Sie war noch schlanker geworden, und am Arm hatte sie einen hässlichen blauen Fleck. Riki konnte den Blick nicht abwenden. Sein Herz klopfte heftig, und sein Mund war ganz trocken geworden. »Mara!«, flüsterte er.

Mara umarmte ihn stürmisch. Sie drückte sich eng an ihn, und er spürte ihren Herzschlag ganz nahe. Mit zitternden Händen umarmte er sie, zuerst nur zaghaft, aber dann ließ er das Bündel fallen, das er gehalten hatte, und drückte sie fest an sich.

Genauso rasch wie sie ihn umarmt hatte, ließ sie ihn auch wieder los und trat einen Schritt zurück. »Du weißt nicht, wie sehr ich dich vermisst habe«, sagte sie. »Es hat mir so viel bedeutet, mitten in all dem Elend einen Freund zu haben.« Sie fasste ihn an der Hand. »Was hast du da?«, fragte sie und deutete auf das Bündel, das er fallen gelassen hatte.

»Es ist ein Gewand für dich. Ich habe es auf dem Weg hierher gestohlen. Du kommst mit mir, Mara. Sobald es dunkel ist, werden wir fliehen.«

»Fliehen?«, fragte sie. Ihre Hand lag warm und weich in seiner. »Eine Sklavin flieht nicht, Riki. Im ganzen Delta gibt es keinen Ort, an dem ich vor ihm sicher bin.«

»Wir werden nicht im Delta bleiben. Wir überqueren die Grenze zu den Roten Provinzen. Beeil dich! Zieh das Gewand an!«

Sie sah ihn immer noch reglos an. »Es war gefährlich für dich herzukommen, das weißt du, Riki. Zum Glück ist er heute den ganzen Tag über fort. Er hat eine Verabredung, er muss einen Mann töten. Kannst du dir das vorstellen? Nach Einbruch der Dunkelheit will er unten am Kanal einem Mann auflauern.«

Doch sie las in seinen Augen die Wahrheit, und Riki hätte sich deshalb verwünschen können. Sie sah etwas, was er ihr nicht hatte erzählen wollen. Sie waren einander zu nahe gewesen, um etwas voreinander verbergen zu können. Riki hätte wissen müssen, dass er ihr nichts verheimlichen konnte.

Mara sah ihm fest in die Augen. »Du weißt etwas, das du mir nicht erzählen willst, Riki.«

Er versuchte, ihrem Blick auszuweichen. Plötzlich standen ihm Tränen in den Augen, und er sagte mit erstickter Stimme: »Mara, bitte zieh dich an und komm mit mir. Unterwegs werde ich dir alles erzählen.«

»Jetzt!«, beharrte sie.

Sie hatte richtig vermutet. Rikis Stirn war nass von Schweiß. Ihre Vermutung bezüglich Hakoris und ihrem Vater war richtig gewesen, und jetzt würde sie auf keinen Fall mit ihm gehen, nicht solange Hakoris noch am Leben war.

»Erzähl es mir jetzt oder ich bleibe hier stehen und warte.«

»Bitte!« Schmerz und Verzweiflung klangen aus seiner Stimme.

»Bitte!« Er hob das Gewand auf und wollte es ihr in die Hand drücken. Sie ließ es fallen. Riki brach in Tränen aus. »Bitte, zwing mich nicht dazu!«

Der Straßenjunge, den der Wirt aufgetrieben hatte, war ein schmächtiges Bürschchen. Vielleicht war er der Verfolgung der Regierungstruppen und der regelmäßigen Streifzüge von Hakoris' Männern bisher entgangen, weil er so schwach und unansehnlich war. Ein Auge schien blind zu sein, und ein Arm war verkrüppelt. Er schlug sich durchs Leben, indem er mit einer Bettelschale in der Hand so lange auf den Marktplätzen herumlungerte, bis ihn die Kaufleute entweder dafür bezahlten, dass er verschwand, oder mit Steinen nach ihm warfen, damit er das Weite suchte, was vor allem in den ärmsten Gegenden der Fall war.

So gesehen schien er nicht besonders gut für die Überbringung einer Nachricht geeignet zu sein. Aber die Geschäfte waren schlecht gewesen an diesem Tag, und die Bettelschale des Jungen war noch leer; außerdem war er das erste Kind gewesen, das dem Wirt allein über den Weg gelaufen war. Nackt und voller Staub schlich der Junge auf seinen dünnen Beinen durch die Straßen der Stadt und fragte, wo der General zu finden sei. Erst bei Sonnenuntergang fand er endlich den Langgesuchten. Baliniri war gerade dabei, die Stadt zu verlassen und sich in ein vergleichsweise ruhiges Lager außerhalb der Stadtmauer zurückzuziehen. »General!«, rief der Junge mit seiner dünnen Stimme. »General Baliniri!«

Baliniri drehte sich ärgerlich um. »Was zum Kuckuck willst

du?«, fragte er gereizt. Es war ein anstrengender Tag gewesen. Der König hatte ihn angebrüllt, und er selbst konnte sich nicht entscheiden, was bezüglich der königlichen Anordnungen zu tun sei.

»Eine Nachricht, Herr!«, sagte der Junge. »Ein Mann hat mich dafür bezahlt, dass ich euch diese Nachricht überbringe. Es ist wichtig, Herr. Sehr wichtig!«

»Du erwartest jetzt vermutlich von mir auch noch Geld, was?«

»Nein, Herr. Aber wenn der General die Nachricht liest und vielleicht dankbar dafür ist?«

Baliniri nahm die Schriftrolle und suchte in seinem Kleid nach einer kleinen Kupfermünze. »Hier.« Der Junge machte ein langes Gesicht. »Also gut!« Baliniri gab nach und legte noch eine zweite Münze in die Hand des Jungen. »Jetzt verschwinde aber!«

Er rollte den Papyrus auf und versuchte angestrengt ihn zu lesen. Der Posten oben auf der Stadtmauer steckte eine Fackel in die dafür gedachte Halterung aus Metall. Im flackernden Schein der Flamme las Baliniri: »An den verehrten General Baliniri, von ...« Die Schriftzeichen waren nicht schön geschrieben. Außerdem war der Papyrus fleckig. Alles wirkte schlampig auf den ersten Blick.

Dann las Baliniri die erste Zeile noch einmal, und erst jetzt sah er den Namen: »Ben-Hadad?«, las er laut. Seine Stimme klang ungläubig. »Ben-Hadad aus Kanaan?« Mit steigendem Interesse fuhr Baliniri fort.

Riki wollte nicht derjenige sein, der es ihr erzählte. Er hatte Angst, dass sie weinen würde. Aber stattdessen stand sie hoch aufgerichtet vor ihm. In ihren Augen funkelte ein Feuer, das Riki Angst einjagte. Wie sie so reglos vor ihm stand, und ihm gespannt zuhörte, wirkte sie wie eine Rachegöttin. Sie ballte die zierlichen Hände zur Faust und öffnete sie wieder. Ein kleiner Muskel zuckte in ihrem Gesicht, sonst wies nichts auf eine Erregung hin.

»Das ist alles?«, fragte sie. »Sonst weißt du nichts?«

»Nein. Bitte, Mara, komm mit mir! Ich wollte es dir nicht erzählen. Ich hätte alles dafür gegeben, wenn ich es nicht hätte tun müssen.«

»Ich bin froh, dass du es mir erzählt hast«, antwortete sie ungerührt. »Er wird gegen Mitternacht zurück sein. Meist kommt er um die Zeit, wenn der Nachtwächter oben auf der Stadtmauer zum letzten Mal ruft. Vermutlich wird er Blut an den Händen haben. Er wird keine Zeit gehabt haben, sich zu reinigen, falls er sich überhaupt für so etwas die Mühe macht, nachdem er einen Mann getötet hat.«

»Bitte, Mara!« Riki versuchte, ihr das Bündel mit den Kleidern aufzudrängen, aber sie machte keine Anstalten, es zu nehmen. »Zieh dich bitte an!«, flehte Riki. »Es wird allmählich dunkel. Wir haben gerade noch genügend Zeit unterzutauchen.«

»Ich soll mich anziehen?«, fragte sie trotzig. »Ich warte auf ihn so, wie ich bin. Dann muss ich nur meinen Körper waschen, sobald ich einmal mit ihm fertig bin. Du willst doch nicht, dass ich das hübsche saubere Gewand besudle, das du liebenswürdigerweise für mich gestohlen hast. Noch dazu mit Blut! Womöglich mit dem Blut des Mannes, den er zuvor getötet hat. Oder mit seinem Blut!«

Riki versuchte, ihre Hand zu fassen, um sie zu überzeugen, aber sie riss sich los. Mara wandte sich um und suchte ihr geheimes Versteck hinter einem Schrank ab. Schließlich zog sie ein langes, glänzendes Messer hervor, in dessen Klinge sich das Licht der Kerze spiegelte.

Am anderen Ende der kleinen Brücke lehnte sich eine dunkle Gestalt gegen das Brückengeländer. Ben-Hadad versuchte, das Gesicht zu erkennen, aber der andere hatte eine Kapuze über den Kopf gezogen und außerdem schoben sich immer wieder Wolken vor den halben Mond. »Neferhotep?«, fragte Ben-Hadad. Seit seinem Entschluss am Nachmittag war sein Stottern verschwunden. »Seid Ihr es?«

»Komm näher«, antwortete der andere, der immer noch ungezwungen am Brückengeländer lehnte. »Dann können wir uns unterhalten.« Der Mann sprach leise und undeutlich.

Ben-Hadad näherte sich vorsichtig. »Ihr klingt anders heute.«

Jetzt löste sich die Gestalt vom Geländer und drehte sich Ben-Hadad zu. Neferhotep hätte Ben-Hadad um Haupteslänge überragt, doch dieser Mann war etwa so groß wie Ben-Hadad. »Neferhotep konnte nicht kommen. Daher hat er mich an seiner Stelle geschickt.«

Etwas an der Stimme, am Tonfall und an der Aussprache erregte Ben-Hadads Aufmerksamkeit, und es lief ihm kalt den Rücken herunter. »Ich sehe Euer Gesicht nicht. Wir reden hier über ernste Dinge. Wer seid Ihr?«

Der Mann schwieg eine Weile. Seine Augen waren nicht zu erkennen, aber ein Mondstrahl fiel auf seine untere Gesichtshälfte und ließ die schiefen Zähne und das zynische Grinsen erkennen. »Wer ich bin?«, fragte der Unbekannte. »Ich habe viele Namen.« Er fuhr sich mit den Händen an die Kapuze, die seinen Kopf verbarg, aber er zögerte noch, sie zurückzuschieben. Zu Ben-Hadads Überraschung fuhr der Fremde in der Sprache der Kanaaniter fort: »Frage dich doch selbst«, höhnte er. »Wer wird dir denn an einem Ort wie diesem, um diese Zeit über den Weg laufen, da keine Gefahr besteht, dass man unterbrochen wird.«

Ben-Hadad trat einen Schritt zurück. »Ich weiß es nicht. Eure Stimme klingt wie die von Hakoris.«

»Hakoris?«, wiederholte der andere. »Versuche es noch einmal!« Es war ein gespenstisches Flüstern, erfüllt von Hass und Bösartigkeit, das Ben-Hadad ans Ohr drang. Langsam schob der Fremde die Kapuze zurück und entblößte sein Gesicht: Über die Stirn verlief eine schreckliche Narbe, die ihn als Dieb brandmarkte. Jakob von Kanaan hatte ihm einst diese Narbe verpassen lassen. Ben-Hadad verschlug es die Sprache, als er das Gesicht sah.

»Du hast schon Recht«, sagte der Mann auf der Brücke. »Nicht Hakoris, sondern Schamir! Schamir Ben-Haschum!«

X

Sein Instinkt riet Ben-Hadad zu fliehen. Dennoch blieb er wie angewurzelt stehen. Er riss Mund und Augen weit auf, konnte aber trotzdem vor Schreck weder deutlich sehen noch etwa ein Wort herausbringen. Schließlich war er wieder der Sprache mächtig, doch sein Hals war trocken, und er krächzte nur: »Schamir!«

Schamir blickte ihn unverwandt an. Sein Blick glich dem hypnotischen, zwingenden Blick einer Kobra, und Ben-Hadad konnte den Blick nicht abwenden.

»Du hast geglaubt, du würdest mich nie wieder sehen!« Schamir sprach mit leiser, samtweicher Stimme, doch drohend wie das Zischen einer Giftschlange. »Vielleicht hast du auch geglaubt, ich sei tot, wie mein Vater, an dessen Tod du Schuld hast.«

»Ich habe Schuld an seinem Tod? Aber er wollte mich töten! Nur dass der Händler dazwischenkam, den manche für meinen Großvater hielten. Hätte er nicht eingegriffen, wäre es schlecht um mich bestellt gewesen.«

»Du bist für den Tod meines Vaters verantwortlich und deshalb verlief mein Leben viele Jahre lang sehr schlecht. Als ich dann erwachsen wurde, war kein Vermögen vorhanden, das ich hätte erben können.«

»Aber es ga-gab doch nie ein Vermö-mögen!«, protestierte Ben-Hadad. Plötzlich begann er wieder zu stottern. Das Stottern war ja überhaupt eine Folge von Schamirs endlosen Quälereien und Neckereien und der vielen Prügel, die Schamir Ben-Hadad im Laufe dessen unglücklicher Kindheit verpasst hatte. »Dein Va-vater wäre vollkommen mittellos ge-gewesen, hätte er nicht auf das Geld zurückgreifen können, das er meiner Mu-mutter gestohlen hat.«

»Gestohlen? Der Besitz einer Frau geht nach dem Gesetz auf ihren Ehemann über. Das weißt du genau! Mein Vater hatte unter geschäftlichen Tiefschlägen zu leiden.«

»N-nein!« Nach einigen Anläufen gelang es Ben-Hadad, das Wort herauszubringen. »Haschums Geschäfte waren alle zwielichtig. Außerdem war er ein Verschwender.«

»Schweig!«, befahl Schamir und kam ihm bedrohlich näher. Ben-Hadad war unfähig, sich zu bewegen; er war dem Bann von Schamirs Blick hilflos ausgeliefert. »Dir habe ich es zu verdanken, dass ich eine arme Kindheit erlebt habe. Es ist deine Schuld, dass all meine Pläne nicht zum Tragen kamen und einer nach dem anderen sich in Luft auflöste. Dir habe ich auch das hier zu verdanken!« Er deutete mit der Hand auf die hässliche Narbe. »Ich wurde als Dieb gebrandmarkt! Weißt du, was das heißt, du Stotterer? Josephs Brüder brannten mir das Mal mit einem heißen Eisen ins Gesicht. Der Schmerz damals ist deine Schuld!« Er machte ein Furcht erregendes Gesicht und blinzelte kurz, aber Ben-Hadad konnte sich immer noch nicht rühren.

»Im Durchschnitt hält es ein Sklave in den Minen von Timna nur ein paar Monate aus«, fuhr Schamir hasserfüllt fort. »Ich hielt es sieben Jahre aus. Sieben Jahre in diesem gottverdammten Loch. Die Sonne brannte gnadenlos herunter, und ich hatte nicht einen einzigen schäbigen Lappen, um mich vor den mörderischen Strahlen zu schützen. Die Fesseln schnitten sich mir tief ins Fleisch. Ich kämpfte sieben lange Jahre gegen den Hungertod und hatte unter den Peitschenhieben der Aufseher zu leiden.« Vor Abscheu konnte er nur noch flüstern, als er fortfuhr: »Sieben Jahre hielt mich nur mein Hass gegen dich am Leben, gegen dich und Joseph. Sieben Jahre dachte ich an nichts anderes als an Rache.«

»Da-das steckt also dahinter«, brachte Ben-Hadad schließlich heraus und riss die Augen noch weiter auf. »Die anderen wo-wollen den Kö-könig töten. Du willst Jo-Joseph töten!«

Schamir grinste; es war ein tödliches Grinsen. »Das ist nur ein Teil der Sache«, gab er zu. »Doch es steckt mehr dahinter. Etwas an Avaris gefällt mir. Hier gefällt es mir. Avaris ist eine Stadt, in der es Intriganten zu etwas bringen können. Heuchlerisch zur Schau gestellte Freundlichkeit und Menschlichkeit zählen hier nicht. Jeder schaut hier nur auf seinen eigenen Vorteil, ohne Rücksicht. Und wenn sich jemand mit guten Taten hervortun will, was selten genug vorkommt, dann hält man ihn für einen Narren. Niemand bedauert ihn, wenn man ihm alles nimmt, was er besitzt und ihn gnadenlos dem Tod überlässt.«

Ben-Hadad lief es kalt über den Rücken; er war verzweifelt. Schamirs Beobachtung war nicht unrichtig. Er selbst hatte die Hauptstadt der Hay immer für ein Schlangennest gehalten, in dem Ausbeuter und Betrüger, Schwindler und Mörder zu Hause waren. Seit seiner Rückkehr hatte er kaum etwas gefunden, was ihn in seiner Meinung nicht bestätigte. »Für einen Ma-mann wie dich wirkt vermu-mutlich jede Stadt so.«

»Du hast Zweifel? Sieh dich um. Kirakos Sklavin Meret hat ein großes Vermögen für ein Kinderlager hinterlassen. Als sie fortging, übernahm ich das Heim. Es dauerte nur ein paar Monate, bis ich die Sache in den Griff bekam. Ihr Heim ist jetzt ein Sammelplatz für willenlose Sklaven. Die Kinder gehören mir und sind meiner Gnade ausgeliefert. Ich verleihe sie als Arbeiter an jeden, der bereit ist zu zahlen. Ich frage nicht einmal, was man von ihnen verlangt. Ich verleihe sie an Menschen, die erst im Begriff sind, sich hochzuarbeiten und die sich keine erwachsenen Sklaven leisten können. Andere wieder haben einen eher ausgefallenen Geschmack, wenn es um ihr Liebesleben geht.« Er grinste hämisch.

Ben-Hadad konnte seinen Abscheu nicht verbergen. »Du bist ein Mo-monster! Wie ka-kannst du so etwas tun?«

»Es war ganz leicht«, entgegnete Schamir. »Es ist immer noch leicht. Wenige fragen, beklagen sich oder protestieren. Diejenigen, die es tun, lassen sich leicht verkaufen, oder ich werde anders mit ihnen fertig. So oder so, sie sind nicht viel wert. Ein Leben hier ist nicht viel wert, besonders seit die Stadt voll ist mit mittellosen Fremden. Vielleicht werde ich ein zweites Heim für die Frauen der Fremden eröffnen. Dort könnte man dann Flüchtlinge für die ausgefallenen Wünsche in Liebesdingen verleihen. Solche Wünsche haben oft den Tod zur Folge. Manche dieser Wünsche erzeugen Scham, sobald sie erst einmal befriedigt sind. Wenn also das Verlangen erlahmt ist, darf niemand am Leben bleiben, der abartig Veranlagte in Verlegenheit bringen könnte.«

Ben-Hadad dachte verzweifelt nach. Vor ihm tat sich ein Abgrund auf, vergleichbar mit dem schleimigen, abscheulichen Gewürm, das unter einem verfaulten Baumstamm zu finden ist. Er hatte immer angenommen, dass es derart gräuliche Dinge gab, aber er war nie gezwungen gewesen, darüber nachzudenken. Er versuchte etwas zu sagen, aber die Worte wollten sich nicht bilden lassen. Er machte ziellose Handbewegungen, als wolle er das Bild vor seinen Augen ausradieren. »N-n-nein!«, krächzte er schließlich. »Sa-sag nichts mehr!«

Schamir lächelte wie ein Dämon. »Du verträgst es wohl nicht, was? Schade, dass du sterben musst. Es hätte mir wirklich Spaß gemacht, dir einmal das Kinderlager zu zeigen.«

»Halt den Mu-mund!«

Schamir schenkte ihm keine Beachtung. »Manchmal laufen Schiffe aus Ländern mit barbarischen Sitten im Hafen ein. Die Matrosen haben oft für lange Zeit keine ... äh, nun sagen wir Ansprache gehabt ...

»Schwei-schweig do-doch endlich!«

»Es ist wirklich erstaunlich. Die hässlichsten und schmutzigsten Männer ...«

Das war zu viel. Ben-Hadad brachte keinen Laut mehr heraus. Sein Hals war wie zugeschnürt. Er sah rot vor Wut und stürzte sich mit ausgestreckten Armen auf Schamir. Dieser hatte nur darauf gewartet. In dem Augenblick, da sich Ben-Hadads Hände um Schamirs Hals schlossen, zückte dieser die scharf geschliffene Klinge, die er unter dem Gewand bereitgehalten hatte. Für einen kurzen Augenblick umklammerte Ben-Hadad Schamirs Hals mit der furchtbaren Kraft des Schmiedes. Dann begann er zu zittern, und seine Beine gaben nach. Wie von selbst löste sich der Griff seiner Hände, und er taumelte zurück.

Kaum hörbar stammelte er ein paar unverständliche Laute. Das Licht des Mondes fiel auf das undeutliche Gesicht vor ihm. Plötzlich sah er verschwommen zwei Gesichter, dann drei und vier. Die geisterhaften Gestalten bewegten sich in einem feierlichen Tanz. Ben-Hadad blickte an seinem Körper hinunter und sah das Messer, das aus seinem Leib ragte. Er fasste schwach danach, ging in die Knie und fiel langsam auf die Seite.

Er blickte in das grinsende Gesicht, daneben auf die halbrunde Scheibe des Mondes. Alles schien sich langsam im Kreis zu drehen. Das Gesicht verschwand und nur noch der Mond war zu sehen. Eine Wolke schob sich langsam vor den Himmelskörper.

Es wurde dunkel um ihn, und vor seinen Augen tauchten zwei Gesichter auf, das einer Frau und das eines Jungen. Lebt wohl, dachte er. Verzeiht mir. Bitte verzeiht mir.

Schamir war gerade erst fort, als Baliniri an der Spitze einer Abordnung Soldaten eintraf. Er beugte sich über den reglosen Körper. Er war noch warm. »Der arme Kerl ist tot. Rasch! Schwärmt aus und durchkämmt alle Straßen im Viertel. Haltet jeden an, den ihr seht. Führt alle ab, die ohne Grund noch auf der Straße sind. Er hat nur einen winzigen Vorsprung.«

Die Soldaten machten sich sofort auf die Suche. »Ist das alles, Herr?«, fragte einer der Männer.

»Nein. Vermutlich wird er entkommen sein. Melde dich beim Hauptmann der Wachen. Das wäre dann alles.«

Der Mann grüßte und ging. Baliniri blieb unschlüssig stehen und sah auf den Toten hinunter.

Armer Kerl, dachte er. Was mochte ihn ins Delta geführt haben? Dabei hatte er eine Frau und ein Kind zu Hause und ein glückliches Heim.

Tuja!, ging es ihm durch den Kopf. Tuja war jetzt endlich allein und frei.

Lange dachte er über die Folgen nach. Schritte wurden laut, als der Soldat mit dem Hauptmann der Wachen zurückkehrte.

Wenn ich bleibe, dachte Baliniri, muss ich Bericht erstatten, was mir der arme Narr geschrieben hat. Dann bin ich gezwungen, eine Weile zu bleiben, und muss meine Abreise in die südlichen Garnisonen verschieben. Ich werde neuerlich in die schmutzige Politik hier im Delta verwickelt und muss mich mit den Ränken, Revolten und Gegenrevolten herumschlagen.

Plötzlich wusste er, was er tun musste.

Er hatte genug von all dem. Er würde nicht zu den südlichen Garnisonen reisen. Er würde keine Aufstände niederschlagen. Er war lange genug für diesen wahnsinnigen König und sein Gefolge tätig gewesen. Es war an der Zeit, sein eigenes Leben zu leben. Er wollte fliehen, und zwar jetzt. Sobald die Truppe, an deren Spitze er den Aufstand im Süden niederschlagen sollte, zur Abreise antrat, würde er die Stadt längst verlassen haben und seinem neuen Leben ein gutes Stück näher gekommen sein. Er wollte sich an einem Ort niederlassen, wo er den Kopf hoch tragen und einem ehrlichen Mann offen in die Augen blicken konnte. Er würde auf die andere Seite wechseln. Mekim stand an der Spitze von Bakas Armee, und es würde ein Leichtes für Baliniri sein, bei ihm unterzukommen. Er würde wieder stolz auf seinen Beruf sein.

Während er sich diese ehrenhaften Gründe einredete, war er sich insgeheim des wirklichen Grundes bewusst, warum er nach so langem Zögern plötzlich zu einem Entschluss gekommen war.

Tuja ist es, die dich treibt, sagte ihm sein Gewissen.

Das Haus lag im Dunkeln, als Hakoris zu Hause eintraf. Der Mond stand hoch am Himmel und der Nachtwächter hatte soeben zum letzten Mal gerufen. Hakoris tastete an der Tür herum, und erst nach einer Weile gelang es ihm, das Tor zu öffnen. Wo steckte denn Mara, diese Schlampe. Sie sollte doch auf ihn warten.

Das vordere Zimmer lag ebenfalls im Dunkeln. Plötzlich stürzte eine Gestalt hinter einer hohen Amphore hervor. Im Schein des Mondes, der durch eine Öffnung in der Decke fiel, blitzte eine Klinge auf. Hakoris reagierte rasch, packte die schmale Hand mit dem Messer und verdrehte sie. Mara stieß einen gellenden Schrei aus und fiel zu Boden. »Du Schlampe!«, zischte er. »Ich werde dich lehren ...«

Der Schlag traf ihn seitlich am Kopf. Vor seinen Augen tanzten funkelnde Lichter, dann spürte er den Schmerz, und es wurde dunkel.

»Ich will ihn sehen!«, sagte Mara. Sie war aufgestanden, ergriff den Wasserkrug und versetzte dem bewusstlosen Hakoris noch einen Hieb. Sie umfasste ihr schmerzendes Handgelenk mit der anderen Hand. »Geh aus dem Weg, Riki!«

»Er ist tot«, log der Junge und verstellte ihr dabei den Weg. »Verschwende keine Zeit mit ihm!«

»Aber ich will mich überzeugen!«

»Nein! Wir müssen hier verschwinden. Uns bleibt nur ganz wenig Zeit, um auf die Mauer zu klettern und auf der anderen Seite hinunterzuspringen, während der Nachtwächter sich am anderen Ende der Mauer befindet.« Sie starrte immer noch auf den reglosen Körper zu ihren Füßen. Riki packte sie am Arm, und sie zuckte zusammen. »Dein Handgelenk!«, rief er. »Tut es sehr weh? Glaubst du, dass du klettern kannst? Wirst du dich damit halten können?«

»Ich glaube schon.«

»Schau ihn nicht an!«, sagte er, in der verzweifelten Hoffnung, Hakoris möge nicht zu Bewusstsein kommen und sich nicht bewegen. »Du bist frei! Dein Vater ist gerächt!«

»Aber ...«

Der Schreck stand ihr ins Gesicht geschrieben. Jetzt, da sie glaubte, ihn getötet zu haben, setzte eine ganz natürliche Reaktion ein. Sie zitterte am ganzen Körper. Riki bemerkte entsetzt, dass auch er eine Gänsehaut hatte. »Halte dich jetzt nicht unnütz auf.

Wir stehlen, was wir brauchen. Jetzt ist kein Augenblick zu verlieren!«

Sie zögerte immer noch. Ehe Riki denken konnte, trat er auf sie zu und versetzte ihr eine Ohrfeige. »Komm endlich zu dir, Mara!« Er packte sie am unverletzten Arm und zog sie hinaus auf die Straße.

Sie sah sich verständnislos um. »Ich bin frei?«, fragte sie.

»Nur wenn du dich beeilst!« Sein Herz klopfte zum Zerspringen. Er drängte sie durch die dunklen Gassen in Richtung Mauer, einem neuen Leben entgegen. Dieses Leben sollte sich grundlegend von ihrem bisherigen Leben unterscheiden.

Kapitel 10

I

»Der Fluss kommt mir hier bekannt vor.« Netru kam mit den breiten wiegenden Schritten, die man sich nach einer langen Schiffsrei-
se angewöhnt, vom Ausguck des Lotsen zurück. »Wir werden in
Kürze in Theben sein.«

Teti sah plötzlich so glücklich überrascht und erleichtert aus,
dass Netru erstaunt innehielt und fragte: »Was ist geschehen?«

»Es geht ihm besser«, antwortete sie. »Frag mich nicht, wieso
ich es weiß. Ich weiß es eben.«

»Besser? Wem geht es besser?«

»Meinem Bruder Ketan. Ich spüre es. Erinnerst du dich an die
Schmerzen, die ich kürzlich hatte? Zuerst war es ein stechender
Schmerz, aus dem ein dumpfes, wehes Gefühl wurde.«

»Ja, ich weiß.«

»Das war Ketan. Ich habe es dir gleich gesagt. Er hat sich verletzt, schwer verletzt. Ich habe seinen Schmerz gespürt und auch
seine Niedergeschlagenheit. Jetzt plötzlich ist es besser geworden.«

»Du willst mir doch nicht einreden, dass einer des anderen
Schmerz fühlt!«

Teti lächelte nachsichtig. »Das war kein Witz, Netru. Ich spüre
es wirklich. Genauso spürt er es, wenn ich mich verletze.« Sie lächelte, aber ihre Augen blieben ernst. »Ich würde doch keine dumme Geschichte erfinden, nur um mich über dich lustig zu machen,
Netru.«

»Nun ja, manchmal kann ich den Unterschied nicht wirklich erkennen«, entgegnete Netru etwas gezwungen.

»Du bist sehr empfindsam. Das vergesse ich manchmal, weil ich
es bei Soldaten nicht gewohnt bin. Sie kommen mir immer nur mit
Späßen.«

Er sah sie nicht an, als er erwiderte: »Ich bin also nicht mehr für
dich? Einer von den Soldaten? Ein Mann mit oberflächlichen Gefühlen, über die man leicht hinweggehen kann?«

Teti legte ihm die Hand auf den Arm, zog sie aber sogleich wieder zurück – erschrocken über ihre Kühnheit. »Ich habe ja so gut wie keine Freunde außer den Soldaten. Zu einem guten Soldaten kann ich aufblicken. Sie sind meine Helden, seit ich denken kann.«

Sie hörte so unvermittelt auf zu sprechen, dass er sich umdrehte.

»Ich war noch ganz klein damals, und es war im Grunde unbedeutend.«

»Erzähl es mir!«

»Nun, ich war damals schrecklich verliebt in einen Soldaten. Mutter hat ihn gekannt und Baka ebenfalls.«

»Wer war es? Ich möchte es wissen.«

Jetzt sah sie ihn erstaunt an. »Wenn du es wirklich wissen willst, es war Baliniri. Mekims alter Freund, der Held der Belagerung von Mari. Er war groß und sah gut aus, und ich war damals so klein, dass er mir wie ein großer, freundlicher Riese vorkam. Ich war richtig verknallt in ihn.« Sie unterdrückte ein Kichern. »Ich habe meiner Kinderfrau erzählt, dass er mich einmal heiraten werde, wenn ich erwachsen bin. Stell dir das nur vor! Hast du schon einmal so etwas Dummes gehört?«

Netru sah sie nicht an; er wirkte ein wenig reserviert. »Er war damals dein Held. Schließlich war er ein bedeutender Feldherr, der viele Schlachten hinter sich hatte und viele Siege errungen hatte. Er besaß eine Menge Erfahrung.«

»Richtig. Du kannst dir vorstellen, dass so etwas einem Mädchen den Kopf verdrehen kann.« Sie standen an der Reling, die Hände nur einen Finger breit voneinander entfernt. Teti lehnte sich zurück, ohne die Hände loszulassen, und blickte hinunter auf die nackten Füße, ihre zierlichen und seine breiten, braun gebrannten. »Es muss schwer sein, auf Steinen ohne Sandalen zu gehen.«

»Die Soldaten aus Theben sind etwas Besonderes«, gestand er offen. »Wir sind zäh und ausdauernd. Ein Mann mit unempfindlichen Fußsohlen, der überall gehen oder laufen kann, hat gegenüber euch Stadtmenschen einen Vorteil. Sandalen gehen kaputt, genauso wie Uniformen verschleißen. Die Soldaten aus dem Delta oder aus Memphis oder Lischt schauen nach einem langen Feldzug heruntergekommen aus. Ihre Füße schmerzen, sobald die Ledersohlen zerschlissen sind. Nach einem langen Feldzug schauen wir immer noch gleich aus; unsere Haut und unsere Fußsohlen sind unverändert.« Stolz klang aus seiner Stimme. »Wenn der Feind, den wir verfolgen, müde und langsam wird, sind wir immer noch frisch und munter. Wir rühmen uns, dass wir so gut wie jeden an Ausdauer übertreffen.«

»Das war aber jetzt eine lange Rede!« Ohne es zu wollen, schlug sie wieder einen herausfordernden Ton an. Leise fuhr sie dann fort: »Es tut mir Leid. Ich sage immer das Falsche. Verzeih mir, Netru. Was ich dir von Baliniri erzählt habe, war eine Kinderei. Er ist alt genug, um dein Vater zu sein.« Sie war immer noch nicht zufrieden und fuhr fort: »Wenn ich mir jetzt einen Helden aussuchen würde, dann wäre es vermutlich jemand wie du.«

Sie ließ die Feststellung im Raum stehen und sah ihn an. Netru entspannte sich sichtlich und wollte etwas sagen, doch dann blickte er stattdessen flußaufwärts, wo etwas seine Aufmerksamkeit erregte und ihn ablenkte. »Siehst du den Rauch dort? Ich glaube, das ist Theben. Vermutlich die Holzkohlenmeiler.« Als er jetzt zum ersten Mal wieder seine Heimatstadt erwähnte, war seine Begeisterung unverkennbar. »Theben wird dir gefallen, Teti, auch wenn wir nur wenig Zeit haben werden.« Sein Gesicht verfinsterte sich. »Ich hoffe zumindest, dass sich uns die Gelegenheit bietet, uns ein wenig umzusehen, bevor sie uns an die vordersten Linien schicken.«

»Das hoffe ich auch«, pflichtete Teti ihm bei. Sie nützte die Gelegenheit, dem Gespräch eine neue Richtung zu geben. »Ich habe sehr gehofft, dass du mir die Stadt zeigen kannst. Vielleicht bekommen wir einen Nachmittag frei? Wie ist Theben?«

»Es lässt sich mit keiner anderen Stadt vergleichen. Der alte Name der Stadt lautete Weset. Das heißt so viel wie ›Das Modell für Städte‹. Vom Fluss aus gesehen wirkt es, glaube ich, nicht besonders, zumindest das Ostufer nicht. Theben und Karnak gleichen anderen am Fluss gelegenen Städten: Die flachen Ufer wirken wie Oasen und werden von Kanälen zerfurcht, durch die die Wasser des Nils fließen. Es gibt Palmen, viele Grünflächen und Marktplätze. Nichts Außergewöhnliches.«

Teti erkannte, dass sie mit Netru am besten auskam, wenn sie ihn ermutigte, über sich und seine Neigungen zu sprechen. »Was ist dann das Besondere an der Stadt, dass jeder darüber spricht?«

»Das Westufer. Siehst du die Berge, die sich rechts erheben. Von hier wirst du nicht sehr viel sehen, weil die großen Felsblöcke den Blick von dieser Seite her verstellen. Aber die andere Seite ist etwas Besonderes. Dort verläuft das Tal mit der Totenstadt. Einige Tempel und Gräber gehen bis in die Elfte Dynastie zurück.«

»Das ist nicht besonders alt«, entgegnete Teti, bedauerte aber im selben Augenblick, es gesagt zu haben.

»Nicht für jemanden, der nur eine Tagesreise weit von Memphis und den Pyramiden aufgewachsen ist«, gab er zu. »Aber warte, bis du die Tempel erst gesehen hast. In Memphis wirkt alles aufgeblasen und prahlerisch. Theben hingegen ist eine Stadt der Kunst. Die Nekropole ist der größte Arbeitgeber. Aber nicht alle sind damit beschäftigt, die Steinblöcke an den gewünschten Platz zu schieben. Hunderte, vielleicht sogar Tausende Künstler aus allen Kunstrichtungen sind hier beschäftigt: Baumeister, Schreiber, Maler und so fort. Die Familien mancher Künstler lassen sich bis in die Zeit vor dem großen Aufstand zurückverfolgen. Dass das die Zusammensetzung einer Gesellschaft beeinflußt, kannst du dir vorstellen.«

»Du weißt eine ganze Menge darüber.« Teti bemühte sich, nicht zynisch zu klingen, da ihn das kränkte.

Zum ersten Mal lächelte er. »Das ist auch kein Wunder. Ich wurde in diese Familie hineingeboren und bin in diesem Geist aufgewachsen. Mein Vater war ein Künstler und sein Vater war auch einer.« Er lächelte bitter. »Leider erbte mein Bruder alle künstlerischen Talente der Familie. Ich war am Boden zerstört, als ich das erste Mal begriff, dass sich meine Hände besser dazu eigneten, ein Schwert zu führen als mit dem Pinsel zierliche Gebilde zu malen. Da nahm mich mein Vater zur Seite und erzählte mir von der Prophezeiung.«

»Von welcher Prophezeiung?«

»Im Künstlerdorf lebte einst ein Mann. Ich werde dir das Dorf zeigen, wenn wir Zeit haben. Dieser Mann besaß die Gabe der Weissagung. Er sagte, dass Theben eines Tages der Sitz des größten Königs der Geschichte sein würde. Die Kunst würde Theben zur ersten Stadt in der bekannten Welt machen, und von überall her würden die großen Männer nach Theben pilgern. Der Ruhm der Stadt würde nicht vergehen, und ihr Name würde tausend Jahre lang in aller Munde sein.«

»Was hat das mit dir zu tun?«

»Mein Vater hat mich darauf hingewiesen, dass Theben sehr stark sein müsse, sobald es so weit wäre. Seiner Meinung nach war unser Dorf so friedlich geblieben, weil Ägypten Tag und Nacht über die Maler und Künstler wachte. Die wunderbaren Tempel, die die Könige der Zwölften Dynastie hatten errichten lassen, konnten nur deshalb vollendet werden und die Zeit überdauern, weil Männer wie Sesostris III. die Nubier in die Wüste zurückgedrängt hatten.«

Teti sah ihn ernst an. »Und jetzt siehst du Theben bedroht und die Prophezeiung gefährdet. Deshalb bedeutet es dir so viel, den Krieg zu gewinnen.«

Er lächelte. »So ist es, Teti. Mekims Soldaten kämpfen für Geld und Ruhm oder weil ihre Anführer sie mit dem flachen Schwert bewusstlos prügeln würden, falls sie es nicht tun. Meine Lage und die aller Thebaner ist eine andere. Wenn mir das Glück beschieden ist, in den Kampf zu ziehen, so kämpfe ich um meine Heimat, um meine Freunde, meine Familie und um die Berufung meiner Vorfahren. Ich werde für alles kämpfen, was mir lieb und teuer ist in diesem Leben.« Er sah sie an und fuhr mit sanfter Stimme fort. »Um beinahe alles, was mir teuer ist.«

Das kam ihm denn doch zu düster vor und er fügte grinsend hinzu: »Wenn ich sterbe, so sterbe ich für diese Dinge. Aber ich werde nicht sterben, nicht einmal wenn Mekim und Musuri mich kämpfen lassen.«

»Ich hoffe sehr, dass sie es nicht tun werden«, meinte Teti zaghaft. »Auch wenn es dir gegen den Strich geht.« Sie lächelte verwirrt, um ihre Aufregung zu verbergen. Sie hätte noch gern etwas gesagt, aber die Worte wollten ihr nicht über die Lippen kommen. Warum verschlug es ihr die Sprache? Netru aber blickte an ihr vorbei flussaufwärts. Er strahlte. »Dort ist Theben! Schau nur, Teti!«

Teti vergaß, was sie sagen wollte, und folgte mit den Blicken seiner ausgestreckten Hand. Auf dem linken Ufer tauchten Obstgärten und hohe Palmen auf. Am ebenfalls grünen rechten Ufer erhoben sich steil aufragende Klippen und dahinter majestätische Berge.

Theben! Die Königin der Städte!

Die Schiffe hatten angelegt, und Teti ging unter Deck, um sich um ihren Geparden zu kümmern. Sie gab ihm Wasser und zu fressen, und als sie wieder nach oben kam, besprach sich Netru gerade mit einem Offizier auf dem Schiff, das neben dem ihren lag. Schließlich kam er stolz und aufrecht auf sie zu.

Was für ein wunderbarer Mann!, dachte sie. Ohne Vorwarnung begann sie zu zittern, und ein vollkommen unbekanntes Gefühl erfüllte sie. Sein sehniger Körper kam ihr plötzlich sehr begehrenswert vor. Sie wollte seinen Körper an ihrem spüren und in der vielleicht nur kurzen Zeit, die ihnen zusammen vergönnt war, sich seiner Liebe und Zärtlichkeit erfreuen. Schließlich zogen sie in den Krieg! Ihre Armee konnte die Schlacht verlieren. Vielleicht würde ihre Schmiede vom Feind überrannt werden. Vielleicht würde sie selbst getötet werden.

Der Gedanke beunruhigte sie. Sie konnte sterben, aber auch Netru konnte sterben. Ihr geliebter, stolzer Netru, Spross einer Künstlerfamilie. Er war ein so liebenswerter, empfindsamer Mann. Sollten sie aber überleben und die Schlacht gewinnen, wer konnte wissen, wohin man sie dann schicken würde? Vielleicht würden sie einander nie mehr wieder sehen.

»Netru!«, begann sie, konnte jedoch nicht weitersprechen.

»Ja?« Doch als nichts mehr kam, nahm er sie zart am Ellbogen und führte sie zum Landesteg. »Ich habe mit einem der Offiziere gesprochen. Wir haben den Abend frei. Mekim möchte die Legionen inspizieren. Ich glaube, er will auch, dass der alte Musuri eine Rede hält. Ich würde sie gerne hören, aber ...«

Er nahm sie bei der Hand und verflocht seine Finger mit den ihren. Für Teti besaß die Berührung etwas ungemein Zärtliches.

»... ich will dir unbedingt meine Heimatstadt und ihre Leute zeigen. Das ist mir wichtiger. Heute ist ein Festtag, Teti. In den Tempeln wurden den Göttern Opfer dargebracht. Nachdem die Götter die Opfer huldvoll angenommen haben, werden die Opfergaben in einem großen Fest in der Stadt der Künstler verteilt. Sänger, Tänzer, Jongleure, Akrobaten, Feuerschlucker und Zauberer werden auftreten. Kurz nach Einbruch der Dunkelheit wird die Hitze nachlassen. Es wird mild und angenehm werden. Wir werden zu der kleinen Hütte hinaufsteigen, die ich auf halber Höhe des Qurnet Mura gebaut habe. Das ist der pyramidenförmige Felsen dort drüben. Mein Dorf liegt auf der anderen Seite. Wir werden Wein und etwas zu essen mitnehmen und den Festlichkeiten unten zusehen. Von dort haben wir den besten Überblick über die Stadt. Du kannst dir gar nicht vorstellen, wie sehr ich mich darauf gefreut habe, dir das alles zu zeigen!«

Ach Netru, glaubst du wirklich, dass ich es mir nicht vorstellen kann?, dachte sie voller Zärtlichkeit.

Sie waren an Land gegangen. »Ich habe geplant, ein Boot zu mieten, mit dem wir nach Djeme übersetzen. So heißt die Stadt am anderen Flussufer. Es ist nicht viel mehr als ein Anlegeplatz und ein kleiner Markt. Der Markt ist nicht sehr bedeutungsvoll, nicht für die Leute auf diesem Ufer. Dort unten sehe ich mein altes Boot! Ich habe es an einen Fischer vermietet, als ich nach Norden zog. Er wird uns hinüberrudern. Er schuldet mir die Miete für ein paar Monate. Die lasse ich ihn jetzt abarbeiten.«

Überglücklich drückte er ihre Hand. Er war in seinem Element. Seine Freude übertrug sich auf Teti; ihre ineinander verschlungenen Hände und die Berührung seiner nackten Schenkel erweckten in ihr ein noch nie gekanntes Glücksgefühl. Nie zuvor hatte sie sich so lebendig gefühlt.

II

Am anderen Ufer angekommen, hörten sie bereits die Musik, denn das Fest hatte schon begonnen. Der pyramidenförmige Qurnet Mura überragte das Dorf der Künstler, das sich auf einer kleinen Anhöhe erstreckte. Im Westen öffnete sich der Blick in das Tal der Königinnen. Die Feststimmung war ansteckend. Der lustige Ton der Pfeifen und der heitere Schlag der Trommeln sowie die fröhlich flatternden Fahnen und Wimpel oben auf den Häusern erhöhten die Stimmung.

»Hier riecht es köstlich!«, rief Teti und drückte Netrus Hand, die sie nicht losgelassen hatte, seit sie Netrus Boot verlassen und sich vom Bootsführer verabschiedet hatten. »Ich habe gar nicht bemerkt, wie hungrig ich bin!«

Er lächelte. »Ich habe auch Hunger. Bald wird sich das ändern. Das heute ist eines der Lieblingsfeste des Dorfes. Das Fest des Amon fällt zufällig mit dem Geburtstag eines berühmten Künstlers der Zwölften Dynastie zusammen. Die Dorfbewohner haben nicht nur zu Ehren seines Angedenkens frei, sondern die Priester der Tempel sorgen auch für das Festmahl. Sie verteilen Ochsen, Rinder, Brot, Kuchen, Wein, Gerstenbier, Gänse und ich weiß nicht noch welche Vögel. Außerdem natürlich Fische. Die Frauen der Stadt übertreffen einander beim Backen von Leckereien, die zum Teil der heimischen Küche entstammen, zum Teil aber auch aus anderen Provinzen und sogar aus anderen Ländern übernommen wurden.«

Unternehmungslustig steuerte er sie durch die Hauptstraße der kleinen Ansiedlung, begrüßte alte Freunde und machte Teti mit ihnen bekannt. Manchmal blieb er stehen und trat in einen Laden. Er schien stolz auf sie zu sein und zufrieden darüber, sich in ihrer Gesellschaft zu befinden. Teti jubelte innerlich.

Vor einem Bäckerladen blieb er stehen. »Schau, hier gibt es Brot aus Syrien, aus Quamh! Und dort gibt es Brot aus Keleschet. Das hier ist Brot aus Arupusa. Das schmeckt besonders gut. Das Brot in diesem Regal wurde aus Getreide aus Turet gebacken. Schau dir nur die vielen Kuchen an. Zehn verschiedene Formen, und eine besser als die andere! Dieser hier wird immer in der Form einer liegenden Kuh gebacken. Das ist eine Tradition. Der daneben soll wie eine Schnecke aussehen. Ich kann dir jeden Einzelnen nur empfehlen!«

»Warum gibt es in einem Künstlerdorf Köstlichkeiten aus so vielen Ländern?«, fragte Teti.

»Das ist einfach zu erklären. Die Tempel und Gräber, die die Prinzen Thebens erbauen ließen, entsprechen höchsten künstlerischen Standards. Vor der Ankunft der Hay hat Theben regelmäßig begabte Künstler aus den Städten Unterägyptens zwangsverpflichtet. Im Laufe der Jahrhunderte kamen Künstler aus anderen Kulturen hinzu, um hier zu arbeiten. Wir lehren sie, was ein Künstler bei Hof können muss, und sie unterweisen uns in der Kochkunst fremder Länder. Sie bringen ihre Art, Bier zu brauen, und neue Rezepte mit.«

Eine alte Frau mit einem Kuchenteller auf dem Kopf kam ihnen entgegen. Sie blieb stehen, blickte die beiden entgeistert an und hät-

te den Teller beinahe fallen gelassen. »Bist du es wirklich, Netru?«
Sie stellte den Teller vorsichtig auf einem Tisch ab, bevor sie auf
Netru zuging und ihn umarmte. »Wie du gewachsen bist, Netru!
Und wer ist das?«, fragte sie, trat einen Schritt zurück und sah Teti
neugierig an. »Hast du eine Braut gefunden, und keinem deiner al-
ten Freunde etwas davon erzählt?«

Netru wurde rot. »Ich möchte dich mit Teti bekannt machen, Tascha. Sie ist meine Freundin. Teti, das ist Tascha, die liebste Gefährtin meiner Mutter. Als meine Eltern starben ...«

»Deine Freundin?« Die alte Frau verzog den zahnlosen Mund zu
einem breiten Grinsen. »Ihr haltet euch an den Händen und glaubt,
ihr könnt eine alte Frau zum Narren halten, was? Du glaubst wohl,
ich habe vergessen, was es heißt, wenn man verliebt ist. Nur weil ich
alt und hässlich bin. Schäm dich!« Sie lachte den beiden fröhlich zu
und ergriff die ineinander verschlungenen Hände der beiden. »Sie ist
wunderschön, Netru. Sie hat einen schönen, gerade gewachsenen
Körper und ein kräftiges Becken. Das ist wichtig, wenn man Kinder
bekommt. Und erst ihre hübschen, festen Brüste!«

Netru war so verlegen, dass er kein Wort herausbrachte. Aber
Teti lächelte die Alte freundlich an. »Vielen Dank, Tascha. Wir sind
unterwegs zu den großen Tischen und wollen dort etwas essen.
Hast du Lust, uns zu begleiten?«

»Kümmert euch nicht um mich!« Die alte Frau war aber sichtlich erfreut über die Einladung. »Ich bin eine alte Wichtigtuerin und
habe diesen jungen Mann so gern, als wäre er mein eigenes Fleisch
und Blut. Früher habe ich ihn gefüttert und gebadet.« Lachend
kniff sie ihn in die Wange. »Ich danke dir für die Einladung. Ihr
zwei unterhaltet euch gut. Ihr seid jung, und es verspricht eine schöne Nacht zu werden. Nützt die Gunst der Stunde, das ist stets mein
Leitsatz. Man weiß nie, wann sich wieder eine so schöne Gelegenheit bietet.«

Teti und Netru sahen einander an. Es wurde ihnen schmerzlich
bewusst, dass es tatsächlich eine ganze Weile dauern könnte, bis
sich ihnen wieder eine so schöne Nacht böte; vielleicht sogar nie
wieder. Für den nächsten Morgen war der erste Appell angesetzt,
denn schließlich waren sie den weiten Weg nach Theben gekommen, um einen verzweifelten Krieg gegen einen unversöhnlichen

Feind zu kämpfen, der nur drei oder vier Tagesmärsche entfernt lag. Am Morgen würden die Dinge ihren Lauf nehmen, und der Ausgang stand offen. Vielleicht gingen sie einem glorreichen Sieg entgegen, vielleicht einer Niederlage oder dem Tod und der Zerstörung von Theben und dem Niedergang von Oberägypten. Der Tod war unleugbar eine Möglichkeit, wenn auch eine unwillkommene. Jeder Augenblick zwischen dem Jetzt und der schicksalhaften Morgendämmerung wurde plötzlich kostbar. Teti umklammerte Netrus Hand noch fester. Sie lächelte tapfer, und in ihrem Lächeln lag das Wissen um einen möglichen Schmerz. Bereits am Morgen waren ihr diese Gedanken durch den Kopf gegangen. Ein Soldat lebte wahrscheinlich immer mit dem Tod vor Augen. Aber seit sie einander gefunden hatten, hatten sie viel mehr zu verlieren.

Teti spürte, dass Netru ebenso empfand. Ganz gegen seine sonstige Gewohnheit streichelte er ihr über die Wange und sagte leise: »Zuerst essen wir, und dann werden wir weitersehen.«

Sie wanderten von einem Marktstand zum anderen, kosteten die angebotenen Waren und spülten Datteln und Feigen, Oliven und Käse mit dem starken Gerstenbier hinunter. »Was war das für ein eigenartiges Bier, das wie Wein roch?«, fragte Teti.

»Das war Zythos Bier. Die Brauer kamen von den griechischen Inseln. Der Geschmack wird dem Bier zugesetzt. Das dunkle Bier wird dir vielleicht besser schmecken oder das gewürzte dort drüben. Riech einmal! Ahh! Nicht dein Geschmack? Nein! Das nimm nicht! Das ist Schodu, ein besonders starker Branntwein aus Palmwein. Das ist viel zu stark für dich. Wir wollen lieber Wein kosten.« Er winkte den Weinverkäufer näher. »Komm her, Freund! Hast du etwas von dem wunderbaren goldgelben Wein, den die Galeeren der Kanaaniter aus Syrien immer gebracht haben?«

»Leider nein, Herr!«, bedauerte der Mann. Er sah Netru genauer an. »Seid Ihr nicht der junge Herr Netru? Als kleiner Junge habt Ihr immer Trauben aus meinem Weingarten gestohlen, stimmt's?«

»Schon wieder hast du mich erwischt!« Netru warf lachend den Kopf in den Nacken. »Wie konnte ich dich nicht erkennen, Antuf!« Sie tauschten gemeinsame Erinnerungen aus.

Teti gewann langsam den Eindruck, dass jeder Netru kannte und schätzte. Dieser Antuf, zum Beispiel, hatte Netrus Vater viel geschuldet. Sie entschieden sich für einen guten kräftigen Wein aus Syena, den letzten Wein, der aus Syrien ins Land gekommen war. Mit dem Jahr, in dem die Hay Memphis erobert hatten, war die Einfuhr der syrischen Weine zu Ende gewesen.

Sie wanderten weiter zu dem großen Tisch mit den Speisen und aßen gebratene Gans und dicke Scheiben vom saftigen Fleisch eines Ochsen, der am Spieß gebraten wurde. Sie tanzten und sahen danach den Tanzenden zu. Später saßen sie auf einer kleinen Anhöhe und sahen auf die fröhliche Schar auf dem Festplatz hinunter. Andere Paare wanderten an ihnen vorbei und verschwanden in der Nacht, doch bald waren sie allein.

Für eine Weile herrschte verlegene Stille. Teti rückte näher und schmiegte sich an Netru. Ihr kurzes Gewand war hochgerutscht, und ihre nackten Glieder berührten einander. »Es ist wunderschön hier«, flüsterte Teti. »Ich bin froh, dass du mich hergebracht hast. Du bist in einem schönen Dorf aufgewachsen.«

Netru schob seinen Arm um ihre Taille und Teti bekam vor Aufregung Herzklopfen. »Das stimmt«, antwortete Netru. »Aber ich könnte nicht hier bleiben, selbst wenn es mir jedes Mal beim Abschied das Herz bricht. Mein Leben besteht nur aus traurigen Abschieden von Menschen und Dingen, die mir sehr teuer sind.«

Er stieß einen tiefen Seufzer aus und zog sie näher. »Jetzt denke ich an den abscheulichen Morgen, an dem ich wieder fortmuss. Noch dazu muss ich auch dich verlassen, wenn es auch nur für einen Tag ist.«

»Aber du wirst doch der Verbindungsmann zu meiner Schmiede bleiben? Wirst du nicht zur Schmiede kommen und Nachrichten von Mekim und Musuri überbringen? So habe ich es verstanden.« Sie richtete sich auf und sah ihn erschrocken an. In ihren Augen standen Tränen, und die Enttäuschung in ihrem Gesicht war nicht zu übersehen. »Sie haben doch nicht den Plan geändert, Netru? Sag mir, dass alles beim Alten geblieben ist!« Er blickte ihr mit ernster Miene direkt in die Augen. »Teti, ich kann es nicht länger vor dir verheimlichen. Es hat in der Tat eine Änderung gegeben. Die Lage hat sich zum Schlimmeren gewendet. Sie brauchen jetzt jeden von uns. Unsere Streitkräfte haben sich tapfer gewehrt, und es ist ihnen gelungen, die Verteidigungslinie zu halten. Aber die Übermacht der Gegner ist erdrückend. Einen solch schwachen Gegner wie uns hätte Akilleus normalerweise längst beseitigt. Entweder überlegt er es sich noch, oder es gibt Meinungsverschiedenheiten in seinem Hauptquartier. Erst kürzlich haben wir in Erfahrung bringen können, dass er Truppennachschub aus dem fernen Süden erhalten hat, und da liegt die Schlussfolgerung nahe, dass ein Sturmangriff auf El-Kab unmittelbar bevorsteht.«

»Und unsere eigenen Anstrengungen reichen nicht aus, um diesen Vorteil auszugleichen?«

Netru zuckte bedauernd mit den Schultern. »Wir haben zwar alle zur Verfügung stehenden Mannschaften aufgeboten, aber dennoch wird er uns überlegen bleiben, und zwar in einem Verhältnis von zwei zu drei.«

»So stark ist seine Übermacht?« Sie konnte es nicht fassen.

»Jawohl. Und gestern hat er durch einen Boten verkünden lassen, dass er El-Kab angreifen und dem Erdboden gleichmachen wird, wenn sich die Stadt nicht binnen eines Tages ergibt. Wenn wir Glück haben, werden wir die stark dezimierte Garnison vor der ummauerten Stadt gerade noch rechtzeitig erreichen. Du wirst mit deinen Schmiedeessen am gegenüberliegenden Ufer auf den Hügeln von Nekhen Stellung beziehen. Von dort aus hast du einen guten Überblick über das Schlachtfeld.«

»Aber … aber … ich war davon ausgegangen, dich in meiner Nähe …« Sie gab sich alle Mühe, nicht loszuheulen, aber die Tränen strömten ihr über die Wangen. »Ach, Netru!« Verzweifelt klammerte sie sich an ihn.

Vorsichtig wand er sich los, stand auf und blickte nachdenklich auf die fröhliche Ansammlung weiter unten. Er sprach nicht mehr weiter. In sich zusammengesunken lauschte Teti auf den Klang der Trommeln und den Schlag ihres Herzens.

Dann wandte er sich wieder zu ihr um, und die letzten Strahlen der untergehenden Sonne schienen ihm ins Gesicht. Netru zog sie zu sich hoch. »Teti, ich … ich weiß nicht, was ich sagen soll. Mir fehlen die richtigen Worte, um …«

Teti schaute zu ihm auf, blickte in seine dunklen Augen, aus denen er sie unverwandt ansah.

Mit einem Mal wusste sie genau, was sie wollte. Es war so einfach, dass sie völlig erleichtert aufatmete, sich wie befreit fühlte. Nie zuvor hatte sie so etwas gespürt wie jetzt, da sie genau wusste, was ihr am meisten Freude bereiten würde. Und zu ihrer eigenen Überraschung fiel es ihr ganz leicht, es ihm auch zu sagen.

»Netru, ich habe noch nie einen Mann gekannt, wie Frauen Männer kennen.« Der Ton ihrer Stimme war warm und sanft. »Ich habe noch nie mit einem Mann das Lager geteilt und, soweit ich mich erinnern kann, habe ich bisher auch nie Sehnsucht danach verspürt. Aber jetzt ist mein Herz so voller Verlangen nach dir, dass ich richtig zittere. Ich möchte, dass du deine Arme um mich schlingst und mich mit deinen Händen streichelst. Ich möchte mich dir hingeben, voll und ganz.«

»Teti, das ist …«, begann er mit rauer Stimme.

Sie lächelte, und in einem letzten Aufglühen des Abendrots erstrahlte ihr liebenswertes junges Gesicht in einem goldenen milden Glanz. Sie griff nach der Brosche an ihrem Gewand, öffnete sie und ließ das Kleidungsstück zu Boden gleiten. Voller natürlicher Anmut stand sie vor ihm, ein Anblick wie ein Gestalt gewordenes Traumgebilde in perlmutt- und honigfarbenem Schimmer. »Komm mit«, hauchte er ihr zu und bückte sich, um ihr Gewand aufzuheben. Netru wollte mit ihr zu der Hütte auf dem Hügel gehen, von der er ihr erzählt hatte. Aber als er sich vorbeugte, streifte sie die Sandalen ab und setzte einen Fuß auf das Stück Stoff am Boden.

»Nein«, entgegnete Teti. »Lass nur.« Der Ton in ihrer Stimme klang sehr entschlossen, und völlig ruhig sprach sie weiter. »Wenn ich mich dir anvertraue, möchte ich das frei und ungezwungen tun und ohne falsche Scham. Mein ganzes Leben lang musste ich mich zurücknehmen, manchmal bis zur Selbstverleugnung. Aber ich hatte bisher auch niemanden gefunden, dem ich so weit vertraut hätte, dass ich mich ihm selbst zum Geschenk gemacht hätte.«

»Teti …«

»Schweig still, mein Lieber. Die Zeit zum Reden wird kommen, selbst wenn dies die einzige Nacht sein sollte, die uns vergönnt ist. Du bist der einzige Mann, den ich jemals wollte, und ich werde dich nicht in die Schlacht ziehen lassen, ohne mich dir hingegeben zu haben. Lass mein Gewand und meine Schuhe dort liegen, wo sie sind. Wenn es der Wille der Götter ist, werden sie auch morgen noch da sein. Und wenn es nicht ihr Wille ist, dann werde ich dich morgen früh eben nackt zum Schiff begleiten. Ich habe keinen Grund mich zu schämen, weil ich mich dir geschenkt habe, soll es doch ruhig die ganze Welt wissen.«

Ihre Augen strahlten ihn an, und mit ausgebreiteten Armen bot sie sich ihm dar. »Komm, mein Geliebter, lass uns dorthin gehen, wo wir beide einander eins sein können.«

Er trat auf sie zu und hob sie vom Boden weg. Trotz ihrer Größe war sie leicht wie eine Feder, und als er sie hügelaufwärts trug, glaubte er zu schweben. Unter seiner kratzigen Decke fanden sie auf dem geschützten Vorplatz der Hütte so leicht zueinander, wie sich zwei Wasserläufe vereinen zu einem gemeinsamen mit vollkommener Leichtigkeit fließenden, wirbelnden, unendlichen Strömen.

III

Lange bevor das erste rosafarbene Aufleuchten am Himmel das Steilufer bei Theben einfärbte, hallte das riesige Militärlager am Flussufer von den mannigfaltigen Geräuschen des Aufbruchs wider. Die Truppenkommandeure hatten sich noch bei Dunkelheit erhoben, hatten ihre Unteranführer instruiert, und diese gaben ihre Anweisungen nun in bellendem Ton an die Verbündeten weiter. Sobald die Sonne am Horizont auftauchte, war das Widderhorn zweimal hintereinander erklungen. Eine ganze Armee war aus den Zelten hervorgekrochen, um diese abzubrechen und danach Aufstellung zum Einsatz zu nehmen. In Sichtweite der reihenweise in sich zusammensinkenden Zelte entfaltete sich auch rund um die ankernde Flotte eine hektische Betriebsamkeit. Seeleute eilten hin und her und machten sich zum Ablegen bereit. Der Befehl dazu wurde binnen Kürze erwartet. An Bord des Admiralsschiffs saßen Mekim und Musuri in einem hohen Deckaufbau an einem großen Tisch. Sie blickten auf eine Karte, auf die von oben mildes Licht aus einer geöffneten Luke fiel.

Zur Seite hin war ebenfalls ein Laden aufgestoßen. Musuri beobachtete, wie sich an der Anlegestelle der Schiffe am Flussufer die Reiterei in Reih und Glied versammelte. »Sieh dir das an«, bemerkte er, und ein leichtes Stirnrunzeln verzog sein vom Alter faltiges Gesicht. »Das sind die besten Kampfgefährten auf der ganzen Welt. Ich kann mich noch erinnern, wie ich zum ersten Mal einen Streitwagen gesehen habe. Die Hay tauchten damit vor den Mauern von Ebla auf. Bis dahin hatten wir so etwas gar nicht gekannt.«

»Stimmt«, erwiderte Mekim. »Eine ausgesprochen wirkungsvolle neue Waffe, die wir sofort kopierten. Wir haben so schnell wie möglich frisch geschlagenes Akazienholz aus dem Süden kommen lassen, aber unseren Wagenbaumeistern fiel es unendlich schwer, die richtige Balance für die Konstruktion zu finden.«

Musuri schob nachdenklich die Lippen vor. »Genau. Ich erinnere mich, wie schwierig es war, dieses Geheimnis zu ergründen«, gab er zu. »Wie oft habe ich Schobai deswegen verflucht.«

Mekim blickte ihn verwundert an. »Schobai? Was hatte Schobai mit den Streitwagen der Hay zu schaffen?«

»Aber er war doch derjenige, der sie nachgebaut hat!«, erklärte Musuri. »Er hat das Problem des richtigen Gleichgewichts gelöst. Er hat die Wagen so umgebaut, dass sie für zwei Mann geeignet waren; so wie man es hier in Ägypten kannte. Bei den Hay waren sie für eine Drei-Mann-Besatzung ausgelegt. Für zwei Kämpfer konnte man sie leichter bauen und dadurch das Gewicht verringern, das die Pferde zu ziehen haben. Benötigt wird ja nur ein Wagenlenker und ein Bogenschütze. Das hätten die Hay auch selbst wissen können, aber es war Schobai, der es ihnen beigebracht hat. Er hat auch die Schwerter konstruiert, mit denen sie im Moment ausgerüstet sind. Und nicht nur das. Selbst ihre Bogen und der Rammbock, auf den sie so stolz sind, gehen auf ihn zurück. Man wagt sich kaum vorzustellen, wie es ihm ergangen ist, als er mit ansehen musste, wie mit seinen überlegenen Waffen all seine Freunde niedergestreckt wurden.« Erneut legte Musuri die Stirn in Falten. »›Mit ansehen‹ ist vielleicht der falsche Ausdruck. Zu dieser Zeit war er ja bereits blind, der arme Teufel.«

»Nun, inzwischen machen wir ja selbst davon Gebrauch.«

»Nein, eben nicht«, entgegnete Musuri. »Diesmal verzichten wir auf die Streitwagen. Auch die Reiterei lassen wir hier zurück. Lass alle Soldaten absitzen. Sie sollen sich den Fußtruppen anschließen. Ich kenne das Gelände, Mekim. Da ist nicht genug Platz, wo eine Reiterei sinnvoll zum Einsatz kommen könnte. Ich denke, dass wir auf der Ebene gleich außerhalb von El-Kab auf den Feind treffen werden. Falls wir überhaupt rechtzeitig dort ankommen, um noch eine geordnete Schlachtformation aufbauen zu können.«

Mekim war offenbar gar nicht wohl angesichts dieser Vorstellung. »Seit wir in Theben angekommen sind, führst du das Kommando, unter dem Oberbefehl von Baka. Ich bin ja nur eine Art interessierter Zuschauer. Aber ... auf die Reiterei verzichten? Das verstehe ich nicht. Was ist, wenn wir einen schnellen Ausfall an den Flanken unternehmen wollen ...?«

»Es hat von vornherein gar keinen Zweck, irgendeine Art von Strategie entwickeln zu wollen. Alles, was man hier benötigt, ist taktisches Geschick auf kleinem Raum. Und das ist verdammt schwer genug. Mein Freund, wir haben eine klassische Zermürbungsschlacht vor uns. Drei Mann von denen stehen zwei von uns gegenüber. Wir müssen sie frontal angreifen und den Kampf so gut es geht auf flachem Gelände austragen, das auf der einen Seite von steilen Hügeln und auf der anderen vom Nil begrenzt wird. Da ist einfach kein Platz, um einzelne Truppenteile hin und her zu schieben.«

Mekim verzog die Mundwinkel. »Also ein Kampf Mann gegen Mann«, murmelte er vor sich hin. »Und das bei einem stark überlegenen Gegner.«

»So ist es«, bestätigte Musuri und richtete den Blick wieder auf die Karte. Mit seinem gebeugten Rücken, den eingesunkenen Schultern und seinem bloßen Haupt wirkte der alt gewordene, im Gesicht mit Runzeln übersäte Mann eher wie ein im verdienten Ruhestand lebender Schriftgelehrter und Beamter denn wie ein Soldat. Auch seine Stimme hatte viel mehr vom sanften Klang eines Angehörigen des Hofes als vom harschen Ton der Kasernen. »Anders wird es nicht zu machen sein, fürchte ich, und ich bin darüber genauso wenig entzückt wie du. Und dabei hast du noch nicht einmal die Soldaten von Akilleus gesehen. Sie sind alle mindestens einen Kopf größer als unsere und ... du lieber Himmel ... allein ihre Frauen sind schon einen Kopf größer als du und ich.«

»Frauen?«, fragte der jüngere Mann erstaunt. »Meinst du etwa Soldatinnen?«

»So in etwa. Sie sind stark, und sie sind zähe Kämpferinnen. Ihre Haut ist so schwarz wie eine wolkenverhangene Nacht bei Neumond. Bete zu allen Göttern, die du kennst, dass die Schlacht bei Tageslicht entschieden ist, denn wenn der Kampf weiter andauert, werden sich die Männer zurückziehen, um sich bis zum Morgengrauen auszuruhen, während uns die Frauen in der Nacht angreifen, wenn der Mond am Himmel steht. Wir werden sie gar nicht erst erkennen, bis zu dem Moment, wo sie uns die Kehle durchschneiden.«

»O ihr Götter!«, rief Mekim.

»So etwas wie die Soldaten von Akilleus hast du noch nicht erlebt«, fuhr Musuri mit seinen Erläuterungen fort. »Sie singen, während sie in die Schlacht ziehen. Man hört sie schon aus einer Meile Entfernung und dann kommen sie näher und näher …« Er lächelte wissend. »Als Erstes dringen seine nubischen Verbündeten vor, danach rollt die zweite Welle heran: seine Stammeskrieger aus seiner alten Heimat an den Quellen des Nils. Vor ihnen muss man sich wirklich in Acht nehmen. Erinnerst du dich daran, wie ich dir von dem berühmten Zweikampf erzählt habe, bei dem Akilleus den Sohn des Königs getötet hat? Das war wirklich ein Kampf auf Leben und Tod. In ihrer Sprache gibt es kein Wort für ›Niederlage‹. Es geht immer nur um Sieg oder Verderben.«

Mekim pfiff durch die Zähne. »Ich verstehe. Und du hast so lange gewartet, bis ich die vielen, vielen Meilen stromaufwärts hierher gekommen bin, um mir das zu sagen. Vielen Dank. Vielen herzlichen Dank.«

»Hättest du dich sonst geweigert, hierher zu kommen?«

»Natürlich nicht«, erwiderte Mekim mit seinem schiefen Grinsen. »Aber ich hätte dann wenigstens ein üppigeres Abschiedsfest gefeiert. Mehr Wein, mehr Frauen …«

»So spricht ein echter Soldat, mein Freund. Nun setz dich neben mich, damit wir die Karte noch einmal gemeinsam studieren können.«

Mekim blieb jedoch noch an der Luke stehen und beobachtete die Vorgänge am Flussufer. »Sieh dir das an!«, sagte er und klang dabei recht zufrieden. »Falls die Männer irgendwelche Befürchtungen haben, merkt man ihnen das nicht an. In der Ptah-Einheit fechten einige untereinander Ringkämpfe aus; das heizt ihre kämpferische Stimmung an. Und dann die Maziu-Beduinen – was für eine tapfere Truppe! Was hätte ich darum gegeben, wenn sie bei Mari dabei gewesen wären.« Seine Augen verengten sich ein wenig. »Und wenn wir schon dabei sind: Ich gäbe einiges dafür, wenn Baliniri jetzt hier wäre!«

Musuri blickte mit fragender Miene von der Karte auf. »Wozu brauchst du denn Baliniri? Er hat sich doch schon vor langer Zeit selbst aus dem Rat verabschiedet, mein Freund.«

»Das stimmt«, pflichtete Mekim bei. »Dennoch … im Kampf Mann gegen Mann war er ein unübertroffener Meister. Wenn es jemanden gibt, der Akilleus gewachsen wäre, dann er. Das wäre ein sehenswerter Zweikampf geworden.«

»Wir brauchen Baliniri nicht«, beharrte Musuri in ruhigem, aber entschiedenem Ton. »Akilleus ist auch nicht mehr der, der er einmal war. Ich will damit nicht sagen, dass er körperlich nachgelassen hätte. Seine Schwäche liegt mehr im Kopf und im Herzen.«

»Versteh mich recht, Musuri, ich halte mich selbst nicht für den besten Mann im Zweikampf. Meine Stärke liegt eher im Kampfgewühl, wo mir meine Erfahrung ebenso zugute kommt wie das Geschick im Umgang mit dem Schwert. Aber …«

»Mach dir darüber keine Gedanken«, sagte Musuri. »Es wird am Ende zu einem Zweikampf kommen, einem Zweikampf wie man sich ihn nur wünschen kann. Aber du wirst nicht daran beteiligt sein. Zwei Meisterkämpfer werden sich zwischen den feindlichen Armeen auf dem Schlachtfeld treffen und die Entscheidung herbeiführen. Akilleus und unser Mann. Der bessere wird gewinnen, und Akilleus wird sterben.« Bei diesen Worten schwang ein Anflug von Bedauern in seiner Stimme mit. »Im Grunde ist das Ganze sehr traurig, aber es gibt nun einmal keinen anderen Ausweg. Andernfalls wären wir zum Untergang verurteilt. Unsere Männer sind zwar tapfer, aber einen Frontalangriff von Akilleus' Übermacht können sie nicht überstehen. Spätestens bei der dritten Angriffswelle würden sie aufgerieben. Und dann wird Theben fallen und damit ganz Ägypten. Nein, nein, nein. Akilleus muss sterben.«

»Aber wer …« Und dann erkannte Mekim, wen der ältere Mann meinte, als er von einem Zweikampf-Gegner für Akilleus sprach. Er konnte es nicht fassen. »Kommt überhaupt nicht in Frage«, brüllte er und schlug mit der Faust auf den Tisch. »Es ist mir völlig egal, ob du der Befehlshaber bist oder nicht! Es geht hier um das Leben von Tausenden junger Männer da draußen!«

Musuri erwiderte in ebenfalls unmissverständlich lautem Ton: »Glaubst du etwa, es gäbe irgendjemanden, der das nicht besser wüsste als ich?«, fragte er. »Warte es einfach ab, während der Schlacht wird der Zeitpunkt kommen, wo man nichts anderes tun kann, als ihn selbst herauszufordern. Und wenn es so weit ist, werde ich derjenige sein, der vortritt und gegen ihn kämpft. Und ihn besiegt. Und wenn mir das gelingt, wird auch dieser elende Krieg endgültig vorbei sein.«

Mekim war so sprachlos vor Zorn und Wut, dass er nichts anderes tun konnte, als den alten Musuri unverwandt anzustarren. Ein wenig vornübergebeugt stand Musuri im Raum; seinen Rücken konnte er gar nicht mehr gerade aufrichten. Als er einige Schritte auf die Luke zu machte, um nach draußen zu sehen, kam es Mekim so vor, als hätte sich Musuris Hinken verstärkt. Aus dem großen Brustkorb stachen die Rippen hervor, und die Muskulatur war hier genauso erschlafft wie an den einstmals kräftigen Armen. Würde diese runzlige Hand überhaupt noch in der Lage sein, eine Streitaxt mit gehörigem Schwung zu führen, und der magere Arm, einen Bogen zu spannen? Reichte Musuris Kraft denn aus, sich wenigstens gegen einen Angriff zu verteidigen? Mekim war sich auf einmal nicht mehr sicher. Und die Vorstellung, dass dieser zusammengeschrumpfte alte Mann gegen den trotz allem immer noch riesenhaften Akilleus antreten wollte, war lächerlich und Mitleid erregend zugleich. Mekim schäumte nach wie vor innerlich vor Wut, aber er hielt sich im Zaum und schluckte die Worte herunter, die ihm schon auf der Zunge lagen.

Das kann nicht gut gehen, dachte er. Es muss etwas geschehen! Und zwar bald. Sehr bald.

Er atmete tief durch und versuchte, sich zu beruhigen. »Na schön«, sagte er, »dann werde ich jetzt mit den Anführern der Reiterei reden. Wahrscheinlich hast du Recht … jedenfalls was den

Einsatz der Streitwagen angeht. Wenn der Kartenzeichner die Entfernungen richtig gemessen und übertragen hat, haben wir wirklich kaum Manövrierraum am linken Abhang des Hügels und entlang des Flussufers …«

»Der Streifen am Flussufer ist ein Überschwemmungsgebiet«, stellte Musuri lakonisch fest. »Streitwagen würden dort zu leicht im Boden einsinken. Und sieh dir das an: Hier in der Mitte befindet sich der ausgetrocknete Boden eines Sees. Auf solch unebenem Gelände könnten sich die Pferde zu leicht die Beine brechen. Nein, das ist eindeutig ein Fall für die Fußtruppen.«

»Du hast Recht«, sagte Mekim. »Ich werde einen Läufer losschicken.«

Er schaute sich an Deck um und sprach in bellendem Ton den nächststehenden Matrosen an: »Wo sind meine Botenläufer? Ist einer in Bereitschaft?«

Noch bevor er den Satz zu Ende gesprochen hatte, trat Henu, einer der Schairetana-Bogenschützen, vor und nahm Habacht-Stellung ein. »Hier, Herr!«, meldete er sich diensteifrig.

Mekim entließ den Schiffsmann mit einer Handbewegung und wandte sich dem Krieger zu. »Pass auf! Lauf hinüber zur Reiterei, und überbringe den Anführern die Anweisung, die Streitwagen beiseite zu stellen.« Dann überlegte er einen Moment und fügte hinzu: »Die Pferde sollen auch zurückgenommen werden. Wir benötigen die Reiterei heute nicht. Nicht genügend Manövrierraum.«

»Bedeutet das, dass Ihr selbst vor El-Kab die Truppe anführen werdet, Herr?«, fragte Henu mit glänzenden Augen.

»Du hast es also erraten, nicht wahr? Du hast eine schnelle Auffassungsgabe, mein Sohn. Aber behalte es für dich, ist das klar! Sage es niemandem weiter, bis ich es dir erlaube. Auch kein Wort zu den Männern von der Reiterei. Obwohl sie es sich wahrscheinlich auch zusammenreimen werden, genau wie du.« Er lächelte dem Soldaten aufmunternd zu. »Also mach dich auf den Weg …«

»Herr!«, sagte der junge Mann noch. »Darf ich noch etwas fragen, Herr …«

Mekim seufzte auf. »Ich kann mir schon vorstellen, wie dir zumute ist. Seit wir den Plan geändert haben, sind allen außer dir und Ketasar neue Aufgaben übertragen worden. Glaub mir, das soll nicht heißen, dass wir dich schlecht beurteilen. Ganz im Gegenteil. Alle anderen erscheinen mir einfach zu … nervös. Ich benötige eine Hand voll äußerst zuverlässiger Männer in meiner unmittelbaren Nähe, die ich als Botenläufer zu den Einheiten an der Front einsetzen kann.« Noch einmal dachte Mekim nach und bugsierte den jungen Krieger dann an die Reling am Rande des Decks, wo der leichte Wind, der sich in der Morgendämmerung erhoben hatte, seine Worte forttragen konnte, so dass niemand sonst sie zu hören bekam. »Da ist noch etwas«, sagte er. »Ich werde dich sehr bald für einen ganz besonderen Einsatz benötigen. Ich muss mich dabei voll und ganz auf dich verlassen können, wenn ich dir diese Aufgabe übertrage.«

»Sehr gerne, Herr!«

Mekim packte den jungen Mann an dessen muskulösen Oberarmen und blickte ihm direkt ins Gesicht. »Ich weiß, dass du vollkommen aufrichtig bist mit dem, was du sagst. Wenn ich aber davon gesprochen habe, dass ich dich für etwas benötige, bei dem ich mich ganz und gar auf dich verlassen können muss, selbst wenn es etwas ist, was dir vielleicht abwegig erscheint, wovon aber dennoch der Ausgang dieser Schlacht unmittelbar abhängt … kann ich dann immer noch auf dich zählen? Auf deine unerschütterliche Treue? Deine vollkommene Verschwiegenheit? Sag mir, ob du felsenfest zu mir stehst, komme was da mag. Wenn nicht, suche ich mir jemand anderen. Ich muss jetzt wissen, ob ich in jeder Hinsicht auf dich zählen kann.«

Der junge Krieger erwiderte Mekims Blick vertrauensvoll, ohne auch nur einmal mit der Wimper zu zucken. »Ihr könnt wirklich auf mich zählen.«

»Gut.«

Mit feierlicher, stolzer Miene machte der Läufer auf dem Absatz kehrt, um den ursprünglichen Befehl auszuführen.

Mekim schaute ihm nach, wie er davoneilte. Nun wich die Anspannung von ihm, und er verzog die Miene. Wenn mir das nur erspart bliebe, dachte er. Aber er hatte keine andere Wahl. Früher oder später musste es so weit kommen. In all den Jahren, die der Krieg schon andauerte, hatte er nie zu diesem Mittel greifen müssen. Aber es gab keinen anderen Weg.

Es bedeutete nichts anderes als Meuterei! Er konnte es nicht zulassen, dass Musuri sich diesem aussichtslosen Zweikampf gegen Akilleus stellte. Das wäre die sichere Niederlage für die Ägypter. Mekim blieb keine andere Entscheidung als die zwischen Befehlsverweigerung und Niederlage.

IV

Auf dem ganzen Weg zurück mussten sie nicht viele Worte miteinander wechseln. Sein Schritt war leicht, es war ein fröhlicher Spaziergang durch das Künstlerdorf, bei dem sein kräftiger nackter Oberschenkel im Takt gegen das Gewand um ihre Hüfte schlug. Vom Künstlerdorf ging es weiter hinunter bis zur Anlegestelle der Schiffe am Fluss. Es gab keine Worte, mit denen Teti ihre Empfindungen hätte beschreiben können. Alles, woran sie denken konnte, war das Glücksgefühl, dass jemand in ihr Leben getreten war, der nur für sie allein da war.

Im Augenblick begnügte sie sich damit und mit den wohlwollenden, aufmunternden Blicken, die den beiden jungen Liebenden auf ihrem Weg zum Nil von zufälligen Passanten zugeworfen wurden. Nicht ohne Triumph hatte sie bemerkt, wie viele junge Frauen sie eifersüchtig beobachteten und wie die eine oder andere der älteren mit ganz unverhohlener Bewunderung oder sogar reiner Gier den groß gewachsenen Netru bewunderten. Und er gehört mir!, dachte sie. Seht ihn euch ruhig an. Ich bin es, die er liebt! Ich, Teti, die Schmiedin, der junge Wildfang.

Dabei hatte sie sich keinen Augenblick wie ein Wildfang gefühlt. Vom ersten Moment an nicht, als sie in der vergangenen Nacht mit einem Mal gewusst hatte, was sie von ihm wollte und es so unverblümt und doch so selbstverständlich zum Ausdruck gebracht hatte. Und kein Gedanke daran, dass sie sich wie eine zu groß geratene, ungelenke Kuh vorkommen könnte – so wie sie sich früher oft selbst gesehen hatte. Nicht bei ihm, der größer, stärker und kräftiger war als sie und sie einfach mit den Armen emporgehoben hatte, als wäre sie noch ein Kind. Und schon gar nicht, nachdem er sie an diesen verschwiegenen kleinen Ort getragen hatte, wo er sie auf die zärtlichste und einfühlsamste Weise in die Geheimnisse der Liebe eingeführt hatte.

Was für ein wunderbares Gefühl! So sollte es gewiss immer sein, wenn Mann und Frau sich körperlich so nahe kamen. Sie wollte sich von nun an nur noch mit seinen Augen sehen: als begehrenswert und schön, als eine Art Zuflucht vor der harten Wirklichkeit seines kriegerischen Berufes. Wenn er diese Geborgenheit bei ihr finden konnte, so mussten Wärme und Sanftheit auch ein Teil von ihr sein, und sie war bereit, sie ihm zu geben.

Sie ließ sich in dem kleinen Boot nieder, das er für sie beide herangewunken hatte, und seufzte dankbar auf, als er ihre Hand ergriff. Ein Freudeschauer durchrieselte ihren Körper, ja das Gefühl des Verlangens stieg erneut in ihr auf. Sie wollte ihn. Aber jetzt war nicht der Zeitpunkt. Und – wer wusste das schon angesichts der bevorstehenden Ereignisse – vielleicht würde sie lange warten müssen. Würde er überhaupt aus der Schlacht zurückkehren? Würde er vielleicht gefangen? Verwundet? Entstellt?

Sie musste sich zusammenreißen. Sie war nun eine Soldatenfrau, sie musste Stärke zeigen. Um seinetwillen. Sie konnte sich nicht wie ein dummes, eigensüchtiges junges Ding aufführen.

Wenn Teti an die Männer anderer Frauen dachte, die sie früher gelegentlich beobachtet hatte, wurde ihr klar, wie glücklich sie sein konnte, Netru begegnet zu sein. Unwillkürlich umarmte sie ihn, und auch er drückte sie fest an sich. Sie wollte noch etwas sagen, aber da vernahm sie bereits seine ruhige tiefe Stimme: »Ich wünschte, wir hätten mehr Zeit füreinander gehabt. Aber schau, die Truppen nehmen bereits bei den Schiffen Aufstellung.«

Sie blickte in die Richtung, in die er mit der Hand deutete. Ein kleines Stück flussaufwärts versammelten sich die Heeressäulen, und die Krieger warteten auf ihre Befehlshaber. Mekim würde dann bald auftauchen und die Front abschreiten. Noch näher an der Anlegestelle waren die Maziu-Beduinen bereits dabei, ihren wilden rituellen Kriegstanz aufzuführen, mit dem sie sich stets auf die Schlacht einstimmten.

Bei diesem Anblick fiel ihr wieder ein, was allen hier bevorstand. Ein paar Meilen flussaufwärts sollte eine verzweifelte tödliche Auseinandersetzung stattfinden, eine Schlacht, in der viele der hier Versammelten fallen und sterben würden. Sieg oder Niederlage waren nicht mehr weit weg, sondern greifbare Ereignisse, und Niederlage bedeutete nichts anderes als den Fall des mächtigen Theben und damit wahrscheinlich das Ende des uralten ägyptischen Reiches.

Teti schauderte und schlang ihre Arme noch enger um Netru. Einen Augenblick lang schloss sie ihre Augen und sah ein Bild vor sich, eine Furcht einflößende Vision, die sich ihr ins Gedächtnis brannte: hochragende schwarze Krieger, die auf breiter Front vorstießen ... die tapferen, aber schmächtigeren Ägypter, die verzweifelt zurückwankten ... der Boden, der sich mit Blut und Gefallenen bedeckte ... Netru in verbissenem Zweikampf mit einem schwer bewaffneten überaus kräftigen Gegner, sein Schwert in Gegenwehr erhoben ... aber die Waffe fällt nach einem gewaltigen Streich des schwarzen Arms in den Staub ... der gefährliche Schlag, mit dem Netru niedergestreckt wird ... der schwarze Kämpfer schwingt sein blutbeflecktes Schwert in die Höhe, und Netru versucht mit verwundetem Arm seinen Schild dagegenzuhalten, um sich zu schützen. Das Schwert saust herab!

»Nein!«, schrie sie auf. »Netru, nein!« Knirschend kam das Boot im Ufersand zum Stehen. Der Bootsmann war vorgegangen und streckte die Hand aus, um Teti an Land zu helfen. Sie jedoch klammerte sich an Netru, ihr ganzer Körper zitterte vor Schreck und weil sie ihr Schluchzen nicht mehr beherrschen konnte. »Nein! Ich lass dich nicht fort! Die Übermacht ist so groß! Sie werden euch alle umbringen!«

Netru hielt sie behutsam fest und half ihr aus dem Boot. Ihre Knie waren weich, und sie wollte ihn nicht loslassen. »Sei ganz ruhig, mein Liebling«, versuchte er sie zu beruhigen und streichelte sanft ihren Rücken. »Es ist nur eine Schlacht, die wir schlagen. Ich war schon in viel größerer Bedrängnis.« Er spürte, wie sie am ganzen Körper zitterte, wie die nackte Angst sie erfasste. »Teti, wir werden es überstehen.«

Sie vergrub ihr Gesicht an seiner Brust und schluchzte vor sich hin. »Nein!«, sagte sie. »Geh nicht weg. Dir wird etwas zustoßen. Ich will dich nicht verlieren! Nicht jetzt, nachdem wir uns gerade erst gefunden haben. Geh jetzt nicht, Netru, nicht jetzt!«

Er trat einen Schritt zurück, hielt sie auf Armeslänge vor sich und betrachtete ihr tränenüberströmtes Gesicht mit stetigem, furchtlosem Blick. So ruhig wie möglich sprach er auf sie ein. »Teti, mein Liebes, mach dir keine Sorgen. Ich werde wiederkommen. Das verspreche ich. Ich werde dich nicht im Stich lassen. Ich bin ein guter Kämpfer, und die Götter haben mir immer beigestanden. Gerade in dieser Gegend sind wir immer wieder in den Hinterhalt von umherziehenden Stammeskriegern geraten, und während meine Kameraden rings um mich her gefallen sind, haben mir die gegnerischen Pfeile kaum je etwas anhaben können. Das Schicksal meint es gut mit mir, Teti. Ich werde schon nicht umkommen. Ich werde nicht einmal verletzt. Wir werden den Kampf gewinnen. Bestimmt!«

»Nein! Ich habe es bereits vor mir gesehen. Ich habe gesehen, wie du zu Boden gefallen bist, ohne Waffe, mit verletztem Arm! Ich habe gesehen, wie ein Schwert auf dich niederging!«

»Teti! Geliebte Teti! Ich bin Soldat. Ich muss gehen. Es gibt nichts auf der Welt, was ich lieber täte, als hier bei dir zu bleiben. Es ist meine Pflicht. Es ist mein Beruf, so wie für dich das Waffenschmieden ...«

»Ich ... ich habe sie gemacht, das stimmt! Aber ich habe nie gewusst, wofür sie eigentlich bestimmt sind. Ich habe es mir nie wirklich vorgestellt. Aber jetzt sehe ich, wofür die Schwerter gebraucht werden, die ich gemacht habe, die Ketan angefertigt hat. Ich sehe ... und, oh, Netru, bleib hier!«

Noch bevor sie es sehen konnte, spürte sie, wie hinter ihr Menschen näher kamen. Sie beobachtete, wie Netru über ihre Schulter blickte und jemandem zum Zeichen des Einverständnisses zunickte, eine langsame Bewegung voller Traurigkeit. Teti machte sich von ihm los und wandte sich hastig um. Zwei stämmige Soldaten traten auf sie zu und fassten sie respektvoll, aber dennoch fest an den Armen. »Nicht!«, schrie sie auf. »Netru, lass das nicht zu! Lass es nicht zu, dass sie uns trennen. Netru, ich liebe dich doch so sehr! Lass es nicht zu, dass wir so voneinander Abschied nehmen.«

Sie bemerkte, wie sich seine Haltung während ihrer letzten Worte verhärtet hatte. »Es tut mir auch so Leid, Teti, aber nun muss ich Abschied nehmen. Ich werde sowieso eine Erklärung für meine Verspätung abgeben müssen. Ich würde bestimmt lieber hier bleiben. Aber nun ist es an der Zeit, mein Liebes, ob wir es wollen oder nicht.« Sie spürte, wie er seine Gefühle hinter einer starren Miene verbarg. »Teti, versuche stark zu bleiben.«

Langsam entfernte er sich von ihr, konnte sich selbst von ihrem Anblick kaum losreißen. Teti versuchte, sich den beiden Soldaten zu entwinden, aber deren Griff war eisern. »Netru!«, kreischte sie wie in höchster Not. »Netru, bleib! Du gehst in den sicheren Tod! Netru, bleib hier, bitte, bleib!«

Widerstrebend wandte er sich ab. Mit geballten Fäusten und hochgerecktem Kinn zwang er sich, immer schneller in Richtung der Schiffe davonzueilen. Weg von Teti und in die Schlacht. Mitten in das Getümmel, in Todesgefahr und Verderben. Weg von Teti – für immer. Sie würde ihn nie mehr wieder sehen.

V

Wieder nahm die Flotte der Schiffe Fahrt auf. Diesmal lag das Ziel nur wenige Meilen flussaufwärts, wo die vom Kampf zermürbte ägyptische Armee auf der flachen Ebene südlich der alten Stadt El-Kab Aufstellung genommen hatte.

Dass die verzweifelte Entscheidungsschlacht gegen das auf Theben vordringende nubische Heer gerade an diesem Ort ausgetragen werden sollte, hatte etwas Symbolhaftes, ging es Mekim durch den Sinn. So lange Menschen zurückdenken konnten, galt El-Kab als der Stammsitz der geierköpfigen Göttin Nekhbet; uralter Tradition gemäß war sie eine der beiden Schutzgöttinnen des Herrschers der Zwei Reiche. Innerhalb der von einer Lehmziegelmauer umwallten Stadt lagen zwei Tempel, die unter den Kulten der ägyptischen Göttervielfalt als besonders heilig verehrt wurden. Es handelte sich um den Tempel des Thot und den nahe gelegenen Tempel der Geiergöttin, und zu beiden pilgerten die Menschen aus der weiten Umgegend schon immer in großer Zahl.

Während sein Admiralsschiff gemächlich an der abwechslungsreichen Nillandschaft flussaufwärts fuhr, kam Mekim der Gedanke, dass sie nun in das Reich der Nekhbet gelangten und sich in den Dienst der Göttin stellten. Wie nie eine Streitmacht zuvor, stand seine Armee unter dem direkten Schutz des Pharaos; alle Hoffnungen auf den Erhalt der uralten ägyptischen Kultur ruhten auf ihm und jedem Einzelnen seiner Soldaten. El-Kab war eine Art Vorposten der pharaonischen Zivilisation auf ursprünglich nubischem Gebiet. Selbst die Gestalt der Landschaft schien dafür Zeugnis abzulegen: Vom weiter nördlich gelegenen Theben her kommend, war das Flussbett bisher durch Kalksteinwände an den Ufern gekennzeichnet gewesen, die ab diesem Punkt, wo El-Kab beinahe schon in Sichtweite lag, in den für die nubischen Länder so typischen Sandstein übergingen. Außerdem waren die Steilwände viel näher ans Ufer gerückt. Dies war also auch das enge Gelände, auf dem die historische Entscheidung zwischen den beiden großen Armeen ausgefochten werden musste.

Während all dieser Überlegungen verdüsterte sich Mekims Miene zusehends. *Und bei Einbruch der Nacht am zweiten Tage werden Nekhbets Töchter hier überall sein.* Eins war sicher: Es würde ein Fest für die Geier. Als Mekim aufschaute, sah er tatsächlich zwei dieser hässlichen Geschöpfe mit ihren ausgezackten Flügelenden in den Luftströmen am Himmel kreisen. *An wie vielen unserer Männer werden sie sich morgen Abend mästen? Und werde ich einer von jenen sein?*

Für einen erfahrenen Soldaten wie Mekim waren solche Überlegungen selbstverständlich nicht neu. Als alter Kämpfer hatte er nie besondere Ansprüche ans Leben gehabt. Er hatte lange genug als einfacher Unteranführer unter Baliniri gedient, bis dieser die Seiten gewechselt hatte und zu den gegnerischen Truppen im Nildelta übergelaufen war. Erst nachdem ihre Partnerschaft auf diese Weise ein Ende gefunden hatte, war das Angebot von Baka gekommen. Er hatte dem Tod unzählige Male ins Auge geblickt, und oft genug hatte es Augenblicke wie diesen gegeben, wo er ernsthaft daran dachte, wie es sein würde, wenn ihn sein Schicksal ereilte.

Dieser Gedanke hatte seine Wirkung nie verfehlt. Immer war es ein stiller Moment der Versenkung, der inneren Vorbereitung auf das, was kommen würde. Doch diesmal war etwas ganz Besonderes dabei. Eine dunkle Wolke des Verderbens hing über diesem Tag und der bevorstehenden Schlacht. Mekim war sich deutlich bewusst, wie viel von dem Ausgang dieser Schlacht abhing. Alles hing davon ab. Über Tausende von Jahren würde der Lauf der Geschichte davon bestimmt, ob die Nubier die Ägypter besiegen und dadurch auf Theben vordringen konnten oder nicht. Und wenn Theben fiel, war auch der Weg nach Lischt frei.

Die Verantwortung, die auf ihm lastete, war unendlich groß – und dies umso mehr als er nicht der Mann war, der sich nach verantwortungsvollen Kommandos gedrängt hatte. Bevor Baka ihn darum gebeten hatte, in die Führung der ägyptischen Armee einzutreten, hatte er immer nur von einer Schlacht bis zur nächsten gelebt, war von einer Frau zur nächsten gewandert, von einer Vergnügung zum nächsten Gelage, ohne jemals wirklich an die Zukunft zu denken. Im Grunde hatte er sogar immer eine tiefe Abneigung gegenüber diesen Schwächlingen gehegt, die ... nun ja ... sich überhaupt Gedanken machten.

Und jetzt?

Jetzt standen große, entscheidende Dinge auf dem Spiel, und er konnte noch nicht einmal richtig erkennen, worum es eigentlich ging und ob es zum Guten oder zum Bösen ausschlagen würde. Und bei alldem schien so viel allein von ihm, Mekim, abzuhängen.

Da war allein schon das Problem mit Musuri und seiner oft und oft ausgesprochenen Absicht, im entscheidenden Moment der Schlacht allein den riesenhaften Akilleus herauszufordern und im Zweikampf zu töten. Wer wäre auf den Gedanken gekommen, dass sich der schwächliche alte Mann auf eine derartig abwegige, selbstmörderische Idee versteifte? Und wie konnte man Musuri davon abbringen, außer durch einen geradezu meuterischen Akt? Mekim sah keinen anderen Ausweg. Wenn Musuri wirklich etwas Unbedachtes tun würde, musste er selbst das Kommando übernehmen, und wenn nötig, sogar mit Gewalt. Er würde den alten Mann festnehmen und wegsperren lassen und die Schlacht weiterführen, als wäre Musuri gar nicht daran beteiligt. Wie schrecklich, wenn er sich dazu wirklich gezwungen sähe!

Vom führenden Schiff her erklang die aufgeregte Stimme des Ausgucks: »El-Kab! El-Kab!« Und die Soldaten an Bord der großen Flotte nahmen den Ruf begeistert auf. Volltönend laut und Mut einflößend sprang er von Schiff zu Schiff. Endlich war das Schlachtfeld in Sicht gekommen. Der letzte und entscheidende Teil ihrer langen Reise konnte beginnen.

Teti hatte ihrem Gepardenjungen den Namen »Springer« gegeben wegen seiner unbekümmerten Art. Eine Zeit lang hatte sie ihn unter Deck versteckt gehalten, aber das junge Tier wuchs schnell zu einem Wesen heran, das zum Teil an einen Hund und zum Teil an eine Katze erinnerte mit seinen langen Beinen und den fester werdenden Muskeln. Auf der Oberdecke seines Fells zeigten sich dunkle Flecken, und die Unterseite am Bauch war weich und die Haare zart wie Daunen. Der schlanke Kopf und Hals gingen dort, wo der Ansatz der dunklen Flecken begann, stromlinienförmig in den Körper über, und Springers Gesicht zeigte die für Geparde typischen »Tränenrinnen«, dunkle Streifen, die von den Augen ausgingen.

Nachdem er zu groß geworden war, um ihn im Schiffsinnern zu verbergen, durfte er auch hinauf an Deck und war von der Schiffsbesatzung sogleich adoptiert worden. Teti ärgerte sich im Nachhinein, dass sie ihn so lange unten eingepfercht hatte. Er war ihr einziger Freund und Vertrauter, seit Netru seine neue Einheit übernommen hatte, und sie genoss das Zusammensein mit dem jungen Tier sehr.

Als nun die ersten Rufe erschallten und sich die Neuigkeit verbreitete – »Wir nähern uns El-Kab! Bald geht es los!« –, saß sie gerade an der Reling des Schiffes und ließ die nackten Beine baumeln, die von der Gischt besprüht wurden. Das Schiff machte gegen die starke Strömung gute Fahrt. Unterdessen versuchte Springer, sich mit all seiner zutraulichen Kraft auf ihrem Schoß breit zu machen. Sein Schnurren klang tief und etwas kehlig; im Augenblick war er gerade dabei, sich seinen Ruheplatz zurechtzumachen, indem er mit den Pfoten ihre Beine knetete als wären sie Brotteig.

»Nun mal sachte«, sagte sie zu ihm, »ich werde lauter blaue Flecken bekommen, und was soll Netru dann von mir denken? Ich muss ihm doch auch noch gefallen, wenn er zurückkommmt. Dummer kleiner Gepard. Hör auf, Springer!«

Seine Antwort bestand darin, sein kratziges kleines Gesicht an ihrer Wange zu reiben und ihr bedeutungsvoll in die Augen zu schauen.

Sie ahnte schon, was jetzt folgen würde, und wandte den Kopf ab. Aber es war zu spät. Mit seiner langen rauen Zunge begann er, ihr Gesicht abzulecken. Wie eine Raspel fuhr es über ihre zarte

Haut. »Hör auf, Springer!«, schimpfte sie. »Lass das jetzt sofort bleiben! Warum legst du dich nicht einfach auf die Planken, döst in der Sonne und fällst niemandem zur Last? Du reibst mir noch sämtliche Haut von den Knochen, und wie sehe ich dann aus, wenn Netru zurück ...«

Mitten im Wort hielt sie inne. Wie bereits Tausende Male vorher drängte sich ihr der schreckliche Gedanke auf: Was, wenn er nicht zurückkam. Was, wenn er nicht zurückkommen konnte? Wenn er getötet ...

Und wieder schloss sie die Augen und ballte die Fäuste. Hör auf damit, Teti! Du hast heute schon mal einen Narren aus dir gemacht, niemand will das noch einmal erleben. Als Nächstes wirst du herumquäken wie ein Säugling, ja genau wie das übergroße Kleinkind, das du eigentlich bist.

Sie zog die Beine zu sich heran, bis die Knie beinahe das Kinn berührten. Augenblicklich ergriff Springer die Gelegenheit und begann mit seinem zutraulichsten Lieblingsspiel, indem er mit seinen Schnurrhaaren über ihre nackten Zehen strich. Diesmal hatte er jedoch das Flusswasser auf ihren Füßen gerochen und fing an, ihre Zehen zu lecken. Teti musste kichern und entzog sie ihm ruckartig. »Hör auf! Hör sofort damit auf! Du hinterhältiger kleiner ...«

Springer gab ein kurzes Quieken von sich; offensichtlich war er beleidigt. Teti entspannte sich sofort wieder. »Ist schon in Ordnung. Ich habe es nicht so gemeint. Du kannst deinen Kopf an meinen Beinen reiben. Also bitte, tu, was du willst. Ich wollte dich nicht anschreien. Ich habe nur ...«

Von ihrem Platz aus konnte sie die hochragenden Befestigungsanlagen der alten Stadt ein Stück voraus am Rande des Flusses nun gut erkennen. Das also war El-Kab. El-Kab, der Ort, auf den sich jetzt alles konzentrierte, wo nicht nur das Schicksal einer Armee, sondern wahrscheinlich auch das von Theben und des gesamten Reiches, dessen Hauptstadt es war, ein für alle Mal entschieden werden sollte. Teti nahm Springer in die Arme und flüsterte dem kleinen Tier zu: »Warum musste alles so schnell gehen? Warum hätte alles nicht auch noch einen Tag lang warten können?«

Mit aufgestelltem Schwanz schnurrte Springer zufrieden vor sich hin, völlig unbeeindruckt vom Getriebe der Menschenwelt, von dem er kein Wort verstand. Mit katzenhafter Zuneigung rieb er seinen Kopf an ihrem Bein.

Die Soldaten der Expeditionsstreitmacht verließen die Schiffe mit Schnelligkeit und Disziplin und nahmen in den Einheiten Aufstellung, denen sie zugeteilt waren. Als stellvertretender Befehlshaber inspizierte Mekim eine Einheit nach der anderen, brüllte Befehle, trieb die Leute an, griff ändernd und ordnend hier und da ein.

Als Aufmarschgelände war eine Stelle direkt unterhalb der südlichen Ecke der eindrucksvollen, massiven Stadtmauern gewählt worden. Östlich von diesem Gelände befand sich in einiger Entfernung, aber immer noch deutlich sichtbar, ein tiefer Einschnitt in den Uferfelsen: Von dort aus führte ein enges Wadi weit in das dahinter liegende Gebirgsplateau. Mitten aus diesem Einschnitt ragte eine Felsenspitze hervor, die von den Einheimischen »Geierfelsen« genannt wurde. Dieser überragte auch die Tempel, die von Menschenhand aus Ufergestein herausgebrochen worden waren.

Gleich nördlich davon ließ Teti ihre Schmiede errichten. Ursprünglich war vorgesehen gewesen, diese auf der anderen Seite des Flusses aufzubauen, aber sie hatte sich erfolgreich dagegen gewehrt, weil es ihr einfach unpraktisch erschienen war. Sie wollte in der Lage sein, alle anfallenden Reparaturarbeiten umgehend zu erledigen, und – aber das behielt sie für sich – sie wollte jederzeit das Schlachtfeld im Auge behalten. Die geeignete Stelle für ihr Vorhaben hatte sie bei einem Erkundungsgang am Nachmittag gefunden, als sie einem der vielen Pfade am Steilufer gefolgt war; dieser hatte sie zu einem ebenen Felsvorsprung geführt, der sich als hervorragend gelegener Aussichtspunkt erwies, sowohl über die ganze Ebene vor El-Kab als auch in das lang gestreckte Wadi zur Seite.

Ihre Helfer waren noch in Theben angeheuert worden. Sie musste nur noch herausfinden, wer was konnte, und die wenigen mit Erfahrung vom Rest der Handlanger trennen. Der älteste von ihnen, ein Mann mit Hakennase, dessen Haut von der Sonne fast schwarz war, beobachtete eine Zeit lang, wie sie sich mit einem nach dem anderen beschäftigte, und trat schließlich einen Schritt vor. »Nun, Frau, ich glaube, ich kann helfen«, sagte er. Und ohne weitere Umstände zu machen, drehte er sich um und bellte in nubischer Sprache ein Dutzend kurze Befehle in alle Richtungen. Daraufhin teilten sich die Männer in mehrere Gruppen und schleppten die Ausrüstungsgegenstände vom Schiff herunter. Schlussendlich fanden sie sich so zusammen, dass das Feuer in sechs Schmiedeessen unterhalten werden konnte. Der Alte werkelte noch eine Weile weiter, und Teti war erstaunt zu sehen, wie er recht geschickt damit anfing, ein Feuer in jeder Esse einzurichten.

Sie lächelte ihm zustimmend und aufmunternd zu. »Du machst diese Arbeit nicht zum ersten Mal. Damit wirst du mir eine große Hilfe sein. Aber ... du bist doch ein Nubier?«

»Das stimmt«, erwiderte der alte Mann, »aber das heißt nicht, dass ich auf der Seite von Akillu stehe. Ich glaube, der alte Kerl ist verrückt geworden, deshalb habe ich mich für die andere Seite entschieden. Und es stimmt auch, dass ich in meiner Jugend bereits in einer Schmiede Dienst getan habe. Und ich habe auch schon viele andere Arbeiten verrichtet. Wenn Ihr wollt, kann ich Euch eine Hilfe sein. Die Männer hier gehorchen leichter, wenn man ihnen in ihrer eigenen Sprache sagt, was sie zu tun haben. Ihr sagt mir, was Ihr von ihnen wollt, und ich gebe es an sie weiter.«

Er lächelte ehrerbietig. Teti sah ihn kritisch an. Was war, wenn er in Wirklichkeit zum Feind hielt, kam es ihr plötzlich in den Sinn. Was, wenn sie ihm etwas sagte, er aber etwas ganz anderes übersetzte? Doch als sie seinem klaren, klug und erfahren wirkenden Blick begegnete, entschied sie, ihm ihr Vertrauen zu schenken.

»So sei es denn«, sagte sie. »Setz ein Dutzend deiner Männer in Marsch und lass sie Brennholz herbeischaffen. Wir brauchen ...«

»Ihr wollt mir verzeihen, Frau, aber ich habe bereits dafür gesorgt«, antwortete er. Gemeinsam schauten sie einer Gruppe hinterher, die sich bereits von den übrigen Schmiedehelfern gelöst hatte und schweigend den Abstieg über den Pfad begann. »Also, wie heiß soll das Feuer in den einzelnen Essen werden?«

Die Nacht brach herein. Der Wind wehte aus einer anderen Richtung über den Fluss und trug neue und unbekannte Geräusche mit sich. Er kam aus südlicher Richtung, wo sich flussaufwärts das unsichtbare Lager der gewaltigen Streitmacht der Nubier befinden musste: An ihre Ohren drang das rhythmische Geräusch von Trommeln … und ein tiefer, volltönender Gesang aus Tausenden von kräftigen Männerkehlen.

Die Soldaten der Ägypter hielten in ihrem Tun inne und lauschten. Die Männer bissen die Zähne aufeinander und stießen dann Verwünschungen und Flüche gegen den Feind aus. Sie zitterten und verfluchten sich anschließend selbst deswegen.

Allmählich zogen immer mehr Wolken vor den zunehmenden Mond, und gleichzeitig kroch über die südlich gelegenen Hügel langsam und geräuschlos der Schwarze Wind.

Sie waren groß und schlank, zäh und ohne überflüssiges Fett auf ihren kampferprobten Körpern. Ihre glänzende schwarze Haut war mit dunklem Staub bedeckt, damit kein zufälliger Strahl des Mondlichts in der beinahe vollkommenen Dunkelheit ihre Anwesenheit verraten konnte.

Sie waren auf Furcht einflößende Art bewaffnet, mit Speeren, Schwertern und Messern, sämtliche Waffen mit schwarzer Farbe bemalt und die geschärften Klingen ebenfalls in Staub gewälzt. Nicht das kleinste Geräusch war zu vernehmen, als sie sich durch den äußeren Ring der eigenen nubischen Wachposten auf die ägyptischen Linien zu bewegten. Auf nackten Sohlen kamen sie lautlos voran.

Wie unsichtbare Gespenster passierten sie die äußeren Palisaden. Niemand bemerkte sie, niemand rechnete mit ihnen. Geistern gleich huschten sie von Fels zu Fels. Ihr Ziel war das Hauptlager im Innern des Verteidigungskranzes, ihre Absicht die von todbringenden Vipern.

Der Schwarze Wind unter Führung seiner schwarzen Königin!

VI

Das Heerlager der großen nubischen Armee befand sich am Westufer des Nils, nahe der Stadt Edfu. Die Stadt erhob sich auf einem Plateau hoch über dem Überschwemmungsgebiet des Nils. Von den Dächern ihrer gewaltigen Tempel aus hatte man einen grandiosen Überblick nicht nur bis in die umliegenden Seitentäler, sondern auch über die gesamte Nilschleife, die der Fluss an dieser Stelle bildete. Seit dem Morgengrauen waren die Vorbereitungen im Gange, um die nubische Streitmacht über den breiten Strom zu verlagern. Von der Landestelle aus sollten die Krieger flussabwärts zu dem Treffen mit den Ägyptern am Uferstreifen vor El-Kab weitermarschieren. Schon in der Abenddämmerung am Tag zuvor waren Kundschafter zurückgekommen und meldeten, dass Musuris Armee an Land gegangen war und das feindliche Heer dort erwartete. Auch in Akilleus' Lager herrschte erwartungsvolle Spannung.

Auf Ebanas Drängen hin hatte er widerstrebend seine Zustimmung erteilt, seinen Sohn Nehsi an einem etwas entfernter gelegenen Ort weiter im Süden in Sicherheit zu bringen. Wohlbewacht befand er sich nun in Kumma, einer Festung am zweiten Katarakt. Akilleus hatte sein eigenes Zelt in der Mitte der Unterkünfte der Karamojong errichten lassen, unter den wilden Kriegern seiner ursprünglichen Heimat weit, weit im Süden an den Quellen des Nils.

Während seine Männer das Nachtlager wieder abbrachen, hielt er einen Kriegsrat mit den Anführern der verschiedenen Stämme.

Schon seit einigen Tagen hatte es ständig Auseinandersetzungen zwischen dem riesenhaften schwarzen Monarchen und seiner nicht minder willensstarken Königin gegeben. Der gesamten Armee war nicht verborgen geblieben, dass Ebana aus dem Zelt ihres Gatten ausgezogen war und bei den Frauen der Karamojong-Krieger übernachtete, die gemeinsam mit ihren Männern nach Norden gezogen waren. Sie wollten ebenfalls an der Eroberung Ägyptens teilnehmen. Dazu hatten sie sich der Kampfeinheit von Ebanas Soldatinnen unterstellt, und die Königin hatte inzwischen eine große Zuneigung zu ihnen gefasst.

Daher war Akilleus ganz allein, als er sich am Morgen dieses schicksalhaften Tages erhob und aus seinem Zelt in die kühle Morgenluft und den hellen Sonnenschein trat, um seine mächtigen Glieder zu strecken und herzhaft zu gähnen. Umgehend versammelten sich die Stammeshäuptlinge vor dem Zelt und nahmen Aufstellung: Akral, der Häuptling der Toposa; Rogo, der Anführer der stolzen Turkana; Okware, das Oberhaupt der Donjiro; Tupono, der kluge Anführer der Dodot-Krieger; Ibongo von den Jie sowie Assuman, der heißblütige Häuptling des Ngidiko-Klans. Akilleus erwiderte ihren militärischen Gruß und forderte sie auf, näher zu treten.

»Wir haben seit dem Morgengrauen damit begonnen, Soldaten auf Booten über den Fluss zu setzen«, berichtete Akral.

»Warum höre ich unsere Männer noch nicht singen?«, fragte Akilleus in strengem Ton. »Sie sollen sofort damit anfangen, mit ihren Gesängen den Feind das Fürchten zu lehren. Und die Trommler sollen auch anfangen. Die Männer sollen die Kriegsgesänge ihrer Stämme anstimmen.«

»Wird sofort gemacht, Akillu.« Akral bellte einen Befehl an einen seiner Unterführer, der sich unverzüglich auf den Weg zum Flussufer machte. »Lasst uns also nun die Reihenfolge festlegen, in der ...«

»Akillu!« Aus den hinteren Reihen kam ein einfacher Krieger schreiend angerannt. »Die Frauen! Die Frauen sind weg!«

Der übergroße Akilleus starrte den Mann missmutig an. »Die Frauen? Was für Frauen?«

»Die Herrin Ebana! Die Herrin Ebana und ihre Einheit! Ihre Zelte sind leer. Sie sind ...«

Akilleus stieß ein Zornesgebrüll hervor. »Die Zelte sind leer? Sind sie schon auf der anderen Seite des Flusses? Ich habe ihr doch ausdrücklich gesagt, sich mit ihren Kriegerinnen in den hinteren Schlachtreihen zu halten.«

»Akillu, wir wissen ja nicht einmal, wo sie jetzt sind. Wir haben ihre Spur verloren. Sie müssen schon mitten in der Nacht aufgebrochen sein.«

Akilleus warf den Kopf zurück und schüttelte seine Mähne wie ein alter Löwe, und die versammelten Häuptlinge rechneten jeden Moment damit, dass er auch gleichermaßen losbrüllte. Doch als er sprach, klang seine Stimme gedämpft, der Ton war eiskalt. »Bringt Obwano hierher. Er schmiedet immer Komplotte mit ihr, die gegen mich gerichtet sind. Die beiden haben das bestimmt zusammen ausgeheckt. Er wird wissen, was los ist!«

Der Krieger salutierte, rührte sich aber nicht von der Stelle. »Akillu ... da ist noch etwas ... Die Frauen haben nur ihre Waffen mitgenommen. Ihre Kriegskleidung und Rüstungen fanden wir säuberlich geordnet neben ihren Schlafplätzen.«

Akilleus stieß einen Fluch aus. »Der Schwarze Wind! Sie hat eine ganz neue Kriegerinnen-Kampftruppe aus den Frauen zusammengestellt, die ihr mitgebracht habt. Und jetzt vereitelt sie damit unseren Angriffsplan, verspielt einfach so unsere Trümpfe. Verdammt soll sie sein! Verdammt sollen alle eigensinnigen, ungehorsamen ...«

»Entschuldige Akillu«, unterbrach ihn Rogo. »Wir müssen uns jetzt mit der Situation abfinden so, wie sie ist. Ebanas Schicksal liegt nun in den Händen der Götter. Was geschehen ist, ist geschehen, ob es nun zum Besseren oder zum Schlechteren ausschlägt. Vielleicht hat sie ja inzwischen schon etwas erreicht und den Ägyptern bereits eine Niederlage zugefügt. Erinnere dich an ihre Erfolge bei der Eroberung der Festungen am Nil vor vielen Jahren. Bei unserem Volk haben sich inzwischen wahre Legenden um diese Heldentat gewoben.«

Ein zustimmendes Murmeln erhob sich unter den versammelten Häuptlingen. Etwas widerstrebend ließ Akilleus seinen Zorn verrauchen und musterte jeden Einzelnen mit geringschätzigem Blick. Dann seufzte er theatralisch und sagte: »Du hast Recht, mein Bruder. Was passiert ist, ist passiert. Wir müssen uns jetzt um das kümmern, weswegen wir hier sind. Stehen die Toposa in Bereitschaft?«

»Die Toposa stehen in Bereitschaft!«

»Und die Turkana?«

»In Bereitschaft!«

»Und die Donjiro? Die Dodot? Meine Brüder aus Jie und die Krieger der Ngidiko?«

»Alle stehen bereit«, kam die vielstimmige Antwort.

»Dann lasst uns zum Fluss aufbrechen, meine Freunde. Heute ist der Tag, an dem wir die Ägypter ein für alle Mal besiegen werden – oder wir finden den Tod!«

Der erlösende Schlachtruf, mit dem die Kriegerfürsten antworteten, fand seinen Widerhall in tausendfacher Verstärkung von den Männern, die sich entsprechend ihrer Stammeszugehörigkeit am Hügelabhang in Reih und Glied aufgestellt hatten. Damit war auch die Musterung von Akilleus' eigenen Karamojong-Kriegern abgeschlossen. Was dieser Tag an seinem Ende Akilleus auch immer bescherte, Triumph oder Niederlage, er würde es im Kreise jener Männer erleben, die ihre Heimat nicht einmal einen Tagesmarsch weit entfernt von jenem Ort hatten, wo ihr König geboren worden war, in jenem geheimnisumwitterten Land im Süden, dem Land der mächtigen Feuerberge.

Dann blickte Akilleus über die Köpfe der Soldaten auf dem Hügel hinweg und beobachtete, wie seine Armee hoch gewachsener Kämpfer bereits dabei war, sich am Flussufer einzuschiffen, um auf der anderen Seite des Nils dem Schlachtfeld entgegenzumarschieren. Einige Augenblicke lang schloss er die Augen und horchte in sich hinein, ob er Anzeichen für das altvertraute Gefühl entdeckte, das er kannte, wenn er sich einem Wendepunkt seines Schicksals näherte. Er hatte es schon häufig an sich festgestellt – damals als er in der fernen Heimat seiner Vorfahren ein Königreich erkämpft und gewonnen hatte, nur um es alsbald dem tapferen Kimala zu überlassen. Genauso hatte er es gespürt, als er mit einer eigenen Streitmacht das Reich der Nubier erobert hatte, bei der legendären Belagerung der Hauptstadt Kerma.

Und nun? Nun merkte er nichts von jenem Hochgefühl als Vorboten umwälzender Ereignisse. Keine Anspannung, die darauf hinwies, dass sein vorbestimmtes Schicksal endlich in Erfüllung ging. Nicht einmal von der Verärgerung über Ebana war etwas übrig geblieben, die ihn verraten und selbst die Initiative ergriffen hatte.

Keine Furcht.

Kein Hochgefühl.

Sein Inneres war blank.

Auf ihrem Felsvorsprung beobachtete Teti wie Springer mit der Nase auf dem Boden herumschnüffelte, neugierig seine Pfote in eine Ritze im Boden steckte und mit seinem feinen Geruchssinn die Witterung prüfte. Sie selbst konnte nichts Besonderes wahrnehmen. Der Rauch aus den Essen hatte ihren Geruchssinn betäubt. Aber Springer konnte mit Nase und Ohren jede noch so winzige Kleinigkeit im weiten Umkreis unterscheiden. Wahrscheinlich hatte er gehört – oder gerochen –, wie eine Eidechse in der kleinen Spalte verschwunden war, und sich auf die Suche nach ihr gemacht.

Sie richtete sich auf und begutachtete das Feuer in der ersten Esse, das die jungen Helfer auf Anweisung des Alten in Gang gebracht hatten. Es war genau richtig aufgeschichtet, die Glut war vollkommen gleichmäßig, damit konnte sie ohne weiteres arbeiten.

Die Schmiedehämmer lagen bereit, die Wasserbehälter zum Ablöschen waren bis zum Rand gefüllt; die Männer hatten wirklich genug heraufgeschleppt. Feuerholz war in ausreichender Menge gestapelt und sogar Kohle von den Schiffen herangeschafft worden, damit das Feuer bei Bedarf noch heißer und gleichmäßiger brennen konnte. Dieser alte Mann hatte wirklich an alles gedacht!

Teti streckte die Arme, gähnte herzhaft – der Vormittag war fast schon vorbei und sie hatte bereits sehr viel erledigt – und schaute zu ihm hinüber. Angestrengt beobachtete er vom Rand des Felsvorsprungs aus, was in der Ebene vor sich ging. Die ägyptischen Truppen hielten sich für die bevorstehende Schlacht bereit, aber in deren Reihen auf der äußersten Rechten gab es ein merkwürdiges Durcheinander. »Was gibt es denn da zu sehen?«, fragte Teti.

»Irgendetwas stimmt nicht dort unten«, antwortete er, ohne den Blick abzuwenden. »Bei den Ägyptern ist etwas in Unordnung geraten. Eine der Einheiten scheint eine Auseinandersetzung mit einer anderen zu haben.«

»Wo denn?«, wollte sie wissen. Er deutete in die Richtung. »Aha! Ein Laufbursche ist auf dem Weg hierher, ein Bote aus dem Lager. Vielleicht wird er uns Genaueres berichten.« Sie zupfte an den Rändern eines kleinen Risses in ihrer Lederschürze. Müßig überlegte sie, was für ein wunderbarer Tag heute war, und wie schön es wäre, ohne diese Schürze herumgehen zu können … Aber diese Männer waren allesamt Fremde, und es hätte zu Missverständnissen kommen können.

Und außerdem … seit jener unvergesslichen Nacht mit Netru hatte sie ein ganz völlig neues Verhältnis zu ihrem eigenen Körper, das sie vorher nie gekannt hatte. Ihr kam es so vor, als sei der nackte Anblick ihres Körpers etwas, das nur ihm gebührte. Kurz bevor sie zu der Hütte gegangen waren, hatte sie zwar große Worte gemacht, dass es ihr überhaupt nichts ausmachen würde, splitternackt neben ihm durch das ganze Dorf zu marschieren, aber als es dann am nächsten Morgen so weit war, hatte ihr Schamgefühl sie doch veranlasst, schnell zu der Stelle herunterzueilen, wo sie ihr Gewand und die Sandalen abgestreift hatte, bevor sie mit ihm den Rückweg antrat.

Oh, Netru …

Sie gab sich alle Mühe, die Furcht wieder aus ihren Gedanken zu vertreiben. Dafür war jetzt keine Zeit! Sie hatte sich um ihre Arbeit zu kümmern.

Teti seufzte. Im Grunde waren sämtliche Vorbereitungen getroffen worden, und nun hieß es warten, bis sie von den kämpfenden Truppen ihre Aufgaben erhielt. Als sie den alten Mann von hinten betrachtete, konnte sie selbst unter dem dicken Stoff seiner Tunika erkennen, wie muskulös sein Rücken war, trotz seines Alters. Ganz nebenbei sagte sie: »Weißt du, mir ist gerade eingefallen, dass ich noch nicht einmal Gelegenheit hatte, dich nach deinem Namen zu fragen.«

Er wandte sich zu ihr um und lächelte vage. »Das ist nicht weiter schlimm. Ich bin ja auch niemand Besonderes. Nur ein alter Handwerker, der keine eigene Werkstatt hat. Ich dachte mir, es wäre eine gute Gelegenheit, mich hier für diese Arbeit freiwillig zu melden, um zu sehen, wie viel ich in all den Jahren, in denen ich kein Metall mehr bearbeitet habe, von dieser Kunst vergessen habe.«

Teti warf einen Blick auf seine kräftigen Arme und entdeckte die vielen Brandnarben, die von jahrelanger Arbeit an einer Esse, wie sie hier oben errichtet worden waren, herrührten. »Du kannst mir doch nichts vormachen«, fuhr sie in dem Ton fort, den sie sich angeeignet hatte, wenn sie mit den Soldaten in Lischt scherzte, »du bist doch nicht einfach ein ehemaliger Helfershelfer in einer Schmiede. Du hast dieses Handwerk richtiggehend erlernt und ausgeübt. Solche Narben bekommt man nicht, wenn man auf Jahrmärkten ein paar Lagerfeuer schürt.«

Statt gleich zu antworten, grinste er zunächst, und Teti stellte überrascht fest, dass er sogar noch alle Zähne hatte. »Vielleicht klingt es ein wenig leichtfertig, wie ich über diese Dinge spreche«, räumte er schließlich ein. »Aber wenn man so alt ist wie ich und so viel umhergewandert und so viel gesehen hat, nimmt man manches nicht mehr so ernst. Denkt zum Beispiel an diese Schlacht dort unten. Noch vor ein paar Jahren wäre es mir vielleicht wichtig gewesen, wer sie gewinnt. Aber jetzt? Jetzt kümmert es mich wenig, ob die Nubier die Oberhand behalten und ihre Gegner den Geiern überlassen oder umgekehrt.« Er zuckte die Achseln. »Diese Einstellung zeigt vielleicht den Rüstungslieferanten in mir. Im Großen und

Ganzen arbeiten wir doch für den, der uns bezahlt, und kümmern uns nicht um den Rest.«

»Bei mir ist das nicht so«, entgegnete Teti. »Ich nehme an, du bist früher von einer Armee zur anderen gewandert und hast dich da und dort verdingt. So war es früher auch in unserer Familie. Mein Vater, zum Beispiel, hat die Hay mit Waffen ausgerüstet, aber später hat er für all jene Schwerter geliefert, die sie bekämpften.«

»Und Euer Vater, junge Frau … heißt er womöglich …?«

»Es handelt sich um Schobai, den blinden Waffenschmied. Wir sind Kinder des Löwen. Wenn ich jetzt nicht dieses Gewand und meine Schürze darüber anhätte, könnte ich dir mein Muttermal zeigen. Vielleicht hast du aber auch schon von unserer Familie gehört. Einige meiner Vorfahren waren recht berühmt. Belsunu. Ahuni. Hadad, der Retter von Haran. Er war übrigens mein Onkel. Ich bin Teti aus Lischt.«

»Oho«, erwiderte er mit wissendem und wohlwollendem Lächeln. »Das sind allerdings berühmte Namen. Eure Familie ist mir wohl bekannt und es ist mir eine Ehre, mit Euch zusammenarbeiten zu dürfen.« Gerade wollte sie ihn im Gegenzug nach seinem Namen fragen, als er bereits weitersprach. »Mir ist aufgefallen, dass Ihr in Eurer Ahnenreihe einen Namen ausgelassen habt: Kirta.«

»Das stimmt. Das war mein Großvater. Aber ich weiß wirklich kaum etwas über ihn. Er hat sich von unserer Familie getrennt, und es ist wirklich sehr, sehr lange her. Viele Jahre soll er in einem Land jenseits des Großen Meeres zugebracht haben. Mein Vater hätte mir vielleicht noch ein wenig mehr über ihn berichten können, aber mein Vater starb, als ich noch recht jung war. Erst später habe ich diese Geschichten über meinen Vater, Hadad und Ahuni von meiner Mutter erfahren, aber sie mochte meinen Großvater Kirta offenbar nicht. Sie fand es nicht richtig, dass er seine Söhne so lange allein gelassen hatte, dass er sich nicht selbst um ihre Erziehung und ihre Ausbildung gekümmert hat, und sie gab Kirta die Schuld am tragischen Schicksal meines Onkels Hadad und letztlich auch an dem meines Vaters.«

Der alte Mann nickte. »Und trotzdem spielte Kirta eine wichtige Rolle. Er hätte weltberühmt werden können, denn schließlich war er es, wenn ich mich recht erinnere, der als erster das Geheimnis der Eisenschmelze in Erfahrung gebracht und in unsere Länder im Osten mitgebracht hat. Außer Kirta kannten es bis dahin nur die Hethiter.«

»Aber er hat sein Wissen nicht weitergegeben.«

»Wirklich nicht? Da habe ich etwas anderes gehört. Ich habe gehört, er hätte es deinem Vater beigebracht, und es sei dein Vater gewesen, der sich geweigert hätte, es deinem Onkel zu verraten.«

Teti starrte ihn an. »Woher weißt du das alles? Das sind alles Dinge, die nur unsere Familie etwas angehen. Das ist neu für mich, dass jemand außerhalb unserer eigenen Familie …«

»Nun ja, ich bin viel herumgekommen. Und so ein Thema findet ein alter Mann wie ich immer interessant, gerade wenn man einmal selbst diesen Beruf ausgeübt hat. Im Übrigen habe ich Schobais Entscheidung, das Geheimnis für sich zu behalten, stets für richtig erachtet – jedenfalls dann, wenn er der Meinung war, seine Neffen wären nicht die Richtigen, um mit solch einem schrecklichen Wissen auf angemessene Weise umzugehen. Mit diesen Dingen kann man nicht vorsichtig genug sein.«

»Mein Vetter hat das nie verwinden können. Er ist deswegen immer noch sehr verbittert.«

»Dann soll er es eben sein. Doch es ist schade, dass Euer Vater nicht mehr lange genug gelebt hat, um das Geheimnis Euch anzuvertrauen.«

»Warum gerade mir? Ich bin doch niemand Besonderes. Das wäre nur etwas für einen wahren Metallkünstler. Jemanden wie meinen Bruder Ketan.«

»Das stimmt nicht. Ihr handhabt Euer Handwerk selbst wie eine Kunst. Ich habe Euch dabei beobachtet. Seht her!« Er ging hinüber zu der Stelle, wo er seine Habseligkeiten verstaut hatte, und kramte in seinen Sachen herum. »Hier ist es!«, sagte er, indem er ein Bündel hervorzog und zu ihr brachte. Er zog ein glitzerndes Bronzeschwert aus den Lappen hervor. »Das habt Ihr geschmiedet, nicht wahr?«

»A-aber ja! Woher hast du das?«

»Ich habe es mir von einem der Soldaten ausgeborgt. Es trägt Euren Stempel: da. Und ich muss sagen, junge Frau, das ist ein sehr gelungenes Stück. Noch kein Meisterwerk vielleicht, aber es zeigt, wie viel noch in Euch steckt.«

»Meinst du wirklich?«, fragte sie. »Ich danke dir zwar für deine schönen Worte, aber ich weiß sehr gut, was ich bin und was ich kann. Ich bin eine gute Handwerkerin, die …«

»Verkauft Euch nicht unter Eurem Wert.« Mit diesem Satz schien der Alte die Unterhaltung beenden zu wollen. »Ich möchte wissen, was aus der zweiten Füllung Kohle geworden ist. Da will ich lieber mal nachschauen gehen, wenn Ihr nichts dagegen habt.« Teti nickte zum Zeichen der Zustimmung. »Vielleicht kann ich auch etwas in Erfahrung bringen über das, was ich da unten beobachtet habe.«

»Warte einen Moment«, sagte sie plötzlich. »Mein Gelie… ich meine, ein Freund von mir dient in der Ptah-Einheit. Er heißt Netru. Könntest du eine Botschaft von mir an ihn weiterleiten?« Sie kaute auf ihrer Lippe. »Ach, lieber nicht. Das wäre dumm von mir. Vergiss es wieder. Ich dachte nur, du könntest ihm sagen …«

»Ich glaube, ich weiß schon, was Ihr ihm sagen wollt«, fuhr er fort. »Macht Euch keine Sorgen. Wenn ich kann, werde ich Eure Botschaft überbringen lassen.«

In diesem Augenblick begann das Schlagen der Trommeln, und von weiter her dröhnte der Kriegsgesang des Feindes. Doch diesmal klang er schon viel näher. Teti blieb wie angewurzelt stehen und lauschte. Dabei wirkte ihre Miene immer angespannter. Sie waren schon ganz nahe!

Als ob er ihre Gedanken lesen könnte, sagte der alte Mann: »Ja, sie sind gleich hinter dem nächsten Hügel, würde ich sagen. Man wird sie jeden Moment sehen können. Es wird nicht lange dauern, bis ich zurück bin.«

Damit war er verschwunden. Und nun fiel ihr wieder ein, allerdings zu spät, dass sie immer noch nicht seinen Namen wusste.

VII

Wieder und immer wieder langte Netru nach seinem Schwert in der Scheide. Ängstlich, beinahe atemlos, ließ er den Blick über die Ebene schweifen, als eine Schlachtreihe großer dunkelhäutiger Soldaten nach der anderen in der Senke zwischen dem Gebirge und dem

Fluss auftauchte und auf der gegenüberliegenden Seite des Schlachtfeldes Aufstellung nahm.

Wer hätte gedacht, dass sie so hoch gewachsen sind? Wer hätte
sich vorstellen können, dass es so viele sind?

Netru versuchte, die Stärke der gegnerischen Streitmacht einzu-
schätzen. Als ihm klar wurde, was die Ägypter dagegen in die
Waagschale werfen konnten, sank ihm der Mut. Die Nubier waren
jetzt schon in der Überzahl, und es kamen immer neue nach. An
den Flügeln hatten die schlanken Bogenschützen Aufstellung genommen. Sie übten bereits das Anspannen der straffen Bogensehnen und hatten besonders lange Pfeile dabei. Dazwischen wurden
die Reihen der Fußsoldaten immer dichter. Sie waren mit Schwertern, Kurzschwertern, Streitäxten und Speeren unterschiedlicher
Größe bewaffnet. Jeder trug einen länglichen, mit Tierhaut be-
spannten Schild bei sich. Die meisten hatten sich Stofffetzen mit
den Farben ihrer Einheit ins Haar gebunden. Das waren keine An-
fänger, keine auf die Schnelle angeheuerten Rekruten, sondern erfahrene Krieger, die schon so manche Schlacht geschlagen hatten.
Die älteren unter ihnen gehörten bestimmt schon zu den siegreichen
Eroberern von Kerma, ungefähr zehn Sommer zuvor. Gerüchtewei-
se hatte man hören können, dass es sich bei den jüngeren größten-
teils um handverlesene Söldner aus Akilleus' Heimatland handelte,
die in den Norden gezogen waren, um Akilleus' ungeschlagene
Armee weiter zu unterstützen. Jeder von ihnen hatte mittlerweile
seine Erfahrungen im Kriegshandwerk gesammelt.

Und was war mit seinen Leuten? Da war er sich nicht sicher. Das
Einzige, was er wusste, war, dass sein unmittelbarer Vorgesetzter,
Harmachis, stets auf strengster Disziplin bestand und seine Soldaten immer kampfbereit hielt. Das war immerhin ein gutes Zeichen;
für die Moral seiner Truppe konnte es nur von Vorteil sein, wenn
ihr Anführer das Kommando mit harter Hand führte, jedenfalls solange er dabei auch gerecht war. Trotz seiner Unnachsichtigkeit hatte Harmachis einen guten Ruf unter seinen Männern. Aber bis jetzt
waren sie noch nie in eine blutige Auseinandersetzung geraten, daher war es schwer vorauszusehen, wie sie sich dieser Belastungs-
probe stellen würden.

Und wie stand es um ihn selbst? Das, was er Teti gesagt hatte, diente hauptsächlich zu ihrer Beruhigung; er wusste wohl, dass es nicht ganz stimmte. Gewiß, Netru hatte bereits einige Erfahrungen bei kleineren Attacken sammeln können, aber nur als junger Soldat und Unterführer, der einfach Befehle ausführte. Bis jetzt hatte er noch nie ein wirkliches Kommando in einer Schlacht innegehabt und er spürte jetzt schmerzlich, dass ihm diese Erfahrung fehlte.

Netru musterte seinen eigenen Trupp und gab ein paar kurze, scharfe Anweisungen, um einige Nachlässigkeiten zu korrigieren. Gleichzeitig hörte er, wie sich hinter ihm das Geräusch von Schritten näherte, und bemerkte, dass Harmachis zu ihm herantrat. Er ließ seine Männer Aufstellung nehmen, drehte sich um und salutierte.

»Steh bequem«, sagte Harmachis. Mit zusammengekniffenen Augen inspizierte er die Einheit und fand offenbar nichts auszusetzen, denn er wandte sich Netru zu und fuhr in vertraulicherem Ton fort: »Ich sagte, du kannst bequem stehen. Ist dies dein erstes Einsatzkommando?«

»Jawohl, Herr«, erwiderte Netru und stellte mit Entsetzen fest, dass seine Stimme beinahe versagte. Er krächzte wie ein Schuljunge. »Ich glaube … ich denke, die Männer werden tapfer kämpfen.«

»Ich bin sicher, dass sie das tun werden«, erwiderte der General. »Sie sind gut gedrillt, und du wirst sie richtig zu handhaben wissen. Bist du aufgeregt?«

Netru schluckte und entschied sich, ehrlich zu antworten. »Jawohl, Herr. Man könnte sagen, angespannt.«

»Recht so. Wenn es anders wäre, würdest du allzu leicht die Kontrolle über die Situation auf dem Schlachtfeld verlieren.« Er blinzelte zu der gegenüberliegenden Seite des Schlachtfeldes hinüber. »Ziemlich große Kerle, was?«

»Jawohl, Herr.«

»Auch sie sind sterblich. Hast du jemals beobachtet wie ein Löwe eine Giraffe reißt? Ich habe das einmal gesehen.« Er tätschelte Netru den Arm. »Entspann dich! Nicht zu viel, aber doch ein bisschen. Ich habe das Gefühl, dass heute ein besonderer Tag sein wird.« Er nahm noch einmal Netrus Truppe in Augenschein. »Hör zu, mein Junge, ich weiß, dass deine Leute unerfahren sind. Es mag ein oder zwei Situationen geben, wo sie sich geschlagen geben wollen. Die einzige Möglichkeit, um sie bei der Stange zu halten, besteht darin, dass du ihnen ein überzeugendes Vorbild bist. Und lass auf keinen Fall zu, dass die Standarte eurer Einheit zu Boden geht. Solange die Standarte über dem Schlachtfeld flattert, gibt es immer einen Punkt, an dem sich eine Einheit wieder sammeln kann. Das brauchen sie dringender als alles andere, halte sie so hoch, wie du irgend kannst. Die Männer müssen dich im Schlachtgetümmel leicht wieder finden können. Du musst also gut sichtbar sein. Deswegen habe ich euch Jungen von der Thebaner-Truppe ausgewählt. Du bist groß gewachsen und unterscheidest dich im Aussehen von allen Übrigen hier. Daher bis du leicht zu finden, wenn es nachher drunter und drüber geht.«

Netru musste die Augen zusammenkneifen. Immerhin war sein Vorgesetzter ehrlich. Er hatte bis jetzt geglaubt, dass er sein Kommando seiner guten Führung verdankte, und nun … »Ich habe verstanden, Herr«, erwiderte er. »Ich wäre bereit, meinen Körper mit roter Farbe anzumalen oder Hühnerfedern in mein Haar zu stecken, wenn es dazu dient, die Einheit zusammenzuhalten.«

»Das kann ich mir vorstellen.« Harmachis lächelte ihn noch einmal aufmunternd an und drückte ihm den Arm, bevor er die gesamte Linie der aufgereihten Soldaten abschritt.

Nur mit einem Lendentuch und seinem Schwertgürtel bekleidet sah Musuri noch magerer und älter aus als sonst. Leicht vorgebeugt stand er da, und so wirkten seine dünnen Arme wie Spinnenbeine. Als er sein Schwert zog, um es noch einmal in Augenschein zu nehmen, beobachtete Mekim ihn mit ausgesprochenem Unbehagen.

»Habe mir irgendwo eine blöde Scharte reingemacht«, murmelte er, »frage mich bloß, wo. Muss in Lischt gewesen sein, als ich vor lauter Ärger mal aus Versehen auf einen Stein getroffen habe. Ich sollte mir ein anderes ausleihen. Und? Sieh mich an. Ich würde bei meiner eigenen Inspektion durchfallen.«

So weit ist es noch nicht, sagte Mekim zu sich selbst. Er ließ den Blick über die Ebene schweifen. »Es sind bereits jetzt anderthalbmal so viele wie wir, und es kommen immer noch welche nach. Ich wünschte, sie würden mit diesem grässlichen Singsang aufhören.«

»Achte gar nicht darauf. Ich selbst war es, der ihnen diese Taktik beigebracht habe. Wir haben schon in Moab davon Gebrauch gemacht. Diese dunkelhäutigen Gesellen haben einfach die besseren Stimmen dafür, deshalb habe ich ihnen ein paar moabitische Lieder beigebracht, als ich die Nuer und die Dinka im Südland ausgebildet habe. Ich musste die Worte irgendwie in ihre eigene Sprache übersetzen, aber im Grunde sind es Gesänge aus meiner alten Heimat Aramäa. Wenn ich mich nicht irre, werden diejenigen, die gerade am deutlichsten zu hören sind, von Akilleus' Gardeeinheit, den Karamojong, gesungen.«

»Wie man das heraushören kann, werde ich nie verstehen«, sagte Mekim. »Aber du hast Recht. Akilleus' Eliteeinheit betritt soeben das Feld. Ich kann ihn sogar selbst erkennen. Siehst du ihn?«

Musuri verengte die Lider. »Hm. Meine Augen sind auch nicht mehr das, was sie einmal waren. Ich habe mich mehr an dem Gesang orientiert. Es gibt einige Töne, die diese Stämme niemals richtig treffen. Ein Karamojong, der in Nuer-Sprache singt ... nein, es ist Dinka. Ja, es ist Dinka, jetzt hab ich's ...« Er sperrte die Augen auf. »Ah, ja! Da ist er ja. Akilleus, keine Frage. Ah, sieh ihn dir an. Er geht auch schon ein wenig vorgebeugt, so wie ich. Aber er muss immer noch einen ganzen Kopf größer sein als der Rest seiner Armee, egal wie alt die Leute sind. Er wiegt immer noch zwei Männer wie dich auf, mein Freund. Ich will dich damit natürlich nicht kränken.«

»Er wirkt auf mich genauso, wie du ihn mir beschrieben hast.« Mekim schaute zu dem kleinen Trupp, der etwas seitwärts stand, und nickte den Männern zu. Sechs Krieger lösten sich aus der Einheit und bewegten sich mit ernsten Gesichtern auf Musuri zu. »Ich vermute, dass er immer noch sehr kräftig sein muss.«

»Ja, er wirkt tatsächlich recht beeindruckend. Das stimmt voll und ganz. Aber du hättest ihn sehen sollen, als er noch jünger war. Ich hätte früher nie daran gedacht, mich mit ihm zu messen. Noch vor fünfzehn Jahren war er auf der Höhe seiner Kraft. Vielleicht auch noch vor zehn Jahren. Aber jetzt habe ich nicht den kleinsten Zweifel, dass ich es mit ihm aufnehmen kann.« Erneut rüttelte er an seinem Schwert und schwang es Furcht erregend durch die Luft. Es schien, als wäre es bei weitem zu schwer für ihn. Mekim schrak zusammen, als er ihn dabei beobachtete.

Die nubischen Krieger kamen noch näher heran.

»Musuri«, begann Mekim mit belegter Stimme, »mir wäre es lieber, wenn du dir deine Pläne im Hinblick auf Akilleus noch einmal durch den Kopf gehen ließest. Es könnte die gegenteilige Wirkung von dem haben, was du eigentlich beabsichtigst. Denk an die Moral der Truppe ...«

»Die Moral der Truppe? Es wird keine Probleme mit der Moral der Truppe geben. Diese ganze Schlacht wird überhaupt kein Problem sein. Nicht, wenn der alte Mann tot ist.« Musuri seufzte auf. »Weißt du, ich wünschte mir wirklich, mir bliebe es erspart, ihn zu töten. Schließlich war er einmal der beste Freund, den ich je hatte. Wenn es eine Möglichkeit gäbe, ihn zu verschonen und die Schlacht trotzdem zu gewinnen ... aber so wird es nicht gehen. Nein. Er ist es, der sterben muss. Und ich möchte nicht, dass er durch die Hand eines anderen fällt; dazu liebe und respektiere ich ihn zu sehr.«

Mekim schloss die Augen, um sich seine aufsteigenden Tränen zu verkneifen. In was für einer verfluchten Lage er sich befand. Aber er hatte keine andere Wahl. Seit Tagen hatte er sich mit dieser Entscheidung gequält, aber keine andere Lösung gefunden.

Er ließ einen letzten Blick über die Ebene schweifen. Die Aussichten für seine eigene Armee waren einfach zu schlecht. Die Gegner waren so eindeutig in der Überzahl, sie waren so unvergleichlich viel stärker, und seine eigenen Leute waren überwiegend unerfahren ...

Die Krieger standen nun neben ihm in Bereitschaft. »Herr?«, fragte ihr Anführer leise.

Mekim blickte ihn mit rot unterlaufenen Augen mürrisch an. »Also dann«, befahl er. »Genauso wie wir es besprochen haben.«

»Jawohl, Herr!« Langsam umringten die Krieger Musuri. Im ersten Augenblick bemerkte er es gar nicht. Als sie dann ihre Waffen zogen und bereit hielten, ließ er seinen eigenen Arm, mit dem Schwert in der Hand, zur Seite fallen.

»Was zum Teufel ist hier los?«

»Im Namen des Herrschers der Zwei Reiche ...«, sagte der nubische Anführer.

Mekim mischte sich ein. »Ich enthebe dich hiermit deines Kommandos«, sagte er mit tonloser Stimme. »Männer, nehmt ihm sein Schwert ab. Musuri, bitte folge dem Befehl ohne weiteres Aufhebens. Du weißt, welche Wirkung es sonst auf die gesamte Truppe hätte.«

Musuri sah die Krieger an und richtete dann seinen Blick auf Mekim. Ein schiefes, wissendes Lächeln zeigte sich auf seinem Gesicht. »Habe ich es mir fast gedacht. Ich hatte schon seit längerem den Verdacht, dass du so etwas im Schilde führst, aber ich war mir nie ganz sicher, ob du es auch tatsächlich tun würdest.« Er vollzog noch einmal den Schwertgruß und händigte die Waffe dann dem Nubier aus. Der ließ es beinahe fallen, so schwer war es.

»Besser nicht«, sagte Mekim. »Gebt ihm das Schwert zurück. Ihr führt ihn jetzt in das Wadi hinter den Geierfelsen und haltet ihn dort unter Bewachung. Falls die anderen gewinnen, braucht er es, um sich verteidigen zu können. Haltet ihn dort fest bis die Schlacht vorüber ist, wie immer sie auch ausgehen mag.«

»Mekim, warum tust du das?«

Der Angesprochene wandte sich Musuri zu; Ärger, Furcht und Anspannung lagen in seiner Stimme und hielten sich gegenseitig die Waage. »Du wolltest es um jeden Preis tun, nicht wahr? Ich habe dir wieder und wieder gesagt, von dieser verrückten Idee mit dem Zweikampf auf Leben und Tod gegen Akilleus abzulassen, aber du musstest bis jetzt daran festhalten. Eigentlich hättest du selbst merken müssen, was für einen großen Narren du aus dir gemacht hast, aber du hast immer wieder davon angefangen, in aller Öffentlichkeit, vor den Augen und Ohren der Unteranführer, und du hast das Erstaunen und das Mitleid in ihren Mienen nicht bemerkt oder wolltest es nicht bemerken.«

»Erstaunen? Mitleid?«, wiederholte der alte Mann. Das Schwert hielt er wieder lose in der Hand, nachdem der junge Krieger es ihm zurückgegeben hatte. »Wovon sprichst du eigentlich?«

»Unsere Armee steht einem überlegenen und erfahrenen Feind gegenüber. Diese Männer setzen nicht nur ihr eigenes Leben aufs Spiel, sondern auch das jedes einzelnen Ägypters, ob Mann oder Frau, Greis oder Kind, südlich der Grenze zum Gebiet der Hay. Was uns unmittelbar bevorsteht, ist eine wirkliche Entscheidungsschlacht, und ich glaube, dass wir dabei gut und gerne auf die komische Einlage verzichten können, die du uns bescheren wolltest. Deswegen habe ich in diesem Augenblick den Oberbefehl übernommen. Für Affentheater haben wir an diesem Tag, an dem viele tapfere Männer sterben werden, keinen Bedarf.«

Auf der Miene des alten Mannes war ein Ausdruck des Unverständnisses zu erkennen. »Affentheater? Komische Einlage?«, gab er noch einmal zurück.

»Schafft ihn fort«, sagte Mekim gebieterisch.

Als der alte Mann weggeführt wurde, waren sämtliche Augen der großen ägyptischen Armee auf ihn gerichtet, und ein junger Soldat in den hinteren Reihen konnte sich das Grinsen nicht verkneifen, so komisch erschien ihm das Ganze. Sofort erhielt er von seinem unmittelbaren Vorgesetzten eine derart schallende Ohrfeige, dass sein Kopf eine Weile hin und her pendelte. »Verdammter Hund!«, schrie der. »Augen geradeaus! Und lass sofort dieses dumme Grinsen!«

Als sich der kleine Trupp mit Musuri in der Mitte langsam an dem äußeren linken Flügel vorbei in Richtung auf den Gebirgseinschnitt und den hochragenden Felsen zubewegte, hörte das Dröhnen der Trommeln unvermittelt auf. Der Kriegsgesang verstummte plötzlich. Eine unheimliche, tödliche Stille senkte sich auf die Ebene zwischen dem steilen Abhang des Gebirges und dem Nil. Der Zeitpunkt war gekommen. Die Schlacht würde beginnen.

VIII

Unmittelbar nachdem Musuri abgeführt worden war, hatte Mekim die Unterkunft, die als Hauptquartier diente, verlassen. Nachdem der alte Mann verschwunden war, gab es niemanden in vergleichbarem Rang und mit vergleichbarer Erfahrung mehr, mit dem er sich hätte unterhalten können. Mit einem Mal kam er sich auf diesem Posten einsam und verlassen vor.

Warum nur habe ich meinen sicheren und angenehmen Rang als Unteranführer jemals aufgegeben?, fragte er sich, als er stramm auf die Heeresflanke zumarschierte, die von Harmachis kommandiert wurde. Es war alles so viel einfacher als ich nur für mich selbst und für die Männer unmittelbar rechts und links von mir Sorge tragen musste.

Seine Nerven waren bis zum Äußersten angespannt. Die tödliche Stille war schrecklich. Wenn diese schwarzen Teufel nur wieder anfangen würden zu singen! Aber das Schlimmste war die bohrende Frage, ob er nicht den größten Fehler seines Lebens begangen hatte, als er Musuri seines Kommandos enthoben hatte. Er wollte lieber nicht darüber nachdenken. Alle guten Gründe sprachen dafür.

Oder etwa doch nicht? Verdammter Narr! Dreißig Jahre Kriegserfahrung an der Seite dessen, der jetzt dein Gegner ist, hast du soeben weggeworfen. Unschätzbaren Rat von dem einzigen Soldaten, der Akilleus' Gedanken bei weitem am besten kennt. Vielleicht hast du gerade diese Schlacht verloren – und den Krieg.

Mekim kniff die Augen zusammen, weil ihn die Sonne blendete, und er wischte sich den Schweiß von der Stirn. O ihr Götter. Selbst wenn er jetzt in diesem Augenblick genau wüsste, dass er einen Fehler gemacht hatte, könnte er Musuri nicht mehr zurückrufen, ohne seine Unentschlossenheit zu verraten und sich damit vor der gesamten Truppe der Lächerlichkeit preiszugeben.

Unmittelbar vor Harmachis blieb er stehen. »Alles bereit?«

»Soweit man unter diesen Umständen überhaupt bereit sein kann, ja«, erwiderte der grauhaarige alte Haudegen. »Unsere Männer sind überwiegend jung und haben nicht so viel Kampferfahrung, wie man es sich wünschen sollte, aber für ihren Mut und ihre Tapferkeit kann ich mich verbürgen. Ich wünschte mir nur, es wären tausend mehr.«

»Ich bin gespannt, wie viele überhaupt noch übrig bleiben werden, wenn die Schajretana-Krieger erst mal zum Zuge gekommen sind. Ihre Bogen sind eindeutig größer als unsere, und daher haben ihre Pfeile eine größere Reichweite. Musuri hat mir ziemlich viel über diese Elite-Truppe erzählt, die Akilleus aus seiner Heimat im tiefen Süden mitgebracht hat. Eigentlich sind es Viehtreiber, die mit ihren Herden über große Strecken von einem Weidegrund zum nächsten ziehen. Er sagte, mit ihren Langbogen können sie einen Leoparden oder eine Gazelle auf erstaunlich weite Entfernung erlegen. Keine guten Aussichten für uns.«

Als Mekim Musuri erwähnte, blickte Harmachis ihm scharf ins Gesicht und sagte eine ganze Zeit lang nichts. Als er weitersprach, schien er seine Worte mit Bedacht zu wählen: »Was immer man von

Musuris Idee, Akilleus zum Zweikampf herauszufordern, halten mag … in einer Hinsicht jedenfalls stimme ich mit ihm völlig überein.«

»Und das wäre?« Mekim wollte eigentlich nicht gereizt klingen, aber seine Stimme tat ihm seinen Willen nicht.

»Wenn es uns gelingen würde, Akilleus zu beseitigen, wäre der einzige Grund, warum seine Armee überhaupt in den Krieg gezogen ist, mit einem Schlag entfallen. Es ist allgemein bekannt, dass Ebana von dem ganzen Feldzug überhaupt nichts hält, und ich habe bereits gehört, dass Obwano darin völlig mit ihr übereinstimmt.«

»Ist sie gegen den Feldzug oder gegen die Möglichkeit, eine Niederlage einstecken zu müssen? Oder fürchtet sie sich einfach davor, den Mann an ihrer Seite zu verlieren? Ich wäre mir da nicht so sicher. Gerüchte aus zweiter Hand …«

»Die Berichte unserer Spione erschienen mir sehr glaubwürdig.«

»Wir haben doch keine Möglichkeit, das wirklich zu überprüfen.«

»Ach, tu doch, was du für richtig hältst.« Harmachis warf einen Blick auf die Einheiten unter seinem Kommando und bemerkte, wie der junge Unteranführer aus Theben, Netru, vor seiner Abteilung auf und ab lief und seine Leute ermahnte. »Übrigens, ich habe den Eindruck, dass dieser junge Soldat«, er wies mit dem Kopf zu Netru hinüber, »seine Sache heute sehr gut machen wird. Ich wollte mich noch einmal dafür bedanken, dass ich ihn übernehmen konnte. Meiner Meinung nach bringt er alles mit, was einen guten Anführer auszeichnet.«

»Das war auch mein Eindruck. Verheiz ihn nicht.« Mekim nickte und machte sich ein wenig steifbeinig auf den Weg. Sein Gefühl von Anspannung und Unsicherheit wuchs ständig. Wie konnte er sicher sein, die richtigen Entscheidungen zu treffen?

Diese schreckliche Stille! Sollen sie doch wieder singen …

Mit pochendem Herzen stand Teti auf dem Felsvorsprung, blickte auf das Schlachtfeld hinunter und dachte mit Furcht und Bangen an Netru.

Als sie ein Geräusch hinter sich vernahm, drehte sie sich auf dem Absatz um und erkannte den alten Schmiedehandwerker, wie er langsam den Pfad emporstieg. »Was war da unten los?«, rief sie. »Es kam mir so vor, als wäre jemand verhaftet worden.«

»So war es«, antwortete der Mann in sanftem Ton. »Es handelt sich um den Oberbefehlshaber der ägyptischen Armee. Mekim hat ihn abgesetzt und unter Bewachung stellen lassen. Ich kann nur hoffen, dass dieser Mekim weiß, was er da tut. Es wird doch nicht etwa irgendeine Art von Verrat im Spiel sein? Nach dem, was ich gehört habe, waren der alte General und Akilleus früher einmal sehr eng befreundet.«

Mit offenem Mund starrte Teti ihn an und brachte eine Zeit lang keinen Ton heraus. »M-Musuri soll Verrat begangen haben? Das ist ja völlig verrückt. Mekim kann doch nicht etwa glauben …«

»Ich weiß nur das, was ich gesehen habe. Es tut mir Leid, aber ich bin nicht nahe genug an den jungen Soldaten herangekommen, um ihm diese Botschaft von Euch zu übermitteln. Aber ich habe ihn von weitem sehen können. Auf mich machte er einen sehr guten Eindruck. Mögen die Götter ihn beschützen.«

Es bedurfte nur dieser kurzen Erwähnung von Netru und die schlimmsten Befürchtungen kamen Teti schlagartig wieder in den Sinn. Sie schaute wieder auf die Ebene hinunter und glaubte, ihn in der Ferne, vor einer der Unterabteilungen auf Harmachis Flügel erkennen zu können. Wenn das tatsächlich Netru war, stand er am äußeren rechten Rand. Das war gut. Harmachis hatte einen ausgezeichneten Ruf in der Armee und er war ein auffallend großer, kräftig gebauter Mann. Es war gut für Netru, ihn als Vorgesetzten zu haben.

Die Kriegstrommeln fingen wieder an zu dröhnen und Akilleus' dunkelhäutige Soldaten stimmten erneut ihren Gesang an.

O ihr Götter! Bitte, bitte …

Diesmal klang es anders als der langsame Marschgesang, der bisher zu hören gewesen war. Es war wie ein tiefes Brummen, ein einfacher, aber ausgeprägter Rhythmus von zwei langen Tönen, gefolgt von einem kurzen, der unmittelbar abbrach: »Aj-je! Aj-je! Aj-je!«

Die Schwarzen begannen, sich in langer Reihe vorwärts zu bewegen. Ihre Bogenschützen machten einen Seitwärtsschritt, zogen ihre langen Pfeile aus den Köchern am Rücken, legten sie an die

Bogensehnen und spannten kraftvoll an. Die vorderste Reihe schritt nun schneller vor. Dahinter setzte sich die zweite Reihe in Bewegung.

»Aj-je! Aj-je! Aj-je!«

Die Bogen wurden himmelwärts ausgerichtet. Die mächtigen Pfeile waren so lang wie ein Mensch, aber ein normaler Mensch war ein oder zwei Kopf kleiner als diese schwarzen Teufel aus dem Land im Süden.

Die Männer in der Frontlinie trabten los.

Sie spannten ihre Bogen immer weiter und weiter an.

»Aj-je!«

Die erste Salve ging in die Luft. Teti beobachtete, wie sich die Furcht einflößenden Geschosse mit hoher Geschwindigkeit zum Himmel bewegten, dann einen Bogen schlugen und zischend wie Vipern wieder zur Erde flogen.

Die Fußsoldaten verfielen in Laufschritt. Sie rannten und grölten dabei. Die Pfeile prasselten hernieder und trafen ihre Ziele. Die ersten Ägypter wurden niedergestreckt, ihre Körper gespickt mit Bronzespitzen an langen Stäben aus Holz.

Langsam bewegte sich nun auch die ägyptische Front, sehr langsam. Und in völliger Stille. Sie waren nur so wenige. Dann prallten die Gegner unmittelbar aufeinander. Arme wurden hochgerissen, Schwerter blitzten auf. In blinder Wut hackten sie aufeinander ein. Von Netru war nichts mehr zu sehen. Wo war er geblieben? Wo war ihr Geliebter?

Immerhin konnte sie seine Einheit im Getümmel unterscheiden. Sie war zurückgeworfen worden, weit zurück. Überall fielen die Männer, getroffen oder verstümmelt von den schwarzen Kämpfern. Der eine oder andere rannte davon. Noch einer schloss sich ihnen an, noch einer und noch einer. Die Front drohte zusammenzubrechen. Die Mitte hielt nicht stand. Netrus Einheit fiel auseinander! Es gab keine Kampfeinheit mehr, sondern nur noch einen Haufen verschreckter Kinder, die schreiend auseinander stoben. Diese Feiglinge, diese verfluchten Feiglinge!

Jetzt konnte sie Netru wieder erkennen. Er war so stark getroffen worden, dass er auf die Knie gesackt war, aber gerade erhob er sich wieder. Er wirkte ein wenig betäubt, wankte aber vorwärts, und es gelang ihm, seinem vornübergebeugten schwarzen Gegner die Waffe aus der Hand zu schlagen. Mit einem rückwärts und aufwärts geführten Schwertstreich, der dem Schwarzen beinahe den Kopf abschlug, fällte er den übermächtigen Krieger.

Netru schloss wieder zu seinen Männern auf, schwenkte sein blutiges Schwert, und sie konnte erkennen, wie er losschrie. Jawohl! Er schrie diese Feiglinge an, befahl ihnen umzukehren!

Auf dem gesamten Schlachtfeld herrschte unterdessen ein einziges Durcheinander. Nirgendwo schien es noch intakte Einheiten zu geben, außer an Harmachis Flanke, wo der erfahrene General seine Männer beisammenhielt. Ihnen schien sogar ein Gegenangriff zu gelingen, der die Schwarzen zurückwarf, während die Einheiten auf der anderen Seite, die Mekims direktem Befehl unterstanden, sich sogar gerade zu einem Sturmangriff sammelten.

Dazwischen befand sich jedoch alles in beschämendem Aufruhr; Akilleus' Krieger waren tief in die ägyptische Schlachtordnung eingebrochen. Und mittendrin, alleine und von Feinden umgeben, stand Netru.

Teti schrie und heulte gleichzeitig. Der Kreis um Netru, den Einzigen seiner Einheit, der noch nicht gefallen oder weggerannt war, schloss sich immer enger. Er wirkte so verloren und so winzig in der Menge der überlangen, schlanken Gestalten. Sie werden ihn töten! Ihren Netru, direkt vor ihren Augen!

Am Rande des Schlachtfelds tauchte die nächste Angriffswelle nubischer Streitkräfte auf und marschierte mit dem schrecklichen Kriegsgesang auf den Lippen auf die Ägypter, auf ihren Netru zu.

Aufs Höchste angespannt blickte Netru von einer Seite zur anderen, von einem schwarzen Krieger zum nächsten. Er wandte den Kopf und sah, wie sie hinter seinem Rücken bereits weiter vordrangen. Sein blutbespritztes Schwert zitterte in seinen Händen.

Wo war seine Einheit geblieben? Hatte kein Einziger seiner Männer standgehalten? Warum kam keiner zurück, um ihm beizustehen?

Er sah zu Boden. Zu seinen Füßen lag die Standarte seiner Einheit im Wüstensand, voller Schmutz und blutverschmiert. Unwillkürlich bückte er sich und hob sie auf. Dann reckte er sie in die

Höhe, schwenkte sie hin und her und brüllte immer wieder, so laut er irgend konnte: »Vierte Einheit! Zu mir! Vierte Einheit! Zum Angriff!«

Rundherum rückten die Schwarzen langsam näher. Warum griffen sie nicht an? Er saß in der Falle, und sie trieben ihr Spiel mit ihm.

Netru spuckte in den Staub, ihnen vor die großen Füße, und schwenkte weiter das Banner. »Vierte Einheit! Zum Ruhme Amuns! Im Namen des Ptah! Vierte Einheit! Denkt an eure Familien, an euer ägyptisches Vaterland!«

Jetzt hatte er den Eindruck, als ob zwei der schwarzen Krieger es mit ihm aufnehmen wollten. Mit seinem Schwert schnitt er das untere Ende der Fahnenstange schräg ab, holte aus und rammte sie mit Wucht in den Boden. So blieb sie stehen, nicht mehr aufrecht, sondern schräg, kein stolzer Anblick, aber sie blieb stehen. Mit gezücktem Schwert nahm er davor Aufstellung.

»Nun denn!«, zischte er den beiden Kriegern zu. »Holt sie euch, wenn ihr könnt. Holt euch die Trophäe. Aber vorher müsst ihr mich töten – und zusehen, dass ihr nicht selbst in Stücke gehauen werdet. Los Jungs! Wer will der Erste sein?« Er biss die Zähne zusammen, rüttelte herausfordernd mit dem Schwert in seiner Hand und zielte damit frech und beinahe spielerisch auf ihre düsteren, ausdruckslosen Gesichter. »Aj-je!«, äffte er ihren Kriegsruf nach. »Was immer das zu bedeuten hat. Holt euch die Beute! Aj-je!«

Der größere der beiden sah ihm direkt in die Augen und sagte: »Aj-je heißen: Kampf!«

»Also dann, kämpfen wir.«

Netru machte einen Scheinangriff auf den einen, hieb jedoch auf den anderen ein. Der große Krieger wich gerade noch rechtzeitig vor dem Schlag zurück. Netru setzte nach und traf ihn am Arm. Der Schwarze ließ seine überlange Waffe fallen, griff an den Boden hinunter und hatte plötzlich eine ägyptische Waffe in den Händen, ein schmales Kurzschwert, das einer aus Netrus eigener Einheit bei der Flucht hatte fallen lassen.

Netru wollte weiter nachstoßen, sah aber aus den Augenwinkeln, dass der andere Kämpfer, den er mit seinem Scheinangriff getäuscht hatte, ihn in die Seite treffen wollte. Doch als er diesen Hieb parierte, blieb wiederum seine andere Körperhälfte unbedeckt, und das nützte der zweite. Packte das ägyptische Bronzeschwert und stach zu.

Netru spürte, wie seine Haut zerriss, wie das Metall zwischen seine Rippen fuhr, wie ihm der Atem wegblieb. Er biss die Zähne zusammen und haute noch einmal nach dem Arm, der das gestohlene Schwert geführt hatte. Der Schwarze jaulte auf, Blut quoll hervor, und die Bronzewaffe fiel in den Staub. Netru wollte noch einmal in die andere Richtung schlagen, aber da verließen ihn die Kräfte. Die aufragende Gestalt des Gegners verschwamm vor seinen Augen.

Er versuchte, den Blick auf den eigenen Körper zu fixieren, auf die sich rot verfärbende Wunde über seiner Hüfte. »O ihr Götter«, flüsterte er. »Teti.«

Seine Beine gaben nach, und er fiel auf die Knie. Mit einer Hand fasste er sich an die Rippen, mit der anderen wollte er sein Schwert wieder greifen, doch es gelang ihm nicht.

Mit dem Rumpf fiel er auf die Seite, spürte, wie sie immer klebriger und feuchter wurde, und kniff die Augen zusammen. Um ihn herum wurde alles grau.

Ihm wurde kalt, entsetzlich kalt.

Noch einmal blickte er auf und erkannte die Standarte seiner Einheit, die, halb zerrissen und blutbespritzt, im sanften Wind flatterte.

Er wollte noch etwas sagen, aber selbst dazu fehlte ihm die Kraft. Er bekam keine Luft mehr. Seine Lippen formten noch ein Wort, doch dann glitt er in die Dunkelheit hinüber, die Kälte wich von ihm und der Schmerz.

IX

In dem kleinen Kreis von Kriegern um Netru herum blieb es eine Weile vollkommen still, bevor der Schlachtenlärm wieder auf sie eindrang. Einer der schwarzen Kämpfer wollte das Banner der Vierten Einheit vom Boden aufnehmen, doch der Mann, der Netru getötet hatte, hielt ihn zurück. »Rühr es nicht an! Solange er noch am

Leben war, konnten wir es nicht erreichen. Lassen wir es an der Stelle, wo ein tapferer Mann sein Leben verloren hat.«

So blieb das arg mitgenommen aussehende Feldzeichen in seiner schiefen Stellung einfach an Ort und Stelle.

Auf beiden Flanken trugen Mekims Truppen nun mit neuer Kraft einen Angriff vor und schlossen die Masse der riesenhaften Soldaten auf dem Feld fast völlig ein. Doch diese verteidigten ihre Stellung und gaben keine Handbreit Boden preis. Der Kampf tobte auf allen Seiten, und die Ägypter fielen zu Dutzenden. In einiger Entfernung warteten die Verstärkungen von Akilleus' Heer auf ihren Befehl zum Einsatz.

Mekim schauderte, als er sie entdeckte. Seine eigenen Männer konnten sich kaum noch halten, und da standen, am hinteren Ende der Ebene, frische nubische Truppen, ausgeruht und begierig, auf ein einziges Wort hin in den Kampf einzugreifen. Halb so viele würden ausreichen, um die ägyptische Schlachtlinie endgültig zu durchbrechen, und seine Männer sanken weiterhin reihenweise in den Staub. Dennoch kämpften sie tapfer und verteidigten ihre Positionen, außer an der Stelle, wo die kopflose Flucht der Vierten Einheit die ägyptische Front auf katastrophale Weise geschwächt hatte.

»Schließt diese verdammte Lücke!«, brüllte er. »Jemand soll diese Lücke schließen!«

Weiter hinten stand ein Scharführer der Vierten Einheit, der sich mit den anderen davongemacht hatte, und betrachtete das blutige Schauspiel, dem er gerade noch entronnen war. Seine Kameraden um ihn herum versuchten ebenfalls durch den aufgewirbelten Staub auf dem Schlachtfeld etwas zu erkennen. Gerade hatten sie mit ansehen müssen wie ihr tapferer Anführer gefallen war. Alle schämten sich wegen ihrer eigenen Feigheit.

»Unsere Standarte weht immer noch im Wind«, sagte einer der Männer mit krächzender Stimme. »Sie haben sie nicht fortgenommen.«

»Ja«, meinte nun auch der Scharführer in bitterem Ton und voller Selbsthass. »Sie bezeichnet die Stelle, wo Netru gefallen ist.« Er spuckte auf den Boden. »Er jedenfalls ist keinen Schritt zurückgewichen. Und ich hielt ihn für einen kleinen Streber und Angeber.«

»Seht euch das an: Harmachis selbst führt den Angriff auf der linken Flanke«, sagte ein Dritter. »Der alte Kampfbulle persönlich! Er muss inzwischen an die sechzig Sommer zählen.«

»Die Alten und die Jungen«, sagte der Scharführer. Er betrachtete sein eigenes von keinem Blutstropfen bedecktes Schwert und spie auf die Klinge. »Kinder und Greise tun hier das, was getan werden muss. Und schaut euch unseren Haufen an! Wir verstecken uns in sicherer Entfernung wie gelbbäuchige Feiglinge. Ich würde mir diese Klinge in den Bauch rammen, aber sie ist schon dadurch genug entehrt, dass sie von den Händen eines Schwächlings gehalten wird, dessen Füße in der Schlacht in die falsche Richtung zeigen.«

Der zweite Mann schaute auf die Streitaxt in seinen eigenen Händen. Auch sie glänzte unbefleckt in der Sonne. Mit beschämter Miene sagte er: »Am liebsten würde ich zu dir sagen: ›Schweig endlich still!‹, aber ich weiß, dass ich damit meine innere Stimme auch nicht mehr zum Schweigen bringen könnte, die noch ganz andere, schlimmere Dinge zu mir spricht.« Er stieß einen tiefen Seufzer aus. »Was willst du denn nun tun?«

Der Scharführer ließ sich mit der Antwort Zeit. Als er endlich sprach, war seine Stimme so ausgeglichen und ruhig, dass die anderen genau hinhören mussten, um ihn zu verstehen. »Unsere Standarte, die Netru in den Boden gepflanzt hat, neigt sich langsam zur Erde. Ich werde hingehen, um sie wieder aufzurichten.«

Ein anderer nickte zustimmend. »Wir sollten nach vorne gehen und seinen Leichnam heimholen. Der Gedanke, dass die anderen darauf herumtrampeln, ist schrecklich. Ich glaube, ich weiß auch, wo er ist.«

»Wir wissen alle verdammt genau, wo er ist.« Ein Dritter, mit grimmiger und verärgerter Miene mischte sich ein. »Er liegt direkt neben der Fahne. Akilleus' beste Männer konnten ihn nicht davon loseisen, solange er noch lebte. Wir gehen dorthin, das meine ich auch, und wir werden ein paar Kehlen durchzuschneiden haben, bis wir dort sind.«

»Also los dann«, sagte der Scharführer. Er wandte sich an die Nachzügler seines aufgescheuchten Haufens. »Was ist mit euch?«, fuhr er sie in schroffem Ton an. »Ihr könntet nämlich auch etwas verlorene Zeit wieder gutmachen. Oder wollt ihr euch für den Rest eures Lebens für diesen Tag schämen?« Erstaunt wandten sie ihm ihre Gesichter zu, und ihre gehetzten Blicke wurden stetiger als er ihnen in die Augen blickte.

»Auf, ihr Schwächlinge, worauf wartet ihr noch? Wir bilden einen Ring um Netru und reißen dieses verdammte Banner hoch. Vielleicht können wir uns zur Abwechslung einmal wie Männer aufführen.«

Immer noch bewegte sich keiner von ihnen.

»Ihr Feiglinge!«, bellte er sie an. »Ihr elenden Angsthasen! Folgt mir, Vierte Einheit! Mir nach, Feiglinge! Für Netru!«

Zögernd und mit peinlich berührtem Gesichtsausdruck setzten sie sich wieder in Bewegung auf den Ort zu, den sie vor kurzem erst in kopfloser Panik verlassen hatten.

Als Netru fiel, brach Teti in hemmungsloses Schluchzen aus. Blind vor Tränen wollte sie von dem Felsvorsprung hinab auf die Ebene laufen, aber der alte Handwerker fing sie ab und hielt sie fest. Zunächst hatte er sie an den Händen gepackt – sein Griff war kräftiger, als sie je für möglich gehalten hätte – und kurz darauf die Arme um sie gelegt. Ohne ihr in irgendeiner Weise Gewalt anzutun, tröstete er sie nun, indem er ihr mit seinen rauen, von der Arbeit rissigen Händen sanft aufmunternd auf den Rücken klopfte. Sie versuchte, ihre Gefühle wieder zu beherrschen und das Schluchzen zu unterdrücken. Vorsorglich hatte er Teti so gedreht, dass ihr Blick auf die Felswand hinter den Schmiedestellen gehen musste; er selbst behielt das Schlachtfeld im Auge, während er ihr vorsichtig über den Rücken strich, sie hin und her wiegte und ihr beruhigende Worte ins Ohr murmelte wie ein Vater bei einem kleinen Kind.

Dabei entging ihm nicht, was sich indessen Neues unten auf der Ebene ereignete. »Na, endlich ... die Einheit in der Mitte der Schlachtreihe, die so jämmerlich desertiert ist ... jetzt drehen sie um und kehren zurück in den Kampf. Tapfere Männer! Sie sind schon mittendrin ... bahnen sich einen Weg mitten durch die Nubier, als ob es ihnen egal ist, ob sie leben oder sterben müssen.«

Teti zuckte immer noch hin und wieder unvermittelt zusammen.

»Sie kämpfen wie die Löwen! Sie mähen die Nubier einfach um!

Nun haben sie die Standarte erreicht. Einer streckt sie in die Höhe. Nein, doch nicht. Gerade ist er von Feinden überwältigt worden. Aber ein anderer hat die Fahne aufgefangen, bevor sie den Boden berührt hat, und er schwenkt sie nun wie wild. Seht Euch das nur an, mein Kind! Schaut!«

Vorsichtig drehte er sie herum. Sie wischte sich die Tränen weg.

»Seht nur!«, sagte er. »Sie haben einen Kreis um die Standarte und um Euren jungen Freund gebildet. Sie verteidigen die Position gegen die Nubier.«

Tetis Gesicht war vor Schmerz und Fassungslosigkeit wie versteinert. »Was soll mir das jetzt noch nützen? Es ist z-zu spät.«

»Aber er hat sie zur Vernunft gebracht, ihnen Mut eingeflößt. Merkt Ihr das nicht? Sie sind zurückgekommen und schließen jetzt die ägyptische Front ganz aus eigenem Antrieb. Und nun müssen die Nubier sterben. Euer Freund hat das alles durch seine Tapferkeit erreicht. Er hat die Einheit gerettet! Er allein!«

»Das ist mir gleich«, sagte sie in bitterem Ton. Dann wurde ihre Stimme lauter und schriller. »Sie haben ihn umgebracht! Verstehst du nicht? Für mich ist er für immer verloren!«

Der Alte betrachtete sie mitleidsvoll aus Augen, die schon so oft zuvor Schmerz und Trauer wie ihre gesehen hatten. Er legte seine große, kräftige Hand auf ihren Unterarm und rüttelte sie ein wenig, als Aufforderung, ihn anzusehen. »Ich verstehe, dass es Euch gleichgültig ist, meine Liebe«, erklärte er mit tiefer, ruhiger Stimme, »aber ihm wäre es nicht gleichgültig gewesen. Ihm wäre es wichtig gewesen. Er ist nicht umsonst gestorben. Ich wäre mir nicht einmal sicher, ob Ihr ihn wirklich verloren habt – erinnert Euch an das, was ich Euch heute gesagt habe, wenn Ihr in fünfzig Jahren einmal auf diesen Tag zurückblickt.« Er hielt kurz inne, und als er weitersprach war seine Stimme vollkommen ruhig. »Solch einen Mann kann man niemals verlieren, Teti aus Lischt. Er wird immer bei Euch sein. Bis ans Ende Eurer Tage. Und vielleicht darüber hinaus.«

Die Rückkehr der Vierten Einheit schloss nicht nur die Lücke in deren ägyptischen Schlachtreihen, sondern flößte den Kriegern des Pharaos neuen Mut ein. Von frischem Eifer befeuert drängten sie die Nubier zurück, und eine Zeit lang stand die Schlacht unentschieden. Wie auf Verabredung wichen beide Gegner gleichzeitig zurück, und es entstand eine Art Niemandsland zwischen den Fronten.

Mekim und Harmachis inspizierten erschöpft ihre Einheiten und versuchten, sie zu ordnen. Hinter den aufgestellten Mannschaften erstreckte sich der eigentliche Kampfplatz, ein Feld des Grauens, mit toten Leibern, sowohl weiß- als auch dunkelhäutigen übersät. Der Blutzoll der Ägypter war so erheblich, dass die Schlachtreihe an vielen Stellen nur noch aus einem Kämpfer bestand. Auch die Nubier hatten nach der Rückkehr der Vierten Einheit große Verluste hinnehmen müssen. Diese hatte mit solchem Furor gewütet, dass die nubische Eliteeinheit, der Netru zum Opfer gefallen war, völlig aufgerieben wurde. Doch als Mekim und Harmachis die Gesamtlage zu erfassen suchten, sahen sie in der Ferne hinter der nubischen Front weitere Verstärkungen bereitstehen, die nur darauf warteten, gegen ihre eigene angeschlagene Armee ins Feld geführt zu werden. Nach wie vor stand das Verhältnis eins zu zwei. Mekim war sich sicher, die unmittelbar gegenüberstehende feindliche Front abwehren zu können, falls es zu einem weiteren Gefecht kommen sollte. Aber wenn die Verstärkung unter der Führung von Akilleus selbst eingriff, wäre dies der Beginn einer unausweichlichen und katastrophalen Niederlage.

»Es sieht nicht gut aus, nicht wahr?«, meinte Harmachis.

»Das stimmt«, gab Mekim mit zusammengebissenen Zähnen zu. »Ich bin bereit zuzugeben, dass ich einen Fehler gemacht habe. Ich würde alles dafür geben, wenn ich wüsste, was Musuri in dieser Lage tun würde.«

Harmachis sah ihm direkt in die Augen. »Dann schicke sofort einen Läufer zu ihm. Wenn du schon so viel Einsicht zeigst, wäre es falsch, dies zu unterlassen.«

»Es sei.« Mekim winkte mit dem Arm einen jungen Unteranführer herbei, der sofort angelaufen kam. Mekim instruierte ihn kurz, und der junge Mann rannte in Richtung der linken Flanke davon.

»Ich muss auch für das Verhalten meiner Vierten Einheit um Entschuldigung bitten«, sagte Harmachis.

»Sie haben es ja hinterher wieder wettgemacht. Dennoch eine

Schande, dass wir den jungen Kerl verloren haben. Wahrscheinlich hat er uns bisher vor dem Schlimmsten bewahrt.«

»Ganz recht. Die Vierte Einheit hat sich einfach aus dem Staub gemacht und wäre ohne ihn nicht zurückgekehrt. Falls wir das alles hier überleben und falls es dann überhaupt noch eine nennenswerte ägyptische Armee gibt, wird er sicherlich in einem Marschgesang verewigt.«

»Falls wir hier heil herauskommen, in der Tat. Du hast auch einen hässlichen Schnitt im Gesicht abbekommen«, bemerkte Mekim.

»Das ist nicht weiter der Rede wert. Was immer mit meinem Gesicht passiert, es kann nur schöner werden. Aber ich bin dankbar, dass ich noch kein Auge verloren habe. Um ein Haar wäre es passiert. Es hat nur ein Daumen breit gefehlt …« Harmachis zuckte mit den Schultern. »Was glaubst du, wann er seine Verstärkung vormarschieren lässt?«

»Keine Ahnung. Ich hoffe, nicht so bald. Wir müssen versuchen das hinauszuzögern, bis ich Musuris Rat eingeholt habe. Ich war ein Narr, ihn so völlig vom Schlachtfeld zu entfernen. Ich hätte ihm das Kommando nehmen können, ohne ihn wegzuschicken. Was habe ich mir nur dabei gedacht? Pah! Baliniri hat immer gesagt, ich sei der geborene Unteranführer – tapfer, aber dumm; ich bräuchte immer jemanden, der mir den Feind ausdeutet und mir sagt, wann ich losschlagen soll.«

»Bisher hast du alles richtig gemacht. Es gibt keinen Grund für Selbstbeschuldigungen. Was willst du tun, um noch ein wenig Zeit zu schinden?«

Mekim biss sich auf die Lippe und schüttelte den Kopf, aber als er sprach, war klar, dass er sich bereits seit einiger Zeit über sein weiteres Vorgehen im Klaren war. »Ich werde einen Boten mit einer weißen Fahne hinüberschicken und um eine Unterredung bitten. Mit Akilleus persönlich.«

Von der Toposa-Einheit her kam ein Läufer angerannt, der eine Nachricht von Akral mitbrachte. »Akillu!«, rief er. »Mein Herr sagt, ich soll euch melden, dass er ein weißes Tuch über der feindlichen Schlachtreihe gesehen hat.«

Akilleus stellte sich auf die Zehenspitzen und reckte den Kopf, um über die Elitesoldaten seiner Leibgarde hinwegsehen zu können. »Musuri ist also endlich zur Vernunft gekommen.«

Okware, vom Stamm der Donjiro, schüttelte den Kopf. »Nein, Akillu. Meine Kundschafter haben mir berichtet, dass er gar nicht mehr dort ist. Noch vor der Schlacht wurde er unter Bewachung abgeführt. Mekim hat ihn als Oberbefehlshaber ersetzt.«

»Mekim? Wer ist dieser Mekim? Willst du etwa behaupten, dass ich hier als Feldherr meinem ehemaligen Unterführer gegenüberstehe?« Der tiefen Stimme des alten Mannes war die Enttäuschung anzumerken. »Nun, das spielt ja jetzt keine Rolle. Das Aufziehen der weißen Fahne bedeutet, dass sie ihre Gefallenen gezählt und die richtigen Schlüsse daraus gezogen haben. Sie haben erkannt, dass sie geschlagen sind. Meine Freunde, es wird nur noch ein paar Tage dauern, bis wir in Theben sind.«

»Wir werden sehen.« In Okwares Ton schwang etwas mit, das darauf schließen ließ, dass die Dinge nicht so einfach lagen, wie Akilleus sie sah.

»Hören wir uns an, zu welchen Bedingungen sie kapitulieren wollen.«

Jeder der Boten trug ein weißes Banner, als sie sich in der Mitte des Niemandslandes trafen. Ihre jeweiligen Oberbefehlshaber standen vor ihren Schlachtreihen. »Sei gegrüßt«, sagte der Ägypter. »Ich spreche für Mekim, den Befehlshaber der Armee des Herrschers der Zwei Reiche. Mein Herr bittet um eine Unterredung mit deinem Herrn Akilleus, dem König von Nubien, unter der weißen Fahne hier an dieser Stelle, wo wir gerade stehen.«

»Ich grüße dich ebenfalls«, sagte Akilleus' Botschafter. »Ich spreche für Akillu, der früher Mtebi hieß aus dem Land der Feuerberge und der von den Ägyptern Akilleus genannt wird. Ich werde deine Worte meinem …«

Er konnte den Satz nicht beenden. Von überall her, sowohl auf nubischer wie auf ägyptischer Seite kam ein Ruf des Erstaunens. Aller Augen wandten sich in Richtung auf das Gebirge.

Aus dem Wadital kam eine eigenartige Prozession herausmarschiert. Schwarze schlanke Kriegerinnen kamen reihenweise hinter dem Geierfelsen hervor und bewegten sich auf das Zentrum des

Schlachtfeldes zu. Sie trugen ihr gesamtes Kriegsgerät mit sich, schlanke Bogen, Schwerter und Messer, die allesamt ebenfalls schwarz angemalt waren.

Vorneweg gingen zwei Menschen, die ungleicher nicht sein konnten, eine Frau und ein Mann. Einer mit weißer Hautfarbe, eine schwarz. Eine aufrecht und von kräftiger Gestalt, der andere klein und altersgebeugt: Ebana, die Königin von Nubien, und der betagte General Musuri aus Moab!

X

Vollkommene Stille senkte sich über die beiden Armeen, die sich auf der weiten Ebene gegenüberstanden, eine Stille so vollkommen, dass man das Rauschen des großen Flusses vernehmen konnte.

Der Strom der nackten, athletischen Kriegerinnen, die in disziplinierten Doppelreihen aus dem Taleinschnitt hervortraten, riss nicht ab. Jeweils rechts und links außen hielten sie ihre Furcht einflößenden Speere als wären sie angewachsen. Am größten und eindrucksvollsten wirkte Ebana selbst, die in königlichen Gewändern bis nach Edfu gereist war, doch nun genauso nackt und selbstbewusst auftrat wie ihre Kämpferinnen und trotz ihres höheren Alters ebenso gestählt wirkte.

Musuri neben ihr hatte offensichtlich Mühe, bei dem strammen Schritt mithalten zu können, den der Schwarze Wind vorgab. Seine vielen Verwundungen aus früheren Schlachten machten ihm zu schaffen, und sein Hinken hatte sich verschlimmert. Doch obwohl sein Rücken gebeugt war, hatte seine Haltung immer noch etwas Stolzes und Militärisches.

Beinahe gleichzeitig lösten sich Akilleus und Mekim von ihren Standorten vor ihren Truppen und stapften zu dem vereinbarten Treffpunkt, wo die beiden Botschafter sich unter den weißen Fahnen miteinander unterhielten. Mekims üblicherweise leicht schwingender Gang wirkte nicht mehr so lässig wie sonst, dafür konnte man Akilleus' stampfenden Riesenschritten entnehmen, dass der nubische König bis aufs Blut gereizt war.

Noch bevor die beiden Feldherren bei den weißen Bannern zusammentrafen, erscholl Akilleus' gewaltige Stimme bereits über der Ebene, sodass jeder Soldat in beiden Lagern ihn hören konnte. »Ihr!«, tobte er. »Mekim ist Euer Name, wie ich höre. Was hat das alles zu bedeuten?«

Mekim stellte sich kerzengerade hin mit auf die Hüften gestemmten Fäusten. »Ich wäre froh, wenn ich das selber wüsste«, antwortete er, wobei er etwas verwirrt dreinschaute. Dann rief er: »Musuri, wo sind deine Wachen geblieben?«

Musuri bellte einen Befehl, und die Kriegerinnen kamen ruckartig zum Stehen. Er wollte etwas sagen, aber Ebana hob die Hand. »Lass mich sprechen«, sagte sie. »Meine Stimme trägt in so einer Umgebung einfach weiter.« Und so war es. Einer Trompete gleich hatte sie einen durchdringenden Oberton, der ihre ganze Entschiedenheit unterstrich, ohne einschüchternd zu sein.

»Musuris Bewacher stellten für uns kein Problem dar«, erklärte sie Mekim. »Ihnen ist nichts passiert. So viel zu den Nebensächlichkeiten.« Dann blickte sie ihrem Gatten direkt ins Gesicht. »Akilleus!«, begann sie in spitzem Ton, »dieser Krieg wird jetzt auf der Stelle beendet. Unter der weißen Flagge werden wir den Frieden verkünden.«

»Ganz recht!«, brüllte der alte König mit fauchender Stimme wie ein gereizter Leopard. »Es wird den Frieden geben, um den die Ägypter betteln werden und dessen Bedingungen ich ihnen diktieren werde!«

»Der Frieden wird jetzt verkündet«, sagte sie. »Seid bereit!«

Das kurze Kommando war an die Frauen des Schwarzen Windes gerichtet. Schneller als ein Auge wahrnehmen konnte, waren hundert Speere auf Akilleus gerichtet.

»Wenn du eine Bewegung machst, stirbst du«, sagte Ebana in beinahe teilnahmslosem Ton.

»Wenn auch nur ein einziger Pfeil abgeschossen wird, wenn auch nur eine Hand an ein Schwert greift, ohne dass ich es ausdrücklich erlaubt habe: beim kleinsten Anzeichen von Feindseligkeit werde ich zur Witwe und dein Sohn zum Waisen.«

Akilleus' Riesenhände zuckten, und jeder konnte sehen, wie er beinahe unwillkürlich zu dem Schwert an einer Seite gegriffen hätte. »Was hat das zu bedeuten, Frau? Du befiehlst deinen Kampfweibern ihre Speere auf ihren rechtmäßigen König zu richten, und das an einer Stelle, wo niemand seine Waffe zieht, ohne gegen heiliges Gesetz zu verstoßen?«

»Dies ist Mekims Waffenstillstand, und deiner«, erwiderte sie. »Ihr beiden seid an dieses Gesetz gebunden, ich nicht. Ich habe lediglich meine eigene Leibgarde mitgebracht, die in eure Auseinandersetzung nicht verwickelt ist. Und ich schließe hiermit im eigenen sowie im Namen meiner Einheit einen separaten Frieden mit den Ägyptern.«

»Das ist Verrat!«, schrie Akilleus.

»Verrat?«, wiederholte sie ganz ruhig. »Du entehrst dich selbst und ganz Nubien. Und wenn jemand, der dein Volk und dein Land wirklich liebt, gegen dich und deine Tyrannei aufsteht, dann nennst du es Verrat. Denk noch einmal nach, alter Mann. Denk an die ehrenhaften und heldenhaften Taten deiner Jugend und während deines mittleren Alters. Willst du mir allen Ernstes weismachen, dass diese Kriegskampagne, die du gerade betreibst, keine Schande über deinen Namen bringt sowie über meinen und den deines Sohnes? Deines Sohnes, in dessen Namen du diese Unsinnstaten begehst?«

Akilleus' Augen sprühten vor Zorn. »Du Närrin!«, sagte er. »Gesetzt den Fall, ich würde deinem feigen und erzwungenen Frieden zustimmen. Was sollte mich davon abhalten, zu meinen Truppen zurückzugehen, sobald diese Speere nicht mehr auf mich zeigen, und ihnen den entscheidenden Großangriff zu befehlen? Vergleiche nur die Anzahl meiner Soldaten mit der von Mekim. Genauso gut wie jedermann hier kannst du erkennen, dass Mekims Armee einem einzigen weiteren Angriff nicht mehr standhalten kann, und wenn sie noch so tapfer kämpft.« Seine Stimme wurde noch einmal lauter. »Was sollte mich davon abhalten, Weib?«

Sie sah ihm direkt in die Augen und schwieg eine lange Weile. »Ich werde dich davon abhalten«, brach es aus ihr hervor. »Ich und der Schwarze Wind. Ich, deine Gattin und Königin, die Gefährtin, die du dir erwählt hast, die Mutter deines einzigen Sohnes. Ich und meine Kriegerinnen. Sie sind die Töchter, Schwestern und Ehefrauen deiner Soldaten. Wenn du Mekims Armee vernichten willst, dann musst du zuerst uns vernichten, denn wir werden zwischen euren Armeen stehen. Und wir werden hier stehen bleiben und unser Leben notfalls teuer verkaufen. Und im Grunde wusstest du es bereits, bevor ich es hier ausgesprochen habe.«

Alle konnten sehen, wie Akilleus erneut am liebsten zum Schwert gegriffen hätte, so spürbar war der Zwang, seinen Riesenkörper beherrschen zu müssen. »Ich … ich kann nicht gegen Frauen kämpfen«, sagte er mit erstickter Stimme. »Mekim! Such deinen besten Kämpfer heraus! Rufe den schrecklichsten Krieger, den du hast! Und mit ihm will ich einen Kampf auf Leben und Tod bestreiten. Damit soll der Krieg zwischen unseren beiden Reichen beigelegt werden. Dein bester Mann gegen mich.«

Mekim wandte sich Ebana zu, die trotzig an der Spitze ihrer grimmig wirkenden Kriegerinnen stand. Seine Schultern sackten nach unten. Trotz seiner jahrelangen Kriegs- und Kampferfahrung, trotz seiner Jugend im Vergleich mit Akilleus' fortgeschrittenem Alter: Jeder Beobachter dieser Szene konnte den Ausgang eines Zweikampfes zwischen den beiden – dem hoch aufragenden, immer noch ungeheuer starken alten König und dem jungen und muskulösen, aber anderthalb Kopf kleineren Mann – vorhersagen.

Dann ereignete sich etwas völlig Unerwartetes. Der alte Musuri, der die ganze Zeit über geschwiegen hatte, trat nun vor, richtete sich auf und blinzelte zu dem ältesten Freund, den er auf dieser Welt hatte, aus zusammengekniffenen Augen hinüber, zu dem Mann, der so lange sein Oberbefehlshaber gewesen war und sein Partner in einer Unzahl von gemeinsamen Abenteuern. Er sprach nun mit ruhiger, ausgeglichener Stimme: »Ich stehe auf niemandes Seite. Als Oberbefehlshaber der ägyptischen Streitkräfte bin ich meines Kommandos enthoben worden und stehe augenblicklich praktisch unter Arrest. Immerhin hat man mir mein Schwert gelassen. Niemand ist mir zu Gehorsam verpflichtet, und auf den Ausgang eines Kampfes zwischen dir und mir würde ich keine Wette eingehen. Dennoch fordere ich das Privileg ein, mit dir, mein Freund, als erster den Zweikampf auf Leben und Tod wagen zu dürfen.«

Akilleus sah Musuri mit großen Augen an. Ungläubig musterte er ihn von oben bis unten. Mekim schnaubte unwillig und wollte Musuri schon den Befehl geben, das Gelände zwischen den Fronten sofort zu verlassen, als Ebana gebieterisch ihre Hand hob. »Lasst ihn aussprechen. Wenn es hier irgendjemanden gibt, der das Recht hat, solch eine Forderung vorzutragen, dann ist er es. Stimmt das etwa nicht, Akilleus?«

Akilleus starrte Musuri an. »Ich könnte dich mit einer Hand in zwei Teile brechen«, polterte er los. »Das ist absurd!«

»Es mag absurd sein«, erwiderte der alte Mann mit friedfertigem Lächeln. »Aber der Gedanke, deine Frau töten zu wollen, um dich auf den Feind stürzen zu können, ist genauso absurd. Alles im Leben kann komisch oder lächerlich erscheinen, wenn man es unter bestimmten Blickwinkeln betrachtet. Doch die Frage ist bisher unbeantwortet geblieben: Habe ich das Recht, darum zu bitten, dass, falls ich sterben sollte, dies von deiner Hand geschehe? Ich habe sowieso nicht mehr lange zu leben, Akilleus. Mich zu töten wäre ein Akt der Gnade.« Er lächelte. »Selbstverständlich werde ich mich nach Kräften verteidigen. Ich habe das Kriegshandwerk zu lange betrieben, als dass ich nicht unwillkürlich so handeln würde. Ich sage das nur, mein ältester und bester Freund, damit du weißt, dass dieser Gnadenakt nicht ganz ohne geringfügiges Risiko für dich ist.«

Alle Augen richteten sich nun auf Akilleus. Die Stille innerhalb des kleinen Kreises unter der weißen Fahne war betäubend. Im Innern rangen zwei seiner hervorstechendsten Eigenschaften miteinander: seine natürliche Mitmenschlichkeit und seine schreckliche Besessenheit, in allen Dingen einen Sieg erringen zu müssen. Der Schweiß lief ihm über sein großes, hageres Gesicht. Er schloss die Augen und knirschte mit den Zähnen.

Dann durchlief ein Zittern seinen gesamten Körper und er langte nach seinem Schwertgriff, als ob er ihn zermalmen wollte.

»So sei es denn!«, rief er mit donnernder Stimme und zog die Waffe. »Tretet alle zurück! Macht Platz! Musuri, deinen Tod hast du dir selbst zuzuschreiben, nicht mir. Ich habe das alles nicht gewollt.«

Während die Umstehenden fünf, sechs, sieben Schritte zurücktraten, zog auch Musuri sein Schwert – ein schwarzes Schwert, das sich von allen anderen unterschied und keine Scharte aufwies. Er salutierte Musuri. »So sei es denn, mein Freund«, bestätigte er noch einmal ausdrücklich. »Wenn ich falle, habe ich es mir selbst zuzuschreiben und eben einen Narren aus mir gemacht. Solltest du jedoch sterben, dann mögen die Götter demjenigen vergeben, der diesen Streich ausgeführt hat, und uns im Totenreich wieder in Freundschaft zusammenführen, wo ewiger Friede herrscht und alle Leidenschaften vergessen sind.« Musuri verbeugte sich tief und nahm die Ausgangsstellung für den Zweikampf ein. »Wehr dich!« Seine Stimme klang ruhig, ohne eine Spur von Furcht oder irgendeiner anderen Gefühlsregung, außer vielleicht einem unterschwellig mitschwingenden Ton von Traurigkeit ...

Akilleus ging einmal im Kreis herum, blieb dann stehen und überprüfte die Schärfe der Schwertschneide mit dem Finger. Dann kniff er schnell einmal die Augen zusammen, womöglich, um eine Träne zu verdrücken. Schließlich schüttelte er heftig seinen grauhaarigen Kopf, machte einen Ausfallschritt, täuschte eine Bewegung an und schlug zu.

Zu jedermanns Überraschung parierte der gewitzte alte Musuri den Schlag und ließ ihn mit Leichtigkeit ins Leere gehen. Mekim stieß einen Seufzer der Erleichterung aus, den alle hören konnten.

Akilleus biss die Zähne zusammen und ging wild um sich schlagend zum Großangriff über. Mit ungeheurer Schnelligkeit teilte er seine Hiebe nach allen Seiten aus. Doch wo immer er mit dem Schwert hinzielte, der alte Mann war nicht mehr dort. Die Zuschauer konnten kaum begreifen, was sich da vor ihren Augen abspielte. Jeder von Akilleus' Schwertstreichen schien der Todesschlag zu sein, aber jeweils im allerletzten Moment schaffte Musuri es, sich der Bahn des Schwertes zu entziehen. Akilleus stürmte vor, Musuri wich zurück und nahm keinen der Hiebe direkt an.

O ihr Götter, kam es Mekim plötzlich in den Sinn. Das spielte sich völlig anders ab als erwartet. Nach dem ersten Nahgefecht hätte alles vorbei sein sollen und stattdessen erteilte Musuri ihnen allen eine Lektion in Selbstverteidigung, indem er dafür sorgte, dass Akilleus' Kraft und Ausdauer von Augenblick zu Augenblick mehr verpuffte.

Nach wie vor bestand kein Zweifel daran, wer von den beiden der Stärkere war. Seine neuen Schwertstreiche brachten Musuri in stärkere Bedrängnis, auch auf dessen Gesicht zeigten sich die ersten

Schweißtropfen. Alle seine Bewegungen wurden schwächer, die Behinderung des Beines war überdeutlich.

Erneut ging Akilleus aufs Ganze und drang voller Ungestüm auf Musuri ein. Der wich immer weiter zurück.

Und dann – die Zuschauer hielten vor Schreck den Atem an – kam Musuri mit dem Fuß falsch auf, sein Knöchel verdrehte sich, er stolperte erst nach hinten und fiel dann auf ein Knie. Akilleus ragte vor ihm auf, holte mit dem Schwert über den Kopf aus und ließ es mit der ganzen Kraft seines riesenhaften Körpers niedersausen.

Musuri hob seine eigene Waffe und hielt sie quer über seinen Kopf, um die Wucht dieses Schlages wenigstens abzumildern, damit er ihn nicht vollends niedermähte.

Der Schwertstreich kam herunter, die Klinge traf Musuris hoch erhobene Waffe und …

Akilleus' Schwert zerbrach in drei Teile! Die Stücke flogen, ohne Schaden anzurichten, rechts und links an Musuris Kopf vorbei. Aufgrund des ungeheuren Schwungs, mit dem Akilleus seinen Streich ausgeführt hatte, geriet er aus dem Gleichgewicht und taumelte nach vorn. Er suchte Halt an Musuris Schulter, der gerade im Begriff stand, sich wieder zu erheben. Ein Stück weit zog Musuri sein Schwert wieder zurück, aber dann stieß es blitzartig vor wie die Zunge einer Schlange. Es traf Akilleus' Herz, und die Klinge versank bis zum Heft in dessen Leib.

Immer noch spürte Musuri Akilleus' schwere Hand auf seiner Schulter. Er stand selbst noch etwas wackelig auf den Beinen, während der große schwarze Mann sich mit zunehmendem Gewicht an ihn lehnte. Langsam zog Musuri seine dunkle Waffe aus dem Körper seines Gegners. Ein Schwall von Blut schoss heraus.

Der alte Löwe blickte seinen Freund an, den Mann, der ihm den Todesstreich versetzt hatte, und versuchte etwas zu sagen. Seine Worte waren so sanft wie der Wind, der seine graue Mähne flattern ließ.

»Dein Schwert …«, flüsterte er, »… ist es aus Eisen?«

Musuri sah ihm direkt in die Augen. Sein Blick war voller Zuneigung und Mitgefühl. »Ja, mein lieber Freund«, sagte er. »Auf baldiges Wiedersehen.«

Dann trat er zur Seite und sah zu, als der Riesenkörper langsam zu Boden sank wie ein gefällter Baumstamm.

X

Eine ganze Weile lang herrschte betroffenes Schweigen, doch dann erhob sich ein immer weiter anschwellendes Gebrüll auf Seiten des nubischen Lagers. Akral von den Toposa, der Akilleus vor seine Schlachtreihe begleitet hatte, hob beide Arme und sprach mit scharfem Ton in dem Dialekt des Landes der Feuerberge. Danach ebbte das Gebrüll mit einem Murmeln ab, und die Krieger stießen ihre Speere auf den Boden.

Dann ergriff Ebana in dem verschreckten Kreis um den gefallenen König das Wort. »Wenn sonst niemand etwas sagen will, dann werde ich es jetzt tun. Ich habe bereits vor längerer Zeit um Akilleus getrauert und um die Bahn, die sein Leben in letzter Zeit eingeschlagen hat. Und ich werde wieder trauern, wenn die Zeit dazu gekommen ist. Aber im Augenblick ist es unsere Pflicht, Frieden zu stiften. Befehlt den Armeen den Rückzug. Lasst uns wie alte Freunde beisammensitzen und miteinander beraten, wie wir unsere jungen Leute ohne weiteres Blutvergießen am besten wieder nach Hause bringen.«

Das Einzige, was Mekim zu tun blieb, war, sich vor ihr zu verbeugen, wie man sich vor einer Königin verbeugt.

»Ich glaube, der Krieg ist vorbei«, sagte der alte Schmied zu Teti. »Was sie da unten zueinander sagen, kann man wohl erraten. Die Truppen werden sich erst einmal in ihre Lager zurückziehen, und die Anführer werden miteinander verhandeln. Ebana war von Anfang an gegen diesen Krieg, also wird sie den Feldzug abbrechen und einen gerechten Friedensschluss anstreben.«

Mit unbewegter und bleicher Miene beobachtete Teti die Vorgänge unten in der Ebene. Dann ließ sie ihren Blick über das Gelände auf dem Felsvorsprung schweifen. »Sieh nur«, sagte sie tonlos, »ich habe die Feuer ausgehen lassen.«

»Das ist jetzt nicht mehr so wichtig. Wenn Ihr gebraucht worden wäret, wärt Ihr bereit gewesen.« Dann fügte der alte Mann mit sanfter Stimme hinzu: »Ihr werdet hinunter gehen wollen, um den Leichnam Eures Freundes zu bergen. Ich werde Euch begleiten.«

»Wäre das Ende der Schlacht früher gekommen ...«, sagte sie mit erstickter Stimme.

»Wir tun alle nur das, was wir können. Die Götter hatten andere Pläne. Euer junger Freund hat die Rolle gespielt, die ihm das Schicksal zugewiesen hat. Er sollte ein Held sein, und das ist er geworden. Seine Bestimmung hat sich erfüllt, und es hätte nicht besser sein können.«

»Er hätte auch ein Held sein und weiterleben können!« Zum ersten Mal war Trotz und Ärger in ihren Worten zu spüren.

Der alte Mann legte ihr tröstend seine Hand auf die Schulter. Sie schüttelte sie ab. Nachdenklich sah er sie an. »Kommt«, sagte er, »bevor sie ihn wegtragen.«

Von dem Felsvorsprung aus waren die Toten leicht zu identifizieren. Schwarze Krieger, weiße Krieger. Aus der Entfernung hatte man sogar erkennen können, welchen Verlauf die Schlacht genommen hatte. Aber aus der Nähe waren es nur Leichen, und so viele!

An manchen Stellen konnte Teti kaum laufen, ohne auf einen Leichnam zu treten, der mit offener Wunde in seinem eigenen Blut lag. In vielen Fällen waren zwei Männer, die sich gegenseitig getötet hatten, wie in brüderlicher Umarmung zu Boden gesunken. Und viele Gesichter zeigten einen so friedlichen Ausdruck, als würden sie lediglich schlafen.

Mit den meisten verband Teti keine besonderen Gefühlsregungen, auch wenn sie das eine oder andere vertraute Gesicht erkannte. Einige der Gefallenen waren Männer, die sie bereits einmal in Lischt gesehen hatte: Für den einen hatte sie etwas repariert, für den anderen eine stumpfe Klinge geschärft, für jenen eine lose Klinge wieder im Heft befestigt.

Aber wo war Netru? Inzwischen war sie doch bestimmt weit genug vorgedrungen ...

Der alte Mann und sie erspähten ihn im selben Augenblick. Sie blickten sich an, und der Schmied nickte zur Bestätigung. Zögernd ging Teti zu der Stelle hinüber. Zu keiner Gefühlsregung mehr fähig, starrte sie wie versteinert auf den Toten hinunter.

Seine Einheit, die wieder zu ihm zurückgekehrt war, hatte in der Tat das Banner wieder aufgerichtet. Das etwas ramponiert wirkende Emblem flatterte sanft im leichten Wind. Netrus Leichnam lag in einer friedvoll anmutenden Haltung da, seine langen nackten Glieder zeigten immer noch, was für ein schöner Mann er gewesen war. So wie er dalag, war seine grässliche Wunde kaum sichtbar. Seine Augen waren immer noch geöffnet, der leere Blick auf die Standarte gerichtet, bei deren Verteidigung er den Tod gefunden hatte. Seine Finger waren immer noch um den Schwertgriff gekrümmt.

Teti ließ sich neben ihm im Staub auf die Knie nieder, schloss ganz sachte und zärtlich seine Augenlider und legte ihren Kopf auf seine Brust.

Der alte Schmied sah ihr mit zusammengebissenen Zähnen dabei zu. Schließlich wandte er sich ab und betrachtete den Mann, der Netru getötet hatte, und an dem sich die später wieder zurückgekehrte Vierte Einheit gerächt hatte. Ein langer Pfeil steckte in seiner Brust.

In der Hand dieses schwarzen Kriegers steckte noch immer die Waffe, die er seinerzeit vom Boden aufgeklaubt und mit der er den tödlichen Hieb ausgeführt hatte. Der alte Mann beugte sich vor und hob sie auf. Während er sie betrachtete, seufzte er tief und wandte verstohlen den Kopf nach Teti um. Dann warf er die Klinge unauffällig wieder auf den Boden, egal, wo sie landete. Es war besser, wenn sie niemals erfuhr, dass ihr Geliebter mit einer Waffe umgebracht worden war, die sie selbst angefertigt hatte.

Teti hockte sich vor Netru auf die Knie. »Du hast gesagt, du würdest mich nie verlassen«, flüsterte sie. »Du hast gesagt, du würdest zurückkommen. Du hast es versprochen.«

Sein mit geschlossenen Augen wie schlafend wirkendes Gesicht erinnerte jetzt eher an ein Kind als an einen Mann.

»Warum hast du dein Versprechen gebrochen, Netru? Wir hatten doch erst eine Nacht gemeinsam.«

Der Alte trat wieder näher. »Vielleicht wandert seine Seele noch in der Nähe umher«, meinte er in gütigem Ton. »Sagt liebevolle Dinge zu ihr, behandelt sie gut. Dann kann sie Eure Liebe mit ins Totenreich hinübernehmen.«

Sie beachtete ihn gar nicht. »Netru!«, rief sie plötzlich wie verärgert. »Ich hätte auch ohne dich leben können ... bis zu jener einen Nacht. Aber nun hast du einen Teil von mir fortgenommen.«

»Teti, meine Liebe ...«

Sie beugte sich über Netrus Leichnam, ihr Körper von Schluchzern erschüttert. Mit einem Mal schüttelte sie sie ab und hieb mit den Fäusten auf den toten Körper ein. »Netru, ich hasse dich! Du hast dein Versprechen gebrochen. Ich habe geglaubt, dass die Liebe mich bereichern würde. Dass mir die Liebe etwas Neues geben würde. Aber nun ist auf einmal viel weniger da, du hast es mir genommen. Du hast mir etwas genommen, was ich nie mehr zurückbekommen werde.«

Der Schmied rüttelte sanft an ihrer Schulter. »Teti, sagt das nicht. Würdet Ihr wirklich wollen, dass er das hört? Würdet Ihr ...«

Sie holte mit dem Arm aus und schlug seine Hand weg. »Lass mich in Ruhe!«, schrie sie. »Geh weg! Sprich mich nicht mehr an!«

Er richtete sich auf und blickte traurig auf sie hinunter. Vielleicht hat sie ja Recht, dachte er. Vielleicht ist es das, was sie jetzt braucht. Ich werde später zurückkommen.

Doch als er sich entfernte, konnte er den Gedanken an sie erst einmal nicht mehr abschütteln. Er erinnerte sich an seine eigene erste Liebe und an ihr Ende, was so lange, lange her war. Aber er wusste, was sie fühlte und welche Verwirrungen solch ein Verlust heraufbeschwor. Sie brauchte dringend etwas, womit sie sich ablenken konnte.

Denn sie war wirklich ein zauberhaftes Kind. Trotz ihrer Größe war sie erst halb zur Frau erblüht. Doch man konnte bereits ganz besondere Eigenschaften erkennen, die sie auszeichneten, solche, die er bei einer jungen Frau schon lange nicht mehr hatte feststellen können, seit ...

Er seufzte. Sie war kaum älter gewesen als Teti. Er hatte sie verloren, so wie Teti ihren Netru verloren hatte, doch er hatte sie nie vergessen. In späteren Jahren hatte er erst die eine Ehefrau begraben müssen und dann die andere, und er hatte ein halbes Dutzend Kinder aufgezogen; manche hatten sich abgewandt, andere hatte er in ihr eigenes Leben geschickt. Aber in vielen Nächten, in denen er die eine oder die andere seiner Ehefrauen im Arm gehalten hatte, war ihm das Bild jener jungen Frau in den Sinn gekommen aus jener Zeit, als er und die Welt noch jünger waren.

Und viele Sommer waren seither aufeinander gefolgt und die Blüte der Jugend dahingewelkt. Darüber war er mittlerweile alt geworden. Aber ein Teil seines Herzens war immer jung geblieben. Dieser Teil war dem Mädchen von einst über all die Zeit in Liebe verbunden geblieben, und sie ähnelte in vielem diesem armen Kind, das er heute begleitet hatte und das seine Enkelin sein könnte, so jung war sie noch.

Ach, wenn doch nur eine seiner eigenen Enkelinnen ein bisschen so wäre wie dieses Mädchen! Und welche Freude wäre es gewesen, so ein Kind um sich zu haben, sie zur Frau aufblühen zu sehen und sie ein Stück auf ihrem Lebensweg zu begleiten.

Er schüttelte sein Haupt und sah sich um. Zu seiner Überraschung stand Musuri in der Nähe. Der alte Krieger bemerkte ihn ebenfalls und erkannte ihn. »Karkara aus Sadu!«, sagte er freundlich. »Hast du gesehen, was passiert ist?«

»Allerdings. Nachdem ich von dir weggegangen bin, habe ich die meiste Zeit mit diesem Kind – Schobais Kind – verbracht, oben auf dem Felsvorsprung.«

»Aha.« Musuri griff nach seinem Schwertgürtel. »Wir können die Waffen wieder tauschen, wenn du möchtest. Hab Dank dafür, dass du mir deine geliehen hast. Es ist alles genauso eingetreten, wie du gesagt hast.«

»Es ist recht. Ich werde sie wieder an mich nehmen. Du würdest das Schwert doch alsbald weggeben müssen. Die Soldaten würden sicher zu gern eine Reliquie daraus machen.«

»Das kann schon sein.« Mit feierlichem Ernst tauschten die beiden Männer ihre Waffen aus. »Wie kommt Teti damit zurecht? Geht es ihr wieder besser?«

»Ich bin mir nicht ganz sicher. Ich werde weiter mit ihr sprechen. Es würde sicherlich nicht schaden, wenn du dich auch mit ihr unterhältst. Ich möchte nicht, dass sie in ihrem Schmerz und Jammer versinkt. Dies war das erste Mal, dass sie sich einem Menschen ganz geöffnet und hingegeben hat – und du weißt, was geschehen ist.«

»Ich werde mit ihr sprechen, wenn wir auf dem Rückmarsch sind. Und du? Was wirst du nun anfangen?«

Karkara schob nachdenklich die Lippen vor. »Ich weiß noch nicht. Ich werde darüber nachdenken.« Er wandte sich zum Gehen. »Ich wünsche dir viel Glück, mein Freund. Ich denke, wir werden uns erst in der jenseitigen Welt wieder begegnen, in vielen, vielen Monden von jetzt an. Wir werden uns dann darüber weiterunterhalten, wenn das alles weniger schmerzvoll und unmittelbar erscheint.«

Teti beobachtete mit trauerverhangener Miene wie die Soldaten Netrus Leichnam aufhoben, um ihn wegzutragen. Karkara trat neben sie. »Teti«, sagte er, »ich habe ein Geschenk für Euch.«

»Ich möchte keine Geschenke.«

»Das ist etwas Besonderes, etwas Anderes. Nehmt es bitte an.«

Sie sah hinunter. Er drückte ihr eine Waffe in die Hand. Teti kniff die Augen zusammen, als sie deren Gewicht spürte. »W-was …«

»Das ist die Waffe, an der Akilleus' Schwert zerschellt ist.«

»Aber das ist …«

»Ja, sie ist aus Eisen gefertigt. Wenn Netru so eine gehabt hätte …«

»Ein Eisenschwert!«

»Jawohl. Ich habe es angefertigt. Ich, Karkara von Sadu, habe es geschmiedet.«

»Karkara! Mein Onkel hat öfter Euren Namen erwähnt. Er sagte …«

»Ich weiß. Weil Schobai es ihn nicht gelehrt hat, hat Ben-Hadad stets versucht, mich zu finden. Ich habe es nicht zugelassen.«

»Aber wenn Ihr wusstet … hättet Ihr verhüten können …«

»Ich hätte sicherstellen können, dass Ägypten den Krieg gewinnt. Und dass die Nubier bis nach Semna und noch weiter zurückgeworfen werden. Es war aber wichtig, dass niemand diesen Krieg gewinnt. Dass er so endet, wie er geendet hat. Dass hier Frieden herrscht und nicht ein Eroberer, gleich von welcher Seite. Dass die Waffen schweigen und Verständigung erzielt wird.«

»Aber …«

»Wie du siehst, bin ich mir meiner großen Verantwortung bewusst. Das würde jeder – wirklich jeder! – tun, der ein so schreckliches Geheimnis kennt wie dasjenige von der Herstellung eines Metalls, mit dem man Bronze wie Brot schneiden kann.«

Sie begann zu verstehen, was er meinte.

»Ganz genau«, sagte er, als ob er ihre Gedanken lesen könnte. »Dieses Geheimnis darf nicht in die Hände von Menschen fallen, die diese Verantwortung nicht tragen können. Nur diejenigen dürfen es kennen, die es zum Wohle der Menschheit zu nutzen verstehen. Kirta musste dies einst erst auf schmerzvolle Weise lernen.«

»Und mein Vater …«

»Wenn Schobai es gekannt hätte, als er noch sein Augenlicht besaß, als er noch ein rücksichtsloser, ehrgeiziger junger Mann war, der keinen Gedanken an die Folgen seiner Taten verschwendete …«

»Ich verstehe, was Ihr meint.«

Er nahm ihre Hand in die seine, wie ein Vater. »Das weiß ich. Du hast nun die Wahl. Du hast die Liebe gewonnen, und du hast die Liebe verloren. Du hast gelitten und wirst wieder leiden. Gestern warst du noch ein Kind, heute bist du eine erwachsene Frau. Die Wahl, was für eine Art von erwachsenem Menschen du werden willst, liegt bei dir.«

»Und wenn ich diese Entscheidung getroffen habe, wenn ich mir überlegt habe, ob ich in meiner Arbeit, in meinem Handwerk eine Aufgabe und eine Verantwortung übernehmen kann, der weder mein Großvater noch mein Onkel und vielleicht noch nicht einmal mein Vater gewachsen war …«

»Genau das meine ich …« Er drückte noch einmal sanft ihre Hände und ließ sie dann los. »Wenn es so weit ist, dann komm zu mir. Sprich in Theben mit verschiedenen Leuten und lasse sie wissen, dass du mich suchst. Es wird mir zu Ohren kommen. Niemand sonst wird mich erreichen. Niemand außer dir wird mich finden. Aber wenn du zu mir kommst und mich darum bittest, werde ich es dich lehren. Aber denk erst einmal sehr gründlich darüber nach. Und wenn die Antwort, die du in deinem Inneren vernimmst, die richtige ist, dann komm zu mir. Komm zu mir, und ich werde dir das Geheimnis der Eisenschmelze beibringen.«

»Karkara …«

»Auf Wiedersehen, Teti aus Lischt, auf Wiedersehen.«

Mit diesen Worten drehte er sich um und ging von dannen. Mit dem schweren schwarzen Schwert in der Hand stand Teti da, und ihr Kopf schwirrte vor widersprüchlichen Gedanken.

Kapitel 11

I

Baliniri hatte sich unmittelbar nach Verlassen der Stadt westwärts gewandt und reiste hauptsächlich bei Nacht. Inzwischen kannte er die Routen recht gut; um einen geeigneten Landsitz zu finden, waren Ayla und er am Beginn ihrer Ehe des Öfteren auf den Haupt- und Nebenstraßen dieser Gegend unterwegs gewesen, bevor sie sich entschlossen hatten, sich auf der Insel niederzulassen. Diese Orts- kenntnis kam ihm nun zugute, denn er konnte sich beinahe an jede Kreuzung und Weggabelung erinnern, sodass es ihm keine Proble- mc bereitete, bei Mondlicht voranzukommen.

Als er den Damietta genannten Nebenarm des Nils im Delta er- reicht hatte, hielt er sich nahe am Ufer. Dort besorgte er sich ein praktisches kleines Flussfischerboot, mit dem er ohne weitere Zwi- schenfälle in südlicher Richtung bis Athribis gesegelt war. Ungefähr eine Meile vor der Stadt legte er an und ging wieder an Land. Es war ihm gelungen, Salitis' Spionen und Wachposten beim Verlassen von Avaris auszuweichen, aber hier gab es sehr häufig Patrouillen auf dem Fluss; er konnte sich nicht darauf verlassen, dass man ihm seine Tarnung, er sei bloß ein Fischer, auf die Dauer abnehmen wür- de, da lediglich sein Oberkörper von der Sonne dunkel gebräunt war. Da Stoffe und Kleidung teuer waren, arbeiteten Fischer üb- licherweise nackt und hatten daher am ganzen Körper die gleiche Farbe.

Von da an schlief Baliniri erneut wieder tagsüber, wo immer er einen geeigneten Platz dafür fand, und bewegte sich nur bei Nacht auf den Hauptkarawanenrouten weiter. Mit großer Vorsicht ver- mied er jedoch allzu belebte Wege, da ihm dieses Gebiet weit weni- ger vertraut war als die Umgebung, in der er noch vor kurzem un- terwegs gewesen war.

Trotz der Gefahren und der Umstände, die ihm dieses Reisen durch Feindesland bereitete, fand Baliniri sich in seiner Entschei- dung, seinen Posten in Salitis' Armee im Stich zu lassen, bestätigt.

Er empfand es als ungeheure Erleichterung, diese große und lästige Bürde abgestreift zu haben. Wenn es ihm nun noch gelänge, sicher über die Grenze und bis nach Lischt zu gelangen, wären sicherlich auch seine Gewissensbisse und seine Verwirrung bald vorbei. Baka würde ihm nur schwerlich einen Posten in der ägyptischen Armee abschlagen können, vor allem da er nun in General Mekim einen Fürsprecher hatte. Außerdem verfügte er über wertvolle Kenntnisse im Hinblick auf die militärische Organisation der Hay. Und schließlich war da noch die Sache mit Tuja, die endlich wieder frei war ...

Nachdem er eine Abkürzung genommen hatte, um einer Kreuzung auszuweichen und dann wieder – immer in südlicher Richtung – auf der Karawanenstraße entlangging, überlegte er, wie er Tuja die Nachricht vom Tode ihres Mannes beibringen sollte. Es war schrecklich, der Überbringer einer solchen Nachricht sein zu müssen und den Tod seines Rivalen zu verkünden.

Vielleicht ließ es sich vermeiden. Er könnte zum Beispiel Mekim davon berichten und ihn bitten, es Baka weiterzusagen. Und Baka war besser geeignet, es ihr zu erzählen. Damit wäre ihr Wiedersehen nach all den Jahren weniger spannungsgeladen und nicht so sehr von diesem tragischen Ereignis überschattet.

Ach, Tuja! Wie sie jetzt wohl aussah? Halb schloss er seine Augen und versuchte zum abertausendsten Mal ihr Bild vor seinem geistigen Auge heraufzubeschwören, so wie er sie zum letzten Mal gesehen hatte ... doch es gelang ihm nicht. Alles, woran er sich erinnern konnte, war, dass sie sehr klein und schmächtig war und dass ihr kleiner Körper trotz allem alle Merkmale einer üppigen reifen Frau aufwies. Aber ihr Gesicht? Ihre Augen? Ihr Lächeln?

Ihr Lächeln? Wann hatte sie schon in der kurzen Zeit, in der sie zusammen waren, Anlass zum Lächeln gehabt? Sehr selten. Selbst während der Ekstase in der Nacht konnte sie das schwere Schuldgefühl ihrem Mann gegenüber nie ganz abschütteln. Baliniri hatte sich mit Vergnügen die Aufgabe, ja die Pflicht zu eigen gemacht, ihr diese schreckliche Bürde zu erleichtern, sie glücklich zu machen, so gut er konnte. Aber der Schatten von Ben-Hadad war immer zwischen ihnen geblieben, des einzigen Mannes, den sie je wirklich geliebt hatte ...

Und nun war er tot. Machte das jetzt einen Unterschied, zehn

Sommer danach? Das Leben war weitergegangen mit all seinen Alltäglichkeiten, die Erinnerungen waren verblasst, die Gefühle verkümmert. Oder würde sie ihn mit genau denselben Augen sehen wie früher?

Er war sich sicher, ganz sicher, dass sie ihn damals aus tiefem Herzen geliebt hatte. Das hatte er nie bezweifelt, nicht nach der ersten Nacht, als sie sich ihm so bedingungslos hingegeben hatte, dass er sich nicht erinnern konnte, jemals bei einer anderen Frau derartig tiefe Gefühle erlebt zu haben. Wie er sich danach sehnte, sie wieder in den Armen zu halten, ihre Lippen zu küssen.

»Halt! Wer da?«

Unwillkürlich öffnete Baliniri die Augen und erstarrte. »Ein Freund!«, antwortete er in geübtem, unaufgeregtem Ton.

»Tritt vor und lass dich ansehen!«, befahl die Stimme. Ein Soldat in ägyptischer Uniform trat mit gezücktem Schwert aus dem Schatten in das Mondlicht hinaus.

Baliniri überlegte fieberhaft. Falls der Mann alleine war … Mit der Hand griff er verstohlen in seine Tunika, ein eher schäbiges Gewand, das ihn als minderbemittelten Handelsreisenden auswies, und befühlte das darunter verborgene scharfe Messer. Aber schon gab der Soldat eine kurze Anordnung an bisher im Schatten verborgene Kameraden aus und Baliniri ließ seine Absicht, sich den Weg freizukämpfen, wieder fallen. Er trat in die Mitte des Trampelpfades und ließ den Soldaten näher herankommen.

»Wohin bist du denn zu dieser Nachtzeit unterwegs?«, fragte der.

Baliniri versuchte seinen sachlichen Ton beizubehalten. »Ich bin ein Händler aus Avaris«, erklärte er mit leicht verstellter Stimme. »Jedenfalls war ich das bis vor kurzem. Mein Warenlager ist wegen rückständiger Steuerzahlungen von der Regierung beschlagnahmt worden. Jetzt bin ich auf dem Weg nach Athribis. Dort lebt mein Bruder, den ich bitten will, mir zu helfen.«

»Nach Athribis, he?« Der Soldat versuchte, das Gesicht seines Gegenübers in dem schwachen Licht genauer zu erkennen, und Baliniri war mehr als froh, dass er sich bereits vor einer Weile entschlossen hatte, sich einen Bart stehen zu lassen. Auch seine Haartracht hatte er der Art und Weise angepasst, wie sie bei Kaufleuten in Avaris üblich war, und so hoffte er, weiterhin unerkannt zu bleiben. »Bist du ein Getreuer?«

»Getreu ... wem gegenüber? Ich bin ein getreuer Untertan des Schwarzen Landes und Ägyptens, mein Herr, und getreu gegenüber Amun.«

»Gegenüber Amun, he?« Über die Schulter gewandt sagte der Soldat etwas zu den Übrigen, während Baliniri sich zu seiner Improvisationsgabe beglückwünschte. »Es ist alles in Ordnung, Männer. Er steht zu Petephres.« Dann wandte er sich wieder Baliniri zu. »Du kommst also aus Avaris. Wie stehen die Dinge dort? Gibt es noch Leute, die auf unserer Seite sind? Oder müssen wir dort mit Gewalt eindringen und die Hay-Eroberer überwältigen?«

Baliniri überlegte schnell. Es stimmte also! Petephres und die Priesterschaft hatten das Kommando über die Posten an den Grenzen übernommen. »Nun ja ... nach meinem Eindruck ist unsere Bewegung ziemlich stark, aber sie ist noch nicht nach außen in Erscheinung getreten. Gerüchten zufolge ist die Heeresführung unschlüssig, wie sie sich verhalten soll. Salitis ist von unseren Leuten umgeben, und man hat den Eindruck, dass eine Palastrevolte im Bereich des Möglichen liegt.« Dabei wollte er es erst einmal bewenden lassen, ja er hatte das Gefühl, bereits ein bisschen zu weit gegangen zu sein. Schließlich wollte er hier bloß als kleiner Händler in Erscheinung treten, der in solche Dinge nicht viel Einblick haben konnte. »Das ist natürlich nichts weiter als der Klatsch, den man sich im Basar erzählt. Aber ich bin mir ziemlich sicher, dass das Volk auf unserer Seite steht. Doch ja. Es hat die Tyrannei von Salitis einfach satt. Falls es zu Straßenkämpfen kommt, wird das Volk auf unserer Seite stehen. Ich kann nur hoffen, dass die Armee sich dann auch richtig verhält.«

»Das meine ich auch«, sagte der Soldat. »Wenn es irgendwelche Gegenwehr geben sollte, werden wir die Hay leicht überwältigen, aber es wird natürlich Tote geben. Aber besser so, als wenn sie über uns herfallen.« Er lächelte Baliniri zu. »Gut, mein Freund. Mach dich wieder auf den Weg. Ich wünsche dir Glück in Athribis. In ein paar Monaten vielleicht, wenn die Regierung gewechselt hat, wird es hoffentlich auch für einfache Geschäftsleute wie dich wieder ein bisschen leichter werden.«

»Möge es Amuns Wille sein!« Er verbeugte sich tief, bevor er sich wieder auf seinen langen Weg machte.

Aber nach hundert Schritten konnte er nicht anders, als sich seiner Erleichterung in einem lauten Juchzer Luft zu machen. So! Demnach war die Revolte gegen Salitis endlich in die Wege geleitet! Und es gab bereits Gerüchte, dass die großen Grenzfestungen im Westen wie Sais und Busuris schon in die Hände der Rebellen gefallen waren, und zwar noch vor denen im Süden. Es war genau der richtige Zeitpunkt!

Erneut standen die Söhne Jakobs aufgeregt und verängstigt in der großen Empfangshalle, wo sie von dem Großwesir Ägyptens hinbestellt worden waren. Sie hatten hastig aufbrechen müssen, und die Reise war anstrengend gewesen. Jakob hatte sich heftig dagegen gewehrt, dass sein geliebter Benjamin seine Brüder auf dem langen Weg von Kanaan aus begleitete. Nur angesichts der verzweifelten Lage wegen der immer größer werdenden Hungersnot hatte sich der Patriarch genötigt gesehen, auf Josephs Bedingungen einzugehen. Deshalb hatte sich Judah für den jungen Mann verbürgen müssen, indem er seinem Vater versicherte, sich persönlich um Benjamins Sicherheit und Wohlergehen kümmern zu wollen.

Während sie nun darauf warteten, dass der Wesir erschien, drehte sich Judah der Magen vor Angst. Nach ihrer Rückkehr nach Kanaan hatten die Brüder beim Öffnen der Getreidesäcke genauso viele Geldstücke darin gefunden, wie sie mitgebracht hatten, um diese Vorräte zu kaufen. Sicherlich würde der Wesir anerkennen, dass die Brüder daran keine Schuld traf. Dass sie das Geld nicht gestohlen, sondern den vollen Preis bezahlt hatten. Demgemäß hatte Jakob ihnen nicht nur die traditionellen Gastgeschenke mitgegeben, die von einer Abordnung aus Kanaan erwartet wurden – Honig, kostbare Harze, getrocknete Trauben, Pistaziennüsse und Mandeln, sondern die doppelte Summe Geldes, um den Fehlbetrag von ihrer ersten Reise nach Ägypten auszugleichen.

Trotzdem, obwohl es ihr Wunsch war, alles im besten Einvernehmen zu regeln, sank Judah der Mut bei dem Gedanken an den grimmigen jungen Wesir. Immerhin saß Simeon immer noch in Ägypten im Gefängnis, und die Brüder hatten nichts Neues von ihm erfahren, seit sie Ägypten verlassen hatten.

Als der Palastdiener Sabni daher erneut an der Tür erschien, um die in der Audienzhalle erschienene Menge in Augenschein zu nehmen, konnte Judah nicht länger an sich halten. »Verzeihung, Herr«, begann er zögernd mit den wenigen Worten in ägyptischer Sprache, die er bisher aufgeschnappt hatte, »aber ... der Großwesir ... wir ihn sehen heute?«

Sabni antwortete langsam, als ob er mit einem Kind spräche; auf diese Weise nahm er Rücksicht auf Judahs mangelndes Verständnis seiner Sprache. »Es hat heute einige unvorhergesehene Änderungen gegeben«, sagte er. »Der Wesir bittet euch, mir an einen anderen Ort zu folgen, wo für euch einige Speisen vorbereitet sind. Wenn ihr etwas gegessen und euch von der langen Reise erholt habt, wird er zu euch kommen.«

Judah hob fragend die Augenbraue. »Wir ... werden nicht verhaftet?«

Sabni schüttelte den Kopf. »Aber nein. Es handelt sich um eine von mehreren Residenzen des Wesirs. Er hat davon erfahren, dass ihr eure Nahrung anders zubereitet als wir hier in Ägypten, und er möchte euch dort bewirten, wo es Köche gibt, die die Speisen euren Gewohnheiten entsprechend zubereiten. Kanaanitische Sklaven werden ...«, er hielt inne, errötete etwas und fuhr fort: »... kanaanitische Köche werden alles euren Bedürfnissen entsprechend handhaben. Der Wesir wird dann später zu euch kommen und sich um ... äh ... eure Geschäfte kümmern.«

»Wir danken vielmals«, erwiderte Judah und wandte sich zu seinen Brüdern um, um ihnen mitzuteilen, was der Diener angekündigt hatte. Doch in seinem Innern nagte der Zweifel. Und wenn das eine Finte war? Wenn sie sich bloß in Sicherheit wiegen sollten, um am Ende doch eingesperrt und womöglich versklavt zu werden – so wie Simeon?

»Ich muss mit Euch reden!«, sagte Nakht, trat hinter der Säule hervor und fiel in den gleichen Schritt wie sein Mitverschwörer Neferhotep. »Es gibt Neuigkeiten!«

Ohne Nakht anzublicken, schritt dieser noch schneller aus.

»Komm hier herein«, sagte er und steuerte auf einen leeren Raum zu, in dem normalerweise Weinamphoren aufbewahrt wurden. »Du solltest doch eigentlich gar nicht hier sein«, fuhr er fort. »Wir sollten nicht gemeinsam gesehen werden. Im Moment jedenfalls nicht!« Als er weitersprach, war sein Ton indessen weniger scharf. »Wie geht es Aram?«

Nakht zuckte bloß die Achseln. »Er hält sich versteckt. Und er wird in seinem Versteck bis zu dem Tag bleiben, an dem wir ihn dem Volk als neuen Pharao präsentieren.«

»Sehr gut. Es hat keinen Zweck, im Augenblick irgendwelche Risiken einzugehen. Die gesamte Verschwörung hat ihren kritischen Punkt erreicht. Was ist mit Hakoris? Hat er immer noch seine merkwürdigen Schwindelanfälle und Kopfschmerzen?«

»Nein, nein. Von dem Schlag auf den Kopf hat er sich einigermaßen erholt. Doch der Arzt, der ihn behandelt, sagt, er hat so eine Art Brandmal in dessen Gesicht entdeckt, oben auf der Stirn. Damit werden in den nördlichen Ländern üblicherweise Verbrecher gezeichnet.«

Neferhotep grinste böse. »Ich habe davon schon erfahren. Mit dem Arzt habe ich nämlich bereits gesprochen. Bei ihm dürfte es sich um den einzigen Menschen handeln, der imstande wäre, eine Verbindung zu einer möglicherweise etwas anrüchigen Vergangenheit unseres würdigen Herrn Leiters des Kinderlagers zu knüpfen. Ich würde nicht einmal einen gefälschten *Otnou* auf des Leben des Arztes wetten, sobald Hakoris seine Kopfschmerzen auskuriert hat. Es handelt sich um ein schreckliches Geheimnis. Sieh zu, dass niemand erfährt, dass du auch darüber im Bilde bist.«

»Nie! Bei den Göttern! Nie!«

Daraufhin drückte Neferhotep seinen langen Finger an Nakhts Brust und sah ihm mit eisigem Blick in die Augen. »Und wenn du jemals irgendjemandem erzählst, dass ich dieses Geheimnis kenne, wirst du nicht einmal mehr lange genug leben, um in Hakoris' fürsorgliche Hände zu fallen. Merk dir das!«

»Selbstverständlich! Selbstverständlich!«

»Gut so! Nun, was für Neuigkeiten hast du denn?«

»Sehr gute Neuigkeiten. Zwei weitere Festungen sind zu uns übergegangen.«

»Welche denn?«

»Leontopolis und Bubastis!«

»Bubastis!«, rief Neferhotep. »Das liegt ja nur wenige Meilen von Avaris entfernt! Wie ist das passiert? Gab es Kämpfe?«

»Nein. Dafür können wir uns bei Asri und Mesti bedanken. In ihrer Eigenschaft als Amun-Priester haben sie den Soldaten befohlen, keinen Widerstand zu leisten. Natürlich gab es seit dem Befehl von Salitis wegen der Zehnjährigen schon eine verbreitete Stimmung im Volk für unsere Sache ... aber das war der Tropfen, der das Fass zum Überlaufen brachte ...« Er hielt inne, denn er hatte bemerkt, wie Neferhotep seine Miene verzog. »Was ist denn? Ihr seht aus, als hätte ich eine Nachricht über eine schwere Niederlage gebracht.«

»In gewisser Weise hast du das auch. Asri und Mesti ... das sind Männer aus Petephres' Gefolgschaft. Damit hat er sechs Garnisonen auf unsere Seite gebracht. Nein acht, wenn man die beiden kleinen am Großen Meer mitzählt. Ich kann es geradezu spüren, wie uns die Macht entgleitet und in die Hände der Priesterschaft fällt. Das passt mir gar nicht! Das passt mir überhaupt nicht!«

II

Mara kauerte sich mucksmäuschenstill hinter das niedrige Gebüsch und horchte auf die Geräusche, die näher und näher kamen. Schritte, die auf kleine Zweige traten und sie entzweiknackten. Äste, die von Händen beiseite geschoben wurden. Das Herz schlug ihr bis zum Hals. Wahrscheinlich waren es die bis an die Zähne bewaffneten Wachen; sie durchkämmten sicherlich die gesamte Umgebung.

»Psst!«, vernahm sie ein leises Zischen. Es kam aus derselben Richtung wie die anderen Geräusche, die gleichzeitig verstummten. »Mara! Ich bin's. Riki!«

Mit besorgter, ernster Miene, die Augenbrauen zusammengezogen, tauchte er auf der anderen Seite des Busches auf. »Es ist alles in Ordnung«, sagte er. »Ich habe das ganze Umland durchstreift; hier ist kein Mensch weit und breit. Sie haben die Patrouillen eingestellt. Seit Baliniri fort ist, scheint es sie nicht mehr zu kümmern.«

»Ach«, entgegnete sie. »Du gehst also nicht mehr auf die Insel zurück? Ich verstehe gar nicht, warum du überhaupt erst hierher gekommen bist, wenn man bedenkt, wie gefährlich das noch bis vor kurzem für dich war.«

Er grinste, und seine Augenbrauen entspannten sich wieder. Hör sich einer Mara an, wie sie hier zur Vorsicht rät! Dabei ist es erst ein paar Tage her, dass sie dieses Ungeheuer Hakoris eigenhändig umbringen wollte. Sie glaubte sogar, sie hätte ihn bereits getötet. Riki überlegte noch einmal kurz, aber dann entschied er sich dagegen; im Augenblick war es besser, wenn sie nicht wusste, dass Hakoris noch am Leben war.

»Das ist vorbei. Ihre Leute werden inzwischen alles beiseite geräumt haben, was Baliniri zurückgelassen hat. Du weißt ja, was wir vergangene Nacht von den Soldaten gehört haben: Baliniri ist wie vom Erdboden verschluckt.«

»Du hast ja gesagt, dass es so kommt.« Mara stand auf und bürstete mit den Händen über ihr Gewand. Zu ihren Füßen lag ein kleines, eng verschnürtes Paket mit Kleidung, praktischen Sachen, die Riki in der letzten Zeit bei passender Gelegenheit da und dort entwendet hatte. Sie hob es auf und klemmte es sich unter den Arm.

»Ich habe gesagt, dass es so kommen könnte. Baliniri weiß im Grunde immer, was er zu tun hat, aber manchmal dauert es lange, bis er sich entscheidet. Deswegen hat er auch dieses Mädchen aus Lischt, in das er sich verliebt hat, wieder verloren.«

»Bei einem Soldaten ist so etwas eine eigenartige Charakterschwäche.«

»Oh, das kommt nur in seinem persönlichen Leben zum Tragen. In seinem Beruf als Soldat ist es ganz etwas anderes. Wenn er im Feld steht, weiß er immer, was er zu tun hat, und zögert keinen Moment.«

»Nun ja, von diesen Dingen verstehe ich ja nichts«, sagte Mara. »Lass uns von hier verschwinden. Dieser Ort ist mir unheimlich. Wenn dir etwas zustieße …«

»Wenn mir etwas zustoßen würde, kämst du auch gut zurecht«, versuchte Riki sie aufzumuntern. »Bloß weil du so lange in Hakoris' Haus eingesperrt warst, heißt das noch lange nicht, dass du nicht mehr weißt, wie es in der Welt zugeht.«

»Riki, so habe ich das nicht gemeint.« Sie fasste nach seinem Arm und hielt ihn fest. »Du bist mein einziger Freund. Ich mache mir deshalb Sorgen um dich, weil ich dich gern habe.«

Er biss sich auf die Lippe. »Du weißt, dass ich dich auch gern habe, Mara. Aber es ist so, wie Baliniri gesagt hat: In der augenblicklichen Lage wäre es ein Fehler, sich an jemanden zu binden. Nun komm schon. Lass uns zu der Insel rüber. Kannst du schwimmen?«

»Ja, mein Vater hat es mir beigebracht.«

»Gut.« Er ließ sein Gewand fallen und stand nackt vor ihr. »Gib mir dein Päckchen.« Sie reichte es ihm. Er verwendete das Stück Schnur, an dem er bisher sein Messer um die Hüfte gebunden hatte, um seine Tunika um das Päckchen zu wickeln und festzubinden. Den verbleibenden Rest Schnur band er sich um den Bauch. Dann brach er einen Zweig von einem der Bäume am Ufer und legte das Päckchen darauf. »Das müsste jetzt von selbst auf dem Wasser schwimmen. Ich ziehe es dann einfach hinter mir her.«

»Warte auf mich«, sagte sie, zog ihre eigene Tunika aus und stopfte sie ebenfalls unter die Schnur in das Päckchen. Unbefangen lächelte sie ihn an. »Wenn du nicht noch das Paket nachziehen müsstest«, sagte sie verschmitzt, »hätte ich vorgeschlagen, dass wir um die Wette auf die andere Seite schwimmen.«

»Du kannst ja schon vorschwimmen.« Grinsend watete er ins Wasser und spritzte sie nass. Als er weiter hineinging, trieb auch der Zweig mit dem Päckchen auf dem Wasser; das Seil spannte sich, sobald er zu schwimmen anfing, und das Päckchen tanzte auf der gekräuselten Wasseroberfläche auf und ab.

Sie lachte auf und stieß sich mit elegantem Schwung vom Ufer ab.

Hinter dichtem Gebüsch verborgen beobachtete der Mann auf der Insel wie die beiden sich ihren Weg durch das Wasser strampelten. Er war gerade angekommen, als der junge Mann mit einer Art winzig kleinem Floß im Schlepptau ins Wasser stieg und losschwamm; dann hatte er gesehen, wie ein nacktes Mädchen ins Wasser tauchte.

Er griff zu seinem Gürtel, in dem das Messer steckte. Wer waren die beiden? Ein junges Paar, das heimlich auf die Insel entwischen wollte, um sich ungehemmt dem Liebesspiel hinzugeben? Bei weiterem Nachdenken erschien das doch eher unwahrscheinlich. Der Körper des Mädchens hatte zwar eigentlich schon die Reife einer jungen Frau erlangt, aber die Arme des jungen Schwimmers waren noch so schmal, das man sich nicht gut vorstellen konnte, dass er bereits solche Absichten hegte. Obwohl … in diesen Zeiten wusste man ja nie. Warum mussten sie ausgerechnet hierher kommen? Hätten sie sich nicht auch irgendeinen anderen Ort aussuchen können? Ungeduld und Verärgerung des Mannes wurden immer stärker. Nachdenklich strich er immer wieder mit dem Finger über die rasiermesserscharfe Klinge in seiner Hand …

Durch einen kunstvoll geschnitzten Fensterladen im ersten Stock über dem in einem Innenhof gelegenen Speisesaal seiner Stadtresidenz beobachtete Joseph, wie sein Haushofmeister Aker die Brüder ihrem Rang entsprechend um die Tafel platzierte. Den Kopf der Tafel wies Aker dem Ältesten zu, dann folgte der Nächste zur Linken. Asenath trat zu Joseph und legte ihm sanft ihre Hand auf den Arm. »Ist er das?«, fragte sie leise. »Derjenige am oberen Ende?«

Sie beobachtete Josephs Mienenspiel, als er antwortete. Man konnte an seinem Gesicht erkennen, welch widersprüchliche Gefühle ihn bewegten; zwar gab er sich Mühe, sich nichts anmerken zu lassen, was aber nur dazu führte, dass er bleich und ernst wirkte. »Er müsste es sein. Ich kann seine Züge von hier aus nicht deutlich genug erkennen.«

»Oh, sieh nur! Gerade wird Simeon hereingebracht. Alle scheinen überglücklich zu sein, ihn zu sehen.«

Joseph presste die Lippen zusammen. »Alle außer Benjamin, falls er das tatsächlich ist. Aber natürlich, das muss er sein. Ich kenne alle anderen noch vom letzten Mal, als sie hier waren. Sabni hat mir gesagt, dass Judah sich im Palast sehr verantwortungs- und respektvoll verhalten hat. Aber ich muss mir erst ein Bild machen, wie ihr Verhältnis zu Benjamin ist. Ich muss wissen, ob …«

»Ach, Joseph, kannst du ihnen nicht einfach vergeben, was sie getan haben, und dein Leben einfach weiterleben?«

Er ballte die Fäuste. »Das ist genau das, was die Stimme, die ich in meinem Kopf höre, zu mir sagt!«, flüsterte er aufgebracht. »Aber nach all dem, was ich durchgemacht habe ...«

»Ich bitte dich darum. Wenn du meinst, dann stell sie eben noch einmal auf die Probe. Aber wenn sie diese Probe bestehen ...«

»Ich weiß! Du hast ja Recht! Du hast Recht!«

Beide blickten auf, als der Haushofmeister sich näherte.

»Bitte, Joseph, bleib jetzt ruhig!«, bat Asenath eindringlich. »Lass Gnade walten.«

»Herr«, begann der Diener, »sie sind sehr besorgt wegen des Geldes, das sie in den Säcken gefunden haben. Ich habe ihnen gesagt, dass sie sich darüber keine Gedanken zu machen brauchen. Ich habe angedeutet, es könnte sich vielleicht um ein Wunder handeln, und dass Ihr ... ähem ... Gott eventuell das Geld dort hineingetan hat, denn ich habe ihnen versichert, dass wir den geforderten Betrag erhalten haben.«

»Sehr gut. Ich werde gleich hinunterkommen. Sorge dafür, dass ein Platz für mich frei bleibt, wo sie mich alle sehen können. Achte darauf, dass der Mundschenk, der für dieses Abendessen eingeteilt ist, die kanaanitische Sprache versteht und auf jedes Wort achtet, das rund um den Tisch gesprochen wird. Ich lege Wert auf eine möglichst wortwörtliche Wiedergabe von allem, was sie gesagt haben.«

»Sehr wohl, Herr.«

»Und weise die übrigen Tischdiener an, dass gelegentlich einzelne Portionen der Speisen von meinem Tisch an ihren Tisch hinübergetragen werden, sodass es so wirkt, als bekämen sie die Überbleibsel von mir. Ich möchte sehen, wie sie darauf reagieren. Bei meinem Volk gilt so etwas als Beleidigung.«

»Sehr wohl, Herr.«

»Und die Diener sollen außerdem dem Jüngsten – das ist derjenige am Ende der Tafel – Portionen auftragen, die mindestens doppelt so groß sind wie die der Übrigen. Ich möchte wissen, wie sie mit solchen Gesten eindeutiger Bevorzugung umgehen.«

»Zu Diensten, Herr.«

»Joseph!« Asenath zwickte ihn in den Arm. »Meinst du nicht, dass du ein bisschen zu weit gehst ...?«

»Ich muss das alles wissen«, erwiderte er. »Ich muss mir ein Urteil über sie bilden.«

Zur großen Erleichterung seiner Brüder wirkte Simeon gesund und wohlgenährt und gar nicht so, wie man es von einem Mann erwarten würde, der längere Zeit in Gefangenschaft verbracht hat. »Aber nein«, erklärte er zum wiederholten Mal. »Ich bin nicht im Geringsten misshandelt worden. Es sei denn, man würde das Verbot, hinzugehen, wo es einem beliebt, als Misshandlung bezeichnen. Vom zweiten Tag an bekam ich sogar mein Essen auf die Art und Weise zubereitet, wie wir es zu Hause gewöhnt sind.«

»Das ist wirklich erstaunlich«, meinte Judah. »Ich verstehe diese Ägypter beim besten Willen nicht.«

»Sie können auch grausam sein, daran besteht kein Zweifel. Ihr könnt euch gar nicht vorstellen, um wie viel schlimmer für uns alles gewesen wäre, wenn wir es mit dem Pharao direkt zu tun bekommen hätten und nicht mit dem Wesir.« Er schüttelte den Kopf. »Nach allem, was ich gehört habe, ist der König richtiggehend verrückt. Und zwar ein gefährlicher Verrückter. Es ist die Art von Wahnsinn, die einen Mann in seiner Position dazu bringt, jemanden auf der Stelle umbringen zu lassen, bloß weil er ihn nicht leiden kann.«

»Das bedeutet also, dass unser Gastgeber auch so eine Art Beschützer für uns ist.«

»Genau das! Stellt euch gut mit ihm, wenn ihr könnt.«

»Ich werde mir Mühe geben. Hast du schon gehört, dass wir in unseren Säcken Geld gefunden haben, als wir nach Hause zurückgekehrt sind?«

Simeon schüttelte den Kopf. Judah erzählte kurz, was sich ereignet hatte. »Anders kann ich es mir nicht erklären. Wahrscheinlich stimmt das, was der Haushofmeister gesagt hat, und es handelt sich tatsächlich um ein Wunder.«

»Ein Wunder, bei dem Geldstücke aus dem Nichts auftauchen? Bist du von allen guten Geistern verlassen?«

In diesem Augenblick erschallte der dumpfe Ton eines Bronzegongs hinter ihnen. Sie richteten sich auf und sahen, wie der große, schlanke und mit einer Perücke bedeckte Wesir, flankiert von zwei Sklaven, den Saal betrat.

»Erhebt und verneigt euch«, erklang der gedämpfte Ruf aus der Begleitung des Wesirs.

»Judah, steh auf und stelle dich vor«, sagte Reuben.

Judah verneigte sich tief und deutete sodann auf die üppigen Gastgeschenke, die Jakob ihnen mitgegeben hatte. Der kanaanitischen Sitte entsprechend verbeugte er sich wiederum und dachte dabei die ganze Zeit nur an die kleine Ansprache, die er auf Ägyptisch gelernt hatte und die er nun vortragen wollte. »Herr«, begann er, »Eure Diener danken Euch für Eure Freundlichkeit...«

»Verwende deine eigene Sprache«, entgegnete der Wesir ohne Mühe in völlig geläufigem Kanaanitisch! Judah stieß verblüfft die Luft aus. »Euer Vater, jener Patriarch, von dem ihr mir berichtet habt, geht es ihm gut? Ist er noch am Leben?«

»Ja-jawohl, mein Herr«, stammelte Judah mit vor Erstaunen weit aufgerissenen Augen. »Und er übersendet Euch durch mich seine ...«

Erneut unterbrach ihn der Wesir. »Und dieser junge Mann dort am Ende der Tafel ... ist das euer jüngster Bruder?«

»Ja, Herr, das ist Benjamin.«

Judah konnte gar nicht fassen, was geschah. Plötzlich bedeckte der Wesir sein Gesicht mit den Händen, stieß einen erstickten Schrei aus, machte kehrt und eilte aus dem Saal.

Am jenseitigen Flussufer breiteten sie ihre Gewänder aus dem Kleiderpaket zum Trocknen aus, obwohl kaum etwas nass geworden war. Mara wollte sich gleich anziehen, aber Riki hatte ihr gesagt, dass sie sich darüber erst einmal keine Gedanken zu machen brauchte. Er war ein ganzes Stück am Flussufer entlanggegangen und hatte sich umgesehen. »Es ist wie ich dir gesagt habe. Weit und breit kein Mensch.«

»Ich habe jetzt auch ein wenig Hunger«, sagte Mara.

»Ich auch. Bevor er von hier verschwunden ist, hat Baliniri mir gezeigt, wo er Wein und ein bisschen Käse versteckt hat. Hinter der Wandverkleidung neben der kleinen Küche im Haupthaus. Ich bin mir sicher, dass die Wachen das nicht gefunden haben, als sie hier waren.«

»Das ist ja wunderbar!« Erfreut trat Mara näher und griff mit beiden Händen nach seiner. Ihre waren vom Schwimmen noch ein wenig feucht; trotzdem spürte er ihre Wärme, was ihn am ganzen

Körper kurz erschaudern ließ und ihn ein wenig unsicher machte. So war es immer schon gewesen. Hand in Hand marschierten sie, immer noch nackt, in der warmen Sonne gemeinsam los. Riki fand die Berührung immer unangenehmer, aber er wollte ihr seine Hand nicht entziehen. Auch wagte er es nicht, sie anzusehen, und als sie sich ihren Weg durch das Unterholz bahnten, berührten sich ab und zu ihre Schenkel, was bei ihm ein Gefühl auslöste, das er nicht so richtig einordnen konnte.

»Hier ist es!« Riki hatte einen Finger hinter das Wandbrett geklemmt. In dem Raum neben der Küche war es viel kühler als draußen. Obwohl in den Räumen so gut wie keine Möbel mehr vorhanden waren und sie dementsprechend kahl wirkten, war es angenehm, der Hitze ein wenig entronnen zu sein. »Wenn ich das nur abmachen könnte …«

Plötzlich gab das Brett nach. Er fiel auf den Rücken, und sie musste schnell zur Seite ausweichen. »Oh«, sagte er, »tut mir Leid!«

»Macht nichts«, erwiderte Mara und schob sich an ihm vorbei. Er beobachtete, wie sie sich ein wenig vorbeugte, um in der Dunkelheit des kleinen Raumes etwas erkennen zu können. Auf ihrem Rücken waren immer noch nicht ganz verheilte Wunden zu erkennen, wo Hakoris sie letzthin geschlagen hatte. Ihre Taille war schmal und fest, die Hüften dagegen ganz weiblich, und ihre schlanken Schenkel waren ganz glatt. Er seufzte auf, von widersprüchlichen Gefühlen hin und her gerissen. »Riki, du hast Recht! Hier ist so viel, dass wir ein paar Monde lang davon leben könnten!«

Plötzlich donnerte eine Stimme von hinten durch den Raum. »Riki! Was machst du hier?«

Riki fuhr herum.

Die Gestalt im Gegenlicht wirkte schlank und drahtig. Der Mann trug lediglich eine leicht zerrissene Tunika – und hielt ein Messer in der Hand. Das Gesicht konnte Riki nicht erkennen, aber die Stimme kam ihm bekannt vor. »Kamose?«, fragte Riki. »Bist du das?«

Die Umstände, unter denen sich das Abendmahl vollzog, fanden die Brüder merkwürdig und keineswegs angenehm. Der Wesir kehrte nicht mehr zurück. Als Judah sich bei dem Haushofmeister erkundigte, ob er irgendetwas falsch gemacht habe, was ihren Gastgeber verletzt haben könnte, erhielt er eine Antwort, die ihn auch nicht beruhigen konnte. »Der Großwesir«, erklärte der Haushofmeister, »hat angeordnet, dass Ihr hier übernachten sollt, allen Euren Wünschen widerfahren werden soll und Ihr morgen in der Frühe wieder Eurer Wege gehen sollt.«

Judah rang in seinem lückenhaften Ägyptisch um die rechten Worte. »Wir hatten die Hoffnung, ihm unseren Respekt bekunden zu dürfen, ihm die Grüße unseres Vaters überbringen zu können ...«

»Morgen früh«, erwiderte Aker lediglich und konnte nicht dazu gebracht werden, mehr dazu zu sagen.

Judah gesellte sich wieder zu seinen Brüdern. »Reuben«, sagte er, »kannst du verstehen, was das alles zu bedeuten hat?«

»Ich denke, wir sind gut beraten, wenn wir uns bei der erstbesten Gelegenheit wieder auf den Rückweg machen. Ich glaube, ich werde erst wieder gut schlafen, wenn ich in Kanaan bin.«

Bei Einbruch der Nacht saßen die drei Freunde rund um ein kleines Feuer, das Kamose im Innenhof von Baliniris Haus aufgeschichtet hatte. Mara trug eines von den Gewändern, die Riki gestohlen hatte; die jungen Männer hatten sich Tuniken übergestreift, die sie im Haus gefunden hatten und die ihnen ein wenig zu groß waren. Mit einem grünen Zweig stocherte Riki in den Kohlen herum. »Eigentlich freue ich mich natürlich, dich zu sehen, Kamose«, sagte er, »aber hier ist es für dich einfach zu gefährlich.«

»Wieso nur für mich? Du hast dieselben Feinde wie ich!«

»Das stimmt, aber ich bin ein Niemand. Du bist jemand Besonderer. Jedenfalls für Aram.«

»Ich verstehe das alles nicht«, sagte Mara.

»Aram glaubt, dass er ... nun ja, wahrscheinlich wird er tatsächlich der nächste Pharao sein. Bei dieser ganzen Verschwörung, in die Hakoris verwickelt ist, dreht sich alles um Aram. Er ist der Einzige in dieser Bande, den die Armee anzuerkennen bereit sein dürfte, sobald Salitis beseitigt ist. Seit Baliniri fort ist, haben die Hay-Leute wieder das Sagen.« Riki legte das Stöckchen beiseite und wärmte sich die Hände über der Glut. »Und Kamose ist Arams Sohn.«

»Sein illegitimer Sohn«, korrigierte Kamose, »aber als solcher immerhin anerkannt. Außerdem gibt es eine Prophezeiung, von der Aram felsenfest überzeugt ist: Der Sohn des Pharao wird ihn töten und die Hay endgültig aus Ägypten vertreiben.«

Mara starrte ihn verblüfft an. »Und das sollst du sein? Ein zehn Jahre alter Junge?«

»So lautet die Prophezeiung. Aram hält sie für wahr und hat deshalb bereits versucht, mich umzubringen. Meine M-m-m ...«

»Seine Mutter hat Aram schon umgebracht«, beendete Riki den Satz. Haß und Wut loderten in seinem Blick auf. »Er hätte uns alle getötet, aber Kamose und ich sind ihm entkommen. Kamoses Mutter hat sich ihm in den Weg gestellt, was uns genug Zeit verschafft hat, um zum Fluss zu gelangen und zu entkommen.«

»Das tut mir sehr Leid, Kamose«, sagte Mara daraufhin. »Aber wenn Aram so hinter euch her ist, warum seid ihr dann nicht längst weit fort?«

Kamose sah sie traurig an. »Wärst du weggegangen?«, fragte er zurück. »Riki hat mir gesagt, du hättest versucht, Hakoris umzubringen.«

»Ich habe ihn getötet!«

Riki schloss die Augen. Dann seufzte er tief auf und öffnete sie wieder. »So weit ist es nicht gekommen. Er war noch am Leben, als wir abgehauen sind. Ich musste dich von dort wegbringen, und das ging nur ...«

»Riki! Du hast mich also belogen!«

»Stimmt schon, stimmt schon«, gab er zu, »aber wenn du noch länger gewartet hättest ...«

»Riki, wie konntest du das tun?«

Kamose mischte sich ein. »Ich bin sicher, er hat das getan, was in der Situation das Beste war. Bitte, wir sollten nicht weiter darüber streiten. Wir sind aufeinander angewiesen, jetzt mehr denn je.«

»Genau«, pflichtete Riki ihm bei. »Und ich habe so ein Gefühl, dass mein Schicksal mit deinem eng verknüpft ist. Ich glaube auch an die Prophezeiung, Kamose, genau wie Aram. Wenn du erwachsen bist, wirst du der Befreier sein. Und ich glaube, dass ich deine starke rechte Hand sein werde, die dir dabei hilft, die Prophezeiung zu erfüllen.«

»Was glaubst du eigentlich, Kamose?«, wollte Mara nun wissen.

»Ich weiß es nicht genau«, erwiderte der Junge. »Der einzige Gedanke, den ich habe, ist Rache für meine Mutter. Und wenn mir das gelingt, habe ich schon die eine Hälfte der Prophezeiung erfüllt. Warum dann nicht noch einen Schritt weitergehen und auch die andere Hälfte wahr werden lassen?«

Riki grinste. »So ist es recht. Gut zu hören. Aber im Augenblick ist es das Wichtigste, dass wir uns in Sicherheit bringen. Und das bedeutet höchstwahrscheinlich, dass wir so schnell wie möglich aus dem Nildelta verschwinden müssen. Ich bin mir ziemlich sicher, dass Baliniri es ebenso gemacht hat. Er hat schließlich oft genug davon gesprochen. Wenn es uns gelingt, dorthin zu kommen, wo er ist, bin ich mir sicher, dass alles in Ordnung kommt. Zu mir hat er immer gesagt, wenn wir genügend Zeit miteinander hätten, würde er mir alles beibringen, was man über das Kriegshandwerk wissen muss. Und ich werde eine Menge lernen müssen, wenn ich dich auf den Thron von Ägypten bringen will, mein Freund.«

Mara blickte ihren beiden jungen Freunden ins Gesicht. Unter normalen Umständen, überlegte sie sich, wäre die Vorstellung, dass zwei abgerissene Waisenknaben solch große Töne spucken, einfach lächerlich. Aber an diesen beiden war irgendetwas, das etwas Außergewöhnliches vermuten ließ. Und sie kannte Riki. Wenn er sagte, er hätte sich etwas vorgenommen …

Am Morgen standen die Brüder frühzeitig auf, nahmen ein leichtes Frühstück im Speisesaal von Josephs Residenz zu sich und gingen anschließend nach draußen, wo die Dienerschaft des Großwesirs bereits ihre Lasttiere mit dem Getreide beladen hatte, das sie für Jakobs Volk gekauft hatten.

Aker, der Haushofmeister, kam herbei, um sich von ihnen zu verabschieden. »Mein Herr übersendet Euch seine besten Grüße und bedauert, dass er wegen dringender Angelegenheiten anderweitig benötigt wird. Geht in Frieden.« Er verbeugte sich entsprechend höfischen Gepflogenheiten und verschwand wieder.

»Judah«, sagte Reuben, »ruf ihn zurück! Es sind wieder Geldstücke in den Säcken, so wie beim ersten Mal.«

Judahs Miene verdüsterte sich. »Was immer das zu bedeuten hat, wir müssen es jetzt herausfinden.« Mit steifen Schritten ging er zurück zur Residenz und betrat unangemeldet das Innere des Hauses. Ein Wächter versperrte ihm den Weg, doch Aker stand nicht weit entfernt. »Verzeihung, Herr!«, rief Judah. »Habt Ihr noch einen Moment Zeit für mich?«

Aker wandte sich um, und der Wächter begleitete Judah in den Innenhof. »Ich halte es für das Beste«, fuhr Judah in holperigem Ägyptisch fort, »eine Sache zu klären, bevor es hier vielleicht zu Missverständnissen kommt. Würdet Ihr den Wächter bitte unsere Säcke öffnen und durchsuchen lassen?«

Aker sah ihn streng an, sagte dann etwas zu dem Wächter, der kurz ins Innere des Hauses ging und dann mit sechs weiteren zurückkam. Der Reihe nach durchsuchten sie die Getreidesäcke, als Erstes die von Judah.

»Das Ganze erklärt sich folgendermaßen«, begann Aker. »Das Geld, das Ihr uns gestern übergeben habt, war bereits in unseren Kammern hinterlegt und für Euch gutgeschrieben worden. Wenn wir es also hier wieder vorfinden, wie schon einmal, dann kann es sich nur um eine Art unerklärlicher …«

»Aker!«, rief eine der Wachen. »Kommt einmal hierher!«

Der Haushofmeister ging, gefolgt von dem ängstlichen Judah, mit schnellen Schritten zu einer Säule hinüber, wo einer von Benjamins Packeseln stand. Der Wachmann hielt einen wunderbar verzierten Silberpokal in die Höhe, der gut und gerne das Doppelte von dem wert war, was die Brüder für das gesamte Getreide erlegt hatten. Judah starrte ihn mit großen Augen und offenem Mund an. Er hatte den Pokal schon einmal gesehen. Er hatte am Abend zuvor auf dem Tisch des Wesirs gestanden.

»Er befand sich in dem letzten Sack, Herr«, erklärte der Wächter.

Aker wandte sich zu Judah um und schaute zutiefst verärgert von ihm zu Benjamin hinüber. »Ich habe den Eindruck«, sagte er mit kalter Stimme, »ihr Herren habt nun einiges zu erklären.« Zu dem Wächter sagte er: »Bringt sie ins Haus und bewacht sie!«

Obwohl die Sonne immer noch niedrig im Osten über dem Horizont stand, war der Hauptkarawanenpfad für die drei Flüchtigen bereits zu stark begangen. Noch schlimmer war, dass dort hauptsächlich Armeeeinheiten offenbar auf dem Weg nach Avaris unterwegs waren. Die drei kauerten bereits seit geraumer Zeit in einem Gebüsch am Rande des Weges und warteten auf eine gute Gelegenheit. Drei Einheiten von recht beachtlichem Umfang, jeweils mit unterschiedlichen Emblemen gekennzeichnet, waren inzwischen vorbeigezogen.

»Wie viele mögen das gewesen sein?«, fragte Kamose.

»Über tausend Mann, würde ich sagen«, erwiderte Riki. »Mir gefällt das gar nicht. Ich glaube nämlich, dass sie gar nicht als Verstärkung nach Avaris marschieren, sondern um die Stadt einzunehmen. Ist dir der Anführer der letzten Einheit aufgefallen? Das war Sukati aus Bubastis. Er war einer der Ersten, der auf die andere Seite übergelaufen ist. Es ist bereits längere Zeit her, dass Petephres ihn aufgesucht hat. Ich habe eine Menge mitbekommen, als ich für die Verschwörer als Bote unterwegs war.«

»Das bedeutet, dass der Aufstand ...«

»Genau. Und es bedeutet umso mehr, dass wir uns jenseits der Grenze in Sicherheit bringen müssen. Was wir aber nicht tun können, ist, die Karawanenpfade zu benützen. So viel ist sicher. Es werden noch mehr aufständische Armeeeinheiten kommen, die nach Avaris wollen.«

»Was können wir denn nun tun?«, fragte Mara mit angespannter Stimme.

»Wir werden uns ein Boot besorgen«, antwortete Riki. »Weißt du, wie man damit umgeht?«

Mara packte ihn am Arm. »Ich wusste doch, dass ich noch eine echte Hilfe sein kann«, sagte sie begeistert. »Mein Vater hat mir das Segeln beigebracht. Nun ja, ich kann ohne Schwierigkeiten bei ruhigem Wetter ein kleines Schiff auf einem See steuern. Doch auch wenn wir auf dem Nil gegen die Flussströmung fahren, müsste ich es fertig bringen, uns dorthin zu steuern, wo wir hinwollen. Wenn ihr das Boot besorgt, übernehme ich den Rest.«

Unwillkürlich nahm Riki sie in die Arme – und Kamose betrachtete die beiden ganz erstaunt.

Mit einem Mal erschien der Wesir, um sich ein Bild von der Lage zu machen. Seine Miene war alles andere als freundlich. »Was hat das zu bedeuten?«, fragte er Judah. »Kennt ihr die Strafe, die auf Diebstahl in meinem Haus steht?« Er hielt den Pokal empor, damit alle ihn sehen konnten. »Dies ist das Gefäß, das ich für Weissagungen benötige. In wessen Behältnis wurde es gefunden?«

»In seinem!« Einer der Wachmänner schob Benjamin vor. Der Wesir sah auf den jungen Mann hinunter, und derselbe Blick wie am vorherigen Tag trat in seine Augen.

Wiederum versuchte Judah sich einzumischen. »Herr, ich habe keine Erklärung dafür, warum der Gott unserer Väter auf diese Weise in unser Leben eingreift. Wir sind in dieser Sache völlig unschuldig. Offenbar werden wir für ganz andere Sünden bestraft. Wenn …«

Nun trat Reuben vor. »Ich kann mir auch vorstellen für welche Sünde«, begann er zu erklären. »Wir hatten noch einen weiteren Bruder, das ist viele, viele Sommer her. Wir haben ihm etwas Schreckliches angetan, und diese Schuld schleppen wir seither mit uns herum. Doch hört, Herr, diese Schuld betrifft nur uns übrige Brüder, nicht den jüngsten dort. Bestraft ihn nicht für unser Verbrechen!«

Mit rauer Stimme unterbrach der Wesir die Rede. »Schweig!«, befahl er. »Der Schuldbeweis wurde eindeutig in dem Gebinde des Jüngsten gefunden. Die Strafe für Diebstahl ist Sklaverei. Ihr Übrigen könnt gehen; er muss bleiben.«

»Nein, Herr!«, entgegnete Judah mit flehentlich bittender Stimme. »Unser Vater würde es nicht überleben, wenn wir ohne Benjamin nach Hause zurückkehren.«

»Wieso sollte er es nicht überleben? Er hat ja immer noch euch. Was kann einem Vater von so vielen schon dieser eine bedeuten?« Die donnernde Stimme des Wesirs klang unerbittlich.

»Herr«, erklärte Judah, »eine der Frauen unseres Vaters war sein Lieblingsweib. Sie gebar ihm nur zwei Söhne – diesen hier, Benjamin, und den anderen, an dem wir Unrecht getan haben. Weil unser Vater diese beiden bevorzugte und besonders liebte, haben wir vor vielen, vielen Jahren aus Groll unseren Bruder in einen Brunnen gesteckt und seinem Schicksal überlassen. Er wurde von vorbeiziehenden Karawanenhändlern gefunden und mitgenommen. Wir wissen nicht, was aus ihm geworden ist. Vielleicht ist er inzwischen tot, oder er lebt als Sklave in einem fremden Land. In all diesen Jahren ist nicht ein Tag, nicht eine einzige Stunde vorbeigegangen, ohne dass wir unsere schreckliche Torheit, unsere tiefe Schuld beklagt hätten. Wenn uns nur unser Bruder wiedergegeben würde …« Judah schüttelte reumütig den Kopf. »Aber ich fürchte, das wird nie geschehen. Es ist nun einmal so passiert, und wir müssen damit leben.«

»Und was hat das alles mit diesem jungen Mann hier zu tun?«, fragte der Wesir. Es lag ein leicht mitfühlender Unterton in seiner Stimme.

»Herr, unserem Vater ist nur dieser Junge als Erinnerung an sein Weib, unsere Stiefmutter, übrig geblieben. Wenn wir ohne ihn zurückkehren, wird es ihm das Herz brechen. Und ich schwöre Euch, wenn es einen unter uns gibt, dem man keinerlei Vorwurf machen kann, dann ist es Benjamin. Nehmt einen von uns – nehmt uns alle an seiner statt, aber verschont ihn um seines Vaters willen. Nehmt mich, Herr! Glaubt mir, keine Strafe, nicht einmal der Tod, wäre ausreichend, um die Sünde, die wir an unserem Bruder Joseph begangen haben, zu sühnen. Bitte, Herr. Lasst Benjamin nicht leiden und einen Sünder wie mich frei ausgehen. Nehmt mich an seiner Stelle! Ich flehe Euch an!«

Kaum hatte Judah den letzten Satz ausgesprochen, als alle anderen Brüder – außer Benjamin – vortraten: »Nein, Herr!«, riefen sie. »Nehmt mich! Nehmt mich!«

Dann tat der Wesir etwas Merkwürdiges. Er wandte sich zu Aker und den Wachen um. »Lasst mich mit ihnen allein!«, sagte er mit einer Stimme, die vor innerer Bewegung zitterte.

»Aber nicht doch, Herr …«, widersprach Aker.

»Lasst mich allein! Nur diese bleiben hier!« Seine befehlsgewohnte Stimme klang fürchterlich.

Aker gab eine kurze Anweisung und entfernte sich eilig mit den Wachen. Der Wesir sah ihnen nach, seinen Rücken den Brüdern zugewandt. Als er sich wieder umdrehte, brannten seine Augen wie rot glühende Kohlen. Er schaute von einem zum anderen. Seine Hände zitterten heftig, und seine Augenränder schwammen in Tränen.

»Seht mich an«, sagte er. »Kennt ihr mich nicht? Weckt dieses Gesicht bei euch nicht irgendwelche Erinnerungen? Bei keinem von euch?«

»Herr …«, begann Judah. Aber dann wusste er es und es schnürte ihm die Kehle zu. Er wollte weitersprechen, doch er brachte kein Wort mehr heraus.

»Ja«, sagte der Großwesir von Ägypten, der zweitmächtigste Mann der ganzen bekannten Welt, »ich bin euer Bruder Joseph, den ihr verraten habt.« Alle sahen einander an, und es herrschte Totenstille.

Doch dann brach der Großwesir in Tränen und Schluchzen aus und wirkte einfach untröstlich. Er ließ die Schultern hängen, verzog sein schmerzgepeinigtes Gesicht und wandte seine tränenüberströmten Augen zum Himmel. Dann presste er die Fäuste an den Mund, als ob es ihn zerreissen würde, wenn er die Gefühle, die in seinem Innern tobten, aussprach.

»Ich bin Joseph«, sagte der Wesir schließlich. »H-habt ihr mir auch die Wahrheit gesagt? Ist unser Vater noch am Leben?«

Judah versuchte, etwas zu antworten, aber er konnte es nicht. Ihm brannten die Wangen, und er senkte den Kopf. Noch nie hatte er sich dem Tod so nahe gefühlt wie in diesem Moment.

IV

Inzwischen war klar, dass nicht mehr daran zu denken war, auf der großen Karawanenstraße voranzukommen. Überall tauchten Armeeeinheiten auf, und zu Rikis Kummer marschierten sie alle in Richtung Avaris und nicht aus der Stadt weg. Bevor ihm das so klar geworden war, hatte er noch die kleine Hoffnung gehegt, die Rebellen würden versuchen, Widerstand zu leisten. Jetzt sah es so aus, als würde Arams Staatsstreich in den allernächsten Tagen stattfinden und möglicherweise stand er schon unmittelbar bevor. Und es sah so aus, als würde er erfolgreich sein.

Zu erfolgreich! Schließlich lag die einzige wirkliche Hoffnung für das Land im Nildelta, die Schreckensherrschaft von Salitis endgültig abzuschütteln, darin, dass die unterschiedlichen Gruppen, die an dem Aufstand beteiligt waren, untereinander dermaßen zerstritten waren, dass sie nur über einen Kompromiss zu einer gemeinsamen Regierung finden konnten. Aber jetzt, da die Armee sich offensichtlich ganz auf die Seite Arams und der Priesterschaft gestellt hatte, musste man davon ausgehen, dass sich eine einheitliche feste Front gebildet hatte.

Im Augenblick jedoch war dies nicht Rikis Problem. Sein Problem bestand darin, sich und seine Freunde in Sicherheit zu bringen. Sie versuchten, einen Weg durch das offene Gelände zu finden und die Hauptverkehrswege zu meiden. Bereits zweimal hatten sie in höchster Eile größere Karawanenpfade gekreuzt und waren dabei in Sichtweite von Armeepatrouillen gekommen, die in Richtung Süden nach Avaris unterwegs waren, und einmal hatte ihnen dabei ein Soldat an der Spitze seines Zuges Zeichen gegeben, stehen zu bleiben. Riki hatte das einfach ignoriert und war, dicht gefolgt von den anderen beiden, in das hohe Schilf neben der Straße eingetaucht.

Am späteren Vormittag hatten sie einen Hauptarm des Nils erreicht, aber hier war es so gut wie unmöglich, am Ufer entlang weiterzugehen. Riki kletterte am Stamm einer großen Palme hoch und blickte flussaufwärts. »Ich glaube, wir haben Glück«, rief er seinen Kameraden nach unten zu. »Weiter vorne gibt es einen kleinen Bootslandeplatz, und dort liegen einige unbenutzte Schaluppen. Vielleicht ist eine von denen genau das, was wir brauchen.« Nachdem er wieder heruntergeglitten war, zog er Kamose und Mara mit sich nach einer Seite, wo er von oben einen Trampelpfad im Riedgras entdeckt hatte. Der Boden unter ihren Füßen erwies sich jedoch als recht tückisch. Man konnte einfach nicht erkennen, wo man hintrat. Kamose trat auf eine hochragende Wurzel, glitt auf der glatten Oberfläche aus, knickte dabei um und fiel auf die Seite. Die anderen beiden liefen schnell zurück, um ihm zu helfen und mussten feststellen, dass er sich den Fuß verstaucht hatte.

»Verdammt!«, zischte Kamose, hielt sich das Bein fest und verzog das Gesicht vor Schmerz. »Ich glaube nicht, dass ich damit richtig auftreten kann.«

Riki stöhnte innerlich auf, aber er ließ sich nichts anmerken. »Das ist nicht so schlimm«, versuchte er Kamose aufzumuntern, »du kannst dich bei uns aufstützen. Es ist sowieso nicht mehr weit. Sobald wir ein Boot haben, kannst du dich darin hinsetzen und ausruhen.«

Kamose biss sich auf die Lippen, als Riki und Mara ihm aufhalfen. Er legte jedem von ihnen einen Arm um die Schultern, und schwankend zogen sie so durch das dichte Unterholz am Rande des Flusses. Der Pfad war allerdings so schmal, dass eigentlich nur ein Mensch darauf gehen konnte, sodass sie praktisch zu einer Art Kriechgang verurteilt waren.

Mara und Riki achteten von nun an fast ausschließlich darauf, wo sie ihren Fuß hinsetzten, damit ihnen nicht dasselbe passierte wie Kamose. Deswegen konnten sie auch allen Dingen um sich herum keine Aufmerksamkeit mehr schenken.

Während sie sich so dem Bootslandeplatz näherten, entging ihnen daher die dünne Rauchfahne, die über einer kleinen Lichtung hing. Und als sie durch das hohe Gras auf das Gelände durchbrachen, war es schon zu spät. Zu ihrem Entsetzen befanden sie sich mitten in einer Ansammlung von Vagabunden.

»He, was ist denn das?«, sagte einer der Männer und bewegte sich schnell um sie herum, um ihnen den Weg zurück ins Schilf abzuschneiden.

Augenblicklich waren alle Übrigen auf den Beinen. Riki sah sich um und zählte insgesamt sechs. Er griff nach dem Messer an seinem Gürtel. »Schnell!«, flüsterte er Kamose zu. »Kannst du alleine stehen?«

»Ja!«, erwiderte der Freund. Er hatte ebenfalls bereits sein Messer gezückt. Mara hatte er hinter sich geschoben und stand ein wenig unsicher mit dem ganzen Gewicht auf dem guten Bein. Dann schaute er sich die Leute an.

»Habt ihr Messer?«, fragte einer der Herumstreuner. »Das macht das Ganze ein wenig prickelnder. Wird mir ein wenig Appetit machen, bis ich es ihm weggenommen habe. Geh zur Seite, Junge! Wir wollen sie uns anschauen. Kriegen hier unten nicht alle Tage ein Mädchen zu Gesicht.«

»Sieh dich vor!«, warnte Kamose ihn mannhaft. »Wenn du die Hand nach ihr ausstreckst, holst du dir mindestens blutige Finger.«

Der Vagabund nahm ihn nicht ernst genug und langte nach Kamoses Hand, mit der er das Messer hielt. Kamoses Waffe blitzte auf, und schon floss Blut.

»Autsch!«, rief der Vagabund. »Der kleine Mistkerl hat mich geschnitten.« Er saugte an der Wunde. »Du da drüben! Hilf mir mal, mit dem Kerl fertig zu werden.«

Riki beobachtete, wie sie näher kamen. »Mara«, flüsterte er, »wenn ich dir ein Zeichen gebe, rennst du in das Schilf, und zwar dort in diese Richtung. Der Bootslandeplatz ist vielleicht noch fünfzig Schritte entfernt. Verschwinde Richtung Wasser. Ich werde versuchen, sie aufzuhalten.«

»Aber ich kann euch nicht hier alleine lassen!«, sagte sie.

»Tu, was ich dir sage, dummes Kind. Was glaubst du, was mit dir passiert, wenn sie dich schnappen?«

Inzwischen hatten sich zwei der Streuner ebenfalls mit Messern bewaffnet, die mindestens so lang und so scharf waren wie die von Riki und Kamose. Ein anderer hielt einen dicken Knüppel in der Hand, der lang genug war, um außerhalb der Reichweite der Jungen zu bleiben. Er umkreiste sie, konnte sich aber nicht entschließen, welchen von beiden er zuerst angreifen sollte.

Riki beobachtete ihn aus den Augenwinkeln. »Achtung jetzt!«, flüsterte er Mara zu. »Jetzt!«

Er griff an, machte einen Scheinausfall in Richtung auf den einen Angreifer mit dem Messer, traf aber den anderen tief ins Fleisch. Unmittelbar danach traf ihn jedoch der Mann mit dem Knüppel am Kopf. Das Messer fiel ins Gras und er war ganz benommen. Schon griffen sie nach ihm. »Renn weg, Mara!«, keuchte er. Riki bäumte sich auf, packte eine Hand und biss fest hinein. Dabei entdeckte er sein Messer im Gras, ließ die Hand los und griff danach. Er konnte gerade noch die Finger darum schließen, als ein anderer ihn am Handgelenk fasste. Aufs Geratewohl schwang er herum, und das Messer schnitt einem von den Angreifern ins Gesicht.

»Verschwinde, Riki!«, schrie Kamose. Riki rappelte sich auf und sah dabei, wie Kamose sich gegen zwei Männer zu wehren versuchte. Einer war von hinten gekommen und hatte seinen Arm um Kamoses Hals gelegt. Der andere entwand ihm das Messer und schlug ihm ins Gesicht. Vergebens hämmerte Kamose auf den Arm des anderen Mannes ein.

Derjenige mit dem Knüppel holte erneut aus und zielte auf Rikis Kopf. Riki duckte sich, und der Knüppel traf einen der Angreifer, der aufheulte und in den fünften Mann hineintaumelte; sie purzelten übereinander zu Boden.

Riki sauste davon. Mit dem Kopf voran tauchte er an derselben Stelle in das Schilf, an der Mara verschwunden war. Besinnungslos stürmte er vorwärts und brach nach kurzer Zeit in offenes Gelände. Am Flussufer war Mara gerade dabei, ein kleines Segelboot ins Wasser zu schieben. »Fahr los!«, rief er. »Warte nicht auf mich!«

Sie erkannte ihn, nickte und stieß das Boot in die Strömung. Dann watete sie hinterher, zog sich am Bootsrand hoch und ließ sich kopfüber in das Fahrzeug gleiten. Riki warf sich platschend ins Wasser und als er prustend und spuckend wieder auftauchte, hatte er schon den halben Weg zum Boot hinter sich und schwamm mit kräftigen Zügen darauf zu. Als Mara ihn hineinzog, war er überrascht, wie viel Kraft sie in den Armen hatte.

Führungslos schlingerte das Schiffchen in der Strömung. »Schnell!«, schrie sie. »Das da ist das Ruder. Richte es aus und halt es fest. Ich setze inzwischen das Segel.«

Riki setzte sich auf die Bank und gab sich Mühe, das Ruder still zu halten. Am Ufer erschienen zwei der Männer und schrien Flüche hinter ihnen her. Und – zu seinem Entsetzen – erkannte Riki einen von ihnen, was in der Hitze des Gefechts gar nicht möglich gewesen war. »Mara!«, sagte er. »Der eine trägt eine Narbe! Den kenne ich!«

Unterdessen richtete die junge Frau den Mast auf, was gar nicht so leicht war, und zog das Segel hoch. »Jetzt«, sagte sie, »wieder Richtung Ufer steuern!«

Riki tat es. »Mara! Hast du nicht gehört? Ich weiß, wer die Kerle sind! Ich weiß, was sie vorhaben!«

Erst jetzt fand sie Zeit, ihn anzuschauen. Rikis Miene spiegelte schauriges Entsetzen wider. So hatte sie ihn noch nie gesehen. »Was ist denn los?«

»Das sind keine Vagabunden!«, sagte er. »Das sind Leute von Hakoris.«

»Hakoris!«, krächzte sie. »Handlanger von Hakoris?«

»Genau. Und jetzt haben sie Kamose!« Seine Stimme war kaum hörbar. »Sie bringen ihn bestimmt ins Kinderlager … falls Aram ihn sich nicht schon früher greift.«

Wie benommen starrte Mara vor sich hin. Der Wind traf auf das Segel, und das Boot gewann langsam Fahrt.

Ihr Freund Kamose! Die einzige Hoffnung ganz Ägyptens in der Hand von Hakoris!

Die Brüder umringten Joseph, wahrten aber gleichwohl respektvollen Abstand. Auf ihren Mienen spiegelte sich noch immer ungläubiges Erstaunen und nicht zuletzt noch ein wenig Furcht. Nur Judah stand unmittelbar vor ihm, in demutsvoller, ja beinahe unterwürfiger Haltung. Er brauchte zwei Anläufe, bevor er wieder etwas hervorbrachte. »Ich … ich weiß nicht, was ich sagen soll«, stammelte er. »Unser weiteres Schicksal liegt nun in deiner Hand. Ich habe alles gesagt, was zu sagen war. Wie immer du nun entscheidest, egal wie schlimm es für uns ist, wir haben es verdient. Nur Benjamin nicht. Er ist völlig unschuldig an dem, was wir dir … was dir zugestoßen ist. Wenn du ihn bestrafst – und unseren Vater mit ihm, denn du weißt ja selbst, wie sehr Vater an ihm hängt –, dann würde ich sagen, bist du auch nicht besser als wir.«

Eine ganze Weile blieb Josephs Gesicht völlig ausdruckslos, ganz wie es die unergründliche Art der Ägypter war, die er sich inzwischen so sehr zu Eigen gemacht hatte. Als er antwortete, war es, als sei er nun von großer innerer Ruhe erfüllt.

»Ihr habt von mir nichts zu befürchten«, versicherte er ihnen. »Und ihr habt euch nichts vorzuwerfen. Es wart nicht ihr, die mich hierher gesandt haben, sondern der Gott Israels. Er hat mich nur vorausgeschickt, damit ich Vorkehrungen treffen kann für die Hungersnot, von der nun auch unser Heimatland heimgesucht wird. Er wollte, dass ich hierher komme, um die notwendigen Vorkehrungen zu treffen, damit unser Volk einen Platz findet, wohin es in den Jahren der Entbehrungen fliehen kann.«

»Ich verstehe nicht, was du damit meinst«, sagte Reuben.

»Unser Gott hat mich zum zweitmächtigsten Mann im größten und fruchtbarsten Königreich der Welt gemacht. Weil dem nun so ist, wird unser Stamm überleben. Gott, der Herr, war es, der euch so handeln ließ, wie ihr es getan habt, und daher trifft euch keine Schuld.«

»Aber ...«

Joseph legte seinem Bruder freundschaftlich die Hand auf die Schulter. Den anderen Arm legte er um Simeon und blickte dann seinen Brüdern der Reihe nach in die Augen. Alle Strenge war aus seinen Zügen verschwunden und es kam ihm vor, als könnten sie seine Gedanken lesen. »In all den Jahren hat jeder von uns eine Menge lernen müssen«, fuhr er in friedfertigem Ton fort. »Ich habe gelernt, euch zu vergeben. Nun müsst ihr noch lernen, euch selbst zu vergeben. Inzwischen habt ihr ja auch viel an Einsicht und Erfahrung gewonnen.«

»Einsicht und Erfahrung? Ich?«, fragte Judah.

»Du hast gelernt, Verantwortung zu übernehmen, für dein Leben, für deine Handlungen. Du hast gelernt, Recht und Unrecht zu unterscheiden, und du hast es gezeigt, indem du einen Unschuldigen unbedingt vor einem ungerechten Schicksal bewahren wolltest. Verzeiht mir, dass ich euch auf die Probe gestellt habe, aber ich wollte mich selbst davon überzeugen, ein für alle Mal.« Er lächelte. »Aber nun bin ich mir sicher.«

»Dank sei Gott«, erwiderte Judah eifrig. »Du kannst dir gar nicht vorstellen, wie wir in den Jahren gebetet haben, er möge dich beschützen. Du kannst dir gar nicht vorstellen ...«

»... wie ihr gelitten habt? Vielleicht nicht. Aber wahrscheinlich doch. Ich ahnte schon lange, dass sich alles zum Guten wenden würde. Und als ich euch auf die Probe stellte, hatte ich das bestimmte Gefühl, dass ihr euch als würdige Söhne Jakobs und seiner Vorväter erweisen würdet. Daher ...«

Joseph lächelte nun breit und völlig erleichtert. »Daher bin ich am Tag eurer Rückkehr hierher zu dem Herrn der Zwei Reiche, dem Pharao Salitis, dem Herrscher des Nils, gegangen und habe ihm von euch erzählt, und wie unser Volk in Kanaan in Not und Elend darbt. Daraufhin hat er einen königlichen Erlass herausgegeben und Folgendes verkündet: Sag deinen Brüdern, sie sollen eilig nach Kanaan zurückkehren. Von dort sollen sie deinen Vater mit all seinen Sippenmitgliedern und all seinen Leuten hierher zu mir bringen. Ich werde ihnen gutes Land in Ägypten geben, das Beste, auf dem sie siedeln können. Sag ihnen, sie sollen alles aufladen und ihre Frauen, Kinder und Verwandten mitbringen. Sie werden in meinem Reich leben wie Angehörige edler Abkunft.«

Judah war verblüfft. Er wandte sich um und tauschte erstaunte Blicke mit Reuben und Simeon. Er hätte in diesem Augenblick nicht gewusst, was er sagen sollte.

Joseph sprach weiter. »Es wäre mir eine riesige Freude, euch noch einen Tag, mehrere Tage, ja einen ganzen Mond lang hier zu behalten. Wir haben uns so viel zu erzählen!« Er lachte übermütig auf und schlug Reuben auf die Schulter, als würden sich lange unterdrückte Gefühle endlich Bahn schaffen. »Aber ihr solltet keine Zeit verlieren, während ich hier auf eure baldige Rückkehr warte. Zu gern würde ich jetzt schon mit euch aufbrechen, weil ich es kaum erwarten kann, noch einmal meinen Vater zu sehen, bevor Gott ihn zu sich nimmt. Aber ich bin zuversichtlich, dass ihr ihn sicher hierher geleiten werdet, wo ich und die Großen und Mächtigen Ägyptens ihm in seinem hohen Alter alle Ehren erweisen werden. Und sie werden auch euch Ehre erweisen, meine Brüder, solange ihr lebt.«

Nachdem das letzte schwer beladene Packtier auf der langen, gewundenen Straße verschwunden war und sich der Staub der Karawane endgültig gelegt hatte, stand Joseph immer noch mit Asenath auf dem Dach seines Hauses, ließ den Blick über das flache Land des Nildeltas schweifen und dachte nach.

»Joseph!«, rief Asenath mit einem Mal, »siehst du den Rauch dort über der Stadt? Dort muss ein Feuer sein, und zwar ein ziemlich großes, würde ich sagen.«

»Das stimmt!«, entgegnete er. »Und außerdem scheint dort ein größerer Aufruhr zu sein. Aker! Aker!«

Der Diener kam angerannt. »Ja, Herr?«

»In der Stadt ist irgendetwas im Gang. Schick einen Läufer los, er soll herausfinden, was es ist.«

Aker schaute an ihm vorbei, auf die Straße, die vom Haus in die

Stadt hinein führte. »Seht, Herr! Da kommt ein berittener Bote.«
Joseph dreht sich auf dem Absatz um und erkannte ebenfalls den
Reiter, der in halsbrecherischem Tempo angaloppiert kam. »Herr!
Auf seinem Gewand ist Blut!«

Herr und Diener rannten gleichermaßen geschwind die Treppe
hinunter, öffneten das Tor und stürmten nach draußen, um dem Boten entgegenzueilen, der eine Wolke von trockenem Staub aufwir-
belte und praktisch in Akers Arme fiel. »Was ist los, Mann?«, fragte Aker. »Was ist mit dir geschehen?«

Zwischen tiefen Atemzügen und Schluchzern brachte der Reiter
seine Botschaft hervor, die für Joseph bestimmt war. »Herr! ... In
der Stadt ist ein Aufstand im Gange! Die Armee ist in den königlichen Palast marschiert und hat ihn besetzt! Der Pharao ist tot!«

»Wirklich tot?«, fragte Joseph in strengem Ton.

»Ja, Herr! Sie haben den Palast belagert. Der König hat Gift genommen! Irgendeiner der Anführer hat sich selbst zum Pharao pro-
klamiert. Die Soldaten schwärmen in die Stadt aus und verkünden
eine Ausgangssperre.«

»Beruhige dich, mein Freund. Du bist arg verletzt. Aker! Hol
meinen Arzt.« Der Haushofmeister entfernte sich über den Hof ins
Innere des Hauses.

Inzwischen stützte Joseph den Mann, bis er sich auf einer Stein-
bank am Rande des Hofes niederlassen konnte. Dann ging Joseph
zum Tor zurück und schloss es wieder. »Du brauchst mich gar nicht
erst darauf hinzuweisen, dass die Soldaten auch hierher unterwegs
sind. Das kann ich mir denken. Aber ich muss wissen, mit wem ich
es zu tun habe. Der Mann, der sich selbst zum Pharao ausgerufen
hat, wer ist es? Handelt es sich um den Hierathen Neferhotep?
Oder um meinen Schwiegervater Petepheres aus On, den Priester
Amuns? Sprich, Mann!«

»Den richtigen Namen kenne ich nicht, Herr«, brachte der Bote
hervor. »Er nennt sich selbst Apophis.«

Joseph dachte rasch nach. »Apophis, aha? Der Name klingt
ägyptisch. Aber ... ist er einer von uns? Ein Ägypter? Oder einer
von den Hay?«

Der Bote schloss die Augen und rang nach Luft. Joseph konnte
ihn gerade noch auffangen, bevor er zu Boden gefallen wäre, und

hielt ihn so lange fest, bis der Arzt kam. »Bitte!«, sagte Joseph eindringlich. »Es ist wichtig!«

»Hay, Herr!«, erwiderte der Mann. »Er ist ein Hay.«

Joseph kniff die Lippen zusammen und verengte die Augen. So ist das Ganze also ausgegangen! Das war gefährlich – sehr gefährlich!

Da wäre sogar Neferhotep noch besser gewesen.

Es musste sich um Aram handeln.

Als Pharao von Ägypten!

Als Herrscher des Nils!

Kapitel 12

I

Trommelwirbel rollten über das Gelände vor der Stadt und Trompetenhörner gellten. Die Einwohner aus der gesamten Umgebung von Unterägyptens Hauptstadt Lischt säumten die breite Straße, die von der Anlegestelle am Nil zu den etwa eine Meile weit entfernten Stadtmauern der alten Königsstadt führte. Mit einem Triumphzug wurden die Helden des Krieges gegen das nubische Eroberungsheer willkommen geheißen und der gerechte Friedensschluss gefeiert.

Die Prozession bewegte sich in gemessenem Schritt voran, um ein Höchstmaß an Prachtentfaltung zu ermöglichen und den Stolz auf den Sieg zum Ausdruck zu bringen. In all den Jahren, seit die Hay in Ägypten eingefallen waren, hatte es wenig Anlass für Siegesfeiern gegeben. Für Pharao Dedmose und Baka war dies daher eine willkommene Gelegenheit, das Volk in freudige Stimmung zu versetzen, und sie waren entschlossen, sie zu nützen. Die Getreidespeicher von Fajum sollten geöffnet werden, Hungersnot hin oder her, um ein Volksfest zu ermöglichen, wie es sonst nur allerhöchsten religiösen Feiertagen vorbehalten war. Bildhauer und Künstler waren bereits damit beschäftigt, Wandgemälde und Statuen zu Ehren von Mekim, dem tapferen Musuri und dem tüchtigen Harmachis zu entwerfen, sowie für einen stolzen Unteranführer, der sich im Kampf geopfert hatte, um seine wankende Einheit wieder unter ihrer Standarte zu sammeln, was zur Wende in der gesamten Schlacht geführt hatte. Sein Name wurde bereits Legende.

Es war ein großer Tag. Die Trauer um die Gefallenen würde später kommen. Nun war die Zeit, ein Freudenfest zu feiern und die Heimkehrenden zu beglückwünschen.

Mehrere Reihen von Zuschauern standen zwischen Ketan, seinen Kameraden und den vorbeiziehenden Soldaten. Ketan reckte sich in die Höhe und konnte auf den Zehenspitzen stehend einige wenige bekannte Gesichter unter ihnen erkennen. Seine gebrochenen

Rippen waren noch längst nicht verheilt, sodass die Anstrengung ihn bisweilen ein wenig aufjaulen ließ, wenn er seinen Körper zu sehr anspannte, um über die Köpfe der Menge hinweg zu sehen.

Weder Nebet, noch Tuja, noch Seth, die neben ihm standen, konnten überhaupt etwas sehen. »Ketan!«, sagte Tuja. »Kannst du sie schon erkennen?«

»Teti habe ich noch nicht entdeckt«, antwortete er. »Mekim und Musuri sind gerade eben vorbeigekommen.« Er wandte den Kopf zur Seite und schaute zu ihr hinunter. »Wenn du dich auf meine Schultern setzen würdest, Seth, könntest du alles sehr viel besser mitbekommen.«

»Ketan!«, schimpfte Tuja, »deine Rippen sind doch noch längst nicht wieder verheilt. Das könnte gefährlich sein.«

»Unsinn!«, Ketan lachte auf. »Soll ich Nebet hochnehmen statt deines Sohnes?«

»Nein!«, rief Nebet und schüttelte lachend den Kopf. »Ich bin schon zu alt für so etwas. Los, Tuja, setz Seth auf Ketans Schultern. Wenn es Ketan nichts ausmacht, ist er jedenfalls groß genug dafür.«

Der Junge sah bittend zu seiner Mutter auf. »Darf ich?«

»Wartet!«, sagte Ketan, als er den Kleinen hochhob. »Ich glaube, jetzt kann ich Teti erkennen. Schaut, da vorne gibt es eine Lücke. Einer von euch kann dort hineinschlüpfen, aber schnell!« Damit fasste er die kleine Nebet an beiden Händen und hob sie mit Schwung an die frei gewordene Stelle. »Da ist Teti! Auf dem Wagen hinter der Standarte der Dritten Einheit.«

Nebet war tief beeindruckt. Teti kam ihr so wunderschön vor, sie beneidete sie beinahe. Dabei hatte sie sie ganz anders in Erinnerung, viel ungelenker. »Ich wünschte, ich würde so aussehen!«

»Ach was«, neckte Ketan sie. »Du bist hübsch genug. Aber ich sehe schon, was du meinst. Teti ist mit einem Mal erwachsen geworden. Sie ist jetzt kein Mädchen mehr. Sieh nur, Tuja!« Damit schob er sie vor sich, damit sie eine bessere Sicht auf den vorbeirollenden Wagen hatte. »He, Teti! Teti! Hier sind wir!«

Sein Ruf ging im plötzlich anhebenden Trompetengetöse unter, das durch tausendfache Hoch-Rufe erwidert wurde, als Harmachis an der Spitze der Ptah-Einheit vorbeimarschierte. Tuja konnte dennoch einen guten Blick auf Teti erhaschen, als sie vorbeifuhr. »Nebet, du hast ganz Recht«, sagte sie. »Sie ist viel weiblicher geworden und geradezu aufgeblüht ... vor allem mit dem halb erwachsenen Gepard neben ihr. Ich frage mich bloß, wo sie den her hat.« Nachdenklich schüttelte Tuja den Kopf. »Teti ist ganz offensichtlich nicht mehr dieselbe. Irgendetwas ist mit ihr passiert in der Zwischenzeit. Sie wirkt auch ausgesprochen würdevoll.« Dann kam Tuja die Erleuchtung. »Ihr ist etwas zugestoßen, Ketan. Ihr ist etwas zugestoßen, was sie innerlich tief verletzt hat. Oh, Ketan, wir müssen unbedingt mit ihr sprechen. Heute noch!«

Tuja hätte noch eine Weile so weitergeredet, aber auf der anderen Seite der Prozessionsstraße fiel ihr in weiter Entfernung ein Gesicht in der Menge auf – ein Mann, der die meisten der Zuschauer um mehr als eine Haupteslänge überragte und ein zerfurchtes und wettergegerbtes Gesicht hatte, in das sich vielfältige Erfahrungen eingegraben hatten. Sie dachte noch: Es wird nicht mehr lange dauern, bis er graue Haare bekommt, aber sein sympathisches Gesicht mit den freundlichen Augen wird bleiben.

Baliniri? War das nicht ihr Baliniri? Konnte das sein?

Und wenn es so war ... wenn er wirklich zurückgekehrt war ...

Doch er wandte sich um und war gleich darauf in der Menge verschwunden, und die farbenprächtigen Fahnen und Standarten an der Spitze von Harmachis' großem Truppenkontingent versperrten ihr die Sicht. Als die Banner vorbei waren, konnte sie ihn nirgendwo mehr entdecken. Furcht und Sehnsucht ergriffen gleichzeitig von ihr Besitz; sie fühlte, wie ihr Herz schneller schlug. Ach Tuja, dachte sie, du liebst ihn immer noch! Nach all den Jahren!

Doch ein zweiter, beunruhigender Gedanke drängte sich ihr gleich auf. Sie war etliche Jahre älter als er. Und sie war nie eine außergewöhnliche Schönheit gewesen. Falls er sie auch gesehen hatte, was würde er denken? Würde er sie denn noch wollen?

»Los jetzt«, sagte Ketan, setzte den Jungen auf den Boden und zog Nebet, Tuja und den Kleinen fort von der Menge. »Lasst uns nachsehen, wo die Parade endet. Ich möchte mich gern mit Teti unterhalten.«

Auf der gegenüberliegenden Seite der Prozessionsstraße bahnte sich Baliniri ebenfalls einen Weg aus den Menschenmassen heraus und ging in Richtung des Stadttores. Was für einen großartigen Tag habe ich mir da für meine Ankunft in dem Roten Land ausgesucht, dachte er überglücklich. Er hatte sich bereits mit ein paar Bewohnern der Stadt unterhalten und so die Neuigkeiten vernommen, vor allem die Geschichte um Akilleus und Musuri.

Es war kaum zu fassen, dass ausgerechnet Mekim einen triumphalen Sieg als Feldherr feiern konnte, Mekim, der sich als Unteranführer glänzend bewährt hatte, dem man aber alles extra sagen musste, bis hin zu dem Umstand, dass er seine Uniform reinigen oder sein Schwert schärfen lassen sollte! Dies war wirklich ein erstaunlicher Tag.

Nun, er würde jedenfalls mit Mekim eine Menge zu besprechen haben, wenn sie zusammentrafen. Umso besser! Jedenfalls war es ihm lieber so, als jene peinlichen Situationen, wenn alte Freunde nach langer Zeit wieder zusammentreffen und feststellen müssen, dass sie keine Gemeinsamkeiten mehr haben. Das wäre nur schwer zu ertragen, vor allem, wenn es darum ging, sich diskret nach einem Kommando umzuschauen.

Denn er würde bald wieder eine Beschäftigung brauchen, daran bestand kein Zweifel. Wenn man bei Nacht und Nebel eine Grenze überqueren musste, bedeutete das immer, dass man alles andere zurückließ, nicht nur Hab und Gut. Nicht nur den gemeinsamen Besitz, den Ayla und er im Lauf der Jahre angesammelt hatten, sondern auch die Erinnerungen an ihre Ehe waren zurückgeblieben. Nun war er in Oberägypten angelangt und hatte nicht mehr bei sich als das, was er zehn Jahre zuvor auf dem Rücken tragen konnte, als er mit Mekim aus dem Zweistromland des Königs Hammurabi kommend in Unterägypten gelandet war. Vielleicht sogar weniger. Alles, was er hatte, reichte im Moment vielleicht gerade noch für einen Monat, wenn er sparsam lebte.

Aber das war nicht weiter schlimm. Mekim würde sich nicht weigern, für ihn eine Aufgabe zu finden. Einen Mann mit Baliniris Fähigkeiten und Erfahrungen konnte man immer brauchen. Nein. Denk nicht weiter darüber nach. Du brauchst doch nicht an dir zu zweifeln! Du wirst schon bald wieder festen Boden unter den Füßen haben ... Er ließ sich von einer Welle des Selbstvertrauens mitreißen und verdrängte die kurz aufgekommene Stimmung wegen seiner unsicheren Zukunft. Außerdem führte dieses Hochgefühl zu einem weiteren Gedanken, der sehr erfreulich und hochinteressant war.

Wer war dieses Mädchen? Sie war einfach großartig! Er hatte noch nie eine Frau gesehen, die sich annähernd mit ihr vergleichen ließ! Wie sie da auf dem Wagen vorbeizog, wirkte sie wie eine Göttin, so groß und schlank, mit stolzen Brüsten und wunderschönen Beinen unter ihrer ziemlich kurzen Tunika. Und dann zu ihren Füßen dieses Geparden-Junge, das seinen Kopf genüsslich an ihren Beinen rieb.

Dieser Anblick erinnerte ihn an Geschichten, die er von hethitischen Söldnern gehört hatte: Erzählungen von Stammesfrauen oben im fernen Skythien, die von ihren Männern weitgehend getrennt lebten und sich hauptsächlich dem Kriegshandwerk widmeten. Diese junge Frau hier allerdings hatte so gar nichts von verhärmter Männerfeindlichkeit an sich. Trotz ihrer strahlenden, unverdorbenen Jugendlichkeit war sie bereits durch und durch eine Frau, dessen war er sich sicher. Sie wirkte stark und selbstbewusst.

Du hast Eingebungen wie ein achtzehnjähriger Junge, schalt er sich selbst. Da siehst du eine junge Frau, die nicht einmal zwanzig Jahre alt ist, in der Menge, und dir fängt das Herz an zu flattern! Verdammter Narr, gib dich keinen Illusionen hin.

Inzwischen hatte er den Platz erreicht, wo die Formationen der Soldaten sich nach der Parade auflösten. Da er die meisten überragte, konnte er sich bequem umsehen. Wo steckte denn Mekim? Ach, da war er. Baliniri bahnte sich einen Weg durch die umherwuselnde Menge. »Mekim!«, rief er mit donnernder Soldatenstimme. »Mekim, du o-beiniger, bierbäuchiger, heruntergekommener alter Sack! Ich bin's, Baliniri!«

Das erzielte genau die gewünschte Wirkung: Beim Anblick seines alten Kameraden erstrahlte auf Mekims Gesicht genau die Art von breitem Grinsen, auf das Baliniri gehofft hatte. Die beiden Streitgenossen schoben alle anderen beiseite, stürmten aufeinander zu und fielen sich schulterklopfend in die Arme.

Einige Zeit später saßen sie gemeinsam am Ehrentisch in einer Schänke, die während der Siegesfeier ausschließlich von Soldaten besucht war, und tranken Schwarzbier aus kleinen Tonbechern. Die gesamte Schlacht wurde noch mindestens zweimal durchgefochten, mit früheren Feldzügen verglichen und in allen Einzelheiten durchgesprochen, bis beide wirklich genug davon hatten. Baliniri wollte gerade dazu ansetzen, sein Anliegen vorsichtig zur Sprache zu bringen, als Mekim, der schon etwas undeutlich sprach, weil er zu schnell und zu viel getrunken hatte, überraschenderweise den Anfang machte. »Sag mal, alter Freund«, meinte er, »brauchst du nicht wieder eine Art Beschäftigung?«

»Nun, das wäre nicht schlecht«, gab Baliniri zu und bestellte neues Bier. »Ich bin dort gerade so entwischt und habe nicht viel mehr dabei als ein paar Münzen und eine Menge guter Absichten.«

»Das geht in Ordnung«, erwiderte Mekim. »Ich werde sehen, was sich machen lässt. In der Zwischenzeit lasse ich dir eine Vorauszahlung auf deinen ersten Lohn zukommen. Was eine Stellung in der Armee anbelangt, kann ich dir im Augenblick aber nichts anbieten, was deinen Fähigkeiten entsprechen würde – es sei denn, du wärst bereit, ein Kommando außerhalb der Stadt zu übernehmen.« Unausgesprochen blieb in diesem Fall: Natürlich wirst du hier bleiben wollen, also …

»Ich kann es mir nun einmal nicht leisten wählerisch zu sein«, entgegnete Baliniri. »Woran denkst du denn? Eine Garnison an der Grenze?«

»Nein. Da war zwar eine, aber die ist bereits vergeben. Verdammt. Ich wünschte, ich hätte gewusst, dass du kommst.«

»Ich habe es ja selbst nicht gewusst.«

Mekim leerte seinen Becher und wischte sich mit dem Handrücken über den Mund – die Geste eines Unteranführers und nicht gerade die eines Generals. »Theben«, sagte er. »Damit verbunden sind ein Generalsrang, Gefahrenzulage und das Kommando über eine große Einheit.« Er stieß einen Rülpser aus. »Lehne es nicht leichtfertig ab. Ich habe vor, den Umfang der Truppen dort zu verdreifachen, und das aus gutem Grund. Der Waffenstillstand, den ich mit Ebana geschlossen habe, ist an sich in Ordnung, aber ich bin mir nicht sicher, ob sie Nubien unter Kontrolle halten kann. Da muss man mit allem rechnen. Was passiert, wenn es dort einen Staatsstreich gibt, wie es gerade in Avaris passiert ist?«

»So stimmt es also? Ist Aram jetzt an der Macht?«

»So hat man es mir erzählt. Ich werde bald genaueren Bericht erhalten. Nach Theben zu gehen klingt im Augenblick so, als solle man den Hinterhof bewachen, aber in ungefähr einem Jahr kannst du außerdem Befehlshaber von Dedmoses Leibwache werden, und das ist eine Pfründe, lass dir das gesagt sein. Ganz unter uns, alter Junge, der Pharao trägt sich mit dem Gedanken, die Königsresidenz flussaufwärts zu verlegen. Kommt nur Theben in Frage. Ihm ist es hier zu unsicher.«

»Und dir?«

»Für Leute wie dich und mich ist es hier sicher genug, aber für so eine furchtsame Seele wie Seine Majestät ...« Er rülpste laut und deftig. »Verräterei, was? Majestätsbeleidigung? Schlagt ihm den Kopf ab! Ach, zur Hölle damit! Jedenfalls, Theben ist besser, als es klingt. Ich würde annehmen, wenn ich an deiner Stelle wäre. Eine schöne Stadt. Jede Menge Kunst und das beste Bier am Nil. Und die Frauen sind unglaublich.«

Baliniri grinste. »Immer noch der gute alte Mekim. Übrigens, ich habe bei eurer Parade eine ganz auffallend prächtige junge Frau entdeckt. Groß, selbstbewusst, wie eine Göttin. Einfach umwerfend. Wie kommt sie eigentlich auf eure Siegesparade?«

Mekim sah Baliniri mit großen Augen an. »Du kannst dich nicht mehr an sie erinnern? Mann, das ist unsere Waffenschmiedin.« Er musste aufstoßen und dachte endlich auch daran, die Hand vor den Mund zu nehmen. »Als sie noch klein war, saß sie bei mir auf den Knien und wir haben gespielt. In dich war sie ja damals völlig verschossen. Immer wieder hat sie beteuert, dass sie dich heiraten wird, wenn sie groß ist. Sie wollte immer ein Zauberschwert für dich schmieden, mit dem du alle deine Feinde erschlagen kannst. Außerdem malte sie sich aus, dass du dich sofort in sie verlieben würdest, sobald du es in der Hand hältst und dann alle anderen Frauen vergessen würdest.«

»Du meinst doch nicht etwa die kleine Teti?«, hakte Baliniri wie vom Donner gerührt nach. »Schobais Teti? Die mit dem Zwillingsbruder? Dieses strahlende Geschöpf ist meine kleine Teti?«

Als sich die Parade auflöste, kletterte Musuri von dem Wagen herunter, auf dem er mitgefahren war, verabschiedete sich von seinen Kameraden und machte sich mit nachschleifendem Bein auf die Suche nach Teti. Als er sich ihr näherte, bemerkte er ihre zurückhaltende, ja beinahe verschlossene Art. Groß und aufrecht stand sie da, nahm aber wenig Anteil an dem, was um sie herum passierte. Er schüttelte den Kopf. Das war kein gutes Zeichen, dachte er. Sie braucht dringend etwas, womit sie sich beschäftigen und ablenken kann. Ich muss mir etwas ausdenken.

Ihr Blick flackerte ein wenig, und sie wirkte nicht besonders gesprächig. »Teti«, begann er, »ach, ich bin froh, dass ich dich gefunden habe. Mit diesem Bein zu gehen, ist wirklich eine Last, und ich war mir nicht sicher, ob ich dich überhaupt noch erreiche, um mich ein wenig mit dir zu unterhalten.« Er lächelte sie väterlich an. »Wie ich sehe, hat die Siegesfeier und das ganze Trara keinen besonderen Eindruck auf dich gemacht.«

Teti zuckte die Achseln. »Dieses Aufmarschieren und Hymnen singen ist wirklich eigenartig. Erstens hätte ich nie daran gedacht, an so etwas teilzunehmen, und zweitens lässt es mich völlig kalt.«

»Ach, lass den Leuten ihre Freude. Der ganze Aufwand ist für sie und nicht für uns« erklärte er. »Das, was in einer Schlacht vor sich geht, kann sowieso niemand nachvollziehen, der nicht dabei war. Man könnte gewissermaßen sagen, dass wir, deren Lebensinhalt der Soldatenberuf ist, diesen vor allem deshalb ausüben, damit die ganzen Leute hier« – er machte eine ausholende Geste mit dem Arm – »von dieser Erfahrung verschont bleiben.«

»Wir Soldaten?«, wiederholte sie in säuerlichem Tonfall. »Alles, was ich getan habe, war zuzuschauen. Dabei zuzuschauen, wie mein Netru getötet wird.«

Musuris Stimme wurde strenger. »Das reicht jetzt. Liebes Kind! Wenn du dich weiterhin selbst bemitleidest, machst du dich erst recht unglücklich.«

Das könnte immerhin noch besser sein, als gar nichts mehr zu fühlen.

»Und rede dir nicht ein, dass du an der Schlacht nicht beteiligt gewesen wärst, ihm im Kampf nicht beigestanden hättest. Du warst dafür da, dich für die Waffenreparaturen bereitzuhalten und du hast dich bereitgehalten. Wann ich davon Gebrauch hätte machen können, wäre allein meine Entscheidung gewesen. Du hattest dein Handwerk auszuüben.«

»Du hast ja Recht. Ich habe mir nur nicht vorstellen können, wie es wirklich sein würde.«

»Nun weißt du es. Und ich entnehme dem, was du sagst, dass es für dich zu viel war und dass du nun alles aufgeben und dich für ein Leben als Hausfrau und Mutter entscheiden wirst, mit allem, was dazu gehört, einschließlich Brot backen und schreiende Kinder im Hüfttuch herumschleppen. Oder möchtest du vielleicht eine Tempelflötistin oder Palasttänzerin werden?«

Die Barschheit seines Tons brachte Teti wieder zur Vernunft. »Nun gut«, sagte sie, »ich bin also, was ich bin. Eine Handwerkerin an der Esse. Ich schmiede Waffen. Und ich nehme an, ihr habt euren glorreichen Sieg hauptsächlich dank der Schwerter, Streitäxte und Pfeilspitzen gewonnen, die aus meiner Werkstatt stammen.«

»Nein«, erwiderte Musuri. »Ich habe meinen ungleichen Zweikampf mit Hilfe eines Schwertes gewonnen, das mir Karkara aus Sadu überlassen hat.« Jede Ironie war nun aus seinem Ton gewichen. »Südlich des Hethiterreiches ist er der Einzige weit und breit, der weiß, wie man mit dem schwarzen Metall umgeht. Allein dein Vater kannte das Geheimnis ebenfalls, aber er lebte nicht lange genug, um es dich zu lehren.«

Sie starrte nur vor sich hin und erwiderte nichts.

Er ließ nicht locker, sondern fuhr fort: »Zufällig weiß ich, dass Karkara dich sehr mag. Du bist der erste Mensch seit über dreißig Jahren, dem er angeboten hat, sein Wissen weiterzugeben.« Er schwieg einen Moment. »Und, hast du darüber nachgedacht?«

In ihrer Stimme schwang Verärgerung mit. »Während der gesamten Rückreise.« Sie beugte sich vor, hob den kleinen Geparden auf den Arm und kraulte ihn geistesabwesend unter dem Kinn. »Es war das Einzige, worüber ich mir Gedanken machen konnte, ohne an das andere erinnert zu werden, was gerade passiert war, das Einzige, was in die Zukunft weist und nicht in die Vergangenheit.«

»Nun, das ist gut«, meinte Musuri und ließ sie nicht aus den Augen. »Schließlich liegt in deinem Alter der Gedanke an die Zukunft auch bei weitem näher als der an die Vergangenheit. Wie hast du dich entschieden?«

»Das Einzige, was ich im Augenblick möchte, ist, Mutter wieder zu sehen und mich mit ihr zu unterhalten.« Sie stieß einen unendlich tiefen Seufzer aus und schüttelte sich beinahe, und es war das erste Mal seit langem, dass sich in ihrer Miene eine Gefühlsbewegung widerspiegelte. »Vielleicht kann sie mir sagen, was ich tun soll. Sie ist immer stark und klug gewesen.«

Musuri wusste, dass er nun sachlich bleiben musste, wenn er bei Teti das erreichen wollte, was ihm vorschwebte. »Klug – das stimmt, mein liebes Kind. Aber sie ist nicht mehr so stark, was ich sehr bedaure. Lehne du dich daher jetzt nicht zu sehr an sie an.«

»Was meinst du damit?«

Musuri schloss kurz die Augen und als er sie wieder öffnete, war sein Blick trauerumflort. »Ich nehme an, Baka wollte dich nicht unnötig beunruhigen. Deiner Mutter geht es nicht gut. Sie liegt im Sterben.«

Unmittelbar nachdem er diese Worte ausgesprochen hatte, tat es ihm unendlich Leid, dass er derjenige gewesen sein musste, der ihr diese Nachricht überbrachte. Ein Schock folgte auf den anderen, ein Verlust auf den anderen! Aber wenigstens weckte es wieder Gefühle in ihr. Und selbst wenn es nur so ging, war es besser, als wenn es andersherum wäre.

»Dort ist sie!«, rief Ketan. »Auf jetzt! Musuri war gerade bei ihr, aber er ist schon wieder zu weit weg. Wie schade!«

Er schleifte Nebet förmlich hinter sich her. Tuja jedoch, die er an der anderen Hand hielt, schüttelte sie ab und machte sich los.

»Nein, Ketan«, sagte sie. »Geh bitte ohne mich weiter. Ich werde Teti noch früh genug sehen. Nebet, kannst du Seth nehmen? Ich habe jemanden in der Menge entdeckt, mit dem ich mich unterhalten wollte.« Sie überlegte sich noch schnell eine passende Ausrede. »Jemanden, der vielleicht weiß, was mit Ben-Hadad passiert ist.«

Doch ihr Blick verriet sie, als sie sich entfernte und auf einen großen Mann am Rande der Menschenansammlung zuging. Ketan sah Baliniri zwar, aber er erkannte ihn nicht; der Mann hatte einige graue Haare, seine Ausstrahlung war jedoch noch eindrucksvoller als zehn Jahre zuvor. »Wie du willst«, sagte Ketan. »Dann geh eben. Wir treffen uns in Mutters Haus wieder. Ich wollte Teti ohnedies dorthin bringen.« Er legte einen Arm um Nebets Hüfte und den anderen auf Seths Schultern und so gingen alle drei auf Ketans Schwester zu.

Zunächst wusste sie noch gar nicht, wie sie ihn ansprechen, was sie ihm sagen sollte. Sie verschwendete einen kurzen Gedanken an ihr Aussehen. O Himmel, meine Haare! Und warum habe ich ausgerechnet dieses Gewand angezogen?

Aber er schaute gar nicht zu ihr hin. Wo sah er denn hin? Sie folgte seinem Blick und bemerkte als Erstes das unleugbare Interesse und Verlangen, das darin lag. Der Blick ging über das freie Gelände ... an den abgeschirrten Pferden vorbei ... und dann ...

Tuja öffnete unwillkürlich den Mund. Es war Teti, die er anstarrte. Und dieser Blick ... das war nicht die Art von Blick, mit dem man ein Mädchen betrachtete, das halb so alt war, das man vor langer Zeit einmal auf den Arm genommen, sich auf die Schulter gesetzt, mit dem man herumgetollt und Fangen gespielt hatte. Das war der Blick eines Mannes, der ganz andere Wünsche hat. Wer sonst, wenn nicht sie, kannte diesen Blick; denn das letzte Mal, als sie ihn gesehen hatte, war er auf sie selbst, auf Tuja gerichtet gewesen.

O ihr Götter! Nur das nicht ...

Sie wappnete sich innerlich, richtete ihr kleines Kinn auf, trat vor und stellte sich vor ihn hin. »Na so etwas«, ließ sie sich mit einem leicht ironischen Tonfall vernehmen, von dem sie selbst sofort merkte, das er sehr gezwungen klang, »ist das nicht ein alter Freund, den ich da sehe? Einer, der mich nach all den Jahren nicht einmal mehr wieder erkennt?«

Und das Schlimme war, dass er, als er sich umwandte und Tuja betrachtete, sie in der Tat offensichtlich nicht sofort wieder erkannte. Aber selbst das wäre noch besser gewesen als das, was dann folgte, dieser kurze Moment des Zögerns, als er sie doch wieder erkannte, aber nicht verbergen konnte, dass das, was er vor sich sah, nicht dem entsprach, was er sich vielleicht erhofft hatte.

Er schaute sich nach rechts und nach links um. »Tuja«, sagte er mit heiserer Stimme, »können wir irgendwo hingehen, wo wir uns unterhalten können?«

Nun, das gefiel ihr schon besser. Es war in der Tat besser, nach einem Platz Ausschau zu halten, wo dieses etwas verunglückte Wiedersehen nach so langer Zeit fernab von etwaigen Zuschauern stattfinden konnte. »Komm mit«, sagte sie. »Ich weiß schon, wo wir hingehen können.« Sie ging mit ihm gleichauf, aber weder hielten sie sich bei den Händen noch berührten sie sich sonst irgendwie. Sie wirkten wie Arbeitsgefährten oder wie Kameraden. Nur nicht wie Liebende. Sie sprachen kein Wort, bis sie zum Eingang einer Schänke kamen. »Lass uns hineingehen. Wir waren schon einmal hier. Das ist lange her.«

»Tatsächlich? Irgendwie wirkt es anders auf mich.« Er hielt ihr die Tür auf. »Das war in jener Zeit, als du dich als Straßengöre ausgegeben hast und in dem Ruf standest, nicht lange wegen irgendetwas zu fackeln. Bist du sicher, dass wir hier richtig sind?«

»Darauf kommt es längst nicht mehr an«, erwiderte sie. »Ich habe mich inzwischen von allen sogenannten Freunden losgesagt, die ich als Frau eines reichen Waffenschmiedes eigentlich haben sollte. Oder vielleicht war es auch eher so, dass sie mich fallen gelassen haben, als mein Ehemann verschwunden ist. Diese Art von Umtriebigkeit hat mir allerdings sowieso nie viel bedeutet. Ich habe meinen Sohn und das reicht mir.« Sie schaute zu ihm auf, in der Hoffnung, seiner Miene irgendeine Reaktion entnehmen zu können, aber hier drin war es zu dunkel und sie konnte sein Gesicht nicht deutlich genug erkennen. »Komm, wir setzen uns da drüben in den Innenhof. Es ist schwierig, sich miteinander zu unterhalten, wenn man dem anderen dabei nicht in die Augen schauen kann.«

Er folgte ihr zu einer Bank im Schatten einer mit Weinranken bewachsenen Laube. Mit einem tiefen Seufzer ließ er sich neben ihr nieder. »Dein Mann ist tot«, sagte er.

Tuja wandte den Kopf, sodass sie ihn ansehen konnte. Sie wollte sehen, ob diese Mitteilung von irgendeinem Gefühl begleitet wurde und falls ja, von welchem. Sie konnte nicht viel entdecken, außer ein wenig Verlegenheit. »Ich habe es mir schon gedacht«, sagte sie. »Irgendwie wusste ich es.«

»Ehem … Offenbar hatte er zunächst eine ganz schwere Zeit. Er ist überfallen und ausgeraubt worden. Um sich etwas Geld zu verdienen, hat er wieder mit dem Senet-Spiel auf öffentlichen Plätzen angefangen.«

Sie schüttelte traurig den Kopf. »Das kann ich mir denken. Wahrscheinlich ist es ihm damit sogar ganz gut gegangen.«

»Das stimmt. Zu dem Zeitpunkt, als er starb, ging er im Palast ein und aus. Es war für ihn ganz selbstverständlich hinzugehen und zwanzig Runden mit Pharao Salitis zu spielen. Der hielt sich selbst für einen Meister im Senet.«

»Erzähl weiter.«

»Nun, wie es scheint, fing er an zu trinken. Als es mit ihm allmählich zu Ende ging, hat er, glaube ich, eingesehen, wie schlecht er sich dir und eurem Sohn gegenüber verhalten hat. Er schrieb mir einen Brief, einen ganz außergewöhnlichen Brief übrigens. Ich werde ihn dir zu lesen geben. Das ist übrigens eins von den wenigen Dingen, die ich bei meiner Flucht aus dem Delta mitbringen konnte. Die neue Regierung hat einen Preis auf meinen Kopf ausgesetzt.«

»Soweit ich gehört habe, hat es eine Rebellion gegeben.«

»Es scheint nicht schwer zu sein, sich mit dir zu unterhalten.« Urplötzlich wechselte er das Thema. »Ich habe es mir schon gedacht. Ich habe überhaupt schon seit langem darüber nachgedacht.«

»Soweit ich weiß, bist du verheiratet.«

»Stimmt. Sie hat mich an dich erinnert. Aber das war nicht genug. Irgendwie ist es furchtbar – zuerst wusste ich nicht, was ich an ihr hatte … bis ich sie dann verlor, und dann machte ich mir Vorwürfe, weil ich sie alle die Jahre betrogen hatte … wenn ich in ihren Armen lag … dachte ich immer an jemand anderen.«

Sie schloss die Augen. An mich. Du dachtest an mich. Doch nun, wenn du je wieder in meinen Armen liegst, falls du in meinen Armen liegen solltest … an wen denkst du dann? »Du hast sie verloren, sagtest du?«

»Ja, schon vor einiger Zeit.« Er seufzte wieder. »Ich wollte dir von Ben-Hadad erzählen. Der Brief, den er mir geschrieben hatte – hat mir das Leben gerettet. Er hatte etwas mitbekommen von einer

Verschwörung gegen den Pharao, der auch ich zum Opfer gefallen wäre, wenn er mich nicht gewarnt hätte. Wahrscheinlich könnte ich gar nicht hier sitzen und mich mit dir unterhalten, wenn … Wie auch immer, die Verschwörer haben ihn gefangen genommen und getötet. Nach meiner Ansicht hat er das provoziert und sich ihnen zum Schluss noch sehr tapfer in den Weg gestellt.«

Sie blickte nachdenklich vor sich hin. »Ich kann nur hoffen, dass er zum Schluss noch seinen Frieden gefunden hat. Ich meine, ich sitze nun hier und höre dir zu, als ob du mir etwas von einem völlig Fremden erzählst. Aber zwischen uns standen die Dinge schon längst nicht mehr so gut. Und als er dann für alles unseren Sohn verantwortlich zu machen suchte … vielleicht finde ich später noch zu einer angemessenen Art von Trauer.« Sie schloss die Augen und versuchte die Erinnerung loszuwerden. Als sie sie wieder öffnete, stand der Schänkenwirt vor ihnen. Sie nickte Baliniri zu, und er bestellte Wein. Der Wirt entfernte sich wieder.

Das war alles andere als die Art von Wiedersehen nach so langen Jahren, wie sie es sich erträumt hatte, bei dem alle Hindernisse beseitigt und sie beide an niemanden mehr gebunden waren. »So, nun bist du also hier, und ich bin froh, dass du mit heiler Haut davongekommen bist. Dort im Nildelta muss es ja drunter und drüber gehen.«

»Hier geht es auch drunter und drüber. Ich habe nichts mitbringen oder herüberretten können. Noch vor einer Woche war ich ein wohlhabender Mann. Jetzt bin ich ein Soldat ohne Kommando.« Er hob abwehrend die Hand. »Nein, nein, ich habe bereits ein Angebot. Ich habe mit Mekim gesprochen, meinem alten Freund. Aber du weißt natürlich, wer Mekim ist.«

Wie hohl und leer und peinlich das alles war. Wenn sie doch nur die Zeit zurückdrehen und noch einmal ganz von vorne anfangen und diesmal alles richtig machen könnten. »Hat er dir ein Angebot gemacht?«, hakte sie nach.

»Ja, das Kommando über die Garnison in Theben. Er hat mir gesagt … ach, das darf ich niemandem erzählen …«

»Ich weiß es schon. Ich treffe Baka ziemlich oft und kenne die Pläne. Ich weiß, was der Pharao vorhat.« Sie blickte ihm in die Augen. Sie hätte ihm gerne etwas Hoffnung eingeflößt, aber nun hatte

sie Angst davor. »Und was hast du ihm darauf geantwortet?« Sag
es mir jetzt. Sag es mir, und wir haben es ein für alle Mal hinter uns.

Er zögerte zu sprechen, blickte auf den Tisch hinunter. Betrachtete einen dunklen Fleck im Holz. »Ich werde es mir überlegen«,
sagte er.

III

Teti hatte keine Mühe, mit Ketans langen Schritten mitzuhalten,
aber Nebet musste mit ihren kurzen Beinen immer zwei auf einmal
machen. »Bitte«, nörgelte sie, »entweder ihr lauft langsamer oder
ihr geht voraus, und ich komme mit Seth später nach.«

Teti fiel sofort in einen gemächlicheren Trott. »Es tut mir Leid,
Nebet, ich bin in Gedanken ganz woanders. Außerdem bin ich gerade nicht besonders gesellig. Vielleicht sollte ich allein weitergehen. Was meinst du, Ketan? Du hast doch bestimmt auch etwas
Besseres zu tun, als dich mit mir abzugeben.« Sie versuchte zu lächeln und blieb dann vollends stehen, sah ihren Bruder an und legte
ihm die Hand auf die Schulter. »Ketan, du hast mir nie etwas von
Nebet erzählt. Das hättest du aber unbedingt tun sollen. Sie ist so
reizend. Ich habe mir schon immer eine Schwester gewünscht. Vielleicht wird sie so etwas für mich.«

Ketan wirkte ungerührt angesichts dieser Schmeichelei. »Ich
weiß nicht, wie weit du schon im Bilde bist …«, begann er.

»Ich habe schon gehört, dass Mutter im Sterben liegt. Musuri
hat es mir erzählt. Ist es wirklich schlimm?«

Nebet mischte sich ein. »Es ist schlimm. Das Ende ist nahe. Seit
mehreren Tagen gehen wir täglich zu ihr. Ketan hat sich schon gestern von ihr verabschiedet. Sie ist sehr schwach.«

Das volle Ausmaß der traurigen Nachricht wurde Teti jetzt erst
bewusst. »Baka wird wohl auch da sein«, sagte sie, »und er wird
nicht von ihrer Seite weichen bis … dabei habe ich mich schon gewundert, warum ich ihn bei der Siegesfeier nicht gesehen habe.«

»Ich glaube, sie hat einfach so lange durchhalten wollen, bis du
wieder zu Hause bist. Gestern war sie bereits zweimal beinahe weg,
ist aber jedes Mal wieder zu sich gekommen. Aber jedes Mal geht

es ihr auch deutlich schlechter. Mach dich darauf gefasst, wie elend sie aussieht. Nur noch Haut und Knochen.«

Teti starrte vor sich hin. »Mutter und ich haben uns in den vergangenen Jahren nicht sehr oft gesehen«, sagte sie nachdenklich, »aber wenn ich ihren Rat brauchte oder einfach nur mit ihr sprechen wollte, dann war sie immer für mich da. Sie hatte ja selbst so viel durchgemacht und war so stark und lebenserfahren. Und irgendwie habe ich nie … habe ich mir nie vorstellen können, dass sie eines Tages nicht mehr da sein könnte. Ich war immer davon ausgegangen, es würde so weitergehen.«

Doch nun musste sie sich mit der Wirklichkeit abfinden. Das war es, was es bedeutete, erwachsen zu sein. Es würde keine Mutter mehr geben. Niemanden, der klüger und älter war und den man vertrauensvoll um Rat fragen konnte. Von nun an musste sie schwierige Entscheidungen alleine treffen, große Probleme alleine bewältigen, mit Enttäuschungen alleine fertig werden. Alles würde sie von nun an allein machen müssen. Alleine!

Ihr Götter!, dachte Baliniri, wie konnte es sein, dass es an einem Tag gleich zu zwei unerwarteten Begegnungen kam? Kaum hatte er sich von Tuja getrennt – das Zusammentreffen mit ihr hatte er als eher unangenehm und gezwungen empfunden, und es hatte einen bitteren Nachgeschmack hinterlassen –, wer kam da auch schon die Straße heruntergeschlendert, als sei es das Normalste in der Welt: »… Riki«, rief er.

Der Junge grinste breit und sagte etwas zu der jungen Frau neben ihm, das Baliniri auf die Entfernung noch nicht hören konnte. Dann trat Riki vor und begrüßte seinen alten Freund auf das Herzlichste. »Baliniri! Ich hatte so gehofft, dich irgendwie zu treffen! Das ist meine Freundin Mara. Wir sind gerade über die Grenze geflüchtet.«

»Also dann, herzlich willkommen, ihr beiden!« Baliniri war aufrichtig erfreut, den jungen Mann zu sehen, nicht nur, weil es eine gute Gelegenheit war, sich von den unangenehmen Gedanken an Tuja abzulenken. »Habt ihr schon etwas gegessen? Kommt beide mit. Ich habe vorhin Wein auf nüchternen Magen getrunken, und jetzt sterbe ich vor Hunger.«

Baliniri kehrte mit den beiden jungen Leuten zu der Schänke zurück, wo er mit Tuja gewesen war; diesmal bestellte er Brot, Käse, Oliven und Datteln. Dabei betrachtete er unauffällig Rikis Freundin, eine hübsche, aber etwas traurig dreinblickende junge Frau. Es war bestimmt nicht ihre Art, sich jedermann gegenüber gleich zugänglich zu zeigen. »Nun erzählt mir alles über eure abenteuerliche Flucht«, forderte er Riki auf.

Während er sich den Mund voll stopfte, berichtete Riki von Tefnuts Tod, wie er und Kamose Aram entwischt waren und wie er noch einmal nach Avaris zurückgekehrt war, um Mara wegzubringen. Baliniris Augen wurden immer größer, je mehr Einzelheiten er darüber erfuhr, wie Hakoris das Mädchen behandelt hatte. Nachdem er die Geschichte ihrer Flucht aus Avaris zu Ende gehört hatte, runzelte er die Stirn.

»Meiner Meinung nach hättest du ihn umbringen sollen«, sagte Baliniri. Doch dann dachte er noch einmal nach. »Aber du hast an Mara gedacht, nicht wahr? Und daran, was es für sie bedeuten würde, wenn sie mit einem Mord auf dem Gewissen weiterleben müsste. Selbst wenn es ein Mord an diesem Hakoris gewesen wäre. Wie immer hast du klüger gehandelt, als man es in deinem Alter erwarten würde, Riki.«

Mara sah Riki forschend an. »Ist das wahr? Du hast ihn absichtlich nicht umgebracht?«

Riki erwiderte ihren Blick nicht. »Du hast schon so viel durchmachen müssen, da wollte ich dich nicht auch noch damit belasten.«

»Aber Riki ...«

»Nicht doch«, sagte Baliniri zu Mara. »Das war die richtige Entscheidung. Es ist schrecklich, Menschen zu töten, selbst einen solchen Schuft wie Hakoris. Man löst damit keine Probleme. Glaube einem erfahrenen Soldaten.« Er wechselte das Thema. »Du hast erwähnt, Kamose sei auch entwischt. Was ist aus ihm geworden?«

Riki und Mara tauschten ein Blick. »Das ist die schlechte Nachricht«, fuhr Riki fort. »Wie haben ihn zufällig auf der Insel getroffen und wollten ihn mitnehmen. Aber auf der Flucht hat er sich den Knöchel verstaucht, als wir in die Hände dieser Kinderfänger fielen. Wir beide konnten entwischen, aber Kamose nicht.«

»Das ist ja schrecklich!« Baliniri wirkte entsetzt. »Und ihr wisst nicht …«

Riki schüttelte den Kopf. »Zwei Tage später haben wir die Grenze überschritten. Hör zu, Baliniri, ich fing schon an, an die Geschichte mit dieser Prophezeiung zu glauben, Kamose sei derjenige, der später einmal seinen Vater Aram absetzen und die Hay aus Ägypten vertreiben würde. Er hat etwas an sich. Etwas ganz Besonderes.«

»Als ob man ihm anmerkt, dass ihm ein besonderes Schicksal bestimmt ist?«, fragte Baliniri und nahm eine Olive. »Es ist wahr. Manche Menschen geben einem solch ein Gefühl. Ich kann nicht behaupten, dass ich es bei ihm empfunden hätte, aber er war zweifellos ein guter Bursche. Nun ja, wenn es ihm nicht gelingt, die Hay aus Ägypten zu vertreiben, vielleicht werden wir beide es eines Tages tun … Ich habe dir ja bereits versprochen, dir alles, was ich über das Kriegshandwerk weiß, beizubringen, und du hast dich schon damals auf der Insel als sehr gelehriger Schüler erwiesen. Und deine kluge Entscheidung in der Sache mit Hakoris zeigt, dass du ein sehr guter, verantwortungsbewusster Soldat werden kannst. Wenn du erst mal alles von mir gelernt hast und noch ein bisschen älter bist, werde ich noch nicht zu alt sein für so ein großes Vorhaben wie das gegen die Hay.«

»Wirst du das Angebot von Mekim annehmen, von dem du mir erzählt hast?«, fragte Riki.

»Vielleicht«, erwiderte Baliniri und der unentschiedene Ton in seiner Stimme spiegelte genau seine Gefühlslage wider. »Zuerst dachte ich, es gäbe für mich auch einen guten Grund, lieber hier in Lischt zu bleiben, aber …«

»Meinst du die junge Frau, die du erwähnt hast?«

»Nun ja …« Er wollte im Augenblick lieber nicht darüber sprechen, dafür waren seine Gefühle zu widersprüchlich. »Mekim hat mir das Garnisonskommando in Theben angeboten.«

»In Theben!« Die Miene des Jungen hellte sich auf. »Dort bin ich geboren. Wirst du annehmen?«

»Es würde mich sehr reizen. Bis zu dem gerade beendeten Krieg mit Nubien war das eher ein langweiliger Posten. Aber nun soll die Stadt aufgewertet werden, auch in militärischer Hinsicht. Die Aussichten sind gut.«

Mit einem Mal hatte Riki all seine Gerissenheit und Zurückhaltung abgestreift. »Oh, Baliniri, nimm den Posten an und nimm uns mit!«, sagte er voller Begeisterung. »Meine Mutter hat mir immer viel über Theben erzählt, es muss eine wunderschöne Stadt sein.«

»Moment mal«, wandte Baliniri ein, »was heißt denn: uns? Seid ihr beide irgendwie … ein Paar?«

»Ich habe sonst niemanden«, erklärte Mara. »Als Hakoris meinen Vater getötet hat …« Sie brach ab und begann erneut. »Ich habe keine Freunde … außer Riki.«

»Und mich«, ergänzte Baliniri und erntete zum Dank ein hoffnungsvolles Lächeln, das ihr trauriges Gesicht überstrahlte. So war sie in der Tat recht hübsch anzusehen. »Aber … lasst mich noch einen oder zwei Tage darüber nachdenken.«

»Kann ich eine Weile mit Mutter alleine bleiben?«, fragte Teti. »Ich habe das Gefühl, ich sollte etwas verlorene Zeit wieder gutmachen.«

Bakas Miene wirkte ernst, ja abweisend. Sein Verhältnis zu den Kindern, die Meret von Schobai hatte, war im Großen und Ganzen immer gut gewesen, aber eher höflich und korrekt als herzlich.

»Ich möchte nicht, dass sie sich aufregt«, sagte er in warnendem Ton, »denn sie ist äußerst schwach. Ich kann mir gar nicht vorstellen, was sie noch am Leben hält, außer dem Wunsch, dich noch einmal zu sehen. Das ist in Ordnung. Du sollst sie sehen. Aber denk daran, dass sie jeden Augenblick hinübergehen kann. Und ich möchte, dass ihre letzten Augenblicke hier …«

Er konnte den Satz nicht zu Ende bringen. Teti betrachtete ihn die ganze Zeit eingehend, und jetzt endlich konnte sie hinter seine strenge Maske sehen. Sie legte ihm die Hand auf den Arm. »Ach, Baka, du hast sie schon zweimal im Leben verloren; ich glaube, von uns allen bist du derjenige, der sie am meisten gebraucht und am meisten geliebt hat.«

Es gelang dem sonst innerlich so starken, selbstbewussten Wesir von Ägypten nicht, irgendetwas zu erwidern. Aus seinen Augen sprach die pure Verzweiflung. Unwillkürlich nahm Teti ihn in die Arme und hielt ihn einen Augenblick lang fest. »Es ist schon gut«, flüsterte sie. »Ich will ihr nur sagen, wie sehr ich sie lieb habe.«

Meret empfing ihr Tochter aufrecht sitzend, den Rücken an Kissen gelehnt. Sie wirkte klein und zusammengefallen, ihre Augen waren eingesunken. Jemand hatte ihr ihr bestes Gewand übergezogen und ihr die Haare zurecht gemacht – aber nein, sie trug eine Perücke. Wahrscheinlich hat sie schon all ihre Haare verloren, dachte Teti, wie schrecklich. Mit aller Kraft versuchte sie, sich ihre Überraschung nicht anmerken zu lassen, und zwang sich zu lächeln. »Mutter«, sagte sie, »ich bin's, Teti.«

Meret öffnete ihre Augen und versuchte den Blick zu konzentrieren. Ein schwaches Lächeln erschien auf ihrem beinahe lippenlosen Mund. Sie bedeutete Teti näher zu kommen, und als diese vor ihr stand, klopfte sie auf das Bett, damit ihre Tochter sich darauf setzte. »Ich kann nicht mehr laut sprechen. Wenn du nicht direkt neben mir bist …«

Teti nahm ihre dürren Finger in ihre beiden Hände. Die Hand ihrer Mutter war in der Tat nur noch Haut und Knochen und die Knochen schienen so leicht und zerbrechlich zu sein wie die eines Vogels.

»Du … hast einen jungen Mann kennen gelernt«, begann sie, »und wie ich gehört habe, hast du dich in ihn verliebt.« Teti sah sie fragend an und Meret lächelte schwach. »Mütter wissen alles. Besonders, wenn ihre Ehemänner die zweitwichtigsten Männer im Königreich sind.« Teti nickte feierlich und ihre Augen füllten sich mit Tränen. »Und du hast ihn wieder verloren.«

Teti nickte. Sie war in diesem Augenblick nicht in der Lage, auch nur ein Wort hervorzubringen. Es kamen mehr Tränen, aber sie fielen nicht herunter.

»War er tapfer und gut aussehend? Stark und zärtlich?« Jedes Mal antwortete Teti mit einem weinenden Nicken. Die Stimme ihrer Mutter war so schwach, ihr Gesicht war so alt, und ihr Körper war so ausgemergelt. Aber in Merets Innerem war etwas jung geblieben. »Und jetzt denkst du, dass es nie zuvor einen Mann wie ihn gegeben hat, dass es nie mehr so einen wie ihn geben wird und dass du nie mehr etwas mit einem Mann zu tun haben willst.«

»Wo-woher weißt du das alles?« Vor Erschütterung liefen Teti die Tränen über die Wangen.

Meret drückte ganz leicht die Hand ihrer Tochter. »Auch ich

habe einmal einen Soldaten geliebt«, sagte sie, hielt aber wieder inne. Teti wollte schon sagen: Meinst du Baka?, doch dann fuhr Meret fort: »Damals war ich sogar noch jünger als du jetzt. Er opferte sein Leben, um meines zu retten. Ich versuchte ihn in Sicherheit zu bringen, doch er starb in meinen Armen.«

Teti wollte etwas sagen, doch sie vermochte es nicht. Sie beobachtete Merets aufgesprungenen Mund, las die Worte eher davon ab, als dass sie sie hören konnte. »Er war groß und stark, so lustig und süß wie Honig. Er hat mich niemals berührt. Nicht so wie ein Mann eine Frau berührt. Aber er hat mir vor Augen geführt, was ich von einem Mann erwarten kann, wenn ich einen für mich gefunden habe ... Ich ... Zu jener Zeit wusste ich das natürlich nicht, mein Liebling. Zu jener Zeit dachte ich nur, dass es solch einen Mann nie mehr geben wird. ... Aber ... erzähle Baka bitte nichts davon, Liebes ... ich habe nie mehr einen Mann auf diese Weise geliebt. Weder Baka noch deinen Vater.«

»W-wer war es? Wie hieß er?«

»Djedi.« Nun erschien ein wirkliches Lächeln auf Merets hagerem Gesicht, und sie schloss die Augen bei der Erinnerung an ihn. »Djedi.« Der Name war nur noch ein Flüstern, ein Seufzen. »Wir hatten nur so wenig Zeit miteinander, aber es war der goldene Moment in meinem Leben. Ich glaube, es sind nur sehr wenige Tage in meinem Leben vergangen, in denen ich nicht an ihn gedacht habe.«

»So geht es mir bei dem Gedanken an Netru«, sagte Teti leise, aber die Frau auf dem Bett konnte es nicht hören.

»Teti, als Joseph und ich gemeinsam im Gefängnis saßen, hat er mir viel über den Glauben seines Volkes erzählt, dieses Volkes aus dem Norden, das nur an einen einzigen Gott glaubt.« Meret öffnete die Augen wieder. »Er sagte, dass wir uns alle in einer jenseitigen Welt wieder treffen werden. Er hat es nicht mit diesen Worten gesagt, aber ...« Sie hustete ein wenig. »Ich habe mich seither immer an diesen Gedanken geklammert, Liebling. Er hat mich in dunkelsten Stunden hoffen lassen und mich getröstet, wenn es sonst nichts mehr gab. Deshalb spüre ich auch jetzt keine Furcht. Nur eine große Müdigkeit.« Sie sprach nun sehr mühevoll, wie aus weiter Ferne und sehr langsam. »Ich denke, wenn mein Leben zu Ende geht, wird eine große Bürde von mir genommen.«

»Mutter!« Teti versagte beinahe die Stimme. »Verlass du mich jetzt nicht auch noch!«

Es war, als ob die Sterbende sie nicht mehr gehört hätte. Ihr Stimme war ganz sanft. »Die Dinge, an die man sich erinnert, Liebling. Djedi sang öfters ein Lied über eine Sykomore, deren Blüten so süß wie Honig waren.«

Teti vergrub ihr Gesicht an der Bettdecke, die bis zu den Schultern ihrer Mutter hochgezogen war, und versuchte, das Geräusch ihres Schluchzens darin zu ersticken. Eine schwache Hand fiel auf ihren Kopf und strich ihr über die Haare.

In kaum unterscheidbaren Worten erklang die winzige Melodie aus Merets Brust.

Dann erschütterte ein Hustenanfall den schwachen Körper. Entsetzt fuhr Teti auf und blickte mit tränenüberströmten Augen in das beinahe leblose Gesicht. »O Mutter … Was ist, wenn … Wie soll ich …?«

Merets Augen schlossen sich, dann öffnete sie sie wieder. Ihre Stimme klang nun wirklich sehr weit weg. »Er sagte mir etwas, was mir immer geholfen hat. Die Schmerzen, die uns von anderen zugefügt werden, vergehen wieder … aber die Schmerzen … die wir uns selbst zufügen, weil wir uns gehen lassen und … schwach sind …«

Die Worte wurden immer schwächer und schwächer. Und als das letzte ausgehaucht war, blickte Teti in das völlig friedliche Gesicht ihrer Mutter und erkannte, dass damit auch das Leben von ihr gewichen war. Von einem Augenblick zum anderen hatte ihr tapferer und sanfter Geist sie verlassen, und nun lag nur noch der leere Körper vor Teti gegen die Kissen gelehnt, in einer eher zufälligen Haltung, die kalten Finger einer Hand auf der Decke. Für einen kurzen Moment glaubte Teti zu spüren, wie sie berührt wurde, als ob noch etwas da war, als ob ihr noch etwas gesagt werden sollte. Aber dann war auch dieses Echo des Lebens verhallt.

Dann fegte die Einsamkeit wie ein mächtiger Windstoß in ihr Herz.

Es verstand sich von selbst, dass an den Trauerfeierlichkeiten für die Gattin eines so bedeutenden Mannes wie Baka praktisch alle Vornehmen und Reichen von Lischt teilnahmen. Selbst Pharao Dedmose, der nominelle Herrscher der Zwei Reiche – auch wenn seine Macht über Ägypten im Augenblick nördlich von Memphis endete –, fand sich in Begleitung seines Sohnes und Erben Sekenere zu einem Beileidsbesuch ein. Arm und reich schlossen sich dem Trauerumzug durch die Stadt an, und erneut wurden die Schatztruhen der Tempel geöffnet, um aus diesem Anlass die Armen und Bedürftigen zu speisen, als ob es sich um einen der großen Festtage zu Ehren Amuns handelte.

Die einzige von dem Todesfall unmittelbar betroffene Person, die sich aber dem Leichenzug entzog, war Teti. Noch am Todestag ihrer Mutter hatte sie Vorräte und Gepäck für eine mehrtägige Reise vorbereiten und sich ein Pferd aus Bakas Stallung satteln lassen und war nur in Begleitung ihres Gepards entlang des Nils flussaufwärts aufgebrochen. Über viele Meilen hinweg führte sie ihr Weg durch ein armseliges Fellachendorf nach dem anderen, bis sie endlich eine Stelle fand, wo weit und breit keine menschliche Behausung mehr stand.

Hier schlug sie ihr Lager auf, und hier saß sie noch einen Tag später, nachdem sie eine schlaflose Nacht mit Blick auf den mondbeschienenen Nil verbracht hatte, tief in Gedanken versunken. Springer, ihr junger Gepard, spielte abwechselnd den wilden Jäger und kuschelte sich dann wieder zärtlich an sie. Inzwischen war es später Vormittag geworden und die Sonne hatte die morgendliche Kälte endgültig vertrieben. Tetis Pferd graste unten am Fluss. Von ihrem Lagerplatz auf einem Felsvorsprung konnte sie verfolgen, wie der große Fluss dahinströmte, und sie vernahm das leise Murmeln seiner Wellen. Mit gekreuzten Beinen saß sie an der Klippe und betrachtete ihre staubbedeckten Zehen in den teuren Ledersandalen. Dann stand sie auf und streifte die Schuhe ab. Vorsichtig ging sie ein paar Schritte auf dem felsigen Untergrund hin und her und zuckte öfter zusammen, wenn sie mit ihren empfindlichen Fußsohlen auf spitze Steine trat. Netru hatte ihr erzählt, dass die Einheiten in Theben deshalb so wenig wie möglich anhatten, weil jedes Kleidungsstück nur unnötiger Ballast war. Je weniger man mit sich herumtrug, desto weniger musste man darauf Acht geben. Und man machte sich abhängig von diesen Sachen. Wenn man Sandalen trug, wurde man als Soldat nutzlos, wenn die Sohlen durchgelaufen waren oder wenn die Riemen rissen. Aber wenn man seine Fußsohlen an den harten Untergrund gewöhnt hatte, brauchte man sich darum keine Sorgen mehr machen. Kleidungsstücke zerschlissen mit der Zeit, die eigene Haut nie. Vor allem im Klima Ägyptens bereitete überflüssige Kleidung einem Soldaten nur Umstände.

Hier lag doch der Kern des Problems, oder etwa nicht? Dass man von anderen abhängig wurde, wie etwa Mutter oder Netru. Es war wunderbar geliebt zu werden, denn es war ein gutes Gefühl, ein unmittelbares Geben und Nehmen. Aber es war nicht gut, davon abhängig zu sein, sodass man es unbedingt brauchte. Diese Abhängigkeit war nicht gut, die damit verbundenen Gefühle waren schlecht. Es ging darum, zu lieben ohne abhängig zu sein. Niemals wieder wollte sie von jemandem oder irgendetwas abhängig sein.

Sie führte sich die Möglichkeiten, die das Leben bot, vor Augen, und dann traf sie ihre Wahl.

Mit der Hand griff sie nach ihrer Schulter und machte den Knoten los, mit dem ihr kurzes Gewand gehalten wurde. Sie zog es einfach weg, ließ es auf den Boden fallen und stand nackt in der Sonne.

Na also! Mit einer einfachen Handbewegung hatte sie sich von einer ganzen Welt von Sorgen und Hemmnissen befreit. Sie stieg über den Haufen Kleider zu ihren Füßen und ging langsam über den schrägen Pfad zum Fluss hinunter, zunächst noch nach möglichst glattem Untergrund Ausschau haltend. Dann biss sie die Zähne zusammen und zwang sich dazu, die Füße dorthin treten zu lassen, wo sie auf den Boden auftrafen, egal wie der Untergrund beschaffen war. Ihre Fußsohlen mussten sich eben daran gewöhnen, genau wie die von Netru.

Es dauerte nicht lange, da trabte sie schon hügelabwärts, eine schlanke, nackte Gestalt, und schließlich rannte sie los wie eine Jägerin. Leicht hechelnd lief Springer hinter ihr her, beinahe wie ein Jagdhund. Es war köstlich zu spüren, wie der Wind ihren Körper umwehte. Die Sonne schien warm. Teti fühlte sich leicht, frei, unabhängig. Alle Last und alle Hemmungen waren von ihr abgefallen. Sie machte sich keine Gedanken mehr darüber, was irgendjemand über sie denken mochte, und sie machte sich ihrerseits keine Gedanken mehr über andere. Sie war sich selbst genug. Von diesem Hochgefühl erfüllt, beschleunigte sie auf den letzten Schritten noch einmal, bevor sie von der Uferböschung aus in weitem Bogen ins Wasser sprang und lange Zeit im Nil umherschwamm.

Als sie dem Fluss wieder entstieg, war die Sonne gerade hinter einer Wolke verschwunden, und ein frischer Windstoß traf ihre nasse Haut und verursachte ihr Gänsehaut. Aber sie beschloss, diesen kleinen Kälteschauder zu ignorieren, und wappnete sich innerlich wieder gegen den nach wie vor schmerzvollen Gang über die Steine. Ohne Hast, aber tüchtig ausschreitend, mit geradem Rücken und erhobenem Kopf, querte sie den Uferstreifen und kletterte wieder den gewundenen Pfad hinauf. Nachdem die Sonne ihren Körper gründlich getrocknet hatte, entschloss sie sich, in die Stadt zurückzukehren.

Aber nur, um sie so schnell wie möglich wieder zu verlassen und nach Theben umzuziehen, und zwar alleine. Sie wollte Karkara ausfindig machen und ihr Schicksal annehmen, das Schicksal der Kinder des Löwen. Schließlich war es die Bestimmung ihrer eigenen Familie, dieser Dynastie von Schmieden, das Furcht erregende Geheimnis der Eisenschmelze zu ergründen. Was sie dann mit ihrem Wissen anfing, lag wiederum in den Händen höherer Mächte.

Sie wollte unabhängig von Männern leben und schon gar nicht irgendjemandes Gemahlin werden. Sie würde ihren Körper demjenigen hingeben, den ihr Herz für sie bestimmte, aber sie würde niemals ihr Herz verschenken. Sie wollte niemals wieder verwundbar sein. Sie wollte nicht mehr in einer Stadt leben, sondern irgendwo außerhalb, am Rande, unter dem freien Himmel, nach ihren eigenen Gesetzen. Die körperliche Nacktheit, die sie vor kurzem so genossen hatte, war ein Symbol für Ungebundenheit eines Lebens am Rande der Wüste, wie sie es jetzt plante: bar aller Bedürfnisse, bar aller Abhängigkeiten, bar aller Bindungen. Sie würde nur nach ihrem eigenen Willen leben, nicht nach dem von anderen. Sie würde stark und selbstgenügsam werden wie die thebanischen Soldaten, die nichts weiter mit sich trugen außer einer Decke, ihrem Schwertgürtel und einem kleinen Wasserbehälter über der Schulter, wenn sie größere Wegstrecken zurücklegen mussten. So gab es nicht viel, was man ihnen fortnehmen konnte, außer ihrem Leben und …

Ihr Leben! Der Gedanke zehrte wieder an ihr, und sie verfluchte sich deswegen. Sie versuchte sich einzuhämmern: Denk daran, was Karkara gesagt hat: Er wird immer bei Euch sein. Und außerdem würde sie sich immer daran erinnern, was jener junge Soldat, der wahre Geliebte ihrer Mutter, gesagt hatte: Die Schmerzen, die uns von anderen zugefügt werden, vergehen wieder, aber die Schmerzen, die wir uns selbst zufügen, weil wir uns gehen lassen und schwach sind …

Sie beugte sich vor, machte das Halfter des Pferdes los und schwang sich geradezu jungenhaft auf dessen Rücken. Dann pfiff sie den jungen Geparden herbei. »Los jetzt, Springer! Auf nach Theben!«

Im Morgengrauen des folgenden Tages erwachte Baliniri nach einem außerordentlich erholsamen Schlaf. Auf dem Kissen neben ihm lag Tuja, deren friedliches, entspanntes Gesicht im Schlaf viel jünger wirkte als tagsüber, wo es von den Enttäuschungen und Anspannungen, die sie im Leben hatte ertragen müssen, stärker gezeichnet war. Natürlich hatte sie da und dort Falten, Sorgenfalten und das eine oder andere graue Haar.

War es ungerecht, wenn er so dachte? Graue Haare ließen ihn sogar anziehend wirken, warum sollte es bei Frauen anders sein? Trotzdem: Sie wirkte dadurch älter.

Das alles irritierte ihn, aber es hatte auch keinen Zweck, vor sich selbst die Wahrheit zu verbergen. All die Jahre hatte er von ihr geträumt und nun, da sie endlich wieder eine Nacht miteinander verbracht hatten, musste er sich eingestehen, dass er sie nicht mehr liebte. Den ganzen Abend über hatte er schon seine Gleichgültigkeit ihr gegenüber gespürt, trotz bester Absichten auf beiden Seiten. Mehr als ein freundschaftliches Mitgefühl hatte er nicht für sie aufbringen können. Und das Schlimmste war, dass sie es gemerkt hatte.

Er zuckte innerlich zusammen, als er daran dachte. Man hätte Leidenschaft, Zärtlichkeit, Gefühle zwischen ihnen beiden erwarten können. Aber da war nicht mehr als ein gewisses Bemühen. Mehr, als das Beste aus der Situation zu machen, war nicht drin.

Als er sich nun aufsetzte und die gegenüberliegende Wand anstarrte, erwachte sie ebenfalls, war sofort hellwach, richtete sich auf und legte ihre winzige Hand auf seinen breiten Rücken. »Guten Morgen«, sagte sie in munterem fröhlichem Ton, der sich aber gleich wieder verlor, als er sich nicht bewegte und nichts darauf erwiderte. »Baliniri? Willst du mir nicht antworten? Dreh dich bitte um, Baliniri.«

Langsam wandte er den Kopf; er fühlte sich tatsächlich müde. »Guten Morgen«, sagt er mit schleppender Stimme. »Ich fühle mich heute früh ziemlich … matt. Alt.«

Sie betrachtete ihn lange und eindringlich. »Ich habe dir nicht gefallen?«, sagte sie. Er erwiderte nichts. Sie suchte in seiner Miene nach einer Antwort. »Es hat dir nicht gefallen.« Sie verstand jetzt sehr wohl. »Dieser Zauber, den wir früher dabei kannten.«

»Was soll ich dazu sagen? Vielleicht liegt es an mir? Ich bin wie ausgetrocknet, Tuja. Ich hätte dir wenigstens etwas Trost spenden sollen … Vielleicht ist mir immerhin davon noch ein bisschen geblieben nach dieser langen Zeit.« Er schloss die Augen und schüttelte den Kopf.

»Alles in allem kann eine Person allein da nicht viel ausrichten.« Ihre Stimme hatte wieder sicheren Grund gewonnen, und sie sprach mit der Autorität einer reifen Frau. »Meistens leben die Menschen doch einfach nur so nebeneinander her, nur manchmal versuchen wir uns gegenseitig etwas Wärme zu geben … aber im Allgemeinen sind diese Anstrengungen vergeblich. Solange man jung ist, kann man bisweilen die Illusion aufrechterhalten, dass es möglich sein müsste …«

»Frauen sind in diesen Dingen immer so viel klüger als Männer«, sagte er in etwas stumpfem Ton. »Männer haben den Kopf immer irgendwo in den Wolken, immer.« Er grinste kurz. »Außer natürlich am frühen Morgen.«

»Dann glaubst du eben doch noch, dass es irgendwo so etwas wie die Liebe gibt, die all deine Gebrechen kuriert. Es macht dich jung und übermütig, und du bist randvoll mit Gefühl. Du hoffst, dass es irgendwo noch eine unbekannte junge Frau gibt, die jünger und schöner ist als ...«

»Halt den Mund!«, sagte er verärgert. »Glaubst du nicht, dass ich dich anziehend finden könnte? Glaubst du nicht, dass ich mich auch daran erinnern könnte, was uns einmal verbunden hat? Glaubst du ...«

»Hat. Du sagtest: hat. Genau das ist es.« Sie erhob sich vom Bett. Immer noch war sie so klein und schmal wie früher, schlank, trotz der weiblichen Reife ihrer Gestalt. Er konnte diesen Körper bewundern, aber er löste keine Gefühle mehr in ihm aus. »Wir hatten also unser kleines Vergnügen. Man muss nicht mehr daraus machen, als tatsächlich da ist. Ich werde mich anziehen.«

Er sagte: »Ich bring dich ...«

»Nein danke.« Sie strich ihr Gewand glatt. »Es bringt die Leute nur auf dumme Gedanken. Am einen Tag kommt man mit einem gut aussehenden Soldatenhauptmann nach Hause, am nächsten nicht mehr. Dann muss man entweder Erklärungen abgeben für etwas, das im Grunde niemanden etwas angeht, oder man muss recht unhöflich sein. Nach beidem steht mir nicht der Sinn.«

Er sah ihr beim Anziehen zu, ihren Bewegungen, die nunmehr nur noch zweckdienlich waren, völlig ohne Koketterie. Dann stand auch er auf, langte nach seiner Tunika und streifte sie sich über.

Tuja blieb an der Tür stehen. »Was hast du nun vor?« Merkwürdigerweise klang ihr gleichgültiger Ton nicht echt. Es lag noch Mitgefühl darin, welche Absichten sie auch immer damit verband. Er wandte sich um und blickte ihr in die Augen. Zum ersten Mal spürte er wieder die vertraute Sorge um sie. Er wollte die Hand nach ihr ausstrecken, brachte es aber doch nicht fertig.

»Ich denke mir jetzt, dass ich Mekims Angebot annehmen werde. Theben.«

»Aha«, sagte sie leise, »ich habe Ketan gestern getroffen. Er erzählte mir, dass Teti ebenfalls nach Theben zieht. Dann wirst du ja wenigstens nicht ganz so alleine dort sein. Hast du überhaupt schon einmal mit ihr gesprochen, seit du wieder hier bist?« Dieser Versuchung konnte sie nicht widerstehen. »Gesehen hast du sie ja schon. Ich habe dich beobachtet, wie du sie bei der Siegesfeier angestarrt hast. Sie sieht wirklich großartig aus. Sehr weiblich. Und sie ist ...«, fügte Tuja in spitzem Ton hinzu, »... sehr jung.«

Baliniri wollte ihr eine patzige Antwort geben, aber sie verabschiedete sich rasch mit den Worten: »Auf Wiedersehen, Baliniri. Und pass gut auf dich auf.«

Damit schloss sie die Tür hinter sich.

Als Baliniri schließlich auf die Straße trat, war er in miserabler Laune, voller Verachtung für sich selbst. Ein Passant rempelte ihn an, und er sandte eine ganze Reihe von Verwünschungen in dem mesopotamischen Dialekt seiner Heimat hinter ihm her.

Er wankte eher, als dass er die Strasse entlangging, hatte die Schultern eingezogen, hielt den Kopf gebeugt und machte sich bittere Vorwürfe. Nun hast du es dir hier auch wieder vermasselt, genau wie überall sonst, wo du jemals gewesen bist. Und so wird es wieder sein, egal, wo du hingehst, egal, wo du einen Neuanfang suchst. Und warum? Weil du dich nie ganz öffnest, weil du immer etwas zurückhältst. In Wahrheit bist du nichts anderes als ein eingefleischter Junggeselle, trotz deines halbherzigen Versuchs, jahrelang den Ehemann bei Ayla zu spielen, die auch Besseres verdient hätte.

Er blieb vor einem verlassenen Brunnen auf einem kleinen Marktplatz stehen, wo um diese Zeit am Morgen nur wenige Menschen unterwegs waren, beugte sich vor, benetzte seine Hände und wusch sich das Gesicht. Als die kleinen Wellen auf der Wasseroberfläche verebbt waren, besah er sich sein Spiegelbild, zog eine Fratze, schloss die Augen und wandte sich ab.

Er setzte seinen Weg entlang der breiteren Straße fort bis zu der kleinen Wohnung, die er für Mara und Riki angemietet hatte. Nachdem er die Stufen nach oben gestiegen war, öffnete er leise die Tür und blickte sich in dem dämmrigen Zimmer um.

Die beiden schliefen auf getrennten Hängematten, die von den Balken der niedrigen Decke herunterhingen. Von Riki waren fast nur seine schlaksigen Arme und Beine zu sehen, aber seine Ungelenkigkeit hatte auch etwas Charmantes, wie bei einem jungen Tier. Anders als Riki hatte es sich das Mädchen in der Hängematte richtiggehend bequem gemacht und lag völlig entspannt darin. Die weiße Haut ihres jungen Körpers schimmerte durch das Geflecht, da die Decke, in die sie sich wohl eingewickelt hatte, im Lauf der Nacht zu Boden gerutscht war. So konnte er die Einzelheiten ihres nackten Körpers erkennen, die Hüften, die kleinen Brüste.

Jugendlichkeit. Frische, der Reiz des Neuen.

Plötzlich reagierte sein Körper. Baliniri spürte sein Verlangen und schämte sich sofort dafür. Er wandte den Blick ab und ging hinüber zu Riki, um ihn wachzurütteln.

Der junge Mann blinzelte und murmelte etwas vor sich hin. Bei der kleinsten Bewegung fing die Matte an zu schaukeln, aber schließlich gelang es ihm, sich aufzurichten. Er rieb sich die Augen. »Baliniri? Hat der Tag schon angefangen?«

»Allerdings«, erwiderte Baliniri etwas mürrisch. »Es wird Zeit, dass ihr aufsteht. Beide. Wir gehen nach Theben.«

Mit einem Schlag war Riki vollkommen wach. Sogar sein Gesicht färbte sich rötlich. »Theben! Oh, Baliniri, meinst du das wirklich? Endlich gehen wir nach Theben.«

Kapitel 13

I

Es war bereits der dritte Tag einer ganz anderen Art von Feierlichkeit in Avaris, der Hauptstadt, die die fremden Eroberer vom Nomadenvolk der Hay im Nil-Delta errichtet hatten. Aus den Speicherhallen waren für diese Gelegenheit unentwegt Nahrungsmittel sowohl für die reiche wie für die arme Bevölkerung abgezweigt worden. Ein unvoreingenommener Betrachter hätte die Stimmung in der Stadt leicht für eine wirklich festliche halten können. Bei näherem Hinsehen wurde die zwanghaft bemühte Fröhlichkeit jedoch recht schnell deutlich. An jeder Ecke standen bewaffnete Wachposten; Musikkapellen der Armee marschierten unentwegt mit Schalmeien- und Trommelgetöse von einem Marktplatz zum anderen.

Nach den langen, langen Jahren eines tyrannischen Regiments durch die Fremdherrscher ließ sich die eingesessene ägyptische Bevölkerung nicht so leicht täuschen. Die allgegenwärtigen Soldaten sollten die Macht der Hay weniger gegenüber der Außenwelt als vielmehr gegenüber den Stadtbewohnern demonstrieren. Ihre Präsenz war nichts anderes als eine Vorbeugemaßnahme gegen mögliche Unruhen oder Aufstände, ja selbst gegen friedliche Kundgebungen, die das Missfallen der Bewohner von Avaris angesichts des neuen Regimes zum Ausdruck bringen könnten.

Größere und kleinere Aufmärsche hielten auch an diesem Tag an, aber die Leute schenkten den Soldaten in ihren unterschiedlichen, bisweilen recht farbenfrohen oder kriegerisch aufgemachten Uniformen wenig Beachtung. Im Schutze einer dieser kleineren Umzüge wurde Joseph, der ehemalige Wesir von Ägypten, von seinem Landsitz vor der Stadt, wo er seit dem Staatsstreich praktisch unter Hausarrest stand, zu einem Treffen mit Abgesandten des neuen Herrschers Aram gebracht, der sich nun Pharao Apophis, Herr der Zwei Reiche, Regent des mächtigen Ägypten, nannte.

Gleichzeitig gab es noch eine andere Prozession, die jedoch einen überaus trüben und traurigen Anblick bot; dieser war so schlimm, das man unwillkürlich die Augen abwandte. Eine verwahrloste kleine Horde von Bettelkindern zockelte durch die Straßen der Stadt; alle waren verdreckt, die meisten mit deutlich sichtbaren blauen Flecken oder Striemen. Sie wurden von einer Bande übellauniger Galgenvögel in Richtung Kinderlager getrieben, und sobald dieser Trupp irgendwo auftauchte, riefen besorgte Mütter ihre eigenen Kinder herbei, scheuchten sie ins Innere der Häuser und schlugen hinter ihnen die Türen zu ...

Der Zug mit Joseph kam in der großen Audienzhalle des Königspalastes zum Stehen, wo er selbst unzählige Male Abgesandte und Bittsteller empfangen und bei offiziellen Hoffeierlichkeiten den kränkelnden, abwesenden Salitis vertreten hatte. Gelassen sah Joseph sich um.

»Nun, Hauptmann«, sagte er mit einer Stimme, der man anmerkte, dass sie das Befehlen gewöhnt war, »leider sehe ich niemanden, der zu meiner Begrüßung gekommen ist. Anscheinend werde ich hier wie ein Bittsteller behandelt.«

Sem nahm ihm gegenüber Haltung an. »Entschuldigt, Herr. In den letzten Tagen herrschte hier ein ziemlich großes Durcheinander. Ich werde dafür Sorge tragen, dass die richtigen Leute sogleich benachrichtigt werden.«

»Sehr recht«, erwiderte Joseph in leicht hoheitsvollem Ton, obwohl er es ein wenig bedauerte, den armen Sem auf diese Weise zu behandeln. Schließlich erfüllte dieser nur seine Pflicht und erwies ihm angesichts der Umstände immerhin noch ein großes Maß an Höflichkeit. »Ich gehe davon aus, dass ich zu Aram selbst gar nicht vorgelassen werde, sondern mich vermutlich mit dem Hierathen werde begnügen müssen. Oder bin ich schon so weit abgestuft, dass ich mich mit Kerlen wie Mehu oder Sabni abgeben muss?«

»Das weiß ich nicht, Herr. Ich werde mich erkundigen.« Sem salutierte und ging von dannen.

Nun ja, überlegte Joseph, während er sich umschaute und in dem riesigen Saal wenig Anzeichen von Veränderung entdecken konnte, am heutigen Tag wird dir bestimmt eine ganz besondere Art von Lehre erteilt werden. Daran, wie man ihn heute behandeln würde – vor allem zu Beginn der Begegnung –, würde er gut ablesen können, wie es in Zukunft um ihn bestellt sein würde. Nicht nur der Name und der Rang des Mannes, den man zu seiner Begrüßung vorschickte, sondern auch der Ton, in dem er sich äußerte, würde eine deutliche Sprache sprechen.

Er ließ den Blick über die Wand- und Deckenbemalungen schweifen. Die Darstellungen verherrlichten die kühnen Taten der Hay bei der Eroberung des unteren Niltals und der Unterdrückung der Ägypter und die weise und gütige Herrschaft des gottgleichen und gnädigen Salitis. Nun, einiges davon würde zweifellos bald verschwinden. Vielleicht würde Aram, der Sohn und Enkel einfacher Nomadenkönige, die Bilder mit den »freiwilligen« Tributzahlungen an sein Volk belassen. Doch Joseph konnte sich nicht vorstellen, dass Darstellungen der Heldentaten von Salitis das erste Jahr von Arams Herrschaft überdauern würden. Das Leben ist ständige Veränderung, dachte er. Aram, der sich nun Apophis nannte, würde nur so lange an der Macht bleiben, wie seine Mitverschwörer es zuließen, und dann durch einen anderen, womöglich noch schlimmeren Machthaber ersetzt werden.

Joseph hegte keine Illusionen darüber, was von seiner eigenen Macht übrig geblieben war: nichts. Sein eigenes Leben, das von Asenath und den Jungen sowie sämtlicher Mitglieder seines Haushaltes lag einzig in der Hand des allmächtigen Gottes Israels, und wenn es seinen Absichten entsprach, dass sie sterben oder ins Exil gehen sollten, so würde er sich diesem Willen beugen. Durch viele Gebete und reichliches Nachdenken war Joseph zu dieser nüchternen Beurteilung seiner Lage gelangt, sodass er dem Kommenden mit der notwendigen Ruhe und einem gewissen Gleichmut entgegensehen konnte.

Allein, ein gravierendes Problem war geblieben. Er hatte seine Brüder nach Kanaan zurückgeschickt, um seinen Vater zu holen, und nun hatte er keine Vorstellung, wo sie sich gerade befanden. Sie mochten auf einem Schiff von Aschkalon aus unterwegs sein, sie konnten schon halb den Sinai durchquert haben. Unter Umständen saßen sie bereits im Gefängnis in Sile. Sie konnten tot sein. Er hätte viel darum gegeben, wenn er das jetzt gewusst hätte. Er wünschte auch, er könnte ihnen eine Nachricht zukommen lassen, wo immer sie sich jetzt aufhielten. Falls sein eigener Status sich nicht wieder schnell und durchgreifend verbesserte, war Avaris sicherlich nicht der geeignete Ort, wohin seine Familie und sein Stamm emigrieren sollten.

Er blickte auf. Am oberen Ende der Treppe waren zwei Amun-Priester in ihrer Tracht erschienen und gaben den Soldaten ein Zeichen. Sems Unteranführer trat auf Joseph zu und sagte: »Herr, wenn Ihr bitte mitkommen würdet?«

Joseph ließ ihn vorgehen. Ihm fiel auf, dass sie nicht von weiteren Wachen begleitet wurden, nur dieser eine Soldat, dessen Schwert an der Seite hing. Das war schon einmal interessant. Am oberen Ende der Treppe angelangt, schritt er zuerst an Mehu vorbei, der sich unterwürfig verbeugte. Dann erblickte er den ausgesprochen prächtig und würdevoll gekleideten Hierathen Neferhotep, der ihn mit einem höflichen, aber kurzen Nicken begrüßte, wie es unter Gleichgestellten üblich ist.

Joseph wurde in einen großen Raum weitergeleitet, den Salitis für Beratungen genutzt hatte. Auf Salitis' eindrucksvollem Sessel thronte nun in pompöser Haltung nicht etwa Aram, sondern Josephs eigener Schwiegervater Petephres.

»Vater?«, sagte Joseph mit einer respektvollen Neigung seines Kopfes. »Ich habe mich schon gefragt, wer mich empfangen würde.«

»Ach so«, erwiderte Petephres lediglich und deutete auf einen Sessel gegenüber von seinem Thronsitz. »Nimm Platz. Ich muss mich für diese … nicht besonders taktvolle Behandlung entschuldigen, die du über dich ergehen lassen musstest. Der Hausarrest war die einzige Möglichkeit … äh, für deine Sicherheit zu garantieren, bis sich die Lage hier beruhigt hatte.«

»Und wie ist die Lage jetzt?«, fragte Joseph. »Und welches Amt bekleidest du?«

Petephres musterte seinen Schwiegersohn distanziert, bevor er ihn einer Antwort würdigte. In dieser schwang jedoch ein unverhohlener Ton des Triumphes mit. »Ar… Apophis ist nun Pharao, weil es der Priesterschaft Amuns gelungen ist, die Armee auf ihre Seite zu ziehen. Ich selbst behalte die Oberherrschaft über die Truppen, und Aram regiert nach meinem Gutdünken.« Und in unerbittlichem Ton fügte er kurz hinzu: »Und er wird sofort ersetzt, wenn er sich meinem Willen nicht gefügig zeigt.«

»Bist du so mächtig?«

»Oh, ich bin keineswegs allmächtig. Aber die Dinge sollten mit mir abgeklärt werden. Einschließlich dessen, was du vorhast. Ich möchte, dass du deine Arbeit sofort wieder aufnimmst. Ich brauche deine Wachsamkeit, dein Einfühlungsvermögen und … nun sagen wir … trotz gewisser Vorbehalte, die ich gegenüber deinem Gottesglauben hege, deine seherischen Fähigkeiten.«

»Sie stehen dir zur Verfügung, aber …«

»Was?«

»Mein Vater und meine Brüder.«

»Deine Brüder haben das Land unbehelligt verlassen können.«

Joseph zögerte einen Moment, weil ihn der kalte Blick aus Petephres' Augen doch irritierte. »Vater, die Hungersnot wütet entsetzlich in Kanaan. Ich möchte, dass mein Vater, meine Brüder, mit all unseren Familienangehörigen hierher kommen, wo ich mich um sie kümmern kann. Dafür brauche ich natürlich Unterstützung. Ich benötige dafür die ausdrückliche Erlaubnis von dir und von Aram.«

»Nenn ihn Apophis. Er besteht darauf. Wir werden es rücksichtslos durchsetzen.«

»Ich verstehe. Es wird nicht mehr passieren.«

»Sei beruhigt. Ich werde mich darum kümmern. Benötigen sie Zuwendungen und Hilfen von unserer Seite, wenn sie ankommen?«

»Nein, nein, nein. Mein Vater ist sehr wohlhabend, eine Art ungekrönter Fürst in Kanaan. Er wird alles, was er hat, in Wertsachen und Goldmünzen umwandeln. Außerdem ist er schon sehr alt. Wenn er stirbt, möchte ich, dass er den Wohlstand, wenn auch nicht die Macht, genießen kann, die er in Kanaan hatte.«

»Betrachte das als erledigt. Wenn du bereit bist, mit mir zusammenzuarbeiten, wird dem Vater hier der Empfang zuteil, der seinem Rang entspricht. Er wird die Erlaubnis erhalten, Land und Häuser für die Angehörigen deines Stammes zu kaufen. Die Gesetze werden dementsprechend weit ausgelegt werden.«

»Ich danke dir. Und werde ich nun … Apophis dienen oder dir?«

»Du bleibst Wesir von Ägypten. Allerdings wird mein Amt gegebenenfalls Einspruch gegen Maßnahmen von dir erheben, denen du dich zu fügen hast. Am besten hältst du schon von vornherein engen Kontakt zu mir.« Petephres lehnte sich etwas zurück und gestattete sich ein selbstzufriedenes Lächeln. »Es dauerte nun fast eine Generation bis die Priesterschaft Amuns so weit war, wenigstens einen beträchtlichen Anteil an der Macht zurückzugewinnen, die sie beim Einmarsch dieser Hirtenkönige in unser Land verloren hatte. Ich habe nicht die Absicht, sie mir wieder aus den Händen nehmen zu lassen. Ich bin hier, diese Macht zu beschützen, zum Ruhme Amuns.«

»Das verstehe ich vollkommen, denn auch ich bin hier, um meine Familie und mein Volk zu beschützen, um El-Schaddais willen. Unsere Wege gehen in die gleiche Richtung.«

»Das will ich hoffen, Joseph. Das will ich hoffen.« Die Ermahnung seines Schwiegervaters wurde von einem Lächeln ohne Wärme begleitet.

Joseph wollte noch etwas vorbringen, zögerte jedoch. »Vielleicht ist dies nicht der rechte Zeitpunkt, noch etwas anderes zur Sprache zu bringen.«

»Worum handelt es sich?«

»Es gab da noch diesen Traum von Salitis über ein Kind, das aufwachsen würde, um den König zu töten und die Hay aus Ägypten zu vertreiben. Da Salitis nun von eigener Hand gestorben ist, bin ich mir über die Bedeutung nicht mehr so recht im Klaren.«

Petephres runzelte die Stirn. »Soll das bedeuten, es gibt irgendwo einen Jungen, der Apophis umbringen könnte?«

Zum ersten Mal während dieser Unterredung sahen die beiden einander in die Augen und hielten den Blick lange fest; beide wussten, was das bedeuten würde.

Es klopfte noch einmal. »Herein, verdammt nochmal!«, rief Hakoris ärgerlich. Er hatte Kopfschmerzen, die er nicht mehr losgeworden war, seit ihm diese Sklavenschlampe was auch immer über den Schädel gezogen hatte, und trotz all der medizinischen Getränke, die ihm verabreicht worden waren. Tag und Nacht wechselte das Kopfweh zwischen einem dumpfen Dröhnen und stechenden Schmerzen. Schlafen konnte er nur noch, wenn er völlig erschöpft war, und auch das brachte keine Erholung. Der Mann, der sein unrasiertes Gesicht zur Tür hereinsteckte, war einer von seinen eigenen Leuten. »Die neue Lieferung ist gerade angekommen, Herr.

Von den nördlichen Inseln. Ziemlich runtergekommenes Gesindel. Kaum den gängigen Preis wert, Herr.«

»Dann zahl den Gaunern eben nicht den üblichen Preis. Gib ihnen so wenig wie möglich. Und lass mich endlich in Ruhe!«

Das Gesicht verschwand wieder, die Tür wurde geschlossen. Mein Kopf, mein Kopf! Hakoris presste die Hände an den Verband und hätte alles dafür gegeben, wenn die Schmerzen aufhören würden.

Vielleicht hätte er den Arzt doch nicht umbringen sollen. Dessen Heilmittel allein hatten etwas gegen die Kopfschmerzen auszurichten vermocht. Ein bisschen wenigstens. Aber der Mann war einfach zu neugierig wegen des Mals auf Hakoris' Stirn gewesen, das auch Sesetsus missglückte Operation nicht hatte beseitigen können. Sesetsu hatte beseitigt werden müssen und danach auch dieser Trottel, aber die rasenden Kopfschmerzen waren geblieben. Er war sich sicher, das etwas gebrochen war. Aber was sollte er tun? Den verdammten Hierathen um Hilfe bitten? Das würde nichts anderes bedeuten, als dass er zulassen müsste, dass Neferhotep ihn ebenfalls untersuchte. Er würde darauf bestehen, dass der Verband abgenommen wurde, und dann würde er die Narbe entdecken. Und er würde Bescheid wissen.

Nein, dann lieber der Schmerz. Dann lieber damit leben, so gut es ging. Und weh dem, der sich ihm in den Weg stellte. Eines Tages würden sie dafür bezahlen! Sie würden für alles bezahlen! All die Jahre der Erniedrigung, der Demütigung, des Schmerzes, der Entbehrungen.

Ah ja, und einer von ihnen würde am meisten bezahlen und in der härtesten Währung. Ben-Hadad war tot, daher hatte sich für Hakoris ein Teil seiner Rache bereits erfüllt. Aber es gab neue Gerüchte, dass Joseph, sein anderer Erzfeind, wieder im Palast war und sogar seine Brüder nach Kanaan gesandt hatte, um die ganze Sippe nach Ägypten zu bringen. Damit sie in Luxus und Reichtum leben konnten! Damit sie sich als Herren aufspielen konnten. Ausgerechnet die, die ihm das Brandmal verpasst hatten!

Joseph würde dafür bezahlen! Joseph! Und Jakob, dieser alte Narr! Die ganze elende Bande!

Unter Fausthieben und Peitschenschlägen trieben die Männer die Kinder durch den rückwärtigen Eingang. »Rein mit euch, ihr kleinen Stinker!«, brüllte ein Einäugiger. »Schaut euch nochmal den schönen warmen Sonnenschein an, he! Atmet nochmal frische Luft! Das ist der Duft der Freiheit! Damit ihr euch später daran erinnern könnt! Denn das werdet ihr jetzt eine Zeit lang entbehren müssen!«

Mitten unter den übrigen Kindern ging Kamose. Er hatte Male von Peitschenhieben und blaue Flecken auf der Haut und etliche kleinere Wunden. Außerdem hatte er auf dem meilenweiten Marsch mit dem verstauchten Knöchel entsetzlich gelitten. Den perfiden Rat seiner Wärter nahm er durchaus an, aber er verhielt sich unauffällig. Noch einmal sog er die frische, saubere Luft ein, noch einmal betrachtete er den Flecken Sonnenlicht auf dem Innenhof. Er zitterte vor unterdrückter Wut. Erinnern? Ich werde mich in der Tat erinnern. Ihr werdet es eines Tages sehen, wenn ich alt und stark genug und erfahren genug bin. Ich werde mich so an euch erinnern, dass ihr euch jetzt wünschen würdet, ich hätte euch vergessen.

Die Tür wurde zugeschlagen und die Kinder im Dunkeln gelassen. Aber die Erinnerung an Sonne und frische Luft blieb in Kamoses Gedächtnis haften und er klammerte sich daran, so wie er sich an die einzigen drei Dinge klammerte, die ihm geblieben waren, um zu überleben.

Schweigen. Schlauheit. Und Erinnerung.

Die Zuhörer lehnten sich nun vor, um jedes Wort mitzubekommen, das in der Stille beim Anbruch des Tages noch gesprochen wurde. Auf jedem Gesicht in der versammelten Menge war jener hingerissene Ausdruck zu sehen, viele starrten mit offenen Augen, die nicht einmal mehr blinzelten, halb versunken vor sich hin.

Aber alle bemerkten, wie sich der Geschichtenerzähler in sich selbst zurückzog, wie sich seine schweren Augenlider zur Hälfte schlossen, wie er mit seinen Zaubererhänden Gesten vollführte, die unausweichlich das Ende heraufbeschworen. Aus jeder Bewegung seines großen, hageren und alt gewordenen Körpers konnte man entnehmen, dass die Erzählung dieser Nacht beendet war. Erst wenn ein neuer Tag vorüber war, würde der Faden der Geschichte neu gesponnen werden.

Der Erzähler wartete eine Zeit lang. Als er wieder zu sprechen anhob, war seine Stimmer tiefer und ruhiger, fast wie in einem normalen Gespräch, das erst ganz allmählich an Lautstärke und Intensität gewann.

»Morgen«, sagte er, »morgen.«

Weiter hinten erwachte ein Kind und schrie los, bis seine Mutter ihm einen Finger an den Mund legte, an dem es saugen konnte. Aus der Ferne, von den kahlen Hügeln herunter machte sich das erste schwache Anzeichen einer Morgenbrise bemerkbar.

»Morgen«, fuhr der alte Mann fort, »werdet ihr von einer neuen Epoche hören, in der die Dürre und Hungersnöte endlich vorbei waren und der Regen wieder auf die ausgetrockneten Böden der Länder um das Große Meer fiel. Ausgehungerte Völker, die in der lang andauernden Not verarmt waren, kamen allmählich wieder zu neuem Wohlstand und der eiserne Griff, mit dem die Hay, die nomadischen Eroberer, damals die halbe Welt unterjochten, wurde lockerer.

Zehn Jahre kamen und gingen wieder vorbei, in denen Apophis

auf einem wankenden Thron über ein geteiltes Reich regierte. In seinen unsicheren Händen hielt er die Zukunft der Kinder Israels, die das Gelobte Land ihrer Vorfahren verlassen hatten, um bei den Ungläubigen in Goschen zu wohnen. In dieser ganzen Zeit lebte im Verborgenen ein Junge, dessen einzige Waffe seine Klugheit war, und der als erwachsener und zu Kräften gekommener junger Mann eines Tages Rache an Apophis nehmen würde, seinem Vater, der seinerseits immer älter und schwächer wurde.

In jenen Jahren starb im Roten Land ein Pharao, und ein neuer wurde gekrönt. Der Mittelpunkt von Oberägypten war nun Theben, nicht mehr Lischt. Theben, wo Riki seine Ausbildung zum Krieger und Soldaten vollendete. Theben, wo das Geheimnis der Eisenschmelze erneut einem Kind des Löwen anvertraut wurde. Theben, wo die Saat einer neuer Rebellion langsam Wurzeln schlug, wo sanfte Worte abweichender Meinungen in wütende Parolen umschlugen. Diese Saat ging auf, sie entfachte einen Aufstand, und der Aufstand wurde zum Flächenbrand eines Krieges: eines Krieges, der alles ins Verderben riss und große Veränderungen mit sich bringen sollte. Und wiederum war das Schicksal der Kinder des Löwen mit dem Schicksal der Großen und Mächtigen ihrer Zeit aufs Engste verbunden.«

Die Morgenbrise frischte auf, der Wind ächzte und fauchte schließlich über die Ebene.

»Kommt morgen wieder, um zu hören, wie die Sage weitergeht«, sagte der Geschichtenerzähler, »morgen werdet ihr alles über Joseph und die Prophezeiung erfahren.«

Peter Danielson

Im Zeichen des Löwen
Roman
Aus dem Amerikanischen von Gabriele L. Ulrich-Hunter
Band 14348

Die Insel der Göttin
Roman
Aus dem Amerikanischen von Brigitte Gruss
Band 14349

Die Nomadenkönige
Roman
Aus dem Amerikanischen von Brigitte Gruss
Band 14672

Die Rache des Löwen
Roman
Aus dem Amerikanischen von Gabriele L. Ulrich-Hunter
Band 14812

Der Löwe in Ägypten
Roman
Aus dem Amerikanischen von Brigitte Gruss
Band 14813

Fischer Taschenbuch Verlag

fi 1564 / 6